EXCALIBUR

Fantasy bei Knaur

herausgegeben
von Kai Lindberg
und Sophie Loewen

Informationen über die einzelnen Autorinnen und Autoren dieses Buchs finden Sie ab Seite 397.

Über den Herausgeber:

Michael Nagula wurde am 2. November 1959 in Hohenlimburg bei Hagen geboren. Er schrieb über 900 Sachbeiträge zu Themen der populären Kultur, gab 27 Anthologien in den Genres Science-Fiction, Fantasy und Krimi heraus, darunter den fünfbändigen »Darkover Atlas«, übersetzte neben zahlreichen Comics mehr als 50 Bücher, u.a. von Arthur C. Clarke, Philip K. Dick und Marion Zimmer Bradley, und beteiligte sich mit Romanen an den Serien »Perry Rhodan« und »Ren Dhark«.

Bei Droemer Knaur erschienen von ihm das Standardwerk »Tolkiens Welt« sowie die Übersetzung einer historischen Trilogie von Kara Dalkey. Außerdem übertrug er für die Reihe Excalibur das Epos »Das Imperium von Nar«, dem ein weiterer sechsbändiger Zyklus von John Marco folgen wird. Er lebt mit Frau und Kind im südhessischen Hanau und in Gardony/Ungarn.

Feueratem

Das große Drachen-Lesebuch

Herausgegeben
und mit einer Einführung von
Michael Nagula

Mit einem Nachwort von
Andreas Gößling

Knaur

Ich danke den Autoren dieser Anthologie
und allen Freunden und Kollegen,
die auch in schweren Zeiten zu mir gestanden haben.

Die englischsprachigen Beiträge wurden vom Herausgeber übersetzt.

Besuchen Sie uns im Internet:
www.knaur.de
www.knaur-fantasy.de

Originalausgabe 2002

Redaktion: Ralf Reiter
Umschlaggestaltung: ZERO Werbeagentur, München
Umschlagabbildung: Picture Press/Corbis
Satz: Ventura Publisher im Verlag
Druck und Bindung: Nørhaven Paperback A/S
Printed in Denmark
ISBN 3-426-70279-7

2 4 5 3 1

Für
Helene Amra Sophie
* 02. Mai 2002

»Du musst nicht an Engel glauben.
Sie glauben an dich.«

Inhalt

Einführung

Das wilde Drachenleben

Der Drache ist ein eigenartiges Geschöpf. Er ist uns allen vertraut, aber jeder stellt ihn sich anders vor, mit oder ohne Schwingen, auf zwei oder vier Beinen, manchmal ohne Beine, dann wieder mit Vogelklauen oder Löwentatzen, im Federkleid, mit Schuppen, als Meerungetüm. Wir wissen nicht recht, was es mit ihm auf sich hat. Gelten doch Drachen als reine Ausgeburten der Phantasie. Selbst wenn es heute Wesen gibt, die wir als Nachfahren von Drachen empfinden –, Warane, Leguane und Alligatoren, Segelechsen, Chamäleons und Moloche – spätestens wenn wir sie uns riesig und Flammen speiend vorstellen, machen sie uns Angst.

In seinem Buch *Die Drachen von Eden* stellt Carl Sagan fest, dass der Mensch das Tier mit der im Verhältnis zu seinem Körpergewicht größten Gehirnmasse ist. Überhaupt sind die Gehirne von Säugetieren zehn bis hundert Mal größer als die Gehirne heutiger Reptilien vergleichbarer Größe. Sagan spekuliert, ob der systematische Unterschied von Gehirnmasse zu Körpergewicht nicht das Ergebnis einer planmäßigen Ausrottung kluger Reptilien durch räuberische Säugetiere sein könnte. Und mit Blick auf die Mythen des westlichen Kulturkreises, in denen der Kampf gegen den Drachen ein Kampf gegen das Böse ist, stellt er die Frage: Wenn wir uns vor den Drachen fürchten, fürchten wir uns da vor einem Teil unserer selbst?

Unsere westliche Kultur ist stärker, als uns allen bewusst ist, von der Institution des Christentums geprägt, und so nimmt es nicht wunder, dass der heilige Georg vom Rücken seines Schimmels aus den Drachen bekämpft. Häufig wird in der Bibel auf Drachen Bezug genommen, als Feind des Menschen und als

Feind Gottes. Am ehesten sind uns deshalb jene Drachenlegenden vertraut, die den gleichen Tenor haben: Der skandinavische Donnergott Thor tötet am Tag der Letzten Schlacht, Ragnarök, die weltumschlingende Midgardschlange Jormungander und findet dabei selber den Tod. Siegfried erlegt im *Nibelungenlied* den Drachen Fafnir und wird durch das Bad im Blut des erlegten Ungeheuers fast unverwundbar, bevor seine einzige verwundbare Stelle ihm den Tod bringt. Beowulf besiegt erst den Drachen Grendel und dessen Mutter, bevor er im Kampf gegen einen dritten Drachen tödlich verwundet wird. Jedes Mal steht am Ende himmelstürmender Energieaufwendungen der bodenlose Fall.

Ganz anders hingegen die Rolle des Drachen in Asien. Das chinesische *I Ging – Das Buch der Wandlungen* – spricht von »Drachen«, die symbolisch für Kräfte stehen, die nicht nur überall auf der Erdoberfläche wirken, sondern sich auch im Weltinneren und im Himmel finden. Sie symbolisieren eine innewohnende Kraft, die über Raum und Zeit hinausgeht. Den meisten Asiaten ist das bewusst. Aus diesem Grund wird die chinesische Thronbesteigung des Kaisers »Drachenflug« genannt, und deshalb nennt sich das chinesische Volk »Kinder des Drachen«. Das koreanische Nationalepos, das die Geschichte von sechs Stammvätern schildert, die aus dem Osten übers Meer, also aus China, kommen und Drachen genannt werden, heißt *Gesänge der Drachen.* Wie sehr in Asien der Drache positiv besetzt ist, zeigt auch das tibetische Yoga. Dabei wird eine Urenergie erweckt, die sich die Wirbelsäule hinauf entrollt und den gesamten Körper mit einem Gitternetz lebensspendender Kraft umschlingt: Kundalini. Ein anderer Name für diese Energie ist »Schlangenfeuer«.

Auch in unseren Gefilden wurde – jenseits christlicher Wandlungen – der Mythos vom Drachen stets als ein Mythos innerer Kräfte aufgefasst. Douglas Monroe, ein Experte für keltische Mythen, schildert, »dass die Druiden das gesamte Energiesystem der Erde als eine Manifestation des Drachen ansahen und die magnetischen Ströme, die kreuz und quer über die Erdoberfläche verlaufen, Drachenlinien nannten«. An den Knotenpunkten der Gitterströme rollen diese Linien, auch Leylinien genannt, sich zusammen und winden sich an die Oberfläche – etwa in Glastonbury und auf der Isle of Wight. An diesen Stellen, die eine starke »Drachenenergie« aufweisen, errichteten die Druiden gern stehende Steine oder astronomische Anlagen wie Stonehenge. Die Kelten sahen also die gesamte Erde als Körper des Drachen an.

Um sich geborgen zu fühlen, brauchte der Mensch schon immer den Glauben an eine Kraft, die durch ihn fließt und deren Bestandteil er ist, eine Kraft, durch die er wirken und sich entfalten kann. In weniger magischen Zeiten wurde sie zu einer Energie außerhalb seiner selbst, die im Osten als hilfreich und weise, im Westen eher als bedrohlich aufgefasst wurde. Und seit unvordenklichen Zeiten leben die jeweils Herrschenden hier wie dort in der Angst vor einer Rückführung der äußeren in eine innere Kraft, vor der Rückbesinnung auf eigene Stärke – der Drache wurde besonders im Westen zu einer bösartigen, egozentrischen und ungeselligen Gestalt stilisiert, die zwar so stark ist, dass man unverwundbar wird, wenn man in ihrem Blut badet, die aber allein schon durch ihr Aufbegehren zwangsläufig dem Untergang geweiht ist. Man könnte im westlichen Kulturkreis fast von einer »Unterdrückung« des Drachen sprechen.

Der einstige US-Diplomat Wayne S. Peterson schreibt in seinem Buch *Hinter den Kulissen wird die Welt verändert*: »Mythen sind der Klebstoff, der die Leute in einer kulturellen Einheit zusammenhält. Sie sind die stützenden Pfeiler jeder Zivilisation und sorgen für moralische Ordnung, für Zusammenhalt und schöpferische Kräfte.« Das trifft auf jede Gesellschaft zu und ist durchaus wertneutral. Es sagt nichts über den Charakter des jeweiligen Mythos aus. Der Mythos vom Drachen symbolisiert Macht und Selbstbestimmung. Im Westen ist dieses Geschöpf devot und heimtückisch geworden, eine kriecherische Schlange, die durch ihren schlechten Rat den Menschen immer wieder aus seinem verheißenen Paradies vertreibt. Es hortet Schätze und frisst Jungfrauen. Im Osten hingegen gibt es unzählige Feste, bei denen der Drache hoch erhobenen Hauptes durch die Straßen getragen wird. Seine Weisheit wird dort zu Liebe. Aber die Grenze zwischen westlichen und östlichen Auffassungen scheint zusehends zu verschwimmen. Der gute Drache hat schon Einzug in Europa und Amerika gehalten.

Wie breit das Spektrum der Vorstellungskraft in Bezug auf Drachen auch in hiesigen Landen ist, zeigt das vorliegende Lesebuch. *Feueratem* versammelt fünfundzwanzig Erzählungen – märchenhafte, poetische, ultraspannende und humorvolle Beiträge von einigen der besten deutschsprachigen AutorInnen fantastischer Literatur, ergänzt um solche aus dem englischen Sprachraum von Personen, deren Romane zu Höhepunkten der Buchreihe »Excalibur« geworden sind. Neue und alte Auffassungen werden erkundet, auf dieser und auf fremden Welten. Neben historischen Erzählungen steht reine Fantasy, und zu gelegentlicher Science-Fiction gesellen sich Erzählungen, die Realität mit einem Hauch Magie versehen. Fast allen Beiträgen ist gemeinsam, dass sie eigens für dieses Buch geschrieben wurden – und mit wie viel Lust und Freude am Thema, davon zeugt jede einzelne dieser Geschichten!

Aber jetzt wünsche ich Ihnen viel Spaß beim Schmökern. Glauben Sie mir: Das Lesebuch *Feueratem* ist allein für Sie entstanden! Und nach der Lektüre wird Ihnen vielleicht deutlicher denn je sein: Drachen sind ursprüngliche, zeitlose und gescheite Geschöpfe, wild und ungebärdig, aber auch voller Sanftmut und Liebe – wie das Leben.

Drachen sind pure Lebensenergie!

Michael Nagula
Hanau, im Juli 2002

Tanja Kinkel

Feueratem

Teres hatte Drachen schon immer gehasst. Zumindest konnte sie sich nicht an eine Zeit erinnern, in der sie anders gefühlt hätte. Drachen waren für ihre Eltern und den gesamten Clan immer wichtiger gewesen als Teres oder eines ihrer jüngeren Geschwister. Was die älteren Brüder und Schwestern anging, so gaben sie Drachen ebenfalls den Vorzug. Als Teres mit vier Jahren stürzte, sich einen Zahn ausschlug und glaubte verbluten zu müssen, dauerte es zwei Stunden, bis sich jemand um sie kümmerte, weil der Drache gerade von dem Dreck befreit werden musste, der sich zwischen seinen Schuppen gesammelt hatte.

Mit dem Beginn ihres siebten Lebensjahres wurde es schlimmer, denn nun erwartete der Clan von ihr, dass sie sich selbst an der Pflege des Drachen beteiligte. »Was kann ich denn schon für ihn tun? Er ist doch so riesig!«, beschwerte sie sich und wurde belehrt, gerade der Umstand, dass sie klein genug sei, um sich noch zwischen zwei Klauen des Drachen klemmen zu können, sei ein Vorzug. »Im Übrigen bist du eine Dekapa, und je früher sich der Drache an dich gewöhnt, desto besser«, schloss ihr Vater und schickte sie mit ihren älteren Geschwistern in die Höhle des Drachen.

Dem Clan Dekapa anzugehören bedeutete, sich um Drachen kümmern zu müssen, das war der Glaubensgrundsatz, der ihnen morgens, mittags und abends gepredigt wurde. Ehe sie verstand, warum dies so war, ehe sie ahnte, dass es für andere Menschen nicht selbstverständlich war, sich Drachen überhaupt zu nähern, wusste sie bereits, dass sie sich eines Tages diesem Grundsatz nicht mehr beugen würde. Wenn sie erst alt genug war. Vorerst blieb ihr nichts anderes übrig, als die Höhle des Drachen zu betreten, auf seinem warmen Leib herumzuklettern und das Moos und Gezweig zwischen seinen Schuppen zu entfernen.

Der Drache stank nicht, obwohl sie das befürchtet hatte, ehe sie ihn zum ersten Mal sah. Er roch ein wenig wie die Asche der Kaminfeuer, die ihre Zimmer auf der Burg erwärmten. Aber verglichen mit den anderen Tieren, die sie kannte und deren Fell nach einem Regen einen so scharfen Geruch ausströmte, dass man die Luft anhielt, nahm man ihn kaum wahr. »Das liegt daran, dass er kein Fell hat, sondern Schuppen, Dummkopf«, sagte ihre ältere Schwester Evala, als sie es erwähnte, als ob Teres das nicht wüsste und sich an den Schuppen, die an ihren spitzen Enden scharf wie Messer sein konnten, mehr als einmal die Hände zerschnitten hätte.

Der Drache atmete auch kaum. Anfangs dachte Teres, er atmete überhaupt nie, aber mit der Zeit fiel ihr auf, dass sich der Staub um seine Nüstern während der Zeit, in der sie und die anderen mit seiner Pflege beschäftigt waren, schwarz färbte. »Er ist sehr vorsichtig, wenn Menschen um ihn sind«, erklärte ihre Mutter. »Wirklich ein- und ausatmen kann er nur während des Fliegens, weil die oberen Lüfte so kalt sind, dass sein Atem dort nicht gleich zu Feuer wird, wenn er es nicht will.«

Dass der Drache auch sprechen konnte, wusste sie, weil es die Mitglieder des Clans gelegentlich erwähnten, doch ihre ganze Kindheit lang hörte sie seine Stimme kein einziges Mal. Er hielt sie offensichtlich nicht für würdig, das Wort an sie zu richten, und das steigerte ihren Groll.

Teres war vierzehn und stand kurz vor ihrem fünfzehnten Geburtstag, als sie ihrem Gefühl für den Drachen endlich Luft machte. Inzwischen wusste sie, warum der Drache für ihre Familie so wichtig war. Jeder einzelne der großen Clans verfügte über einen besonderen Zauber, etwas, das den anderen Clans, die miteinander um die Herrschaft in Erised rangen, fehlte. Die Gabe des Clans Dekapa, so hieß es, lag in dem Bündnis mit den Drachen. Wenn man Teres gefragt hätte, was niemand tat, so hätte sie vorgeschlagen, sich ein wenig mehr um die anderen Clans und etwas weniger um den Drachen zu kümmern. Sie verstand nicht, warum die großen Clans sich nicht einigen und miteinander Frieden schließen konnten. Einmal äußerte sie diesen Gedanken im Gespräch mit einem ihrer Brüder auf dem Flussmarkt; er nannte sie ein törichtes kleines Mädchen. Doch es dauerte keine Woche, und Sani aus dem Clan Soschun richtete es ein, ihr auf dem gleichen Flussmarkt zu begegnen.

Sani war der erste Junge, in den sie sich verliebte, und lange glaubte sie, dass sich ihre erste Begegnung zufällig ereignet hatte. Schließlich waren die Flussmärkte einer der wenigen Orte, deren Unverletzbarkeit von allen Clans respektiert wurde, und das machte es so reizvoll, sie zu besuchen. Sie wäre nie auf den Gedanken gekommen, Sani könne aus einem anderen Grund gekommen sein als dem, den er ihr später nannte; um besseres Angelzeug zu erwerben, in dem er sich so verhedderte, dass er aus seinem in ihr Boot stolperte. Sie war jung.

In ihrer Verliebtheit zweifelte sie nicht daran, dass Sani und sie dazu bestimmt waren, Frieden zwischen ihren Clans zu stiften. Von dem Clan Soschun sprach man in ihrer Familie nur mit gerunzelter Stirn und gesenkter Stimme, doch das lag daran, dachte Teres, dass kein Mitglied des Clans Dekapa Sani kannte, Sani, dessen hohe Gestalt, blaue Augen und fedriges Haar den Inbegriff aller Vollkommenheit darstellten. Ohne Gewissensbisse traf sie sich hinter aller Rücken mit Sani am Fluss zwischen den Territorien und schwelgte in idyllischen Zukunftsvorstellungen, bis er die Frage stellte, die sie wieder auf den Erdboden zurückholte.

»Was für ein Zauber ist es eigentlich«, fragte er, »der die Drachen an deine Familie bindet?«

Teres fehlte noch viel zu einer weisen, erwachsenen Frau. Aber sie war nicht dumm. Die Frage, im schläfrigen, nebensächlichen Ton gestellt, hallte in ihrem Herzen mit der schmerzhaften Deutlichkeit einer Warnung wider. Sani merkte nichts von ihrem

Erstarren, da er damit beschäftigt war, eine Angelschnur auszuwerfen. Als sie nicht antwortete, drehte er sich zu ihr um und fuhr etwas drängender fort: »Es muss wirklich ein besonders schwerer Zauber sein. Mein Vater und mein Großvater haben ihr Leben lang versucht, mit Drachen zu sprechen, und sind kaum mit dem Leben davongekommen. Viele andere sind tatsächlich gestorben, wenn sie sich einem Drachen genähert haben. Und ihr lebt mit ihnen?«

»Ich würde lieber mit dir leben«, entgegnete Teres, die nicht wahrhaben wollte, was ihr der Verstand immer deutlicher sagte: dass sie ausgehorcht wurde.

Sani lächelte sie an, doch in seine liebevolle Stimme schlich sich zum ersten Mal ein Hauch von Drohung. »Dann solltest du auch keine Geheimnisse vor mir haben, mein Schatz. Liebende haben keine Geheimnisse voreinander.«

Er glaubte ihr nicht, als sie wahrheitsgemäß versicherte, nicht die geringste Ahnung von dem Drachenzauber zu haben. Er verließ sie wütend und doch gewiss, ein paar Tage der Trennung würden genügen, um sie dazu zu bringen, ihm das Geheimnis zu erzählen. Sie indessen wusste, dass sie ihn nie wieder sehen würde, nicht ohne Hass in ihrem Herzen und Fremdheit auf ihrer Zunge.

In dieser Nacht, als sie vergeblich versucht hatte, sich in den Schlaf zu weinen, schlich sie sich unter dem Schnarchen ihrer Geschwister aus dem Schlafraum. Auch die kalten Steine unter ihren Füßen waren die Schuld des Drachen. Ihm zuliebe lebten sie alle so hoch wie möglich, auf einem Berg, in einem Haus aus Fels, statt wie jeder andere in der warmen Ebene und in Häusern aus Holz. Aber nein, Drachen fühlten sich in der Ebene nicht wohl, und Holz wäre zu gefährlich, zu sehr eine Versuchung für Unfälle. Sie spürte die Kälte in ihren Beinen aufsteigen, während sie zu der Höhle hastete, die sich unter dem Haus befand, und nahm kaum wahr, dass sie sich verringerte, je näher sie dem Drachen kam.

Ihre Augen hatten sich an das Dunkel gewöhnt, als sie die Höhle betrat, doch in jedem Fall wäre es nicht schwer gewesen, den Drachen auszumachen. Seine Schuppen hatten eine rötlich gelbe Färbung, und sie stellte fest, dass er schwach leuchtete. Seine Augen waren geöffnet, was Teres innehalten ließ. Sie hatte nicht damit gerechnet, dass er wach sein würde. Die großen, schwarzen Augenbälle wirkten wie Löcher in dem hellen Körper. Sie hätte nicht sagen können, ob er sie anblickte oder durch sie hindurchschaute. Nach einem weiteren Herzschlag war es ihr gleichgültig, und ihre aufgestaute Qual brach sich Bahn.

»Es ist deine Schuld!«, stieß sie hervor. »Er hätte mich um meiner selbst willen geliebt, wenn du nicht wärst! Mein Leben lang musste ich deine Dienerin sein, und nun hast du mir auch noch den Liebsten genommen!«

Ihre Stimme hallte dünn und kindlich von den Wänden der Höhle wider. Der Drache rührte sich nicht.

»Warum?«, fragte Teres und versuchte alles, um nicht zu schluchzen. »Warum habt ihr euch nicht einen anderen Clan aussuchen können, du und die anderen Drachen? Warum musste es meine Familie sein?«

Als der Drache sprach, fuhr sie zusammen, denn sie hatte nicht gesehen, dass er sein Maul geöffnet hätte. Dennoch kam die Stimme, welche die Höhle erfüllte, eindeutig von ihm. Sie war anders als alle Stimmen, die Teres bisher gehört hatte, nicht die eines Mannes, nicht die einer Frau, und ohne jedes Echo, obwohl Teres' Worte eines gehabt hatten.

»Du weißt genau«, sagte der Drache, »dass er dich nicht liebt und nie geliebt hat. Gäbe es keine Drachen, so hätte er dich keines zweiten Blicks gewürdigt.«

Teres holte erbittert Luft. Die dunklen Augen schienen sie zu verspotten und ihren Zorn in sich hineinzusaugen, ohne etwas wiederzugeben. Sie biss sich auf die Lippen und ging Schritt für Schritt auf den Drachen zu. Auf irgendeine Art und Weise musste sie ihn verletzen, so wie er sie verletzt hatte, ihr ganzes Leben lang. Unter ihren Füßen war der Boden inzwischen so warm wie ihre eigene Haut, aber daran war sie gewöhnt. Der dunkle Staub zwischen ihren Zehen wirbelte nur ein wenig auf, wenn sie fester auftrat. Sie würde sich später die Füße waschen müssen.

Als sie vor dem Maul des Drachen stand, sah sie seine Nüstern, eine der wenigen Flächen seines Körpers, die nicht mit Schuppen bedeckt waren. Ohne jede Warnung holte sie aus und schlug darauf. Ihre Hände waren nicht groß genug, um auch nur eine von ihnen ganz abzudecken, doch sie spürte, wie das weiche, geschmeidige Fleisch unter ihrer Handfläche zusammenzuckte.

»Ich hasse dich!«

Ihre Stimme, immer noch dünn und nicht gewichtiger als das Geräusch, das die Schilfrohre im Wind machten, brach sich diesmal nicht an den Wänden. Sie stand zu nahe am Drachen. Er machte eine ruckartige Kopfbewegung, und sie stürzte auf die Knie.

»Teres aus dem Clan Dekapa«, sagte der Drache, »du weißt nicht, was Hass bedeutet, und du hast keine Ahnung von Liebe. Aber klettere auf meinen Rücken, und ich werde dir zeigen, was es mit beidem auf sich hat.«

Eigentlich hatte Teres geglaubt, der Drache würde ungehalten genug sein, um seine Beherrschung zu verlieren und sie mit einem Atemstoß umzubringen. Seit sie sich von Sani verabschiedet hatte, war das Elend in ihr so lange gewachsen, dass sie glaubte, es würde ihr nichts ausmachen, im Gegenteil, es würde sie von der Enttäuschung und dem Schmerz erlösen, der jeden Pulsschlag in ihr vergiftete. Das plötzliche scharfe Brennen ihrer Kniescheiben, als der Aufprall ihre Haut aufschürfte, war dagegen ein banaler, alltäglicher Schmerz, doch er riss sie genug aus ihrer Verzweiflung, um den Zorn erneut die Oberhand gewinnen zu lassen.

»Was weißt du denn schon von den Gefühlen der Menschen?«, erklärte sie verächtlich. Sie rappelte sich auf. »Du bist nur ein Tier.«

Ein Tier allerdings, das sie herausgefordert hatte, das begriff sie. Sie kletterte auf den Rücken des Drachen, wie sie es oft genug getan hatte, um ihn zu säubern. Ein Ruck ging durch seine Gestalt, als er sich auf seine Pranken hob. Sie schwankte und wäre um ein Haar wieder heruntergestürzt, bis es ihr gelang, das Seil aus Seidenfäden zu ergreifen. Es war ihr nicht neu: Sie hatte es gemeinsam mit ihrer Mutter und ihren Geschwistern geknüpft, wie schon viele seiner Art. Gelegentlich trug der Drache die älteren Mitglieder der Familie. Sie hatte es nur aus der Ferne beobachten können, doch die ungefähre Vorgehensweise war ihr vertraut. Während er die Höhle verließ, klemmte sie sich zwischen das Seil und die Schuppen und presste sich gegen den Hals, nicht einen Moment zu früh, denn als der Drache sich in die Lüfte erhob, spürte sie den Wind mit der Macht einer geballten Faust über sich hinwegstreichen.

Zu fliegen raubte ihr den Groll, der sie bisher ernährt hatte. Sie brauchte einige Zeit, bis sie sich wieder auf etwas anderes besinnen konnte als auf die Freiheit, nicht länger mit der Erde verwachsen zu sein, ehe sie etwas anderes wahrnahm als das Sternenlicht, in das sie hineinzustürzen schien, bis der Drache genügend Höhe gewonnen hatte, um nicht mehr aufzusteigen.

»Siehst du nun, wie klein du bist?«, fragte er, so deutlich hörbar wie in seiner Höhle, und sie erinnerte sich wieder, dass sie ihn hasste. Sie begann ihm zu antworten, doch der Wind riss ihr die Worte aus der Kehle, als wolle er sie zerfetzen, und so verstummte sie wieder und dachte, dass sie ihm später antworten würde, auf dem Boden. Eine Weile gab es nichts außer dem Flug und der sternenbeglänzten Nacht, dann spürte sie, wie sich die Muskeln in seinem Hals zusammenzogen und wieder entspannten, einmal, zweimal, schließlich so oft, dass sie aufhörte zu zählen. Jedes Mal brachten sie einen Feuerstoß mit sich. Anscheinend waren sie nicht so hoch gestiegen, wie der Drache es ohne sie getan hätte. Die Flammen, die er atmete, erhellten die Nacht anders als das milde Licht der Sterne. Sie fühlte sich an

Blitze erinnert, die ähnlich schnell kamen und gingen und Dinge zeigten, von deren Wirklichkeit man erst beim nächsten Mal überzeugt sein konnte.

Als der grünliche Nebel am Boden auftauchte, dachte Teres zunächst, es müsse sich um Flussnebel handeln, den sie durch den Atem des Drachen in so seltsame Farbe getaucht sah. Doch der Drache sank etwas tiefer, ohne zu atmen, und die dichten grünlichen Wolken verschwanden nicht. Ein Geruch stieg ihr in die Nase, ein fahler, süßlicher Geruch wie überreifes Obst.

»Halte jetzt die Luft an«, sagte der Drache. »Ich werde dir zeigen, was dort unten liegt, doch du verträgst es nicht sehr lange, und noch weniger, wenn du atmest. Es wird nicht lange dauern.«

Einen Moment lang wollte sie aus reinem Widerspruchsgeist das Gegenteil tun. Aber das fahle Grün dort unten löste eine Beklommenheit in ihrem Magen aus. Sie wollte nichts davon einatmen, wenn es sich vermeiden ließ. Also gehorchte sie.

In den Nebel einzutauchen war schlimmer, als sie vermutet hätte. Er legte sich klamm und kalt auf ihre Haut, und es war ihr, als schnüre er ihr die Kehle zu. Was sie in ihm sah, beendete jede Versuchung, um Atem zu ringen, im Nu. Als Kind war Teres einmal in den Fluss gefallen, ehe sie schwimmen konnte, und hatte verzerrte Schatten auf sich zutreiben sehen, ehe sie hustend und spuckend wieder auftauchte. Auch jetzt trieben Formen auf sie zu, aber die Nacht war längst nicht dunkel genug, um nicht zu erkennen, worum es sich handelte. Vögel mit aufgequollenen Köpfen waren es, oder solche, denen noch mehr Köpfe aus den Hälsen wuchsen, unvollendet, Vögel mit verstümmelten Schwingen, die durch den Nebel torkelten, nicht flogen. Einer hatte einen Schnabel, der nur aus einem Teil bestand, und hätte sie um ein Haar berührt, als der Drache sich jäh wieder in die Höhe steigen ließ und dem grünlichen Nebel den Rücken kehrte.

Danach dauerte ihr Flug nicht mehr lange. Er ließ sich auf einem Felsvorsprung nieder. Erst jetzt bemerkte Teres, dass ihr danach war, sich zu erbrechen, und sie glitt vom Rücken des

Drachen. Ihre Knie zitterten, als sie ein paar Schritte machte, um dann niederzustürzen und sich zu übergeben. Der Drache sagte nichts.

»Was«, flüsterte Teres, als es ihr wieder besser ging, »war das?«

»Der Zauber des Clans Soschun«, erwiderte er.

»Das sagst du nur, um dich an mir zu rächen«, begehrte sie auf.

»Nein. Das Gebiet des Clans Soschun liegt am nächsten. Der Zauber des Clans Xaste ist nicht viel anders, aber dazu hätten wir weiterfliegen müssen.«

Sie wusste, dass jeder Clan seinen Verteidigungszauber hatte. Aber sie hatte angenommen, dabei handle es sich um undurchdringliche Schutzwälle. Der grüne Nebel war nicht eigentlich undurchdringlich gewesen. Nur Übelkeit erregend.

»Niemand«, sagte der Drache, »kann in diesem Zauber lange überleben, ohne zu werden wie die Vögel, die du gesehen hast, wenn er nicht ohnehin bald stirbt. Niemand, bis auf die Drachen. In einem Gebiet, das einem Drachen als Heimat dient, kann der Zauber nicht angewendet werden, doch nur, wenn er wirklich dort lebt und mit ihm verwurzelt ist.«

»Der Drache ist unser Schutz«, hatte sie ihre Eltern immer wieder sagen hören, doch nie zuvor hatte sie begriffen, dass er sie vor mehr schützte als vor Armeen. Teres setzte sich zurück und verlagerte ihr Gewicht auf ihre Fersen, während sie ihre Knie umschlang.

»Aber«, sagte sie, »wenn niemand lange in diesem Zauber leben kann, bis auf die Drachen, dann wäre es auch für den Clan Soschun unmöglich. Aber Sani ist nicht missgestaltet.«

Sanis Gestalt, die runden, starken Arme, die sie gehalten hatten, kamen ihr in den Sinn, von der Nachmittagssonne umrahmt, während er sich über das Flussufer hinwegbeugte. Ihr eigener kleiner, ungelenker Körper war ihr daneben immer ungenügend erschienen.

Der Drache schaute sie mit seinen schwarzen Augen an. »Ich habe nur gesagt, dass dieses Gebiet dem Clan Soschun gehört«, entgegnete er. »Nicht, dass die Familie dort lebt. Niemand lebt mehr dort, von den Menschen.«

Mit dieser Art von tödlichem Zauber, setzte er ihr in aller Ruhe auseinander, hatte mehr als ein Clan Gebiete erobert, weil sich ihm, bis auf die Drachen, nichts in den Weg stellen ließ und selbst ein gleichartiger Gegenzauber nichts daran änderte, dass der alte Besitzer sein Land nicht mehr benutzen würde können.

Teres war fassungslos. »Aber dann bleibt doch am Ende nur noch verwüstetes Land übrig, und Leichen!«

»Begreifst du nun«, fragte der Drache, »was für ein Kind du bist, mit deinem Gezeter um Vorzüge und verlorene Liebe?«

Die Beschämung brannte in ihr.

»Ein Kind mag ich sein«, gab sie zurück und schluckte, »aber in einem hatte ich doch Recht. Wäre es nicht besser, Frieden zu stiften zwischen den Clans? Wenn Drachen dieses Böse verhindern können, dann verstehe ich nicht, warum du und deinesgleichen nicht bei allen Familien wohnt.«

»Meinesgleichen gibt es nicht. Nicht so, wie du es meinst.«

Mit diesen Worten verstummte der Drache und bewegte auffordernd den Kopf. Teres erhob sich und kletterte stumm wieder auf seinen Rücken. Dem Fliegen war die Freiheit geraubt, und die Schwere ihres Herzens drückte sie, während sie in ihr Heim zurückkehrten, bis sie sich wie ein Stein vorkam, der dem Drachen um den Hals hing.

Danach brauchte sie eine Woche, ehe sie sich wieder freiwillig in die Nähe des Drachen begab, unaufgefordert. Diesmal schien die Sonne, und er hatte seinen riesigen Körper im Hof vor seiner Höhle zusammengerollt wie eine Schnecke.

»Was hast du damit gemeint, als du sagtest, es gäbe nicht deinesgleichen?«, fragte sie. »Ich weiß, dass es noch andere Drachen gibt. Sonst hätte«, sie zögerte nur ein wenig, »Sani nicht versucht, den Zauber zu stehlen, der dich an uns bindet.«

Die halb geschlossenen Lider über seinen Augen hoben sich ein wenig. »Mich bindet kein Zauber«, sagte der Drache, »so wenig, wie es derzeit meinesgleichen gibt. Noch nie hat ein Zauber einen Drachen binden können. Deswegen wirkt der grüne Nebel ja auch nicht auf mich.«

Teres ging zu seiner rechten Vorderpranke. Die Krallen schimmerten leicht bläulich im Sonnenlicht. Es klebte noch etwas Blut daran, das ihre Schwester, deren Aufgabe es gewesen wäre, übersehen haben musste, oder der Drache hatte seit dem gestrigen Tag getötet. Sie berührte das Blut.

»Du meinst, du tust das alles freiwillig? Bleibst bei uns? Schützt uns? Tötest für uns?«

»Man hat keine andere Wahl«, murmelte der Drache, und seine Stimme sank zu dem Klingen einer Glocke herab, »wenn man liebt.«

»Du liebst uns?«

»Wen soll ich sonst lieben?«, fragte er. »Ihr seid meine Familie.«

»Nun«, meinte sie und versuchte zu begreifen, »du könntest einen anderen Drachen lieben.«

Er öffnete die Augen zur Gänze, und wieder hatte sie das Gefühl, dass die Schwärze in ihnen sie gänzlich aufsog. »Für die anderen Drachen bin ich ein Ungeheuer.«

Das Geheimnis des Drachen ließ ihr keine Ruhe. Er weigerte sich, ihr mehr zu erzählen. Sie fragte ihre älteren Geschwister, doch sie konnten ihr nicht mehr sagen als das, was sie nun wusste. Sie fragte ihre Eltern.

»Du willst es nicht wissen«, versetzte ihre Mutter.

»Aber warum nicht?«

»Wenn du es weißt«, sagte ihr Vater sehr ernst, »dann ist es umso wahrscheinlicher, dass seine Wahl auf dich fällt. Nur die Wissenden in jeder Generation kommen infrage. Deine Mutter und ich gehörten dazu, und wir wachen immer noch jeden Tag voll Dankbarkeit dafür auf, dass die Wahl nicht uns getroffen hat. Was meinst du, warum wir bisher noch keinem von euch etwas erzählt haben? Genießt eure Unbeschwertheit, solange ihr könnt.«

»Ich kann nicht unbeschwert sein«, gab Teres zurück, »solange ich nicht verstehe. Solange ich nicht begreife, warum die anderen Drachen nicht verhindern, was in dieser Welt vor sich geht.«

»Es wird vorbeigehen«, sagte ihre Mutter zu ihrem Vater. »Sie ist noch ein Kind.«

Ihr fünfzehnter Geburtstag kam und ging, doch Teres vergaß nichts. Der alte Groll hatte sich ein neues Ziel gesucht, während der Hunger nach Wissen sich zu ihm gesellte.

»Bist du für die anderen Drachen ein Ungeheuer, weil du uns liebst?«, fragte sie den Drachen.

»Ich bin für sie ein Ungeheuer aus dem Grund, den ich habe, euch zu lieben. Nicht, dass ich ihnen oft begegne. Sie hassen die Menschen für das, was sie aus Erised gemacht haben, alle Menschen. Deswegen bleiben sie den Clangebieten lieber fern.«

»Aber«, sagte Teres mit der Sturheit ihrer Jugend, »wenn du uns liebst, dann musst du doch einsehen, dass es nicht gut so für uns ist, wie es ist. Vielleicht sind wir deinetwegen jetzt sicher, aber was, wenn du stirbst? Nein, du musst die anderen Drachen überzeugen, die Welt zu ändern. Nur dann ist sie sicher.«

»Du weißt bereits alles, was du wissen musst«, entgegnete der Drache. »Du hast es nur noch nicht begriffen.«

Sie war siebzehn und hatte die letzten zwei Jahre damit verbracht, Briefe mit Versöhnungsvorschlägen zu entwerfen, die ihre Eltern nicht unterzeichnen und nicht abschicken wollten, in unregelmäßigen Abständen mit dem Drachen zu fliegen und sich beschämenderweise einzugestehen, dass sie Sani aus dem Clan Soschun noch immer hasste, woran die besten friedlichen Absichten nichts ändern konnten, als ihr die Erkenntnis kam und ihr die Schuppen von den Augen fielen wie vom Körper des Drachen, als er, schwer verwundet, in seine Höhle zurückkehrte.

Es war keine tödliche Verwundung; ihre Eltern benahmen sich besorgt und bekümmert, doch nicht von dem Schrecken erfüllt, der die Ankündigung des baldigen Tods des Drachen gewesen wäre. Doch als Teres beobachtete, wie ihre Mutter das gleiche Lied summte, mit denen sie Teres' jüngere Geschwister beruhigte, wenn sie Schmerzen litten, das gleiche Lied, mit dem Teres selbst in den Schlaf gesungen worden war, während dem Drachen auf das aufgerissene Fleisch unter seinen Schuppen Töpfe voller Kräutersalbe gestrichen wurden, als Teres sah, wie der lange, bebende Körper des Drachen ruhiger wurde, da begriff sie.

»Du bist nicht als Drache geboren«, sagte sie leise. »Du warst einmal ein Mensch.«

Obwohl sie mit gesenkter Stimme gesprochen hatte, hörte sie jeder in der Höhle. Die Zeit schien stillzustehen, als sie alle die Köpfe zu ihr wandten und sie anschauten: ihre Mutter, ihr Vater, ihr älterer Bruder und der Drache. Ihre Mutter wurde weiß im Gesicht.

»Nicht Teres«, sagte sie beschwörend zu dem Drachen. »Ich bitte dich, nicht Teres.«

Der Drache entgegnete traurig: »Meine Mutter sprach so, als mir die Wahrheit offenbar wurde.«

»Ich weiß es ebenfalls«, meinte Teres' Bruder kriegerisch, »seit einem Jahr schon. Warum nicht ich?«

»Du hast es nicht selbst herausgefunden«, gab der Drache zurück.

Teres hörte ihn kaum. Die Gedanken fielen in ihrem Kopf durcheinander wie die Holzklötzchen, mit denen sie als Kind gespielt hatte, fielen durcheinander und bauten sich neu wieder auf, zu einem anderen Gebäude.

»Aber – wie?«, fragte sie.

»Das ist der Zauber des Clans Dekapa«, sagte der Drache. »Drachen werden von dem grünen Nebel nicht getötet, aber wenn sie ihm einmal ausgesetzt waren, können sie keine Kinder mehr bekommen. Wundert dich da der Hass, den sie für die

Menschen haben? Noch einmal hundert Jahre, und es wird kaum mehr welche von ihnen geben. Aber der Clan Dekapa fand einen Zauber, mit dem man einen Menschen, vorausgesetzt, er ist willig, in einen Drachen verwandeln kann.«

Teres trat zu den Nüstern, auf die sie ihn einmal geschlagen hatte, und berührte sie, sehr sachte. Ihre Mutter schloss kurz die Augen. Dann presste sie die Lippen aufeinander und begann erneut, Salbe auf die wunden Stellen des Drachen aufzutragen.

»Wie lautet dein Name?«

»Meinen Namen verlor ich schon vor langer Zeit, ehe ich als Drache wieder erwachte«, sagte der Drache ohne Bitterkeit. »Das wusste ich, ehe ich in das Ei schlüpfte. Es ist eine Wiedergeburt, Teres, und dauert Jahre. Auch ich kann keine Kinder bekommen, genauso wenig wie alle Drachen des Clans Dekapa vor mir. Aber die Verbindung zum Clan besteht, und über ein Mitglied dieses Clans können wir den Zauber legen, der es uns gleich macht. In jeder Generation einmal.«

»Er frisst uns auf, dieser Zauber«, brach es aus ihrem Vater hervor. »Der Drache vor dir hat fünf Eier geschaffen, und nur aus deinem kam ein lebender Drache. Und du«, er stockte und berührte die linke Vorderpranke des Drachen. »Ich kenne deinen Namen«, sagte er traurig. »Deinen menschlichen Namen. Mein Großvater sprach von dir. Du warst sein Bruder. An diejenige meiner Tanten, die von dir erwählt wurde, kann ich mich erinnern. Und mein Vetter, der Bruder meiner Frau. Auch er wurde erwählt. Die Eier, in denen sie schlummern, ich weiß, wo sie verborgen sind. Ich besuche sie, ich lege meine Hand auf sie, wie jetzt auf dich, aber ich höre nichts. Ich spüre nichts.«

»Zauber frisst unsere ganze Welt auf«, sagte Teres langsam, ohne ihren Blick von den Augäpfeln des Drachen abzuwenden, die aus dieser Nähe riesig waren. »Weil ihr sie alle nur hinnehmt.«

»Dann weigerst du dich?«, fragte der Drache, und sie begriff, dass er sie schon lange vorher ausgewählt hatte. Vielleicht, als sie gerufen hatte, sie hasse ihn. Er hatte nicht gelogen, als er ihr erklärte, sie wisse nicht, was Liebe und Hass bedeuteten. Es war Liebe, die ihn an den Clan Dekapa band, dem er entstammte, und es war auch Hass. Sie lebten alle von seinem Opfer, und sie hielten ihn in seinem unnatürlichen Leben.

»Nein«, erwiderte sie, »denn ich verstehe jetzt. Alles.«

Es war der Schatten gewesen, der schon immer auf ihrem Leben geruht hatte, und nun, da sie sah, was ihn warf, war sie frei. Sie würde sich nicht weigern. Sie würde ihm und dem Clan ihr menschliches Leben geben, aber sie würde mit sich tragen, was sie gelernt hatte. Als ein Drache würde ihr gelingen, was sie alle für so unmöglich hielten – die Welt zu verändern. Und nach ihr würde es keinen Clanzauber mehr geben.

In den Augen des Drachen sah sie sich selbst, eine kleine Gestalt umgeben von schwimmendem Dunkel.

»Du bist noch so jung«, sagte der Drache.

Die Welt war neu unter ihr, als sie sich in die Lüfte erhob. Sie wusste, sie hatte einmal einen Namen gehabt, doch er war nicht länger ein Teil von ihr, so wenig wie die Schalen des Eies, aus dem sie geschlüpft war. Wesen hatten auf sie gewartet und sie begrüßt, aber keines von ihnen war wie sie selbst, obwohl sie wusste, dass jedes von ihnen zu ihr gehörte wie die blauen, goldgefleckten Schuppen auf ihrem Körper. Es gab etwas, was sie mit ihnen verband, ein Gefühl, das sie nicht beim Namen nennen konnte.

Die Luft trug sie, umschmeichelte sie, und sie stieß ihren Atem aus, um ihr dafür zu danken. In den Flammen, die sie umgaben, sah sie die Nebel unter sich wabern. Es nagte an ihr, zerrte an ihr. Falsch. Ganz und gar falsch.

Sie ließ sich fallen, um die Nebel zu vertreiben.

Ulrike Schweikert

Der Drache Covalin

Er lag auf einem Berg glänzender Münzen und schlief. Der schuppige Kopf ruhte zwischen den klauenbewehrten Vorderfüßen, seine gelben Augen waren geschlossen, weiße Dampfwölkchen stiegen aus den geblähten Nüstern auf, wenn der Brustkorb sich beim Ausatmen senkte. Im Rhythmus seines ruhigen Atems wechselte die Farbe seines Schuppenkleides: mal blendend weiß, wie jungfräulicher Schnee, dann wieder schillerndes Perlmutt, das in den Schatten in zartes Elfenbein überging. Am Abend dann, wenn die Strahlen der untergehenden Sonne ihn umflossen, glänzte er, wie poliertes Kupfer. Die Menschen nannten ihn daher Covalin – Kupferglanz.

Die Höhle, in der der Drache schlief, war, selbst im Vergleich zu seiner Körpergröße – und er maß vom Kopf bis zu seiner Schwanzspitze keinen Zoll weniger als 35 Fuß – einfach riesig zu nennen. Durch die glatten, hohen Wände zogen sich Adern von schimmerndem Erz, und nicht selten wölbten sich Edelsteine hervor, die bei Tageslicht blutrot funkelten. Am Ausgang der domartigen Höhle, die im Westen über einer weit hervorragenden Felsplatte endete, senkte sich die Decke herab. Dennoch blieb ein stattlicher Bogen frei, durch den die Abendsonne mit ihren Strahlen weit in die Höhle vordringen konnte. Es gab jedoch auch im Westen und Osten schmale Spalten und niedrige Gänge, die sich weit in den Berg hineinzogen. Manche waren natürlichen Ursprungs, andere im vergangenen Zeitalter von Zwergenhand in den Fels getrieben.

Wie alle Drachen konnte Covalin Jahre ohne Schlaf auskommen, doch genauso gut konnte er – wenn ihn keiner störte – Jahre auf seinem Münzenberg einfach verschlafen. Heute schien es jedoch, als würden seine Träume frühzeitig beendet werden, denn ein Geruch stieg ihm in die Nase, der seine Nüstern nervös zucken ließ. Seine Augen blieben zwar geschlossen, doch sein Sinn war hellwach, als er prüfend die Luft einsog.

Eine Frau, nein, ein Mädchen näherte sich durch die schmale Spalte hinter seiner linken Flanke. Seine Ohren zuckten. Sie bewegte sich leise und sehr geschickt in ihren von Elbenhänden genähten, weichen Lederschuhen, doch nicht leise genug, um einen Drachen täuschen zu können. Noch einmal sog Covalin prüfend die Luft ein. Sie war noch Jungfrau – und sie fühlte keine Angst, obwohl sie dem Drachen schon erstaunlich nahe gekommen und in seine Schutzaura eingedrungen war.

Covalin seufzte wie im Schlaf, rollte sich ein Stück zur Seite und schob wie unabsichtlich den Kopf weiter nach vorn, so dass er die dunkle Spalte in der Wand sehen konnte. Den langen Schwanz ringelte er um seinen Leib. Er war eine nicht zu unterschätzende Waffe, wenn er mit seinen scharfen Hornfortsätzen wie eine Peitsche herabsauste.

Das Mädchen kam näher, Schritt für Schritt. Der Drache hob das rechte Lid ein Stück an, um die Felsspalte zu beobachten. Das Erste, was er sah, war ein dunkler Haarschopf und dann zwei schwarze Augen, die sich vorsichtig um die Ecke schoben. Es folgten zwei Arme, ein dünner Leib in einem kurzen hellgrauen Kittel und schlanke, lange Beine in eng anliegenden Tuchhosen. Obwohl es düster in der Höhle war, konnte Covalin jede Einzelheit erkennen. Ihr langes Haar fiel, zu einem Zopf geflochten, lang auf den Rücken, um den Hals hing, an einem Lederband, eine silberne Rune. Die einzigen Waffen, die das Mädchen bei sich trug, waren ein kurzes Messer in der Scheide an ihrem Gürtel und ein fünf Fuß langer Stab, an dessen Ende ein kleiner roter Kristall funkelte.

Was hat sie nur vor?, dachte der Drache, als sie langsam hinter ihm an der Wand entlangschlich. Er versuchte unbemerkt in ihre Gedanken einzudringen, um in ihnen zu lesen, doch ihr Geist hatte ihn offensichtlich bereits erwartet.

»Du kannst die Augen ruhig öffnen, großer, gefährlicher Drache«, hallte ihre amüsierte Stimme in seinem Kopf wider. »Ich weiß längst, dass du erwacht bist.«

Covalins Augen funkelten böse, als er sich blitzschnell herumdrehte. Sein Schweif peitschte herab, Münzen rieselten klirrend zu Boden.

»Was willst du hier? Wie kannst du es wagen, meinen Schlaf zu stören?«, donnerte es in ihren Gedanken.

»Ich bin nur gekommen, um mir das zurückzuholen, was du mir gestohlen hast.«

Sie deutete auf eine schwarz schimmernde Kristallkugel, deren mächtige Magie die Luft um sie herum flimmern ließ.

»Ha!«, schrie der Geist des Drachen. »Du willst mir meine Schätze stehlen? Berühre auch nur ein Kupferstück, und du wirst sehen, was es heißt, den Zorn eines Drachen heraufzubeschwören!«

»Deine Kupferstücke magst du getrost behalten, doch mein Eigentum werde ich mir zurückholen!«

Die Pupillen des Drachen verengten sich zu schmalen Schlitzen, aus Ohren und Nüstern stiegen heiße Dampfwolken auf, doch das Mädchen schritt unbekümmert auf den Felsvorsprung zu, auf dem – neben Edelsteinen und goldenem Geschmeide – die schwarze Kristallkugel ruhte.

Der Drache fauchte wütend. Sein Schwanz schnellte nach vorn, um dem Mädchen einen Schlag gegen Rücken und Beine zu versetzen, doch Saphira war schneller. Sie fuhr herum und hob ihren Stab. Hellblaue Blitze schossen aus der Kristallspitze und trafen den Schweif des Drachen. Mehr aus Wut denn vor Schmerz schrie er auf. Der beißende Gestank von verbranntem Horn breitete sich in der Höhle aus. Covalin sandte einen Flammenstrahl zur Decke, so dass ein rußiger Fleck zurückblieb.

»Du Ungeziefer von einem Menschenweib, deine letzte Stunde hat geschlagen!«, fauchte er voller Zorn. »Ich werde dich zerquetschen!«

»Dazu musst du mich erst einmal kriegen«, lachte sie und sprang in einem hohen Bogen über den peitschenden Schwanz hinweg, drehte sich in der Luft und landete dann sicher auf dem Boden – keine zwei Schritte von der begehrten Kristallkugel entfernt. Ihr Lachen schürte die Wut des Drachen, er sprang auf und hieb mit der Klaue nach Saphira, doch wieder entwischte sie ihm. Als sie nach der Kugel griff, musste ihre Aufmerksamkeit für einen Wimpernschlag lang nachgelassen haben, denn dieses Mal erwischte der Drache sie mit der Schwanzspitze. Der Schlag riss das Mädchen von den Füßen, doch sie rollte sich geschickt zusammen. Zwei Mal überschlug sie sich, trug jedoch nur ein paar Kratzer an den Händen davon. Den Kristall fest an sich gepresst, sprang sie wieder auf die Füße.

»Du stinkendes Monster von einem Drachen!«, schrie sie und hob ihren Stab. Der Drache duckte sich unter den Blitzen hinweg und sprang dann zur Seite. Saphira rannte auf die Spalte zu, den Stab wie ein Schwert zum Stoß erhoben. Leichtfüßig erklomm sie den Münzenberg, doch gerade, als sie zu einem weiten Sprung hinab ansetzte, versank ihr rechtes Bein plötzlich zwischen den edlen Metalltalern. Saphira verlor das Gleichgewicht. Sie ruderte mit dem rechten Arm – ein weißblaues Blitzgewitter tobte durch die Höhle –, mit der linken Hand jedoch presste sie ihren Schatz an sich. Die Münzen gerieten ins Rutschen. Mit Geklapper und Getöse schlitterten sie hinab, und Saphira mit ihnen. Der Stab entglitt ihrer Hand, als sie auf dem Boden zwischen Geld und Steinen rücklings aufschlug. Blitzschnell rappelte sie sich auf und wollte nach ihrem Stab greifen, doch der Drache war schneller: Ein Schlag mit der Schwanzspitze schleuderte den Stab weit in die Höhle hinein. Kaum einen Augenblick später war er über ihr. Seine Klauenhand fiel herab. Wie zwei Speerspitzen bohrten sich zwei Krallen zu beiden Seiten ihres Halses in den Stein und drückten Saphira zu Boden. Der Rachen mit den spitzen Reißzähnen näherte sich ihrem Gesicht. Eine faulige Wolke Schwefeldampf hüllte das Mädchen ein.

»Und, was machst du jetzt, ohne deinen Blitze werfenden Stab?«, höhnte der Drache.

Saphira drehte den Kopf zur Seite, um dem üblen Atem zu entgehen. Speichel rann über die fußlangen Zähne, die knapp über ihr schwebten, und tropfte dem Mädchen auf die Brust und ins Gesicht.

»Lass sofort die Kugel los!«, befahl der Drache, doch das Mädchen schüttelte den Kopf. Ganz so hilflos, wie die große Echse meinte, war sie nicht. Es gab da noch andere Kräfte, die in ihr schlummerten und die sie durch Konzentration zu einer gefährlichen Waffe bündeln konnte. Saphira schloss die Augen.

Draußen vor der Höhle rauschten lederne Schwingen. Es wurde dunkel, als ein riesiger Körper den Höhleneingang ausfüllte.

»Saphira! Covalin!«, rief eine Stimme ärgerlich. Plötzlich war die Höhle von magischem Licht erhellt. Es beleuchtete Covalin, der seine Klaue zurückzog, und Saphira, die sich aufrappelte und mit angewiderter Miene sich das Gesicht am Ärmel abwischte – und es glitt über einen riesigen Drachen mit goldglänzendem Schuppenkleid, von dessen Rücken gerade ein Mann herabkletterte. Sein weißes Haar fiel ihm bis über die Schultern, und auch sein voller Bart war fast unnatürlich weiß. Er trug ein graues Gewand, das mit feinen Sternen bestickt war, so dass es bei jeder Bewegung silbern glitzerte. Obwohl er sich gerade hielt und mit forschem Schritt näher kam, trug er einen langen Wanderstab in der Hand. Die dichten Brauen über den smaragdgrünen Augen waren unwillig zusammengezogen.

»Warum bist du nicht bei deinen Übungen?«, herrschte der Magier das Mädchen an.

Saphira streckte die Hand nach ihrem Stab aus, der sich langsam vom Boden erhob und zu ihr geschwebt kam.

»Äh, ich habe geübt – mit Covalin zusammen. Wir, äh – haben die Wirkung der Sprüche ausprobiert.«

Der Magier sah das Mädchen streng an, bis sie dem Blick aus

seinen grünen Augen nicht mehr standhalten konnte und die Lider senkte.

»Er hat den Kristall gestohlen, und ich wollte ihn zurückholen.«

»Der Kristall ist kein Spielzeug. Weder für dich noch für Covalin.« Die Kugel schwebte in seine ausgestreckte Hand. Er zeigte mit seinem Stab zum Höhleneingang hinüber, wo draußen glutrot die Sonne zwischen den rauchenden Vulkanbergen versank.

»Dort draußen herrscht Krieg. Die Völker sind in Aufruhr und führen sinnlose Kämpfe gegeneinander. Es gibt für mich Wichtigeres zu tun, als Acht zu geben, dass ihr keine Dummheiten macht! Folge mir!«

Saphiras dunkle Augen glühten. »Dann nehmt uns mit, großer Meister, wir können Euch behilflich sein. Ich habe schon viel gelernt, und auch Covalin hat an Kräften und Geschick gewonnen.«

Der Magier schüttelte den Kopf. »Nein, eure Zeit ist noch nicht gekommen. Nutze die Tage und Monate sinnvoll, die dir hier im Schutz des Tales noch bleiben, denn der Kampf dort draußen in den Ländern am Fuß der Brennenden Berge ist kein Kinderspiel.« Mit großen Schritten eilte er durch das Labyrinth der Gänge, so dass Saphira Mühe hatte, ihm zu folgen. Endlich erreichten sie eine natürliche Spalte, die sich rasch erweiterte. Zu ihren Füßen floss ein klarer Bach, und über ihren Köpfen wölbte sich ein gläserner Abendhimmel, der im Westen noch rosa schimmerte. Als die steilen Wände zurücktraten und das Tal sich zu einem grünen Kessel weitete, blieb der Magier stehen. Er deutete auf ein niederes Steinhaus, das unter den weit ausladenden Zweigen eines Kysabaumes fast verschwand.

»Du wirst jetzt schlafen gehen und bei Sonnenaufgang deine Übungen wieder aufnehmen. Ich habe dir ein üppiges Pensum aufgegeben, und ich erwarte, dass du es beherrschst, wenn ich in drei Tagen wiederkomme und dich prüfe.«

Die Türklinke schon in der Hand, hielt Saphira inne. »Ihr brecht schon wieder auf?«

»Ja, Aurosum wird mich zum Volk der Elben tragen. Noch besteht Hoffnung, dass sie sich mit den Menschen verbünden, statt einen sinnlosen Kampf gegen sie zu führen, denn am Fuß der Schneeberge sammeln sich Orks und Oger, Steinriesen und Trolle, um nach Süden gegen die Städte zu ziehen.«

Mit diesen Worten ließ er Saphira stehen und verschwand in der Dämmerung. Schon bald danach sah sie den großen Drachen sich zwischen den Bäumen erheben, eine winzig wirkende Gestalt auf seinem Rücken. Das bleiche Mondlicht ließ die Schuppen von seinem breiten Schädel bis zu der hornigen Schwanzspitze golden aufleuchten.

Mit einem Seufzer ließ sich das Mädchen ins weiche Gras sinken und lehnte sich gegen die raue Rinde des alten Baumes. Die Grillen zirpten ihr Abendlied und verstummten dann, der blassgelbe Mond und die rötliche Sichel des Rubanus wanderten hinauf zum Zenit, doch Saphira saß noch immer unter dem Baum, die Stirn nachdenklich gerunzelt.

Plötzlich sprang sie auf. Ein entschlossener Zug spiegelte sich in ihrem Antlitz. Sie eilte ins Haus, packte ein Bündel, schnürte es sich auf den Rücken, nahm den Stab in die Hand und verließ das Haus.

Saphira wanderte durch die Nacht, immer dem Südstern folgend, und als der Mond im Westen versank, erreichte sie den verbotenen Pass. Auf einem glatten, schwarzen Felsen rastete sie und sah der Sonne zu, wie sie sich gleißend hell über den Horizont erhob. Das Mädchen warf sein Bündel gerade wieder auf den Rücken, als eine Stimme in ihrem Kopf sie innehalten ließ.

»Willst du etwa dem alten Schwarzen einen Besuch abstatten?«

Saphira drehte sich um und sah in Covalins gelbe Augen.

»Ich habe es satt, hier herumzusitzen, während meine Kräfte da draußen gebraucht werden.«

Covalin wiegte den Kopf hin und her. »Mag sein, doch wie

willst du aus dem Tal herauskommen? Ich kann dich nicht über die Berge tragen.«

Saphira warf den Kopf zurück und sah den Drachen herausfordernd an. »Ich werde zum Pass hinaufsteigen und dann durch das Labyrinth gehen.«

»Du willst tatsächlich durch Nosegols Höhle?« Covalin setzte sich auf die Hinterbeine. Der große schwarze Drache, der den Charsopass bewachte, war nicht nur sehr alt und erfahren, hinterlistig und grausam setzte er seine Waffen ein, wenn es seinen Zwecken diente. Die Legende erzählte, dass er schon seit der Zeit vor dem großen Feuersturm dort oben in seinem Felsenlabyrinth hauste, und es war keinem Menschen, Elben oder Zwerg je gelungen, den Pass zu überqueren. Und obwohl es hier wertvolle Erze in Hülle und Fülle gab, mieden die Zwerge die Berge am unüberwindlichen Charsopass.

»Wie willst du an ihm vorbeikommen? Du kannst ihn nicht täuschen. Nicht durch Trugbilder oder Unsichtbarkeit. Und falls du hoffst, er wäre vielleicht gerade nicht da – vergiss es!«

Saphira setzte ihren Weg fort. »Ich will mich weder tarnen noch ihn täuschen. Ich werde ihn herausfordern, also kehre lieber um, wenn du deine weißen Schuppen behalten möchtest.«

Unbeirrt tappte der junge weiße Drache hinter ihr her. Erst war noch ein Pfad erkennbar, doch dann mussten sie sich ihren Weg über spitzes Lavagestein und zwischen riesigen schwarzen Blöcken hindurch suchen. Am Abend erreichten sie eine hohe, schmale Spalte, die in den Berg hineinführte. Das Tal lag tief unter ihnen. Der Drache und das Mädchen sahen schweigend hinab, bis die düsteren Schatten den letzten Sonnenstrahl vom Talboden vertrieben hatten, dann schlüpften sie in die Erdspalte.

Mit großen Schritten ging Saphira voran. Die Spitze ihres Stabes spendete warmes Licht, das über hohe Wände, Vorsprünge und Simse glitt. Immer wieder verzweigten sich die Spalten und Tunnel, doch sie zögerte nicht einen Augenblick.

Kurz nach Mitternacht stieg der Boden wieder steil an. Covalin spürte die Nähe des anderen Drachen, und auch Saphira konnte sich – trotz ihres magischen Gewandes – der Aura des schwarzen Drachen nicht ganz entziehen, dennoch ging das Mädchen unbeirrt weiter.

»Wie ist Nosegol? Erzähle mir von ihm.«

Covalin überlegte. »Er ist groß, sein Körper von schwarz glänzenden Schuppen bedeckt, die keine Waffe, kein Feuer und kein Blitz durchdringen kann. Der Dampf aus seinen Nüstern lässt jeden erblinden, sein Atem ist aus ätzender Säure, sein langer Schwanz mit säbelartigen Klingen besetzt.«

»Ja, ja, das weiß ich, doch wie ist er? Er muss doch irgendwelche Schwächen haben. Ist er habgierig oder eitel?«

»Das weiß ich nicht«, gab der weiße Drache zu. »Seit mehr als eintausend Jahren hat er seine Höhle nicht mehr verlassen. Die Geschichten, die über ihn erzählt werden, sind sehr, sehr alt.«

»Aha«, murmelte Saphira und kaute nachdenklich auf ihrer Lippe.

Ihr war kein Wort mehr zu entreißen, egal wie sehr Covalin sie auch drängte. Weiter ging es, mal durch weite Hallen, mal durch enge Tunnel, in denen der weiße Drache mit seinen Rückenschuppen die Decke streifte. Die Nähe Nosegols wurde immer bedrückender. Endlich, vor einer scharfen Biegung, blieb Saphira stehen. Er war ganz nah. Nur noch wenige Schritte trennten sie von der riesenhaften Echse. Das Mädchen wusste, dass der schwarze Drache sie erwartete.

Saphira schloss die Augen und versuchte sich zu konzentrieren. Sie fühlte die Kraft in sich, doch das allein nutzte ihr nichts. Sie musste die diffusen Strahlen sammeln und bündeln, um sie dann ihrem Willen zu unterwerfen. Schweiß trat ihr vor Anstrengung auf die Stirn, dann begann die Luft um sie herum zu flimmern. Das Mädchen öffnete die Augen und lächelte den Drachen an ihrer Seite an.

»Komm, Covalin, dies ist unsere Stunde!« Forsch trat sie um

die Ecke in die sich weitende Höhle und sah in ein paar funkelnde, grüne Augen mit schlitzförmigen Pupillen.

»Ein Mensch«, zischte der schwarze Drache und blies ätzenden Dampf aus seinen Nasenlöchern, »ein kleines Mädchen, das nach Magie riecht – haben uns unsere Sinne also nicht getrogen.« Der heiße Dampf umwaberte Saphira, doch er drang nicht in die Schutzhülle ein, die sie um sich aufgebaut hatte.

»Und da haben wir den weißen Drachen, der in aller Munde ist«, zischte der Schwarze und fixierte Covalin, der hinter Saphira die Halle betrat.

»Geh zurück, kleiner Bruder, wir hegen keinen Groll gegen andere Echsen, wenn sie uns nicht in die Quere kommen. Geh! Denn gegen unser Gift ist dein weißer Panzer nutzlos.«

Covalin sprang zur Seite, als ein Sprühregen heißer Säure auf Saphira herunterregnete und an der Schutzhülle herabrann.

»Ich grüße Euch, Nosegol«, sagte Saphira, als sei nichts geschehen. Neugierig ließ sie ihren Blick über die Echse wandern, deren schwarzes Schuppenkleid am Rücken eine stumpfgraue Färbung angenommen hatte.

»Die Völker haben also Unrecht mit dem, was sie sagen«, fuhr sie fort und wich geschickt der peitschenden Schwanzspitze aus.

»Es interessiert uns nicht, was die Menschen und andere kleine Wesen sagen«, zischte der Drache.

»Die Zwerge behaupten, Ihr wärt tot, und die Elben sagen, Eure Kraft hätte Euch verlassen«, fuhr Saphira ungerührt fort. »Ja, und die Menschen haben vergessen, dass es Euch überhaupt gibt.«

Nosegol brüllte wütend. Der Schwall aus Säure und Dampf konnte zwar den Schutzwall um das Mädchen nicht durchbrechen, der Sturm seines Atems jedoch schleuderte Saphira durch die Luft. Covalin sprang nach vorn und fing das Mädchen in seinen Klauen auf, kurz bevor sie gegen die Höhlenwand prallte. Die Säuretropfen hinterließen graue Flecken auf seinen Schuppen. Sanft stellte er Saphira auf den Boden. Als wäre nichts geschehen, sprach sie ruhig weiter.

»Am Fuß der Schneeberge sammeln sich Orks und Oger, Trolle und Steinriesen, um zum Charsopass zu ziehen«, sagte sie im Plauderton und tauchte unter der Klaue des Schwarzen hinweg.

»Was interessiert uns das? Wir haben keinen Streit mit den dunklen Bergwesen.«

Das Mädchen duckte sich hinter einen Felsen, so dass der Schwanz über sie hinwegpeitschte.

»Eure Schätze sind ganz ansehnlich, sagt man.« Sie deutete auf den Berg Edelsteine, auf dem der Drache geruht hatte. »Sie sagen sich, wenn Ihr hier dem Zerfall entgegendämmert, dann seid Ihr kein ernsthafter Gegner mehr. Wozu braucht ein Kadaver solch herrliche Schätze?«

Wieder brüllte der Drache vor Zorn, doch dieses Mal kauerte sich Saphira rechtzeitig hinter einen Steinblock, um nicht wieder in die Luft gewirbelt zu werden.

»Tausend Jahre sind eine zu lange Zeit für einen mächtigen Ruf. Eurer taugt nicht einmal mehr, die Kinder zu schrecken«, fügte sie noch hinzu, doch weiter kam sie nicht. In wilder Raserei schlug und trat der Drache um sich. Saphira versuchte zu der Spalte zurückzukommen, doch der Schwanz sauste vor ihr herab und versperrte ihr den Weg. Die hornigen Enden ragten wie Schwerter vor ihr auf. Ein Säureregen ging auf sie nieder.

Saphira wich dem Schwanz aus, doch da erwischte sie eine der Klauenhände und schlug sie gegen den Fels. Mit einem Aufschrei fiel das Mädchen zu Boden. Sie rappelte sich zwar schnell wieder auf, doch der flimmernde Kokon um sie herum wurde schwächer. Saphira krümmte sich vor Schmerz, der Dampf nahm ihr den Atem. Bald würde ihre Schutzschicht in sich zusammenfallen. Noch einmal versuchte sie dem wütenden schwarzen Drachen zu entwischen und zu Covalin hinüberzugelangen. Sie rannte los, schlitterte zwischen den Hinterbeinen hindurch und sprang dann hoch in die Luft, um dem Schwanz auszuweichen, doch ihre Kraftreserven waren nahezu erschöpft und ihre Glieder vom Fall zerschunden. Mit einem triumphierenden Schrei schloss der Drache seine Klauenhand um sie.

»Glaubst du uns nun, dass wir noch mächtig sind?«, fauchte er, und seine schleimige, gespaltene Zunge zuckte. »Nur schade, dass du es den anderen Menschen nicht berichten kannst.«

Saphira sammelte all ihre Kräfte, die noch in ihr wohnten, und bündelte die Energie zu einem dünnen Strahl. Als die Echse sie zu ihren gelben Zähnen hochhob, die fast Saphiras Größe erreichten, schoss sie einen Blitz von gleißender Helligkeit ab, direkt in Nosegols Auge. Der Drache brüllte auf. In diesem Moment stürzte Covalin heran und schnappte nach den Krallenfingern, die Saphira fast zerquetschten. Von dem Angriff völlig überrascht, lockerte Nosegol den Griff um das Mädchen.

»Spring!«

Sie zögerte nicht. Covalin breitete die Schwingen aus und sauste über den Boden hinweg. Mit den Zähnen erwischte er Saphiras Gewand und riss sie mit sich fort. Nosegol fauchte und schrie und schlug um sich. Kurz vor der Spalte klappte der weiße Drache die Schwingen wieder ein, doch der Schwung schleuderte ihn und das Mädchen in den Gang. Saphira überschlug sich ein paar Mal und schaffte es dann gerade noch, sich zur Seite zu rollen, bevor sie von Covalin zerquetscht wurde. Sie hörten Nosegol in seiner Höhle toben. Dampfwolken wehten in den Gang hinein. Der weiße Drache und das Mädchen zogen sich weiter in den Berg zurück, wo keine ätzenden Dämpfe das Atmen erschwerten. Saphira setzte sich auf den Boden, lehnte sich an die Wand und schloss die Augen.

»Ich habe es dir gesagt: Man kann ihn nicht besiegen«, brummelte Covalin, der sich vor ihr auf dem felsigen Grund ausstreckte.

»Abwarten!«

Immer wieder drangen Nosegols Schreie zu ihnen. »Wir sind noch immer groß und mächtig«, brüllte er, »wir werden es euch zeigen! Gewürm unter der Sonne, ihr werdet Nosegol nicht mehr vergessen. Unser Schatz! Wir werden euch zeigen, dass unser Schatz nicht zu haben ist! Wir werden euch zermalmen, Ungeziefer, Ratten, Würmer!« Es polterte und rumpelte, doch dann war plötzlich alles still. Saphira erhob sich und klopfte sich den Schmutz aus dem Gewand.

»Gehen wir!«

»Aber ...« Covalin sah sie fragend an und folgte ihr dann in die Drachenhöhle, die verlassen dalag.

»Er wird eine Weile brauchen, bis er die Orks und Trolle davon überzeugt hat, dass sein Schatz nicht zu haben ist«, lachte Saphira und machte sich daran, über die Berge an Edelsteinen, Geschmeide und edlen Rüstungen hinwegzusteigen. Gemeinsam durchquerten sie die lang gezogene Halle. Vor ihnen schimmerte graues Tageslicht. Saphira beschleunigte ihren Schritt.

Und dann stand das Mädchen hoch oben auf dem schwarzen Berg und sah über die weite Ebene der Wüste Drysert hinweg. Am östlichen Horizont schimmerten schneebedeckte Gipfel, im Westen ließen sich die Sümpfe erahnen. Weit im Süden mussten die großen Wälder beginnen, in denen die Elben in kleinen Gruppen lebten. Saphira beschirmte ihre Augen und sah der kleiner werdenden Echse nach, die sich schwarz vor den schneebedeckten Gipfeln abhob. Blendend hell erhob sich die Sonne über der mächtigen Bergkette.

»Sein Ruf war seine stärkste Waffe«, murmelte Saphira.

Covalin stupste sie leicht mit der Nase in die Seite. »Gehen wir?«

Das Mädchen nickte. »Ja, gehen wir!« Sie drehte sich um und schritt zur Höhle des schwarzen Drachen zurück. »Ja, gehen wir, es gibt viel zu tun«, murmelte sie.

Covalin schwieg und trottete hinter dem Mädchen durch die finsteren Gänge und dann den von schwarzer Lava bedeckten Hang hinunter. Unter ihnen lag das Tal, saftig grün im hellen Sonnenlicht.

Kai Meyer

Komm, schweb mit mir, mein Amethyst

Ich geh gern hierher«, sagte ich, und das war nicht gelogen. »Auch ohne die Drachen.«

»Ja«, sagte sie. Ich war nicht sicher, wie sie das meinte: Ging sie selbst manchmal her, oder bedeutete es nur, dass sie sich *natürlich* vorstellen konnte, dass einer wie ich sich gerne hier draußen rumtrieb?

Ich hätte sie danach fragen können, aber an einem Abend wie diesem hatte ich Angst vor der Antwort. Nur keine Fehler machen. Nicht heute. Nicht mit ihr.

»Ja«, sagte sie noch einmal, diesmal leiser, aber das machte die Sache auch nicht klarer.

Ich zuckte nur die Achseln und lächelte. Sie mochte mein Lächeln, das hatte sie mir auf dem Weg hierher gesagt, und wie war *das* für den Anfang? Mir hätte schon einer der Drachen auf den Kopf fallen müssen, um mich jetzt noch aufzuhalten. Seitdem lächelte ich, sooft ich nur konnte, und das war immer dann, wenn sie mich ansah.

Sie saß neben mir im hohen Gras. Die Halme bildeten um uns herum eine Mulde, die von außen nicht einzusehen war. Der Feuerschein spiegelte sich auf ihren nackten Schenkeln, auf ihren Unterarmen, auf ihrem langen Haar. Während sie mich vorhin geküsst hatte – jawohl, sie hatte mich geküsst, was hoffentlich nicht nur an meinem Lächeln lag, aber eigentlich war mir das egal, solange sie nur weitermachte –, während sie mich also geküsst hatte, hatte sie zugelassen, dass ich meine Hand auf ihren Schenkel legte und langsam daran hinaufstrich. Bevor es aber ernst werden konnte, hatte ich mir Sorgen gemacht, dass ich zu voreilig sein und sie verärgern könnte, und das wäre dann wohl das Ende dieses Abends gewesen. Deshalb hatte ich die Hand wieder hinuntergeschoben, ganz langsam, dann wieder hinauf und *wieder* hinunter. Es war schön, sie zu streicheln. Sie fühlte sich toll an.

Die Luft war fast windstill, als hätten sich selbst die Naturgewalten zurückgezogen, um die Drachen zu beobachten, so wie das wohl jeder tat in dieser Nacht. Nach Sonnenuntergang hatten sich die meisten Menschen auf den Straßen versammelt oder waren hoch auf die Stadtmauer geklettert, um dem Spektakel von dort aus beizuwohnen. Eigentlich war es verboten, sich heute Nacht im Freien aufzuhalten, aber niemand kümmerte sich darum, zumindest was die Straßen und die Plätze und die Mauer anging.

Hierher zu gehen, wo wir beide jetzt saßen, oder, na ja, eher lagen, war etwas anderes. Den Ring der Stadtmauer zu verlassen war ein schwerer Verstoß gegen das Gesetz, aber als ich den Vorschlag gemacht hatte, hatte sie mich so verliebt angesehen, dass ich meinen Fuß eher freiwillig unter eines der Karrenräder meines Vaters gestellt hätte, als jetzt noch vernünftig zu werden.

Nur wir zwei. Ganz ungestört. In der Nacht der Drachen. Und diesmal würden es nicht nur sie sein, die sich im Feuerschein paarten.

Das waren jedenfalls am Abend meine Gedanken gewesen, bevor ich sie abgeholt hatte und wir durch den Mauerspalt aus der Stadt geschlichen waren, durch den Ring aus Buschwerk, dann die steile Wiese hinunter und zu dem schmalen Weg, der auf dieser Seite unterhalb der Stadtmauer verlief. Hand in Hand waren wir gelaufen, und sie hatte gelacht, während wir den Kuhfladen ausgewichen waren, und ich hatte das Gefühl, nie in meinem Leben etwas so Bezauberndes gehört zu haben. Sie trug ein kurzes Kleid, das bei jedem Schritt an ihren langen Schenkeln hinaufrutschte, und ich hatte verflixte Mühe, die Fladen *und* ihre

Beine im Auge zu behalten. Ich weiß nicht mal, ob es ihr auffiel, aber ich denke, doch. Sie war nicht dumm. Manchmal kam es mir vor, als wäre sie unendlich klüger als ich, und ich hasste mich dafür, dass ich heute Nacht so sehr auf das Eine aus war und nicht wirklich auf das achten konnte, was sie sagte.

Ganz zu schweigen von den Drachen. Ich glaube, in keiner ihrer Paarungsnächte habe ich jemals so wenig zum Himmel hinaufgeschaut wie in dieser, und selbst wenn ich es tat, sah ich eigentlich gar nicht hin, sondern tat nur so, damit sie nicht in meinen Augen lesen konnte, wie aufgeregt ich war.

»Deine Hand zittert«, sagte sie prompt.

Na, wunderbar. »Ach ja?«

»Ich kann's spüren ... auf meinem Bein.«

»Oh, das!« Ich schluckte. »Tut mir Leid.«

Sie kicherte. »Deshalb musst du sie nicht gleich wegziehen.«

»Ich dachte nur ... ich ...«

»Ich hab gesagt, dass sie zittert, nicht, dass sie mich stört.«

»Ah ... gut.« Ich legte die Hand wieder hin, wenn auch eine Spur vorsichtiger.

»Siehst du – sie zittert noch immer.«

»Vielleicht friere ich.«

»Mitten im Sommer?«

»Wohl nicht, was?«

»Kann ich mir nicht vorstellen.« Da war es wieder, ihr Lachen. Wie konnte jemand, der so wunderschön lachte, mir Komplimente über mein Lächeln machen? Ich habe nie wieder ein so hübsches Mädchen gesehen. Ehrenwort.

Sie beugte sich vor und küsste mich. Ich erwiderte den Kuss, und erst, als ich den Kopf zurückzog, wurde mir bewusst, dass ihre Zungenspitze über meine Lippen gestrichen war. Und ich hatte sie nicht aufgemacht! Vielleicht würde diese Gelegenheit nie wieder kommen!

Dumm. Einfach nur dumm.

Aber, ach was, sie lag doch neben mir im Gras, keiner sonst

war hier, und sie hatte nichts dagegen, dass meine Hand über ihre Oberschenkel glitt. Warum also sollte die Gelegenheit nicht wieder kommen? Diese ganze Nacht war eine einzige große Gelegenheit. Der Gedanke beruhigte mich ein wenig, und vielleicht hörten sogar meine Finger auf zu zittern. Jedenfalls erwähnte sie es nicht mehr.

Ich versuchte, in ihre Augen zu blicken, aber sie schaute schon wieder zum Himmel hinauf. Ich betrachtete ihr Profil, beschienen vom gelbroten Flackern der Flammenzungen, ihre langen Wimpern und die bildschöne Nase, deren Spitze ein klein wenig nach oben wies, und die Grübchen, die selbst dann zu sehen waren, wenn sie nicht lachte. Ich schaute an ihrem langen Hals hinab bis zu der schmalen Vertiefung oberhalb des Brustbeins. Über dem Kleid trug sie ein Wildlederhemd ihres Vaters, es war ihr zu groß, und die beiden oberen Knöpfe aus Horn standen offen. Sie hatte kleine Brüste, die sich sanft unter dem weichen Leder abzeichneten, und ich überlegte fieberhaft, wann ich es wohl wagen könnte, sie dort zu berühren, und wie es sich anfühlen würde, diese Knöpfe zu öffnen und die helle Haut darunter zu küssen.

Einmal, beim Schwimmen, hatte ich einen Blick auf eine ihrer Brustwarzen erhaschen können, sie waren klein und sehr hell. Genau genommen hatte ich sogar noch mehr von ihr gesehen, aber das war Jahre her, damals waren wir elf oder zwölf, und wir waren im Wald gewesen, auf der anderen Seite der Stadt, und sie hatte gesagt, sie müsse mal – das viele Wasser aus der Quelle, ich wisse schon –, und dann hatte sie sich einfach hingehockt, ihr Kleid hochgeschoben, und ich hatte zugesehen, und es hatte ihr nichts ausgemacht. Damals hätte das nichts Besonderes sein müssen, aber das war es eben doch, jedenfalls für mich, und sogar jetzt, mit sechzehn, dachte ich noch manchmal daran zurück.

Aber dies hier war die Nacht, um alle anderen Erinnerungen abzulösen. Die Nacht, die hoffentlich selbst die größte aller Erinnerungen werden würde.

»Dein Herz, mein Amethyst«, sagte sie. Ich weiß nicht mehr, wann sie angefangen hatte, mich so zu nennen, aber es lag schon ein paar Jahre zurück.

»Was ist damit?«

»Es schlägt so laut.«

Ich hob beide Augenbrauen. »Du kannst mein Herz hören?«

»Sicher.« Sie schmunzelte. »Und wahrscheinlich die Leute oben auf der Stadtmauer auch, bei all dem Lärm, den es macht.«

Ich versuchte, auf meinen eigenen Herzschlag zu lauschen. »Ehrlich?« Liebe Güte, ja, da war er! Ich muss ziemlich rot geworden sein, aber sie besaß genug Anstand, mich nicht darauf anzusprechen.

Obwohl – ein bisschen weniger Anstand hätte nicht schaden können, nicht wahr?

Meine Hand lag noch immer auf ihrem Oberschenkel, und nun beschloss ich, alles auf eine Karte zu setzen. Langsam ließ ich meine Finger höher gleiten, dorthin, wo ihre Haut vom Saum des Kleides bedeckt wurde, so straff gespannt, dass der schattige Winkel darunter wie der Eingang zu einer Höhle aussah. Ein Eingang, in den ich jetzt meine Hand bringen wollte, koste es, was es wolle. Sie sagte nichts, blickte nur weiter zum Himmel hinauf, zum Schauspiel der kreisenden Drachen und ihren turmhohen, glutgelben Feuerstößen.

Meine Finger passierten den Saum ihres Kleides. Ich zögerte kurz, sah sie wieder an, sah sie lächeln, obwohl sie meinen Blick nicht erwiderte. Ich schaute wieder hinab auf meine Hand, sah sie unter dem Stoff verschwinden. Als ich das nächste Mal zu ihr aufblickte, hatte sie ihre Augen geschlossen. Der Feuerschein warf die Schatten ihrer langen Wimpern bis auf ihre Wangen.

Meine Fingerspitzen berührten etwas, ganz sanft. Weiche Haarspitzen. Mein Herzschlag war jetzt so laut, dass ihn selbst die Drachen hören mussten.

»Ist gut«, sagte sie leise, immer noch mit geschlossenen Augen.

Wie war *das* gemeint? Gefiel es ihr, oder wollte sie, dass ich aufhörte?

Ich ließ meine Finger, wo sie waren, forschte nicht weiter, zog sie aber auch nicht zurück.

Aus Furcht, sie könnte etwas dagegen sagen, küsste ich sie, diesmal heftiger, aber jetzt öffnete sie die Lippen nicht mehr, und ich dachte, verdammt noch mal, ich hatte vorhin vermutlich die Gelegenheit meines Lebens verpasst. Wahrscheinlich würde ich noch in dreißig Jahren diesem einen Augenblick nachtrauern. Dem Augenblick, dem Kuss, diesem Mädchen.

In diesem Moment war ich sicher, dass ich sie liebte. Wirklich und wahrhaftig liebte.

Natürlich sagte ich das nicht. Sie hätte es doch nur kindisch gefunden und vielleicht gelacht. Ich war ziemlich sicher, dass sie *mich* nicht liebte. Es wäre anmaßend gewesen, das zu hoffen.

»Du kannst so süß sein, wenn du willst«, sagte sie.

Süß. Immerhin.

Ich schob meine Finger eine Winzigkeit weiter. Wieder berührte ich ihre Haarspitzen dort unten, und alles schien mir warm und pulsierend, als läge mein Herz mit einem Mal in ihrem Schoß. Und irgendwie tat es das ja auch.

Dann presste sie ihre Oberschenkel zusammen, und für einen Moment war meine Hand gefangen zwischen ihrem warmen, festen Fleisch.

»Warte«, sagte sie.

Das Wort war wie ein Hammerschlag. Obwohl es nur diese beiden Silben waren, hätten es ebenso gut zwei unserer Freunde sein können, die mit einem Mal neben uns im Gras aufsprangen und losgrölten. Rumms. Eins vor den Hinterkopf. Mein Herz hörte auf zu schlagen.

Ich Ochse zog die Hand zurück, fast bis zu ihrem Knie.

Vielleicht hätte ich das nicht tun sollen. Vielleicht hätte ich sie einfach da unten liegen lassen sollen. Vielleicht wollte sie, dass ich das tat, ja, sie wollte von mir erobert werden.

In deinen Träumen, Schwachkopf.

Schweigen. Ein langes Schweigen. Ein Schweigen von der Sorte, das schnell zu Sätzen führt wie: »Nun, danke jedenfalls für den netten Abend.«

Aber so weit ließ sie es nicht kommen. »Schau mal!« Sie sah mich nicht an, blickte wieder zum Himmel hinauf, in den strudelnden, trudelnden Paarungstanz der Drachen.

Mir lag ein »Ja, sehr schön« auf der Zunge, aber dann folgte ich tatsächlich ihrem Blick, und zum ersten Mal sah ich sie wirklich dort oben, sah sie in all ihrer Schönheit und Macht.

Es waren sechs oder sieben, und der Nachthimmel gehörte ihnen. Einmal im Jahr, immer im Juli, kamen sie aus den Bergen herab und trafen über der Ebene aufeinander. Mit ihren Schwingen tanzten sie einen Reigen, Stunde um Stunde, ohne sich zu berühren, bis sie irgendwann ihre Wahl getroffen hatten. Bis es so weit war, flogen sie über- und umeinander, die Nacht war voll von ihnen. Sie schlängelten sich durch die Lüfte wie Figuren eines exotischen Ornaments. Jedes freie Stück Schwärze schienen sie auszufüllen wie Vignetten im Initial einer Handschrift, mit kunstvollem Federstrich umrissen und dann mit Gold ausgemalt. Das Gold am Himmel war der Schein ihrer Feuerstöße, die sie in immer schnelleren Abständen hinausbliesen in die Nacht, nicht gegeneinander, nicht im Kampf, sondern als Zeichen von Macht und Stärke und – so vermuteten wir Menschen und gingen dabei vielleicht mal wieder ein wenig zu sehr von uns selbst aus – als Zeichen ihrer Zeugungskraft. Aber was immer ihre Beweggründe waren, es war ein Schauspiel ohnegleichen, das schönste aller Bilder, ein Spektakel aus Feuer und maßloser, fremder Eleganz. Diese Nacht war der Höhepunkt des Jahres, denn er erinnerte uns alle an das, was wir waren und niemals sein konnten.

Aber wir konnten es immerhin versuchen, und gerade eben noch war ich auf dem besten Weg dorthin gewesen. Jetzt aber lag meine Hand wieder auf ihrem Oberschenkel, viel zu weit entfernt vom Ziel, und ich spürte einen ganz schwachen Luftzug an den Fingerspitzen, weil sie immer noch feucht waren, und ich wurde halb verrückt bei dem Gedanken, dass es *ihre* Feuchtigkeit war.

Und obwohl mir all das durch den Kopf ging, blickte ich immer noch gemeinsam mit ihr zum Himmel hinauf und sah, was sie schon früher entdeckt hatte als ich.

Zwei Drachen hatten ihre Wahl getroffen und schlängelten sich im Flug umeinander, trugen sich jetzt mit vier statt mit zwei Schwingen, ein titanisches Liebesspiel, bei dem jeder Atemstoß zum Feuerball wurde.

Einen Moment lang bekam ich kaum Luft, so großartig war dieser Anblick, so ungeheuerlich, so überwältigend. Für drei, vier Herzschläge vergaß ich sogar mein eigenes menschliches Problem und konnte nichts anderes als staunen.

Und dann löste sich etwas wie eine Goldmünze aus dem Knäuel der beiden Körper und segelte langsam zu Boden, schaukelte auf den Sturmstößen der mächtigen Schwingen vor und zurück und senkte sich dabei zur Erde herab.

»Siehst du das?«, fragte sie.

»Ist das – ?«

»Eine Drachenschuppe.« Sie bekam vor Erregung kaum Luft. Ich wünschte mir, sie hätte dafür einen besseren Grund gehabt. »Eine echte, wahrhaftige Drachenschuppe.«

Das glühende goldene Ding kam näher, und jetzt wurde deutlich, dass es nicht weit von hier zu Boden fallen würde.

Sie streifte meine Hand und meine Umarmung ab und sprang auf.

Ich saß unter ihr im Gras wie ein Häuflein Elend, und beinahe wäre ich sitzen geblieben, als sie mir ihre Hand entgegenstreckte.

»Komm«, sagte sie. »Weißt du, was ich jetzt tun will?«

»Nach Hause gehen?«, fragte ich elend.

»Ach was, du Kindskopf.« Sie lachte, und jetzt musste ich einfach nach ihrer Hand greifen. »Lass uns danach suchen.«

»Nach was?«

»Nach der Drachenschuppe natürlich!« Hinter ihr erhellte ein triumphaler Flammenstoß den Himmel, hüllte einen Atemzug lang alles in fließendes, schimmerndes Kupferlicht.

»Du willst die Schuppe suchen?«

»Das sag ich doch!«

»*Jetzt?*«

»Natürlich. Bevor irgendwer anders auf die Idee kommt.«

»Aber wir sind die Einzigen hier draußen vor der Stadt.«

»Umso besser.« Sie rannte los, meine Hand immer noch in der ihren, und ich hatte keine andere Wahl, als mitzulaufen. Als hätte ich auch ernsthaft irgendetwas anderes in Erwägung gezogen.

Ganz kurz blickte ich über die Schulter zurück zur Stadtmauer, zwei- oder dreihundert Schritt weit hinter uns. Dann hatte ich genug damit zu tun, auf meine Füße zu achten, während wir durch das hohe Gras stürmten, durch ein unberührtes Meer aus wogenden Halmen, halb so hoch wie wir selbst. Wir liefen parallel zu einem Streifen aus Buschwerk und niedrigen Bäumen, der sich von der Stadt bis zum See hinab zog und dort in den Uferwald mündete.

»Da«, rief sie begeistert, »sie ist immer noch in der Luft!«

»Sieht aus, als würde sie in den See fallen.«

»Sei kein solcher Griesgram.«

»Bin ich gar nicht.«

»Bist du doch.«

»Überhaupt nicht.« Na gut, ich klang nicht besonders überzeugend, das gebe ich zu.

Sie blieb plötzlich stehen, drehte sich zu mir um, umarmte mich aus heiterem Himmel und sah mir mit lachenden Augen ins Gesicht. »Ach, Amethyst ... du großer, dummer, süßer Junge. Du musst keine Angst haben, dass dir irgendwas entgeht heute Nacht. Ich weiß, was du willst, und glaub mir, ich will genau dasselbe.«

Hatte sie das wirklich gesagt? Hatte sie wirklich?

»Aber erst«, sagte sie, »suchen wir die Schuppe. Und dann –« Sie gab mir den großartigsten Kuss, den man sich vorstellen kann – den jedenfalls *ich* mir vorstellen konnte. Und dann rannte sie schon wieder, und ich hinterher, aber das waren nur meine Beine, denn mein Kopf schwebte immer noch irgendwo dahinten und versuchte zu verdauen, was sie gerade gesagt hatte.

Ich weiß, was du willst, und, glaub mir, ich will genau dasselbe.

Ich hätte ihr alles geglaubt in diesen Augenblicken. Ich hätte alles für sie getan. Sogar eine Drachenschuppe gesucht, die wir nie finden würden, weil niemals zuvor ein Mensch eine Drachenschuppe gefunden hatte.

»Wir schon«, sagte sie, und ich überlegte ernsthaft, ob sie meine Gedanken las. Aber das war nur, weil wir wirklich beide dasselbe dachten in dieser Nacht.

Wir pflügten durch das Gräsermeer, während auf der Stadtmauer ein großes Geschrei anhob. Ich dachte, man hätte uns entdeckt, aber tatsächlich war es Jubel, und er galt dem Drachenpaar am Himmel, das jetzt wie ein Feuerrad vor den Sternen rotierte und Glutwogen in alle Richtungen schleuderte. Das ist es, warum wir Menschen ein gutes Feuerwerk so schätzen: Es erinnert uns an den Tanz der Drachen, an das, was uns nur einmal im Jahr zu sehen vergönnt ist und das vielleicht bald für immer Vergangenheit sein wird. Schon damals gab es nicht mehr viele Drachen, von Jahr zu Jahr wurden sie weniger, und es lag etwas Verzweifeltes in ihren Bemühungen, sich zu vereinigen, denn selten entstand daraus ein neuer Drache, der Nachwuchs, den sie so dringend benötigten.

Zu einem anderen Zeitpunkt hätte mich die Trauer der Drachen wohl angesteckt – ich neige dazu, das Leid anderer anzunehmen, jedenfalls sagen mir das alle –, aber in diesen Minuten hatte ich anderes im Kopf.

Beim Laufen rutschte ihr Kleid wieder höher, doch sie beachtete es nicht. Nicht um mich zu necken, sondern weil es keine Rolle für sie spielte. So war sie eben, und es war Teil von dem, was ich so an ihr mochte.

Heute wünsche ich, ich könnte sie wieder sehen. Noch einmal mit ihr über die Wiesen laufen, mich durchs Unterholz zwängen. Noch einmal den Augenblick erleben, als der See vor uns lag.

»Du hast Recht«, sagte sie, als wir am Ufer stehen blieben.

Das hatte ich wohl, aber ich war nicht stolz darauf.

Die Schuppe trieb in der Mitte des Sees, gewölbt und so groß wie ein Ruderboot. Sie glühte unverändert im Dunkeln und beschien einen Umkreis von zehn, zwanzig Schritt. Ihr Schein zersplitterte auf den sanften Wogen, die der Aufschlag verursacht hatte; es sah aus, als triebe flüssiges Gold auf dem schwarzen Wasser.

»Und nun?«

Sie überlegte einen Moment, dann sah ich im Feuerschein ihre Mundwinkel zucken. »Was denkst du?«

»Ich seh dir an, was *du* denkst.«

»Schön«, sagte sie lachend und streifte das Hemd ihres Vaters ab, ohne die Knöpfe zu öffnen. »Dann tun wir's.«

»Tun wir's?«, wiederholte ich irritiert.

»So eine Gelegenheit kommt nie wieder.«

Das dachte ich auch – obwohl mir die Befürchtung kam, dass sie etwas anderes meinte als ich.

»Du willst rüberschwimmen?«, fragte ich sicherheitshalber.

»Du nicht?«

»Doch, klar.«

Sie löste die schmalen Lederbändchen, die das Kleid auf ihren Schultern hielten, und ich sah zu, wie es an ihren Hüften hinabglitt, an ihren Schenkeln, und rund um ihre Füße liegen blieb. Das alles im Halbschatten, denn gerade jetzt legten die Drachen am Himmel eine Pause ein.

Nur für Sekunden.

Dann fauchte der nächste Feuerstoß durch die Nacht, und in

seinem Schein konnte ich sie ansehen, sah, wie sie in die Hocke ging, um die Riemen ihrer Sandalen zu lösen, und dabei fiel ihr langes Haar über ihre Schultern und verdeckte für einen Augenblick ihre niedlichen Brüste und den Rest, der mir immer noch den Atem raubte.

»Du auch«, sagte sie, während sie die Lederschnüre von ihren Unterschenkeln wickelte.

Ich ließ Wams und Hose fallen, schneller als jemals zuvor. Einfache Tätigkeiten wie diese hatten aufgehört, Raum in meinen Gedanken einzunehmen, alles war nur noch auf sie gerichtet, auf ihre seidige Haut im Glanz der Flammenzungen.

Sie streifte die Sandalen ab und richtete sich wieder auf. Sie betrachtete mich ein wenig verstohlen, und zum ersten Mal hatte ich das Gefühl, dass ich sie aus der Reserve lockte. Selbst in der Erinnerung ist ihr Lächeln kein bisschen blasser geworden. Es ist *ihr* Lächeln, und das wird es immer für mich bleiben.

Dann runzelte sie skeptisch die Stirn. »Und die Stiefel?«

»O ja ... sicher.«

Kurz darauf nahm sie mich bei der Hand, wir rannten zum Wasser, tauchten kurz die Füße hinein, mussten beide lachen, weil wir die gleiche Gänsehaut bekamen, und liefen weiter, ein wenig schwankend wegen der Steine, dann noch lauter lachend, als die Wasserpflanzen nach uns tasteten und unsere Körper berührten.

Ich war der bessere Schwimmer – zumindest etwas, in dem ich sicherer war als sie –, aber sie war trotzdem recht schnell, und ich blieb auf einer Höhe mit ihr. Nicht für alle Drachenschuppen dieser Welt hätte ich freiwillig darauf verzichtet, ganz in ihrer Nähe zu sein. Bei jedem Schwimmstoß tauchte sie Gesicht und Haar unter Wasser, nicht wie die anderen Mädchen, und immer wenn sie auftauchte, lag das flüssige Gold des Drachenscheins auf ihren Zügen. Tropfen funkelten wie Diamanten in ihren Wimpern. Meine Beine und Arme wurden wie Blei bei diesem Anblick, und hätte ich mich nicht gezwungen, mich aufs

Schwimmen zu konzentrieren, wäre ich untergegangen wie ein Stein. Es war nicht leicht, nach vorne zu schwimmen und dabei die ganze Zeit zur Seite zu schauen.

Hin und wieder blickte auch sie zu mir herüber, und einmal spie sie mir quietschend einen Wasserstrahl ins Gesicht. Wenn ich's genau bedenke, benahmen wir uns wie zwei Kinder, wir fühlten beide nichts von der Erhabenheit, die wir beim Anblick der Drachenschuppe hätten spüren müssen. Die einzige Ehrfurcht, die mich überkam, war die vor dem Mädchen neben mir im Wasser, und dagegen waren die Schuppe und die Drachen und die ganze Welt so unbedeutend wie irgendein Sandkorn am Grunde des Sees.

Wir schwammen lange – es ist ein großer See, auch heute noch –, aber irgendwann stießen wir in jenen Bereich vor, den die Schuppe mit ihrem Licht erfüllte, und die Wärme, die über dem Wasser lag, ließ mich für einen Augenblick zögern.

»Kannst du es spüren?«, fragte sie zwischen zwei Schwimmstößen.

»Ja. Glaubst du, dass sie heiß ist?«

»Weiß nicht.« Und woher auch? Niemand sonst hatte bisher eine Drachenschuppe berührt, zumindest keiner, den wir kannten.

Wir schwammen jetzt beide auf der Stelle, gleich nebeneinander. Ich starrte die Schuppe an, ihre hochgewölbten Ränder, die eine gute Armlänge über den Wellen trieben. Von hier aus konnten wir nur einen Teil der Außenseite sehen, nicht aber ins Innere.

»Komm mal her«, sagte sie unvermittelt.

Ich wandte überrascht meinen Kopf zu ihr um, aber da war sie schon heran, hielt sich nur mit den Beinen in der Schwebe und legte ihre Hände an meine Seiten. Es war fast eine Umarmung, das Nächstbeste, das inmitten eines Sees mit hundert Mannslängen Leere unter einem möglich ist. Trotz des Abgrunds unter uns, trotz der glühenden Schuppe, trotz der Drachen am Himmel brachte mich die Berührung fast um den Verstand. Ich stellte mir ihre langen Beine in der Dunkelheit vor, wie sie sich streckten und anwinkelten, und wie das Wasser ihren Körper liebkoste.

»Amethyst«, flüsterte sie wieder und sah mich mit leuchtenden Augen an.

Ich bewegte meine Beine ein wenig schneller, um die Umarmung erwidern zu können, dann küssten wir uns mit allem Drum und Dran, schluckten irgendwann Wasser, mussten schrecklich lachen und gingen darüber beide für einen Augenblick unter.

Als ich wieder auftauchte, war ich allein. Ich spürte ihre Berührung nicht mehr, und das Wasser fühlte sich kälter an.

Ich paddelte wild auf der Stelle, drehte mich im Kreis, rief ihren Namen, aber sie kam nicht wieder hoch.

Die Schuppe beschien meine Panik mit stoischem Goldglanz. Am Himmel kreisten unaufhörlich die Drachen, schleuderten Feuer, tanzten mit sich selbst und miteinander, und ich trieb in der Leere, in der Stille, und mein Herz setzte bei jedem zweiten Schlag aus und drohte zu erstarren.

»He, Amethyst!«

Mein Kopf fuhr herum, und dann sah ich sie lächelnd über den Rand der Schuppe gebeugt. Sie streckte mir ihre Hände entgegen. Ich wusste nicht, wann sie dort hinaufgeklettert war und warum ich es nicht bemerkt hatte.

»Komm, schweb mit mir.«

Das war die sonderbarste Einladung, die ich in meinem ganzen Leben erhalten habe, aber ich wäre lieber gestorben, als noch einen Herzschlag länger zu zögern.

Ich überwand das letzte Stück, legte eine Hand an die Außenseite der Schuppe – sie war warm, aber nicht heiß –, ließ zu, dass ihre Finger über meine Wange strichen, dann zog ich mich mit beiden Händen über den Rand. Die Schuppe schwankte nur ganz leicht, weniger als jedes Boot.

Wir küssten uns wieder, als wir uns in der Mulde gegenüberhockten, sie im Schneidersitz, ich auf den Knien, und bald lagen wir beieinander, und ich konnte ein sanftes, fernes Pulsieren unter der Oberfläche der Schuppe spüren, wie ein Nachhall des Herzens, das einst darunter geschlagen hatte. Unter uns war das Gold des Drachen, und über uns der Feuerschein, und ich war froh und dankbar, und vermutlich stellte ich mich furchtbar ungeschickt an, aber das ist ganz in Ordnung, denke ich. Wir waren beide so aufgeregt, wie man es später nur noch selten ist, und ich glaube, irgendwann in dieser Nacht habe ich ihr dann doch noch gesagt, dass ich sie liebe, und sie hat nicht gelacht, sondern nur meine Lippen mit den ihren berührt, ein zarter Stups, eine hochgezogene Augenbraue und dann wieder die ganze Wärme ihres Körpers und dieses Lächeln.

Gegen Morgen verlor die Schuppe an Glanz, der Himmel leerte sich, und wir schwammen müde und glücklich zurück ans Ufer. Ich wusste genau, wenn ich mich umdrehte, würde die Schuppe verschwunden sein, versunken im See, und so war es dann auch.

Ich werde sie nie vergessen, das sagte ich ihr, und heute weiß ich, dass es die Wahrheit war.

Ich werde mich immer an das erinnern, was sie gesagt hat, als sie hinter dem Rand der Goldschuppe auftauchte und mir die Hand entgegenstreckte.

Ich kann mich an alles erinnern, an ihre Augen, ihre Lippen, an ihren Geschmack und die Muster der Wassertropfen auf ihrer Haut.

Amethyst – sie war die Einzige, die mich jemals so genannt hat, und ich weiß bis heute nicht, warum. Aber das spielt keine Rolle, nicht wahr?

Komm, schweb mit mir.

Ich schwebe noch immer, dann und wann, und das wird so bleiben. Mein Leben lang.

Andreas Eschbach

Der Drache im Hindukusch

»Drachen?«, wiederholte ich, nur um sicherzugehen, dass ich mich nicht verhört oder plötzlich angefangen hatte, an akustischen Halluzinationen zu leiden.

Mein Gegenüber lachte. »Merken Sie es? An Ihrer eigenen Reaktion? Das ist es, was ich gemeint habe, als ich sagte, dass es Grenzen dafür gibt, was einem als Wahrheit abgenommen wird, und mag es hundert Mal wahr sein. Was nicht sein kann, das darf auch nicht sein. Überschreiten Sie diese Grenze, hört man Ihnen nicht mehr zu. Was Sie sagen, wird einfach ausgeblendet, weil es nicht in das Weltbild passt, auf das wir uns stillschweigend geeinigt haben.«

Ich griff nach dem Weinglas vor mir auf dem Tisch, nur um etwas zu tun, solange meine Gedanken sich zu ordnen versuchten. »Na ja, gut und schön ...«, sagte ich, oder so was Ähnliches. »Skandale werden unter den Teppich gekehrt, man redet nicht über Korruption, Konflikte in Gegenden, die keinen Nachrichtenwert haben, bleiben unerwähnt ... Aber *Drachen*, ich bitte Sie!«

Mein Gesprächspartner war ein weit gereister, lebenserfahrener Journalist, den man öfters im Fernsehen sieht und dessen Artikel in den renommiertesten Zeitungen und Zeitschriften abgedruckt werden. Wenn ich seinen Namen nennen dürfte, wäre das hier nicht einfach eine nette Geschichte, die dem Amüsement des Lesers dienen mag, sondern eine Sensation. Aber er hat mich gebeten, es nicht zu tun, und natürlich halte ich mich daran und erkläre also, dass alles, was ich hier erzähle, reine Fiktion ist, selbstverständlich, nichts als meine pure Erfindung. Womit das hoffentlich abgehakt wäre.

Er lächelte sphinxhaft und winkte dann ab, mit einer jener sparsamen Gesten, an denen man ihn sofort erkennt. »Gerade darauf will ich doch hinaus, verstehen Sie? Skandale, Bestechung, Kriege – das kennen wir alles. Was im Einzelnen los ist, spielt für unser Weltbild keine Rolle. Die Begriffe sind uns vertraut. Es ist etwas, das es unserer Vorstellung nach wirklich gibt. Und das glauben wir auch, wenn wir noch nie in einen Skandal verwickelt worden sind. Auch, wenn wir noch nie bestochen worden sind. Ihre Generation hat auch einen Krieg nie am eigenen Leib erfahren müssen. Gott sei Dank, nicht wahr. Aber Drachen ...« Er hielt schmunzelnd inne, und sein Blick wanderte über seine Sammlung von Erinnerungsstücken an seine Reisen, reich verzierte Krummsäbel und zerschlissene Gebetsfahnen an den Wänden, tönerne Gefäße und kleine Jade-Statuetten auf schmalen Borden. »Bei Drachen, da sind wir uns absolut sicher, dass die ins Reich der Märchen gehören. Vielleicht gehören sie da auch hin, das will ich gar nicht in Abrede stellen, aber es gibt sie jedenfalls. Hier. Heute. In unserer Welt. Nicht viele, man muss schon danach suchen, aber es gibt sie. Und das Irrsinnige ist, das ist nicht mal ein großes Geheimnis. Sie würden sich wundern, wie viele Journalisten Ihnen das im vertraulichen Gespräch bestätigen, auch wenn sie den Teufel tun und jemals auch nur ein Wort darüber schreiben würden.«

Kennen gelernt hatten wir uns auf einem Verlagsempfang während der Frankfurter Buchmesse. Normalerweise nicht die geeignete Umgebung, um über ein mehr oder weniger beeindrucktes Händeschütteln und einen Smalltalk, mit dem man beweisen will, wie unbeeindruckt man ist, hinauszugelangen, aber trotz all dem und trotz des nicht unbeträchtlichen Unterschieds an Lebensalter und Erfahrungshintergrund war zwischen uns ein Draht da gewesen, der in der Folge zu Briefwechseln, Telefonaten und schließlich dazu geführt hatte, dass ich an diesem Abend, nach einem beeindruckend guten Essen in einem Restaurant, das eigentlich auch ins Reich der Märchen gehört, in seiner beeindruckenden Bibliothek saß und das Gespräch über Gott und die Welt irgendwie auf Drachen gelangt war.

»Wir verstehen uns richtig?«, setzte ich noch einmal an, während ich mein Weinglas wieder absetzte, ohne einen Schluck getrunken zu haben. Das schien mir jetzt doch zu riskant. »Wenn wir von Drachen reden, meinen wir nicht die, die kleine Jungs im Herbst in den Himmel steigen lassen, sondern die anderen? Die Jungfrauen entführen und denen sieben Köpfe nachwachsen, wenn man ihnen einen abschlägt?«

»Was für Eigenschaften sie tatsächlich haben, kann ich Ihnen auch nicht sagen. Aber es muss doch etwas bedeuten, dass Sie zu allen Zeiten und bei jedem Volk auf diesem Planeten Legenden über Drachen finden und dass sich alle Beschreibungen ähneln.«

»Mit anderen Worten, in Loch Ness haust wirklich ein Drache.«

»Wer weiß. Vielleicht war es sogar ein Drache, der die ganzen Schiffe im Bermudadreieck hat spurlos verschwinden lassen Anfang des zwanzigsten Jahrhunderts. Das werden wir niemals erfahren.«

»Weil niemand dabei war«, nickte ich. »Weil es zwar massenhaft Legenden gibt, aber keine Fotos.« Ich schüttelte den Kopf. »Ich würde mich wirklich besser fühlen mit ein paar Fotos. Oder mit einem anderen Beweis.«

»Vielleicht hat es einen Grund, warum keine Fotos existieren. Es heißt ja, Drachen seien magische Lebewesen.« Er hob die Hand, als befürchte er einen Aufschrei der Entrüstung; übrigens zu Recht. »Was immer das im Lichte unserer naturwissenschaftlichen Weltsicht bedeuten mag, wohlgemerkt. Vielleicht findet eines Tages jemand, dass die psychologische Deutung von Magie nicht die einzig mögliche ist.«

»Ich fürchte, auch dafür wird er irgendwelche Beweise haben wollen«, beharrte ich.

Mein Gegenüber nickte verständnisvoll und erhob sich aus seinem wunderbaren alten ledernen Ohrensessel – um den ich ihn inbrünstig beneide, nebenbei bemerkt. Er ging die Regale seiner Memorabilien ab und blieb vor einem Stück Marmor stehen, das eiförmig und so lang wie ein Unterarm war und von einer darüber hängenden Rotlichtlampe angestrahlt wurde, deren Licht die feinen, archaischen Kratzmuster darauf zur Geltung brachte. Jetzt erst fiel mir auf, dass dahinter eine gerahmte Karte an der Wand hing, und als er sie abnahm und vor mir auf den Tisch legte, sah ich, dass es eine uralte Karte von Afghanistan war.

Mittlerweile hat man die Umrisse dieses Landes, weiß der Himmel, oft genug in der Tagesschau gesehen. Mich erinnert es immer an ein breit geklopftes paniertes Schnitzel aus der Dorfgaststätte, mit einem knubbeligen schmalen Fortsatz am rechten oberen Eck. Auf genau dieses Anhängsel legte er den Finger und erklärte: »Der Hindukusch. Eine achthundert Kilometer lange Hochgebirgsregion, dem Pamir-Gebirge und der Himalaya-Hochebene vorgelagert, Wasserscheide zwischen dem Amu-Darya-Tal und dem Einzugsgebiet des Indus, und im Altertum ein militärisch höchst bedeutsames Hindernis auf dem Weg nach Indien.«

»Ah ja«, machte ich mit dem schlechten Gewissen, das mich in solchen Momenten immer befällt, weil ich dann merke, wie wenig ich in Geografie und Geschichte bewandert bin.

»Wussten Sie eigentlich«, fuhr er mit feinem Schmunzeln fort, »dass der Hindukusch niemals erobert wurde, seit es Afghanistan gibt? Die Russen haben sich die Zähne an diesem Gebiet ausgebissen, und die Taliban haben es erst gar nicht versucht. Und als die Amerikaner hinkamen ...« Er zögerte einen Moment, aber doch lange genug, dass ich merkte, wie er sich überwinden musste. »Ich möchte Ihnen eine Geschichte erzählen. Eine Geschichte, die ich aus den Gründen, die ich vorhin genannt habe, nicht selber schreiben kann. Aber Sie könnten es. Sie könnten mir Ihre Stimme leihen und es klingen lassen wie etwas Ausgedachtes.«

Natürlich war ich neugierig. Natürlich konnte ich nicht widerstehen. Natürlich sagte ich: »Einverstanden.«

»Indscha chub nist«, sagt Ahmad Wahil, und das heißt, dass es hier nicht gehen wird. Er erhebt sich von der Stelle, an der er gekniet und das Eis abgehorcht hat, das den Fluss wie kalte weiße Lava bedeckt. Die Karawane aus Kamelen und Packpferden wartet geduldig. Es ist erbarmungslos kalt, doch die panzerdicke Eisschicht hat Risse, durch die man das tückisch gurgelnde Wasser hören kann, das darunter lauert. Hier ist kein Fehler erlaubt. Einbrechen bedeutet den sofortigen Tod.

Drei Wochen zuvor sind Pascal, ein Fotograf aus Frankreich, mit dem ich schon oft zusammengearbeitet habe, und ich auf weiter südlich gelegenen Schmugglerpfaden von Pakistan aus ins Land gekommen. Man schreibt den Dezember 1984. Seit annähernd fünf Jahren sind sowjetische Truppen in Afghanistan, versuchen mit immer brutaler werdenden Militäraktionen, aus denen wachsende Verzweiflung spricht, den Widerstand der Mudschaheddin gegen das kommunistische Regime in Kabul niederzuzwingen. Doch alle Militärmacht versickert und versandet in den unzugänglichen Bergen Afghanistans. Weit gehend unbehelligt sind wir im Schutz unserer Führer umhergereist, haben mit Menschen in entlegenen Bergdörfern gesprochen, konnten Fotos machen, mit denen wir den Zustand des Landes nach fünf Jahren Besatzung zeigen werden, sobald wir zurück sind in unseren warmen Büros zu Hause.

Falls wir zurückkehren, heißt das. Im Augenblick ist nichts ungewisser als das.

Bei unserem Versuch, das Land über den Schmugglerweg, auf dem wir gekommen sind, zu verlassen, sind wir in eine sowjetische Falle geraten und nur mit viel Glück entkommen. Nun sind sie hinter uns her.

Wir haben ein schlechtes Gewissen. Uns ist nichts passiert in dem Schusswechsel, nicht einmal ein Kratzer, aber Faiz, unser

Begleiter, seit wir im Land sind, hat eine Kugel im Oberarm und noch eine in der Seite, vielleicht, jedenfalls blutet er und muss uns verlassen. Man wird ihn in irgendeiner winzigen Siedlung in den Bergen verarzten, unter Bedingungen, die primitiver sind, als sich ein Westeuropäer vorzustellen im Stande ist, und nur mit viel Glück überleben. Deswegen willigen wir in den halsbrecherischen Plan unserer Begleiter ein, Afghanistan über die Seidenstraße zu verlassen.

Das bedeutet, es geht hinauf in den Hindukusch, jenes zerklüftete Massiv, von dem die Afghanen sagen, es sei so hoch, dass selbst die Vögel es nur zu Fuß überqueren. Wir folgen jenem Weg, auf dem einst Marco Polo nach China gelangte und später chinesische Seide nach Europa, doch der Name täuscht: Es ist keine Straße, sondern ein oft kaum auszumachender Karawanenweg, der durch ödes Bergland führt und Höhenunterschiede von fast fünftausend Metern überwindet. Trostlose Gegenden sind es, die wir durchqueren, leblose und vereiste Steinwüsten. Würde jemand behaupten, dies sei der Schuttabladeplatz Gottes, der Hinterhof, auf den er einst achtlos jene Baumaterialien schüttete, die bei der Erschaffung der Welt übrig geblieben sind, ich wüsste kein Gegenargument.

Endlich findet Ahmad einen sicheren Übergang und gibt das Zeichen, ihm zu folgen. Die schwer bepackten Tiere überqueren den Fluss langsam und vorsichtig und in großem Abstand. Die Pferde tun sich schwer, während die Kamele mit ihren weichen Plattfüßen und ihrem sanften Wiegeschritt wesentlich sicherer gehen, sich sogar umschauen, als interessiere sie die Landschaft.

Wir haben zwei Stunden für zwei Kilometer gebraucht, und nun geht es einen Pass hinauf, obwohl die Dämmerung naht. Der Pfad ist so vereist, dass Ay Sattar Sand aus einem mitgebrachten Beutel streuen muss, damit er begehbar wird. Die Kamele sträuben sich, sind nur mit Zerren und Gebrüll zum Gehen zu veranlassen. Alle fünfzig Schritte müssen wir den Tieren eine Pause gönnen, dann geht es weiter, um jeden Meter muss erbittert gerungen werden, von Mensch und Tier gleichermaßen.

Ein heimtückisch kalter Wind kommt auf, beißt mir ins Gesicht. Ich reibe fortwährend meine Nase und meine Wangen, um sie vor dem Erfrieren zu bewahren. In Pascals Bart hängen Eiszapfen, seine Augen sind blutunterlaufen, trotzdem bedient er mit klammen Händen die Kamera, versucht das atemberaubende Panorama auf ein paar Quadratzentimetern Film einzufangen, will den Betrachter später ahnen lassen, wie es ist, an den Flanken dieser Götterberge emporzuklimmen, zitternd in einer gleichgültigen Bergwand zu hängen, in der jeder Sturz oder falsche Schritt das sichere Ende bedeutet.

Plötzlich spüre ich Unruhe um mich herum. Die Tiere scheuen, sträuben sich, den nächsten Fuß vorzusetzen, die Treiber geraten in Panik. Zum ersten Mal fällt mir auf, dass jeder unserer Begleiter ein dünnes Pfeifchen an einer Schnur um den Hals trägt; bisher hatten sie es unter ihren Jacken verborgen gehabt, doch nun greifen sie auf einmal alle danach wie nach einem Talisman. Ich will gerade eine diesbezügliche Frage stellen, als ich es höre. Das Geräusch, das der Grund der Unruhe ist.

Ein fernes, unheilvolles Knattern.

Sowjetische Hubschrauber.

»Borem, borem!«, schreit Khodai Shah, der das letzte Gespann führt, »weiter, weiter«. Doch es hat keinen Sinn zu drängeln, schneller geht es nicht.

Man hört weit in diesen Bergen, deshalb bin ich überrascht, als ich mich im Sattel umdrehe und in der Ferne bereits die fahlen Lichtfinger der Suchscheinwerfer entdecke. Das ist keine Routinepatrouille. Die Russen müssen uns irgendwie aufgespürt haben. Vielleicht mithilfe ihrer Luftaufklärer oder Satelliten, doch die wahrscheinlichere Erklärung ist, dass sie einen Hinweis bekommen haben, gegen harte Rubel, versteht sich. In Afghanistan ist alles käuflich, auch Loyalität.

»Merde!«, flucht Pascal neben mir, aber sein Zorn gilt nicht

dem nahenden Verderben, sondern der Tatsache, dass er nicht im Stande sein wird, es zu fotografieren: Er hat hastig versucht, einen neuen Film einzulegen, und dabei ist ihm ein Tropfen aus der Nase ins Kameragehäuse gefallen, auf der Stelle gefroren und blockiert nun die Mechanik.

Ahmad Wahil ruft etwas, das ich nicht verstehe, und der Zug kommt zum Stillstand. Alle Augen sind auf die sich nähernden Hubschrauber gerichtet. Drei sind es, dunkelgrau und gedrungen, und ich bilde mir ein, selbst auf diese Distanz schon den roten Sowjetstern an ihren Flanken zu erkennen. Noch haben sie uns nicht entdeckt. Ich mustere unseren bärtigen Führer mit seiner stolzen schwarzen Fellkappe und frage mich, ob er womöglich glaubt, wir könnten davonkommen, indem wir uns tot stellen. Es muss ihm klar sein, dass das aussichtslos ist. Die Russen besitzen Infrarot-Detektoren, die uns hier oben im eiskalten Hochland unfehlbar aufspüren werden. Alles, worauf wir hoffen können, ist, dass sie Anweisung haben, uns zu verhaften.

Doch – die Männer drängen die Pferde und Kamele gegen den Fels, lassen sie sich hinlegen. Schon das ist Wahnwitz: Die Tiere sind erhitzt vom Anstieg; selbst wenn wir schon oben und auf dem Rastplatz wären, müssten sie erst zwei Stunden stehen, ehe sie sich auf den tief gefrorenen Boden legen dürften. »Ahmad?!«, rufe ich, doch er beachtet mich nicht.

Stattdessen führt er sein Pfeifchen an die Lippen und bläst hinein. Und die anderen beeilen sich, es ihm gleichzutun. Ein Chor eigenartig dünner, spitzer Pfeiftöne steigt in den eisgrauen Himmel, ein Klang, der irgendwie nur zu einem Teil in diese Welt zu gehören scheint.

»Qu'est-ce qui se passe?«, wundert sich Pascal, doch ich höre seine Stimme wie durch Watte, und die Watte ist in meinem Kopf.

»Ich habe keine Ahnung, was das soll!«, rufe ich ihm zu. Die Hubschrauber beeindruckt es jedenfalls nicht im Mindesten. Sie kommen gemächlich näher, bewegen sich wie Raubtiere, die wissen, dass ihre Beute nicht mehr entkommen kann. Ich mache es Pascal nach, der es aufgegeben hat, an seiner Kamera herumzunesteln, und steige vom Pferd.

Meine Bauchmuskulatur spannt sich, als wäre mein Körper der Überzeugung, Kugeln aus russischen Bordgeschützen standhalten zu können. Dabei werde ich nicht einmal diesem Pfeifkonzert mehr lange standhalten, es scheint Löcher in meinen Kopf bohren zu wollen. Ich habe noch nie von einem derartigen Brauch gehört.

Ich will etwas schreien, doch eine Art Schatten, den ich aus den Augenwinkeln schräg hinter mir zu sehen glaube, lässt mich den Kopf wenden. So kommt es, dass ich ihn sehe.

Den Drachen.

Ein Tier so gewaltig wie ein Jumbojet stürzt aus der Höhe des Himmels herab. Eine Masse, deren bloßer Anblick einem das Herz stehen bleiben lässt. Ich sehe Schuppen groß wie Kofferraumdeckel, als es dicht über uns hinwegfegt, und der Luftstoß schleudert mich wehrlos auf die Felsen. Ich höre Pascal aufheulen, aber darum kann ich mich jetzt nicht kümmern. Ich muss aufspringen und sehen, was da geschieht, muss zuschauen, wie das schlangenartige, geflügelte Wesen ins Tal hinabrauscht, auf die russischen Hubschrauber zu. Mein Verstand hat ausgesetzt, auf reine Aufnahme geschaltet, akzeptiert alles. Die Schulbildung enthält sich jeglichen Kommentars. Es passiert, und ich bin dabei. Das Einzige, was mich flüchtig wundert, ist, wie wenig es mich wundert.

Die Hubschrauber haben angehalten, stehen reglos in der Luft, tasten mit ihren Scheinwerfern dem Drachen entgegen, der sich fast spielerisch durch die Dämmerung schlängelt, mit eigentlich viel zu kleinen Flügeln und einem langen Schwanz, der wahrhaftig in eine Art Steuerruder ausläuft. Werden die Soldaten nervös? Sie wären keine Menschen, würden sie es nicht. Sie machen den Fehler zu schießen.

Man sieht das Mündungsfeuer, noch ehe man die Schüsse

hört, und die Reaktion des Drachen auch. Ein greller Feuerschwall, hell wie der Triebwerksstrahl einer startenden Rakete, schießt aus seinem Maul auf die drei Hubschrauber zu und hüllt sie ein. Eine der Maschinen explodiert sofort, die zweite mit Verzögerung, die dritte kann noch aus dem Inferno entkommen, um auf dem Boden der Schlucht zu zerschellen und in Flammen aufzugehen. Der Donner der Explosionen rollt über uns hinweg und macht die Lasttiere nervös, aber das ist nichts gegen den Schrei, den der Drache ausstößt, als er sich in einem unglaublichen Flugmanöver in den Himmel hinaufschwingt, um sich, gerade als die Strahlen der untergehenden Sonne seinen schlanken Leib goldschimmernd aufleuchten lassen, herumzuwerfen und noch einmal dicht über uns hinwegzufliegen, als müsse das so sein zum Abschluss einer solchen Aktion.

Ich schaue mit weit aufgerissenen Augen, während ich spüre, wie sich in meinem Hinterkopf der erste Widerspruch bildet, eine Stimme, die gleich behaupten wird, dass nicht sein kann, was ich sehe, dass ein solches Tier physikalisch unmöglich ist, dass Drachen mythologische Wesen sind, Märchengestalten, die in Legenden vorkommen, aber nicht in den *Tagesthemen*. Ich zögere den inneren Disput hinaus, gehe sozusagen nicht ans Telefon, weil ich schauen muss, weil ich diesen Anblick aufnehmen und in meiner Erinnerung bewahren will, wenn schon kein Gerät zur Hand ist, das dazu im Stande wäre.

Der Drache ist riesig. Im Flug wirkt er wie ein amerikanischer *B52*-Bomber, der sich im Kunstflug versucht, nur dass er wesentlich kleinere, fledermausähnliche Flügel hat und dass sein Leib sich windet und schlängelt wie eine angreifende Anakonda. Auch von militärüblichen Tarnfarben hält er nichts, sein Körper schimmert teils golden, teils silbern. Zwei gewaltige Pranken entdecke ich, die elegant nach hinten gerichtet sind und, wie es den Anschein macht, zusammen mit dem elastischen Schweif für Flugstabilität sorgen.

Dieses gewaltige Tier rast auf uns zu. Mir stockt der Atem. Ein fliegender Blauwal könnte nicht beeindruckender sein. Der Kopf des Drachen ist eine bizarre Fratze aus Knochenwülsten und dunklen Vertiefungen; auf einmal begreife ich, warum die Chinesen Drachen so darstellen, wie sie es tun. Nur die Augen sind kleiner und außerdem seitlich angesetzt, oder zumindest kommen sie einem klein vor gegen das scheunentorgroße Maul. Ich ducke mich, als der Drache uns überfliegt; diesmal bin ich gewappnet und bleibe stehen. Es riecht verbrannt, beinahe wie die Abgase eines warmlaufenden Düsentriebwerks. Dann ist das unglaubliche Wesen vorbei, schraubt sich mit einem letzten, gellenden Schrei in die Höhe und verschwindet hinter dem Bergkamm. Abgesehen von den brennenden Wracks der Hubschrauber ist alles wieder wie vorher.

Die Männer jubeln, schreien durcheinander. Ahmad Wahil kennt sogar das englische Wort. *»Dragon!«*, ruft er mir zu und lacht über das ganze Gesicht, das mich immer an ein Bild Dschingis Khans denken lässt, das ich einmal gesehen habe. Sie sind überzeugt, dass uns nun nichts mehr zustoßen wird und dass wir unser Ziel, die Grenze nach Kaschmir, ohne weitere Zwischenfälle erreichen werden. Die Begegnung mit einem Drachen gilt als Glück verheißend.

»Und weiter?«, fragte ich, als die dramatische Pause anfing, sich ein wenig zu lange hinzuziehen.

Er hob die Schultern. »Nichts weiter. Das war es. Wir entkamen über Pakistan, kehrten nach Hause zurück, schrieben unseren Artikel und erregten damit bei weitem nicht so viel Aufsehen, wie wir erhofft hatten.«

»Und der Drache?«

»Eine Erinnerung. Wieder mal keine Fotos. Obwohl keine Magie im Spiel war, zumindest vordergründig betrachtet.« Er lächelte. »Pascal hat es nie verwunden, seine Kamera in jenem Moment nicht schussbereit gehabt zu haben. Er hat immer auf eine Gelegenheit gewartet, zurückzugehen. Während des

Afghanistanfeldzugs der Amerikaner, kurz vor dem Sturz der Taliban und noch während die Nordallianz vorrückte, ist er mit CNN-Reportern hineingekommen. Er hatte vor, sich in den Norden Afghanistans abzusetzen und eine zweite Expedition über die Seidenstraße zu unternehmen.«

»So, wie Sie das formulieren, ist daraus nichts geworden.«

»Das Gebiet, in das er wollte – der östliche Hindukusch, die Wakhan-Region –, war plötzlich Sperrgebiet. Von Gewährsleuten erfuhr er, dass die amerikanischen Streitkräfte dort ausgedehnte militärische Operationen durchführten, angeblich auf der Jagd nach Terroristen. Aber Pascal behauptet, dass das ein Vorwand war. Was sie in Wirklichkeit jagten, war der Drache.«

»Ach. Und woher wussten die davon?«

»Ich sagte ja, ein so großes Geheimnis ist das nicht.«

»Aber sie haben ihn nicht gefunden, oder? Sonst hätte man ihn längst in einem Vergnügungspark ausgestellt. Oder er stünde ausgestopft im Smithsonian Museum.«

»Mag sein. Andererseits könnte militärische Geheimhaltung eine Rolle spielen. Sie wissen doch, was geschieht, wenn man in Drachenblut badet.«

»Für so fantasievoll halten Sie amerikanische Militärs?«

»Es war auch einmal Fantasie nötig, den Bau der Atombombe zu befürworten.« Er beugte sich vor und nahm den Rahmen mit der alten Karte wieder an sich. »Unverwundbarkeit. Ein alter Traum. Es mag fantastisch sein, sich vorzustellen, dass in diesem Moment in irgendeinem geheimen amerikanischen Militärlabor das Blut eines Drachen chemisch und genetisch analysiert wird – völlig auszuschließen ist es nicht.« Er hängte die Karte sorgsam wieder an ihren Platz. »Nein, den Drachen hat Pascal nicht gefunden. Ahmad Wahil lebt nicht mehr, und aus irgendeinem Grund trägt kein Afghane mehr eine dieser Pfeifen oder hat je auch bloß von ihnen gehört. Doch er fand Wahils Sohn, und der führte ihn nach langen Verhandlungen zu einem Nest. Einem erstaunlich kleinen Nest, wie er mir erzählte. Sieben Eier lagen darin. Zwei davon hat Pascal mitgenommen. Dass er mir eines abgegeben hat, werde ich ihm bis an mein Lebensende hoch anrechnen.« Er tätschelte das Ding in dem Ständer unter der Rotlichtlampe, das ich für ein Kunstwerk gehalten hatte.

»Ein Ei?!«, entfuhr es mir. »Sie wollen behaupten, das ist ein *Drachenei?«*

»Angeblich dauert es fünfunddreißig Jahre, bis das Junge schlüpft. Falls meine simple Installation hier überhaupt ein hinreichender Ersatz ist.« Er betrachtete die Lampe, als befielen ihn erstmals Zweifel. »Wie auch immer, ich werde das kaum noch erleben. Aber Sie vielleicht. Und dann hätten Sie den Beweis, den Sie suchen.«

Es hielt mich nicht mehr auf der Couch. Ich stand auf und trat an das Regal, besah mir das Ei aus der Nähe, die eigenartigen Muster darauf. Ich fasste es an. Trotz der Wärmelampe fühlte es sich kalt und hart an, unverwundbar wie ein rundgeschliffener Stein.

Und ich schwöre, einen Moment lang habe ich gespürt, dass es pulsierte. Langsam, wie der Herzschlag eines Wesens, das tausend Jahre alt werden wird. Dann war es vorbei und das Ei wieder ein Gebilde, das man für Marmor halten konnte. Wie lange ich auch wartete, es passierte kein zweites Mal.

Kari Köster-Lösche

Das Orchester der Drachen

Er blickte über seinen langen bleigrauen Leib, der sich in scharfen Konturen von der weißen Wolke abhob, auf der er lag, und hatte keine Freude daran.

Er kannte überhaupt kaum etwas, das seinen Gemütszustand aus der Ruhe bringen konnte. Schon seit Urzeiten trieb er in den mittleren Schichten der Lüfte um die Welt, ließ seinen Blick gelegentlich nach unten schweifen und fand nichts, das sein Interesse geweckt hätte. Da waren nur Wolken, weiße, graue und schwarze, dick und geballt wie seine eigene, oder flach und zu Fasern auseinander gezogen.

Manchmal, ganz selten, flog die Ahnung durch seinen Kopf, dass es eine Zeit gegeben hatte, in der es anders gewesen war, eine flüchtige Erinnerung. Wenn er sie zu greifen versuchte, war sie fort.

Dann erfasste ihn eine Art Unruhe. Aber er fand sich damit ab. Gelegentlich, wenn es ihm gar zu langweilig wurde, trommelte er ein wenig. Einen gemächlichen Rhythmus auf seinen Flanken. *Dum dum da da krrh, dum dum da da krrh.*

Dum dum, mit seiner vorderen großen Pranke, bis die bleigraue Haut dunkelrot glomm. *Da da*, mit der anderen, die aus seinem Leib fahlblaue Funken schlug. *Krrh*, raschelten die borstigen Haare zwischen Ohren und Schädel unter seinen krummen Fingernägeln. *Dum dum da da krrh.*

Das *krrh* klang hässlich, und er beendete das Trommeln. Seine schwarzen Trollaugen folgten den Funken, die müde an ihm herunterrollten und in den Spalten der Wolke verschwanden.

Eines Tages – er ruhte gerade vom *dum dum da da krrh* aus – schwirrte etwas mit schrillem Sirren an ihm vorbei. Es gibt noch etwas außer mir, dachte er bedächtig, aber ohne Verwunderung. Ein Wesen, das selber fliegen kann.

Das Sirren entfernte sich und kam wieder zurück.

Verdutzt betrachtete er seine *dum-dum*-Pranke, die in der Bewegung erstarrt war. Kleiner als seine Hand, saß das Wesen inmitten der borstigen Behaarung auf dem Handrücken und schlenkerte mit den Beinen.

Nie wäre er auf den Gedanken verfallen, dass es etwas anderes als seinesgleichen geben könnte. Zwar erwartete er nicht, jemand anderem zu begegnen, aber in seiner Vorstellung besaß dennoch derjenige, dem er nie begegnen würde, einen bleigrauen, kräftigen Körper und einen langen Schwanz mit einer Zackenleiste.

Dieses Wesen war etwas anderes. Ein zartes Persönchen, mit weichen, welligen Haaren und durchsichtigen, in allen Farben schillernden Flügeln. Er wagte nicht, sich zu bewegen, damit es nicht auf und davon flog.

»Wer bist denn du?«, fragte das Wesen.

»Ich«, sagte er. »Und du?«

»Auch ich.«

»Das kann nicht sein«, widersprach er. »Du bist nicht ich. Und du bist ein Mädchen.«

Sie nickte und musterte ihn eindringlich und genau, vom Kopf bis zur Schwanzspitze, dessen Zackenkamm zu zucken begann und matt orangerot schimmerte.

»Du bist ein bisschen gefärbt wie ich«, sagte sie anerkennend. »Aber warum leuchten deine Farben nicht? Sieh mal meine!«

»Ich weiß nicht«, antwortete er und fühlte sich nicht besonders wohl dabei. »Ich bin so.«

Sie nickte und nahm ihm seine Unkenntnis nicht übel. »Komm doch mit mir«, forderte sie ihn auf.

»Wie denn?«, fragte er.

Sie zuckte mit den Schultern und hob ab.

Er wagte nicht, ihr hinterherzurufen, dass er nicht fliegen konnte, schüttelte nur den Kopf. Lange sah er ihr nach, bis sie hinter einer schwarzen Gewitterwolke verschwand.

Er machte nur noch selten Musik, er wartete auf sie. Aber sie kam nicht zurück.

Oder doch? Jäh hob er den Kopf und lauschte. Ein Pfeifen, das in ein Heulen überging und immer lauter wurde. Nein, das war sie nicht.

Ein runder Gegenstand sauste auf ihn zu, prallte auf seinen Bauch, versengte ihm die Haut, rollte auf die Wolke hinunter und verschwand zischend. Er hinterließ brodelnden Dampf, der aus einem Loch hochquoll.

Als er ihn beiseite gewedelt hatte, spähte er in das Loch hinein. Ein Kanal war entstanden. Ein Kanal durch die mittleren Schichten der Lüfte und durch die unteren. Und ganz an seinem Ende sah er kleine, dunkle Figuren, die wie Ameisen durcheinander liefen.

Ameisen, dachte er verwundert? Was sind Ameisen? Vielleicht würde er es erfahren, wenn er da unten wäre.

»Ein Trolldrache! Ein Trolldrache!«

Rasselnd holte er Luft und hob seinen schweren Kopf. Die rasende Fahrt nach unten hatte ihn benommen gemacht, aber trotzdem wünschte er sich, einen Trolldrachen zu sehen. Es gab offensichtlich weit mehr in dieser Welt als sie und ihn!

Die Figuren auf zwei Beinen, die keine Ameisen waren, wie er unvermittelt begriff, richteten mit entsetzten Mienen ihre Finger auf ihn. »Ein Trolldrache!«, brüllten sie und nahmen die Beine in die Hand.

Sie waren Menschen, sagte ihm eine plötzliche Erinnerung. Und der Trolldrache war er. »Keine Angst!«, rief er, um auch die

Entferntesten zu erreichen. Er wollte, dass sie zurückkamen und ihn unterhielten. »Ich tue niemandem etwas!«

Aber vor seinen Atemstößen rannten sie noch schneller davon, und er sah sich genötigt, mit der Pranke auszuholen, um sie aufzuhalten. Zwei konnte er einfangen.

Nachdem er sie so genau gemustert hatte wie das zarte Wesen ihn, und er überzeugt war, dass er das Aussehen der Menschen nie mehr vergessen würde, merkte er, dass sie zu schlaff in seiner Faust hingen, um jemals noch mit ihm sprechen zu können. Schade, eigentlich, dachte er und wälzte sich herum, um Ausschau nach den anderen zu halten.

Vor kurzem hatte ja alles von Menschen gewimmelt.

Hinter ihm ertönte ein Krachen und Gebrüll von bösen Stimmen. Über seine Schwanzspitze polterten Mauersteine von einem Gebäude, das dort jetzt nicht mehr stand. Behutsam zog er seinen Schwanz aus den Trümmern und vergewisserte sich, dass der Zackenkamm nicht zu Schaden gekommen war.

Unerwartet traf ihn ein Steinhagel an der Seite, die sonst *dum dum* machte. Statt dunkelrot zu werden, nahm sie ein fahles Gelb an, das ihn bestürzte. Womöglich war sein *dum dum* zerstört, würde nur noch *du du* oder gar *dd* von sich geben.

Er wälzte sich herum, um den Wurfgeschossen zu entgehen, spürte, wie sich unter ihm einige Menschenleiber rührten, und fürchtete noch Schlimmeres für seine Funken werfende Seite. Wäre er doch nur auf seiner Wolke!

Eine Wolke der mittleren Schichten der Lüfte war angenehmer zum Landen als die harte Erde der Menschen. Er probierte in aller Eile sein *dum dum* und das *da da* aus, stellte fest, dass alles in Ordnung war, und kuschelte sich bis zur Nasenspitze in der Wolke ein, um seinen Gedanken nachzuhängen.

Da die Menschen gewusst hatten, wer er war, mussten sie einmal in seinem Leben eine Rolle gespielt haben. Damals hatte er offensichtlich auf sie Eindruck gemacht. Das freute ihn. Ihre

Sorge um ein paar Mauersteine fand er hingegen beinahe kleinlich.

Das Sirren war tonlos, aber für den Trolldrachen war es die schönste Musik. Sie kam.

Als sie gelandet war, betrachtete er sie auf eine ganz andere Art und Weise. Sie war wunderschön, mit großen grünen Augen und einem Mund wie eine Kirsche.

»Was machst du?«, unterbrach sie die Stille, die wie Watte zwischen den Wolken lag.

»Ich liege und betrachte dich«, antwortete er.

»Das sehe ich. Und wenn ich nicht da bin?«

»Nichts.« Nie hätte er zugegeben, dass er bei den Menschen gewesen war. Er wusste nicht, wie sie es aufnehmen würde.

»Das ist nicht viel«, sagte sie zögernd.

Nein, gab er in Gedanken zu. »Manchmal trommele ich«, sagte er laut. Auf einmal lag ihm daran, dass sie nicht schlecht von ihm dachte.

Sie sah ihn ungläubig an. »Du kannst trommeln?«

»Ja, bestimmt. Was ist daran so merkwürdig? Willst du es hören?« *Dum dum da da krrh*, machte er. Und *dum da, dum da, krrh*. Plötzlich hörte sich auch *da da dum dum* gut an, nicht einmal das *krrh* fiel besonders übel auf. Ohnehin war es nicht so wichtig angesichts der Entdeckung, dass er Varianten spielen konnte, an die er vorher nie gedacht hatte, und der Rhythmus an diesem Tag besonders schwungvoll geriet.

Sie nickte zweifelnd. »Das *krrh* gefällt mir nicht, es passt nicht.«

Ihren Einwand überging er. »Ich weiß jetzt, wer du bist«, sagte er fröhlich. »Eine Feendrachin. Und ich bin ein Trolldrache.«

»Ein Trolldrache? Das glaube ich nicht«, entgegnete sie entschieden und schüttelte den Kopf so heftig, dass ihre roten Haare flogen.

»Doch! Es muss einmal eine Welt gegeben haben, in der Feendrachen und Trolldrachen zusammenlebten. Bevor der Große Drachenkrieg sie spaltete, glaube ich.«

»Neulich wusstest du nicht, wer du bist!«

»Es ist mir eingefallen«, sagte er schlicht.

»Vielleicht fällt dir noch mehr ein«, versetzte sie ein wenig spöttisch und flatterte davon. Wie eine Biene diesmal, zum größten Zacken auf seinem Rücken, dann zum kleinsten, orangerot schimmernden auf der Schwanzspitze.

Was sollte einem Trolldrachen schon einfallen, wenn sie fort war? Er rollte sich auf den Rücken und fing sacht an zu trommeln.

Es hörte sich nicht mehr nach Musik an.

Er wühlte sich nochmals auf seinem Lager zurecht, holte tief Luft und trommelte jetzt sehr konzentriert und bewusst.

Besser wurde es nicht. Im Gegenteil, je mehr er hinhörte, desto übler wurde es. Alle Klänge verschmolzen zu einem einzigen dumpfen *dkr krrh.*

Und die Spitzen seines Drachenkamms hingen grau und schwer wie Blei herab.

Was sollte er jetzt mit sich anfangen? Die Musik war ihm verleidet, die Feendrachin war fort, und die Menschen lockten ihn sowieso nicht.

Früher hatte er solche Gedanken nie gehabt. Da hatte er sich mit seiner Wolke zufrieden gegeben. Und seine Art zu trommeln hatte ihm genügt.

Früher, bevor die Feendrachin ihn besucht hatte.

Jetzt war alles anders. Und warum hatte sie bezweifelt, dass er ein Trolldrache war? Das stand ihr nicht zu.

Im Augenblick hätte er sich sogar mit den Menschen abgefunden, nur um Gesellschaft zu haben. Missmutig wünschte er, er wäre wenigstens bei ihnen.

Er hatte gelernt. Er schlug nicht mehr wie ein Sack auf der Erde auf, sondern landete geschickt auf einem ebenen Platz zwischen Hütten aus Holz und Flechtwerk, ohne auch nur eine Schüssel zu zertreten. Er war sehr zufrieden mit sich selber.

Gesichter tauchten in den Eingängen auf, die ihn anstarrten. Die strengen Stimmen von Frauen befahlen den Kindern, sofort mit ihrem Spiel aufzuhören und nach Hause zu kommen. Die Männer sammelten sich zwischen zwei Hütten zu einer lebhaften, tatendurstigen Gruppe.

Der Trolldrache sah ihnen belustigt zu. Irgendetwas hatten sich diese Menschen in ihre kleinen braunen Köpfe gesetzt. Sie rollten wild mit den Augen, tänzelten vor und wieder zurück, schwangen lange Stöcke und rückten Schritt für Schritt zu ihm vor. Eine Abordnung, die mit ihm reden wollte. Endlich!

Dazu schlugen zwei von ihnen auf ihm unbekannte Geräte ein. Aber die Musik erkannte der Trolldrache sofort. Sie trommelten auf nie gehörte Weise. Er schloss die Augen und lauschte verzückt.

Abrupt verstummten die Trommeln, die Männer erhoben die Stimmen zu lautem Gebrüll, und als er die Augen träge öffnete, sah er sie auf sich zu stürmen. Ihre Stöcke warfen sie ihm entgegen.

Er war bereit mitzumachen. Lachend fing er die Stöcke auf und sammelte sie in einer seiner Pranken. Das Spiel machte ihm so viel Spaß, dass sein Drachenkamm violett zu schimmern begann. Die Feendrachin müsste ihn so sehen, dachte er glücklich.

Da traf ihn die Spitze eines Wurfstockes auf die empfindliche *da-da*-Stelle, und zwei matte Blitze rollten ihm auf den Fuß. Ungestüm riss er sich den Stock aus der Haut und schleuderte ihn zurück. Er traf einen Mann, der zu Boden sank und sich nicht mehr rührte.

Gallig vor Zorn kehrte er auf seine Wolke zurück. Er verstand nicht, warum die Menschen keine Trolldrachen duldeten.

Mit den Menschen wollte er nie wieder etwas zu tun haben. Er nickte ein und träumte von der Feendrachin.

Töne, die er in seinem Leben noch nicht gehört hatte, zumindest nie in den mittleren Schichten der Lüfte, weckten ihn. Er riss die Augen auf.

An seine große Rückenzacke gelehnt, saß die Feendrachin und spielte auf einer Harfe.

Stumm vor Bewunderung hörte er zu, bis sie das Lied beendet hatte. »Wunderschön«, sagte er.

Sie schüttelte den Kopf und zupfte mit unglücklicher Miene hier und da an einer Saite. »Nein, es ist nicht wunderschön«, sagte sie schließlich. »Die Töne sind die richtigen, aber nicht ihr Klang. Diese Töne klingen hier nicht.«

Das musste er zugeben. »Sie sind etwas gedämpft.«

»Viel schlimmer«, widersprach sie. »Sie sind matt. Wie deine Farben. Die Wolken lassen Töne nicht klingen und Regenbogenfarben nicht leuchten. Vielleicht ist es das.«

Er überlegte, ob sie Recht hatte. Es konnte schon sein. Sein Zackenkamm schimmerte, weil sie da war, aber sonst war alles Grau in Grau. Wolkengrau. »Die Welt ist eben trübe.«

»Nein, das ist sie nicht.« Sie sah ihn empört an.

»Meinst du, es gibt einen Ort, an dem deine Töne klingen?«

Die Feendrachin nickte nachdrücklich.

»Und meine Farben leuchten könnten?«, fragte er hoffnungsvoll.

»Vielleicht würden auch deine Farben dort leuchten«, gab sie zögernd zu.

»Und wo ist das?«, fragte der Trolldrache aufgeregt.

»Wo wir alle sind.« Die Feendrachin sprang auf, schlug die Flügel auseinander und schwebte davon.

Staunend sah er ihr nach. Erst als sie zu einem winzigen Punkt geworden war, der mit einer Wolke verschmolz, gab er auf und ließ sich zurücksinken.

Wo war das Land, in dem sie alle waren? Und wer waren sie? Die Feendrachin hatte bisher nicht erwähnt, dass sie zu mehreren waren. Erstmals fühlte er sich einsam. Und am falschen Platz. Vielleicht war er im Großen Drachenkrieg hierher versetzt worden.

Die Aufregung packte ihn derart, dass er an der Wolke zu rütteln begann. Nicht auszudenken, was wäre, wenn er an den Ort gelangen könnte, an dem die anderen waren!

Aber über die Wolke hatte er keine Macht. Sie segelte wie seit Tausenden von Jahren zwischen anderen Wolken, so wie es ihr bestimmt war. Auf ihr würde er nie zu den anderen finden.

Ein leises Klirren lenkte ihn von seinen Gedanken ab. Die Feenharfe. Die Feendrachin hatte sie vergessen. Behutsam nahm er die Harfe zwischen seine Pranken und zupfte an einer Saite.

Er wunderte sich, dass sie ihn nicht mit Blitzen bewarf oder gar zersprang. Willig ließ sie sich Töne entlocken, die sich zu einem Lied zusammenfügten. Einem sehr gedämpften Lied, aber immerhin.

Und er kannte es. Irgendwo und irgendwann hatte jemand dieses Lied gespielt. Plötzlich war ihm ganz klar, dass er nicht hierher gehörte. Seine Wolke war nicht seine Wolke, und sein eigentliches Leben war verschüttet, begraben mitsamt seiner Erinnerung.

Er musste herunter von der Wolke. Aber wie? Wie mit eisernen Bändern hielt sie ihn darauf fest. Es ging ihm auf, dass er überhaupt nicht wusste, wie er zwei Mal auf die Menschenerde hatte gelangen können. Und wieder zurück. Und sosehr er über dieses Geheimnis nachgrübelte, er konnte es nicht lösen.

»Komm doch mit!«

Der Trolldrache fuhr in die Höhe und spähte wild um sich. Es war ihre Stimme gewesen, genau wie damals hatte sie ihn eingeladen, mit ihm zu kommen. Dorthin, wo die anderen waren.

Aber die Feendrachin war nicht da. Er war allein. Die Wolke

segelte ihren Weg, und neben ihm steckte die Harfe zwischen zwei Wolkenknäueln. Zu allen Zeiten bewachte er sie mit einem seiner Augen, damit sie nicht unversehens entschwinden konnte.

»Komm doch mit!« Die Saiten der Harfe bewegten sich sachte von selbst.

Ungläubig schaute er sie an, dann fiel ihm ein, selbst zu spielen.

Aber die Harfe wand sich aus seinen Händen. Sie wirbelte auf den höchsten Punkt seines Wolkengebirges, verhielt dort einen Augenblick und warf sich in die Luft. Als hätte sie Schwingen wie ein Adler, glitt sie davon.

»Halt!«, rief der Trolldrache. »Bleib hier!« Die Harfe war sein Pfand, das Band zwischen der Feendrachin und ihm, seine Hoffnung. Wer wusste, ob die Feendrachin jemals zurückkommen würde? Er hatte sie mit seinem Unwissen gelangweilt, und vor ihr hatten auf der Wolke weder Farben noch Töne bestehen können.

»Komm zurück!«, brüllte er, außer sich vor Wut und Angst.

Die Harfe wurde immer kleiner.

»Bitte!«, fügte er kläglich hinzu, jedoch schmolz seine Hoffnung wie Schnee in der Sonne.

Und was ist Schnee?, fragte er sich, während er voll Staunen erkannte, dass die Harfe einen Bogen schlug und zurückkehrte. Erleichtert plumpste er auf den Bauch und glättete fürsorglich die Stelle, wo sie liegen würde.

Die Harfe schwebte heran und verharrte leise schaukelnd in der Luft über ihm.

Einladend klopfte er neben sich.

»Du musst mich festhalten, wenn du mich haben willst«, klirrte die Harfe, eisig und böse.

Beleidigt starrte er sie an. Sie war außerhalb der Reichweite seiner Arme. »Wie denn?«, murmelte er, obwohl er gar nicht wusste, ob er wirklich wollte.

»Denk nach!«

Da gab es nichts nachzudenken. Er hatte keinerlei Erinnerung daran, dass er jemals eine fliegende Harfe festgehalten hätte. Sie entfernte sich sogar wieder von ihm. Dummes Ding, dachte er. Wenn ich bei dir wäre, würde ich es dir schon zeigen, dass man mit einem Trolldrachen so nicht umgeht!

Im nächsten Augenblick umklammerte seine Hand die Harfe, und sie befanden sich in rauschender Fahrt zwischen den Wolkenbergen. »Was machst du mit mir?«, schrie er erschrocken.

»Du wirst schon sehen!«

Wenigstens klirrte sie nicht mehr misstönend, eher hatte es versöhnlich geklungen, als ob sie zufrieden wäre, weil er ihr folgte. Er hielt sich fest und dachte nach. Immerhin hatte er endlich herausgefunden, was er tun musste, um sich zu einem anderen Ort zu bewegen.

Nichts. Er musste es sich nur wünschen. Das war eine überraschende Entdeckung! Vielleicht hätte er schon lange seine Wolke verlassen können. Bevor er seine neue Fähigkeit gründlich ausprobierte, beschloss er, zuerst einmal festzustellen, wohin die Harfe ihn führte.

Es war ein weiter Weg, und als sie die mittleren Schichten der Lüfte verließen, war immer noch kein Ziel zu erkennen.

Die Wolkengebirge blieben zurück; vereinzelte weiße Wolkenflecken durchquerte die Harfe, ohne zu zögern. Die sausende Fahrt wurde immer schneller.

Und ihm wurde es kälter. Seine Haut hatte sich an die Wärme zwischen den Wolken gewöhnt. Aber obwohl er zu frieren begann, ahnte er, dass das Zittern nicht von der Kälte herrührte, sondern von der Erinnerung, die ihm so rasend entgegenkam wie der Horizont.

Was sich in seinem Kopf noch nicht geklärt hatte, wusste seine Schwanzspitze schon, denn wenn sie an seinem Kopf vorbeipeitschte, sah er die Zacken, die rot waren, als wenn sie in Flammen stünden.

Einige Töne drangen an seine Ohren. Sie verdichteten sich zu einer Musik, die ihn aufhorchen ließ. Und plötzlich sah er in ihrer Flugbahn einen hohen Berg, der in allen Farben funkelte und blitzte und dessen Spitze eine weiße Kappe aus Schnee trug.

Dort ist es, dachte er glücklich. Dort muss ich einmal gewesen sein, und dort will ich wieder hin.

Als er landete, war die Harfe weit hinter ihm zurückgeblieben. Seine Feendrachin schwebte mit ausgestreckten Händen auf ihn zu, sprühend in allen Farben des Regenbogens, und unter ihr funkelte ein Meer von bunt schillernden Feendrachen. Und am Fuß des Berges leuchteten in der klaren Luft unter Kaskaden von hellblauen Blitzen die stahlgrau glänzenden Trolldrachen mit orangeroten Zackenkämmen.

Das Land, in dem sie alle waren.

»Willkommen zu Hause im Land der Drachen, Trommler«, sagte die Feendrachin.

Sein Gruß ging in einem Lied unter, das die Drachen gemeinsam anstimmten. Die Klänge der Flöten und Harfen mischten sich mit den Stimmen der singenden und tanzenden Feendrachen, und dazu trommelten die Trolldrachen ihre Wirbel.

Zum ersten Mal hörte er, dass sich sein eigenes *dum-dum dada* mächtig und doch harmonisch in einen Chor von Musikanten einfügte. Und mit einem Mal verstand er, dass das Orchester der Drachen mit seiner Rückkehr den Klang zurückerhalten hatte, den es seit Urzeiten besessen hatte.

Jane Welch

George und der Drache

Schnapp's dir doch einfach, bevor es schlüpft«, wisperte Sissy. »Mach schon, beeil dich!«

»Ich komme nicht dran«, stöhnte George und streckte die Hand durch den Spalt. Fiepen und Klopflaute drangen aus dem Ei; er musterte es eingehend mit angehaltenem Atem. Fackelschein waberte um ihn herum auf den nassen Felsen; unaufhörlich tropfte Wasser, durch viele Dutzend Meter Gestein nach unten gedrungen.

»Beeil dich! Ich fürchte mich«, gestand Sissy mit verzweifelter, halblauter Stimme. »Was, wenn seine Mutter zurückkommt?«

»Ich komme nicht dran«, wiederholte George frustriert, ohne auf ihr Flehen zu achten. Auch er fürchtete sich, doch er wollte das Ei. Es begann hin und her zu schwanken, und er wusste, dass ihm nur noch Sekunden blieben, bis diese Chance vertan war. »Schau dich um. Es muss hier doch etwas geben, womit wir an das Ei herankommen können.« Er zog seinen Arm zurück und schürfte sich dabei an den kantigen Felsen die Haut ab.

»Lass mich mal versuchen.« Sissy stieß ihren Zwillingsbruder nach hinten. »Ich bin schlanker. Vielleicht kann ich tiefer in den Spalt hineingreifen.«

Widerstrebend wich der junge Mann zur Seite. »Probier dein Glück. Aber wenn ich's nicht geschafft habe, hat's bei dir bisher auch nie geklappt.«

Bei diesen Worten schnaubte Sissy empört, krempelte die Ärmel hoch und griff durch den Spalt. Sie verzog die Miene, während sie den Arm so lang wie möglich machte, jedes Gelenk dehnte und die Finger streckte und sich vergeblich bemühte, möglichst tief hineinzulangen.

»Habe ich's dir nicht gesagt? Wenn ich es nicht schaffe, packst du es erst recht nicht«, sagte ihr Bruder mit seiner gewohnten Überheblichkeit.

Sissy zog sich zurück. »Mach's doch besser«, erklärte sie, ohne einen Gedanken daran zu verschwenden, dass er eine unmögliche Aufgabe meistern musste. Es war schon immer so gewesen; er war der Sohn, der einzige Sohn eines Vaters, der vor George fünf Töchter gezeugt hatte. Ihre Mutter hatte bei jeder Geburt geweint, doch endlich war George zur Welt gekommen, und da hatte sie fröhlich gelacht und geglaubt, ihre Probleme hätten jetzt ein Ende. Doch George war zu spät auf die Welt gekommen, um das Vermögen ihrer Eltern noch zu retten.

Jetzt lächelte George seine Schwester an und ließ seinen Gürtel schnalzen, den er lang gezogen zwischen den Händen hielt.

»Psst! Sie wird dich noch hören«, klagte Sissy.

»Mir egal. Wenn ich dieses Ei nicht bekomme, bin ich es ohnehin nicht wert, mich dort oben noch einmal zu zeigen«, erklärte er seinem Zwilling verbittert.

Sie wurde zornig. »Denk über dich von mir aus, was du willst, George, aber auf mich wartet da oben jemand. Sebastian liebt mich, und ich will ihn wieder sehen und im nächsten Sommer heiraten. Ich will nicht von gewaltigen Kiefern in winzige Stücke zermahlen werden.« Sie stieß ihren Bruder vor die Brust und ermunterte ihn, die Suche aufzugeben. Sie waren Zwillinge, und als Mädchen war sie schneller als ihr Bruder gewachsen und vernünftiger für ihr Alter. Doch letztes Jahr war er in die Höhe geschossen und dicker geworden, und sie war seine körperliche Überlegenheit nicht gewohnt.

»Schön, dann ist ja alles in Ordnung, nicht wahr?«, knurrte George sarkastisch. »Wir können ruhig aufgeben, du hast ja einen Mann, kannst in einem netten Haus leben und viele Kinder aufziehen, und sicher bekommst du auch tolle Klamotten.« Er zupfte an ihrem verschlissenen Sackkleid. »Dir geht's gut, aber was wird aus mir? Ich bekomme Vaters Farm. Oder vielmehr das, was davon noch übrig ist. Du weißt schon: die Farm mit dem armseligen alten Bullen und Äckern, auf denen so viel Disteln und Kreuzkraut wuchern, dass die Kühe krank werden, weil Vater es in all den Jahren nicht fertig brachte, das Unkraut zu jäten. Seit ich zehn war, hat er nichts anderes mehr getan, als beim Würfeln zu verlieren und unsere besten Weiden zu verspielen. Jahr für Jahr trinkt er mehr, und die Farm wird kleiner.«

»Ich weiß«, sagte Sissy mitfühlend. »Deshalb war ich ja bereit, dich zu begleiten. Vater war für die Reise zu faul. Er meinte, er könnte nicht so weit nach Norden reiten, um ein neues Bullenkalb zu kaufen, bloß, weil sie hier angeblich billiger sind«, sagte sie voller Groll. »Jemand musste dich ja begleiten. Aber ich hatte doch keine Ahnung, dass du von Anfang an das hier vorhattest.«

»Klar hatte ich das vor! Sobald ich Gerüchte hörte, dass einer der großen Drachen des hohen Nordens an der Küste der Halbinsel nistet, wusste ich, dass wir eine Ausrede brauchten, um hierher zu kommen.«

Sissy blickte sich in dem kleinen Bereich der lecken Höhle, den ihre blakende Fackel erhellte, um. Weiße Finger hingen von den Felsen, glatt und glasig wie Eiszapfen. Große schwarze Schemen ragten hoch und bedrohlich auf, während die Fackel aufloderte und in sich zusammensank. »Ich muss verrückt gewesen sein, dich hierher zu begleiten, aber du bist nun mal mein Bruder, mein Zwillingsbruder, und ich liebe dich.«

»Du warst mir immer eine gute Schwester, aber das hört sicher auf, wenn du Sebastian heiratest. Er wird nie zulassen, dass wir zusammen sind und all die Dinge tun, die wir im Laufe der Jahre getan haben. Du wirst nie mehr deinen Spaß haben«, warnte George sie.

»Spaß!«, schnaubte Sissy verächtlich. »Das ist also deine Vorstellung von Spaß, einen ausgedienten Minenschacht runterzuklettern, mitten in –«

Das Ei knackte, und sie verstummte. Hastig hielt sie die Fackel höher. »Na los! Sieh zu, ob du's dir nicht schnappen kannst. Uns bleiben nur noch Minuten.« Sie stand auf Zehenspitzen und versuchte ihrem Bruder über die Schulter zu spähen, während sie die Fackel reckte.

»Du hättest allein kommen sollen«, wisperte sie, und ihre Stimme begann zu zittern. »Ich halte das nicht mehr aus, und ich brauche deine Hilfe, um wieder nach oben zu klettern.«

»Sei kein Frosch; einer muss doch die Fackel halten.«

»Das ist das letzte, aber auch wirklich das allerletzte Mal, dass ich dir geholfen habe.«

»Danke, Schwesterherz«, sagte George heiser und mit leiser Stimme, während er sich ganz auf das Ei konzentrierte. »Halt die Fackel höher.«

»Ich versuch's ja. Wie steht's? Ich kann nichts sehen«, beschwerte sich Sissy.

»Ich hab's gleich. Moment!« Das Geräusch von Leder erklang, das über Stein gezogen wird. »Noch ein Versuch! Mist. Mist!« George zog sich von dem Spalt zurück und schlug frustriert mit der Faust gegen die Felszinne neben der schmalen Öffnung. Dann hob er einen losen Stein auf und schlug damit auf das Gestein, um den Spalt zu erweitern, damit er mit den Schultern hindurchpasste.

»Hör auf! George, hör doch auf! Wir sollten verschwinden, solange es noch geht. Was fällt dir ein, so einen Krawall zu machen? Du weißt doch, dass sie nicht weit weg sein kann, nicht jetzt, wo ihr einziges Junges gerade schlüpft«, warnte Sissy ihn zitternd. Kalter Schweiß bedeckte ihren ganzen Körper, und sie konnte sich kaum noch auf den Beinen halten vor Angst.

»O nein!«, stöhnte George. Abermals knackte es laut, und eine dunkle, gezackte Linie tat sich an dem weichen goldenen Ei auf. Während George den Stein fallen ließ und mit der Gürtelschlaufe nach vorn hechtete, blieb Sissy nichts anderes übrig, als weiter zu starren und alles mit offenem Mund zu verfolgen. Das Ei war riesig, von der Größe eines Menschenkopfes, sie hätte es nicht allein in der Hand halten können, selbst wenn es ihr möglich gewesen wäre, es zu erreichen. Der Feuerschein brachte an seiner Oberfläche eigenartige goldene Flecken zum Glitzern. So etwas hatte sie noch nicht gesehen, obwohl sie diese Erfahrung von Herzen gern gegen ein prosaischeres Abenteuer eingetauscht hätte. Eine dunkle schwarze Schnauze erschien, leicht funkelnd und feucht. An der Spitze befand sich ein kleiner Höcker, wie der Eizahn eines Vogels, mit dem gegen die umschließende Schale geschlagen wurde. Ein Splitter der goldenen Schale brach ab, und schon rollte das Ei hoffnungslos aus Georges Reichweite. Es gelang ihm gerade noch, an dieses eine Bruchstück der Schale zu gelangen, indem er mit größter Sorgfalt die Lederschlaufe drumherum legte, die er dann auf sich zuzog, bis das Bruchstück wieder in seiner Reichweite war.

»Hauen wir endlich ab!« Sissys Atem explodierte in seinem Ohr. »Es ist aussichtslos.« Frustriert und voller Angst zupfte sie an der Jacke ihres Bruders und wünschte, er wäre nicht so kräftig geworden und so stur.

»Nein, lass mich!« Er schüttelte sie ab. »Das Ei ist in die eine Richtung gerollt, es kann auch wieder in die andere rollen. Vielleicht rollt es ja auf mich zu. Verstehst du denn nicht? Das ist meine einzige Chance. Ich muss es in die Hände bekommen.«

Sissy ergab sich dem übermächtigen Willen ihres Bruders und schob sich unter dessen Arm hindurch, um einen Blick auf den Grund des Felsspalts zu werfen. Beide verfolgten gebannt, wie das Ei auseinander brach und das nasse, perfekt geformte Wesen darin enthüllte. Die klebrigen Schwingen waren ungelenk um seinen Körper gewunden, und ein langer, dünner, spitzer Schwanz bebte und peitschte leicht, als wüsste das kleine Wesen nicht ganz, wohin damit. Sein langer, schwerer Schädel, von einer schuppigen Halskrause gesäumt und einem ebenso eindrucksvollen wie winzigen Knochenkamm gekrönt, wackelte und schwankte, bevor er nach vorn auf den harten Felsen schlug. Taumelnden Schrittes entfernte das Wesen sich aus der Wiege seiner zerbrochenen Schale, drehte ab und patschte unbeholfen auf sie zu.

»Na komm schon, komm!«, bettelte George mit angehaltenem Atem. »Gleich hab ich ihn. Ich krieg ihn. Wart's ab und schau zu, Schwesterherz. Das ist die Sache wirklich wert. Ich sorge dafür, dass das Schicksal uns wieder gewogen ist. Vielleicht war ich ja noch zu jung, um auf der Farm mit Hand anzulegen, als Vater ständig im Suff herumtaumelte, aber das hier verpatze ich nicht!«

»Ich glaub's nicht!«, keuchte die Schwester. »Sieh doch nur, George! Es blickt uns geradewegs an! Die Flamme zieht es an, ganz sicher.«

»Meinst du?« George lachte verblüfft und vergaß für einen Moment, weshalb er hier war und in welch großer Gefahr sie schwebten. Der Anblick des winzigen, aber perfekt geformten Wesens, das auf sie zu stolperte und torkelte und dabei leise fiepte, war einfach zu ungewöhnlich. Es öffnete den Rachen, und jetzt konnte er sogar seine Fänge sehen, die kostbaren kleinen Zähne.

George schob die Hand durch den Spalt und spornte das Wesen an. »Na komm schon, komm. Du schaffst es. Komm zu mir, mein Kleiner. Weißt du, Schwesterherz, ich glaube, du hast Recht und ...« Er verstummte. Das Wesen maunzte ihn an, wie ein junges Kätzchen vielleicht seine Mutter anmaunzt, wenn es nach Milch verlangt. Irgendwie hatte es plötzlich die Kraft gefunden, sich zu erheben und den Kopf oben zu halten; und es schaute ihn unverwandt an. Der Blick war so bohrend, so durchdringend, dass der junge Mann kaum zu atmen wagte.

»Weißt du was, George«, wisperte die Schwester. »Ich glaube, es hält dich für seine Mutter.«

George konnte sich nicht von dem Blick des gerade geborenen Tieres lösen, mit dem es ihn musterte. »Der Gedanke, eine ausgemergelte Kuhherde aufzupäppeln, ist schon schlimm genug, aber einen Drachen – nein danke.« Er lachte bei dieser absurden

Vorstellung. Mit den Schultern rollend wandte er sich wieder der bevorstehenden Aufgabe zu. Das Wesen öffnete den Rachen noch etwas mehr und stieß ein heiseres Bellen aus, beharrlich und fordernd. In diesem Zustand war es so liebenswert wie alle Neugeborenen, und George versuchte, den Gedanken weit von sich zu schieben, dass es ihn als seine Mutter betrachtete. Angesichts der Absichten, die ihn hierher geführt hatten, behagte ihm diese Vorstellung ganz und gar nicht; er hatte angenommen, dass es ihm ein Leichtes wäre, seinen Plan auszuführen, doch beim Anblick des Tieres mit den großen schwarzen Augen, die ihn so liebevoll ansahen, wurde ihm klar, dass das genaue Gegenteil der Fall sein würde.

In der Hoffnung, dass diese Laute den tierischen Säugling anlockten, begann George mit der Zunge zu schnalzen und leise zu gurren. Dabei streckte er die Finger so lang wie möglich aus, um das Tier gleich an der Schnauze packen zu können, sobald es nahe genug war.

»George!«, zischte Sissy. »George!« Seine Schwester zupfte an seinen Ärmeln und störte seine Konzentration.

»Lass mich«, knurrte er sie an. »Du wirst es noch verscheuchen. Ich hab's schon fast.«

»George, es ist zu spät.« Sein Zwilling schluchzte jetzt. »Spürst du es denn nicht? Der Boden bebt! George, wir müssen hier weg!«

»Aber ich bin doch fast –« Er verstummte und erstarrte auf der Stelle, als er die Geräusche vernahm, die seine Schwester so sehr erschreckt hatten. Kleine Steinbrocken lösten sich von der Höhlendecke über ihnen und purzelten zu Boden, als der Boden erbebte. Schwere Schritte erschütterten die Felsen unter ihnen. Das Geräusch von Schuppen, die über Gestein scharrten, hallte durch die Gänge und brach sich in den gewölbeartigen Kammern. Es erklang kein Gebrüll, nur ein glucksender Willkommenslaut wie das Geräusch einer Riesenhenne, die ihre Küken ruft.

Wortlos wichen die Zwillinge zurück, mit angehaltenem Atem, rasendem Puls und hämmerndem Herzen. Ihre Beine waren wie Blei, als sie sich Zentimeter für Zentimeter von dem Spalt zurückzogen, der den von Menschenhand geschaffenen Minenschacht vom inneren Hort des Drachen trennte, seinem heiligsten Versteck, wo sein kostbares Junges in seinem Nest trocknete. Als sie sich zurückzogen, wurden die Rufe des kleinen Drachen klagender, was bei der Furcht einflößenden Tonnage der Mutter nun doch ein donnerndes Gebrüll auslöste, das durch den Spalt toste und die Fackel auflodern ließ, bis sie fast erlosch und dann neu entflammte.

In ihrer Panik ließ Sissy die Fackel fallen und lief davon, doch George war geistesgegenwärtig genug, sie aufzuheben und hinterherzueilen, bis er seine Schwester eingeholt hatte und sie am Ellenbogen fassen konnte, um sie zu dem Schacht zu geleiten, durch den sie gekommen waren. Als sie nach der verrosteten Leiter tasteten, der ihnen den kurzen Abschnitt des senkrechten Schachts hinaufhelfen sollte, hörten sie das Poltern von Felsen und hektisches Scharren, während die gewaltige Drachin die Felsen bestürmte, um zu ihnen durchzubrechen.

Zahlreiche Sprossen der Leiter waren geborsten, und obwohl der Schacht für den Drachen zu schmal war, konnte sein Feueratem sie noch erreichen. Immer wieder stemmte George sich mit der Schulter gegen Sissys Füße und stützte sie, bis sie den Schacht oben verließ.

»Lauf!«, schrie George ihr zu. »Lauf einfach; ich hol dich schon ein!« Kaum gesagt, schleuderte er die Fackel nach oben, gerade als die Luft ringsum erzitterte und ein Hitzestrahl an ihm vorbeirauschte. Mit angehaltenem Atem kletterte er die letzten Meter hinauf, als etwas ihn zwang, durch den Schacht nach unten zu sehen. Er sah nichts außer einem klaffenden, tiefroten Maul, von Säbelzähnen umrahmt, von denen jeder die Länge eines Unterarms hatte. Der Anblick wurde von einem Feuerball verschlungen, der den Schacht hinauf auf ihn zuraste. George holte tief

Luft und sprintete hinter Sissy her, während Flammenfinger nach seinem Hinterkopf griffen.

Es wurde eine lange Heimreise. Die Bullenkälber waren preiswert gewesen, und sie konnten von Glück reden, dass sie noch eines kaufen konnten, doch auf der Heimreise erkrankte es, und ihnen wurde klar, dass sie einen Fehler gemacht hatten. Endlich, nach tagelangem Ritt, erreichten sie ihr heimatliches Tal. Sissy meinte, sie sollten sich gleich nach Hause begeben und dieses irrsinnige Wagnis, das sie eingegangen waren, und diesen törichten Mangel an Urteilsvermögen einfach vergessen, doch George bestand darauf, erst die Hexe aufzusuchen.

Sissy war müde, was nach allem, was sie durchgemacht hatten, nicht weiter erstaunlich war, und so zerrte er sie, nachdem er das Kalb angebunden hatte, einen flachen, kegelförmigen Hügel hinauf, auf dem die Hütte der Hexe stand, allein und außerhalb der Palisade, die ihr Dorf schützte. Auch die elterliche Farm befand sich außerhalb der Palisade, doch auf der anderen Seite des Flusses. »Ich weiß, dass wir ihr nicht gebracht haben, was sie wollte, aber immerhin habe ich einen Splitter von der Eierschale des Drachen. Das muss ihr doch etwas wert sein. Wir sollten es zumindest versuchen«, beschwatzte George seine Schwester.

Sie näherten sich der Hütte der Hexe nicht weniger ängstlich, als sie sich dem Drachenhort genähert hatten. Es stank. Töpfe brodelten auf glühender Kohle und verbreiteten üble Ausdünstungen; der Geruch nach Verwesung hing in der Luft. Ein Kreis aus kleinen Pfählen umgab die Hütte, und auf jedem Pfahl steckte der Schädel eines anderen Wesens. Zwischen dem frischen Schädel eines Fuchses und getrockneten Gebeinen, die George einer Katze zuschrieb, hob sich besonders das verwesende Haupt eines Dachses ab. Gänse schnatterten aufgeregt, als sie sich näherten, und der Fellvorhang, der den Eingang zur Hütte verhängte, wurde von zornigen Fingern zur Seite gerissen.

»Wie könnt ihr es wagen, mit leeren Händen zu mir zurückgekrochen zu kommen?«, fuhr eine wütende Stimme sie an. »Wie könnt ihr es wagen?«

»Aber wir kommen doch gar nicht mit leeren Händen«, widersprach George heftig, während seine Schwester nur ein verängstigtes Winseln von sich gab.

»Lügner!«, schimpfte die Hexe heftig. »Lügner!« Sie riss den Fellvorhang auf und stand vor ihnen, hoch gewachsen und bedrohlich. George trat kühn einen Schritt vor, und Sissy folgte ihm pflichtschuldig, wenn auch zitternd.

Der junge Mann versuchte der Frau in die Augen zu schauen, doch es fiel ihm schwer, etwas anderes zu sehen als ihre Hasenscharte. »Ich bin nicht mit leeren Händen gekommen.« Er wollte schon in seine Tasche greifen, um die Eierschale herauszuholen, doch die Hexe trat einen Schritt vor und presste ihre lange Nase auf seine. Sie war noch nicht alt, die Hexe, aber die grausame Nase und ihr dunkler, stechender Blick, der sich in seinen bohrte, entstellten sie.

»Ich habe um Zähne gebeten, Drachenzähne, und ich sehe euch an, dass ihr versagt habt.« Sie machte auf dem Absatz kehrt und marschierte zu ihrer Hütte, griff hinter einen Fellvorhang über dem Eingang und holte einen langen Stock hervor, der bei jeder Bewegung rasselte. Steif stolzierte sie zurück und hielt George das Stockende unter die Nase. »Schau her!«, verlangte sie und ließ das Gebilde rasseln.

Die Ketten aus Zähnen, die mit Schlaufen an der Spitze des Stocks befestigt waren, klimperten beim Schütteln. Sie riss den Stock hoch, und George bemerkte die Runen, die in das Holz eingeschnitzt waren, dann folgte er dem Blick der Hexe, die auf jede einzelne Kette deutete. »Bärenzähne«, sagte sie und wies auf die längste Kette, die vom Alter schon gelb war. »Wolfszähne, Wildkatzenzähne, Ochsenzähne.« Sie schnippte gegen jede einzelne Kette und hielt ihnen dann die letzte hin. Sie bestand aus kurzen, stumpfen und sehr gelben Zähnen. »Und natürlich die Zähne meiner Feindin.« Dabei grinste sie und zeigte ihre eigenen kerngesunden Zähne, die weiß poliert waren und im Sonnenuntergang funkelten. »Sie stammen von der alten Vettel auf der anderen Seite des Hügels, die mir seit Jahren meine Zauberformeln und Bannsprüche verdirbt. Es war mir eine helle Freude, ihr diese Zähne aus dem Kiefer zu brechen.« Sie gluckste und grinste, doch dann war das böse Lächeln auf einmal wie weggewischt, und sie blickte George finster an. »Aber wo sind die Drachenzähne? Du hast mir Drachenzähne versprochen! Ich brauche sie. Damit wäre ich die mächtigste Hexe westlich des Großen Meeres. Du hast mir Drachenzähne versprochen, und dafür wollte ich dich reich machen und deinen Tieren Gesundheit schenken. Stattdessen hast du mir nichts gebracht. Möge eine Seuche dein Vieh befallen!« Dann richtete sie ihren bösen Blick auf Sissy. »Und möge ein Fluch auf deinem Erstgeborenen liegen. Möge er ohne Zunge geboren werden.«

»Nein!« Sissy schrie auf und sank der Hexe zu Füßen. »Bitte habt ein Einsehen. Ihr habt doch nichts verloren. Wir haben doch nur gesagt, dass wir es versuchen wollen.«

»Dein Bruder behauptete zu wissen, wo er Drachenzähne finden kann. Er versprach mir sogar ein ganzes Gebiss. Ich bin enttäuscht. Ich bin zornig!«, brüllte sie.

George knirschte mit den eigenen kostbaren jungen Zähnen, trat einen Schritt vor und hob die Hand, um die Hexe zum Schweigen zu bringen. Er hatte die glitzernde Eierschale des Drachen aus der Tasche gezogen und hielt sie hoch, so dass sie in der Sonne funkelte. Die Hexe wich zurück und starrte sie an. Sie schmatzte mit den entstellten Lippen und blinzelte einige Sekunden lang, bevor sie ein durchtriebenes Grinsen aufsetzte.

»Gemahlen wird diese Schale einen mächtigen Trunk abgeben, aber sie ist nicht so kraftvoll wie die Zähne. Dafür«, sie entriss ihm den Splitter, »hebe ich einen der Flüche, mit denen ich dich und deine Schwester belegt habe, wieder auf. Welcher soll es sein?«

George blickte Sissy an, die weinend auf dem Boden kniete. Er hatte keine andere Wahl. Die Farm war schon von der Hand seines Vaters verflucht; er durfte nicht zulassen, dass als Ergebnis seiner Unbesonnenheit jetzt auch noch seine Schwester verflucht wurde.

»Nimm den Fluch von meiner Schwester«, sagte er und fragte sich, wie er so töricht hatte sein können, der Hexe die Eierschale zu übergeben, einen kostbaren Preis, um jetzt trotzdem mit einem Fluch als Lohn zu enden.

Sissy umarmte ihn. Es war nicht nötig, dass sie sich bedankte; er sah es in ihren Augen. Mutlos trottete er auf den Pfad zu, der ihn nach Hause führen würde.

»George!«, rief die Hexe ihm nach. »Komm zurück.« Sie blickte ihn an, wobei sie den Kopf schräg hielt. »Ich war ungerecht. Deine Farm zerfällt, doch wenn du mir Drachenzähne gebracht hättest, hätte ich dir Zauberformeln gegeben, mit denen du die Krume heilen und die Milch der Kühe süßen kannst. Bring mir Drachenzähne, und deine Farm wird genesen; doch leider hast du versagt. Ich habe dich für gescheiter gehalten; ich dachte, du hättest mehr Erfolg. Doch nein, du hast versagt.« Sie schniefte. »Aber ich will nicht ungerecht sein«, sagte die Hexe, und ihr Tonfall wurde freundlicher, »die Eierschale ist mir sehr kostbar, und ich werde dich bezahlen.« Sie säuberte die Schale mit dem Messer, brach sie entzwei und warf ihm das kleinere Stück zu.

Die schwüle Hitze lastete schwer auf seinem Umhang, der den polierten Stahl seiner Rüstung bedeckte. Das Pferd unter ihm stapfte erschöpft dahin, wobei weißer Schaum seine Schultern bedeckte. Rüstung und Pferd waren alles, was er noch besaß, und die Rüstung war erheblich mehr wert als das Pferd. Er hatte Brustharnisch, Beinschienen und Panzerhandschuhe einem Ritter gestohlen, der auf seinem ersten Feldzug an Ruhr gestorben war. Doch das Pferd gehörte ihm. Es war einmal ein junges Zugpferd gewesen, das auf der Farm seines Vaters die Heuwagen gezogen hatte. Nun war es zwanzig Jahre alt und alles, was von der Farm noch übrig war.

George tastete nach der goldenen Eierschale, die er als Anhänger um den Hals trug, und versuchte nicht an zu Hause zu denken. Er war fünf Jahre lang fort gewesen, seit dem Tod seiner Mutter und seit sein Vater auch noch den letzten Hektar der Farm in einer einzigen Nacht verspielt hatte. Zugegeben, es war praktisch aussichtslos gewesen, doch George hatte trotz allem gehofft, wenn er erst das Sagen hätte, durch schwere Arbeit sein Schicksal noch ändern zu können. Aber diese Gelegenheit hatte sich nicht mehr geboten, und so war er in jener Nacht mit dem Pferd aufgebrochen, bevor ihm auch das noch genommen wurde.

Sein Zuhause fehlte ihm und Sissy nicht minder. Sie hatte Sebastian geheiratet und zwei Jungen zur Welt gebracht, beide gesund. Doch schon vor dem Verlust der Farm hatte Sebastian sie in ihrem kalten, zugigen Haus allein gelassen und war zu seinen Gespielinnen in der großen Stadt gezogen. Wie sehr hatte George sich gewünscht, Sissy von ihrem Elend zu erlösen, doch ohne Geld und ohne ein Zuhause konnte er für seine Zwillingsschwester nichts tun.

Jetzt blieb ihm nichts weiter übrig, als die Hitze zu ertragen, während er sich bei einem fremden Fürsten verdingte und landhungrige Kriegsherren von seinen Grenzen fern zu halten versuchte. Doch heute war es anders. Gerüchte über ein geflügeltes Ungeheuer verbreiteten sich wie eine Seuche überall im Land. Bittgesuche wurden beim Fürsten gestellt. Der Viehbestand wurde geplündert, Weizenfelder eingeäschert, Kinder gestohlen und im Ganzen verschlungen. Noch niemand hatte so ein entsetzliches Ungeheuer gesehen, obwohl einige vernommen hatten, dass derlei Bestien sich im Norden tummelten. George wurde gerufen; schließlich stammte er aus dem Norden, und alle hielten ihn für klug; er würde wissen, was zu tun war.

George hatte zu erklären versucht, dass er nicht so weit im

Norden geboren war und erst einmal einen Drachen gesehen hatte. Soweit er wusste, gab es vor einem räuberischen Drachen keinen Schutz. Wenn ein Drache einzog, sollten die Menschen besser ausziehen. Es war klar, dass dieser Rat ihm nicht gerade das Wohlwollen des Fürsten einbrachte, der schon zu viel Land an die Kriegsherren verloren hatte und nicht noch mehr an einen Drachen verlieren wollte. Der Fürst hatte erklärt, dass er nicht mehr als einen Trupp Männer erübrigen konnte, da die heimtückischen Kriegsherren diese Gelegenheit schon an zwei Grenzen für Überfälle genutzt hatten. George hatte sich weigern wollen, doch der Fürst hatte ihm keine andere Wahl gelassen.

»Hinfort mit dir und erschlag diesen Drachen, sonst schmachtest du für deine Feigheit in den Verliesen. Ich verlange Gehorsam! Wenn du Erfolg hast, kannst du auch mit einer Belohnung rechnen.«

Verbittert dachte George nun an die Belohnung. Der Fürst war berüchtigt für die Schäbigkeit seines Entgelts. Er wollte Bares, genug Vermögen, um nach Hause zurückkehren und ein neues Leben anfangen zu können, doch er hatte schon vor langer Zeit jede Hoffnung aufgegeben, dass dieser Traum einmal wahr werden könnte. Er lebte jetzt in den Tag hinein – und bei Sissy würde es wohl nicht viel anders sein.

Vor ihm lag ein kahler Berg, an dessen unteren Flanken ein Olivenhain wuchs. Auf halber Höhe klaffte eine dunkle Öffnung. Als er sich dem Berg näherte, folgte ihm ein kleiner Trupp Männer, doch als er seinen Fuß auf den steinernen Weg setzte, der sich bis zu einem Vorsprung hoch oben am Berg wand, war er allein.

Tapfer ritt er unbeirrt weiter und den Berg hinauf und hielt vor der Höhle an; der Lärm mächtiger Kiefer, die Knochen knackten und zermahlten, drang heraus. Jede Faser seines Körpers wollte kehrtmachen und fliehen. Doch was war besser: ein rascher Tod durch die Kiefer eines Drachen oder das langsame Verschmachten in den Verliesen des Fürsten? Sein Leben war sinnlos geworden.

Nachdenklich tätschelte er den Hals der alten Mähre und stieg ab; es war unnötig, sie ebenfalls in den Tod zu schicken. Auf leisen Sohlen ging er allein weiter, obwohl er im Hinterkopf Sissys Flehen vernahm, die ihn beschwor, auf jeden Fall kehrtzumachen. Doch genau wie stets in seiner Jugend ging er mit gerecktem Kinn voran und trotzte ihren Wünschen.

Als er näher kam, legte er die Lanze an, obwohl er zweifellos nicht die Kraft besaß, damit die Brust eines Drachen zu durchbohren. Die andere Hand umschloss ein Messer. Das Knacken und Mahlen der gewaltigen Kiefer drang noch immer lautstark aus der Höhle vor ihm, und er glaubte nicht, dass bei dem Lärm seine Schritte zu hören waren. Dann löste sich unter seinem Stiefel ein Stein und sprang die Felsplatten hinab; jäh herrschte tödliche Stille. George hielt den Atem an und versuchte sich zu wappnen, obwohl er weiche Knie bekam.

In Windeseile stob die mächtige Gestalt eines dunkelgrünen Drachen aus der Höhle, und Flammen loderten aus seinen entfachten Nüstern. Schwindel erregend schnell griffen die Beine in einem reptilienhaften Kriechen aus; seine Zunge erbebte, der schuppige Kragen um den langen, dünnen Hals war aufgerichtet und gesträubt. Sobald er die enge Höhle verlassen hatte, breitete der Drache seine Schwingen aus und schrie gellend auf George ein, schlug mit dem Schwanz und ließ Felsen den Berghang hinabprasseln. Die gewaltige Größe und seine riesigen, rechenden Klauen, die im Sonnenschein glitzerten, erschreckten den Mann. Entsetzt sank er auf die Knie, und die Lanze löste sich aus seinem erschlaffenden Griff. Er fuhr sich mit der Hand an den Hals, um seinen Glücksbringer zu ertasten, die goldene Scherbe des Dracheneies. Das Licht brach sich darin und spiegelte sich in den Augen des Drachen.

Das Ungeheuer sprang nach vorn, als wollte es zuschlagen. Luft rauschte an Georges Ohren vorbei, als der Drache seine höhlengleichen Lungen füllte, um ihn in eine Feuerlohe zu hüllen. Die Schnauze stieß vor, und George glaubte schon, er fiele in

Ohnmacht. Das Maul der gewaltigen Bestie teilte sich und enthüllte riesige Zähne, scharf wie Säbel und lang genug, um den Körper eines wilden Stiers durchbohren zu können.

»Ich werde nicht als Feigling sterben!«, stieß George laut krächzend hervor und schob entschlossen das Kinn vor, um dem Tod zu trotzen, während sein Blick sich in die dunklen Abgründe der Drachenaugen versenkte.

Ein Flammenstrahl schoss tief aus der schwarzen Kehle des Drachen hervor, doch bevor er über seine Zunge springen und Georges Gesicht umlodern konnte, schloss der Drache sein Maul hastig wieder. Er legte langsam die riesigen Schwingen an, der Kragen um seinen Hals fiel zusammen, und der Schwanz hörte zu peitschen auf. Das Wesen legte die riesige Schnauze schräg und blinzelte. Erneut teilten sich die Kiefer, doch nur ganz leicht, und diesmal drang ein leises Maunzen im Flüsterton aus seiner Kehle.

Der Drache ließ seine schwere Schnauze sinken und stupste leicht gegen Georges Brust. Der Mann wagte kaum zu atmen, konnte jedoch nicht verhindern, dass ihm Tränen über die Wangen liefen. Es waren Tränen der Erleichterung, dass er nicht zermalmt oder eingeäschert worden war. Der Drache hatte seinen Angriff jäh eingestellt, und sicher deshalb, weil es sich um ebenjenen Drachen handelte, den er aus seinem Ei hatte schlüpfen sehen; das Bild seines Gesichts musste sich im Gehirn des Jungen eingeprägt haben, so dass er ihn nun als seine Mutter begrüßte. George vergoss auch deshalb Tränen, weil ihm klar war, was er jetzt tun musste.

Die schwere Schnauze des Wesens erstreckte sich unter ihm. Hinter den starren Schuppen, die einen Kragen um seinen Hals bildeten, gab es dort, wo der Hals in den Schädel überging, einen weichen Fleck ledriger Haut. George war Bauer, er hatte in seinem Leben schon viele Bullen getötet und wusste, dass sie rasch starben, wenn er am Ansatz des Schädels eine Klinge ins Gehirn trieb. Zentimeter für Zentimeter schob er seine Hand nach vorn und überwand sich, den Schädel des Drachen zu streicheln und ihn zärtlich hinter den Ohren zu kraulen, während seine Hand langsam hinter den Schuppenkragen zu dem weichen Fleck an der Schädelbasis wanderte. Dann riss er mit einem wilden Aufschrei seine Klinge heraus und stieß mit aller Macht zu. Er musste seine ganze Kraft aufbieten, um die ledrige Haut zu durchdringen, und empfand einen Moment lang Panik bei dem Gedanken, der Drache könnte seine Absicht begreifen, doch das Wesen blickte ihn lediglich aus liebevollen und staunenden Augen an, bevor es plump zu Boden sackte, in Windeseile gefällt.

George kam sich wie ein Verräter vor, als er am Hals des Drachen sägte, bis der Kopf abgetrennt war.

Erfreut über den Heldenmut seines Söldners, bot der Fürst ihm eine geringe Menge Geldes und eine hohe Beförderung an. George war kein Narr; er nahm das Geld, tauschte jedoch die Beförderung gegen einen Karren ein.

Es war eine lange Heimreise mit dem stinkenden Schädel hinten auf dem Karren, und er zog eine Wolke aus Fliegen hinter sich her. Doch die Fliegen beunruhigten ihn weniger als sein Gewissen. Er hielt den Kopf gesenkt, weil die Augen des Drachen ihn noch immer vorwurfsvoll ansahen. Er hatte ihm vertraut; er hatte ihn geliebt, und er hatte ihn erschlagen. So war er zum Held geworden, und Geschichten über seinen Heldenmut eilten ihm rasch voraus, und nur selten musste er für die Bewirtung bezahlen, wenn er an einem Gasthaus Rast machte.

Dieser Tribut scherte ihn nicht. Erst als er endlich nach langer, anstrengender Reise vor sich einen niedrigen, kegelartigen Hügel mit einer einzelnen Hütte darauf erblickte, trat ein Lächeln auf sein Gesicht. Er hatte das Nebengebäude, in dem Sebastian seine Schwester zurückgelassen hatte, bereits passiert, ohne anzuhalten; er konnte Sissy auch später noch aufsuchen.

Als er vor der Hütte verharrte, erschien ein älteres Weib mit Hasenscharte im Eingang. George sprang vom Karren herunter, schlug die Plane von seiner Ladung und wuchtete den verrottenden Drachenkiefer zu Boden. Dann enthüllte er das vollständige Gebiss makelloser Zähne.

»Alte Hexe, hier habt Ihr Eure Drachenzähne! Sie sind jetzt größer, erheblich größer als damals, als ich sie Euch das erste Mal zu bringen hoffte. Ich verlange jetzt meinen Lohn. Ich will meine Farm zurück.«

Das Weib lächelte und entblößte seinerseits seine Zähne, die noch ebenso weiß und kräftig waren wie vor all diesen Jahren. »Natürlich, George. Beim letzten Mal hast du dich für gescheit gehalten, doch diesmal bist du tapfer gewesen, und für eine solche Trophäe«, sie strich liebevoll über das Halbrund der Drachenfänge, »werde ich mein Versprechen halten!«

Hanns Kneifel

Sanddrachen kommen zur Tränke

Eigentlich hätte er in seinem Häuschen über der lächerlichen Sommerbrandung des Binnenmeeres im Schatten sitzen, triumphale Musik von Lully oder Charpentier hören und Pinguine zeichnen und malen wollen. Stattdessen hockte er mitten im sandigen Nichts, im unglaublichen Wolkengemälde eines grau brennenden Sonnenuntergangs; aus jenen Wolken würde die nächsten Jahrhunderte kein Regentropfen fallen. Der Stern Sigma überzog Dünen, Nadirs Container, verwitterte Felsen und die unermessliche Ebene mit Goldschmelze: AïrAzouagh, die vollkommene Einöde einer fremden Welt unter einer fremden Sonne. Nadir Marcander sah die Schatten wachsen, lauschte dem Rascheln windwandernder Sandkörner, trank eisgekühlten – immerhin terranischen – Weißwein und war ziemlich sicher, dass er zu dieser Stunde begann, den letzten Auftrag seines ereignisreichen Lebens auszuführen. Vor ungefähr drei Stunden hatten die emsig summenden Roboter ihre klirrenden Arbeiten beendet – Wasser-, Abwasser-, Energie- und Kommunikationsverbindungen verlegt, den Tank vergraben –; das Shuttle hatte ihn mitsamt reichlicher Vorräte, technischer Ausrüstung und dem geräumigen Wohncontainer auf der Plattform aus gehärtetem Basaltschaum zurückgelassen. Marcander war allein; einzig lebendes Wesen in einem Radius von mehr als 800 Kilometern.

Schatten krochen den Hang über dem Scheitelpfad des »Passes« herauf, erreichten das U-förmig aufgestellte Lager und tauchten dessen silberfarbene Solarzellen und die schwarzen

Markierungen in dunkelrotes Halbdunkel. Als Marcander die innere Schleusentür schloss, fuhr der *kompakt* mit seinen Erklärungen fort:

»Wiederholung und Synopsis: *Das zircumpolare Sternbild DRACHE (DRACO), kompliziert geformt und flächenmäßig bedeutend groß, erstreckt sich von den Bildern LEIER/SCHWAN bis ins Gebiet von URSA minor/maior. Der Stern SIGMA DRACONIS und seine 6 Planeten, darunter PIPISTRELLA, TARASQUE/gen, TARRASK und TALANTBEK, von Sir Austin Healey Farthingale (Terra, 2936 bis 3028) während der »Mythologischen Expedition« A.D. 2981 bis 2989 entdeckt, weit »jenseits« der Doppelsterne* ypsilon *und* psi DRACONIS, *ist, korrespondierend zum Sternbild, von der Erde durch 641 Lichtjahre getrennt. TARASQUE, der vierte Planet, entspricht Terra-Norm; zwei Monde: BASILYSK und MITGARD'S SNAKE. Sein siderischer Tag beträgt 17 h 28 m 46 s.«*

Als Nadir Amûnray Marcander von Montgomery »Mungo« Carteret, dessen Scharfsinn er schätzte, erfahren hatte, dass dieser stellar weit gereiste Gentleman seinem *kompakt* einen echten Totenschädel als Omni-Terminal vorgeschaltet hatte, empfand Marcander dies als persönlichen Affront; er hatte tatsächlich zu lange gezögert, diesen seinen eigenen, identischen Einfall zu realisieren. Nach langem Begrübeln ersetzte er sein technisch veraltetes, aber leistungsfähiges Kommunikations-Sammelsurium auf Kosten des Kühnen Corps durch die meisterhafte Kopie – Gold, mundgeformtes Kunstglas, Airgel, Titanium – der Totenmaske des Amenemhet I.[1] Amenis beruhigender *kompakt*-

1 Amenemha(e)t, [Tatji (Wesir) des Pharao Menthu-Hotep I.], Begründer der 12. Dynastie, vollendete vor ca. 4965 Terra-Jahren die Zusammenführung Ober- und Unterägyptens, errichtete südlich Men-nefers (Memphis) die Stadt Itchi-Taui, betrieb die Erschließung Schah-Resis (Faijum) durch Entwässerung und Kanalbau; weit entfernt von A.s Grabanlage (Pyramide) entdeckte Baron Achill Hylobatos das von Schätzen überfüllte Königsgrab mit der lächelnden Totenmaske »Amenis«, wie ihn liebevoll sein Volk genannt hatte.

Bass las vor, auf dem Bildschirm gliederten sich Wörter zu Sätzen, der Holodrucker lieferte gestochen scharfe Schriftblöcke:

»Die Oberfläche des Planeten TARASQUE teilt sich in zwei Kontinente, periodische Eis-Polkappen und gezählte 99 Inseln unterschiedlicher Größe, von denen etwa die Hälfte ebenso grundsätzlich bewohnbar sind wie der Kontinent Dismanda und die Randzonen AïrAzouaghs. Im planetaren Meer sind die bekannten Mineralien gelöst, die Fauna ist überaus reich und wenig erforscht, größere Ansammlungen von Süßwasser (Teiche, Seen, Flussdelten etc.) sind nicht bekannt. Unzweifelhaft sind unter den wüstenhaften Zentren AïrAzouaghs sehr ertragreiche Aquafer-Vorkommen, die jedoch seit nachweislich neun Jahrhunderten nicht mehr angezapft wurden. Im Inneren AA.s wurden Relikte verschwundener Ureinwohner gefunden, deren kulturelle Höhe wenig erforscht ist und deren Nachlassenschaft teilweise, weil tinanisch, Rätsel aufgibt. Vorstöße ins Innere AA.s (das auf bemerkenswerte Weise der Großen Sahara des Heimatplaneten gleicht) entraten nicht tödlicher Gefährdungen; FESSEK, das Ferne- & Seltsame-Sterne-Expeditionskorps, betrauert das Verschwinden von sieben Forschern. Obwohl unauffindbar, muss das sog. *Korps der Kühnen* mit dem Ableben seiner Spitzenwissenschaftler rechnen.«

Nadir starrte die Goldmaske an, blickte in die unendlich weisen holografischen Augen des legendären Meliorisations- und Stadtbau-Pharaos und knurrte grimmig:

»Information überholt: Sechs Tote. Und ich bin wahrscheinlich der glückliche Siebente! Die Zeit der Selbstgespräche, Nadir, beginnt ...«

Draußen erklang helles Knacken. Er drehte sich langsam um; die Stahlseile der Buckminster-Satellitenkuppel spannten sich in der Wüstenkühle. Nadir war allein; der Zustand, den er zumeist mehr schätzte als kaum einen anderen, war fast vollkommen. Die Station, ein nach Osten offenes Viereck, stand nahe des höchsten Punktes einer verglasten Erhebung aus Sandstein, mit Basalteinschlüssen und verrottender vulkanischer Lava. Er überblickte im letzten Tageslicht durch die Frontscheibe wahrhaft riesige Bereiche der Wüste, das Wadi eines prähistorischen Flusses, die Oberfläche einer Schlucht, vielleicht zehn Kilometer des *Pfades der Verdurstenden* und einen Granitbogen-Pass. Auf sämtlichen Satellitenkarten zog sich quer durch die Darstellungen der AïrAzouagh-Wüste die gestempelte Bemerkung: HIC SUNT DRACONES; Eintrag irgendeines Witzboldes in irgendeinem Explorerschiff.

Nadir A. Marcander begann sich einzurichten, öffnete eine zweite Flasche, packte Buchkuben, Musicubys, Satellitenkarten, Kameras und eine Batterie spezieller Geräte aus, erzeugte auf dem großen Arbeitstisch das gewohnte Chaos, programmierte Satellitenempfänger und Musikanlage, füllte das Glas und vertiefte sich in die reichlich wirren Berichte seiner defunkten Vorgänger; fünf deformierte Körper, von Sand und grauenvoller Hitze mumifiziert, waren gefunden und nahezu ergebnislos seziert und analysiert worden: Sicher schien, dass jähe Dehydrierung ihre Körperzellen binnen ungewöhnlich kurzer Zeit zerstört und die Wissenschaftler getötet hatte.

»Holos und stereoskopische Satellitenbilder der fraglichen Gegend liegen vor, desgleichen sechs unbeendete Explorationsberichte; am ausführlichsten weist der Text des Tagebuchs von Dr. Boewman Salmand auf plötzlichen Tod durch rüde, unerwartete Gewaltanwendung hin. Geplante Besiedlung des Planeten und bevorstehende Erschließung der Tiefenwasser zur Anlage von Oasen müssen bis zur Klärung der tödlichen Vorfälle aufgeschoben werden; die Lösung des Problems ist dringlich. Salmand und die anderen scheinen sicher zu sein, dass sog. Rötel-Zeichnungen, Ritzbilder und prähistorische Ablagerungen im Schiefer der Schlucht, nicht nur bedeutungsvolle Zeugen der Vergangenheit sind, sondern auch den Untergang einer planetaren Kultur und möglicherweise die Gründe dafür dokumentieren können. Sie harren der Entschlüsselung. Übereinstimmend wurde beschlossen, den Doyen der Xenoarchäologie, Prof. Nadir Amûnray Marcander, um Mitarbeit und Feldforschung zu bitten; seine fast hundertjährige Erfahrung ist der FESSEK fast eine Erfolgsgarantie.«

Der *kompakt* schwieg und schloss hoheitsvoll lächelnd die Augen. Nadir schwenkte das Glas und trank, lehnte sich zurück und schichtete sinnend im Umkreis des Glases die Unterlagen um.

Fünf Stunden später, kaum klüger als zuvor in den letzten Wochen, trat er hinaus in den windgeschützten Raum zwischen den Containern. Die Nacht war kalt und vollkommen, herrlich in ihrer Pracht und exotisch, bedrückend, strahlend; wieder einmal fühlte er sich klein und unbedeutend. Indes, wer keine Angst hat, sagte er sich, hat keinen Respekt vor dem, was er tut. Seine selbst gewählte Einsamkeit schmeichelte seinem Stolz, als Misanthrop verschrien zu sein. Indes: Das Problem, das er zu lösen versprochen hatte, verlangte nicht nach heiterer Geselligkeit. Er starrte in die starr strahlenden Sterne. Mond Basilysk löste sich als schwefelgelbe, blau geäderte Vollscheibe vom Horizont. Drachen, dachte er; Draco ... Dragon ... Dracones? Hic et nunc?! Im Zentrum des Nichts, hier?, sagten planetare Legenden, hatten Menschen mordende Drachen gehaust. Wesen, die jetzt? eine Besiedlung des Planeten womöglich verhinderten, allein schon durch die wissenschaftlich unhaltbare Mär, es gäbe sie noch heute auf Tarasque. Er duschte ausgiebig und schlief tief und lange.

Kurz nach Sonnenaufgang schwebte der Gleiter am Ausgang des Wadi in die Schlucht und in die kalte Schwärze des Schattens, der auf der überhängenden, konkav gekrümmten Wand lag. Nadir setzte die Maschine auf dem Sims einer Quarzitrippe ab, klappte das sandfeste Verdeck halb auf und stieg aus. Vor ihm, gemessene 99 Meter breit und an der höchsten Stelle halb so hoch, breitete sich eine erstaunliche Galerie aus; Nadir hatte in der Nacht sämtliche Einzelbilder studiert und versucht, sie in logischen Zusammenhang zu bringen. Der Umstand, dass das Wadi offensichtlich seit Äonen kein Wasser geführt hatte und Sonnenlicht nur während ein, zwei Stunden senkrecht in die Schlucht fiel, hatte alle Zeichnungen, tief eingekerbte Rillen und die ausgebleichten Knochen in den Schieferbändern der Sedimente – seit wie vielen Jahrhunderten? – hervorragend erhalten. Als die Helligkeit am obersten Felsenband des Spaltes zunahm, staunte Nadir: Obwohl er alle Details kannte, überwältigte ihn dieses Breitwand-Panorama. Er blickte zum sandbedeckten Ausgang der Schlucht.

Hier waren die Leichen seiner Vorgänger gefunden worden. Er ging auf dem Sims bis zum anderen Ende des mächtigen Einschnitts, etwa fünfzehnhundert Schritte, und bemühte sich, die Aura aufzunehmen, die von diesem ... Arrangement ausging. Sand knirschte, eierschalendünne Abspaltungen und mürbes Geröll zersplitterten widerhallend unter den Sohlen. Unzweifelhaft hatte die Tatsache, dass hier vor langer Zeit eine Gemäldegalerie entstanden war, etwas zu bedeuten – aber was? Die Wand gegenüber war weitestgehend glatt, und erst als er ins grelle Licht am Ende herauskam, fiel ihm ein, dass die gekrümmte Wand einst der Prallhang des urzeitlichen Flusses gewesen war. Er setzte sich auf einen schwarzen, opal geäderten Findling, staunte die Fläche an, betrachtete die Wesen, in dunklem Rot und mit schwarzen Punkten und Linien gemalt; Ruß, hatte man festgestellt, und Ocker in sieben Farbabstufungen aus einem prähistorischen Tagebau etwa fünfzig Kilometer flussaufwärts.

Die Wesen glichen halbinsektoiden Kentauren. Ein vage humanoider Oberkörper mit großem Kopf, zwei Fühlern, einer Kopf- und Rückenmähne und Krabbenscherenarmen mit drei Gelenken saß im Neunzig-Grad-Winkel auf einem eleganten Ameisen- oder Kerbtier-Hinterteil mit der Mähne als auslaufendem Grat. Nadir zog eine Kamera aus der Brusttasche, programmierte sie und ließ sie in passender Entfernung an den obersten

Bildreihen entlangfliegen. Der Figurenfries schilderte alltägliche Abläufe: Arbeiten, Jagd, Kämpfe, Prozessionen und voll besetzte Boote, auf einem Fluss gerudert und gesegelt. Der Stil-Kanon der Darstellungen erinnerte Nadir an Bildwände in Tempeln und Gräbern zu Wâset-Theben, Men-nefer-Memphis oder anderen Orten des klassischen Ägypten. Als ihm der Bildschirm zeigte, dass sich die Reihen der Darstellungen auf verblüffend exakten Geraden befanden, grinste er: Auch dieser Umstand schien seinen Vorgängern nicht aufgefallen zu sein.

Er erkannte die Bedeutung; er war ohne Anstrengung einen großen Schritt vorangekommen. In der Mitte der Bilderbänder, drei Darstellungen hoch, krümmte sich ein geflügeltes, geschwänztes Ungeheuer: unzweifelhaft ein Drache.

»Hic sunt *wirklich* Dracones«, murmelte Nadir, fing die Kamera auf, deaktivierte den Mechanismus und ging zum Gleiter. Als er die Schlucht über dem Trichter des Flusses verließ, stand die Sonne im Mittag.

»... bezweifle ich kaum, dass vor Urzeiten der Fluss periodisch austrocknete und zuvor grundsätzlich wenig Wasser führte. Es war für die Bewohner dieser Wüste – damals eine Feuchtsavanne – leicht, im niedrigen Wasser zu waten oder auf dem trockenen Sandbett des Flusses stehend ihre Kunstwerke zu malen«, diktierte er dem *kompakt*, der es samt den Bildbeweisen im elektronischen Tagebuch speicherte. »Ob Wasseroberfläche oder Sand als Standort und Richtschnur der vergangenen Künstler – die Bilder-Gestalten stehen auf einem Teil eines Zylinder-Wandabschnitts, auf der Sandstein-Leichtschiefer-Schichtung des einstigen Ur-Prallhanges des Flusses *Colorado im AïrAzouagh* auf einer unsichtbaren, indes mathematisch exakten waagrechten Basislinie. Der nächste Besuch der Bilderschlucht wird den fotometrischen Beweis bringen ...«

Nadir hielt sich keineswegs für ein Genie. Dafür gab es reichlich Beweise. Aber, so seine Überzeugung, nichts im kreativen Chaos des Kosmos geschah ohne Grund, und jedwedes Ding gehorchte einer Logik. Vielleicht einer perversen Logik, einer xenoplanetaren, aber letztlich einer, die, wenn auch mühsam, begreifbar war. Der Drache, drei zu zwölf Ellen groß und in der Mitte der bedeutungsperspektivischen Anordnung, war Bestandteil der ausgelöschten Zivilisation und Kultur gewesen.

Nadir aß erhitzte Raumfahrergerichte, hörte Purcell-Musik und zur gedanklichen Ordnung differenzierte Cembalostücke von J.S. Bach, versuchte sich in die Zeit zurückzuversetzen, in der hier die Wipfel idyllischer Wälder einer Fluss-Aue im warmen Wind gerauscht hatten, trank Wein und las, wieder mit ungeschmälertem Vergnügen, das Kapitel: *»Wie bekomme ich eine prächtige Ode in ein schmales Gedichtbändchen?«* aus einem seiner Lieblingswerke: *VERGNUEGLICHE KUNNST, SICH AM LEYDEN ANDERER ZU ERGOETZEN.* Seine Überlegungen kreisten um den Versuch einer Erklärung, um die Bedeutung, die der Drache im Kontext der Insektoiden-Galerie (gehabt) hatte; in diesem urzeitlichen Museum versteckte sich eine Erklärung. Er ertastete gerade mühsam deren wissenschaftliche Peripherie.

Spätnachts, als die rote Sichel von Mitgard's Snake um den leuchtenden Basilysk durch das funkelnde Firmament zu kreisen begann, flüchtete Nadir, schätzungsweise halb trunken, vor der nächtlichen Kälte und den Explosionslauten abplatzender Felsen in seine Container. Er wies den *kompakt* an, sein Lieblings-Porno-Holo abzuspielen; große, pralle Terranerinnen mit kurzem Haar und sportlicher Figur, die bisweilen mit belegter Stimme Shakespeare und, seltener, H. Heine zitierten, spielten darin aktive Rollen. Glückselig lächelnd und in der Überzeugung, dem Tarrask-Geheimnis auf der Spur zu sein, schlief er ein.

Jene ausgestorbenen Aliens waren als Kinder, Krieger, Arbeiter und Bootsbesatzungen dargestellt, auch als insektoide Dryaden, schwimmende und tauchende Fischer, als Gräber von Kanälen und Priester, die dem zweiten, dritten und vierten Drachen der Bilderwand Opfer darbrachten; sie gossen aus halb kugeligen

Schalen irgendwelche seimig tropfende Flüssigkeiten aus, und die Drachen schlangen umarmende Flügel um einige Individuen und schienen die Opfergaben freudig anzunehmen. Nadir versenkte sich ohne Zeitdruck, in alkoholgestützter Pseudotrance, in die Darstellungen und konstruierte ein seltsames Universum der Vorzeit. Jene Drachen, deren Schädel freundlichen Fledermäusen glichen, schienen trotz ihrer Sichelklauen, der Widerhaken-Zungen und der sägezahnartigen Schweife keine Feinde der emsigen Insektoiden zu sein. In den nächsttieferen Friesen – ebenfalls absolut waagrechten Bildbändern! – waren die Ungeheuer von sprießenden Blumen, prallen Sträuchern und Früchte tragenden Bäumen umgeben. Bevor Nadir wieder zur Bilderwand startete, diktierte er:

»Die oberste Bildreihe ist die älteste. Der *Colorado* fräste sich mehr und tiefer in die Schlucht. Sein Wasserstand und sein Boden in der Trockenzeit sanken kontinuierlich ab. Somit standen die Künstler alle hundert oder fünfhundert Jahre mehrere Ellen tiefer, aber stets auf einer Waagrechten. Die untersten, noch verschütteten Friese ergo sind die jüngsten ...«

Nadir überließ dem *kompakt* die Beantwortung der Kontrollanrufe. Jeden Tag untersuchte Nadir einen anderen Teil der Bildwand, verglich das Aussehen der sieben Drachenbilder, bewunderte fantastische Sandwirbel über der Ebene, fand im abblätternden Schiefer an drei Stellen tiefe Meißelspuren in den halb frei gewitterten Knochen eines Drachen-Skeletts, zwei Tage danach den kleinen Maschinenmeißel. Die Projektoren der schwebefähigen Holokamera fielen plötzlich aus, und Nadirs Messgeräte stellten ein spindelförmiges Magnetfeld von ungewöhnlicher Stärke fest. Zufällig sah er, dass die Felsrinne, in die das Abwasser von Dusche und Kochzelle abgeleitet wurde, völlig trocken schien. Ein schlangenartiger Drache glich dem Körper eines Seraphim, ein anderer einer riesigen Fledermaus. Nachdem Nadir das halb verwehte Lager der Vorgänger untersucht und mithilfe des Allzweckrobots sowohl einen Teil der Ausrüstung und, tief im Sand vergraben, den sechsten ausgedörrten Leichnam gefunden hatte, gliederten sich seine Vorstellungen zu einem geistigen Bild, das einige Substanz zu besitzen schien. Nachts diktierte er, in holprigen Alexandrinern skandierend:

»Die so genannten Drachen – ein durchaus anzweifelbarer anthropozentrischer Begriff – waren selbstverständliche Mitbewohner der Planetarier; beliebte Anrainer des idyllischen Flusstals im AïrAzouagh, Ratgeber sicherlich, vielleicht Lehrer oder Herrscher; zweifellos Beherrscher der Luft. Sie wurden furchtlos akzeptiert und freudig verehrt, wie Bilder der Panoramawand beweisen. Planetophysikalische Sondierungen fanden keine Ruinen in der Schlucht und an den Biegungen des Flusses. Ursprünge der magnetischen Wirbel bedürfen weiterer Erforschung. Sollte in diesem Gebiet fossiles Wasser erbohrt und hochgepumpt werden, würde binnen eines Jahrhunderts das einstige Idyll wiedererstehen können ...«

Weder bei seinen täglichen Flügen und Wanderungen noch von der schattigen Terrasse seiner Behausung aus hatte Nadir in neunundzwanzig Tagen die Spuren irgendwelcher Lebewesen oder ein Tier gesehen. Die Einsamkeit im Prasseln der Sandkörner gegen Felsen und Containerflanken war vollkommen; Kommunikation fand nur über Richtantennen und den Satelliten statt, so dass Nadir Marcander mehr als genug Zeit hatte, die Schönheit der Tarasquewüste zu genießen: heiße Luftschichten über der scheinbar unendlichen Ebene, einem Meer aus Sand, vom Wind geschliffene Kugeln aus Gestein verschiedener Farbe, die abstrusen Kurven der Dünen, das tägliche Wunder des Sonnenaufgangs, die wandernden, kreisenden Monde, Luftspiegelungen, Sandwirbel, Riffelsand und Landzungen aus dunkel erodiertem Kies, ferne, verwitternde vulkanische Zeugenberge und die Sternenpracht in nächtlicher Eiseskälte. Nadir las viel, badete in dröhnender Musik, notierte seine Ideen und verwarf zwei Drittel davon.

Vielleicht war es der Alkohol im kalten Wein, der ihn dazu brachte, ein Experiment zu beginnen, das ihm selbst als allzu fantastisch erschien. Bei seinem nächsten Flug zum Bilderhang schleppte er zwei Kanister voll Trinkwasser mit, goss den Inhalt eines Behälters über die im Schiefer eingeschlossenen Versteinerungen und stellte den anderen geöffnet in einen Sandhaufen; der Robot hatte entlang der Wand einen Graben aufgeworfen und so ein weiteres Band Felszeichnungen sichtbar gemacht. Der brüchige Schiefer sog die Flüssigkeit auf wie ein Schwamm. Nadir dokumentierte die freigelegten Bilder, betrachtete lange die prähistorischen Relikte und schüttelte den Kopf über seine eigenen Mutmaßungen.

Als Nadir im silbernen Knistern der Sandkörner die Sternbilder betrachtete, glaubte er hoch über der Schlucht eine Erscheinung wie ein großes schwarzes Tuch mehr zu fühlen als zu sehen. Die Fläche verdeckte die Gestirne und verschwand oder löste sich auf. Nadir wandte sich um und sah, dass sich die Monde den Erosionsruinen der Bergkette näherten. Als Basilysk den Horizont zu berühren schien, änderte er seine Farbe zu vagem Bernstein, so, als verschwände er in einem Sandvorhang.

Nadir wachte auf, wartete, bis die Fensterfläche transparent war, und sah über der Ebene und dem Einschnitt des Wadi die Staubwolke im Westen.

»Schon lange erwartet«, brummte er und rannte ins Freie. »Ha! Sandsturm. Die Qualität der Ausstattung wird sich zeigen.«

Die ultratrockene Hitze brachte ihn fast um. Er sicherte, was sich befestigen, schließen und abdichten ließ, arretierte den Gleiter mit unterarmgroßen Flügelschrauben und zog sich ins klimatisierte Innere des Containers zurück, um sich in Erwartung von Dunkelheit und Sturmgeheul eine Kanne Tee zu bereiten. Die scheinbar massive Wand aus Staub und Sand schob sich heran, verdunkelte die Sonne und raste über die Landschaft. Sie erreichte das Wadi, brandete über die Dünen und hob sich vom

Fuß des Hanges, bis sie Marcanders Station erreichte und unter sich begrub. Der Planet ging im Heulen und Jaulen unter; der Tag wurde zur Nacht. Nadir schüttete weißen Rum in den Tee, schnippte mit den Fingern und sagte:

»kompakt! Erzähl mir alles, was du über Drachen weißt. Ausführlich, aber nicht in allzu epischer Breite.«

Amenemhets Maske öffnete lächelnd die Augen und begann, von magischen Fähigkeiten der mythologischen Drachen zu berichten, von der Midgardschlange im Weltozean, der Drachen Langlebigkeit und Unsterblichkeit, von mondverschlingenden, welterschaffenden, geflügelten und gestaltwandelnden, von Elementardrachen, amphibischen und Felsdrachen, geschuppten, giftigen, Eier legenden und solchen, deren Augen aus Edelgestein waren, aus den Smaragden der Garamanten. Unverwundbare Drachen gab es in den Legenden nicht nur der Menschheit, hilfreiche und höllisch böse und Feuerdrachen, die im Magma schliefen und sich in die giftige Luft schwangen, wenn Vulkane dröhnend ihre Lava ausspien. Nach zwei, drei Stunden – der Sturm rüttelte an den Containern und schien ihre Wandungen mit der Wut eines Sandstrahlgebläses durchzuschmirgeln –, als der Tee längst kalt und Nadir vom Lärm halb taub war, schloss der Terminal kunstsinnig:

»Da es keine Drachen gibt, beziehungsweise ihre Existenz niemals schlüssig nachgewiesen wurde, bleiben sie irreale Wesen; der Fantasie und der Imaginationskraft ist alles Vorstellbare möglich.«

Nadir löste seine tägliche Medikamentenration im Tee auf, stürzte würgend die unbeschreiblich schmeckende Brühe hinunter und nahm die angebrochene Weinflasche aus dem Kühlfach.

»Wahrscheinlich irrt, wie so oft, der gesunde Menschenverstand. Ich glaube es besser zu wissen: Hic *sunt* Dracones.« Ihm fiel plötzlich wieder ein, dass er eigentlich Zitate, Metaphern und Definitionen hätte sammeln und dazu eigene Capricen und Schlagwörter erfinden wollen, über die faszinierende Welt der

Wüste, so wie es vor Jahrhunderten Melville in *Moby Dick* für den Wal getan hatte; nun hatte er keine rechte Lust dazu. Der Luftdruck änderte sich rapide. In Gedanken an das Ende des Sturms kroch Nadir in sein zerwühltes, aber kühles Bett und vergaß die wütenden Elemente der Außenwelt.

39. Tag; Mittag. Die Schlucht, von senkrechtem Licht bis in den letzten Felsspalt ausgeleuchtet, glühte sandsteingelb; die ockerfarbenen und schwarzen Bilder schienen Nadir anzuspringen. Der Wasserkanister war leer, davongerollt und halb im Sand begraben. Der Zehn-Tage-Sturm hatte den Aushub fortgerissen, und als Nadir den Gleiter in der Nähe des Schieferbandes landete, sah er mit dem ersten Blick die Veränderungen. Dieser Schiefer war entstanden, als ein bestimmter Teich-oder-Tümpel-Schlamm aus dem planetaren Devon, eine kleine Ewigkeit lang durch Sedimentdruck verdichtet, sich vertikal umorganisiert hatte und chemisch umgewandelt wurde; hier hatten Tiefenkräfte die Schieferschichten blättrig gespalten und in die Senkrechte gekippt. Eine Aussparung von mehr als zehn Metern Länge, drei Metern Höhe und etwa zwei Metern Tiefe, mit Bruchrändern, klaffte im unteren Drittel der Bilderwand; genau dort, wo Nadir die Wand mit Wasser getränkt hatte. Die prähistorischen Knochen waren verschwunden, etwa fünf Kubikmeter zerbröselter Schiefer lagen im Graben am Fuß der Wand. Nadir blieb lange davor stehen, dachte an pharaonische Grabräuber und dokumentierte die Änderung mit einer Reservekamera.

»So weit, so gut«, sagte er laut. In der Schlucht widerhallte jeder Laut. »Hic *waren* Dracones. Zumindest einer fehlt. Ich schwör's – ich hab ihn nicht geklaut.«

Es gab ein archaisches Sprichwort über geduldiges Warten am Rand eines Wadi; irgendwann trieb ein ertrunkener Feind vorbei. Eile war der natürliche Antagonist förderlicher Gedanken und jener Geschehnisse, die in der Stille reiften, sagte sich Nadir. Wenn er sich betrinken würde, fiel es ihm leichter, zu glauben, dass der Drache fortgeflogen war, weil er sich an anderer, wasserreicher Stelle satt trinken- so, wie an den Vorräten der sechs Forscher? - und womöglich nach all der Zeit im Fels ein purgierendes Bad nehmen würde. Vielleicht kam er sogar zurück, in einen Landstrich, den der Sturm gezeichnet hatte. Um zu dem Geschöpf, das nur in seiner Fantasie existierte, wissenschaftlichfreundliche Beziehungen einzuleiten, deponierte er an diesem Nachmittag drei große, gelbe Plastikkanister voll Wasser vor der Lücke im Schiefer.

Als er zu seiner Behausung zurückkam und die äußere Schleusentür öffnete – der Robot hatte etliche Kubikmeter angewehten Sand weggeblasen –, fiel sein Schatten auf ein handgroßes Wesen, das einer geflügelten Eidechse mit gegabeltem Schwanz oder einem winzigen Drachen glich; das Tierchen verschwand lautlos huschend-zuckend unter dem Technikcontainer.

Nachdem seine Kanister zum dritten Mal nicht umgeworfen, aber geleert und auch die Reservekamera – fast erwartungsgemäß – außer Funktion gesetzt worden waren, am 59. Tag seiner bedenkenswerten Mission, ließ Nadir den *kompakt* eine Verbindung zu Nezzar Krittanden herstellen, der am fernen Raumhafen AïrAzouaghs residierte. Er setzte sich, als Krittandens Oberkörper sich im Holo manifestierte, vor die Linsen und sagte:

»Ich scheine der Lösung nahe zu sein. Das Problem lässt sich mit viel Wasser lösen, zumal sich mein Tank beängstigend leert. Schickt mir, werter Freund, ein Team, das in der Lage ist, schnellstens! den subplanetarischen See anzubohren und eine veritable Beregnungsanlage zu installieren. Umgehend!«

»Einen Spezialisten mit Robotern und einer transportablen Hochenergie-Bohranlage? Kann der Bohrmeister in Ihrer Anlage wohnen und schlafen, Professor?«

»Sind Sie fern aller guten Dinge?« Nadir machte abwehrende Bewegungen; sein Gesicht mit Neuntagebart drückte Verstörung aus. »Es ist eng wie im Sarg! Begehen Sie keine klaustrophobischen Wegelagereien! Aber das Ergebnis meiner unwesentlichen Tätigkeit wird alle überraschen!«

»Wo denken Sie hin, Professor? Was können Sie mir jetzt schon sagen?« Krittanden bezwang seine Verstörtheit und nickte beflissen. Nadir lächelte selbstbewusst und hob das Holo eines Drachen, tief in Sandstein eingeritzt und rot und schwarz gemalt, vor die Linsen.

»Wenig. Aber das sehr Wenige ist sensationell!«

»Geht in Ordnung. In zwei Tagen haben Sie, was Sie anforderten! Ich schicke Ihnen Aphexo Shulamidé. Sind Sie wohlauf, Prof? Sir?«

»Mir ging's niemals besser. Vorausgesetzt, die erste Oase wird nach mir benannt.«

»Darüber lässt sich reden. Ende und *out.*»

Das Shuttle setzte einen gelben Wohncontainer, ein transportables Kraftwerk, eine annähernd arachnoide Metallkonstruktion und ein Dutzend schwer gebauter Roboter ab. Sie errichteten in glühender Hitze summend, scheppernd und dröhnend am Eingang der Schlucht, also »fluss- oder wadiaufwärts«, eine Art Bohrturm auf der Spinnenplattform, verbanden den Container mit Marcanders Anlage, verlegten Leitungen und Schläuche und schwebten nach den letzten Tests zurück in das zerschrammte Beiboot. Nadir, schwarz gebrannt und sonnenöltriefend, döste in der Hängematte und erfreute sich seiner vorübergehenden intellektuellen Anämie, während der *kompakt* laut und verwegen kryptische Texte eines libyschen Gilf-Kebir-Poeten rezitierte.

Nadir hielt sich die Ohren zu, als der oftmals reparierte Diskus mit infernalischem Heulen startete, aufstieg und sich nach Osten entfernte. Trägen Blicks verfolgte er den Flug des Gleiters, der fünfzig große Schritte von ihm entfernt landete. Der Pilot stieg aus; eine hochgewachsene Frau, breitschultrig und kurzhaarig, die sich wie eine Leistungssportlerin bewegte und durch den Flugsand zu ihrem Container stapfte, ohne ihn zu sehen. Ah! Wow! Aphexo Shulamidé!

»Wo die Sprache aufhört«, ächzte er und starrte begeistert die Gestalt im weißen Overall an, »beginnt die Musik. Du solltest dich besser rasieren, Nadir Marcander!«

Er kratzte sich am stachligen Kinn, kippte aus der Hängematte, schob zwei Flaschen Champagner in den Kühlschrank, rasierte sich und streifte ein frisches Shirt über. Während er wartete, hörte er den Lärm der Anlage, die einen Rohrkanal mit verglasten Wänden, dreißig Zentimeter im Durchmesser, senkrecht durch die Kruste des AïrAzouaghs brannte, tiefer und tiefer ...

Wahrscheinlich hatte der Sturm einige Billiarden Sporen und Samen mitgeschleppt und gleichmäßig über die Umgebung verstreut. Drei solarbetriebene Pumpen erzeugten mit sonorem Brummen eindrucksvolle Fontänen, deren Wasser der Wind zerstäubte. Überall dort, wo sich seit neun Tagen und Nächten Feuchtigkeit niederschlug, spross, wuchs und blühte es in allen Farben, mitunter kniehoch; hellgrüne Flora wucherte, duftete und leuchtete zwischen den Sandkörnern und in Felsritzen. Der Hang wimmelte von sirrenden Insekten mit schimmernden Flügeln.

Auch der einzelne Tarasque-Schmetterling, dessen Flügel sich im wärmenden Licht des Sonnenaufgangs öffneten, sah in Nadirs Vorstellung wie ein winziges Drachenkind aus. Unterhalb des Hanges hatte sich in einem Felskrater ein See gebildet, der vom Wasser überfloss, das von der Fontäne unablässig auf die Felsen regnete. Als Nadir nach dem Badetuch griff, flog der Drachenschmetterling auf und gaukelte in trunkenem Flug davon; es schien, als habe er von Nadir und Aphexo gelernt.

»Geh nicht allein duschen!«, rief Aphexo Shulamidé und schloss die Schleuse ihres Containers. Sie kam lächelnd auf ihn zu; nackt und begehrenswert, kurzhaarig, mit breiten Schultern und kühlen, junonischen Brüsten; jung; vielleicht halb so alt wie er. »Unter meiner Fontäne duschen wir nur gemeinsam.«

»Entschuldige«, antwortete er grinsend und knotete sich das Tuch um die Hüften. »Ich bin in dieser wüsten Dünen-Beziehung noch ungeübt. Frühstück nach der Tropfenorgie?«

»Einverstanden. Vorbereitet: Bei mir.«

Eng umschlungen stapften sie durch nassen Sand und zertraten kleine blaue Blüten. Auf einer Sandsteinfläche, auf die der Wind den dichtesten Tropfenschleier aus Tiefenwasser wehte, blieben sie stehen und genossen die Frische des Aquafer-Regens und die Hitze des späten, grell sonnigen Morgens.

»Und nach dem Frühstück?« Nadir küsste hingebungsvoll Aphexos Schultern. Ihre Amazonenmuskeln zuckten begehrlich. »Machen wir weiter mit der Drachenforschung? Oder suchen wir die Quelle des periodisch-spindelförmigen Magnetfeldes?«

Sie zog ihn aus dem Regen in den Bereich, in dem das Wasser sich in Form winziger Nebeltröpfchen senkte, trocknete ihr Gesicht und betrachtete ihn prüfend aus hellgrünen Augen.

»Wir machen dort weiter, wo wir nachts aufgehört haben«, sagte sie. »Oder glaubst du, unsinnige Eile sei ein Daseinsprinzip der Drachen und würde uns zu Gleichem verpflichten?«

»Sicher nicht«, antwortete Nadir. Aphexo zog ihn hangaufwärts zu ihrem Container, wo er staunend vor dem üppigen, weiß gedeckten Tisch stehen blieb. Welch ein Unterschied, dachte er, zu den aufgeschnittenen Fertiggericht-Verpackungen, mit denen er sein Tagewerk begann. Aphexo streifte sich ein unbedeutendes, semitransparentes Etwas über, füllte die Becher mit starker Camána und deutete zur Schlucht.

»Hat hier Fantasie über Wissenschaft triumphiert?«, meinte sie. »Bilder und Legenden aus einer endlos langen Zeit nach dem Aussterben dieser Wesen?«

»Mag sein«, antwortete er. »Aber denk daran, dass wir es

dieses Mal nicht mit Sagen und Märchen aus dem Unbewussten irdischer Menschen zu tun haben.«

»O Born der Weisheit!« Sie beugte sich über ihn und begann ihn zielbewusst zu verführen, zog ihn vom unbeendeten Frühstück ins Halbdunkel der kühleren Hälfte des Containers. »Komm! Aus dem Reich der Mythen in die Wirklichkeit der Leidenschaft. Post-Frühstücks-Orgie. Soll ich aus dem *Wintermärchen*, dem *Sturm* oder aus *Ende gut, alles gut* zitieren?«

Höflich, nach fünfzehn Sekunden Nachdenkens, sagte er: *»Romeo und Julia*; kein geriatrisches Drama. *Wie es euch gefällt* wäre angemessen; es würde mein Wohlgefühl steigern!«

»Vielleicht entsinne ich mich etlicher Zeilen des *Sommernachts-Wüsten-Traums.«* Als sie am späten Nachmittag, erschöpft und zufrieden, auf Nadirs Terrasse kalten Weißwein tranken, näherte sich lautlos und Schatten werfend der Drache.

Mit gemessenem Schwingenschlag umkreiste er die himmelaufragenden Fontänen, glitt über beblühte Dünen und hellgrünes Schilf am Ufer des Wadi und landete, leicht wie eine Feder, am Rand des Felstümpels. Er beugte anmutig den schuppigen Hals, seine gespaltene Zunge kam hervor und tauchte tief ins Wasser.

Das riesige friedliche Wesen trank ruhig; die Farben des Gefieders und der Schuppen funkelten und leuchteten bei jeder Bewegung der Muskeln. Dann hob der Drache den Kopf und schaute suchend zum Himmel; Nadir und Aphexo folgten der Richtung seines Blicks. Ein zweiter Drache, vielleicht das schöne Weibchen, zog weite Kreise über der Schlucht und schwebte mit zitternden Flügelenden wie ein Wesen des frühen Saurier-Zeitalters zwischen den Fontänen abwärts, hinab zur Tränke und zum Gefährten, landete weich neben ihm und stieß den Barockschnörkel einer weißen Dampfwolke aus, die alsbald verwehte.

Bernhard Kegel

Im Muldenland

Der Einzige, der die Veränderungen bemerkte, war Stumm. Nach der Schneeschmelze hatte er seine Herde wie jedes Jahr hinauf ins Hohe Muldenland getrieben, wo das Gras saftiger war und die Wiesen üppiger. Die anderen Hirten blieben auf den steilen Wiesen unterhalb des Dorfes, obwohl dort jedes Jahr etliche Tiere abstürzten. In den langen Wintern erzählten sie sich gruselige Geschichten über das Hohe Muldenland, und wenn Stumm manchmal an der Theke der Muldenschenke ein Bier trank, warfen sie ihm dabei misstrauische Blicke zu. Laut genug, dass er es hören konnte, berichteten sie von markerschütternden Schreien, die einen nachts aus dem Schlaf rissen, von bestialischem Gestank, faulig und irgendwie nicht von dieser Welt, der unvermittelt über die Wiesen wehte und einem den Atem raubte, und von getöteten Schafen, deren Wolle verbrannt war oder denen irgendetwas bis auf den letzten Tropfen das Blut ausgesaugt hatte. Hinter der Bergkette, die Mulden überragte, begann das innere Gebirgien, und das sei kein Ort für Menschen, die noch bei Verstand waren.

Stumm hatte keine Ahnung, woher diese Geschichten kamen. Er hatte nichts dergleichen erzählt – er konnte weder sprechen noch schreiben – und er war auf der Hochebene des Muldenlandes nie einem der anderen Hirten begegnet. Es waren Lügengespinste, nichts weiter. Sie wollten sich wichtig machen.

Die grandiose Szenerie des Hohen Muldenlandes hatte nur für die etwas Bedrohliches, die sich nicht auskannten. Sicher, eingeschlossen von steilen, wild zerklüfteten Bergketten, fühlte man sich winzig und unbedeutend, und wenn der Wind durch die Felsformationen blies, waren manchmal seltsame Geräusche zu hören. Aber Stumm kam jedes Jahr wieder zurück. Er konnte es kaum abwarten, seine kleine Herde endlich den steilen Pfad hinaufzutreiben. Sollten ihn die anderen doch für verrückt erklären. In all der Zeit hatte er nur wenige Lämmer verloren, und dass sein Käse der schmackhafteste weit und breit war, stand für ihn und seine Kunden außer Frage. Gutes Futter brachte eben gute Milch. Die Einsamkeit machte ihm nichts aus, im Gegenteil. Ganze Sommer hatte er damit verbracht, auf den Wiesen zu liegen und den Vögeln, vor allem den Adlern zuzuschauen, seinen Lieblingen, denen er es nicht übel nahm, wenn sie sich hin und wieder ein Lamm holten. Er hatte viel Zeit und zeichnete, was er sah. Auf diese Weise hatte er jede Pflanze kennen gelernt, die hier wuchs, jede Tierart, die hier lebte oder heraufkam, um von dem frischen Grün zu fressen. Deswegen war ihm auch aufgefallen, dass dieses Jahr anders war.

Es war früher Nachmittag. Die Sonne schien. Stumm saß im Schatten seiner Hütte, die er sich aus rohen Brettern zusammengezimmert und Jahr für Jahr weiter ausgebaut hatte, und schnitzte nachdenklich an einem Holzstück herum. Vor ihm breitete sich die weite Hochebene aus. Plötzlich hielt er inne, blickte auf und musste daran denken, dass er jetzt schon eine Woche hier oben im Muldenland war und noch keinen einzigen Murmeltierpfiff gehört hatte.

Am menschenleeren Dorfplatz von Mulden, direkt neben der großen Eiche und dem Brunnen mit der von Flechten überwachsenen Steineinfassung, hielt in diesem Moment eine Kutsche und entließ vier junge städtisch gekleidete Männer. Sie machten sich daran, schwere Holzkisten vom Kutschendach zu laden.

Schließlich stieg ein weiterer Mann aus. Er war viel älter als die anderen, trug einen schwarzen Umhang und einen spitzen Hut, der ihn als Universitätsgelehrten auswies. Er stellte seinen Lederkoffer auf dem Brunnenrand ab, stemmte beide Hände in den Rücken, streckte sich und stöhnte laut. Dann nahm er seinen

Hut ab, fuhr sich langsam durch das verschwitzte Haar, und sein Blick wanderte über die niedrigen Häuser von Mulden hinweg, einen bewaldeten Hang hinauf und blieb an einem zackigen Felskamm hängen.

»Muldenland«, sagte er nach einer Weile, leise, wie zu sich selbst. Er drehte sich zu seinen jungen Begleitern um, die jetzt in einer Reihe neben den Holzkisten standen und ihn erwartungsvoll ansahen. »Meine Herren«, er setzte mit einer entschlossenen Geste den Hut auf, »ich hoffe, Sie sind sich bewusst, was für ein außergewöhnliches Privileg wir genießen. Wir werden etwas erleben, das vor uns noch kein Menschenauge erblickt hat.« Er lächelte, versuchte Zuversicht auszustrahlen, aber bei sich dachte er: Wenn ich mich nicht getäuscht habe. Wenn die Berechnungen stimmen.

Im Wasser des Sees spiegelten sich der blaue Himmel und die Berggestalten der Umgebung, ein großes Loch im Grün der Hochebene. Zum ersten Mal, solange Stumm denken konnte, war sie von roten Flecken übersät, als litte sie an einer Art Ausschlag. Nicht der geringste Luftzug. Stumm war beunruhigt. Keine Murmeltierpfiffe und auch sonst nichts. Es war zu still.

Wo waren die Dohlen? Und die anderen Vögel? Die Insekten? Verschwunden. Kein Leben. Sogar die Adler! Er hatte Tage gebraucht, um den ersten zu entdecken, weit weg und in großer Höhe. Als machten sie plötzlich einen Bogen um das Muldenland, das doch über Jahre ihr bevorzugtes Jagdgebiet gewesen war. Vielleicht, überlegte Stumm, pfiffen die Murmeltiere nicht mehr, weil keine Adler vorbeiflogen, vor denen sie sich hätten warnen müssen. Vielleicht aber auch, weil es in diesem seltsamen Frühjahr keine Murmeltiere gab.

Die Schafe schienen nicht beunruhigt zu sein. Nur still. Sie hatten sich über ein weites Gebiet verteilt und fraßen wie jedes Jahr die Gräser und Kräuter der Bergwiese in sich hinein. Stumm legte sein Schnitzmesser zur Seite, stand auf und begann zu zählen. Die weite Hochebene war nicht wirklich eben, sondern voller kreisförmiger feuchter Senken, die es Stumm unmöglich machten, alle Tiere im Blick zu behalten. Nach starken Regenfällen konnte sich das Gebiet vorübergehend in eine Seenlandschaft verwandeln. Wenn es dann wieder aufklarte, hatte der grüne Teppich nicht nur ein Loch, den See, sondern Dutzende.

Er kletterte den Hang hinauf, um einen besseren Überblick zu gewinnen, zählte erneut und kehrte an seinen Platz vor der Hütte zurück. Die Herde war vollständig. Trotzdem, seine Unruhe hatte sich eher noch verstärkt. Dieses Frühjahr war anders. Irgendetwas stimmte nicht.

Da war zum Beispiel dieser kleine Strauch, der ihm gerade bis zu den Knien reichte. Es hatte ihn immer schon gegeben, aber dieses Jahr war er so voll dicker roter Beeren, dass das fette Grün sich innerhalb weniger Tage in diesen rot-grünen Flickenteppich verwandelt hatte. Nie zuvor hatte der Strauch Blüten getragen, geschweige denn Beeren. Jetzt war das ganze Muldenland voll davon. Er traute sich nicht, die Beeren zu kosten. Die Schafe ignorierten sie. Sie ignorierten alles. Blöde Viecher, dachte Stumm missmutig. Denken nur ans Fressen. Er nahm seine Schnitzarbeit wieder auf und brummte vor sich hin.

Mulden war noch schlimmer, als er es sich vorgestellt hatte, ein Dreckskaff mit uralten windschiefen Blockhäusern, die sich zwischen Felsen eng an den Berghang duckten, als wollten sie sich verstecken, darin und dazwischen, auf den staubigen Wegen, ein Haufen ungewaschener Einwohner, denen Dummheit und Schicksalsergebenheit förmlich aus den Augen sprangen. Die Apathie der Gebirgsbewohner war in den Städten der Ebene sprichwörtlich. Die Kollegen hatten ihn gewarnt. Sie könnten einen in den Wahnsinn treiben, hatte einer gesagt, der Monate hier verbrachte, um in der Gegend eine kleine Population Sumpfdrachen zu untersuchen.

Die Studenten, die den Professor rechts und links flankierten, als sie auf der Suche nach dem Gasthof durch die engen Gassen liefen, warfen sich fragende Blicke zu und begannen zu tuscheln. Niemand schien das geringste Interesse an ihrer Ankunft zu haben. Zwei alte Weiber verschwanden in ihren Häusern, als er höflich das Wort an sie richtete, auch einige verdreckte Kinder suchten sofort das Weite, eine Gruppe von Greisen schien durch sie hindurchzublicken. Er begann sich Sorgen wegen des Gepäcks zu machen, das sie am Dorfplatz zurückgelassen hatten, wertvolle Messgeräte, Bücher, Proviant und die Zelte.

Endlich standen sie vor einem relativ großen, aus dicken schwarzen Balken errichteten Haus. »Muldenschenke« stand auf einem schiefen Holzschild über der Eingangstür.

Drinnen war es dunkel und stank betäubend nach billigem Tabak und Fusel. Ihre Augen brauchten einen Moment, um ein paar ärmlich gekleidete Männer erkennen zu können, die an groben Holztischen saßen und sie schweigend anstarrten. Hinter dem Tresen stand ein Bär von einem Mann und putzte ein Glas, was ihn voll und ganz in Anspruch zu nehmen schien.

Der Professor nahm den Hut ab. »Hmhm«, räusperte er sich. »Guten Tag! Mein Name ist Professor Hagen, vom Institut für Vergleichende Verminologie der Kaiserlichen Universität. Das hier sind meine Assistenten. Wir würden gern unsere Zimmer beziehen und uns ein wenig frisch machen. Wir haben eine lange Reise hinter uns.«

Der Wirt hauchte sein Glas an und rieb darauf herum. »Hier gibt es keine Zimmer«, sagte er.

»Wie bitte?«

»Wir haben keine Zimmer.«

Der Professor war verwirrt. »Ich glaube, Sie haben mich nicht verstanden, guter Mann. Wir sind angemeldet.«

Der Wirt hörte endlich auf, das Glas zu putzen, und sah seinen Gast zum ersten Mal an. »Hier gibt's keine Zimmer. Hier gibt's nur eine Scheune. Und die ist voll bis unters Dach.«

»Aber ... haben Sie denn meine Briefe nicht bekommen?«

»Vielleicht.« Der Wirt blickte an die Decke, als versuchte er sich zu erinnern. »Da war was. Nur ... ich kann nicht lesen.«

Er grinste. Unfassbar! Er grinste, als sei er stolz auf sein Analphabetentum. Auch die Männer an den Tischen grinsten. Fast alle hatten Pfeifen im Mund und pafften dichte Rauchwolken unter die niedrige Stubendecke. Die Luft war zum Schneiden.

Der Professor überlegte einen Moment, trat zu seinen Begleitern, gab einige knappe Anweisungen und wandte sich dann wieder an den Wirt. Er war verärgert, wollte diesen seltsamen Menschenschlag aber nicht unnötig gegen sich aufbringen und bemühte sich um einen einigermaßen freundlichen Ton.

»Aber etwas zu essen werden Sie doch haben.«

Sie nahmen an einem der Tische Platz, und der Wirt brachte Brot, fetten Speck und ein paar Holzteller. Die Männer an den anderen Tischen hatten sich so platziert, dass sie die ungewöhnlichen Gäste weiter im Blick behalten konnten.

»Sie kennen sich doch sicher hier aus«, sagte der Professor nach einer Weile zu einem bulligen schwarzhaarigen Kerl, der ihm am nächsten saß. »Erzählen Sie uns etwas über die Bergdrachen hier in der Gegend.«

Keine Reaktion. Jemand musste husten.

»Bergdrachen?«, fragte ein alter Mann an einem der anderen Tische. »Gibt's hier nicht.« Er schüttelte den Kopf.

»Wenn Sie Drachen suchen, sind Sie hier falsch«, sagte ein anderer.

»Ich meine nicht hier, sondern oben im Muldenland. Wir haben eindeutige Hinweise ...«

»Ach, im Muldenland ...« Der Alte rieb sich nachdenklich das stoppelige Kinn. »Da müssen Sie Stumm fragen.«

Wie auf Kommando brachen die Männer in brüllendes Gelächter aus.

»Genau, er hat Recht. Stumm müssen Sie fragen.«

»Ja, der weiß alles über das Muldenland.«

»Wie heißt der Mann?«, fragte der Professor, irritiert über die plötzliche Heiterkeit.

»Stumm. Stumm ist der Richtige.«

»Und wo finden wir diesen ... Stumm?«

Alle zeigten in dieselbe Richtung, nach oben, ins Hochland, und lachten noch immer.

Als er sah, wie der alte Sumpfdrache am helllichten Tag seine Behausung verließ, wusste Stumm, dass etwas Außergewöhnliches in der Luft lag. Der Drache lebte seit einigen Jahren in einer Höhle am Fuß des nördlichen Bergkammes. Er hatte kaum noch Zähne im Maul, bewegte sich schwerfällig und verließ seine Höhle nur selten, schon gar nicht um diese Zeit. Stumm kam gut mit ihm aus. Sie beobachteten sich, aber jeder ließ den anderen in Ruhe. Sumpfdrachen waren bekanntlich unberechenbar, aber dieser hier war harmlos, und Stumm hatte sich sogar gefreut, ihn in diesem Frühjahr wieder lebend anzutreffen. Noch teilte er mit ihm die Einsamkeit des Hohen Muldenlandes. Stumm glaubte, dass der alte Drache zum Sterben heraufgekommen war, was er gut verstehen könnte. Das Hohe Muldenland war ein schöner Ort zum Sterben.

Und jetzt quälte sich der Alte den Pass hoch. Nur ein geübtes Auge konnte seinen grauen Körper von den überall verstreuten Felsen unterscheiden. Meter für Meter arbeitete er sich den steilen Hang empor. Selbst aus der großen Entfernung konnte Stumm erkennen, wie viel Mühe es ihm bereitete. Er musste immer wieder pausieren, sackte in sich zusammen und schleppte sich dann ein Stück weiter. Kein Zweifel. Der alte Sumpfdrache verließ das Muldenland. Er ... ja, er floh.

Flucht! Dieser Gedanke versetzte Stumm endgültig in Alarmzustand. Irgendetwas würde geschehen. Etwas nie Dagewesenes. Erst die Vögel, die Murmeltiere und jetzt der alte Drache. Ein seltsames, beunruhigendes Jahr. Die Tiere des Muldenlandes räumten das Feld. Warum nur? Für wen?

Und dann, als der alte Drache oben auf dem Pass fast verschwunden war, entdeckte er auf der anderen Seeseite die Männer, die den Pfad aus Mulden heraufkamen. Sie waren zu fünft.

Stumm verschwand schnell in seiner Hütte und spähte aus dem kleinen Fenster. Sein Puls raste. Zum ersten Mal sah er Menschen hier oben. Es waren Fremde, seltsam gekleidet, und sie trugen schweres Gepäck. Drei von ihnen drehten nach kurzer Rast um und liefen den Weg zurück, den sie gekommen waren. Die zwei Verbliebenen begannen ein Lager zu errichten, stellten direkt am gegenüberliegenden Seeufer Zelte auf. Stumm bekam es mit der Angst. Was waren das für Leute? Was hatten sie hier zu suchen? Hatten die Tiere gespürt, dass Fremde kommen würden? Waren sie deshalb verschwunden?

Kurz vor Einbruch der Dämmerung kehrten die drei Männer mit noch mehr Gepäck aus Mulden zurück. Sie entzündeten ein Feuer, schienen zu essen und sich zu unterhalten. Stumm, der sie keine Sekunde aus den Augen ließ, stockte der Atem, als einer von ihnen in seine Richtung zeigte. Sie wussten, dass er hier war.

Der Professor hatte langjährige Studien betrieben und eine Unmenge von alten Dokumenten ausgewertet. Es gab zwar keine direkten Augenzeugenberichte, aber für ihn bestand nicht der geringste Zweifel: Das Hohe Muldenland war seit Urzeiten Schauplatz eines grandiosen Spektakels, eines Naturwunders, das nur hier und nur alle 124 Jahre zu erleben war. Für die Natur war das keine besonders lange Zeitspanne, aber die Dörfler hatten offenbar vergessen, was in ihrer Nachbarschaft geschehen konnte. Nichts deutete darauf hin, dass sie wussten, was auf sie zukam, dass irgendwelche Vorkehrungen getroffen wurden. Der Professor konnte sich nicht vorstellen, dass die Menschen von dem, was hier bevorstand, unbeeinflusst bleiben würden, aber er wusste auch nicht zu sagen, wie oder wogegen sie sich hätten wappnen sollen.

Vielleicht sind derartige Ereignisse zu viel für das schlichte

Gemüt der ländlichen Bevölkerung, dachte der Professor, und dieser Gedanke half ihm, aufkeimenden Zweifel an der Zuverlässigkeit seiner Berechnungen zu dämpfen. Mieden Feldmäuse und andere Nager etwa Turnierwiesen, nur weil dort alle paar Jahre Wettkämpfe stattfanden und schwere Rösser den Boden malträtierten, so dass in den unterirdischen Bauten das Chaos ausbrach? Keineswegs. Sie nutzten die ruhigen Zeiten, so gut es ging. Die Muldenländler könnten ähnlich veranlagt sein, erläuterte er seinen Studenten, als sie abends um das Feuer saßen. Ja, so musste es sein. Es ging über ihren Horizont, und deshalb reagierten sie mit Abwehr und Verdrängung, taten nichts, legten die Hände einfach in den Schoß und warteten, bis es vorbei war. Und konnte man es ihnen verdenken? Möglicherweise wurde hier jeder Versuch, sich als Herren der Welt aufzuspielen, nach spätestens 124 Jahren als Größenwahn entlarvt.

Sie richteten ihr Lager ein und warteten, tagelang, vertrieben sich die Zeit mit Messungen und Erkundungen der Bergwelt. Der Professor war begeistert, als sie von oben die Mulden entdeckten. *Muldenland*, dieser Name! Dass er nicht schon früher darauf gekommen war. Sie waren am richtigen Ort. Die Mulden waren der Beweis. Was von unten kaum zu erkennen war, entpuppte sich aus der Höhe als nahezu kreisrunde, bis zu fünf Meter tiefe und fünfzig Meter breite Aushöhlungen, die einen bestimmten Mindestabstand zueinander einhielten und von kleinen Wällen umgeben waren. Dort lagen große Felsbrocken, viel zu schwer für Menschenkräfte, und doch waren sie aktiv aus den Mulden entfernt worden. »Ich kann es nicht fassen!«, rief der Professor außer sich vor Freude. »Sehen Sie nur, wie viele es sind. Es wird unglaublich werden.« Er sprach von einer Arenabalz der Männchen. »Sehr ungewöhnlich. Ist noch nie beschrieben worden.« Sie suchten fieberhaft nach Spuren, gruben im steinigen Grund vergeblich nach Schuppen, Knochen oder anderen Hinterlassenschaften. Dann verlegten sie ihr Lager, zur Sicherheit, um dem Ort des Geschehens nicht zu nahe zu sein.

Dieser Hirte, der sich nach ihrer Ankunft zunächst tagelang in seiner armseligen Hütte verkroch, war entweder schwachsinnig oder schlicht das, was sein Name aussagte: stumm. Die Dörfler hatten sich einen makabren Scherz erlaubt. Der Mann hatte anfangs panische Angst vor ihnen. Später wurde er regelrecht zur Plage, lungerte im Lager herum, bestaunte ihre Instrumente und stand im Weg. Stapelweise schleppte er unbeholfene Zeichnungen von Pflanzen und Tieren an und deutete, unverständliche Laute ausstoßend, immer wieder auf einen weit verbreiteten Zwergstrauch, der voller roter Beeren war. Was er ihnen damit sagen wollte, wussten sie nicht. Sie brachen einen Ast ab, um ihn später von den Botanikern der Universität bestimmen zu lassen.

Als sie ihn nach Drachen fragten, nickte er freudig und führte sie quer durch die Muldenarena zu einer Höhle. Drinnen herrschte ein entsetzlicher Gestank, aber bis auf ein paar vertrocknete Exkremente war die Höhle leer. Sie sammelten einige Kotproben. Vielleicht stammten sie von einem Drachen, vielleicht auch nicht. Ansonsten war der Mann keine große Hilfe.

Ihre Begeisterung wich schleichend einer kaum eingestandenen Enttäuschung, vor allem bei den Studenten. Nichts regte sich, nur sie selbst entfalteten hektische, aber ergebnislose Betriebsamkeit. Die Hochebene kam ihnen von Tag zu Tag gespenstischer vor. Es war heiß. Es gab keine Tiere. Die nur vom Heulen des Windes durchbrochene Stille begann ihnen aufs Gemüt zu schlagen. Professor Hagens Zweifel wuchsen. Der Ort stimmte, die Mulden waren der Beweis, aber vielleicht hatte er sich um ein paar Jahre verrechnet.

Mittlerweile verfluchte Stumm seine Behinderung. Auf Grund seines einsamen Lebens war sie ihm bisher kaum als eine solche erschienen. Muldenländler redeten ohnehin nicht viel. Aber jetzt, wo es darauf ankam, gelang es ihm einfach nicht, sich verständlich zu machen. All die Veränderungen, auf die er sie aufmerksam zu machen versuchte, die sie doch interessieren müssten. Es war zum Verzweifeln, sie verstanden ihn nicht. Immerhin hatte er keine Angst mehr, jedenfalls nicht vor den Gelehrten, deren Aktivitäten ihn faszinierten, nur vor den Ereignissen, auf die sie warteten. Sie sagten, es könne gefährlich werden, und schickten ihn weg, hinunter ins Dorf. Aber er blieb. Tagelang tat sich nichts.

Eines Nachts schreckte er auf. In der Hütte war es stockfinster, und draußen ging ein heftiger Regen nieder. Gut, dachte er, sehr gut. Es hatte lange nicht geregnet. Er zog die Decke über den Kopf und versuchte weiterzuschlafen, aber verborgen im eintönigen Prasseln des Regens meinte er plötzlich noch andere Geräusche zu hören. Stimmen. Die Männer unten am See? Ein Schrei. Er war hellwach und spitzte die Ohren.

Plötzlich ergriff ihn ein nie gekanntes Gefühl. Es begann auf der Kopfhaut, ein Prickeln, das an ihm entlangkroch und die Haare zu Berge stehen ließ. Die Luft schien sich mit irgendetwas aufzuladen. Ein Knistern. Funken, Lichtpunkte rasten wie winzige Blitze durch den Raum. Auf seinem Körper lastete ein Tonnengewicht. Er konnte kaum atmen, geschweige denn den Kopf heben, um aus dem Fenster zu schauen. Draußen vor seiner Hütte war etwas, etwas Gewaltiges. Er hörte ein Zischen und ein Geräusch, als ob etwas Schweres über den Boden gezogen wurde, ein Schaben oder Schleifen, ab und an ein tiefes Dröhnen, als ob der Berg bebte. Sein Körper verkrampfte, als er die Schafe blöken hörte. Himmel, sie schrien! Tagelang hatten sie kaum einen Laut von sich gegeben, und jetzt schrien sie sich die Seele aus dem Leib. Er hatte nicht gewusst, dass Schafe solche Laute erzeugen konnten.

Die eiserne Klammer, die seinen Körper im Griff hatte, lockerte sich, und er wollte schon aufspringen und nach den Tieren sehen, die alles waren, was er besaß. Aber das Gefühl kehrte zurück, noch mächtiger als zuvor. Die Schreie der Schafe wurden schriller, der Regen heftiger. Es war ganz nah, und er presste die Augenlider zusammen und hielt schützend die Hände vors

Gesicht, weil er erwartete, jeden Moment von etwas Riesenhaftem mitsamt seiner lächerlichen Hütte zermalmt zu werden. Als er glaubte, die Schmerzen nicht mehr ertragen zu können, ließ die Spannung nach. Er schnappte nach Luft.

Dieses Auf und Ab ging über Stunden. Er verlor jedes Zeitgefühl, war irgendwann im Morgengrauen so entkräftet, dass er einschlief und erst gegen Mittag erwachte. Sofort war die Angst wieder da. Er wagte nicht, sich zu rühren, und hielt die Luft an, um zu lauschen. Stille. Der Regen hatte aufgehört. Keine Schafe, keine Menschen, aber etwas ... anderes. Stöhnend wälzte er sich von seinem Lager, schleppte sich zur Tür und öffnete sie, vorsichtig, Zentimeter für Zentimeter. Ihr Knarren war ohrenbetäubend.

Draußen herrschte dichter Nebel, wie er ihn noch nie erlebt hatte. Die Luft war so feucht, dass er sich innerhalb kurzer Zeit bis auf die Haut durchnässt fühlte. Er konnte keine fünf Schritte weit sehen, aber er spürte ihre Anwesenheit, Wärme, die von riesigen Körpern ausging. Er hörte ein Schnaufen und Brummen, von überall, das Plätschern, wenn sie sich bewegten. Nach dem nächtlichen Regenguss waren die Senken voller Wasser. Die Arena hatte sich bevölkert. Sie ruhten, sammelten Kräfte.

Was war mit seinen Schafen, mit dem Professor und den anderen? Seltsam, es war ihm gleichgültig. Die Herren der Berge waren gekommen. Nur das zählte.

Stumm wusste nicht, wie lange er vor seiner Hütte stand, hin- und hergerissen zwischen ehrfürchtigem Staunen und panischer Angst, zitternd und unfähig, sich von der Stelle zu rühren. Er bezweifelte, dass er bei dieser Feier als Gast willkommen war. Nur, wo sollte er hin? Es waren viele. Sie hatten sich über die ganze Hochebene verteilt, er konnte es hören. Einige Rufe kamen von weit her, brachen sich im Gewirr der Felsen. Sie wälzten sich in ihren Mulden, brummten tief und durchdringend, hin und wieder ein energisches Fauchen. Der Weg ins Dorf hätte ihn bei dichtem Nebel quer durch ihre Arena geführt.

Die Dämmerung brach herein, und in den Nebel kam Bewegung. Stumm spürte einen heftigen Luftzug, der ihn rückwärts ins feuchte Gras warf, kein Wind, ein Flügelschlag, etwas Riesiges, das mit einem mächtigen Rauschen über ihn hinweggeglitten war. Darauf hatten sie gewartet. Er hörte, wie sie unruhig wurden, wie eine Welle der Bewegung nach und nach die ganze Arena erfasste, tonnenschwere muskelbepackte Körper, die zum Leben erwachten, sich brüllend aufrichteten und mit ihren Schwänzen erregt auf das Wasser einpeitschten. Wenn er doch nur etwas sehen könnte.

Und tatsächlich, der Nebel wurde durchlässiger, und hier und da schien jetzt ein Licht aufzublitzen, ein Funkeln. Wie schon in der Nacht lud sich die Luft auf mit knisternder Energie. Eine weitere Königin rauschte über ihn hinweg, und dann noch eine, und der Lärm, das Gebrüll der erregten Bergdrachen, erreichte eine Intensität, die kaum zu ertragen war. Im nächsten Moment erhob sich ganz in der Nähe ein gigantischer Körper in die Höhe, eine Silhouette so groß und mächtig wie die Mammutbäume des Alten Waldes. Am glatten Schuppenpanzer rutschte Schlamm herab, darunter schimmerte er wie ein Opal, flackerte lebendig wie ein Feuer. Der Bergdrache riss die mächtigen Kiefer auseinander und brüllte. Stumm drohte das Trommelfell zu platzen. Er wimmerte, robbte von panischer Angst getrieben auf seine Hütte zu, deren Tür offen stand. Er zog sich über die Schwelle, blieb aber entkräftet an den Türrahmen gelehnt sitzen und versuchte in einer hilflosen Geste Ohren und Augen zu schützen, indem er den Kopf zwischen seinen Armen versteckte. Er war ein Wurm, ein lächerliches Insekt. Es war undenkbar, dass er das hier überlebte. Zeugen waren nicht erwünscht.

Lange saß er unbeweglich da, versuchte sich so klein wie möglich zu machen. Überall war das Getöse der tobenden Bergdrachen, und plötzlich dachte er, wenn er schon sterben musste, dann wollte er es wenigstens offenen Auges tun, wollte sehen, was sich hier abspielte. Als er es wagte, wieder aufzublicken, hatte sich der Nebel verzogen. Die Luft war jetzt kristallklar, ein heller Vollmond beleuchtete die Szenerie, und wohin er auch blickte, funkelten ihre schlangenhaften Körper, die in den Mulden wilde Verrenkungen aufführten und dabei Fontänen aus Wasser und Schlamm verspritzten. Seine Angst verschwand, und voller Bewunderung sah er nun den Königinnen zu, die wie glitzernde Sternschnuppen zu Dutzenden über der Hochebene ihre Kreise zogen, noch imposanter als die männlichen Bergdrachen, die unten im Muldenland ihre Kraft und Schönheit präsentierten. Sie kreisten, beobachteten, trafen ihre Wahl und schraubten sich dann in enger werdenden Kreisen nach unten.

Der Bursche direkt vor ihm war wie rasend. Er führte einen seltsamen Reigen auf, indem er sich in seiner Mulde um sich selbst drehte. Es wirkte beinahe schwerelos, ja, er tanzte, und plötzlich senkte sich ein riesiger schimmernder Körper herab und landete auf dem Wall am Muldenrand direkt neben ihm. Sie begrüßten sich, indem sie ihre meterlangen Hälse aneinander rieben, ihre Schuppenpanzer schienen aufzuglühen. Sie gurrten und zwitscherten mit zarten, liebevollen Stimmen, rückten näher zusammen, wanden sich umeinander, und ihre Bewegungen waren dabei von einer Eleganz und Zärtlichkeit, dass Stumm Tränen in die Augen traten. Er hatte jegliche Scheu verloren, stand auf und lief wie hypnotisiert ein paar Schritte auf die beiden zu. Er wusste nicht, warum er das tat, er wollte ihnen nur nahe sein, dieser Schönheit, dieser Macht, die alles übertraf, was er bisher gekannt hatte. Nach wenigen Schritten spürte er wieder die Klammer, die sich um seinen Kopf zusammenzog. Er schaffte noch zwei Schritte, bildete sich ein, dass die beiden Drachen kurz ihre großen dunklen Augen auf ihn richteten, und brach wie vom Blitz getroffen zusammen.

Als er wieder zu sich kam, ging schon die Sonne auf, begrüßt von einigen zaghaften Vogelstimmen. Stumm blinzelte ungläubig. Er lebte. Aber die Arena war leer, verlassen, das Ganze ein Traum.

Er wusste nicht, was er tun sollte, irrte herum und lief schließlich wie in Trance zum See hinunter. Von seinen Schafen war nichts zu sehen, aber von irgendwo hörte er ein schwaches Blöken. Die roten Beeren waren verschwunden, herausgerissen mitsamt Strauch. Als Hochzeitsschmaus. Vielleicht hätte er sie doch probieren sollen, vielleicht hätten sie magische Kräfte verliehen.

Es hatte nur eine Nacht gedauert, nur eine einzige Nacht in 124 Jahren, der Professor hatte es gewusst. Die Bergdrachen gaben der Liebe wenig Zeit. Nein, geträumt hatte er nicht. Das Brüllen der männlichen Drachen hallte noch in seinen Ohren, und überall waren ihre Spuren zu sehen, tiefe Furchen, die zu den Mulden führten, riesige Fußabdrücke in dicken Schlammschichten, das ganze Muldenland ein Bild der Verwüstung. Eine der Furchen führte mitten durch das Lager des Professors. Alles war zermalmt, Kisten, Zelte, Küchengeräte, Instrumente, Bücher. Der Professor selbst lag mit dem Gesicht nach unten im Matsch, als hätte ihn etwas mit Urgewalt in den Boden gestampft.

Stumm bekam Angst um Mulden. Was war aus seinem Dorf geworden? Ausradiert, dem Erdboden gleichgemacht? Er lief zum Rand der Ebene, wo der Weg ins Tal begann. Aus allen Richtungen führten Schneisen durch den Hangwald, gesäumt von abgeknickten Bäumen. Nur die weiblichen Bergdrachen können fliegen, hatte der Professor gesagt, ihre Partner müssen sich den Weg zum Hochzeitsplatz auf andere Weise bahnen. Bis vor wenigen Tagen hatte Stumm nichts von ihrer Existenz gewusst, dachte, sie seien Sagengestalten. Jetzt, da er überall ihre Spuren sah, musste er erkennen, dass er mitten unter ihnen lebte.

Großer Gott, vielleicht hatte er alles verloren, seine Herde, sein Dorf, sein Zuhause. Er begann zu rennen. Aber bald meinte er, das Krähen eines Hahns zu hören, dann noch einmal, deutlicher, und nach ein paar Wegbiegungen sah er unter sich die Rauchwolken, die aus den Schornsteinen des Dorfes in den Himmel kräuselten, als wäre nichts geschehen. Mulden war verschont worden, schien völlig unberührt. War wie immer.

Auch Stumms Haus war unversehrt. Die Menschen, die er auf dem Weg durch das Dorf traf, sprachen von Wetterleuchten und einem heftigen Gewitter. Sie wunderten sich, dass er nicht im Hochland war, bei seinen Schafen, wie immer um diese Jahreszeit. Seltsam, dachte er, sie hatten keine Ahnung. Aber es stimmte. Sein Platz war da oben, im Hohen Muldenland. Durch die Ereignisse dieser Nacht war es noch wertvoller für ihn geworden. Er nahm sich vor, gleich morgen früh wieder hinaufzugehen und nach seinen Schafen zu suchen. Er hatte keine Angst, denn eines wusste er sicher: Mulden und seinen Bewohnern standen 124 ruhige Jahre bevor. Hatte der Professor, der jetzt oben tot im Schlamm lag, nicht in allem Recht behalten?

Dennis L. McKiernan

Das zerbrochene Schwert

Das Böse, das in der Seele des Menschen rankt,
oft einen schrecklichen Preis verlangt.

Es ereignete sich nicht lange nach dem Drachenstein-Krieg – dieser gefährlichen Zeit, als fast ganz Mithgar fiel –, dass ein Fremder die Pendwyr-Straße entlangwanderte, wobei jeder Schritt kleine Staubwolken um seine Stiefel herum aufwirbelte. Schlank, hoch gewachsen und blauäugig reichte ihm das lange blonde Haar bis zu den Schultern, und er war in weiche Hirschlederhosen und ein raues Baumwollwams von gelbbrauner Farbe gekleidet, und in diesen Kleidern sah er aus wie ein Elf. Doch er war kein Elf, sondern vielmehr ein Mensch, ein Jüngling, der gerade ins Mannesalter kam.

Dass er des Weges schritt und nicht ritt, ließ darauf schließen, dass er kein Vanadurin war, denn die Grasebenen von Valon erstreckten sich zu seiner Rechten, und wenn er ein Sohn der Harlingar gewesen wäre, hätte er sicher auf dem Rücken eines ihrer feurigen Hengste gesessen.

Nein, obwohl er ein Mensch war, stammte er nicht aus diesem Reich. Er war vielmehr ein Fremder – sogar ein völlig Fremder, denn er stammte nicht einmal aus Mithgar –, jedenfalls glaubte er das fest.

Über den Rücken hatte er sich einen Rucksack und eine Bettrolle sowie eine Hirschlederjacke geschlungen, die oben festgezurrt war. Durch Schnüre mit dem Bündel verbunden war eine Schwertscheide, um die ein Gehenk gewickelt war. Die Scheide war jedoch nicht leer, denn ein Knauf, ein Griff und ein Stichblatt zeigten, dass möglicherweise ein Schwert darin steckte.

Doch das Schwert war nicht benutzbar, denn das Stichblatt war an der Scheide festgebunden, als währte ewiger Friede oder als sollte verhindert werden, dass die Waffe herausfiel. Nein, wenn der Mann gezwungen wäre, sich zu verteidigen, würde er sich mit dem Dolch im Stiefel behelfen müssen. Aber der Fremde war nicht auf ein Duell oder einen Kampf aus; vielmehr befand er sich auf einer Mission, die ihn geradewegs in die Roten Berge führte – deren Kuppen, Felstürme, Hänge und Anhöhen ganz in der Nähe verliefen –, dorthin, wo jene sich aufhielten, nach denen er suchte.

Und so wanderte er auf der Pendwyr-Straße dahin, zwischen den Grasebenen von Valon zu seiner Rechten und den niedrigen, rötlichen Hügeln zu seiner Linken, und suchte nach dem Gebirgsvorsprung, der ihn dorthin bringen sollte, wo, wie man ihm gesagt hatte, die sagenumwobenen Essen der Zwerge von den Roten Bergen lagen, in denen ungewöhnliche Waffen und Rüstungen geschmiedet wurden, wie jedenfalls der Fährmann am breiten Fluss Argon behauptet hatte.

Er hielt für einen Moment inne, wischte sich Schweißperlen von der Stirn und nahm einen tiefen Schluck aus dem Wasserschlauch, denn es war Sommer dort an der Grenze zwischen Valon und den Roten Bergen, hinter denen das Land Jugo lag.

Er steckte den Stopfen wieder auf den Wasserschlauch und wanderte weiter, schritt in nordöstliche Richtung aus, folgte der Hauptstraße, die zwischen Caer Pendwyr, fast zweihundert Meilen südwestlich im Land Pellar an den Ufern der Avagon-See, und der Feste Challerain verlief, ungefähr vierhundert Meilen entfernt im Reich Rian, hoch oben im fernen Norden. Doch er war nicht von Caer Pendwyr gekommen, noch war sein Ziel die Feste Challerain, jedenfalls im Augenblick nicht. Vielmehr suchte er lediglich die Abzweigung von der Straße, die ihn dorthin bringen sollte, wo er sich Hilfe erhoffte – zu den Essen der Zwerge von Redholt.

Dalek, der Zelfenlord der Roten Berge, hatte gerade auf seinem schwarzen Eisenthron Platz genommen, als ein junger Zwergenbote in den Saal getrottet kam. »Mylord, ein Mensch kommt«, sagte er und deutete hinter sich zum Eingang.

In Begleitung eines der Torhüter tauchte der Fremde aus dem Gang gegenüber auf und verharrte abwartend. Dalek bedeutete dem jungen Mann einzutreten, und er begab sich zum Fuß der Estrade, wo er vor dem Zwerg niederkniete. »Mylord Zwergenkönig, ich brauche Eure Hilfe.«

»Erhebt Euch, Fremder. Eure Not muss wahrlich groß sein, denn es geschieht nicht oft, dass ein Menschenkind sich so tief in unsere Hallen verirrt. Die meisten fürchten die steinerne Last über unseren Köpfen und meinen, alles werde auf sie niederstürzen. Entweder das, oder sie haben die Legenden vom Land der Toten tief im Inneren der Welt vor Augen, und dorthin trauen sie sich nicht, denn ihre Zeit ist noch nicht um, und sie wollen in dem unterirdischen Labyrinth nicht in die Falle derer gehen, die dort ein Unleben führen. Also, tapferer Fremder, erhebt Euch, auf dass ich Euch betrachten und Eure Geschichte vernehmen kann, denn ich habe noch niemanden sagen hören, dass die Châkka jemanden fortgeschickt hätten, der sich in großer Not befand.«

Der Fremde erhob sich und lächelte den Zelfenlord an, einen dunkelhaarigen, dunkeläugigen Zwerg mit dunklem Bart, ungefähr acht Ellen und zwei Zoll groß, in dunkle Stiefel und Lederhosen und ein schwarzes Kettenhemd gekleidet, darunter ein graues Leinenwams. Wie bei den anderen vom Stamme Mithgars, die der Jüngling gesehen hatte, waren die Schultern des Zwergs breit, sehr breit – anderthalb Mal so breit wie die eines Menschen. Am schwarzen Thron lehnte in Reichweite eine Streitaxt mit Eichenstiel, doppelter Klinge und scharfen Schneiden sowie einem grausamen Eisenzinken zum Stechen.

Und der Zwerg sagte: »Ein König bin ich nicht, o Mensch, doch ich nenne mich Dalek, Zelfenlord von Redholt. Und nun wüsste ich gern Euren Namen.«

»Mylord, ich werde Euch meinen Namen sogleich nennen, doch erst möchte ich Euch meine Geschichte erzählen und schildern, welche Not mich zu Euch führt.«

Dalek runzelte die Stirn. »Weshalb das?«

Der Jüngling hob um Verzeihung heischend eine Hand. »Ich möchte Euch nichts vormachen, noch halte ich Euch für meinen Feind, doch gibt es welche, die mich allein der bösen Taten meines Vaters wegen schon bestürmen würden, sobald sie nur meinen Namen vernähmen.«

»Diese Eure Geschichte, ist sie lang?«

»Nein, Mylord. Sie ist rasch erzählt.«

»Dann lasst sie hören«, sagte Dalek, noch immer ein wenig unwirsch.

»Mylord«, sagte der Mensch, »dürfte ich sie nicht nur Euch, sondern auch gleich Euren besten Schmieden erzählen?« Er hob sein Bündel von der Schulter und band die Scheide mit der Klinge darin los. »Dieses Schwertes wegen bin ich hier.«

Als der Jüngling die letzte Schnur löste, hob Dalek seine Axt mit der Doppelklinge und stand bereit, denn er wusste nicht um die Absicht des Fremden, der sich nun seinerseits mit einer Waffe in der Hand erhob.

Der Jüngling blickte Dalek mit der Axt an und sagte: »Mylord, sie ist dem Frieden verpflichtet. Ich hege nicht die Absicht, sie zu ziehen, solange ich Euren Schmieden ihre zerbrochene Klinge nicht zeigen konnte, denn ich bin hierher gekommen, um sie neu fertigen zu lassen, wenn Euer Volk diese Gabe besitzt.« Und er überreichte dem Zelfenlord das Schwert in seiner Scheide.

Dalek nahm die Waffe zur Hand und lächelte. »Pah! Eine gebrochene Klinge, die neu geschmiedet werden soll? Das ist ein Leichtes für die Könner von Châkka.«

»Seid Euch nicht so sicher, Mylord«, sagte der Jüngling, »denn dieses Schwert ist … etwas Besonderes.«

Als alle sich um den großen Steintisch in der Ratskammer versammelt hatten – neun Schwertschmiede, ein Sagenkundler, ein Zelfenlord und ein Fremder –, nachdem starker Tee und dunkles Brot und blassgelber Käse serviert worden waren, wandte Dalek sich dem Jüngling zu. »Wie kamt Ihr eigentlich in die Roten Berge?«

»Mylord«, sagte der Fremde und schaute sich um, »wie ich in die Roten Berge kam, ist der geringere Teil des Mysteriums, wie in diese Welt, das größere.«

»Das größere Mysterium? Seid Ihr denn nicht aus Mithgar, sondern aus den Welten einer anderen Ebene?«

»Einer anderen Ebene?«

Dalek nickte. »Hôhgarda, Mittegarda oder Untargarda.«

»Von diesen Welten weiß ich nichts«, sagte der Mensch.

Sagenkundler Bakar, das Gesicht vom Alter gezeichnet, seine Haare und der Bart grau, sagte: »Die Hohen Welten, die Mittleren Welten und die Unteren Welten.«

»Ach, Ihr meint Walhalla, Midgard und Niflheim.«

Die Zwerge blickten einander fragend an. »Nun sind wir es, die nicht verstehen«, sagte Bakar.

Dalek runzelte die Stirn und sagte: »Erzählt uns Eure Geschichte, vielleicht wird es uns dann möglich sein zu verstehen.«

Der Jüngling nickte und deutete auf die Waffe, die in ihrer Scheide vor Dalek ruhte. »Befreit das Schwert, auf dass wir alle es sehen.«

Dalek nahm die Scheide und löste die Bänder am Stichblatt. Dann umfasste er den Griff und zog – heraus glitt die Waffe, mit zerbrochener Klinge, denn nur die eine Hälfte war mit dem Griff ins Freie gelangt. Dalek legte die Scheide schräg, und nun rutschte auch der Rest hinaus. Er blickte die zwei Hälften an und keuchte dann auf, ließ das Schwert klirrend fallen.

»Was habt Ihr, Zelfenlord?«, rief einer der Schmiede; es war Volk, ein Blondschopf, mit seinen fünfzig Lenzen noch ein Jüngling unter den älteren seines Schlages.

Dalek schob die beiden Hälften auf dem Steintisch dem Sagenkundler links von ihm zu. »Reicht sie herum, damit wir alle es sehen können.«

Der Sagenkundler warf einen Blick und erbleichte, denn auf der Klinge war ein Mensch abgebildet, der sich vor Schmerzen krümmte, die Hände schulterhoch erhoben, die Finger zu Klauen verkrampft, das Gesicht gen Himmel gewandt und der verzerrte Mund zu einem schrecklichen, stummen Schrei aufgerissen.

Bakar gab die beiden Hälften an den nächsten Zwerg weiter, und dieser sie abermals an den nächsten, bis sie auf dem Tisch die Runde gemacht hatten und schließlich zu dem Fremden zurückkehrten, der zur Rechten des Zelfenlords saß. Und alle Zwerge waren angesichts dieses Menschen in seiner großen Not erbleicht.

»Die Gestalt darauf ist kein Kupferstich«, sagte einer der Schwertschmiede.

»Auch nicht gehämmert«, sagte ein anderer.

»Noch mit etwelchen Werkzeugen gefertigt, die ich kenne«, sagte ein Dritter der Klingenmeister.

Dann wandten sich aller Blicke dem Fremden zu, und Dalek sagte: »Wurde die Gestalt von der Hand eines Schwertschmiedes dort hingesetzt?«

»Nein, das wurde sie nicht«, sagte der Jüngling.

»Dann möchten wir nun Eure Geschichte erfahren«, forderte Dalek ihn auf.

Der Fremde nickte und hob an: »Dies ist ein Schwert, um Drachen zu erschlagen, und –«

Sogleich erfüllte Aufruhr die Kammer: *Unmöglich! Das kann nicht sein! Einen Drachen erschlagen? Was ist das für eine Torheit?*

Dalek schlug mit dem Knauf eines Dolchs auf den Tisch, und Schweigen kehrte ein. Er blickte den Jüngling an. »Kein Schwert gleich welcher Art kann einen Drachen töten, denn sie stammen aus Kelgor und sind nahezu unverwundbar.« Er wandte sich an Bakar, damit er seine Aussage bestätigte.

Der Sagenkundler nickte zustimmend. »Bis auf die Ertränkung Daagors fielen alle Drachen, die auf Mithgar erschlagen wurden, durch die Machenschaften der Götter: Der Feuerdrache Schwarzer Kalgalath starb durch eine Waffe, die das Schmiedewerk der Götter war; Kaltdrachen, die Gyphons Drachenstein entsprangen, wurden von Adons Bann gerichtet, einem Dekret der Götter, das alle Kaltdrachen vom Licht des Tages verbannte; und Adons Bann richtete auch den Kaltdrachen Graupel, jenes Ungetüm, das der Stinkende Elgo in die Sonne lockte.« In Bakars Mund klang der Name Elgo wie ein Fluch, und alle Zwerge starrten hasserfüllt drein, als Elgo der Dieb erwähnt wurde.

Der Jüngling hob bejahend die Hände und sagte: »Es mag zutreffen, dass auf Mithgar ein Drache nur durch die Hand eines Gottes erschlagen werden kann, doch in Midgard ist das etwas völlig anderes, denn die Helden meiner Welt haben bereits eine Hand voll dieser gefährlichen und mächtigen Wesen getötet, auch wenn es vielleicht wahrscheinlicher anmutet, dass es anders herum geschah.«

Dalek und die versammelten Zwerge blickten den Fremden misstrauisch an. Und schließlich sagte Dalek: »Und Ihr behauptet also, dieses Schwert habe die Macht, einen Drachen zu erschlagen?«

Der Jüngling nickte. »Es hat ein und denselben Drachen schon drei Mal erschlagen, und ich würde ihn abermals töten, wenn Ihr das Schwert wieder heil machen könnt.«

Abermals erfüllte Aufruhr den Saal: *Denselben Drachen drei Mal getötet? Wie kann das sein? Tot ist tot, oder nicht ...?*

Abermals schlug Dalek auf den Tisch, doch es dauerte lange, bis Stille einkehrte. Als endlich alle schwiegen, sagte Dalek: »Fremder, Ihr treibt Euren Spott mit uns, habe ich Recht?«

Der Jüngling schüttelte den Kopf. »Nein, Mylord, das liegt mir fern.«

»Dann haben wir es hier mit etwas zu tun, was über den bloßen Augenschein hinausgeht, genauer gesagt, was die Ohren kaum zu fassen vermögen.«

Der Fremde hob einen Finger und sagte: »Habe ich nicht gesagt, dass dieses Schwert etwas ganz Besonderes ist?«

Widerstrebend nickte Dalek. »So fahrt denn fort, mein Freund.«

Der junge Mensch holte tief Luft und sagte: »Jahrhunderte ist es nun her, dass in meinem Reich ein schrecklicher Drache erschien. Er plünderte und verheerte und verwüstete das Land, er war der Fluch, der auf unserem Leben lastete. Der König wandte sich an einen mächtigen Magier, der anscheinend Tote zum Leben erwecken konnte –«

»Einen Nekromanten?«, platzte Bakar heraus.

Der Jüngling zuckte mit den Achseln. »Ich weiß nicht, wie man so jemanden nennt; ich weiß nur, dass sein Zauber stark war, und etwas davon gab er in das Schwert.«

Alle Zwerge wichen ein wenig zurück, als fürchteten sie die Waffe vor ihnen, und Bakar sagte: »Wenn ein Nekromant seine Hand im Spiel hatte, ist die Klinge verflucht.«

Der junge Mensch nickte. »Aye, sie *ist* verflucht, denn wer immer sie besitzt, wird zu schrecklichen Taten getrieben, und schließlich –«

»Dennoch wollt Ihr, dass wir sie neu schmieden?«, platzte der Schwertschmied heraus, der junge Volk.

»Wahrlich, das will ich«, entgegnete der Fremde.

»Erzählt uns von diesem Fluch«, sagte Dalek.

»Ich kann Euch nur erzählen, was ich weiß«, erwiderte der junge Mensch.

Die Zwerge lehnten sich abwartend zurück, und der Fremde hob an: »Diese Klinge wurde geschmiedet, um einen Drachen zu töten, und das hat sie auch drei Mal getan. Jedes Mal, wenn der Drache erschlagen wurde, nahm die Klinge die Eigenschaft eines Drachen an, so wie ihr jetzt die Eigenschaften eines Menschen innewohnen. Wenn die Klinge einen Drachen vor sich hat, muss jemand das Schwert reinen Herzens führen, da der Drache den Träger sonst allmählich dahingehend beeinflusst, dass er unehrenhafte Taten begeht. Und jedes Mal, wenn die Klinge eine schändliche Tat begeht, lodert das Feuer des Zorns im Kämpfer auf, und er wird etwas mehr zu einem Drachen. Nicht nur in Gedanke und Tat, sondern auch körperlich. Es beginnt mit Schuppen auf dem Rücken der Schwerthand des Trägers und setzt sich den Arm hinauf fort. Die Fingernägel werden zu Klauen. Der Griff des Kämpfers wird so fest, dass er Knochen zermalmen kann. Und je mehr tadelnswerte Taten er begeht, desto mehr verlangt es ihn nach noch größeren Untaten. Und wenn die Drachenschuppen das Herz des Menschen erreichen, dann wird der Drache selbst entfesselt, und der Mensch wird in der Klinge gefangen.«

Die Zwerge keuchten auf und blickten einander an, denn dies war wahrlich ein schrecklicher Fluch, und doch beugten sich alle vor, um zu hören, was der Jüngling noch zu sagen hatte.

»Aber das ist nicht der einzige Weg, auf dem der Drache entfesselt werden kann«, sagte der junge Mensch. »Auch ein Kämpfer reinen Herzens kann dieses schreckliche Schicksal erleiden, denn wenn die Klinge im Kampf zerbrochen wird, findet umgehend der Austausch zwischen dem Träger und der Seele in der Klinge statt. Doch egal, ob die Schuppen das Herz des Trägers erreichen oder die Klinge im Kampf entzweigeht, der so entfesselte Drache verbirgt die Scherben in der Hoffnung, dass sie niemals gefunden werden; und sie geht immerzu entzwei, denn falls die Klinge unbeschadet bleibt, wenn der Drache hervorbricht, dann zerbricht er sie selbst, in der Hoffnung, dass sich nichts mehr zusammenfügen lässt.

Jahrhunderte können vergehen, bis die Klinge wiedergefunden und neu eingeschmolzen wird, und während dieser ganzen Zeit ist der Drache frei. Und selbst wenn er ein weiteres Mal erschlagen wird, können Jahrhunderte vergehen, bis ein Träger unreinen Herzens des Weges kommt und der Drache erneut entfesselt wird. Wie gesagt, der Drache wurde schon drei Mal erschlagen, doch jetzt sucht er meine Welt erneut heim, und ich möchte ihn abermals tot sehen.«

»Und was führt Euch zu der Annahme, dass Ihr der Kämpfer seid, der das bewirkt?«, fragte Bakar.

Der Jüngling stand auf, stützte sich mit den Händen auf dem Tisch ab und schaute sich um. »Der letzte Kämpfer, der den Drachen tötete, war mein Vater, und es ist seine Seele, die ihr in den Scherben gefangen seht.«

Dalek keuchte entsetzt auf, dann sagte er: »Dieser Drache, dieses Schwert und Ihr: Habt Ihr Namen?«

Der junge Mensch richtete sich zu seiner vollen Größe auf und sagte: »Der Drache heißt Fafnir, das Schwert trägt den Namen Gram, und mich könnt ihr Siegfried nennen. Also, wer unter Euch will mein Schwert nun neu schmieden?«

Als Siegfried mithilfe eines vadarianischen Zauberers nach Midgard zurückkehrte, um den Bannspruch in sein Gegenteil zu verkehren, war das Schwert noch immer zerbrochen, denn niemand in Mithgar wollte die verfluchte Klinge berühren, nicht einmal Dwynfor der Elf. Sie wurde schließlich neu geschmiedet von –

Ach, aber das ist eine ganz andere Geschichte, und einigen dürfte sie recht vertraut sein.

Jörg Kastner

Der Drachentöter

Die zwölf goldglänzenden Ritter verblassten, zerschmolzen in den Strahlen der Morgensonne und waren bald nicht mehr als die bloße Erinnerung an einen schönen Traum. Er träumte diesen Traum gern, nicht nur des Nachts, und jedes Mal, wenn er in die Wirklichkeit zurückkehrte, war er enttäuscht. Kein Dutzend strahlender Ritter, die hervorragendsten ihres Reiches, ausgerüstet mit den besten Waffen und den edelsten Rössern, stellten ihm das Geleit. In Wahrheit war er allein, nicht einmal von einem einzigen Diener begleitet. Die Kisten voller Gold und Juwelen, samtener Stoffe und edler Gewürze, existierten nur in seiner Einbildung. Als reicher, angesehener Prinz ritt er in seinen Träumen nach Worms und beschenkte den ganzen Hof so überreich, dass die Burgunden ihn lobpreisten als den Freigebigsten unter den Freigebigen. Nichts davon war wahr, denn der stolze Prinz, Siegfried von Xanten, war ein einsamer, mittelloser Tropf.

Seufzend wälzte er sich von der schmalen, harten Bettstatt und wankte zu dem Bottich mit dem alles andere als sauberen Wasser. Er war nicht der Erste, der sich damit wusch. Der Schlafsaal des Gasthauses war überfüllt, und viele seiner Zimmergenossen waren bereits aufgestanden, um nichts von dem heutigen Tag zu versäumen. Siegfried beeilte sich mit dem Waschen. Auch er hatte es eilig, war er doch, wie so viele, anlässlich dieses besonderen Tages nach Worms gereist. Aus der Backstube neben dem Gasthaus drang der verführerische Duft frisch gebackenen Brots, und er spürte seinen leeren Magen. Als er aber seinen schmalen Geldbeutel befühlte, beschloss er, auf ein Frühmahl zu verzichten. Mit etwas Glück würde er heute ein prachtvolles Festmahl genießen, ausgerichtet von keinem Geringeren als König Gunther.

Im Stall begrüßte ihn Graufell mit fröhlichem Wiehern. Dem prächtigen Hengst schien das Abenteuer Spaß zu machen. Während Siegfried das Tier aufzäumte und sattelte, dachte er an den Weg von Xanten nach Worms und daran, dass sein Mut und sein Selbstvertrauen geschwunden waren, je näher er dem Ziel gekommen war. Zum wiederholten Mal fragte er sich, ob die Stimme auch nur Einbildung gewesen war, wie ein Tagtraum, der sich in der Nacht verselbständigte und eigenen Gesetzen folgte. Tatsächlich hatte die Stimme stets nachts zu ihm gesprochen. Und doch hatte er geglaubt, nicht zu träumen. Ohne es genauer bestimmen zu können, war er sich sicher gewesen, dass die Stimme wirklich war. – Gewesen! Seit er Xanten heimlich wie ein Dieb verlassen hatte, war die Stimme verstummt, und seine Zweifel an ihr und an sich selbst waren gewachsen.

»Verliert das Vertrauen nicht, Herr! Die guten Mächte um uns herum stehen uns bei, wenn wir nur an sie glauben.«

Verdutzt hielt Siegfried inne, als er Graufell nach draußen führte. Eine Frau hatte ihn von der Seite angesprochen, mit Worten, als könne sie seine geheimsten Gedanken lesen. Den unzähligen Falten in ihrem Gesicht nach zu urteilen, war die Frau bereits uralt, aber ihre Haltung war aufrecht wie die eines jungen Mädchens, ihre Augen kein bisschen von der Müdigkeit des Alters getrübt. Diese Augen! Siegfried konnte seinen Blick kaum von ihnen abwenden. Ein Strahlen ging von ihnen aus, eine starke innere Kraft, die ihn in ihren Bann schlug. Diese ungewöhnlichen Augen hatten keine bestimmte Farbe, schimmerten in einem Moment golden wie die Ritter seines Traums, im nächsten wirkten sie so schwarz wie die Nacht. Unsinn, sagte er zu sich selbst und zwang sich, den Blick von den unheimlichen Augen abzuwenden.

»Was willst du, Weib?«, fragte er, schärfer vielleicht als beabsichtigt. »Ich habe es eilig!«

Die Frau lachte, hell und klar, und ihre Stimme klang so jugendlich wie die ihrer Enkeltochter, falls sie denn eine hatte.

»Nur gemach, junger Prinz, Ihr werdet rechtzeitig in Gunthers Burg eintreffen.«

Siegfried zog die Brauen zusammen und starrte die Frau zweifelnd an. »Woher weißt du, dass ich zum Palast will?«

»Ganz Worms hat heute dieses Ziel, und jeder Fremdling in der Stadt sowieso.«

»Und woher willst du wissen, dass ich ein Prinz bin?«

»Wer sonst als ein Prinz sollte ein so edles Ross und ein so prächtiges Schwert sein Eigen nennen?«

Die Erklärung klang einleuchtend, aber Siegfrieds Unbehagen angesichts der Frau blieb. Er betrachtete ihr Gesicht, um nach einem Anzeichen von Lüge zu suchen, als er fragte: »Was hast du mit deiner seltsamen Bemerkung von den guten Mächten gemeint?«

»Ihr wirkt verzweifelt, ganz so, als hättet Ihr den rechten Glauben verloren. Ich kenne dieses Gefühl gut, sehr gut sogar. Aber ich weiß, dass nur diejenigen Grund zum Verzweifeln haben, die den Glauben an sich selbst und an die guten Mächte, die sie leiten, verlieren.«

»Woher soll man wissen, ob die guten Mächte bei einem sind?«

Die Frau hielt seinem Blick stand und sah ihn eindringlich an. »Wer glaubt und wer vertraut, braucht nicht zu wissen. Jeder Mensch hat seinen Schutzgeist, und in der Stunde der Not wird er dem Bedrängten, der an ihn glaubt, beistehen. Daran denkt nur immer, Siegfried von Xanten!«

Er dachte über ihre Worte nach, bis ihm auffiel, dass sie ihn mit seinem Namen angesprochen hatte. Da aber war die Frau schon verschwunden, als hätte sie sich in Luft aufgelöst. Siegfried nahm an, dass sie in den anschwellenden Menschenstrom eingetaucht war, der in Richtung Königsburg flutete. Eine seltsame Begegnung, aber ihm blieb keine Zeit, länger darüber nachzudenken. Er bestieg Graufell und trieb den Hengst mit leisem Zuruf an. Trotz der überfüllten Straßen und Plätze kam er gut voran. Siegfried und sein Ross waren eine eindrucksvolle Erscheinung, vor der das gewöhnliche Volk zurückwich. Vielleicht hatte die alte Frau Recht, und man sah ihm den Prinzen wahrhaftig an. Er hoffte es, denn sonst würde er es am Hof von Burgund nicht leicht haben.

»Heute ist der Geburtstag der Prinzessin Kriemhild, ein Tag zum Singen und zum Feiern. Denn es ist kein gewöhnlicher Geburtstag. Von heute an gilt des Königs Schwester nicht länger als Mädchen, sondern als Frau, und Freier aus den mächtigsten Reichen werden um ihre Gunst werben. Nicht nur Kriemhilds edles Geblüt wird die Söhne der mächtigsten Könige anziehen, sondern mehr noch ihre Schönheit, vor der alle Worte verstummen. Seht darum selbst, ihr Edlen, ihr Wormser und ihr Fremden!«

Der Ausrufer trat zur Seite, und die Fanfaren erklangen, während das im großen Burghof zusammengeströmte Volk wie gebannt zu dem riesigen Balkon hinaufsah, auf dem sich König Gunther und seine Brüder eingefunden hatten. Auch Siegfried blickte nach oben und schätzte sich glücklich, sich in letzter Minute, bevor die Wachen den Platz absperrten, durch das große Tor gedrängt zu haben. Obwohl sehr groß, war der Burghof doch bei weitem nicht groß genug, das zahlreich zusammengeströmte Volk aufzunehmen. Die meisten Menschen standen dicht gedrängt draußen vor den Mauern und waren auf das angewiesen, was ihnen zu Ohren kam.

Zwei junge Frauen, beide von ähnlich großer Schönheit, betraten den Balkon. Trotz ihrer anmutigen Züge, ihrer prachtvollen Kleider und ihres glänzenden Schmucks wusste Siegfried, dass keine von ihnen Kriemhild war. Kriemhilds Schönheit wurde weit über die Grenzen Burgunds hinaus als unvergleichlich gepriesen. Keine der beiden Frauen war erkennbar schöner als die andere, und so kam weder die eine noch die andere als Prinzessin Kriemhild in Betracht. Eine dritte Frau, jünger noch als die beiden anderen, trat hinzu. Ihre Kleidung und ihr Schmuck waren nicht prachtvoller als bei den beiden Edelfrauen, aber beim Betrachten ihrer reinen, ebenmäßigen Züge wusste Siegfried, dass er die Prinzessin von Burgund vor sich sah. Niemals hatte er in ein vollkommeneres Antlitz geschaut, und der Anblick nahm ihn so gefangen, dass er kaum etwas von den feierlichen Worten mitbekam, die König Gunther sprach. Erst als der Herrscher zum Ende kam, löste sich der Bann ein wenig. Siegfried hörte, wie Gunther alle Menschen in Worms, Edle wie Knechte, Männer wie Frauen, Einheimische wie Fremde, einlud, zur Feier des Tages auf des Königs Kosten zu speisen und zu trinken.

»Wer aber sich von den angereisten Edlen lieber einen klaren Kopf bewahren will«, fügte der König lächelnd hinzu, »um der Prinzessin Kriemhild seine Werbung anzutragen, der möge in Stundenfrist bei mir und meinen Brüdern vorsprechen!«

Siegfried benötigte keine Stunde, um sich in die Schlange der Werber einzureihen. Unzählige Blicke, neugierig und verwundert, aber auch abschätzig und verächtlich, trafen den einsamen Jüngling, der in einfacher Kleidung und ohne jede Begleitung erschien. Alle anderen waren prächtig aufgeputzt und wurden von Knappen und mit Geschenken beladenen Dienern begleitet. Siegfried hörte stolze Namen, als der Ausrufer den Prinz von Dänemark nannte, den Herzog von Aquitanien oder den Markgrafen von Navarra. Kisten mit Seidengewändern, Elfenbeinkästen mit funkelnden Juwelen und die kunstvollsten Schnitzereien häuften sich vor Kriemhild, die seitlich versetzt hinter ihren Brüdern saß und jedem Bewerber dasselbe freundliche, aber zurückhaltende Nicken zuteil werden ließ. Erst als Siegfried vortrat, mangels Knechten sein Pferd selbst am Zügel haltend, zeigte sie größere Aufmerksamkeit. Neugierig wie auch alle anderen, betrachtete sie ihn, aber ohne jenen Spott, wie er aus den Bemerkungen und Gesichtern vieler Höflinge sprach.

Zögernd, ungläubig wohl, sprach der Ausrufer mit seiner eintönigen, aber weit hallenden Stimme: »Es spricht vor Prinz

Siegfried von Xanten, Sohn des Königs Siegmund und der Königin Sieglind!«

Allgemeines Raunen erscholl, und die Verwunderung der Menge wuchs angesichts des Jünglings, der angeblich der Sohn des verfemten Königs Siegmund war. Düstere Jahre lagen hinter dem Königreich der Niederlande, Trauer und Schwermut beherrschten die Burg von Xanten. Erbitterte Kriege hatten das Land verwüstet, und die Wiedergutmachungen, die Siegmund an die siegreichen Feinde zahlen musste, hatten es verarmt. Schlimmer aber noch waren die Gräuel, die man Siegmund und seinen Recken zur Last legte und deretwegen der König der Niederlande bei allen Herrschern auf zehn Jahre als verfemt galt. Niemand mochte glauben, dass Siegmunds Sohn sich unter diesen Umständen nach Worms wagte und sich dann auch noch traute, um die Gunst Kriemhilds zu werben. Schon wurden unmutige Rufe unter Siegfrieds Mitbewerbern laut, Forderungen, den Hochstapler vom Burghof zu entfernen. Besonders tat sich dabei Ingwar, der Prinz von Dänemark, hervor, ein breitschultriger Jüngling mit ungewöhnlich hellem Haar und noch hellerer Haut.

»Sollen wir alle uns von diesem dahergelaufenen Betrüger beleidigen lassen?«, schimpfte der Däne. »Wenn dieser Frechling ein Prinz ist, muss jeder armselige Bettler in den Gassen von Worms ein König genannt werden!«

Das war die schwerste Beleidigung, die Siegfried in seinem ganzen Leben gehört hatte. Alle seine guten Vorsätze, ruhig und würdevoll vor Kriemhild zu treten, waren vergessen. Er fuhr zu Ingwar herum, und wie von selbst sprang das Schwert in seine Rechte.

»Mit Worten könnt Ihr kämpfen, Dänenprinz, aber wie sieht es mit der blanken Klinge aus?«

»Nichts lieber als das«, erwiderte Ingwar mit breitem Grinsen und trat zwei Schritte vor, während auch er sein Schwert aus der Scheide zog.

»Haltet ein!«, erscholl ein lauter Ruf, und König Gunthers

Bruder Gernot trat vor; er war ein erfahrener Recke, und die Narben vieler Kriegszüge zierten sein kantiges Gesicht. »Wollt ihr beide Unglück über Worms bringen, indem ihr an Kriemhilds Ehrentag Blut vergießt?«

Ingwar deutete mit der linken Hand auf Siegfried. »Dieser dahergelaufene Kerl hat mich aufs Schwerste beleidigt, edler Gernot. Meine königliche Ehre verlangt auf der Stelle Genugtuung.«

»Ihr habt Eure Zunge auch nicht gerade im Zaum gehalten«, rügte Gernot den Dänen. »Der Prinz der Niederlande hatte wohl Grund, erzürnt zu sein.«

»Ihr glaubt dem Wichtigtuer, dass er Siegfried von Xanten ist?«

Gernot nickte. »Habt Ihr nicht sein stolzes Ross bemerkt, ein Tier, wie es nur die Edelsten reiten? Und dann sein Schwert hier, eine äußerlich nicht so prächtige Waffe wie Eure rubinbesetzte Klinge. Aber ich kenne mich mit Schwertern aus, und ich verwette meine Schatztruhe darauf, dass dieses Stück von Reinhold, dem besten Waffenschmied der Niederlande, gefertigt wurde. Nur die Edelsten in König Siegmunds Reich führen Waffen aus Reinholds Schmiede.«

»Ihr sprecht wahr«, sagte Siegfried. »Mein Vater Siegmund schenkte mir die Waffe zu meiner Schwertleite, und Reinhold sagte, es sei die beste Klinge, die er je geschmiedet hat.«

»Prinz oder nicht Prinz, das ist mir einerlei«, stieß der noch immer zürnende Däne hervor. »Ich verlange auf der Stelle Genugtuung!«

Gernot wechselte kurze Blicke mit seinen Brüdern Gunther und Giselher, bevor er sagte: »Nun gut, messt eure Kräfte, wenn ihr nicht anders könnt. Aber an diesem Tag wird kein Blut vergossen. Legt also eure edlen Schwerter beiseite und zeigt, dass ihr auch ohne Waffen heldenhaft zu kämpfen versteht!«

Wenig später standen sich Siegfried und Ingwar waffenlos und mit entblößten Leibern gegenüber und belauerten einander, beobachtet von Hunderten gebannter Menschen. Ingwar war muskulös und kräftig, keine Frage, doch der eher sehnige Siegfried glaubte, in seinen Bewegungen eine gewisse Behäbigkeit zu erkennen. Ganz so, als benötigten die Muskeln Zeit, um das auszuführen, was der Kopf ihnen befahl. Als der Däne angriff, machte sich Siegfried das zu Nutze, indem er geschickt auswich, einmal, zweimal, dreimal.

Der immer wieder ins Leere laufende Dänenprinz keuchte mit wütender Stimme: »Wollt Ihr kämpfen oder davonlaufen, angeblicher Prinz von Xanten?«

»Der Einzige, der hier läuft, seid Ihr«, antwortete Siegfried betont ruhig. »Ich frage mich nur die ganze Zeit, wohin.«

Gelächter brandete auf, und diesmal galt der allgemeine Spott dem Dänen. Der setzte zu seinem weiteren Angriff an und stürmte, gleich einem wütenden Stier, auf den Xantener zu. Der wich diesmal nur zum Schein aus. In Wahrheit war seine Bewegung eine geschickte Drehung, mit der er sich in Ingwars Rücken brachte. Er packte den überraschten Dänen von hinten und warf ihn bäuchlings zu Boden. Siegfried setzte sich auf ihn und hielt ihn, allen Ausbruchsversuchen zum Trotz, am Boden nieder.

Gernot trat vor und rief Siegfried unter dem Beifall der Menge zum Sieger des Kampfes aus. Der Spott der Menschen war in Begeisterung umgeschlagen, und der Beifall verstärkte sich noch, als Siegfried sich erhob.

Ingwars Diener wollten dem Geschlagenen beim Aufstehen helfen, aber er stieß sie brüsk zur Seite. Nur von einem Mann ließ er sich helfen, einem Edlen aus Gunthers Gefolge. Es war ein Hüne von düsterer Ausstrahlung, wozu eine schwarze Augenklappe nicht unerheblich beitrug. Vielleicht lag es nur an dem grimmigen Aussehen des Recken, aber Siegfried war, als werfe der ihm finstere, drohende Blicke zu.

Der Hof zu Worms behandelte Siegfried mit allen erdenklichen Ehrbezeugungen. Man stellte Graufell im königlichen Marstall ein und gab dem Prinz von Xanten ein großes, prächtiges

Gemach in der Königsburg. Gehorsame Diener standen zu seiner Verfügung, wann immer er es wünschte. Er hatte sein Ziel erreicht, und doch war er darüber nicht glücklich. Der Kampf gegen Ingwar, obgleich ein Sieg, erschien ihm im Nachhinein wenig würdevoll. Wie zwei hitzköpfige Bauernburschen hatten sie sich geprügelt. Siegfried glaubte nicht, dass dieser Auftritt in Kriemhilds Augen Gefallen fand.

Diener brachten ihm prächtige Gewänder, in die er nach einem heißen Bad schlüpfte, und dann ging er zum großen Bankett in den mit Blumen und Girlanden geschmückten Festsaal. Wieder zog er die Blicke der Versammelten auf sich, aber diesmal war es nur Neugier, kein Hohn und kein Spott. Man wies ihm einen Platz zwischen den Brüdern Gernot und Giselher an, ganz so, als sollte er vor weiteren Streitigkeiten beschirmt werden. Ingwar warf ihm finstere Blicke zu, wenn der Däne nicht zu Kriemhild hinübersah oder sich mit dem neben ihm sitzenden Einäugigen unterhielt.

Gernot musste Siegfrieds Interesse für den Mann mit der Augenklappe aufgefallen sein, denn er sagte, ohne dass der Xantener eine Frage gestellt hatte: »Das ist Hagen von Tronje, einer unserer größten Recken und der Pate des Dänenprinzen. Freund Hagen ist ein wenig enttäuscht über das Unterliegen seines Patensohns. Wundert Euch also nicht, Prinz der Niederlande, wenn er Euch nicht mit dem größten Wohlwollen gegenübertritt!«

»Sein Wohlwollen ist mir gleich«, antwortete Siegfried nur und meinte es, wie er es sagte. Viel mehr war ihm an Kriemhilds Wohlwollen gelegen, an ihrer Gunst. Aber sein Platz war so unglücklich gewählt, dass er sie kaum sehen, geschweige denn Blicke oder Worte mit ihr wechseln konnte.

Noch am späten Abend, als er wieder auf seinem Zimmer war, überlegte er, ob eine Absicht dahinter steckte. Wollte König Gunther den Sohn des verfemten Königs Siegmund auf diese Weise von seiner Schwester fern halten?

Ein leises Klopfen schreckte ihn aus seinen Gedanken, und

eine Frau mit verhülltem Antlitz stand vor seiner Tür. »Meine Herrin Kriemhild schickt mich mit einer Botschaft zu Euch, Prinz Siegfried«, flüsterte sie. »Lasst Ihr mich eintreten?«

Mit einladender Geste ließ er die Dienerin herein und schloss die Tür hinter ihr. »Eine Botschaft der Prinzessin Kriemhild?«, fragte er verwundert. »Was lässt Eure hohe Herrin mir mitteilen?«

»Sie will Euch wissen lassen, dass sie sehr beeindruckt ist von Eurem Mut«, sagte die Frau und ließ den Schleier fallen.

Verblüfft starrte Siegfried in das schöne Antlitz Kriemhilds und brachte endlich hervor: »Ihr ... seid mir nicht böse?«

»Böse? Aber weshalb?«

»Mein Auftritt heute Morgen war Euch und dem Anlass dieses Tages nicht würdig. Vermutlich habe ich Euch zutiefst beschämt. Aber die Art Prinz Ingwars versetzte mich in Aufruhr. Ich hätte seine Herausforderung nicht annehmen dürfen. Dass Ihr meinen Mut preist, ehrt Euch, denn Ihr hättet wahrhaftig Grund genug, um mich zu tadeln.«

»Ich sprach nicht von dem Zweikampf. Da habt Ihr Geschick und Kraft bewiesen. Ich sprach davon, dass Ihr überhaupt nach Worms gekommen seid. Es muss Eure Eltern große Überwindung gekostet haben, Euch gehen zu lassen. Seid bitte nicht gram, wenn ich davon spreche, aber natürlich weiß ich, welchen Ruf König Siegmund und Königin Sieglind überall genießen.«

»Sie haben mich nicht gehen lassen. Sie sagten, über den Niederlanden und dem Xantener Königsgeschlecht liege ein Fluch, und bis der nicht von uns genommen sei, habe kein niederländischer Edler das Recht, um Euch oder eine andere Prinzessin zu freien.«

»Dann seid Ihr gegen den Willen Eurer Eltern hier?«

»Sagen wir lieber, ohne ihr Wissen.«

»Deshalb also seid Ihr ganz allein gekommen, ohne Dienerschaft und ohne Tross. Das erhöht noch meine Achtung vor Eurem Mut.«

»Ich war nicht ganz allein«, gestand Siegfried. »Jemand sprach mir Trost und Mut zu.«

»Wer?«

»Das möchte ich selbst gern wissen. Ich hörte nur eine Stimme, die nachts zu mir sprach. Sie rühmte die Schönheit der Prinzessin Kriemhild und riet mir, nach Worms zu reiten und Euch zu freien. Ich würde damit nicht nur mein Glück machen, sondern durch eine Heirat mit Euch auch mein Land aus seinem Bann befreien.«

»Ein weiser Rat«, fand Kriemhild. »Sprach ein Mann zu Euch, oder war es eine Frau?«

»Selbst das vermag ich nicht zu sagen. Vielleicht war es nicht einmal die Stimme eines Menschen. Aber wer immer zu mir sprach, meinte es gut mit mir. Das spürte ich deutlich. Wenn die Stimme erklang, fühlte ich mich geborgen und voller Vertrauen.« Er seufzte. »Leider hat die Stimme nicht mehr zu mir gesprochen, seit ich Xanten verließ.«

»Ihr habt Euer Ziel auch so erreicht.«

»Noch nicht ganz. Mein Ziel ist es, Euch als meine Braut vor den Altar zu führen.«

»Dann strengt Euch an!«, sagte sie augenzwinkernd und verhüllte ihr Gesicht wieder. »Jetzt muss ich gehen. Wenn mich hier jemand findet, kann das übel enden.« Schon in der Tür, blieb sie stehen und wandte sich noch einmal zu ihm um. »Ein Wort noch: Nehmt Euch in Acht vor Hagen von Tronje!«

Hagen von Tronje betrat Siegfrieds Gemach, kaum dass die ersten Sonnenstrahlen durch den Dunst des Morgendämmers stachen. Als Siegfried den Einäugigen erkannte, schnellte er aus dem Bett und hatte mit einem Griff sein bereitliegendes Schwert erhoben, das er gegen den Tronjer richtete.

»Ihr seid schnell, sehr schnell sogar«, sagte Hagen, und Bewunderung schwang in seinen Worten mit. »Das habe ich schon bei Eurem Kampf gegen Ingwar bemerkt. Gut ist das, sehr gut sogar!«

»Warum? Wovon sprecht Ihr? Was wollt Ihr von mir?«, fragte ein halb nackter, verwirrter Siegfried.

»Ich möchte Euch zu einem Ausritt einladen.«

»Jetzt, am frühen Morgen?«

»Gerade jetzt. Diese Zeit ist die beste für unser Vorhaben.«

»Ich weiß nichts von einem Vorhaben.«

»Begleitet mich, bitte! Es ist nur zu Eurem Vorteil. Ich will Euch einen Weg zeigen, wie Ihr nicht nur Kriemhilds Gunst, sondern auch die ihres Bruders Gunther gewinnen könnt. Der König ist nämlich nicht sonderlich angetan von der Aussicht, seine Schwester mit einem mittellosen und verfemten Niederländer zu vermählen.«

»Und ausgerechnet Ihr wollt mir helfen, Hagen von Tronje? Ihr seid doch der Pate Ingwars. Der Prinz von Dänemark sollte der Edle sein, dem Eure Hilfe gilt.«

»Bis gestern war es so. Aber ich habe die ganze Nacht über nachgedacht und bin zu dem Schluss gekommen, dass Ihr der beste Mann seid.«

»Der beste Mann? Wofür?«

»Um Burgund eine Hoffnung zu geben. Frieden liegt über dem Land, aber das täuscht. Burgunds Reichtum lockt viele Neider, und Krieg droht am Horizont, wird so unweigerlich über uns kommen, wie die Morgensonne bald die Schleier der dunklen Nacht zerschnitten haben wird. Auch der schlimmste aller möglichen Feinde, König Etzel mit seinen wilden Horden, wird eines nicht mehr gar so fernen Tages an die Tore Burgunds klopfen. Dann müssen wir gewappnet sein, mit einem starken Heer, angeführt vom besten aller Recken – von Euch!«

»Ihr kennt mich kaum.«

»Gut genug, um Euch einschätzen zu können. Stark sind viele Männer. Ingwar ist stark, und ich bin es auch. Doch nie zuvor sah ich einen Recken von solcher Gewandtheit und Schnelligkeit. Das hat Euch den Sieg beschert, und es wird Euch den Sieg über jeden anderen Gegner bescheren. Ich bitte Euch noch einmal, begleitet mich!«

Siegfried wusste später nicht genau zu sagen, warum er Hagens Drängen nachgab. Vielleicht war es nur die unsichere Hoffnung, tatsächlich die Gunst Kriemhilds und ihres königlichen Bruders zu erringen. Sicher hatte Hagen mit der Bemerkung Recht, dass eine Heirat zwischen Siegfried und Kriemhild dem Burgundenkönig wenig verlockend erschien. Also ritt Siegfried mit Hagen durch den tiefen Wald, der Worms umschloss, immer darauf bedacht, sich ein Stück hinter dem Tronjer zu halten. Sollte Hagen ihn in eine Falle locken, wollte Siegfried wenigstens die Möglichkeit haben, ihn seinen Stahl kosten zu lassen. Einmal lächelte der sonst so ernste Hagen ihn an, als habe er Siegfrieds Absicht längst erraten.

Die Sonne musste schon ein gutes Stück höher geklettert sein, aber im dichten Wald herrschte ein ständiges Zwielicht, und die alten, hohen Bäume erschienen Siegfried wie Riesen aus grauer Vorzeit, die hier Zuflucht gefunden hatten. Als er, um das eintönige Schweigen zu brechen, seinen Gedanken laut aussprach, lachte Hagen zu seiner Verwunderung.

»Ihr ahnt nicht, wie Ihr mit Eurer Vermutung die Wahrheit trefft, Prinz von Xanten. Im Übrigen sollten wir jetzt absteigen und das letzte Stück zu Fuß gehen. Mit den Pferden wären wir zu laut.«

Sie banden die Tiere an einen Baum, und Siegfried folgte Hagen auf einem verschlungenen Waldpfad. Bald gelangten sie in ein Waldstück, das Spuren der Verwüstung zeigte: ausgerissene Bäume und zertrampeltes Buschwerk. Als Siegfried sich nach dem Grund dafür erkundigen wollte, ermahnte Hagen ihn zur Geduld. Sie versteckten sich am Waldrand in einem natürlichen Unterschlupf aus Felsen, umgestürzten Bäumen und wucherndem Farn.

»Seid leise jetzt und wartet ab!«, flüsterte Hagen.

»Worauf soll ich warten?«

»Auf Euren Riesen aus grauer Vorzeit.«

Die Antwort verwirrte Siegfried nur noch mehr. Er übte sich in Geduld, und die wurde nach einer halben Stunde belohnt. Stampfende Geräusche erschallten, wie schwere Schritte. Der Xantener fühlte die Anspannung in jedem Muskel und blickte wie gebannt in die Richtung, aus der die seltsamen Geräusche kamen. Ein großer Schatten schob sich in ihr Blickfeld und näherte sich schnell, viel zu groß eigentlich für jedes lebende Wesen. Jetzt erkannte Siegfried Einzelheiten: ein gigantischer Leib, bedeckt mit dicken Schuppen, die in einer eigentümlichen Mischung aus Grün und Grau schillerten; ein spitz zulaufender Kopf und ein langer Schwanz. Das Wesen wirkte wie eine ins Unermessliche gewachsene Echse und maß vom Kopf bis zum Schwanzende wohl die Länge von vier oder fünf Männern. Die Schritte der vier kurzen, kräftigen Beine wirkten nur auf den ersten Blick unbeholfen. Siegfried erkannte, dass das Wesen durchaus gewandt war und schnell vorankam.

Als es auf ihrer Höhe war, hielt er den Atem an und regte sich nicht. Das Wesen blieb stehen und wandte den Kopf zum Versteck der beiden Männer. Fast glaubte Siegfried, den Blick der großen Augen, die ihre Farbe immer wieder zu ändern schienen, mal golden schimmerten und dann wieder dunkel wirkten, auf sich zu spüren. Instinktiv tastete seine Rechte zum Schwertknauf. Das Wesen aber wandte den Kopf wieder um und setzte seinen Weg fort, um hinter der nächsten Biegung zu verschwinden.

»Was ... was war das?«, fragte Siegfried, noch immer flüsternd.

»Wonach sah es Eurer Meinung nach aus?«, entgegnete Hagen, während er den Xantener eingehend musterte.

»Nach einem leibhaftigen Drachen!«

Hagen nickte zufrieden. »Habt Ihr nicht daran geglaubt, dass es Drachen gibt?«

»Ich wusste nicht, dass es noch so große Exemplare gibt. Mein Vater hat einmal gegen eine Brut giftiger Lindwürmer gekämpft, aber keine der Bestien war größer als ein Mann.«

»Vielleicht ist dieser Drache einer der letzten seiner Art, vielleicht sogar der letzte. Gewiss ist er nicht leicht zu töten, aber einem Recken wie Euch kann es wohl gelingen.«

»Warum wollt Ihr den Drachen tot sehen, Edler von Tronje?«

»Dieser ganze Wald wird von den Menschen gemieden. Sie fürchten den Drachen, obwohl nur die wenigsten das Untier je zu Gesicht bekommen haben. Er ist ein Eindringling in Gunthers Reich!«

»Es heißt, die Drachen seien sehr alt. Vielleicht lebt er viel länger hier als die Burgunden.«

»Jetzt aber ist es das Land der Burgunden. Wollt Ihr es von dem Drachen befreien? König Gunthers Gunst und die seiner Schwester Kriemhild wären Euch gewiss. Außerdem heißt es, ein Bad im Blut des Drachen mache einen Mann unverwundbar. Ihr wäret dann wahrhaft unbezwinglich!«

»Eine schwierige Aufgabe«, sagte Siegfried und überlegte. »Die Schuppen auf dem Drachenleib sahen hart und fest aus, unmöglich mit einer Klinge zu durchdringen.«

»Ich habe das Untier, das morgens und abends diesen Weg zu einem nahen See nimmt, schon oft beobachtet und weiß, dass es am Bauch keine schützenden Schuppen hat. Dort könnt Ihr es treffen. Man muss dazu nur sehr schnell und gewandt sein, genau die Vorzüge, die Euch auszeichnen.«

Drei Tage später lag Siegfried rücklings in der von ihm ausgehobenen Grube und wartete auf das Erscheinen des Drachen. Er hatte die Grube, die mitten im Weg des Drachen lag, mit Ästen und Zweigen abgedeckt. Je länger er über die von Hagen gestellte Aufgabe nachgedacht hatte, desto mehr hatte sich in ihm die Erkenntnis verfestigt, dass Schnelligkeit allein nicht ausreichte, um das große Ungetüm zu bezwingen. Es bedurfte einer List.

Siegfried fror. Der lehmige Boden um ihn herum war kalt, wäre es selbst dann gewesen, wenn die Sonne hoch am Himmel gestanden hätte, anstatt sich gerade erst zaghaft über dem

Burgundenreich zu erheben. Und Siegfried fror auch, weil er vollkommen nackt war. Seine Kleider hatte er auf der kleinen Lichtung zurückgelassen, wo der treue Graufell auf ihn wartete.

Er dachte an Hagen von Tronje und fragte sich zum wiederholten Mal, ob es der Einäugige ehrlich mit ihm meinte. Vielleicht spielte der finstere Hagen ein doppeltes Spiel, eins, bei dem er nur gewinnen konnte. Überlebte Siegfried die Begegnung mit dem Drachen nicht, so hatte Hagen seinem Patensohn Ingwar einen Rivalen um Kriemhilds Gunst vom Hals geschafft. Blieb Siegfried aber siegreich, hatte Hagen in ihm den ersehnten Recken zum Kampf gegen die Feinde Burgunds gefunden. Je länger Siegfried nachsann, desto mehr glaubte er, dass so oder ähnlich die Überlegung des Tronjers war.

Ein leises, kaum merkliches Zittern des Bodens ließ ihn zusammenfahren. An einem anderen Ort und zu einer anderen Zeit hätte er nicht weiter darauf geachtet, aber jetzt schärfte dieses Zittern seine Sinne. Wieder erzitterte der Boden, schon etwas stärker, und wieder. Kein Zweifel, der Drache näherte sich auf seinem allmorgendlichen Weg zum See. Siegfrieds Herz klopfte, raste, aber er zwang sich, ruhig durchzuatmen. Mit beiden Händen hielt er sein Schwert, die Klingenspitze steil nach oben gerichtet, und wartete.

Bald hörte er die Schritte des Drachen, und dann war ein Schatten über ihm, fing ein riesiger Körper das wenige Licht auf, das durch die Ritzen der Äste und Zweige in die Grube fiel. Siegfried bäumte sich auf und stieß das Schwert mit aller Kraft nach oben. Die Klinge durchstieß die Grubenabdeckung und fuhr in den Leib des Drachen. Hagen hatte Recht gehabt, am Bauch hatte das Untier keine Schuppen. Der Drache fiel zur Seite, und fast hätte die Kraft dieser Bewegung Siegfried das Schwert aus den Händen gerissen. Im letzten Augenblick hielt er die Waffe fest und kletterte behände aus der Grube.

Der Drache lag auf der Seite, und seine Beine zuckten krampfartig. Dunkles, fast schwarzes Blut floss aus der klaffenden

Bauchwunde. Seltsam, dachte Siegfried, das Untier wirkte hilflos wie ein auf den Rücken gefallener Maikäfer. Er hatte sich das Ganze schwerer vorgestellt, gefährlicher.

Noch einmal stieß er zu, und diesmal fuhr die Klinge bis zur Parierstange in den Leib des Drachen. Ein gequälter Laut drang aus dem Drachenmaul, fast klang es wie der Schmerzensschrei eines Menschen. Für einen Augenblick war Siegfried sich unsicher, ob er den Schrei mit den Ohren gehört hatte oder ob der Laut geradewegs in seinem Kopf erklungen war. Aber schon verstummte der Drache und lag still, kraftlos, leblos. Nur sein Blut floss, sprudelte geradezu aus den beiden Wunden und ergoss sich in die Grube. Der nackte Siegfried stieg wieder in das Erdloch und badete in dem warmen Nass, um seinen Leib gegen jede Wunde zu feien. Sorgsam achtete er darauf, jede Stelle seiner Haut mit dem Drachenblut zu waschen. Erst später, als er auf der Lichtung anlangte, wo ihn sein Ross und seine Kleider erwarteten, bemerkte er ein großes Lindenblatt zwischen seinen Schulterblättern.

Im Dom zu Worms läuteten die Glocken, und ihr Lied kündete der ganzen Stadt von der Trauung, die Prinzessin Kriemhild auf ewig mit Prinz Siegfried von Xanten verband. Begeisterter Jubel empfing das Hand in Hand aus dem großen Portal der Kathedrale tretende Brautpaar, und die frisch Vermählten winkten lächelnd in die Menge. Dann aber verharrte Siegfried, als er ein faltiges Gesicht mit seltsam eindringlichen Augen erblickte. Diese Augen, von unbestimmbarer Farbe, waren fest auf ihn gerichtet. Es war wie ein Bann, der ihn zu der alten Frau hinzog.

»Ich kenne dich«, sagte er und kramte in seinen Erinnerungen.

»Wir sprachen uns an dem Tag, an dem Ihr nach Worms gekommen seid«, erinnerte ihn die Frau. »Viel ist seitdem geschehen, und vergeblich wartet Ihr jede Nacht auf die Stimme, die Euch den rechten Weg gewiesen hat.«

»Woher weißt du ...«

Mit einer Geste, als sei sie die Gebieterin und er der Knecht, schnitt sie ihm das Wort ab. »Ich bin gekommen, um Euch zu sagen, dass Ihr vergeblich auf die Stimme wartet. Nie wieder wird sie zu Euch sprechen, denn Ihr selbst habt sie zum Schweigen gebracht.«

»Ich? Davon weiß ich nichts.«

»So habt Ihr nicht das uralte Wesen getötet, den Freund aller guten Menschen, das voller Weisheit und Güte war und ganz zurückgezogen im tiefen Wald lebte, weil es die Bosheit und Missgunst der Menschen fürchtete? Es ist der ewige Fluch des Menschen, das zu vernichten, was er braucht, und es dann zu bejammern, wenn es zu spät ist.«

»Das uralte Wesen?« Siegfried dachte an den Kampf mit dem Drachen, und Schwindel ergriff ihn. Für einen Augenblick war ihm schwarz vor Augen. Als er wieder klar sehen konnte, war die alte Frau verschwunden.

Diener eilten herbei und stützten ihn. Eine besorgte Kriemhild trat an seine Seite und erkundigte sich nach seinem Befinden.

»Mir geht es gut«, sagte er mit leicht zitternder Stimme. »Das Gerede dieser alten Frau hat mich nur etwas verwirrt.«

»Von wem sprichst du?«, fragte Kriemhild. »Ich habe keine alte Frau bei dir gesehen. Geht es dir wirklich gut?«

»Ich fühle mich wohl«, versicherte Siegfried, aber es stimmte nicht.

In ihm war eine seltsame Leere, als hätte ihm jemand das Herz aus dem Leib gerissen. Obwohl die geliebte Kriemhild an seiner Seite stand, fühlte er sich schrecklich einsam. Verzweifelt suchte er nach der alten Frau, aber vergebens. Sein Blick blieb an Hagen von Tronje haften, dessen einziges Auge wiederum auf ihn gerichtet war. Und zu der trostlosen Leere in Siegfried gesellte sich ein plötzlicher brennender Schmerz zwischen seinen Schultern.

Barbara Büchner

Die Feuersalamander von Terminal

In der leuchtend schwarzen, eiskalten Wüstennacht blühte eine einzelne rote Blume, ein Lagerfeuer. Reisende Mondscheiner hatten es angezündet, zehn Händler, Männer und Frauen, die von den Goldfeldern im Norden in die Hauptstadt zurückkehrten, um dort neue Ware zu kaufen. Sie hatten ihre beiden Lastwagen abseits der Autobahn an der Wüstenpiste geparkt, in der Nähe einer Höhle, die sich in einem Feldbuckel öffnete. Nun liefen sie hin und her zwischen der Höhle und ihren Autos, zwei klapprigen Rostmühlen, deren ehemals roten und blauen Lack das Sandstrahlgebläse des Windes abgeschmirgelt hatte, und waren eifrig damit beschäftigt, Kunststoffboxen mit Proviant und Kanister mit Trinkwasser zu öffnen. Es war nämlich kurz vor Mitternacht, und das war die Zeit, zu der alle Nachtleute ihre Hauptmahlzeit einnahmen.

Diesmal würde es eine kräftige warme Mahlzeit sein, denn überall zwischen den düsteren Steinblöcken lagen, zundertrocken und wie versteinert anzusehen, die Überreste von Bäumen, die vor unendlicher Zeit hier gewachsen sein mussten. Sie brauchten sie nur aufzuheben. Bald schleppte jeder und jede ein Bündel Holz. Sie waren guter Laune; Brennholz und eine Höhle in den Felsen bedeuteten eine warme und sichere Ruhepause nach der langen, nervenaufreibenden Fahrt durch die nächtliche Wüste.

»Vielleicht sollten wir die ganze Nacht und dann den Tag über hier rasten«, schlug eine der Frauen vor. »Einen so guten Platz finden wir nicht bald wieder, und wir sind alle müde.«

Die Höhle war tatsächlich ideal. Durch einen sehr schmalen Spalt gelangte man in einen hoch gewölbten Raum, gerade weit genug, dass die zehn rund ums Feuer bequem darin Platz hatten, mit einem leidlich ebenen Boden, den die an ein raues Leben gewöhnten Männer und Frauen nicht allzu unbequem fanden. Vor allem aber bot sie sicheren Schutz vor der Sonne.

Mondscheiner kommen nur selten ans Tageslicht und schon gar nicht an die Sonne. Sie würden binnen einer Stunde an Erstickung und Verbrennungen sterben, wenn sie jemals der Sonne ausgesetzt würden – der kochenden, tötenden, weiß glühenden Riesensonne von Terminal. Deshalb lebten sie in der Metropole in der Unterstadt, wo nie ein Sonnenstrahl hindrang. Wenn sie an der Oberfläche unterwegs waren, mussten sie auf sich achten. Eine Tabelle mit Sonnenaufgangs- und Sonnenuntergangszeiten gehörte zur Standardausrüstung jedes reisenden Mondscheiners wie die Gezeitentabelle zur Ausrüstung eines Seefahrers. Sobald der jähe, kalte Windstoß der Dämmerung anzeigte, dass die Nacht zu Ende ging, verkrochen sie sich blitzschnell unter der Erde. In den Dörfern entlang der Autobahnen waren überall unterirdische Bunker gebaut worden, in denen die Nachtleute, geschützt vor der tödlichen Sonne, übertagen konnten. Auf freiem Feld mussten sie Schutz suchen, wo sie ihn finden konnten. Die reisenden Händler informierten einander daher über jeden Felsspalt, jede Sandgrube, jede halb zerfallene Hütte. Solche Informationen waren nicht nur Gold wert, sie waren lebensrettend.

Da es noch lange bis zum Morgen dauern würde und die gefährliche Sonne tief in der Unterwelt verschwunden war, hatten sie ihr Feuer außerhalb der Höhle angezündet, wo ihnen der Rauch nicht in den Augen beizte. Sie freuten sich alle auf den Aufgang der Mondin, der – wieder laut Tabelle – in einer Stunde zu erwarten war. Eine Reise durch die Wüste bot den Vorteil, dass Selene in all ihrer Pracht zu bewundern war. In der Metropole hatten die Mondscheiner nie diese Freude, denn es war ihnen von Gesetzes wegen verboten, nach Sonnenuntergang ihre Katakomben zu verlassen, angeblich, weil sie nachts in die Fenster stiegen, um die zarten, blonden Kinder der Solaris zu rauben und zu schlachten – was aber bloße Verleumdung war. Die Mondscheiner waren mit Abstand die liebenswürdigsten Leute auf Terminal, viel sympathischer als die Solaris und die Schecken und, natürlich, die Finsterwürmer.

Bald saßen und lagen die Reisenden alle um die rot-golden blakenden Flammen herum, in ihre dick wattierten Anoraks gehüllt, denn die Nächte in den ungeheuren, über Kontinente hinweg ausgedehnten Wüsten von Terminal waren so klirrend kalt, dass manchmal das Wasser in den Aluminium-Trinkbechern gefror. Sie wärmten sich die Hände, tranken heißen Tee und freuten sich auf Selene ebenso sehr wie auf die Suppe. Ihre leuchtend bunten Anoraks, Mützen und Handschuhe standen in einem seltsamen Kontrast zu ihren Gesichtern, die so bleich und fahl wie die Blüten von Nachtschattengewächsen waren. Die Solaris nannten die Nachtleute wegen ihres Lebens in der Dunkelheit verächtlich »Engerlinge« und »Gruftgeziefer« und behaupteten, dass sie Licht und Farben verabscheuten. Aber die Mondscheiner hatten durchaus ihre Freude an Farben. Sie trugen gerne bunte Kleider, am liebsten in Orange, Blau, Grün, Rot und Gelb. Die Gebäude ihrer unterirdischen Städte waren farbenprächtig bemalt, und zumeist waren sie obendrein noch von grellen Neonröhren beleuchtet. Besonders farbenfroh wirkten die Nachtleute, weil sie ihre Kleider in vielen Schichten übereinander trugen. Wenn ein Kleidungsstück zu viele Löcher hatte, dann zogen sie einfach darüber oder darunter ein weiteres an, um die Löcher zuzudecken. Übrigens hatten sie auch nichts gegen Licht, solange es das weiche, milde und zärtliche Licht der erhabenen Mondin war, die – zweimal so umfangreich wie die irdische Sonne – allnächtlich in majestätischer Fahrt ihre silberne Barke über das schwarze Himmelsmeer ruderte.

Ein etwa zwölfjähriger Junge, der zum ersten Mal in seinem

Leben mit auf Handelsreise war, entfernte sich ein paar Schritte vom Feuer und starrte in die Nacht hinaus. Er war tief beeindruckt von dieser ersten Fahrt in die Wüste, aber er wollte es sich nicht anmerken lassen. In seine raue Kleidung gehüllt, die Survival-Tasche mit Sonnenaufgangstabelle, Wasser-Notvorrat, Elektrolyt-Tabletten und anderen Überlebensnotwendigkeiten um den Bauch geschnallt, die Hände auf die Hüften gestützt, stand er breitbeinig da und versuchte so auszusehen, als spazierte er tagtäglich in der Wüste herum. Aber in Wirklichkeit war ihm äußerst mulmig zu Mute, und er wünschte sich zurück in seine Katakombe tief unter den gläsernen Türmen von Terminal. Er war mitgefahren, weil er seine Freundin damit beeindrucken wollte, dass er auf den Goldfeldern gewesen war, aber jetzt hätte er Lizz leichten Herzens gegen die Sicherheit und Behaglichkeit des unterirdischen Terminal eingetauscht.

Die Mondin war noch nicht aufgegangen, aber ein bleiern düsteres Zwielicht herrschte, in das der rote Schein am Horizont sein Gespensterlicht mischte. Vor zwei Stunden waren sie dort vorübergefahren und hatten in der Ferne lodernde Feuertürme gesehen, jeder so hoch wie ein Sendemast. Es seien Ölseen, hatten die Erwachsenen ihm erklärt, die dort Tag und Nacht brannten. Rundum erstreckte sich die eisige Nacht voll huschender Schatten und wispernder Geräusche, und Jeff musste daran denken, was für ungeheuerliche Wesen in diesen Wüsten existierten – freilich weit, weit von Terminal City und den Siedlungen entlang der Autobahnen entfernt, Hunderte, vielleicht Tausende Kilometer tief in der weglosen Einöde. Da waren die Mesris, Eidechsen, die so groß wie 10-jährige Kinder wurden und sich telepathisch verständigten, und die finsteren, verschlossenen Ziegenwesen, die man lange für Tiere gehalten hatte, weil sie ihre Sprache und Kultur geheim hielten. Es gab Wesen, die sich wie riesenhafte Kraken auf acht Schlangenbeinen durch den Sand schlängelten, und Völker wie die schwarzen, löwengesichtigen Ka-Ne, bei denen die Frauen und Mädchen den ganzen Tag faulenzten und sich schmückten, während die Männer und Jungen alle niedrige Arbeit tun, nachts in Hundehütten aus Wellblech schlafen und aus Plastiknäpfen essen mussten.

Der Junge blickte sich um. Bizarre Felsblöcke, einer so schwarz wie der andere, häuften sich ringsum. Sie ähnelten mehr schwarzem Glas als Stein. Wenn das Feuer flackerte, glich ihre Oberfläche einem schwarzen Spiegel, in dem Flammen tanzten.

Obwohl man ihm gesagt hatte, dass ein kluger Mondscheiner sich nie mehr als zehn Schritte von seinen Gefährten entfernte, schritt der Junge weiter in die Wüste hinaus, finster entschlossen sich zu beweisen, dass das, was seinen Magen verkrampfte, nicht Furcht war. Er holte die Taschenlampe aus seiner Survival-Tasche und leuchtete den Stein an. Jetzt sah er, dass nicht der gesamte Felshaufen diese ungewöhnliche Konsistenz hatte, sondern nur einige hintereinander liegende Brocken. Es sah aus, als sei etwas darüber hinweggefegt, das die glasige, glänzende Spur hinterlassen hatte. Vorsichtig berührte der Junge sie erst mit dem Handschuh, dann mit dem bloßen Finger. Es war wirklich Glas, und es sah genauso aus, als hätte jemand einen langen Schweif glutflüssigen Glases über die Felsen gezogen. Oder waren die Felsen selbst zu Glas geworden? Er wusste, dass Gestein zu Glas schmelzen konnte, aber woher sollte die Hochofenhitze kommen, die diesen Prozess bewirkt hatte? Selbst die Riesensonne von Terminal war nicht heiß genug dafür. Das Merkwürdigste aber war, dass die Substanz, als er sie berührte, plötzlich aufleuchtete: Unmittelbar unter der Stelle, wo sein neugieriger Finger hintupfte, eilten viele rosig leuchtende Fäden zusammen und schienen nach seinem Finger zu schnappen, so dass er ihn erschrocken zurückriss.

Als er sich vorbeugte, schlug seine Taschenlampe, die er an einem Riemen um den Hals gehängt hatte, gegen den Stein. Es gab ein scharfes *Pink!*, und ein faustgroßes Stück des unheimlichen Minerals, das wohl schon vorher halb abgespalten gewesen war, fiel zu Boden. Obwohl es vom Muttergestein getrennt war, huschten immer noch die geheimnisvollen lebendigen Fäden darin herum. Es war wunderschön und faszinierend, und der Junge steckte es in die Tasche mit dem Gedanken, wie beeindruckt Lizz sein würde, wenn er es ihr zum Geschenk machte. Er hatte die Warnung des alten Anführers Joop vergessen, in der Wüste nichts, aber auch gar nichts anzufassen und aufzuheben, weder Tier noch Pflanze, noch Mineral. »Die meisten schönen Dinge, die man dort findet«, hatte der finstere Greis gesagt, »sind entweder bissig oder giftig oder, noch schlimmer, verhext.«

Er war in Gedanken noch bei dem Stein, als ihn jählings eine neue Angst überfiel. Er glaubte sich beobachtet – von etwas, das sich über ihm befand, in sehr viel größerer Höhe, als sie irgendein Vogel erreichen konnte. Es war fast, als beobachtete ihn ein Stern. Was immer es war, es beobachtete ihn in ausgesprochen feindseliger Absicht, und er musste einen jähen Impuls unterdrücken, blindlings in die sichere Höhle zurückzustürzen. Es gelang ihm gerade noch, sich so weit zusammenzunehmen, dass er mit würdevollen Schritten zum Feuer zurückkehren konnte.

»Du warst zu weit weg, Jeff. Was hast du hinter den Felsen zu tun gehabt?«, fragte der Anführer der Gruppe ihn mürrisch.

Jeff antwortete mit einer stummen Geste, indem er den Daumen unter die waagrechte Hand schlug.

»Das ist kein Grund, in die Wüste hinauszulaufen«, maßregelte ihn der Alte. »Wenn dich vor lauter Diskretion ein Zpink holt, hast du auch nichts davon.«

»Was ist ein Zpink?«, fragte Jeff, dem ein Schauder über den Rücken lief. Er setzte sich dicht ans Feuer und bemühte sich so dreinzuschauen, als sei seine Frage nur von Wissbegier motiviert gewesen.

»Ein großes, schnelles, schwarzes, mörderisches und immer hungriges Ding«, erwiderte der Anführer. »Es späht aus dem Himmel auf dich herunter, wo es höher schwebt, als irgendein Vogel fliegen kann, und dann lässt es sich *plumps!* auf dich herunterfallen. Und dann werden wir alle glauben, es regnet, weil es aus dem Himmel heruntertröpfelt, aber in Wirklichkeit bist du es.«

Die anderen lachten. Jeff, der sich ärgerte, fürchtete und schämte, bemühte sich, etwas Nützliches zu tun, um wieder gute Karten zu haben. Er wollte noch Holz auf das Feuer legen, damit es auch ordentlich unter dem Suppentopf brannte, aber eine alte Frau hielt ihn zurück. »Nicht zu viel Holz, Jeff. In der Wüste muss man vorsichtig sein mit dem Feuer. Wenn es zu hell brennt, könnte es einen Salamander anlocken.«

Der Junge blickte sie zweifelnd an. »Salamander? Diese kleinen schwarz-gelben Molche, die in Terminal in den Katakomben herumschlüpfen? Die gibt es hier in der Wüste auch?«

»Nein, die meine ich nicht. Ich rede von Feuersalamandern. Das sind feurige Drachen, die in den Flammen und von den Flammen leben. Hilf deiner Mutter jetzt mit dem Brotschneiden, dann erzähle ich dir die Geschichte.«

Es gibt nichts, was Mondscheiner mehr lieben als Geschichten – die sie mit dem schönen alten Wort »Mär« bezeichnen. Sie würden lieber hungern und frieren als auf eine wirklich gute Geschichte verzichten, ganz egal, ob sie lustig oder traurig oder zum Fürchten ist, ob sie wirklich passiert oder erfunden ist. Deshalb wartete nicht nur Jeff begierig darauf, dass die alte Frau zu erzählen begann.

»Erinnert ihr euch«, sagte die Großmutter, »an die feurigen Lichter, die wir vor ein paar Stunden am Horizont gesehen haben? Das waren Ölseen. Sie brennen Tag und Nacht, denn beständig quillt neues Öl aus dem Boden herauf. Dort wohnen die Salamander, die Feuerdrachen. Sie sehen aus wie schöne Frauen und Männer mit feurigen Haaren und glühenden Augen, die in den Flammen schweben und tanzen wie Vögel in der Luft und Fische im Wasser. Allerdings habe ich noch nie einen mit eigenen Augen gesehen, und ich werde mich auch sehr hüten, in die Nähe ihrer Feuerseen zu kommen. Es sind tödliche Geschöpfe, und wer ihr Missfallen erregt, ist verloren. Deswegen wagt sich auch niemand daran, die Ölquellen zu nutzen. Die Leute fürchten den Fluch der Salamander, und ich meine, sie fürchten ihn zu Recht.«

Jeff starrte sie mit großen Augen an. Er hatte das beunruhigende Gefühl, dass der Steinbrocken in seiner Tasche auf eine seltsame Art lebendig geworden war, seit die Rede auf die Feuerdrachen gekommen war. Er meinte ein schwaches Vibrieren zu spüren, wenn er die Hand auf die Tasche legte, und ein elektrisches Knistern und Prickeln setzte sich in seine Hand hinein fort. »Was ist ein Salamanderfluch?«, fragte er.

»Etwas Scheußliches«, antwortete die alte Frau. »Die Verfluchten verbrennen von innen her – wie ein Steak, das man in einen Mikrowellenherd legt. Plötzlich, weitab von jedem offenen Feuer, schlagen blaue Flämmchen aus ihrem Leib, die rasch zu mächtig lodernden Flammen werden, und binnen weniger Minuten ist nur noch eine schwarze, verkohlte Masse von ihnen übrig. Du wirst keinen Mondscheiner auf ganz Terminal finden, der sich den Feuergeistern zu nähern wagt. Sie tragen das Feuer der Hölle in sich. Selene hat uns vor ihnen gewarnt.«

Als der Name der Mondgöttin erwähnt wurde, neigten alle ehrfürchtig die Köpfe und legten zum Zeichen frommer Ehrerbietung die Handflächen zusammen, doch dann nahmen sie das Gespräch sofort wieder auf. »Was meinst du damit, Mutter«, fragte der Sohn der Alten, »dass ein zu helles Lagerfeuer einen Salamander anlocken könnte? Meinst du, er würde aus den Flammen herausspringen?«

Die alte Frau nickte feierlich. »So ist es jedenfalls einem Prospektor widerfahren, der in der Wüste lagerte. Ihr wisst ja, wie die Prospektoren sind. Geldgierige Leute ohne Sinn und Verstand, die meinen, man könnte in der Wüste herumlaufen wie in den Straßen von Terminal. Keine Ahnung haben sie! Sie stolpern herum wie Betrunkene und können an nichts anderes denken, als wo es ein Grab auszurauben oder einen verschütteten Bunker zu finden gibt. Ich habe den Mann, dem das Unheil widerfuhr, selbst gekannt – nun, genau genommen hat ihn der Sohn meines Nachbarn gekannt, aber das kommt ja auf eins heraus. Jedenfalls war er einer von denen, die immer meinen, alles besser zu wissen, und was man ihm auch sagte, er machte Lagerfeuer, auf denen man einen Ochsen hätte braten können. Und eines Nachts passierte es.«

Zehn Augenpaare, alle fiebrig glänzend im unruhigen Flammenschein, starrten die Erzählerin fasziniert an.

»Plötzlich hörte der Mann ein Singen aus den Flammen, so fremdartig und lieblich, wie er noch nie Gesang gehört hatte. Die Flammen loderten höher und höher, sie schlängelten sich ineinander, und mit einem Mal schwebte eine Frau vor ihm, schöner als irgendein menschliches Wesen es sein konnte. Sie war wie glutflüssiges Glas, halb durchsichtig, mit Haaren aus roten Flammen und Augen wie rote Stopplichter. Der Prospektor hatte aber nicht lange Zeit, sie zu bewundern, denn mit einem grässlichen Zischen stürzte sie sich auf ihn und verschlang ihn, und später fand man auf seinem Lagerplatz nur noch ein paar Klumpen verbranntes Fleisch neben seiner geschmolzenen Ausrüstung.«

Der alte Anführer nickte bedächtig. »Es sind dämonische Geschöpfe. Zum Teil sind sie wunderschön: Die schönste Solar würde neben ihnen aussehen wie eine vergammelte Schaufensterpuppe, und ihr müsst zugeben, dass die Solaris sehr attraktive Leute sind, wenn es ihnen auch sonst an Vorzügen mangelt.«

Da das Publikum direkt angesprochen war, bekundeten alle mit Murmeln und Nicken ihre Zustimmung.

»Die Flügel der Feuerdrachen«, fuhr der Alte fort, »sind anzusehen wie riesige, rot-goldene Schmetterlingsflügel. Sie sind so zart, dass man durch sie hindurchsehen kann, und funkeln und flirren wie ein Feuerwerk. Aber am Hinterteil haben diese Kreaturen einen Schwanz, so lang wie ihr ganzer Körper, hornig und gekrümmt wie der Schwanz eines Skorpions. An seinem Ende sitzt ein Hohlstachel, eine tödliche Waffe. Denn im Innern ihres

Leibes haben die Salamander verschiedene, mit Säuren und giftigen Gasen gefüllte Kammern, deren Inhalt sie nach Belieben miteinander mischen und obendrein in Brand setzen können. Dann schießt aus ihrem Stachel eine kochende Mischung giftiger Chemikalien oder, wie aus der Tülle eines Flammenwerfers, ein meterlanger, weiß glühender Feuerstrahl, so heiß, dass er selbst Felsen schmelzen kann.«[1]

Jeff spürte, wie sein Herz einen Schlag aussetzte. Das Summen und Knistern in seiner Tasche wurde beängstigend stark, er begann zu fürchten, die Gefährten könnten es hören. Die verglasten Felsen – waren sie in einen solchen Feuerstrahl geraten? Was für ein Gedanke, dass er ein Stück Stein in seiner Survival-Tasche trug, das der glühende Schweif des Salamanders berührt und geschmolzen hatte! Lizz würde Mund und Augen aufreißen. So ein Geschenk hatte ihr noch kein anderer gemacht. Vielleicht konnte er die Geschichte ja noch ein wenig ausschmücken und ihr erzählen, dass er den Salamander tatsächlich gesehen hatte. Aus der Ferne oder, noch besser, ganz aus der Nähe. Er konnte ihr schildern, wie die wunderschöne, dämonische Kreatur sich zum Angriff auf alle viere duckte und den Skorpionschwanz mit seinem tödlichen Stachel über den Rücken nach vorne krümmte, und wie direkt vor seinen Augen ein Strahl Höllenfeuer die Felsen geschmolzen hatte. O Mann. Er fühlte richtig, wie Lizz sich in seine Arme kuscheln und flüstern würde: »Ich bin so froh, dass er dich nicht erwischt hat. Du darfst nie wieder in die Wüste gehen.«

Dann fiel ihm ein, dass er sich vorderhand noch im Einflussbereich der schrecklichen Wesen befand, und er war sehr erleichtert, als eine der jüngeren Frauen sich mit der Bemerkung einmischte: »Allerdings habe ich gehört, dass die Feuerdrachen manchmal auch gütig sind.«

1 Diese Entsetzen erregende Fähigkeit ist nicht allein den Feuersalamandern von Terminal vorbehalten. Der irdische Bombardierkäfer besitzt sie auch.

»So? Na, das ist mir neu«, kommentierte die Großmutter spitz. »Was hast du denn gehört?«

Die Jüngere setzte sich mit freudig geröteten Wangen in Positur. (Wenn es etwas gab, was die Mondscheiner noch mehr liebten, als Mären zu hören, dann war es, Mären zu erzählen.) »Ihr wisst doch, dass ich eine Zeit lang während der Spätschicht in dem Truckstopp an der Ausfallstraße aus Terminal gearbeitet habe, und dort habe ich die Geschichte von einem Trucker gehört. Er war ein wüst aussehender Kerl, ein Schecke mit einem kupferfarbenen Gesicht, mit langen weißen Zöpfen und einem Schnauzer wie ein Walross, und er trug die dickste pelzgefütterte Jacke, die ich je gesehen habe. Unseren kleinen Jeff hier hätte man als Ganzes in einen einzigen Ärmel stecken können!«

Jeff, der sich selbst als beinahe erwachsenen Mann betrachtete, nahm es sehr übel, als »unser kleiner Jeff« bezeichnet zu werden, aber er wagte nicht zu protestieren.

»Nun, was die Geschichte angeht: Sie ist ihm selbst passiert – ihm oder einem seiner Kollegen, oder dem Freund eines Kollegen, das weiß ich nicht mehr genau, aber jedenfalls habe ich alles aus erster Hand. Dieser Trucker war einer von den harten Burschen, die die Autobahnen zu den Diamantminen befahren, hoch oben im Norden, wo es neun von zwölf Monaten bitterster Winter ist. Es ist dort so kalt, dass einem die Fürze im Hintern gefrieren, wie der Bursche es ausdrückte.«

Jeff grinste, hörte aber sofort auf damit, als seine Mutter ihm einen strafenden Seitenblick zuwarf.

»Es ist ein knochenharter Job, und es kommt nicht selten vor, dass ein Trucker auf den vereisten Straßen verunglückt oder eine Panne hat und erfriert – und diesem Mann wäre es fast genauso ergangen. Er hatte eine Motorpanne. Nun wisst ihr ja, so etwas ist schon schlimm genug, wenn es einem hier auf der Wüstenautobahn passiert, aber dort oben in der Eiswüste bedeutet es den Tod. Sie müssen Tag und Nacht die Motoren ihrer Trucks laufen lassen, sonst würde sogar das Getriebeöl gefrieren, stellt euch das einmal vor! Und wie es der böse Geist wollte, passierte ihm das noch auf einer sehr einsamen Strecke. Er konnte zwar über sein Funkgerät seine Position durchgeben und um Hilfe bitten, aber es würde wohl einen Tag dauern, bis die anderen Trucker ihn erreicht hatten – vierundzwanzig Stunden in einer eisigen, stockfinsteren Ödnis, in der es keinen Span Holz gab, um ein Feuer damit zu machen.«

»Warum haben sie keinen Helikopter zu Hilfe geschickt?«, fragte Jeff. »Der wäre schneller bei dem armen Trucker gewesen.«

»Weil ein Blizzard tobte und ein Helikopter abgestürzt wäre, und wenn du noch einmal eine Geschichtenerzählerin unterbrichst, du naseweise kleine Laus, dann isst du deine Suppe draußen in der Wüste, wo der Zpink auf dich wartet«, erklärte die Erzählerin. Der Junge kroch erschrocken an seine Mutter heran, unsicher, ob die Drohung ernst gemeint war. Sie tätschelte ihn beruhigend und sagte: »Nein, das würden wir nicht machen, Jeff, dich in die Wüste hinausjagen. Aber wenn jemand eine Mär erzählt, dann hält man den Mund, das solltest du in deinem Alter schon wissen. Tut mir Leid, Fina. Erzähl doch weiter, was mit dem Trucker passierte.«

Fina grummelte noch ein wenig wegen der Unterbrechung, kehrte aber dann zu ihrer Mär zurück. »Der Trucker schnippte sein Feuerzeug an, um wenigstens eine Zigarette zu rauchen – seine letzte Zigarette, wie er dachte, wenn er aus der finsteren, eiskalten Fahrerkabine in den heulenden Blizzard hinausblickte. Der Schnee lag schon spannenhoch auf der Windschutzscheibe, und er fühlte, wie seine Hände und Füße kalt wurden. Er schnippte also das Feuerzeug an, und zu seinem Erstaunen fuhr eine armlange Flamme heraus, nicht die übliche kleine, gelblich blaue Gasflamme, sondern eine warme, fröhlich blakende Kaminfeuerflamme. Sofort wurde es um vieles wärmer in der Kabine, und die sanfte Helligkeit tat dem Mann, der da mitten in der Finsternis gefangen saß, auch gut. Vierundzwanzig Stunden lang brannte die warme, rettende Flamme in der Kabine, brannte so lange, bis Hilfe kam, dann erlosch sie von selber. Man sieht also, die Salamander sind nicht immer grausam. Ich denke überhaupt, sie sind nur bösartig, wenn sie gestört oder belästigt werden.«

Einer der Männer stimmte ihr lebhaft zu. »Ja, denkt doch nur an die kaiserliche Ölgesellschaft! Erinnert ihr euch noch? Sie wollten alle Erdöl-Seen industriell nutzen, obwohl sogar von Seiten der Solaris davor gewarnt wurde. Ihre eigenen Schriftgelehrten wiesen darauf hin, dass jeder, der sich den Besitz eines Salamanders aneignete, und sei es auch nur ein Tropfen Öl, ein Brocken Lava oder ein geschmolzener Stein, mit der furchtbaren Rache der Geschöpfe zu rechnen hat.«

Jeff erstarrte. Er bekam Bauchweh – eine außergewöhnlich schlimme Art Bauchweh. Der Stein! Er hatte den Steinbrocken in der Tasche! Sein Blick flitzte ängstlich nach allen Seiten. Wenn die Feuerdrachen nun bemerkt hatten, dass er einen Stein gestohlen hatte? Nun, genau genommen hatte er ihn ja nicht gestohlen, jedenfalls nicht mit Absicht, er hatte ihn nur aufgehoben und eingesteckt – aber wie sollte er das einem Ungeheuer erklären, das mit einem siedenden Säurestrahl auf ihn zielte? Jetzt fiel ihm alles wieder ein, was der Anführer ihm geraten hatte, aber jetzt war es zu spät. Er konnte nicht einfach aufstehen und zu den Felsen hinauslaufen, um den Stein zurückzulegen. Seine Gefährten würden ihn nicht gehen lassen, egal welchen Vorwand er gebrauchte. Er kauerte sich verkrampft zusammen und lauschte der Mär, die der Mann erzählte.

»Die Solaris halten sich ja alle für überwältigend klug, aber sie haben keine Ahnung, überhaupt keine Ahnung! Ihre Ingenieure dachten, sie würden die Salamander schon kleinkriegen, wenn sie nur ein Dutzend Tanklastzüge mit Löschschaum zu den Ölseen in Marsch setzten und die Feuerdrachen unter Bergen von Schaum begruben. Zuerst sah es auch so aus, als könnte es klappen, aber dann – und jetzt passt gut auf! Wort für Wort an der

Geschichte stimmt, das könnte ich beschwören, denn es war ein Solar, der sie mir erzählt hat.«

Die Zuhörer nickten zustimmend. Einen Vorzug, so lautete die einhellige Meinung, musste man den unbeliebten Solaris zugestehen: Sie sagten immer die Wahrheit – oder sagten jedenfalls viel öfter die Wahrheit als die Mondscheiner, denen es eher auf eine gute Mär als auf ein pingeliges Herumreiten auf Fakten ankam.

Der Erzähler fuhr fort: »Die Männer bauten ein Lager in der Nähe der Ölseen auf und brachten ihren Schaumspritzen in Stellung. Aber gerade als sie losschießen wollten, erhob sich ein funkelnder Schwarm Feuerdrachen aus den Flammen, die turmhoch aus den Ölseen loderten. Sie schwebten in der Luft, von den heißen Winden getragen, und sangen so unbeschreiblich süß, dass die Solaris ihre Spritzen fallen ließen und nur da standen und lauschten und gafften. Es muss ein wundervoller Anblick gewesen sein, wie diese schönen, leuchtenden Leiber da zu Dutzenden in der Luft schwebten, von ihren riesigen Schmetterlingsflügeln getragen – und dazu sangen sie wie die Nachtigallen, so schmelzend schön, wie kein anderes Wesen auf ganz Terminal singen kann. Ich bin aber trotzdem froh, dass ich nicht dort gewesen bin, denn der Gesang und der Gaukeltanz in der heißen Luft waren nur eine List gewesen. Als die Männer völlig berauscht waren, zeigten die Salamander plötzlich ihr wahres Gesicht. Aus den Feuersäulen fuhren nach allen Seiten feurige Schlangen, die die Ahnungslosen packten und in den Höllenschlund hinabrissen, während die Drachen sich mit entsetzlichem Gekreisch auf die Übrigen stürzten und sie vernichteten. Viele Wochen später fand ein Spähtrupp die völlig ausgebrannten Wracks der Tanklastwagen und da und dort einen von gelber Säure verätzten, halb verkohlten Schädel oder einen anderen großen Knochen – das Einzige, was von einem zweihundert Mann starken Arbeitstrupp und einer Fahrzeugflotte übrig geblieben war. Seither ist nie wieder jemand in die Nähe der Feuertürme gekommen.«

Jeff schlang die Arme um die Knie und kauerte sich so eng

zusammen, dass er sich selber die Luft abschnürte. Sein Herz dröhnte in der Brust. Was sollte er bloß tun? Von Säure gelb verätzte, halb verbrannte Knochen! Konnten die Salamander wirklich so unbarmherzig sein, ihn wegen eines so winzigen Vergehens – sozusagen fast gar keinen Vergehens – so grausam zu bestrafen? Tränen stiegen ihm in die Augen. Es war unfair. Es war echt gemein. Mit leiser, zittriger Stimme fragte er: »Und wenn jemand ... also nur einmal angenommen, jemand würde ganz zufällig, wirklich nur ganz zufällig so einen Lavabrocken oder ... äh ... Stein aufheben, den würden sie doch nicht mit Säure bespritzen und verbrennen, nicht wahr? Das wäre doch ungerecht, nicht wahr? Oder?«

»Hmmm.« Die Großmutter rieb sich nachdenklich die Nase. »Lass mich überlegen! Ich glaube, ich erinnere mich da an eine Mär von jemandem, dem genau das passierte. O ja – ich hab's. Es war ein Junge, etwa in deinem Alter, Jeff – ein hübscher und kluger Junge, aber noch nicht reif genug, um zu wissen, dass die Welt voll gefährlicher Dinge ist und man nicht alles antappen darf, was einen interessiert. Wie Joop hier« – dabei wies sie auf den Anführer – »zu sagen pflegt: Die schönen Dinge, die man in der Wüste findet, sind alle entweder bissig oder giftig oder verhext. Nun also, dieser Junge fand einen Lavabrocken – oder war es ein Glasstein? Ja, ich glaube, es war ein Glasstein. Er steckte ihn heimlich in seine Survival-Tasche und beschloss, niemandem etwas zu sagen, weil ihm klar war, dass die Erwachsenen ihm heftige Vorwürfe gemacht hätten. Das war nicht nur eine Dummheit, sondern ein schweres Vergehen: Wenn der Salamander ihn attackiert hätte, hätte er die ganze Gruppe ausgelöscht, oder meinst du, ein wütender Salamander würde sich damit aufhalten, genau zu zielen?«

Jeff schüttelte stumm den Kopf. Er fühlte sich grässlich. Seine Bauchschmerzen waren unerträglich geworden, er fühlte schon richtig, wie der Drachenfluch wirkte und seine Eingeweide zu kochen begannen, und die Angst erstickte ihn beinahe. Überall in der Finsternis sah er schimmernde rote Gestalten, selbst die Sterne erschienen ihm als die feurigen Augen von Salamandern, die nach dem Dieb ausspähten.

Die Großmutter fuhr fort: »Natürlich bemerkten die Feuerdrachen sofort, dass etwas von ihrem Besitz fehlte. In dieser Hinsicht sind sie wie alle Drachen: Sie sind habgierig und versessen auf ihren Besitz. Auch wenn es nur das kleinste und unbedeutendste Stückchen ist, das jeder andere mit dem Stiefel beiseite stoßen würde – Drachen erheben sofort ein großes Geschrei, wenn ihnen etwas abhanden kommt. Sofort erhob sich ein Spähtrupp von drei Dutzend Salamandern aus dem Flammenturm und schwärmte nach allen Seiten aus. Sie spritzten auseinander wie die Funken eines Feuerwerks, und binnen weniger Minuten hatten sie viele Quadratkilometer Wüste abgesucht. Es war ein beeindruckender Anblick. Bei Tag sind die Salamander in der Sonnenglut kaum zu sehen, man erkennt nur ein rötliches Leuchten, aber bei Nacht fahren sie wie Kometen mit ihren Feuerschweifen kreuz und quer durch den Himmel und erleuchten ihren Pfad mit einem rosigen Licht. Man sagt – obwohl ich wette, dass noch keiner einen Salamander wissenschaftlich untersucht hat –, dass sie keine Augen wie die Menschen oder Tiere haben, sondern Sensoren, die auf feinste Veränderungen im Wärmespektrum reagieren. Natürlich dauerte es nicht lange, bis sie den Dieb entdeckt hatten.«

Jeff kauerte steif und starr am Feuer und starrte die alte Frau an. Er wagte nicht, eine Frage zu stellen, denn der vorherige Rüffel war ihm noch zu frisch im Gedächtnis. Außerdem: Was war, wenn sie ihm nun nichts anderes zu sagen hatte, als dass die Salamander diesen unglücklichen Jungen gnadenlos verbrannt und in Säure aufgelöst hatten?

»Zum Glück«, fuhr die Großmutter mit bedeutungsvollem Nicken fort, »war der arme Junge nicht allein, und unter seinen Gefährten gab es kluge Leute, die sofort wussten, was zu seiner Rettung getan werden konnte. Er musste den Stein aus seiner

Tasche holen, ihn, so schnell er konnte, ins Licht der Mondin legen und ihr den Stein zum Opfer darbringen. Dagegen waren die Salamander machtlos, denn der Mondin können sie nichts anhaben. Wenn sie gegen Selene aufbegehren wollen, scheitern sie: In ihrem sanften, kühlen Licht erlöscht der Feuerbrand der Drachen, und ihre glühenden Leiber verwandeln sich in flockige, graue Asche, die mit den Winden verweht. Natürlich zerstört die alte Dame am Himmel die Salamander nur, wenn sie ihr den Krieg erklären, sonst lässt sie sie genauso in Frieden wie jedes andere friedliche Lebewesen. Wer nicht beißt, der wird auch nicht gebissen, das ist ein guter frommer Spruch. Und jetzt lass uns sehen, wie lange es noch bis zum Aufgang der Mondin dauert.« Sie streifte ihre Wollhandschuhe ab, zog die Tabelle aus der Außenseite ihrer Survival-Tasche und studierte sie durch die Lesebrille. »Wie ich's dachte – nur noch zwei Minuten. Also, her mit dem Stein, Jeff.«

Jeff hatte nie gedacht, dass zwei Minuten so unendlich lange dauern konnten. Hundert Mal in diesen hundertzwanzig Sekunden war er überzeugt, dass die Feuerdrachen ihn als Ersten erreichen würden, dass die Sensoren in ihren roten Stopplicht-Augen ihn bereits erspäht hatten und die lodernden Schwingen mit der Geschwindigkeit eines Düsenjets durch den Nachthimmel sausten. Es half ihm auch nichts, dass die Erwachsenen ihm diese zwei Minuten mit Vorwürfen und guten Lehren verkürzten. Wie ein Ertrinkender sich an Land rettet, sprang er mit einem Riesensatz auf den ersten Flecken Mondlicht zu, der sich auf dem kalten Sand abzeichnete, und warf sich dort der Länge nach hin. Mit beiden Händen hob er den Stein über den Kopf und flehte die alte Dame in inbrünstigem Gebet an, ihn als Opfer anzunehmen.

Mit grenzenloser Erleichterung sah er, dass die roten Fäden, die sich im Innern des Minerals herumschlängelten, immer blasser wurden und sich zuletzt in weiße, reglose Adern wie winzige Silberminen verwandelten.

Nun waren die Mondscheiner gewaltlose Leute und fanden es

äußerst verwerflich, Kinder zu schlagen, ja überhaupt zu bestrafen, auch wenn sie gefährliche Dummheiten angestellt hatten. Man setzte auf Güte, Belehrung und Einsicht. Deshalb wurde der Rest der Nacht damit verbracht, dass man Jeff, während der seine heiße Suppe löffelte und sich insgeheim schwor, nie wieder einen Fuß in die Wüste zu setzen, zahllose Geschichten von Leuten erzählte, die in der Wüste irgendetwas Verlockendes entdeckt und – mit den entsprechenden bösen Folgen – an sich genommen hatten. Nur der grimmige alte Joop flüsterte ihm ins Ohr: »Dich sollte man zu den Ka-Ne schicken, bei denen werden ungehorsame Jungen an einen Pflock angebunden wie Kettenhunde und bekommen nur Kutteln zu essen, bis sie gelernt haben zu gehorchen.«

Gisbert Haefs

Seelenkot

Drachen«, murmelte Carteret. »So viele Drachen.« Er hatte die Programme des Planeten Garm ausgiebig durchgeschaltet, Akrobaten und Oper und Nachrichten und unverständliche Sportarten gesehen. Bei den von der Orbitalstation Canistra umgewandelten Sendern aus dem Commonwealth war er nun unter die Drachen geraten, in einen Bericht über seltsame Lebensformen: echsenartige Dendrophagen auf Targitusch, die das verzehrte Holz inwendig verbrannten, Feuer rülpsten und neuerdings an Verdauungsproblemen litten, verursacht durch importierte Baumsorten; Schleimspeier (›flugunfähige Drachenratten‹, dachte er) im Hochland von Azenomei, die stinkende Verdauungsflüssigkeiten treffsicher bis zu zehn Meter weit spucken konnten; hauchdünne, folienähnliche Drachen auf Qalaf, deren Intelligenz größer war als angenommen, denn sie reagierten auf Mitteilungen, die man mittels Schwingungsmodulatoren in ihre giftige Atmosphäre übertrug; kriechende, schwebende, segelnde, flatternde und schwimmende Drachen, dazu immer wieder Anspielungen auf die eine oder andere mythologische Vorstellung ...

Aristide Montgomery (»Mungo«) Carteret saß im *Kennel*, dem teuersten Hotel von Garms Hauptstadt Kynossa, und mopste sich. Er wollte entweder zur Erde heimkehren oder, falls eine sinnvolle Verbindung zu erhalten wäre, seine Kusine Pamela du Plessis auf Gaia besuchen, um die moderat inzestuöse Verbindung zu erhalten und mit Lust auszubauen. Aber zurzeit befanden sich an der Orbitalstation nur Liner, deren Ziele weiter außen, am galaktischen Rand lagen, und auch keine nutzbaren Frachter. Also reiste er weder ins Solsystem noch zu Pamela nach Atenoa, in die Metropole des Commonwealth, sondern musste noch länger auf dieser Randwelt verweilen, wo von der Sonne Dingo bis zu Flüssen wie Chihuahua und Gebirgen wie der Chacalero-Range alles Namen altirdischer Hunde, Hundeverwandter oder Hundemythen trug. Und wo es keine Hunde gab.

Sein *kompakt* – ein in einem Totenschädel steckender Kleinrechner mit Mikrogenerator – hatte ihn vier Mal im Schach besiegt und ätzende Kommentare abgesondert, bis Mungo ihn ausschaltete. Er versuchte, Pamela auf Gaia anzurufen; die teure Verbindung kam zu Stande, aber die Kusine war nicht zu Hause. Er streunte durch die lokalen Sender und die Satellitenkanäle, die Programme aus dem Commonwealth brachten, und langweilte sich gründlich.

Man belehrte ihn über die Muskeln des irdischen Flusspferds, das den eigenen Kot mit dem Schwanz wie mit einem Ventilator zerteilte; ein religiöser Sender vom Planeten Kurultai berichtete aus einem neocalvinistischen Kloster, wo ein Geistlicher nach fast einem Jahr der Missionsreisen heimgekehrt war und vom »großen bösen Drachen« sprach, von Höllenfeuer und der allen gewissen Verdammnis, die nur des Herren Gnade aussetzen könne; eine lokale Station pries neue Verwirbelungsmaschinen auf den Rieselfeldern außerhalb von Kynossa; und irgendwie kam es Mungo so vor, als sei der Inhalt der drei Berichte der gleiche.

Irgendwann schaltete Carteret das Gerät ab und verließ das Hotel. Er trank seltsame Schnäpse in Tavernen, die nahezu alle mit hündischen Namen prunkten, und verfluchte die Hinterwäldler von Garm, die ihre Töchter zur Monogamie erzogen. Der zweifelhafte Versicherungsfall, den er als Privatdetektiv für die betroffene Firma hatte sortieren sollen, war längst geklärt, mit Hilfe von Medina Cross, Leutnantin der Commonwealth-Polizei SIC.[1] Die offenbar zu beschäftigt war, um ihm beim Trinken und

1 Servis Investigativo del Commonwealth, zentrale Ermittlungsbehörde mit Büros und Agenten auf den meisten Welten; im Zweifelsfall den örtlichen Polizeidiensten übergeordnet.

Mopsen zu helfen. Als er am dritten Morgen verkatert am Frühstücksbuffet des *Kennel* stand und sich fragte, ob er überhaupt etwas essen konnte, kam sie in den Salon des teuren Hotels. Mungo versuchte ein Lächeln und legte den Finger auf die Lippen, als sie ihn ansprechen wollte.

Mit einem Becher Kaffee setzte sie sich zu ihm, schwieg und sah widerwärtig frisch aus. Als er sicher war, dass sein Kaffee und auch der Toast mit Butter und Zylana-Rogen ihn nicht wieder verlassen würden, sagte er etwas über obszöne Morgenfrische.

»Du dagegen scheinst furchtbar gelitten zu haben. Bist du unter mehrere Fässer dehydrierten Wein geraten oder so was?«

Er nickte, vorsichtig; der Kopf barst nicht. »Die sonstigen Zerstreuungen von Kynossa finde ich nicht so hinreißend.«

»Wir haben ganz gute Theater, interessante Musiker, TriVi-Kinos mit netten Klassikern; du könntest auch was lesen.«

»Bist du hergekommen, um mich zu erziehen?«

Sie lachte. »Hoffnungslos, wahrscheinlich. Nein.« Sie wurde jäh ernst. »Ich habe ein kleines Problem.«

»Wie sieht das aus?«

Medina sah sich im halb besetzten Speisesalon des *Kennel* um. »Nicht hier«, sagte sie leiser. »Kannst du gleich – wenn du fertig bist – mit ins SIC-Büro kommen?«

Medinas Assistent, ein Garmate namens Toggel, hatte inzwischen ein paar Visifongespräche geführt.

»Unergiebig«, sagte er, als die beiden anderen sich setzten. »Niemand weiß was. Angeblich.«

»Also fünf Selbstmorde?« Carteret kratzte sich den Kopf. »Alle in eurer alten Hauptstadt Anubis?«

»Und Umgebung.«

»Wie viel habt ihr sonst?«

Medina schnitt eine Grimasse. »Es gibt keine verlässlichen Zahlen, und die meisten derartigen Dinge behandeln die örtlichen *aboyeurs.*[2] Aber ich schätze mal, dass es pro Jahr vielleicht drei oder vier sind. Auf dem ganzen Planeten.«

Mungo pfiff leise. »Klingt nach Epidemie.«

»Eben. Deshalb bitten die örtlichen Ermittler um Hilfe. Und weil wir so gut zusammengearbeitet haben, dachte ich, ich frag dich, ob dir was dazu einfällt.« Sie sah ihm in die Augen. »Mir nämlich nicht, ehrlich gesagt.«

»Lass mal die Unterlagen sehen.«

Aber nach Betrachtung der Unterlagen fiel auch Carteret nichts ein. Abgesehen von der Stadt beziehungsweise Gegend und dem Zeitpunkt (alle Opfer waren innerhalb von zwei Tagen gefunden worden) hatten die fünf Selbstmorde nichts gemein.

Die Personen waren zwischen 22 und 78, zwei von ihnen waren Frauen, und soweit die *aboyeurs* von Anubis hatten feststellen können, gab es keine Berührungen zwischen ihnen. Ein 22-jähriger Streuner in den Ruinen von Anubel, nördlich der Stadt, hatte sich erhängt; eine 31-jährige Geschäftsfrau (Besitzerin eines Textilladens) in Anubis-Ost hatte Gift genommen; ein 40-jähriger Verwaltungsbeamter aus dem Zentrum war vom Dach des höchsten Gebäudes gesprungen; eine 42-jährige Witwe, Herrin eines reichen Landguts im Westen der Stadt, hatte sich in einem zum Gut gehörenden See ertränkt; ein 78-jähriger Maler, angesehen und auf ganz Garm beliebt, hatte sich in seinem Atelier am Ufer des großen Cerberio erschossen. Keiner hatte an unheilbaren oder schmerzhaften Krankheiten gelitten, und außer dem Streuner, der aber an diesen Zustand gewöhnt gewesen sein sollte, hatte niemand wirtschaftliche Sorgen gehabt. Bei keinem der Toten ließen sich Spuren von Fremdeinwirkung oder Gewalt erkennen; Familienprobleme schieden ebenfalls aus, und der Leiter des Rudels der *aboyeurs* von Anubis hatte hinter seine Unterschrift fünf dicke Fragezeichen gemalt.

»Das Einzige, was unwahrscheinlich ist«, sagte Mungo, nach-

2 »Verbeller«, polizeiähnliche Bürgermiliz auf Garm.

dem sie alles vier Mal hin und her beredet hatten, »ist diese Häufung. Wenn ihr sonst kaum Selbstmorde habt, kann es eigentlich nicht sein, dass fünf Leute sich mehr oder minder gleichzeitig umbringen.«

»Statistik«, murmelte Medina. »Aber alles passiert irgendwann zum ersten Mal.«

»Hinfliegen?«

Sie runzelte die Stirn. »Tja. Das wird wahrscheinlich ein sinnloser Ausflug, aber ...«

Anubis lag in der Nähe des Zusammenflusses mehrerer Ströme, am Fuß der sanft ansteigenden Doggo-Kette, umgeben von wildreichen Waldgebieten und fruchtbarem Schwemmland.

Es war die offensichtliche Standortwahl für eine neu anzulegende planetare Metropole gewesen – aber man hatte keine Untersuchung der Tektonik von Garm vorgenommen. Nach dem zweiten verheerenden Erdbeben verlegte man die Hauptstadt nach Kynossa; allerdings wurde Anubis nie völlig aufgegeben. Die Stadt mochte an die 30 000 Einwohner zählen, war für Garms Verhältnisse also eine Großstadt und wirtschaftliches Zentrum der Region am mittleren Cerberio. Die Ruinen von Anubel, wo sich ein paar Unangepasste niedergelassen hatten, waren die bizarren Reste eines ehemaligen Villenvororts; die übrige Stadt wirkte aus der Luft fast einschläfernd gewöhnlich, und Carteret hatte Mühe, das »höchste Gebäude« zu finden, von dem sich eines der fünf Opfer in den Tod gestürzt hatte. »Notfalls«, sagte er sich, »genügen fünf Stockwerke.«

Der Leiter der *aboyeurs* von Anubis, Rodrigo, war informiert, auch über den inoffiziellen »Ermittlungshelfer« Carteret, und erwartete sie am Rand des kleinen Landeplatzes für Gleiter, wo auch das Büro samt Arrestzellen (»Zwinger«) lag: eine Holzbaracke. Nachdem er Tee angeboten und eingeschenkt hatte, sagte Rodrigo:

»Wir haben etwas Neues.« Dann rümpfte er die Nase. »Ich weiß nur nicht, ob es hilft.«

»Und zwar?«

Rodrigo streifte Carteret mit einem ausdruckslosen Seitenblick, ehe er Medinas Frage beantwortete. »Wir haben uns wie üblich noch mal mit den Leuten beschäftigt, Kontakte, letzte Gespräche, Erben, all das.«

Medina nickte. »Noch mal heißt, dass ihr es vorher schon versucht hattet, aber diesmal ist mehr herausgekommen?«

»Genau. Aber ... « Rodrigo schnaubte, blies über seinen heißen Tee, nahm einen Schluck und knurrte dann: »Was dabei herausgekommen ist, sind nur noch mehr Fragen.«

Alle fünf, sagte er, hätten in den letzten Tagen ihres Lebens über entsetzliche Depressionen geklagt, verbunden mit – oder ausgelöst von? – Albträumen und der Erwartung eines unausweichlichen, grauenhaften Verhängnisses.

»Verhängnis?«, sagte Medina. »Altmodisches Wort, altmodische Annahme, oder?«

»Verhängnis setzt jemanden oder etwas voraus, der oder das etwas verhängt«, sagte Carteret. »Ein göttliches oder teuflisches Wesen zum Beispiel. Oder eine entsprechende Halluzination. Vision. Haben die fünf vielleicht irgendeiner neuen Untergangssekte angehört?«

Der *aboyeur* setzte ein schräges Grinsen auf. »Nette Idee; können wir aber nicht liefern, so was. Nicht, dass ich das bedauerte.«

»Und die anderen Punkte?« Cross hatte die Brauen gehoben; sie spielte mit ihrem Teelöffel. »Kontakte? Fünf gleichartige Depressionen ... Haben die fünf vielleicht die gleiche Sorte moderne Lyrik gelesen?«

»Es gibt beziehungsweise gab, soweit wir feststellen konnten, keine Beziehungen zwischen den fünf Kandidaten.«

Mungo hatte den Eindruck, dass Rodrigo zögerte oder noch etwas sagen wollte, aber nicht wusste, wie.

»Haben Sie denn über das hinaus, was Sie feststellen konnten, einen Verdacht oder Mutmaßungen?«

Der oberste *aboyeur* von Anubis ließ die Lider sacken, bis er fast entschlafen wirkte.

»Tja«, sagte er.

Medina Cross blickte zwischen Rodrigo und Carteret hin und her; sie schien zu rätseln.

Plötzlich begriff Mungo – oder glaubte zu begreifen. Anubis mochte nach planetaren Maßstäben eine Großstadt sein, war aber selbst für Garm »entlegen«. Alle wichtigen Dinge geschahen woanders, zum Beispiel in Kynossa, wo es nicht nur die Kammern der Abgeordneten und den Rat der Grundherren gab, sondern auch einen Raumhafen. Verbindung zum unglaublichen Universum, zur Galaxis, zum Commonwealth der Menschheit. Und dem *aboyeur*, einem vermutlich redlichen und fähigen, aber für seine Aufgaben nicht besonders ausgebildeten Mann aus Anubis, saßen Cross und Carteret gegenüber: die Vertreterin des übergeordneten SIC, der im ganzen Commonwealth Polizeibefugnisse hatte, und ein Mann von der Stammwelt Erde, die für die meisten Garmaten bestenfalls eine Legende war.

»Hören Sie« – er beugte sich ein wenig vor –, »wir sind ratlos und kennen uns hier nicht aus. Vielleicht können wir Ihnen ein bisschen helfen, aber zuständig sind natürlich Sie. Und Sie haben die nötige Erfahrung, was Ihre Mitbürger und die Stadt angeht.«

Rodrigo schwieg noch immer.

»Kommen Sie«, sagte Medina. »Wenn Sie wüssten, was für hirnrissige Überlegungen im SIC manchmal angestellt werden ... «

Rodrigo schüttelte langsam den Kopf; mit einem verqueren Grinsen sagte er: »Sie sind sehr diplomatisch, beide, aber ... es geht nicht um meine Selbstwertgefühle.« Er machte eine Pause, holte tief Luft und fuhr fort: »Ach, es hilft ja nichts. Es wird kaum möglich sein, die abgenagten Knochen wegzuräumen, ohne andere Hunde anzuketten.«

Mungo hob die Schultern. »Ihre garmatischen Redewendungen in allen Ehren, aber worauf wollen Sie hinaus?«

»Rauschgift«, sagte Rodrigo. »Wenn meine Vermutung stimmt ... Und dann werden wir nicht nur die fünf Toten zu sortieren haben, sondern auch noch ein paar Hundert Lebende. Wahrscheinlich nicht gerade die unwichtigsten Leute der Stadt.«

Medina klatschte plötzlich in die Hände; Mungo fand ihren Gesichtsausdruck seltsam – begeistert? Welchen Grund für Begeisterung konnte es da geben?

»Seelenkot, nicht wahr«, sagte sie.

»Genau. Beziehungsweise Entzug.«

»Seelenkot?« Carteret runzelte die Stirn. »Ah, dieses Drachenzeug, oder?«

Bei den Ermittlungen, die er und Medina Cross durchgeführt hatten, war es auch um seltene Substanzen gegangen, die bei einem Lagerunfall beschädigt worden waren. Im Geiste sah er wieder die Liste mit Namen und Definitionen vor sich, darunter diesen Eintrag: *Seelenkot – Fortpflanzungsexkremente der vegetabilen Folio- bzw. Deltadrachen von Qalaf VII; kleine Bälle, enthalten ein Halluzinogen, implodieren ab 0,2 bar.* Oder so ähnlich. In der Sendung, die er vor ein paar Tagen zerstreut gesehen hatte, war davon nicht die Rede gewesen. »Wahrscheinlich will man das Zeug totschweigen«, sagte er sich.

»Drachenzeug ist ein bisschen ungenau.« Medina lächelte flüchtig. »Lass uns das später klären. Aber wie sind Sie darauf gekommen, Rodrigo?«

Der *aboyeur* hob die Schultern. »Haben Sie mal mit Leuten zu tun gehabt, die nach Seelenkot auf Entzug waren? Das Schlimmste, was ich je an Depressionen gesehen habe. Deshalb. Fünf Leute, die so deprimiert sind, dass sie sich das Leben nehmen ...«

Mungo kniff die Augen zusammen. »Das beantwortet aber die anderen Fragen nicht. Wieso fünf Leute gleichzeitig? Wieso diese fünf und nicht auch andere – oder sollten das die Einzigen gewesen sein, die das Zeug zu sich genommen haben? Wer hat es geliefert? Wer war dabei?«

»Das Zeug«, sagte Medina, »macht nur psychisch abhängig. Es ist nicht illegal; aber es ist teuer, und Leute, die es nehmen, sind im Prinzip gesellschaftlich erledigt.«

»Er hat Recht«, knurrte Rodrigo. »Seelenkot mag die einzige Erklärung für diese Selbstmorde aus Trübsinn sein, aber dann müssten wir mehr davon haben. Mehr Selbstmorde, meine ich. Vielleicht weiß jemand mehr, ein Spezialist. Es gibt da einen Arzt ...«

Sie beendeten die fruchtlosen Spekulationen bald; aber auch die Sichtung der Fakten brachte sie nicht weiter. Es gab keine Verbindung zwischen den Toten – abgesehen davon, dass einige von ihnen einander gelegentlich begegnet sein mochten. Der Streuner hatte nichts zu vererben; die Ladenbesitzerin hatte kein Testament hinterlassen und nur entfernte Verwandte, von denen niemand besondere Vorzüge oder Chancen hinsichtlich des Erbes besaß; der Verwaltungsbeamte hatte allen Besitz der Stadt vermacht, mit bestimmten Wünschen hinsichtlich wohltätiger Fonds; die Grundherrin hinterließ alles ihren unmündigen Kindern, für die ein amtlicher Vormund eingesetzt werden musste; der Besitz des Malers schließlich fiel an dessen einzigen Sohn, Priester eines Ordens auf dem Planeten Kurultai, Lichtjahre entfernt.

»Den werden Sie suchen müssen«, sagte Rodrigo. »Der war vor einiger Zeit mal hier und hat Brandreden gegen Räusche und Genüsse und derlei gehalten. Ist aber, wenn ich mich nicht irre, ewig unterwegs.«

Abends trafen sie in der Bar ihres Hotels den Arzt, an den Rodrigo sie verwiesen hatte. Dr. Mavrogordato mochte um die vierzig sein, war mittelgroß und sehnig und wirkte energisch. Jedenfalls war das Mungos Eindruck.

Bis er die Augen des Mannes sah. Carteret erschrak beinahe. Nicht einmal in den Augen von Hinterbliebenen am offenen Grab hatte er je derart hoffnungslose Trauer gesehen.

Mavrogordato schien Carterets Gedanken zu erraten. »Deshalb wollen Sie mich doch sprechen, nicht wahr?«, sagte er mit brüchiger Stimme. »Ich bin Spezialist in dieser Angelegenheit.«

»Erzählen Sie uns von Seelenkot«, sagte Medina.

Der Arzt nickte. »Es ist ganz einfach.« Er legte die Hände um das Bierglas, als müsse er sich festhalten. »Wer das einmal zu sich genommen hat, will nie wieder etwas anderes. Aber bevor ich Ihnen mehr von den Symptomen erzähle, müssten Sie vielleicht etwas über die Herkunft wissen. Und über die Drachen.«

Der siebte Planet der Sonne Qalaf war klein, mit minimaler Schwerkraft und dünner, für Menschen giftiger Atmosphäre. Es gab kaum Bodenschätze, die den Aufwand des Abbaus unter Druckkuppeln oder mit Robots gelohnt hätten; aber die Prospektoren entdeckten die Drachen: dünne, halb transparente, vielfarbig schillernde Dreiecke, die durch die Gashülle von Qalaf schwebten. Neben dem Schweben zeichnete sie ein annähernd echsenförmiger Kopf aus, der wahrscheinlich zur Namensgebung führte. Soviel man wusste, ernährten sie sich durch eine Art Fotosynthese, so dass man sie als »vegetabil« bezeichnete. Sie waren eingeschlechtlich; hin und wieder – die Häufigkeit war nicht bekannt – lösten sich kleine Lappen von ihrer Unterseite und zogen sich zu je einem Ball zusammen, der nach einiger Zeit einen weiteren, ausgewachsenen Drachen freigab.

Prospektoren und Wissenschaftler, die sie beobachten (und Qalaf weiter untersuchen) sollten, sammelten herumliegende »Restbälle« und stellten fest, dass sie unter Druck implodierten und zu Staub zerfielen, der eine halluzinogene Substanz enthielt. Es dauerte nicht lange, bis man herausfand, dass dieser sich ohne unmittelbare Gesundheitsschädigungen inhalieren ließ.

»Garm ist die nächste bewohnte Welt; viel von dem Zeug gibt es nicht, und fast alles kommt hierher. Weil es nicht viel gibt, ist es teuer.«

»Und warum heißt das Zeug Seelenkot?«

»Die Drachen sind intelligent. Nicht sehr, aber immerhin. Sie nehmen Schallwellen auf und verstehen einigermaßen Galaktein. Erinnerungen an solche Kommunikation finden sich immer wieder im Staub, aber das ist nebensächlich. Offenbar speichern die Bälle – tja, sagen wir: Empfindungen oder Gefühlserlebnisse der Drachen. Wenn man den Staub inhaliert, ist man bis zu zwei Stunden ein Drache.«

»Wie ist das, Drache sein?«, sagte Medina; sie hatte die Augen weit geöffnet.

Der Arzt schloss die seinen. »Unbeschreiblich«, flüsterte er. »Man sieht Farben, für die es keine Namen gibt ... Nein, man sieht sie nicht, man ist Teil von allem. Farben, atmosphärische Phänomene wie Strömungen oder Elektrik. Können Sie sich vorstellen, was es heißt, ein loderndes, schillerndes Gewitter zu sein? Unendliches Wohlgefühl, eine Art zeitlich begrenzte Göttlichkeit. Und ... gleiten. Über die Zeit hinweggleiten, mit Einzelbewusstsein und zugleich Teil eines unermesslich wunderbaren Chaos.« Er öffnete die Augen, in denen unermesslich wunder Schmerz steckte. »Sex«, sagte er, »andere Rauschmöglichkeiten, Erfolg, Sieg, Reichtum, das alles ist nichts, verglichen damit. Sehen Sie sich die Bilder von Uzumi an, dann kriegen Sie eine schwache Ahnung. Vielleicht.«

»Uzumi?«, sagte Mungo.

»Der tote Maler.« Medina musterte den Arzt. »Und Sie waren süchtig?«

Mavrogordato lächelte schnell, und ebenso schnell erlosch das Lächeln wieder. »Nein«, sagte er. »Ich war nicht, ich *bin*. Davon kommt keiner jemals los. Kein physisches Problem, wissen Sie; es gibt keine körperlichen Entzugssymptome. Es ist nur so, dass man im Paradies gewesen ist, und es gibt keinen vorstellbaren Grund, nicht wieder dorthin zurückzugehen. Außer natürlich rationale Überlegungen wie ›Ich muss arbeiten, um es mir leisten zu können‹ oder derlei.«

»Sie inhalieren also weiter?«

»Nein. Ich wollte nicht wahnsinnig werden. Frau und Kinder sind bedeutungsloser Müll am Wegesrand, wenn Sie Seelenkot haben. Ich habe mir einen Rest Verantwortung bewahrt. Und ... seit Jahren suche ich für mich und andere nach einer synthetischen Substanz, die einen Bruchteil dieses Paradieses geben könnte – genug, um Gott zu sein, aber nicht so viel, dass man nicht eine Weile darauf verzichten kann.«

Mungo leerte sein Weinglas und deutete damit auf den Arzt. »Die entscheidende Frage – begeht man Selbstmord, wenn man vorübergehend keinen Seelenkot kriegen kann?«

»Ausgeschlossen. Völlig unmöglich. Selbstmord wäre ja der freiwillige Verzicht darauf, jemals wieder Seelenkot zu atmen.«

Nachdem der Arzt gegangen war, saßen Medina und Mungo noch eine Weile in der Bar und berieten.

»Wir sind nicht weiter als vorher«, sagte Carteret.

»Stimmt nicht.« Medina zog einen Flunsch. »Vorher hatten wir immerhin die Vermutung, es könnte mit Seelenkot zu tun haben. Jetzt haben wir gar nichts.«

Später, in seinem Zimmer, informierte Carteret den *kompakt* über alles, was bisher zu berichten war. Er hatte den Totenschädel auf die Gilbholzkommode gestellt, neben der Tür zum Bad. Die Aufnahmelinse, in einem der Augen des Schädels, glomm beinahe sarkastisch, wie Mungo sich einbildete, als der Apparat sagte:

»Und du findest es richtig, mit einem Computer über das Seelenleben von Drachen und ihre Ausscheidungen zu reden?«

»Worüber soll ich denn sonst mit dir reden, blödes Gerät? Du bist doch unnütz, Moloch.«

»Dann sprich mit hochdero inzestuöser Kusine, Junge. Vielleicht hat sie das passende Orakel.«

»Zu Drachen?« Carteret ächzte.

»Du hast doch schon versucht, sie zu erreichen, oder?«

»Zum Zeitvertreib. Aber ... Mal sehen.«

Es dauerte einige Zeit, bis die Hyperfunkbrücke Anubis-

Kynossa-Canistra-Atenoa stand. Genug Zeit für Mungo, um an die Fälle zu denken, die Pamelas Zufallsorakel hatten lösen helfen; und um zu überlegen, wie spät es in Atenoa sein mochte.

Aber das Kommunikationsgerät von Pamela du Plessis, Spezialistin für die frühe Noastoa[3], teilte ihm mit, sie sei – wieder oder noch immer – nicht zu Hause. Carteret wollte das Visifon bereits ausschalten; dann schnippte er mit den Fingern und sagte:

»Kannst du mich identifizieren?«

»Ihr seid der inzestuöse Vetter Mungo. Ich wurde angewiesen, Euch mit ›Ihr‹ anzureden.«

Carteret lachte. »Na gut. Hast du Zugriff auf die Sprüchesammlung?«

»Ich bin nicht der Umweg und die Unwahrheit, aber Kommunikator und Rechner in einem. Ein Orakel? Ein bestimmtes Stichwort?«

»Drachen«, sagte Mungo.

»Ei«, sagte Pamelas Computer. Mungo bildete sich ein, ihn leise pfeifen zu hören. Fast wie durch die Zähne.

Nach wenigen Sekunden hatte das Zufallsprogramm aus den von Pamela gesammelten Aphorismen der Noastoa-Philosophen drei »Orakelsprüche« gesucht.

»Erstens«, sagte das Gerät. »›Die Laus im Drachenpelz sollte feuerfest sein.‹ Zweitens: ›Manchmal fallen Affen von Bäumen und Drachen aus dem Himmel, aber nie Weisheiten in den

3 »Neue Stoa«: ursprünglich wohl aus einer Art »Heimweh nach gegliederter Unordnung« von oft bizarren Denkern gegen Ende der Wirren Jahrhunderte auf verschiedenen Weiten entwickelt; zunächst als »konfuzianisches Freistildenken«, »gräkoromanische Chinoiserie« oder »Windbeutel-Stoa« bezeichnet. Später auf Gaia formalisiert und verbindlich gemacht durch Dorji Dyogen Bahadur (67-181 CT) und Ashme Zuvarov Chou (112-201), die ersten Modulatoren des der Großen Akademie von Atenoa angeschlossenen Peripatio. Für Karrieren in Staatsdienst, Diplomatie, Justiz etc. ist ein mit Diplom/Examen beendetes Studium der Noastoa obligatorisch.

Schoß.‹ Drittens: ›Die Maus, die einen Drachen essen will, sollte vorm Schlucken gut kauen.‹ Zufrieden?«

»Ach, alles Unfug. Grüß Pamela; ich melde mich.«

Eigentlich wollte er zu Bett gehen; aber plötzlich stellte er fest, dass er seit dem Ende des Gesprächs – vielleicht eine halbe Stunde – auf den blinden Bildschirm gestarrt hatte. Es war drei Uhr früh (Ortszeit Anubis) am 24. April 410 CT,[4] er hatte die Lösung, wusste, wie alles abgelaufen war, dankte stumm den blöden Orakelsprüchen und fragte sich, ob er Medina wecken sollte. Aber es war keine Gefahr im Verzug; erst schlafen, dann reden.

Er sagte sich, dass er nicht viel von den Anliegen der Neocalvinisten wusste; dass es aber zwischen Fundamentalisten aller Schattierungen keine prinzipiellen Unterschiede gebe. Er dachte an den Mann, den er auf dem Bildschirm gesehen hatte, an die Großaufnahme des verzerrten Gesichts mit den fanatischen Augen. Und an die Predigt, die mit Lust die vorbestimmte Verdammnis ausgemalt hatte. »Wenn Seelen Religion aufnehmen, scheiden sie speziellen Kot aus – Seelenkot?«, dachte er.

Ein Fanatiker, der zwar seinen alten Vater besuchen, aber vor allem predigen, missionieren und Geld eintreiben will. Der feststellt, wie wohlhabend der Vater inzwischen geworden ist dank seiner Bilder, die wüste Rauschzustände bergen, die vom Gefühl erzählen, ein Drache zu sein. Der Sohn predigt gegen den Rausch, dem der Vater huldigt, und für den er jenes Geld ausgibt, das der Sohn für seine Anliegen haben will. Er hat sich, um sie rauschhaft zu verdammen, mit Räuschen und Rauschmitteln beschäftigt, kennt als gebürtiger Garmate Seelenkot. Er sucht andere Süchtige, findet sie, predigt – und entdeckt die Möglichkeit,

4 Jahr: Die Umlaufzeit der Commonwealth-Hauptwelt Gaia um ihre Sonne – 324 Tage (12 Monate zu 27 Tagen zu 25 Normstunden zu 100 Minuten zu 100 Sekunden). Der 1. Januar 2501 AD fiel auf Gaia mit dem Mittsommertag der Region um die Metropole Atenoa/NeuAthen zusammen und wurde zum 1. Januar des Jahres 1 CT erklärt. Die bedeutungslose Heimatwelt Erde behielt ihre alte Rechnung bei.

den sündigen Vater durch eine Überdosis Sünde zu bestrafen, der Verdammnis auszuliefern. Eine nach seinen Vorstellungen heiligmäßige Tat, die ihm als einzigem Sohn und Erben außerdem das ersehnte Geld bringen wird. Es gibt nur zwei Schwierigkeiten: den geeigneten, höllisch präparierten Seelenkot beschaffen und ihn, ohne erkennbare Spuren zu hinterlassen, so verteilen, dass nicht nur, aber auch der Vater ihn erhält.

»Laus im Drachenpelz, pah«, sagte er halblaut, als er sich auszog. »Drachen haben Schuppen. Oder? Na ja, diese wohl nicht.«

Medina lauschte, staunte über die Zufälle und stimmte seinen Folgerungen zu. Sie wehrte sich auch nicht, als er vorschlug, dass sie als Amtsperson und Vertreterin des SIC alles Weitere veranlassen und die Lösung als ihr eigenes Werk vertreten solle.

»Die Verhaftung muss ohnehin der SIC vornehmen«, sagte sie. »Die *aboyeurs* können nicht außerhalb des Planeten aktiv werden.«

»Meinst du denn, die können das alles nachweisen? Die Bewegungen hier und woanders?«

»Keine Sorge.« Sie lächelte breit. »Was hier geschehen ist, kriegen die *aboyeurs* raus. Auf Qalaf wird alles aufgezeichnet. Und den Rest macht der SIC.«

Ein paar Tage später konnte Mungo Carteret endlich abreisen; ein Frachter – Tramp, mit Akzidenzladung – würde ihn in den Siriussektor bringen, und von dort gab es jederzeit Verbindungen zur Erde.

Medina Cross holte ihn mit dem Gleiter vom Hotel ab und brachte ihn zum Raumhafen von Kynossa. Es blieb ihr gerade genug Zeit, um von der Abwicklung des Falles zu berichten.

»Also, du hattest Recht, und wir haben alles nachweisen können. Uzumi, der Maler, hat diesen Priester gezeugt. Die *aboyeurs* konnten seinen Aufenthalt auf Garm rekonstruieren. Er wollte den Vater besuchen und dabei für den Neocalvinismus missionieren. Außerdem wollte er Geld – wir wissen ja, dass diese

Sekten immer gierig sind. Na ja. Er hat erfahren, dass Uzumi Seelenköter war ...«

Mungo lachte laut. »Sieht euch ähnlich, mit euren ganzen Hundenamen – Seelenköter! Ich glaub's nicht.«

»Doch, glaub's ruhig. Also, Uzumi junior hat gegen Rausch und Genusssucht und über die ewige Verdammnis gepredigt; dabei hat er wohl eine ganze Reihe von Leuten getroffen, die Seelenkot inhalieren. Und er hat herausgekriegt, wer für die das Zeug beschafft. Alle fünf Selbstmörder hatten den gleichen Dealer. Der Priester war auch in diesen Ruinen, draußen, in Anubel. Dann ist er abgereist – nach Qalaf. Dort hat er den Antrag gestellt, den Drachen das Wort seines Gottes bringen zu dürfen. Man hat es ihm gestattet – in Zukunft wird der SIC dafür sorgen, dass so etwas nicht mehr möglich ist. Die Leute in der Kuppel auf Qalaf haben ihn mit Schwingungsmodulatoren und allem Zubehör ausgerüstet, und er ist länger als einen Monat da geblieben. Er hat den Drachen vom Höllenfeuer und der ewigen Verdammnis erzählt, oder jedenfalls einigen bestimmten Drachen, die sich immer in der Nähe der Station aufhielten. Dann hat er deren Bälle gesammelt und ist inkognito wieder nach Garm gekommen. Mit Bart und Mähne statt geschoren. Er hat das Zeug so geschickt verteilt, dass niemand auf den Gedanken kommen konnte, es wäre für seinen Vater bestimmt.«

Sie hatten das Landefeld erreicht; der Zubringer zur Orbitalstation sollte in wenigen Minuten abheben.

»Mach schneller«, sagte Mungo. »Also – er hat den Drachen von der Hölle erzählt, die haben das in ihrem, ah, Seelenkot gespeichert, und das hat die Inhalierer zum Selbstmord getrieben?«

»Ja. Geschickt, oder?«

»Lässt sich das wirklich nachweisen?«

»Schon geschehen. Die Drachen haben geholfen.« Medina blickte sehr ernst. »Auch bei denen hat es Selbstmorde gegeben. Zwei von ihnen haben sich in Silikonsand gewühlt und erstickt. Die Jungen, die aus diesen Bällen geschlüpft waren.«

Kristine Kathryn Rusch

Ein Fall für Rumaad

Fünfzehn Tote in weniger als einem Jahrhundert, und nicht einer starb eines natürlichen Todes. Die Leichen wurden stets in einem Zustand der Verstümmelung aufgefunden, wobei Enthauptung am häufigsten vorkam. Gelegentlich fehlten auch die Fänge und manchmal das rechte Vorderbein. Oder eine Schwinge. Und einmal, nur ein einziges Mal, der Schwanz.

Ich sammelte Informationen über die Morde, wie andere Saphire sammeln. In einer Ecke meines Horts lagen verstreut verschiedene Überreste der Todesfälle – ein Breitschwert, ein Panzerhandschuh, sogar eine Haarlocke, die man zwischen den hinteren Klauen eines Opfers gefunden hatte.

Unter den Menschen hatte sich ein Wandel vollzogen, ein Wandel, der sie jetzt für Drachen tödlich werden ließ.

Fünfzehn Tote in einhundert Jahren war schon eine Art Rekord. Wenn die Morde in diesem Tempo weitergingen, würden wir innerhalb eines Jahrtausends ausgelöscht sein. Im Gegensatz zu den meisten Tieren paarten wir uns nämlich nicht gleich auf den ersten Blick. Wir hatten Rituale, warteten den richtigen Zeitpunkt ab, und unsere natürliche Unfruchtbarkeit arbeitete gegen uns.

Diese Unfruchtbarkeit war die Hauptsorge der Hortväter, aber mich betrübte sie nicht sonderlich. Bei genauerem Hinsehen erschien sie mir logisch. Befruchtung braucht Zeit – und oft vergeht ein ganzes Jahr zwischen diesem Ereignis und der Eiablage.

Das andere Problem sind die Horte selbst. Wir sind keine geselligen Wesen; wir leben nicht gern dicht an dicht. Nur wenige Höhlen sind groß genug, dass einer von uns darin Platz fände. Wenn wir in derselben Gegend wohnen wollten, müssten wir

Felsvorsprünge oder verlassene Behausungen der Menschen wählen – die große Sorte aus Stein, mit Türmen, armselig errichtet, denn nach ein oder zwei Jahrhunderten der Vernachlässigung zerfallen sie schon.

Doch trotz unserer Distanz zueinander und unserer abgeschiedenen Lebensweise gibt es bei uns Geselligkeiten, Rituale und Feste. Alle zwanzig Jahre halten die Hortväter den Regionalen Rat ab. Meistens ist das lediglich ein Vorwand, damit sich alle in den Fünf Regionen versammeln, auf den neuesten Stand bringen und vielleicht noch ein wenig Handel treiben. Aber manchmal geht es auch um ernstere Dinge, wie damals, als Vascans Jüngster zum Plünderer wurde, um seinen Hort zu vergrößern.

Der Jüngling wurde in die Hinterlande verbannt, überlebte jedoch anscheinend den Umzug nicht. Die Hortväter wurden gerufen, um noch einen Blick auf die Leiche zu werfen, aber die Verwesung war schon zu weit fortgeschritten, um die Todesursache bestimmen zu können. Vielleicht war der junge Drache an Erschöpfung gestorben und von Tieren zerrissen worden. Oder man hatte ihn schlichtweg ermordet und verstümmelt wie die anderen auch.

Das ließ sich nicht mit Sicherheit sagen, nicht ohne ein Haarbüschel zwischen den Klauen oder ein in der Haut abgebrochenes Breitschwert.

Aber die Unmöglichkeit, die Todesursache zu bestimmen, machte die Situation nicht weniger tragisch. Die Hortväter mussten ihre Strafen noch einmal überdenken, die sie in den Regionen verhängt hatten.

Natürlich war theoretisch klar, dass Strafen unser Volk nicht weiterbrachten, wenn niemand die Lektion überlebte.

Wir waren gerade nach Nae The Loch unterwegs, wo die Hundertjahrfeier und der Tauschtreff stattfinden sollten, als uns die Nachricht vom sechzehnten Opfer erreichte. Die meisten von uns befanden sich schon in der Luft – zu spät, um unsere Pläne noch zu ändern, selbst wenn wir es gewollt hätten.

Ich wollte sie nicht ändern. Ich ging aufs erste halbe Jahrtausend zu und hatte in Nae The Loch einiges mehr vor, als nur ein vorteilhaftes Geschäft abzuschließen. Seit ungefähr zehn Jahren dachte ich daran, mir ein oder zwei Eier ins Nest zu holen, und endlich war mein Hort groß genug geworden, um eine Gefährtin anzulocken.

Weibchen sind recht eigen, wenn es darum geht, wo sie ihre Eier ablegen sollen, eine Sache, die ich nie ganz verstanden habe. Immerhin spielen Weibchen bei der Aufzucht der Brut keine große Rolle, sondern ziehen es vor, schon lange vor dem Schlüpfen zu neuen Ufern aufzubrechen. Aber anscheinend gibt es einen biologischen Zwang, etwas, was diese flatterhaften Wesen sehr wählerisch sein lässt, wenn es um die Wahl ihres Nests geht.

Weibchen suchen sich selten einen jungen Gefährten mit kleinem Hort aus. Offenbar sind ihnen Männchen mit einer gewissen Lebenserfahrung lieber – und einem Nest von der Größe eines kleinen Bergs.

Mein Vater behauptete immer, das liege daran, dass die Eier vor dem Schlüpfen unter dem Hort erst auskühlen müssten – und je größer der Hort, desto sicherer das Ei. Aber das hat mich nie richtig überzeugt.

Schließlich verbreiten Weibchen ihre Eier überall im Land. In ihrer fruchtbaren Phase – die bis zu zwei Jahrtausende dauern kann – können gesunde Weibchen an die hundert Eier legen, die sie stets paarweise zurücklassen. Selten schlüpft die Brut aus beiden Eiern, manchmal sogar aus keinem, aber das ändert nichts an der grundsätzlichen Verantwortungslosigkeit all dessen.

Wenn die Weibchen ihre Brut auch mit Nahrung versorgen müssten, statt nur Wert auf eitel Prunk und Gloria zu legen, würden sie es sich vielleicht zweimal überlegen, bevor sie ihrem Gefährten den Laufpass geben.

Aber ehrlich gesagt ist kein Männchen unter uns, das dem

Weibchen seine Freiheit nicht gönnen würde. Wir alle wünschten uns, dass wir unser Leben mit der Erforschung der Welt verbringen könnten; wir haben nun einmal nicht die Flügelspannweite und den erforderlichen Mumm.

Außerdem sind nur wir in der Lage, Feuer zu speien. Bis sie selbst Schwingen ausbildet, benötigt die Brut gekochte Nahrung. Erst im jugendlichen Alter erwirbt ein Drache die Fähigkeit, rohes Fleisch zu essen, ohne sich dabei eine schwere Erkrankung oder den Tod zu holen.

Die meisten Männchen kommen nie auf den Geschmack von rohem Fleisch. Wir kochen es vorher lieber. Den Weibchen fehlt es dafür an Zeit und Geduld. Einige meiner Freunde haben, als sie erstmals auf Freiersklauen wandelten, versucht, ein Weibchen mit einem sorgfältig zubereiteten Mahl aus gebratenem Fleisch zu verführen, worauf sich das Weibchen nur angewidert abwandte.

Ich hatte nicht die Absicht, diesen Fehler in Nae The Loch zu wiederholen. Ich hoffte auf ein kurzes Werben und einige Monate der Leidenschaft, gefolgt von Alleinsein. Ich wollte auch nicht reihenweise verführen, ein Plan, den viele Männchen hegen, damit sie einen Eierhort bekommen, so groß wie ihr Schmuckhort. Ich wollte mir mit meinen Kindern Zeit lassen und erst eines ins Jugendalter gebracht haben, bevor ich es riskierte, ein zweites zu bekommen.

Nae The Loch befand sich gut und gern drei Tagesflüge von meiner Heimat Montagneux entfernt. Trotz des langen und schwierigen Flugs freute ich mich ebenso sehr auf Nae The Loch wie alle anderen aus meinem Volk.

Es gab keinen geschützteren Bereich in den Fünf Regionen. Der See lag auf dem höchsten Berggipfel, den die Drachen kannten. Der Gipfel war einst spitz gewesen, doch vor einigen Jahrtausenden hatten Dampf und Druck ihn abgesprengt und kochende Lava den Berghang hinabgeschickt.

Die Lava war abgekühlt und hatte das Äußere des Bergs weiter befestigt, doch innen veränderte sich alles. Nach und nach bildete sich in dem Krater ein See. Kühl, tief und blau – tiefer als jeder See, dem wir begegnet waren –, diente er schon als Reiseziel für Freier, lange bevor die einheimischen Männchen beschlossen hatten, hier ihre Hundertjahrfeier abzuhalten.

Obwohl es tief im Krater von Nae The Loch viel flaches Land gab (das den See vollständig umschloss), konnten dort keine Männchen leben. Die Höhlen rund um den See waren zu klein für einen anständigen Hort, boten jedoch hervorragende Räumlichkeiten für die langen Festlichkeiten während des Warenaustauschs im Sommer.

Auf dem Weg zu anderen Reisezielen machten oft Weibchen in Nae The Loch Rast. Statt sie aus der Gegend zu vertreiben, zog der Tauschtreff sie an. Er erleichterte die Begegnung mit Männchen und verhinderte oft schwierige Situationen in den heimischen Territorien der Männchen. Zu viele Männchen verliebten sich in ihre Partnerin und versuchten sie zum Bleiben zu überreden.

Von manchen Weibchen wusste man, dass sie es bis zu fünf Jahre aushielten. Aber alle waren längst wieder fort, wenn die Eier Risse bekamen, und ließen so manches Männchen mit gebrochenem Herzen zurück, unfähig, die gerade geschlüpfte Brut zu versorgen.

Wie gewöhnlich raubte mir die Ankunft in Nae The Loch schier den Atem, und das nicht nur, weil ich selten in solcher Höhe flog. Mein Körper, noch in der Blüte seiner Jahre, hielt mehr als drei Tage Flug nicht aus. In der ersten Woche auf dem Tauschtreff taten mir immer die Schwingen weh.

Dennoch genoss ich den Anblick, als ich in den Krater hinabtauchte. Nae The Loch erstreckte sich vor mir, so weit das Auge reichte. In der Mitte der See, ein perfektes Abbild des hellblauen Himmels. Rund herum das schwarze Land, mit flachen Felsen bedeckt, die schon seit Jahrhunderten hier lagen und inzwischen als Tische dienten.

Sogar aus meiner Höhe sah ich das Glitzern von Gold und das Funkeln von Diamanten, als die Sonne darauf fiel. Teile von Horten, die nicht mehr erwünscht und dort abgelegt worden waren, um durch bessere ersetzt zu werden. Ich hatte ein paar Rubine in der Tasche. Keine sehr große Menge, denn viel konnte ich mir nicht erlauben.

Der Bereich, der mich interessierte, befand sich ganz am anderen Ende des Tauschtreffs. Die nicht glitzernden Sammlerstücke – ein paar handgeschriebene Bücher (am besten gefielen mir die, die in Blattgold gearbeitet waren); Porträts von Menschen, oft in Gold eingefasst; und Instrumente – Lauten, Pfeifen und Hörner. Einmal leistete ich mir eine Harfe. Bei einem Tauschtreff in La Mer vor fünfzig Jahren hatte ich eine entdeckt, deren Rahmen mit Blattgold besetzt war und deren Saiten aus einem Material bestanden, das selbst den Klauen eines kleinen Drachen standhalten konnte.

Drachen kreisten über dem flachen Bereich an der längsten Seeseite und warteten auf die Landeerlaubnis. Alle flogen in niedriger Höhe, so dass sie hinter den Berggipfeln nicht mehr zu sehen waren.

Ich schloss mich dem Gedränge an, das auf den Luftschichten hin und her wogte, und versuchte mich von der schieren Anzahl meiner Gefährten nicht überwältigen zu lassen. Manchmal brauchte ich bis zu einer Woche, um mit der Menge umgehen zu können, doch hatte ich mich einmal an sie gewöhnt, konnte ich gleich Monate am Stück bleiben.

Glücklicherweise lag mein Nest gut verborgen, und meine Höhle wurde von Fallen sowie einigen Bannsprüchen gehütet, die ich vor Jahrhunderten von umherziehenden Einhörnern erworben hatte. Ich hatte zugelassen, dass die Vegetation in der Nähe den Eingang überwucherte. Niemand außer mir konnte die Höhle entdecken.

Die Luft hier oben war dünner, und ich war bei meiner Ankunft ganz atemlos gewesen. Nach mehreren Umkreisungen schnaufte ich, aber nicht als Einziger. Die älteren und schwereren Männchen schienen ebenfalls Mühe zu haben, sich in der Luft zu halten.

Eines, ein graues Männchen, dessen Schuppen statt des jugendlichen Grüngold den verbrannten Kupferton des Alters aufwiesen, kreuzte ständig meine Bahn. Ich musste zweimal seitlich ausweichen, damit ich nicht mit ihm zusammenprallte. Schließlich verhakte sich seine rechte Vorderklaue in meinem Schwanz. Sie durchbohrte die Haut nicht, aber ich verlor das Gleichgewicht und wäre abgestürzt, wenn mich zwei ältere Männchen nicht unter den Vorderarmen gepackt und wieder ausgerichtet hätten.

»Rumaad?«, sagte eines der Männchen.

Verdutzt blickte ich auf. Ich war bei diesen Feiern bisher noch nie erkannt worden. Die meisten meiner Freunde hielten sich fern und versorgten lieber ihre Eier. Ich war der Letzte unter meinesgleichen, der sich auf die Suche nach seiner ersten Partnerin gemacht hatte.

»Ja?«, sagte ich und versuchte mein Erstaunen zu verbergen. Aber ich konnte nicht verhindern, dass meinem linken Nasenloch ein nervöser Feuerstoß entfuhr. »Kann ich Ihnen irgendwie behilflich sein?«

»Und ob Sie das können.« Der Drache, der sich in meinem Schwanz verfangen hatte, war irgendwie vor mir zum Halten gekommen. Es gelang ihm meisterhaft, in der Luft zu schweben, etwas, was nur wenige Männchen vermochten. Anfangs hatte er den Eindruck erweckt, als hätte er die Kontrolle über seinen Flug verloren, aber das mussten seine Versuche gewesen sein, meine Aufmerksamkeit zu erregen.

Ich konnte nicht gleiten. Die Männchen neben mir hielten mich in der Luft, sonst wäre ich abgestürzt.

»Ich heiße Avagas«, sagte das alte Männchen. »Wie ich höre, horten Sie alles über die Morde.«

Avagas. Einer der Hortväter, einstmals Vorsitzender des

Regionalen Rates und Anführer des Aufstandes, der – vor drei Jahrtausenden – die Fünf Regionen zur mächtigsten Nation auf den Vier Kontinenten gemacht hatte.

Es war mir peinlich, dass er von meiner ungewöhnlichen Sammlung gehört hatte. Ich hielt den Atem an und versuchte zu verbergen, wie sehr ich mich schämte, dennoch kräuselten ein paar Rauchwolken zwischen meinen Backenzähnen hervor.

»Ich will Sie nicht tadeln, mein Junge.« Avagas klang leicht amüsiert. »Ich glaube, Ihr Wissen könnte sich für uns als nützlich erweisen.«

Ich holte zaghaft wieder Luft. Seine Worte überraschten mich. »Wieso?«

»Haben Sie schon vom sechzehnten Opfer gehört?«

Ich hatte bei meinem täglichen Aufenthalt im Schilfsumpf etwas darüber aufgeschnappt. Der Schilfsumpf war tief genug, dass ein Drache dort zum Schutz gegen die Sonne im Schlamm suhlen konnte, und breit genug, um seine Anwesenheit vor den kleineren Säugern zu verbergen, die diese Nachricht den Menschen überbringen würden.

Vier andere Drachen hatten an jenem Tag den Sumpf für eine Verschnaufpause genutzt, und als der Abend hereinbrach und wir rastlos wurden, hatte einer der Reisenden den entsetzlichen Todesfall erwähnt.

»Der Mord geschah ganz in der Nähe«, fuhr Avagas fort. »Wir würden Sie gern zu der Leiche bringen, um Ihre Meinung über die Sache einzuholen.«

Ich schaute zum Boden unter mir. Ich wünschte mir nichts sehnlicher, als zu landen, mich in die Höhle zu zwängen, die ich beim letzten Nae The Loch reserviert hatte, und für ein oder zwei Tage zu nisten.

Aber den Hortvätern schlug man nichts ab, erst recht nicht einer Berühmtheit wie Avagas.

»Ich wüsste nicht, wie ich Ihnen helfen könnte«, sagte ich.

»Sie haben doch die anderen Leichen gesehen, oder nicht?«

Ich hatte keinen Schimmer, woher er das wusste. Die anderen Leichen hatte ich aufgesucht, lange nachdem die Hortväter ihre Ermittlungen abgeschlossen hatten. Nach dem Brauch der Fünf Regionen waren sie dort liegen gelassen worden, bis Aasfresser die Knochen gesäubert hatten und ein junges Männchen, zu jung, um das Opfer gekannt zu haben, den Hort übernommen hatte.

Der Hort war auch geplündert worden, aber nur von der Familie und engen Freunden. In den meisten Fällen war zu dem Zeitpunkt, als ich die Leichen zu Gesicht bekam, von den Schätzen nur noch der Abdruck von Gegenständen im Boden übrig gewesen.

»Ich habe so gut wie alle Leichen gesehen«, sagte ich und hütete mich vor einer Lüge. »Die ersten waren schon weit verstreut, als mein Interesse einsetzte.«

Ich erzählte ihm jedoch nicht, dass ich ausgerechnet an den ersten Tatorten die aufschlussreichsten Gegenstände gefunden hatte – eine verrostete Schwertscheide, aus der die Edelsteine herausgebrochen waren; Metallringe, die – wie ich später erfuhr – zu etwas gehörten, was die Menschen Kettenhemd nannten; und eine lange dünne Nadel, die mit Blutwasser bedeckt war.

»Gut«, sagte Avagas. »Dann begleiten Sie uns also?«

»Dürfte ich erst etwas verschnaufen?« Die Scham, die ein wenig gewichen war, kehrte wieder. Ich war müde, und diese graue Eminenz, die schon sechsmal älter als ich war, zeigte nicht die geringste Erschöpfung.

»Wir können uns neben der Leiche ausruhen«, sagte er. »Kommen Sie.«

Er schnellte herum, verließ seinen Platz in der Reihe derer, die auf die Landeerlaubnis warteten, und flog die Klippenwand hinauf. Seine Kameraden ließen mich los, und ich schwankte für einen Moment, bevor meine Schwingen wieder von der Strömung erfasst wurden.

Es war leichter, sich nach vorn zu bewegen, als mich im

Gleiten zu versuchen. Es gelang mir nur deshalb, mit dem Trio mitzuhalten, weil bei jeder Biegung einer von ihnen auf mich wartete.

Wir flogen über drei Pässe hinweg, die alle zu den Gipfeln gehörten, die Nae The Loch bildeten. Die Pässe waren schmal und schneebedeckt, doch die kühle Luft tat meinen brennenden Lungen wohl. Meine Flammen, die ich nie besonders gut im Griff hatte, wenn ich erschöpft war, schossen zwei Mal unerwartet aus meinem Rachen, schmolzen unten auf dem Boden Schnee und verursachten eine kleine Lawine, die den ganzen Berg hinab bis ins Tal rollte.

Aus dieser Höhe war die Leiche schnell auszumachen. Sie lag bäuchlings an der Baumgrenze, die Vorderbeine gespreizt, der Schwanz talwärts gerichtet. Der Schädel war in einem unnatürlichen Winkel nach hinten geneigt, der eindeutige Hinweis auf ein gebrochenes Genick.

Als wir uns dem Opfer näherten, erkannte ich, dass die Leiche für ein Männchen ungewöhnlich groß war. Dann kreisten wir über ihm, und die kalte Luft kühlte die Flammen in meiner Kehle.

Es war gar keine männliche Leiche. Sie wies die silbernen und schwarzen Schuppen eines Weibchens in der Blüte seiner Jahre auf.

Avagas beschrieb einen Bogen und landete auf einem flachen Felsen weit weg von der Leiche. Seine Kameraden landeten neben ihm und ließen für mich keinen Platz.

Ich wollte nicht neben der Leiche landen. Sie lag im Schnee, und der Boden führte dort steil nach unten. Müde, wie ich war, war es durchaus möglich, dass ich Schuppen über Schwanz in den Wald hinabstürzte.

Stattdessen fand ich einen zweiten flachen Felsen in einiger Entfernung von Avagas. Ich landete unerwartet hart, weil meine Schwingen beim Abstieg nachgaben. Ich war ganz schön außer Form und viel zu erledigt. Ich streckte die Zunge raus, stieß die drei Enden in den Schnee und rollte mir eine Ladung voll in den Schlund.

Kühl, erfrischend und dringend benötigt. Ich genehmigte mir eine weitere Zunge voll und spürte, wie etwas von meiner alten Energie zurückkehrte.

Die kalte Gebirgsluft fühlte sich gut an meinen Schuppen an. Ich war überhitzt und abgekämpft und stakste durch den Schnee, froh, dass er hier nicht so tief war. Sonst hätte ich meine Schwingen benutzen müssen, um den Schnee weniger zu belasten, und ich glaubte nicht, dass sie dafür schon wieder kräftig genug waren.

Ich faltete sie auf dem Rücken zusammen und näherte mich torkelnd der Leiche.

Aus der Nähe wirkte sie noch größer. Weibchen hatten mir schon immer Angst gemacht – ihre Ausmaße waren beängstigend, fast doppelt so groß wie Männchen. Also hielt ich mich zurück und nahm den Anblick in mich auf.

Avagas und seine Kameraden näherten sich, wobei sie mit den Schwingen schlugen, um sich knapp über dem Schnee zu halten. Vermutlich wollten sie verhindern, dass ihre Klauen kalt und klamm wurden.

»Ich hatte Sie doch gebeten, sich einen Eindruck zu verschaffen!«, rief er mir zu, als sie noch ein ganzes Stück entfernt waren.

»Mache ich ja«, sagte ich. »Bleiben Sie hinter mir.«

»Ich verstehe nicht. Wieso –?«

»Wollen Sie nun, dass ich herausfinde, was geschehen ist, oder nicht?«

»Wir wollen, dass Sie herausfinden, wie ein Mensch in diese Höhe gelangen konnte, wie es möglich war, dass er sich Nae The Loch so weit nähert, und ob unser geheimer Treffpunkt in Gefahr ist oder nicht«, sagte Avagas. »Wie lange könnte das dauern?«

Seine Forderungen erstaunten mich nicht, auch wenn er sie zum ersten Mal offen aussprach. Wir hegten alle die unausgesprochene Befürchtung, dass die Menschen Nae The Loch gefunden haben könnten. Wir hatten uns schon im Schilfsumpf darüber unterhalten.

»Es könnte eine Weile dauern«, sagte ich. Ich hatte so etwas zwar noch nie getan, aber ein Gefühl sagte mir, dass man am besten herausfinden könnte, was geschehen war, wenn man die Details studierte.

»Was sollen wir tun?«, fragte Avagas.

Ich wandte den Kopf und versuchte mein Erstaunen zu verbergen. Ich hatte nicht erwartet, dass er mich nach Verhaltensmaßregeln fragte.

Wäre ich unter meinen Jahrgangsgefährten gewesen, hätte ich ihm eine andere Antwort gegeben – eine bissigere, die sich nicht um seinen Stolz scherte. Aber Avagas war immerhin ein Hortvater. Ich konnte ihm nicht Befehle erteilen wie meinesgleichen.

»Vielleicht«, sagte ich, »wäre es das Beste, wenn Ihre Kameraden uns jetzt das Abendessen holten. Ich bin den ganzen Tag geflogen, und Sie hat diese kritische Lage sicher auch schon lange beschäftigt. Könnte sein, dass wir uns eine ganze Weile hier aufhalten. Da wäre es ratsam, wenn wir ein wenig Nahrung zu uns nähmen.«

Avagas machte eine Geste mit der Klaue und hielt es nicht einmal für nötig, meine Worte zu wiederholen. Die beiden anderen Männchen flogen davon.

»Und ich?«, fragte Avagas.

»Halten Sie die Augen offen«, sagte ich. »Zu zweit kommen wir vielleicht dahinter, was sich hier abgespielt hat.«

Der Schnee rund um die Leiche war mit kleinen Löchern durchsetzt. Die Leiche war hart aufgekommen, hatte Eisbrocken und Gesteinssplitter aufgewirbelt. Sie waren wie eine Art Kugelhagel um den Körper herum gelandet.

»Ihre Sorgfalt erstaunt mich«, sagte Avagas. »Ich möchte einfach nur den menschlichen Verursacher unserer Probleme finden und ihn erschlagen, bevor er unsere Situation weiter verschlimmert.«

Seine Worte erschreckten mich so sehr, dass ich meine Untersuchung unterbrach. Wusste er denn überhaupt nichts von Menschen? »Unsere Artgenossen wurden nicht von *einem* Menschen getötet. Menschen leben höchstens sechzig oder siebzig Jahre. Gegen Ende sind sie gebrechliche Wesen, die nicht einmal einer frisch geschlüpften Brut als Imbiss dienen könnten.«

Er legte den Kopf schräg und zeigte die zarte Unterseite seines Kiefers. »Was hat es dann mit diesen Morden auf sich? Sie können doch unmöglich Zufall sein.«

»Sind sie auch nicht. Ich nehme an, dass es bei den Menschen ein Ritual gibt, das die Tötung eines Drachen erforderlich macht«, sagte ich. »Vielleicht sollten die Hortväter einmal einen jungen Menschen fangen und ihn über ihre Bräuche befragen.«

»Wir können uns mit diesen Bestien nicht verständigen«, sagte Avagas. »Sie kennen die heilige Sprache nicht.«

»Aber sie haben selbst eine Sprache. Sie ist angenehm und ergiebig. Einer von uns wird sie doch sicher sprechen.«

»Außer Ihnen?« Avagas wandte wieder den Kopf, so dass er nun die Leiche anstarrte.

»Ich spreche sie nicht«, sagte ich und versuchte das Bedauern in meiner Stimme zu verbergen. Ich hatte mir schon oft gewünscht, ihrer mächtig zu sein, damit ich die Texte verstehen konnte, die ich fand, und die Lieder, die ich hörte. »Aber auf dem Tauschtreff gibt es einige Händler, die ihre Sprache sprechen.«

Avagas seufzte, als wäre es unter der Würde von Drachen, sich auf so etwas zu verstehen. Er sagte nichts weiter, und ich schmeichelte mir mit der Vorstellung, dass er meinen Vorschlag in Betracht zog.

Sorgsam untersuchte ich jedes Loch im Schnee und erkannte bald, dass meine erste Annahme über ihren Ursprung den Tatsachen entsprach. Watschelnd näherte ich mich der Leiche, bis ich über ihr stand.

Da sie erst kürzlich gestorben und die Temperatur an diesem Berghang niedrig war, zeigte sie noch keine Verwesungsspuren.

Die Augen waren geschlossen, und wenn man den Winkel ignorierte, in dem ihr Schädel lag, hätte man meinen können, sie sei gerade erst im Schnee eingeschlafen.

Sie war ein prächtiges Geschöpf gewesen. Sie hatte eine lange, schmale Schnauze und scharfe Zähne, die über ihre Oberlippe aufragten. Ihre Klauen waren zu kleinen Spitzen gewetzt, und der Kamm entlang der Wirbelsäule enthielt ein gut entwickeltes Muskelband, das sich über ihren gesamten Brustkorb ausbreitete.

Die Schwingen hatte sie zum Teil noch ausgestreckt. Sie waren dünn wie Blütenblätter und vermutlich auch genauso zart. Das Silbergrau ihrer Schuppen wies einen Hauch Grün auf, so dass sie fast schillerten. Ihr Schwanz war dick und mächtig, der Stachel am Ende unbeschädigt und frei von Blut.

Sie hatte niemanden angegriffen.

Ich trat einen Schritt näher und achtete darauf, wohin ich den Hinterlauf setzte. Ich wusste, dass mein Schwanz alle Spuren im Schnee verwischte, und sorgte dafür, dass ich sie rechtzeitig untersuchte.

Bisher hatten die Spuren mir nicht viel verraten.

Avagas beobachtete mich, als wäre ich das Kuriosum und nicht das tote Weibchen. Als ich nach den Waffen griff, die neben ihr lagen, stieß er einen langen Seufzer aus, und eine kleine Flamme züngelte aus seinen Nüstern.

Anscheinend hatte ich endlich den Teil der Leiche erreicht, mit dem ich mich seiner Ansicht nach befassen sollte.

Drei Geschosse steckten hinten in ihrer Flanke. Sie waren kurz und stumpf und an den Enden gefiedert. Ich hatte dergleichen schon gesehen, häufig um Horte herum verstreut. Menschen, die mit diesen Waffen – die sie *Pfeile* nannten – Jagd auf Drachen machen, dienen ihrer Beute schließlich oft als Festschmaus.

Es gab längere Versionen des *Pfeils*, wirkungsvollere – manche so lang wie der Mensch, der sie trug. Diese Waffen, *Speere* genannt, konnten unter die Schuppen dringen, zwischen den Rippen hindurch, und einen Drachen mitten ins Herz treffen.

Die Pfeile, klein wie sie waren, durchdrangen nur selten die Haut.

Die Spitzen dieser Pfeile hatten sich zwischen den größeren Schuppen auf dem Rücken des Weibchens verfangen. Ich bezweifelte, dass sie sie auch nur gespürt hatte. Die Federn waren windzerzaust und fehlten an einer der Waffen völlig.

Sie hatte die Pfeile schon einige Zeit getragen. Niemand hatte sich die Mühe gemacht, ihr davon zu erzählen, oder ihr zu helfen, sie loszuwerden. In Nae The Loch hätte sie vermutlich jemand bemerkt und entfernt.

Es hätte der Beginn einer herrlichen Werbung sein können.

»Menschenwaffen«, sagte Avagas. »Sie sind vernichtender, als wir dachten.«

»Diese Waffen hätten nicht einmal ihren Flug beeinträchtigen können«, sagte ich. »Sie wurde erst auf dem Boden getroffen. Achten Sie auf den Einschusswinkel. Wer immer sie abgeschossen hat, traf sie von oben, nicht von unten.«

Avagas begab sich an meine Seite. Ich schaute kurz zu dem Schnee auf seinem Weg und sah nichts, was durch seine Anwesenheit verändert worden wäre.

»Daran hatte ich nicht gedacht«, murmelte er. »Aber sie ist eindeutig vom Himmel gestürzt.«

»Etwas hat sie stürzen lassen«, sagte ich. »Ich habe eine Theorie, aber ich möchte erst darüber reden, wenn ich die Leiche eingehender untersucht habe.«

Ich ging um sie herum. Meine Klauenabdrücke waren die einzigen in der Nähe. Die kleinen Löcher im Erdreich und Schnee umgaben sie und fügten sich gut in meine Theorie ein, dass sie jäh abgestürzt war.

Dann begriff ich, weshalb mich das so sehr beunruhigte. Ein Drache, dessen Flug unterbrochen wird, fällt nicht einfach wie ein Stein vom Himmel. Ein Drache, besonders einer mit einer so imposanten Flügelspannweite wie dieses Weibchen, gleitet weiter, bis er eine geeignete Stelle findet, um niederzugehen.

Selbst wenn sie gezwungen gewesen wäre, hier zu landen, hätte sie das noch geschickt angestellt. Sie wäre mit den Klauen über den Boden gescharrt, um zu verlangsamen, und hätte den Schwanz als Ballast verwendet, bis sie zum Stillstand gekommen wäre.

Stattdessen war sie wie ein zappelnder Fisch auf dem Bauch gelandet.

Ich begab mich auf ihre andere Seite. Endlich sah ich frische Wunden. Viele ihrer Schuppen waren abgerissen. Ihr Fleisch wies tiefe Einschnitte auf, und Blut befleckte die restlichen Schuppen, überzog den hinreißenden silbriggrünen Glanz.

Ich folgte dem verdrehten Hals bis zum Schädel und musterte ihn erneut. Sie besaß einen Fleck weißer Schuppen zwischen den Ohrhauben. Ich kannte diesen Fleck noch von früher, von vor hundert Jahren.

Sie war beide Male in Nae The Loch gewesen, als ich auch hier war, und hatte stets nach einem Gefährten Ausschau gehalten. Ihr Name war Paeche. Bei unserer letzten Begegnung hatte sie den Kopf zu mir vorgereckt, mich in die Seite gestupst und gesagt: *Ich mag Männchen, deren Hals noch einen Hauch Rot aufweisen. Hast du dich schon gepaart, Jüngling? Soll ich dir zeigen, wie die Drachen es treiben?*

Ihr Verhalten erschreckte mich, und ich hatte einen Rückzieher gemacht, sehr zur Erheiterung der Händler an ihren Tischen. Einer der Händler vertraute mir später an, dass Paeche sich gern mit jungen und gefügigen Männchen paarte, und dass ich gut daran getan hatte, mich nicht mit ihr einzulassen, weil ich eine Bindung wünsche und sie nach der Paarung oft nicht ein einziges Ei legte.

Dieser Augenblick mit ihr hatte gereicht, um mich beim letzten Nae The Loch von meiner Suche nach einer Gefährtin abzubringen, überzeugt, dass ich noch viel über Weibchen zu lernen hatte. Das hinderte meine Freunde nicht daran, sich von ihr erobern zu lassen. Zwei aus meinem Jahrgang waren ihrer Einladung gefolgt, nur um in einen Streit über Paarungsrechte verwickelt zu werden.

Sie verließ beide wegen eines Männchens, das ich nicht kannte, den Sohn eines der Tischhändler. Sie verzichteten auf eine weitere Mitwirkung am Tauschtreff und brachten sie zu seinem Hort.

»Was sehen Sie?«, fragte Avagas. Anscheinend hatte meine Analyse der menschlichen Waffen ihn beeindruckt. Er schien jetzt geduldiger zu sein als bisher.

Ich verriet ihm nicht, dass ich das Weibchen kannte. Ich zwang mich, den Blick von dem weißen Fleck zu nehmen. Weitere Schnitte verliefen seitlich und am hinteren Bereich ihres Schädels. Die Schnitte waren tief, und an den Rändern gab es punktförmige Einstiche.

Vier, wie ich erwartet hatte.

Avagas' Kameraden flogen über uns hinweg, und ihre Schwingen rauschten im Wind. In den Vorderklauen trugen sie Behälter aus Eisen. Das Festmahl, das ich bestellt hatte.

Sie flogen vorbei, und Avagas schwang sich auf, um ihnen zu folgen. Vermutlich erwartete er, dass ich es ihm nachtat, doch so weit war ich noch nicht.

Das Licht wurde schwächer, und eines wollte ich noch herausfinden, bevor die Sonne hinter den Berggipfeln versank. Ich betrachtete eingehend die Schuppen auf der rechten Hälfte von Paeches Gesicht.

Schmauchspuren verliefen bis zur Mitte ihrer wohl geformten Schnauze. Ich brauche nicht erst zu wittern, um zu wissen, dass sie leicht nach Schwefel rochen.

Ich kauerte mich in den Schnee und fühlte mich noch erschöpfter, als ich bei meiner Ankunft schon gewesen war.

Diesen Drachen hatten keine Menschen erschlagen. Vielmehr war er von einem von uns ermordet worden.

Avagas bestand darauf, dass ich ihm meine Theorie haarklein darlegte. Wir saßen um das Feuer herum, das wir mit dem Holz, das seine Kameraden gesammelt hatten, entfacht hatten, und bedienten uns aus den Eisenbehältern. Rohes Fleisch – in erster Linie Tierfleisch – stapelte sich darin. Wir spießten mit unseren Klauen jeder ein Stück auf, brieten es mit unserem Atem und aßen bis lang in die Nacht.

Die Leiche hatte so viele Details geliefert, dass ich mir den Mord fast bildlich vorstellen konnte.

Wer auch immer Paeche angegriffen hatte, hatte ihre Flugbahn gekannt und auf einem nahen Gipfel auf sie gewartet. Ich wusste, wir brauchten bei Tagesanbruch nur die umgebenden Gipfel abzufliegen, um die Abdrücke des Gesäßes und Schwanzes eines kleinen Drachen im ansonsten unversehrten Schnee zu finden.

Paeches Mörder hatte auf sie gewartet und sich geduckt, als er sie erblickte, bis sie vorbeigeflogen war. Dann war er ihr gefolgt.

Er war klein genug, um zwischen ihre Schwingen zu schlüpfen, doch sein Plan war nicht so aufgegangen, wie er sich erhofft hatte. Sie musste ihn erwischt und von sich geschleudert haben. Als er durch die Luft wirbelte, hatte er seine hinteren Klauen in ihre Flanke geschlagen, sie aufgerissen und Paeche noch wütender gemacht.

Sie hatte sich ihm zugewandt, doch er überraschte sie mit einem Feuerstoß quer über die Schnauze.

Als sie die Klauen vor die Augen schlug, vielleicht um sie vor den Flammen zu schützen, flog er über sie hinweg und packte mit den Vorderläufen ihren Schädel, durchbohrte mit den Klauen Schuppen und Haut.

Entweder wandte sie den Schädel erneut oder er riss ihn herum, vielleicht auch beides. Letzten Endes spielte es keine Rolle. Die Bewegung – ihre Plötzlichkeit und Heftigkeit – brach ihr das Genick.

Sie stürzte wie ein Stein vom Himmel, und er floh – ob voller Angst oder triumphierend, konnte ich nicht sagen.

Nach meiner fünften Schilderung, bei der ich darlegte, wie durch den Aufprall der Schnee um ihre Leiche aufgegischtet und gleich wieder niedergeprasselt war, nachdem ich erneut bis ins kleinste Detail den Unterschied zwischen frischen und alten Wunden beschrieben und erklärt hatte, warum Pfeile (im Gegensatz zu ihren größeren Verwandten, den Speeren) ein Drachenweibchen nicht zu töten vermochten, gab Avagas sich mit meiner Deutung endlich zufrieden.

Wir wussten beide, dass er bei Morgengrauen eigene Ermittlungen anstellen würde, aber das störte mich nicht. An seiner Stelle hätte ich das Gleiche getan.

Was mich störte – doch das erwähnte ich nicht –, war, dass wir keine Strafen für Drachen hatten, die andere Drachen töten. So etwas war noch nie vorgekommen. Wir lebten in völliger Abgeschiedenheit, hielten kaum Verbindung miteinander und lösten unsere Meinungsverschiedenheiten nicht durch Mord.

Sicher, manchmal vernachlässigten wir unsere Eier, aber Eier waren keine geschlüpfte Brut. Sobald unser Nachwuchs seinen ersten Atemzug tat, galt er als Drache und hatte ein Anrecht auf jeglichen Respekt, der einem Angehörigen unserer Art nun einmal zusteht.

Respekt hatte Paeche nie gezeigt.

Ich erwachte vor Morgengrauen und stellte fest, dass Avagas das Feuer mit weiterem Reisig schürte und dann durch einen einzigen Flammenstoß hoch auflodern ließ. Seine Augen waren blutunterlaufen, seine Schuppen noch grauer, als sie schon bei Tageslicht gewirkt hatten.

Er hatte die ganze Nacht nicht geschlafen. Der Fall beschäftigte ihn eindeutig ebenso sehr wie mich.

Seine Kameraden schnarchten, um die Eisenbehälter gerollt, als wären diese ein Hort und nicht bloß Behälter, die an einen Handelstisch zurückgebracht werden mussten.

Das Schlafen im Schnee hatte mich träge gemacht. Kälte war

noch nie mein Ding gewesen. Der langsamere Herzschlag setzte mir zu und ebenso die Befürchtung, dass ich, wenn ich noch einen oder zwei Tage länger bliebe, zum Eisblock erstarren würde.

Ich richtete mich auf, und Avagas reichte mir ein Stück Fleisch, das so verkohlt war, dass es beim Essen knackte. Ich spülte es mit geschmolzenem Schnee hinunter.

Als er endlich das Wort ergriff, geschah das mit matter Resignation. »Nichts an Ihren Details gibt uns einen Hinweis darauf, wer es getan hat. Wir wissen nur, dass der Schuldige ein Männchen ist.«

Ich leckte mir die Reste des verbrannten Fleischs von den Klauen und dachte über meine Antwort nach. Wenn ich ihm erzählte, was ich geträumt hatte, wechselten wir vom Bereich der Gewissheit in den Bereich reiner Mutmaßungen. Ich war mir nicht sicher, ob Mutmaßungen das geeignete Mittel waren.

Er sandte einen weiteren Flammenstoß ins Feuer, obwohl es nicht mehr geschürt zu werden brauchte.

»Ich wünschte fast, es wäre doch ein Mensch gewesen«, sagte er leise. »Dann wüsste ich wenigstens, was ich zu tun hätte.«

Er hatte Recht. In diesem Fall hätten wir viele Möglichkeiten gehabt. Wir hätten Nae The Loch mit jungen Männchen verteidigen oder die Gegend für immer verlassen können. Wenn diese Pläne nicht den Vorstellungen der Hortväter und des Rests der Fünf Regionen entsprochen hätten, hätten wir die Menschen in Angst und Schrecken versetzen und aus der Gegend vertreiben können, indem wir nahe gelegene Städte in Brand steckten.

Die Vertreibung der Menschen hätte zwar nicht lange vorgehalten, aber jene, die Jahrzehnte später zurückgekehrt wären, um eine Siedlung zu errichten, wären sicher nicht mit der Gruppe verwandt gewesen, die die Flucht ergriffen hatte. Ein solches Vorgehen hätte gute Aussichten gehabt, uns Nae The Loch zu erhalten.

»Was ist mit den anderen Hortvätern?«, fragte ich. »Vielleicht haben sie –?«

»Nein.« Avagas' Tonfall war schmerzlich. »Ich bin einer der wenigen, die sich an den Aufstand erinnern. Es war das letzte Mal, dass sich Drache gegen Drache wandte.«

»Soweit wir wissen.«

Er richtete den Schädel auf mich. »Wie meinen Sie das?«

Ich konnte ihn beim Reden nicht ansehen. »Meist leben wir allein und sterben allein. Manchmal werden unsere Leichen erst nach Jahrzehnten entdeckt. Wer will da sagen, dass ein Drache ermordet wurde? Nach so langer Zeit lässt sich das nicht mehr beweisen. Wir hatten Glück, dass wir dieses Weibchen so bald nach ihrem Tod fanden – und noch mehr Glück, dass wir Ermittlungen anstellten. Wäre das nicht geschehen, hätten wir vielleicht angenommen, dass sie falsch aufgekommen ist und sich den Hals brach, oder wir hätten – wenn genug Zeit verstrichen wäre – nur die Spitzen der Menschenwaffen gefunden und daraus den Schluss gezogen, dass doch ein Mensch sie tötete.«

Rauch kräuselte aus seinen Nüstern. Avagas schien das Feuer wieder entfachen zu wollen, aber er konnte nicht. Es war nicht mehr genug Holz da, um die volle Wucht der Flammen aufnehmen zu können. Er hätte riskiert, seine schlafenden Freunde zu verbrennen.

»Also starben die fünfzehn –«

»Vielleicht doch nicht durch menschliche Hand«, sagte ich.

»Vielleicht.« Im Anschluss an diese Worte stob eine kleine Rauchwolke aus seinem Rachen.

»Es ist mir schon immer seltsam erschienen, dass Wesen, die eine klirrende Rüstung tragen und mit Waffen hantieren, die kaum unsere Schuppen durchdringen können, im Stande sein sollen, fünfzehn von uns zu töten«, sagte ich.

Avagas neigte den Schädel.

Anscheinend wollte er nicht hören, was ich zu sagen hatte, doch nun, da ich einmal damit angefangen hatte, musste ich auch weiterreden. »Ich weiß, dass wenigstens einer der fünfzehn an einer Verletzung starb, die ihm von einem Menschen beigebracht wurde. Ich habe eine Nadel gefunden, die mit Blutwasser bedeckt war.«

Blutwasser fand man nur in den Augen von Drachen. Ein Auge ohne Blutwasser war leer und der Drache blind.

»Ich glaube, dass ein Mensch sein Opfer schlafend vorfand, auf den Schädel des Opfers stieg und sein Auge durchbohrte, bevor das Opfer auch nur bemerkte, dass es angegriffen wurde. Ein Drache würde bei derartigen Schmerzen wild um sich schlagen, aber etwas so Kleinem, das sich an seinen Schädel klammert, keinen Schaden zufügen können.«

Avagas schlang den Schwanz um sein Hinterteil, den Kopf noch immer lauschend geneigt.

»Es wäre nicht besonders schwer, auch noch das andere Auge zu blenden, und dann wäre der Drache hilflos. Ein Mensch könnte in einer solchen Situation die weiche Stelle unter dem Kinn ausfindig machen, ein Schwert hineinstoßen, die Feuerröhre und die Lungen durchtrennen. Es würde eine Weile dauern, aber unter derartigen Umständen käme keiner von uns mit dem Leben davon.«

»Und was ist mit den anderen? Den Verstümmelungen? Wir hatten immer angenommen, dass sie von Menschen verursacht wurden.« Avagas sprach so leise, dass ich ihn über dem Geschnarche seiner Kameraden kaum verstehen konnte.

»So war es auch.« Die Kälte war schlimmer geworden. Ich lehnte mich dichter ans Feuer. »Aber wir können jetzt beim besten Willen nicht mehr herausfinden, wann es zu diesen Verstümmelungen kam. Vielleicht geschah es erst lange nach ihrem Tod, und der Mensch kehrte zu seinem Stamm zurück und brüstete sich mit seiner Beute, während er in Wahrheit nur einen Teil von einer Leiche abgeschnitten hatte.«

»Ihre Theorien ergeben Sinn.« Avagas fröstelte. »Aber sie gefallen mir nicht.«

Das war die Gelegenheit, eine weitere ins Gespräch zu bringen. Doch ich zögerte, weil mir klar war, dass sich dann alles, was wir über das Brauchtum der Drachen wussten, ändern würde.

»Ich will Ihnen noch eine Theorie vortragen«, sagte ich.

Er schloss die Augen, als wollte er sie gar nicht hören. Dann seufzte er und schlug die Augen wieder auf. »Sprechen Sie.«

»Das hier ist nicht der übliche Weg nach Nae The Loch. Ich bezweifle, dass viele Männchen so eine weite Strecke zurücklegen. Im Schnee gibt es wenig Nahrung, und nirgends finden sich geeignete Rastplätze. Vielleicht wählen Weibchen diesen Weg, doch in diesem Fall brauchen wir uns mit Weibchen nicht aufzuhalten.«

Das Geschnarche hörte auf, und ich verstummte schlagartig. Dann schlang der Kamerad von Avagas, der dem Eisenbehälter am nächsten lag, seinen Schwanz enger darum und stieß pfeifend den Atem aus. Der andere Kamerad grunzte. Ihr Geschnarche stieg wieder harmonisch auf.

Ich senkte meine Stimme. »Wenn das Männchen, das ihre Leiche zuerst meldete, auch eines der Männchen ist, mit dem unser Opfer sich paarte, dann haben Sie vermutlich den Mörder.«

»Wieso das?«, wollte Avagas wissen.

»Er kannte ihre Flugbahn und wusste –«

»Ich meine«, sagte Avagas, »was sollte jemand veranlassen, ein Weibchen anzugreifen? Vergessen wir einmal, dass es größer und kräftiger ist. Weibchen sind kein ständiger Bestandteil unseres Lebens. Es besteht kein Grund, sie zu vernichten.«

»In Hinblick auf ihre Paarungspartner handeln Männchen zuweilen vernunftwidrig«, sagte ich. »Und Paeche war dafür bekannt, dass sie nichts anbrennen ließ, aber selten einen Zyklus abschloss. Dieser Mörder war im Vorteil. Er hatte den Überraschungseffekt auf seiner Seite. Dennoch beschloss er, ihr das Gesicht zu verbrennen, statt unter sie zu tauchen und die weiche Stelle anzugreifen.«

»Und daraus haben Sie eine Theorie entwickelt?«

Ich scharrte mit einer Klaue im Feuer. »Ich glaube, dass unser

Mörder sie dazu bringen wollte, mit ihm in seinen Hort zurückzukehren, um etwas zu beenden, was sie vor einem Jahrhundert begonnen hatten. Er wollte sie nicht töten. Vielmehr wollte er Flammen einsetzen, um sie zu zwingen, mit ihm davonzufliegen.«

»Damit das klappt«, sagte Avagas, »hätte er hier in der Nähe einen Hort haben müssen.«

»Und das haben nicht viele«, sagte ich. »Anscheinend bleibt Ihnen nichts weiter übrig, als Nae The Loch zu durchsuchen. Der Mörder dürfte nicht schwer zu finden sein.«

Er war wirklich nicht schwer zu finden. Wie ich vermutet hatte, stellte sich der Mörder als der Sohn des Händlers heraus, der Paeche beim letzten Tauschtreff in seinen Hort gelockt hatte. Eines Nachts war sie, als er schlief, ohne ein Wort verschwunden. Es hatte keine Eier gegeben, nichts, was ihn an sie erinnert hätte, außer der Demütigung einer unzureichend vollzogenen Paarung.

Er hatte ein Jahrhundert Zeit gehabt, sich zu überlegen, wie er ihr das heimzahlen konnte.

Als man ihn damit konfrontierte, gestand er den Mord. Es war genauso geschehen, wie ich mir gedacht hatte – ein Unfall bei einem schlecht ausgeführten Plan.

Die Hortväter debattieren jetzt seine Strafe. Einige wollen die Verbannung wieder einführen. Andere widersprechen und sind der Auffassung, das sei nicht hart genug. Einige wenige wollen ihn den Weibchen ausliefern.

Bis auf weiteres wird er in einer niedrigen Höhle an der Mündung des Nae The Loch gefangen gehalten, von Männchen bewacht, die mehr Flammenkraft besitzen als der ganze Rest von uns zusammen.

Es schert mich nicht, was aus ihm wird. Ich bin kein Hortvater, und vermutlich ist es mir auch nicht bestimmt, jemals einer zu werden.

Ich habe jetzt andere Sorgen und denke über Dinge nach, die

mir vorher nie in den Sinn gekommen sind. Und deshalb bin ich nun in einer misslichen Lage.

Meine Sammlung von Relikten der fünfzehn Todesfälle, die einst als esoterisch und ein wenig versponnen galt, hat mich in den Fünf Regionen zu einer Berühmtheit gemacht. Es heißt, dass ich nun bei allen neuen Todesfällen, sobald sie bekannt werden, Ermittlungen durchführen soll.

Diese Vorstellung gefällt mir nicht. Dazu müsste ich viel reisen, und ich wüsste nicht, wie ich auf diese Weise meinen Hort vermehren könnte. Aber ich muss mich stärker auf meinen Hort konzentrieren, weil ich doch in Nae The Loch keine Gefährtin fand.

Die Weibchen haben das Tal verlassen, als sie von den Morden erfuhren. Es gibt Gerüchte, wonach sie nicht mehr zu den Tauschtreffs zurückkehren werden. Dafür wollen sie gleich scharenweise andere Feste besuchen, die in weniger abgelegenen Gebieten stattfinden.

Die Handlungen eines einzigen Männchens haben dazu geführt, dass uns jetzt alle Weibchen mit Argwohn betrachten.

Aber ich denke noch immer an den Augenblick auf dem schneebedeckten Berghang zurück, als ich erkannte, dass die Leiche mir eine Botschaft über ihren Tod hinterlassen hatte.

Alle Männchen sind Sammler. Unsere Horte unterscheiden uns voneinander. Jeder kann Saphire oder Diamanten finden. Die meisten von uns haben irgendwann einmal auf der Suche nach Gold menschliche Ansiedlungen überfallen.

Aber ich bin der einzige Drache in der Geschichte unseres Volkes – ob Männchen oder Weibchen –, der Informationen sammelt, und mehr noch, der Einzige, der überhaupt einen Wert darin sieht.

Dieser Unterschied gefällt mir, aber er beunruhigt mich auch. Meine Sammlung behält ihren Wert nämlich nur dann, wenn die Informationen nützlich bleiben.

Ich bin mir nicht sicher, ob ich weiter Leichen untersuchen

will. Ich glaube nämlich nicht, dass mir gefällt, was sie mir zu sagen haben.

Ich bin meine Sammlung durchgegangen und habe mir die Gegenstände, die ich an den Stellen der fünfzehn Todesfälle fand, noch einmal vorgenommen. Nur die Nadel enthält eine Substanz aus dem Körper eines Drachen.

An den anderen Gegenständen haften Blutstropfen und Knochensplitter, die zu klein sind, um von Drachen zu stammen. Ich habe den Eindruck, dass die Menschen durch die Laune eines Drachen starben, wie von jeher, und dass es nur ein einziges Mal andersherum war.

Und das bedeutet, dass vierzehn männliche Drachen vor ihrer Zeit gestorben sind.

Wir sind gewaltige Wesen ohne natürliche Feinde. Wir sollten eigentlich alle an Krankheit oder Altersschwäche sterben. Aber vierzehn von uns wurden ermordet – und innerhalb kürzester Zeit.

Im letzten Jahrhundert hat sich etwas verändert. Anfangs waren wir der Auffassung, die Menschen seien schuld.

Jetzt wissen wir, dass das nicht stimmt.

Am meisten erschreckt mich daran, dass die Details mir deutliche Hinweise auf etwas bieten, was ich noch niemandem anvertraut habe.

Es stimmt wohl, dass die vierzehn durch die Hand eines anderen Drachen starben. Aber ich glaube nicht, dass ein und derselbe Drache die Morde beging.

Ich glaube, wir als Spezies haben uns verändert. Und es dürfte außer Zweifel stehen, dass diese Veränderung uns noch alle zum Verhängnis werden kann.

Thomas R. P. Mielke

Drachenzähne

Es war die Sonne, die plötzlich falsch am Himmel stand. Und zwar so falsch, um mehr als einen Quadranten am Firmament verrückt, als wolle sie – »Che cosa succede qui?« – an diesem Tag im Nordwesten untergehen. Im Nordwesten! Mitten im August und mitten in Italien.

Lächerlich, dachte ich in instinktiver Abwehr, ich bin am falschen Ort, zur falschen Zeit. Gleichzeitig wusste ich, dass diese Antwort, dieser Ausweg viel zu leicht war. Ich warne Sie deshalb: Hören Sie sofort zu lesen auf, wenn Sie die Wahrheit nicht vertragen und beim Thema Drachen sofort an Ungeheuer mit Jungfrauen samt einem Lanzen-Retter denken oder die Erde für den Mittelpunkt himmlischer Sphären halten.

Ich gebe zu, dass ich erschrak, leise und verhalten zwar, aber doch so wie bei einem Wunder vor den eigenen Augen, das man eigentlich nicht glauben will. Ungläubigkeit beim Eintritt des Unmöglichen ist der letzte Schutz, den der Verstand noch hat, wenn Herz und Seele längst entschieden haben.

Für einen endlosen Moment hoffte ich darauf, nur eine Halluzination zu haben. Der Weg über den Pellegrino-Pass im Apennin, den Serpentinenabstieg bis zu den ersten Kakteen, Weinranken und Orangenbäumen im wilden Toskana-Tal von Garfagnana war anstrengend gewesen. Ebenso der erneute Aufstieg bis zu den riesigen, grellweiß durch Menschenhand in die Marmorberge von Carrara ausgebrochenen Zahnlücken. Schließlich, bei Anblick des stillen Mittelmeeres, überwogen in mir fast die Zweifel am Sinn meiner umständlichen Reise.

Der Übergang auf die alte Via Aurelia an der ligurischen Küste stiefelaufwärts nach Nordwesten hätte eigentlich ein Aufholen der in den Bergumwegen verlorenen Zeit sein sollen.

Und dann das!

Ich schaffte es nicht ganz so wie vereinbart und kam erst an, als der verrückte, noch immer helle und gleißende Helioswagen bereits das Meer am Horizont berührte.

Dottore Zini, der gelehrte Quacksalber und Knochenbrecher, ließ mich nicht merken, wie ungeduldig er bereits gewartet hatte. Wir hatten Glück: Für das, was er mir zeigen wollte und was ich mehr als alles andere zu sehen begehrte, reichte das Sonnenlicht noch aus.

Wir begrüßten uns nur kurz, dann wies er auf den Bohlentisch am Terrassenrand hoch über dem Meeresspiegel. Auf einem weiß gebleichten Leinentuch lag neben einem schweren, abschließbaren Holzkasten ein flach gewölbt geschliffener Kristall mit runden Kanten vor einem goldenen Schälchen, wie es nur Bischöfe für die Hostien des Abendmahls verwenden.

Ich sah ihn an. Er nickte. Und wieder störte mich die Sonne. Sie stand in gerader Linie hinter dem Oblatenkästchen und der Entdeckung des Dottore. Sie hätte abendrot aufglühen, den Himmel und das Meer um sich herum mit flammend grellen Farben schmücken müssen. Aber sie tat es nicht. Sie schien sehr hell und unbeweglich an einer völlig falschen Stelle über den Wassern. Mir war, als würde sie die Zeit anhalten und darauf warten, dass ich mir ansah, was ich immer noch nicht glauben wollte.

Ich setzte mich, beugte mich behutsam vor.

»Sehen Sie durch den Kristall!«

Es war, als hätte mir die Sonne selbst den Befehl gegeben.

»Sie sind sehr klein«, fügte Dottore Zini hinter mir halb stolz und halb entschuldigend hinzu. Ich nahm behutsam seine Linse hoch, blickte durch sie in die goldene Schale und erschrak erneut. Im Licht der falschen Sonne sah ich einen kleinen Blutstropfen, noch immer frisch und ein wenig durchsichtig wie eine Kinderträne. Ich weiß nicht mehr, wie lange ich auf die kleine

Reihe winziger Zähnchen starrte. Sie ragten fein wie Nadelspitzen aus dem Blutstropfen ...

Es war ein wunderschöner Sommerabend an der Felsenküste von Cinqueterre – hier, wo der Blick nach unten grünblaues Wasser freigab, gespickt mit bohrmuschelzernagten Felsbrocken und gesäumt von einem schmalen, für Fremde unsichtbaren Sandstrand, zu dem nur eine schmale Felsentreppe führte.

Wir hatten keinen Sinn für sommerliche Freuden. Der Doktor hatte alle fortgeschickt, die uns an diesem Abend stören konnten. Der Kristall und die goldene Oblatenschale lagen wieder gut verschlossen in ihrem Kästchen am Rand des Bohlentisches. Er ließ mir Zeit zum Nachdenken – viel Zeit sogar.

Inzwischen war die Sonne vollständig verschwunden. Dottore Zini zündete Kerzen in kleinen Glasgefäßen an. Er holte frisch gebackenes Brot und Käse, schwarze Oliven und einige noch sonnenwarme Gartenfrüchte aus dem Haus. Wir aßen schweigend, tranken ein wenig kühles Quellwasser zum Wein der Gegend und blickten lange in die Himmelskuppel, die hier nicht schwarz und finster wirkte, sondern ein dunkelblaues Samtkissen für Tausende einst großartiger, jetzt längst vergessener Gedanken und noch immer funkelnde Ideen bildete.

»Nun, edler Dichter Ludovico?«, fragte Zini schließlich so beiläufig, als hätte er nur einen kleinen Olivenkern in seine Hand gespuckt. »Sind Sie jetzt überzeugt?«

Es war genau die Frage, die ich die ganze Zeit befürchtet hatte. Ich spürte plötzlich wieder dieses Verharren des Geschicks, halb Furcht und halb unbändiges Verlangen, endlich zu glauben und dann mehr zu hören. Gott allein weiß, wie schwer ich mich getan hatte, unbemerkt von Ferrara in der Po-Ebene bis zu ihm zu gelangen. Aber wir brauchten ihn.

Ich krümelte einen letzten Rest Pane Toscana auf den Bohlentisch, an dem wir seit Stunden saßen. Schräg über uns zogen Vorboten der Leoniden über das Firmament.

»Ich weiß es nicht«, sagte ich schließlich. »Wie kann ich sicher sein, dass diese Spuren im Blutstropfen der Schale tatsächlich Drachenzähne sind?«

»Sie sind und bleiben ein Ungläubiger und ein Fantast zugleich«, sagte Zini und lachte nachsichtig. »Die Fantasie ist eine wunderbare Landschaft und doch nur selten wahr. Trotzdem glaubt ihr träumenden Poeten den eigenen Gedankenwelten mehr als jedem sichtbaren Beweis.«

»Haben Sie schon vergessen, dass ich es war, der Sie auf Drachenzähne aufmerksam gemacht hat? Was wüssten wir denn, wenn nicht durch Überlieferungen und Visionen und die Furcht in unseren Träumen? Im großartigen Epos von Orlando, den in Italien jedes Kind kennt, wird sogar ein Sarazenenkönig Rodomont mit einer unzerstörbaren Rüstung aus vielen Lagen Drachenhaut beschrieben ...«

»Sie sind sehr hübsch, diese uralten Geschichten«, brummte er, ein wenig ungehalten. »Aber ich rede nicht von Sarazenenkönigen, nicht vom Nibelungen-Siegfried oder von Drachentötern aller Art. Was Sie und mich zusammengeführt hat, ist die Gründungslegende meiner Heimatstadt Mantua. Sie ist die Fortsetzung der antiken Sage von Europas Bruder Kadmos, der sich die Drachenzähne in die Erde pflanzte, um neue Kampfgefährten aufzuziehen.«

»Ja, darum geht es schließlich«, gab ich zurück. Es war bereits lange nach Mitternacht. Ich spürte, wie die Müdigkeit in mir nach Schlaf verlangte. »Ich rede auch nicht von irgendeinem interessanten Knochendorn aus einem Drachenei. Oder gar von einer betrügerischen, höllisch teuren Reliquie aus dem Orient. Ich will nur wissen, ob real sein kann, was berichtet wird.«

»Auch ich rede nicht von Sagen und Legenden«, antwortete Zini sofort, »sondern von den echten, den schrecklichen, zumeist unsichtbaren, aber überall vorkommenden Drachen ... oder zunächst einmal von ihren Zähnen.«

Ohne jede Überleitung sprang er auf und lief ins Haus. Es dauerte sehr lange, bis er wiederkam. Er trug ein schweres, pergamentgebundenes Buch und legte es vorsichtig auf den Tisch. Jetzt, kurz vor Sonnenaufgang in den Bergen hinter uns, wurden der Himmel und das Meer im Westen doch noch sehr dunkel.

»Hier steht er ... der absolut zuverlässige Hinweis für jeden fähigen Medicus«, sagte er, während er die Seiten in der letzten Hälfte des Buches aufschlug. Er hatte sie mit meinem letzten Brief an ihn als Lesezeichen vorgemerkt.

Ich beugte mich nach vorn. »Ein deutsches Buch?«

»Ganz richtig – *Feldbuch der Wundartzney* von Anno 1517«, sagte er. »Und hier steht es: *Von der Fystel und ihrer hailung.* Das hat mich auf die richtige Idee gebracht und zu diesem zweiten Buch geführt ...«

Er sah sich um, dann legte er ein kleineres Traktat über die offenen Seiten und schlug es auf.

»Schneide die Drachenzähne aus dem Leib einer keuschen Jungfrau«, las er beim Licht der Kerzen vor. »Besonders gut geeignet ist eine Nonne von adeliger Herkunft, wenn sie durch dich für Gold und Ablass vom Flammentod für sündige Gedanken errettet und auf diese Art erlöst wird.«

»Aber was hat das alles ...«

»Sie sahen ja die winzig kleinen Zähne aus dem Blutstropfen«, flüsterte er. »Was Sie nicht sehen konnten, war die Knochenplatte, in der sie aufgereiht waren. Nicht aus der Unglücklichen geschnitten wäre der Knochenansatz zum Oberkiefer und später dann zum ganzen Drachen ausgewachsen. Er hätte sie auf jeden Fall getötet. Als Medicus habe ich von diesen schrecklich-wunderbaren Gebilden bereits früher hinter vorgehaltener Hand gehört. Es heißt, sie sind das Dunkle, der Zwilling, oder auch nur seine Reste in einem selbst, verstehen Sie? Aber ich wusste nicht, was diese *Ovarial-Dermoidzysten* wirklich bedeuten ...«

»Und was ...«

»Sie sind der Ursprung eines Drachen, Ludovico! Er entsteht nicht irgendwo in Höhlen, am Grund des Meeres oder im Höllenfeuer. Nein, lieber Poet und begnadeter Fantast. Drachen sind

Ausgeburten der Angst im Leib edelster Jungfrauen! Sie entstehen immer dann, wenn der Wind des unbesiegbaren Sonnengottes Mithras in das Leben auf der Erde eingreift.«

»Sol invictus!«, wiederholte ich entsetzt.

»Die Legionäre Roms sagten, dass er die einzige Kraft ist, die den Lauf des Sonnenwagens und das Kriegsglück ändern kann.«

»Mein Gott! Genau das habe ich auf dem Weg hierher beobachtet!«

»Dann sind es wirklich Drachenzähne in der Zyste! Nehmen Sie das, was ich herausgeschnitten habe, als Geschenk von mir nach Ferrara mit. Pflanzen Sie jedes Zähnchen einzeln wie den Reis mit reichlich Platz in gutem Boden ein. Und aus der Erde wachsen dann die Krieger, mit denen Herzog Alfonso d'Este und sein Bruder, Kardinal Ippolit, die Serenissima besiegen können. Die Dogen von San Marco werden Ferrara und den Kirchenstaat angreifen. Sie sind sich bereits mit den Türken einig. Und mit Frankreichs König.«

»Und es ist sicher, dass aus den Drachenzähnen die stärksten Krieger für uns wachsen?«

»Genauso sicher, wie die Erde nun mal keine Kugel innerhalb von Sphären und kein Spielball für Poeten, sondern eine Scheibe ist.«

Dottore Zini lächelte im ersten Licht des wieder aufsteigenden Sonnenwagens. Er kam von Osten, wie es sein sollte.

Michael Morgental

Das Geheimnis Targans des Seefahrers

(Eine Miniatur aus den Erinnerungen des Forschungsreisenden Yerrit ap Allaun)

Herbst, Winter und Frühling hatte ich auf Gonitrel zugebracht, einer mittelgroßen Insel des Archipels von Caniya. All ihre Sehenswürdigkeiten und landschaftlichen Schönheiten hatte ich besichtigt, alles Wissenswerte, das ich über die Geschichte der Insel sowie über ihre Bewohner und deren Handel und Gewerbe in Erfahrung bringen konnte, war in meinem Reisebuch aufgezeichnet. Am Neumondtag des Blütenmonats, den ich in der Inselhauptstadt Rond erlebte, beschloss ich nun, eine Reise zu den Westinseln anzutreten, auf denen ich bisher noch nie gewesen war. Um mir einen Platz auf einem Schiff zu sichern, ging ich in aller Morgenfrühe zum Hafen hinab und fragte den Hafenmeister, wo die Schiffe liegen, die zu den Westinseln segeln. Er wies auf den Südteil des Hafens und sagte, dort fände ich sicherlich eine Passage nach Birat, der größten und reichsten der Westinseln. Ich dankte ihm für die Auskunft und ging dann an den Landungsbrücken entlang, um die Schiffe in Augenschein zu nehmen und mich für eines von ihnen zu entscheiden.

Am südlichen Ende des Hafens lag an einer Pier eine große, stattliche Galeone, die sofort meinen Blick auf sich zog. Ihr sehr guter, gepflegter Zustand kündete vom Reichtum ihres Besitzers, doch was mein Auge fesselte, war die Galionsfigur, die auf einer schmalen Plattform auf dem Bugspriet ruhte: ein smaragdgrün geschuppter Drache in voller Lebensgröße, der seinen Kopf wie eine Katze auf die gekreuzten Vordertatzen gelegt und die Schwingen auf den Rücken zusammengefaltet hatte. Seine Klauen glitzerten golden, die Lefzen des geschlossenen Mauls schimmerten purpurn, die Onyxkugeln der schwarzen Augen funkelten lebensecht, als hielte der Lindwurm stille Wacht.

Am Bug war in caniyanischer Sprache und Schrift der Name des Schiffes aufgemalt: Sarkan T'Mara, das heißt »Meeresdrache«. Während ich noch las, kam ein Seemann den Laufsteg vom Schiff herab. Ich fragte ihn, ob die »Meeresdrache« zu den Westinseln unterwegs sei und ob es auf ihr noch Platz für einen Passagier gebe. Er nickte bejahend und zeigte auf einen Mann, der oben an der Reling stand und zu uns herabschaute. »Das ist der Herr des Schiffes. Ihn musst du fragen, ob er dich mitnimmt.«

Also stieg ich den Laufsteg zum Deck hinauf und stellte mich dem Schiffsherrn vor, einem wettergebräunten Mann mit schwarzem Haar und schwarzem Bart, der etwa dreißig Sommer zählen mochte. Ich grüßte ihn und nannte meinen Namen und mein Anliegen. Er erwiderte meinen Gruß und sagte, er heiße Targan.

»Targan der Seefahrer?«, fragte ich überrascht. Er schmunzelte und nickte. »Der Sohn des Hochkönigs Tarak von Caniya?«, hakte ich nach.

»Genau der«, erwiderte er und lachte. Er trug ein einfaches Gewand aus dunkelblauem Barchent, nur eine schmale goldene Kette mit einem aus Malachit geschnittenen Anhänger in Form eines Drachen deutete auf Wohlstand oder adlige Abkunft hin. Dieser Targan war ein Sohn des berühmten und mächtigen Tarak aus einem Liebesverhältnis mit Tirgil, der Fürstin der Insel Birat. Im Gegensatz zu den anderen Königssöhnen hatte er keine Neigung gezeigt, sich in den ritterlichen Kampfkünsten ausbilden zu lassen, stattdessen hatte er schon als Jüngling auf caniyanischen Schiffen angeheuert, um die Künste der Seeleute und der Schiffskapitäne zu erlernen. Als er volljährig wurde und der Hochkönig ihn zum Herrn über eine der vielen caniyanischen Inseln einsetzen wollte, hatte er sich stattdessen von seinem Vater eine »schwimmende Insel« erbeten, also ein eigenes Schiff. Und seitdem war er zur See gefahren und hatte westlich des Abendmeeres neue Inseln und Länder entdeckt. Und während das Volk seinen kampferprobten Vater »Tarak Hammerhand« nannte, hatte man Targan den Beinamen »Der Seefahrer« gegeben.

So, wie ich überrascht war, ausgerechnet bei Targan dem Seefahrer wegen einer Passage nach den Westinseln anzufragen, war Targan überrascht, dass ausgerechnet Yerrit ap Allaun, der Verfasser der »Beschreibungen der Länder der Nördlichen Welt« sich bei ihm nach einer Mitfahrgelegenheit erkundigte. Er führe dieses Buch auf seinem Schiff mit sich und lese immer wieder darin, bemerkte er. Und da ihm diese Lektüre viel Wissenswertes vermittelt habe, lade er mich aus Dankbarkeit ein, als sein Gast zu den Westinseln zu reisen – ein Angebot, das ich natürlich nicht ausschlagen konnte.

So holte ich mein Reisegepäck aus der Herberge zum Silbernen Schwan in Rond, wo ich die letzten Wochen gewohnt hatte, und richtete mich in der Passagierkajüte am Heck des Schiffes ein.

Am frühen Nachmittag, als die Flut ihren Höhepunkt erreicht hatte und ein günstiger Wind vom Land aufs Meer hinaus zu wehen begann, wurden die Segel gesetzt und der Anker gelichtet, und die »Meeresdrache« glitt geschmeidig aus dem Hafen von Rond hinaus in den Sund von Gonitrel. Ich stand an der Reling und blickte auf die immer kleiner und ferner werdende Insel zurück, die mir während meines halbjährigen Aufenthalts so vertraut geworden war. Ich atmete die Seeluft tief ein und ging hinüber nach Backbord, um auf das offene Meer Ausschau zu halten. Während ich das Spiel von Wogen, Wolken und Möwen beobachtete, war Targan der Seefahrer neben mich getreten. Wir sprachen über das Wetter und über Meeresströmungen, über die verschiedenen Seewege zu den Westinseln und die Fährnisse, die ein Seemann auf dieser Strecke zu gewärtigen hatte. Schließlich konnte ich mir eine Frage nicht mehr verkneifen, die mich beschäftigte, seit ich die Galionsfigur des Schiffes gesehen und seinen Namen erfahren hatte.

»Warum, o Sohn des Tarak Hammerhand, hast du dein Schiff ›Meeresdrache‹ genannt?«, brachte ich vor.

Targan musterte mich prüfend mit seinen Falkenaugen, als müsste er abwägen, ob er mir die Gründe für diese Namenswahl anvertrauen könnte. Dann lud er mich mit einer Handbewegung in die Gemächer des Schiffsherrn ein; dort wolle er mir bei einem Becher Wein aus seinem Leben erzählen.

»Ich war ein junger Mann von nicht ganz neunzehn Sommern«, begann Targan, nachdem wir in seinem Wohnraum Platz genommen und mit würzigem kassinatischem Rotwein angestoßen hatten, »und da mich schon damals die Leidenschaft für die Seefahrt ergriffen hatte, fuhr ich auf der ›Goldmöwe‹, einem Kauffahrteischiff, das regelmäßig von den Westinseln am Rand des Abendmeeres entlang bis zu den Südlichen Ländern und ihren Gewürzküsten und zurück unterwegs war. Da die Zeit der Herbststürme nicht mehr weit war, sollte es die letzte Fahrt der ›Goldmöwe‹ in jenem Jahr sein, doch der Schiffsherr und sein Kapitän hatten sich in der Beurteilung des Wetters verschätzt. Schon am zweiten Abend überfiel uns ein Sturm und wütete mit solcher Heftigkeit, wie ich es noch nie zuvor auf See erlebt hatte. Die ›Goldmöwe‹ wurde wie eine Nussschale umhergeworfen, die Masten splitterten, das Schiff bekam Schlagseite und sank schließlich, vom grimmigen Sturm regelrecht in die Tiefe gedrückt. Ich war aufs Meer hinausgeschleudert worden und konnte mich gerade noch am Bruchstück eines Mastes festklammern, das vorüberschwamm. Mit einem Segeltau band ich mich an dem Holz fest und ließ mich durch die Fluten tragen. Wie sich später herausstellte, war ich der Einzige von der Besatzung, der überlebt hatte, doch auch ich wäre, auf dem Meer dahintreibend, eines kläglichen Todes gestorben, wenn nicht …«

Targan hielt inne und blickte versonnen vor sich hin. Er schwieg eine Weile, in Gedanken versunken, dann schien er sich daran zu erinnern, dass er einen Zuhörer hatte, der unbedingt erfahren wollte, wie dieses Abenteuer ausgegangen war.

»Nun, der Sturm hatte in seiner Heftigkeit etwas nachgelassen«, fuhr er fort, »doch die Wellen gingen noch hoch, und ich wurde wie Treibgut hin und her geworfen. Die ganze Nacht hindurch trieb ich auf dem Meer dahin, und als der Morgen heraufdämmerte, sah ich fern im Osten eine Insel, doch die Strömung des Meeres zog mich nach Norden, und ich wusste, ich würde das rettende Land nie erreichen. Ich war dazu verurteilt, im Meer zu verdursten oder zu erfrieren. In meiner Verzweiflung fiel ich in einen Dämmerzustand und war schon nahe daran, das Bewusstsein völlig zu verlieren, als ich plötzlich das Rauschen großer Schwingen über mir vernahm. Im nächsten Augenblick fühlte ich mich gepackt, goldgelbe Klauen schlossen sich um meinen Leib und hoben mich hoch, heraus aus dem Wasser, empor in die Luft. Ich wusste nicht, wie mir geschah, und glaubte zu träumen, aber es war wirklich: Ein Drache hatte mich aus dem Meer gefischt und trug mich jetzt davon. Die Angst vor dem Ertrinken wich einer anderen Furcht: War ich damit etwa von der Bratpfanne ins Feuer geraten? Was würde das riesige Tier denn mit mir anstellen? Mich etwa seiner Brut zum Fraß vorwerfen?«

Gebannt schaute ich Targan an. Doch er schüttelte den Kopf. »Nein, es kam ganz anders. Der Drache flog mit mir in den Klauen bis zu der Insel, die ich aus der Ferne gesehen hatte, und legte mich dort ohne weiteres auf einer Wiese ab. Erschöpft wie ich war, fiel ich – trotz meiner Furcht – sofort in einen tiefen, totenähnlichen Schlaf. Als ich schließlich erwachte und mich erfrischt erhob, war von dem Drachen nichts zu sehen. Stattdessen saß im Schatten eines nahen Baumes ein alter Mann und beobachtete mich. Da mir an seiner Erscheinung nichts feindlich oder drohend vorkam, ging ich zu ihm hin, nannte ihm meinen Namen und erzählte ihm, was mir widerfahren war. Dann bat ich ihn um Aufklärung, was es mit diesem Drachen und dieser Insel auf sich habe.

Der Alte sprach unsere Sprache, doch mit einem fremdartigen Tonfall. Sein Name sei Iktinat, sagte er, und er stamme von der Insel der Feuerberge, die in unserer Sprache Inish Torrtân heißt. Er sei der Letzte des Volkes der Drachenfreunde, das früher auf jener Insel gewohnt und in Eintracht mit den dort ansässigen Drachen gelebt habe. Doch eines Tages seien von Osten auf schnellen Schiffen die Streitaxtleute gekommen, die ihre Heimat wegen des zu großen Wachstums ihres Volkes verlassen hatten und sich jetzt die Insel der Feuerberge aneignen wollten, um dort neue Heimstätten zu bauen. Nach und nach verdrängten die Streitaxtleute die Drachenfreunde von den besten Siedlungsplätzen. In den Drachen sahen sie keine Freunde, sondern befürchteten, diese würden die Pferde und Schafe jagen, die sie auf ihren Schiffen mitgebracht hatten und jetzt auf der Insel der Feuerberge grasen ließen. Dabei wussten die Drachenfreunde doch, dass sich die Drachen nur von Meeresgetier ernährten und keineswegs auf dem Land jagten. Die Streitaxtleute erfanden Geschichten, in denen die Drachen zu dämonischen, blutrünstigen, menschenfeindlichen Wesen wurden, und begannen sie auszurotten. Da es auf der Insel der Feuerberge kein jagdbares Wild gab wie in ihrer früheren Heimat, machten sie es zu einem ihrer Meinung nach heldenhaften Zeitvertreib, mit ihren Eibenbögen Drachen abzuschießen. Und die Jünglinge der Streitaxtleute wetteiferten darum, wer am besten darin sei, in den Bergen Drachennester auszuplündern, Dracheneier zu stehlen und Jungdrachen abzuschlachten. Und über die Drachenfreunde brachten die Streitaxtleute das Gerücht in Umlauf, diese seien böse Zauberer, die sich in Drachen verwandeln und dann Menschen erlegen und fressen würden. Was für ein Unfug! Dabei wussten die Drachenfreunde doch, dass Drachen sich fast ausschließlich von Fischen ernähren, die sie im Tauchflug fangen. Und natürlich verwandelten sich die Drachenfreunde nicht in Drachen, sondern zähmten sich diese nur, so wie sich andere Völker etwa Pferde oder Hunde oder Kamele zähmen.

Als es zu einem heimtückischen Überfall der Streitaxtleute auf die letzten in den Bergen versteckten Drachen und Drachenfreunde kam, war der alte Iktinat mit einem ihm befreundeten Drachen anderswo unterwegs gewesen, und nur deshalb waren sie dem Gemetzel entkommen, das sie aus der Ferne erblickt hatten. Sie verließen die Insel der Feuerberge und landeten nach langem Flug auf dem kleinen Eiland, auf dem auch ich mich jetzt befand, einer bislang unbewohnten Insel, die von den Seefahrern Hakkan, also ›Kahlfels‹, genannt wurde.

Während der Alte sich damit abgefunden hatte, dass sein Leben sich bald dem Ende zuneigen würde und er in Frieden auf dieser Insel Hakkan den Tod erwarten wollte, wünschte er sich doch, dass der Drache, der ihn und auch mich gerettet hatte, wieder einen menschlichen Freund finden würde, denn nach der Lebenszeit der Drachen war er noch jung an Jahren. Am liebsten wäre ihm, so sagte er, wenn dieser Freund ein Seefahrer wäre, denn dann könnte er den Drachen vielleicht eines Tages in einen Teil der Welt bringen, wo die Drachen noch unbehelligt von feindlich gesinnten Menschen lebten.«

Targan schwieg ein paar Herzschläge lang und schob gedankenverloren einige Seekarten hin und her, die auf dem Tisch in seinem Wohngemach lagen.

»Nun, das Schicksal hat es so gewollt, dass genau ich dieser neue Drachenfreund wurde, und Iktinat stellte mich seinem Inselgefährten vor, als dieser von seiner täglichen Fischjagd zurückgekommen war. ›Smaragd-Glanz‹ war sein Name. Der Alte lehrte mich den Umgang mit Drachen, wie man auf ihnen reitet und wie man sie lenkt, wie man mit ihnen spricht und wie man sich wortlos mit ihnen verständigt. Es ist sogar noch leichter als der Umgang mit Pferden, denn Drachen sind sehr kluge, verständige Wesen.

Wenige Wochen nach meiner Rettung fühlte Iktinat seine letzte Stunde nahen. Er nahm Abschied von uns und vertraute mir die Obsorge um Smaragd-Glanz an. Nachdem seine Seele in die Andere Welt gegangen war, begrub ich seinen Leichnam in einer Felsenhöhle auf Hakkan und bat dann meinen Drachen, mich zu meiner Heimatinsel Birat zu tragen. Dort landeten wir im Schutz der Dunkelheit an einer einsamen Bucht. Ich ließ den Drachen im Schutz der Klippen zurück und begab mich an den Hof meiner Mutter, der Fürstin von Birat. Dort hatte man inzwischen vom Untergang der ›Goldmöwe‹ erfahren und glaubte mich auf dem Meer verloren. Umso größer war die Freude, als ich überraschend wieder auftauchte. Von dem Drachen erzählte ich nichts, um niemanden zu erschrecken; ich ließ alle in dem Glauben, es sei mir mit einem selbst gebauten Floß gelungen zurückzukehren. Kurz darauf wurde ich volljährig, und wie du vermutlich weißt, wollte mein Vater, der Hochkönig aller Inseln von Caniya, mich zum Herrn eines seiner Länder machen, doch ich erbat mir eine schwimmende Insel, und so wurde ich zu Targan dem Seefahrer.«

Er hielt inne und goss erneut Wein in die Becher. Wir tranken und genossen.

»Und wo ist der Drache Smaragd-Glanz geblieben?«, fragte ich schließlich, begierig, das Ende der Geschichte zu erfahren.

Targan lächelte geheimnisvoll und legte den Finger auf die Lippen. Und als ich noch einmal mit einer Frage nach seinem Lebensretter ansetzen wollte, schüttelte er sachte den Kopf und legte die Hand auf die Brust, als wollte er mir bedeuten, es handle sich dabei um ein Geheimnis, das er in seinem Herzen zu bewahren wünsche.

Ich zügelte meine Neugier und lenkte stattdessen unser Gespräch auf das Ziel dieser Reise, Birat und die Westinseln, und Targan erzählte mir viel Wissenswertes und Merkwürdiges über diese Lande am Rande der bewohnten Welt.

Stunden hatten wir im Gespräch und beim Wein zugebracht, als wir schließlich das Wohngemach des Schiffsherrn verließen und auf das Deck der Galeone hinaustraten. Auf der Backbordseite war die Sonne schon zum Horizont hinabgesunken. Ich beobachtete stumm das farbenprächtige Schauspiel, mit dem der Feuerball in das Abendmeer eintauchte. Als das letzte Stück der rotgoldenen Scheibe verschwunden war, spürte ich mit einem Mal die frische Brise, die die Segel der Galeone füllte. Bevor ich mich in die gemütliche Geborgenheit meiner Kajüte zurückzog, wollte ich noch einmal auf dem Deck einen Rundgang machen und nach allen Seiten ausschauen.

Als ich mich dem Bug näherte, sah ich etwas, was mich an meinem Erinnerungsvermögen zweifeln ließ: Hatte die Galionsfigur, der smaragdgrüne Drache, nicht die Flügel auf dem Rücken zusammengefaltet gehabt? Oder spielte mir da mein Gedächtnis einen Streich? Jetzt waren die Schwingen leicht geöffnet, als erprobten sie sacht ihre Gelenke. Und war nicht der Kopf des Drachen auf die Vordertatzen gelegt gewesen, wie bei einer ruhenden Katze? Jetzt war er gereckt, als spähte der Drache in die Fahrtrichtung der Galeone. Seltsam! Ich kratzte mich am Kopf und schaute mich fragend um. Targan kam vom Eingang der Quartiere am Heck her gegangen, gleich würde ich ihn fragen können, ob wohl sein Wein meinen Kopf ein wenig durcheinander gebracht hätte. Ein scharrend-flirrendes Geräusch vom Bug her ließ mich meinen Blick wieder nach vorn richten. Das war doch nicht möglich, was ich da sah! Jetzt hatte sich der Drache auf seinen Vordertatzen aufgerichtet und schlug wie versuchsweise mit den ausgebreiteten Schwingen. Und während ich noch krampfhaft überlegte, mit welchen sinnreichen Vorrichtungen der Bildhauer der Galionsfigur solche Beweglichkeit gegeben haben könnte, hob der Drache die Vordertatzen in die Luft, richtete sich auf den Hinterläufen auf, dass er fast wie ein Mensch dastand, faltete die Schwingen halb zusammen und sprang mit gewaltigem Schwung von der Plattform über dem Bugspriet ab und stürzte sich nach Steuerbord hinab aufs Meer. Im Fallen machte er eine Wendung nach achtern und spannte wenige Fuß über der Meeresfläche seine Flügel in ihrer ganzen Weite aus. Der Wind, der die Galeone antrieb, wehte ihm unter die Schwingen und trug ihn empor. Kräftige Flügelschläge unterstützten seinen Steigflug, und bald war der Drache, den ich für eine Galionsfigur gehalten hatte, nur noch ein dunkler Punkt vor dem abendlichen Himmel.

Ich blickte wieder zum Bugspriet: Die Plattform war leer, als wäre dort nie ein smaragdgrüner Drache gelegen.

Inzwischen war Targan zu mir herangetreten. Ich wandte mich ihm zu und blickte ihn fragend an. Er lächelte wieder, fast vergnügt, wie ein Knabe, dem es gelungen ist, einem anderen einen Streich zu spielen.

»Jetzt weißt du, wo der Drache Smaragd-Glanz geblieben ist«, sagte er dann leise. »Er begleitet mich auf allen meinen Seereisen und ist mein zuverlässiger Kundschafter und Wetterbote. Und wenn wir einen Hafen ansteuern, dann legt er sich auf seinen Lieblingsplatz auf meinem Schiff, auf diese Plattform dort am Bug, und schläft nach Drachenart – völlig reglos, doch mit offenen Augen ...«

Ich war so verwundert, dass ich nichts zu erwidern vermochte.

Doch Targan zupfte mich am Ärmel und riss mich aus meinem Staunen. »Komm, Yerrit ap Allaun, ich glaube, in meinem Gemach ist schon das Spätmahl angerichtet. Sei mein Gast und erzähle mir von deinen Reisen!« Und wir gingen über das Deck zurück in die wohnliche Kammer des Schiffsherrn der »Meeresdrache«.

Da wir beim Spätmahl noch den einen oder anderen Krug kassinatischen Weins geleert hatten, schlief ich in meiner Kajüte tief und traumlos. Als ich am nächsten Morgen erwachte, war schon die Sonne am Himmel, und am Horizont erschienen die Umrisse der Insel Gotra, die auf halbem Weg zwischen Gonitrel und Birat liegt.

Munter und erfrischt trat ich aufs Deck, um den neuen Tag zu begrüßen. Ich begann einen Rundgang entlang der Reling, doch als ich zum Bug kam, hielt ich erstaunt inne. Auf der Plattform über dem Bugspriet lag wieder der smaragdgeschuppte Drache, hatte die Flügel auf dem Rücken gefaltet und den mächtigen Kopf auf die gekreuzten Vordertatzen gelegt. Die großen onyxschwarzen Augenkugeln funkelten im Licht der Morgensonne, und wenn es sich nicht um die purpurroten Lefzen eines Drachen gehandelt hätte, so würde ich sagen: »... und seine Lippen waren zu einem verschmitzten Grinsen verzogen.«

Catherine O'Donell

Sternschnuppe nach Haus

Der Drache gähnte, urplötzlich erwacht aus einem so tiefen Traum, wie nur Drachen ihn träumen können. Er drehte sich auf die Seite, und ein Donnern ging durch den Berg, der sein Ruhebett gewesen war. Der Drache gähnte noch einmal und reckte sich, dass seine langen, in allen Farben des Kosmos schillernden Krallen über den Himmel kratzten.

Die Welt um ihn herum, die die Späteren Batala nannten, war von einem goldenen Licht durchströmt, so unfassbar schön, dass die Späteren lange brauchten, um dem Gestirn, das es aussandte, einen Namen zu geben. Doch an diesem Morgen gab es sie noch nicht, die Späteren, und Bo-Hann, der Drachengott, war allein. Es verdross ihn von Tag zu Tag mehr, allein zu sein und ein Gott, dem niemand diente. Einst, auf seinem Heimatplaneten, war er nur einer von vielen gewesen, ein unbedeutender Wettergott niederen Ranges, der im Schatten seiner mächtigeren Brüder stand. Aber wenigstens hatte es dort Geschöpfe gegeben, die zu ihm aufsahen ...

Vielleicht war es doch nicht klug gewesen, auf die flammende Sternschnuppe aufzuspringen und über den Himmel zu reiten, um anderswo der eine und einzige Gott zu sein? Aber dieser Gedanke verdross ihn nur noch mehr, und er jagte ihn davon.

Bo-Hann pustete ungehalten in die Wolkenfetzchen über ihm. Ein lauer Wind wehte seine Drachenkräfte durchs All, doch auch der Wind, der das Versprechen von Frühling in sich trug, ärgerte ihn heute nur. Wozu ein Frühling, den niemand bejubelte?

Bo-Hann, der Drachengott, sann auf Abhilfe. Er setzte sich an den Fuß seines Schlafberges, fuhr die langen Krallen aus, auf deren ungewöhnliche Schärfe er so stolz war, und grübelte.

Das Gestirn, das das goldene Licht schenkte, blasste bereits wieder silbernem Abend entgegen, als Bo-Hann seinen Entschluss getroffen hatte. Er sah sich nach geeignetem Material um, und sein Blick fiel auf das Gestein einer Felsenspitze über seiner Schlafstätte. Flugs brach er ein paar dicke Brocken ab und baute sie im Halbkreis zu seinen großen, silbern beschuppten Füßen auf. Die Steinbrocken waren unschön, scharfkantig und widersetzlich.

Nein, solche Diener wollte er nicht.

Er reckte seinen gewaltigen Hals und sah auf das Meer, das sich hinter dem Berg erstreckte. Das Meer erregte in letzter Zeit ebenfalls sein Missfallen, denn da war niemand, der seine Erhabenheit bewunderte oder vor seiner Gewalt erschauerte. Bo-Hann erhob sich. Er breitete die Flügel aus – ein Rascheln fuhr durch die kegelförmigen Bäume am Fuß des Berges, und einen Augenblick später stand der Drachengott am Gestade des weiten Meeres, das in tausend Blau- und Grüntönen schillerte. Bo-Hann tauchte die Hand ins Wasser. Es rann ihm durch die Finger, fade Tropfen, ohne Gestalt oder eine Stimme, mit der sie ihm hätten huldigen können.

Nein, solche Diener wollte er nicht.

Dunkelheit breitete sich über die Welt, die die Späteren Batala nannten. Der köstliche Wind schmeckte jetzt kühler, aber immer noch so wunderbar verlockend. Bo-Hann versuchte, den Wind zu fassen, Fäuste voll mit seinen krallenbesetzten Klauen. Aber jedes Mal, noch ehe er genug zu fassen bekam, um ganz zufrieden zu sein, entschlüpfte ihm der launische Wind und zog mit einem spöttischen Raunen weiter seiner Wege. Bo-Hann brummte ungehalten.

Nein, solche Diener wollte er nicht.

Fast schwarz war die Welt um ihn herum jetzt, und auch das ärgerte den Drachen. Er sah zu dem Gestirn hinauf, das das herrliche Goldlicht machte und stets auch wieder mit sich fortnahm. Bo-Hanns Miene wurde heller. Das Gestirn! Was hätte erhabener sein können, um aus diesem Stoff die Diener des Drachengottes zu machen? Bo-Hann reckte sich, hoch zum Himmel. Aber sosehr er sich auch reckte, sosehr seine Krallen an den Wolken schabten, das Goldlichtgestirn bekam er nicht zu fassen. Es war schon zu weit fort. Nein, so ging es nicht. Aus diesem Stoff würde er heute keine Diener mehr formen können. Aber er nahm sich vor, es morgen noch einmal zu versuchen, wenn das Gestirn mitten am Himmel stand, zum Greifen nah.

Der Drache ließ sich ermattet in den feuchten Sand sinken und bohrte seine scharfen Krallen tief hinein. Das goldene Licht war endgültig fort, und nur ein silbernes Leuchten erinnerte noch an sein Strahlen. Aber es genügte den scharfen Drachenaugen dennoch, um zu sehen. Bo-Hann hob die Klauen, ließ den feuchten Schlamm zu Boden klatschen und sah nach unten. Kleine, kompakte Türmchen ragten links und rechts neben ihm auf. Sie waren braun und unansehnlich und eigentlich gar nicht würdig, die Diener eines Drachengottes zu sein. Aber bis das Gestirn wiederkam, wollte Bo-Hann sich mit ihnen die Zeit vertreiben. Er hob abermals die rechte Klaue und formte aus dem Lehm ein Türmchen nach seinem Abbild.

Oder doch fast. Und weil ihm weiter nichts Besseres einfiel, machte er gleich noch eins … und noch eins … bis er schließlich vollkommen erschöpft an Ort und Stelle inmitten der Lehmhäufchen niedersank. Bald darauf erschütterte ein Schnarchen den Strand und die nahen Berge, ein Schnarchen, neben dem das Grollen des Meeres wie ein Säuseln lauer Lüfte in den Bäumen klang. Und der Feueratem des Drachengottes wehte über die Gebilde aus Lehm, härtete sie und nährte sie. Bo-Hann war eingenickt. Und aus dem Nickerchen wurde ein Großer Schlaf, so tief und lang, wie nur Drachen ihn schlafen können …

Ein grässliches Lärmen riss Bo-Hann unsanft aus seinen Drachenträumen.

»Uga! Uga! Da-da!«

»Hu! Hu! Pa-pa!«

Der Drachengott blinzelte. Das Gestirn, das das goldene Licht in die Welt brachte, war bereits über dem Meer erschienen und erinnerte Bo-Hann an seinen Vorsatz, sich noch einmal auf die Jagd nach ihm zu machen. Eilig drehte er sich auf die Seite, um aufzuspringen – und hielt erschrocken inne. Das seltsame Gelärm, das ihn geweckt hatte, schwoll zu einem schrillen Heulen an und bohrte sich ihm wie scharfe Splitter in die Ohren.

»Aufhören!«, brüllte er, und das Meer bäumte sich, aufgepeitscht von der Gewalt seines Atems, in die Höhe. Kalte Gischt spritzte auf den Drachen nieder, und seine glutheißen roten Schuppen zischten und dampften.

»Ugu! Ugu!«

»Da-da!«

Es waren die gleichen Laute wie zuvor, die er nun vernahm, aber leiser diesmal und süßer und sehr viel angenehmer für seine großen, empfindlichen Ohren. Ein wenig besänftigt spähte er um sich – und vergaß für alle Zeit, welche Pläne er für das Goldlichtgestirn gehegt hatte –, vielleicht zum Glück für den Planeten Batala.

Kleine und sehr lebendige Gestalten bevölkerten mit einem Mal den Strand und die nahen Berge, und vage erkannte der Drachengott in ihnen die Figürchen, die er vor wer weiß wie vielen Jahrhunderten aus dem Lehm geformt hatte.

Bo-Hann war überglücklich. Ein wenig enttäuscht stellte er allerdings fest, dass die Lehmtürmchen nur geringe Ähnlichkeit mit ihm selbst hatten: Ihre Beine waren, im Verhältnis zum Körper, viel länger als seine, ihre Bäuche ganz flach und mager, wo der seine sich wohltuend fürs Auge rundete – vor allem aber mussten ihnen irgendwann die Flügel abgefallen sein, bei deren Formung er sich so große Mühe gegeben hatte. Die kleinen Geschöpfe waren nicht perfekt, aber je länger Bo-Hann darüber nachsann, umso mehr gefiel ihm selbst ihre Flügellosigkeit. Er war schließlich der Gott auf diesem Planeten – der einzige, wie er nicht ohne Behagen dachte –, und was konnte passender sein, als der alleinige Besitz einer Vollkommenheit, die seinen göttlichen Anspruch ein und für alle Mal klarstellte?

Mit huldvollem Lächeln richtete sich der Drache zu seiner vollen Größe auf, so dass sein schmaler, geschuppter Kopf selbst die höchsten Bäume überragte. Das Gelärm unter ihm verstummte nun. Oder jedenfalls beinahe. Nur eine besonders kleine Gestalt – ein Kind, vermutete Bo-Hann – verlor nicht den Mut, sondern trat vorsichtig auf ihn zu und klopfte erst neugierig auf eine seiner langen, gebogenen Krallen und kitzelte dann die weiche Haut dazwischen.

»Pa-pa!«, sagte der Kleine – es musste ein Junge sein, befand Bo-Hann, denn so viel Kühnheit und Witz konnten nur einem männlichen Geist entspringen. Ein Gefühl keimte in der Drachenbrust auf, das Bo-Hann ganz fremd war und nicht wenig unheimlich, denn es trieb ihm eine ungewohnte Nässe in die sonst trockenen Edelsteinaugen.

»Pa-pa!«, zirpte das kleine Wesen noch einmal und zupfte an einer Schuppe über Bo-Hanns rechtem Knöchel, denn höher konnte es nicht hinauflangen. »Pa-pa!«

»Papa!«, strahlte der alte Drache, dem jetzt Tränen über die Lederhaut seiner Wangen rollten. »Ja, so ist's recht, mein Sohn, sag Papa zu mir.«

»Pa-pa!« Das kleine Stimmchen wurde immer dringlicher, und sein Zupfen an den Drachenschuppen bekam langsam etwas Ärgerliches, aber Bo-Hann ließ es sich gutmütig gefallen. Zu sehr war er davon in Anspruch genommen, ein huldvoller Gott für seine anbetenden Diener zu sein, als dass solch kleines Ungemach ihn hätte stören können.

»Pa-pa! Da-da!« Das Knirpslein, das merkwürdige bunte Fetzchen am Leib trug und eine nicht minder merkwürdige, borstenartige Substanz vom Kopf hängen hatte, hüpfte vor Bo-Hann auf und ab. Bo-Hann verstand. Auf seinem Heimatplaneten gab es für die Drachenkinder kein größeres Vergnügen, als auf dem

Rücken ihrer Väter zu reiten. Ein Lächeln, das Dutzende und Aberdutzende diamantscharfer Marmorzähne in seinem Maul entblößte, huschte über sein Gesicht.

»Ugu! Aga!«, gellte es darauf von den Hängen, und Bo-Hann warf unwillig den Kopf hin und her. Dieses grässliche Geheul musste er seinen Dienern schleunigst abgewöhnen. Einzig das Knirpslein schien vernünftig zu sein und summte nur leise und melodisch vor sich hin: »Pa-pa! Da-da!«

Kurz entschlossen packte Bo-Hann das Knirpslein an der borstenartigen Substanz und den bunten Fetzchen um seine Leibesmitte – dabei wurde seine Stimme allerdings vorübergehend etwas unmelodischer – und setzte es sich mit Schwung zwischen zwei Schuppen auf seinem Rücken. Ein warmes Gefühl des Stolzes durchflutete ihn, als er spürte, wie zwei kleine Hände sich an seinem Hals festkrallten. Er war ein Gott, er hatte als Einziger auf diesem Planeten Flügel, und jetzt hatte er sogar Untertanen. Die Welt konnte schöner nicht sein – und es wurde Zeit, dass er sie in Augenschein nahm, diese neue Welt.

Langsam und majestätisch setzte er einen Fuß vor den anderen und umrundete die Landspitze, auf der neben anderen Bergen sein Schlafberg stand. Erstaunt bemerkte er, dass auf allen Hängen und auch in den Niederungen seltsame quadratische Steingebilde standen, die nach oben hin spitz zuliefen. Und zu jedem dieser Gebilde schienen mehrere Untertanen zu gehören, kleine und größere, die bei seinem Anblick schreiend im Innern dieser Steindinger Zuflucht suchten. Kopfschüttelnd und ratlos setzte Bo-Hann seinen Weg fort.

Er war jedoch nicht weit gekommen, als auch schon eine steile Furche auf der Drachenstirn erschien. Wo sich früher eine gut eingelegene Felsplatte befunden hatte, gerade richtig für seinen schonungsbedürftigen Rücken und den langen, mit Stacheln bespickten Schwanz, klaffte jetzt ein riesiger, hässlicher Krater. Und in dem Krater wimmelte es nur so von Untertanen. Wie Ungeziefer krochen sie dort umher. Bo-Hann trat leise näher heran, um dem merkwürdigen Treiben auf den Grund zu gehen. Er kniff die Augen zusammmen und blinzelte gegen den grellen Schein des Goldlichtgestirns, das jetzt hoch am Himmel stand. Das Knirpslein auf seinem Rücken verhielt sich ganz still und fein, und Bo-Hann war sehr zufrieden mit ihm.

Weniger zufrieden indes war er mit diesen anderen Untertanen, die immerhin das göttliche Ruhebett entweihten! Dann fiel sein Blick auf etwas, das sich am Rande des Geschehens befand, und eine verschwommene Erinnerung dämmerte in ihm herauf. Dort, unter der Felsenspitze, stand ein Halbkreis großer Steinbrocken ... Bo-Hann fand sie auf den ersten Blick unschön, scharfkantig und widersetzlich. Und um sie herum lagen ungezählte kleinere Steine, offensichtlich von seinen Untertanen dort hingeschafft. Wieder übermannte ihn Rührung. Wie lieb – wenn auch etwas übereifrig – sie doch waren. Sie wollten ihm einen Tempel bauen, ein Denkmal zu seiner Anbetung. Jetzt begriff er auch, was die seltsamen Steingebilde zu bedeuten hatten, an denen er mit dem Knirpslein auf seinem Weg um die Landspitze vorbeigekommen war.

Aber wie sie sich abmühten! Und wie mager und klein sie für eine so harte Arbeit waren! Spielerisch langte der Drache hinauf zur Felsenspitze und zwackte ein dickes Stück heraus. Staub umwogte den Berg, und die Untertanen im Krater blickten erschrocken auf.

»Ugu! Ugu! Aga!«

Wieder hob dieses schauerliche Geheul an, das ihm langsam arg auf die Nerven ging. Etwas pikste ihn in den Hals, und um ein Haar hätte er das Knirpslein auf seinem Rücken vergessen und sich gehörig gekratzt. Das Knirpslein brüllte nun ebenfalls, und das direkt in seine empfindlichen Drachenohren. Hastig zupfte er es herunter und setzte es vor sich auf den Boden.

Die Untertanen in dem hässlichen Krater heulten noch immer, aber das war noch gar nichts verglichen mit dem, was nun das Knirpslein veranstaltete.

»Ugu, da-da!«, schrie es, dass das Echo von den Bergen nur so zurückprallte. »Da-da Pa-pa! Aga, U-u.« Und so ging es fort, bis es Bo-Hann ganz dumpf im Kopf wurde und er sich die Ohren zuhielt und die Edelsteinaugen zuklappte.

Ein Kitzeln zwischen den Klauen seines rechten Hinterfußes störte ihn aus diesem relativen Frieden auf. Vorsichtig und ohne die Ohren freizugeben, spähte er unter halb geschlossenen Lidern hervor. Das Knirpslein stand vor ihm und stocherte mit einem langen, dünnen Ast zwischen seinen Klauen herum. Als es sah, dass er die Augen geöffnet hatte, warf es den Stock fort und begann, wild zu gestikulieren. Es sprang und hüpfte und deutete und zeigte – dann verstand Bo-Hann endlich. Er sollte dem Knirpslein folgen. Argwöhnisch und in Erwartung neuer Schrecken lauschte er, aber es herrschte wohltuende Stille. Ein vorsichtiger Blick in die Runde zeigte ihm, dass seine Untertanen sich aus dem Krater zurückgezogen hatten; sie standen schweigend und ein wenig geduckt neben den Felsbrocken, die er vor so langer Zeit aus dem Berg gebrochen hatte.

Das Knirpslein schritt indes munter drauflos – direkt in den Krater hinein.

»Ugu! Ugu! Da!« Es zeigte auf einige Steine, die die Untertanen liegen gelassen hatten, und der Drache verstand.

Das Knirpslein sah erwartungsvoll zu ihm auf, und weil es so lieb ausschaute mit seinen bunten Stofffetzchen um den unvollkommenen, flügellosen Leib und weil es sich so offenkundig mühte, seine armen Ohren zu schonen, tat Bo-Hann ihm den Gefallen. Er zog sich einen kleineren Berg heran, ließ sich bequem auf den eingerollten Schwanz sinken und begann, den Berg sauber zu zerlegen. Das Knirpslein beobachtete ihn, und er hatte das seltsame Gefühl, dass es dies mit ungebührlich kritischer Miene tat.

»Ugu-aga! Pa-pa, Da-da!«

Das Knirpslein deutete auf die großen Brocken, die Bo-Hann aus dem Berghang gebrochen hatte, und schüttelte streng den

Kopf. Dann nahm es einen kleineren, glatten Stein, liebkoste ihn mit seinen winzigen Händen und legte ihn schließlich mit feierlicher Gebärde vor den Drachen hin.

Bo-Hann verstand. Wie dumm von ihm! Seine Untertanen brauchten keine großen, unförmigen Felsbrocken, sondern gleichmäßig geformte, eckige Steine für die Tempel, die sie zu seinem Ruhm erbauten. Denn nun wusste er natürlich auch, was es mit diesen Steindingern auf sich hatte, die überall herumstanden. Seine Untertanen hatten, während er den Großen Schlaf hielt, ihre dünnen, hässlich flügellosen Körper geschunden, um ihn, ihren einen und einzigen Gott, mit diesen Tempeln zu ehren.

»Pa-pa! Da-da!«

Das Knirpslein zupfte beharrlich an der Schuppe über Bo-Hanns rechtem Knöchel, die ihm schon zuvor dazu gedient hatte, die Aufmerksamkeit des Drachen zu erlangen.

Bo-Hann beugte sich zu dem Knirpslein herunter. »Ist ja gut, mein Kleiner«, sagte er und gab Acht, ihm nicht zu nahe zu kommen, damit sein Feueratem es nicht versengte. »Papa wird euch bei der schweren Arbeit helfen!«

Der Drache sprach's und machte sich ans Werk.

Das Goldlichtgestirn, dessen Name zu jener Zeit noch nicht feststand, senkte sich bereits dem Meer entgegen, doch Bo-Hann dachte nicht daran, mit der Arbeit aufzuhören. Es war weitaus mühsamer, kleine, glatte Steine anzufertigen, statt großer, ungetümer Felsbrocken, das hatte er bald entdeckt. Aber das Knirpslein war ganz offensichtlich sehr zufrieden mit ihm, denn es nickte jedes Mal beifällig, wenn er einen neuen Stein neben die übrigen legte. Nur einmal, als er beinahe in seinem Eifer erlahmt wäre, hatte es ihn an der Schuppe über seinem rechten Knöchel gezupft, und Bo-Hann hatte eilig den nächsten Stein gebrochen und mit seinen scharfen Klauen, auf die er so stolz war, glatt poliert. Die Schuppe über seinem rechten Knöchel war vom vielen Zupfen schon ein wenig wacklig geworden, aber das bemerkte

Bo-Hann erst sehr viel später, denn der Drachengott schuftete. Und schuftete ...

»Ugu! Aga! Pa-pa da!«

Die Stimme des Knirpsleins hatte ihre Süße längst verloren, und das Knirpslein selbst war beileibe kein Knirpslein mehr. »Papa da!«, tönte der scharfe Befehl vom frühen Morgen bis spät in die Nacht, und heute war es nicht anders.

Bo-Hann reckte seinen schmerzenden Rücken, und seine Krallen, die einst in allen Farben des Kosmos schillerten und die sein ganzer Stolz gewesen waren, schabten stumpf und glanzlos über eine verirrte Schäfchenwolke am Himmel. Müde wandte er den Kopf, auf dem die Schuppen grau geworden waren, und ließ den Blick über die Unzahl kleiner und großer Tempel gleiten, bei deren Erbauung er mitgeholfen hatte. Inzwischen besaßen alle Untertanen einen solchen Tempel, manche von ihnen sogar zwei oder drei, am Meer für den Sommer, in den Bergen für den milden Winter. Wäre dem Drachengott Zeit zum Philosophieren geblieben, hätte er wohl manches über das Für und Wider eines einsamen, nur von Wind und Wolken bevölkerten Planeten zu sagen gewusst. Aber es blieb ihm keine Zeit.

Denn das Knirpslein, das kein Knirpslein mehr war, dafür aber sehr klug und gewitzt, hatte stets neue Ideen, wie der Drachengott seinem Reich dienen könnte.

Sein Schwanz eignete sich glänzend zum Bäumefällen.

Seine Krallen pflügten schneller als jeder Pflug.

Sein Feueratem formte das Eisen im Nu.

Seine Zähne, von denen er schließlich recht viele besaß, ergaben herrlichen Schmuck (denn das Knirpslein besaß zwar, wie sich erwies, einen kühnen und daher männlichen Geist, war jedoch seiner Natur nach weiblichen Geschlechts und daher eitel).

Als des Knirpsleins Blick eines Tages indes auf die Edelsteinaugen des Drachengottes fiel, wagte Bo-Hann Protest. Man einigte sich auf einen Kompromiss.

Und so kommt es, dass man heute auf einem der letzten Berge von Batala an manchen Tagen einen einäugigen Drachen sitzen sieht, der sehnsuchtsvoll gen Himmel blickt. Und wenn er nicht gestorben ist, dann wartet er noch immer auf eine Sternschnuppe nach Haus.

Harald Braem

Drachenbäume

Ganz früher, am Beginn aller Zeit, gab es außerordentlich seltsame Tiere: zu einem Drittel waren sie Fisch, zu einem Drittel Landtier und zu einem Drittel Vogel. Die Stammeltern hatten sie aus einer Laune heraus geschaffen und nannten sie Drachen. Diese Tiere konnten im Wasser leben, über Land kriechen und, wenn sie wollten, auch fliegen. Es gab nicht viele davon, auf jeder Insel lebte nur einer. Sie waren weder männlich noch weiblich, vermehrten sich also auch nicht und waren aus diesem Grunde natürlich unsterblich. Dicht an den Kratern, hoch oben in den Roques besaßen sie ihre Nester, wo sie schliefen. Da sie unsterblich waren, brauchten sie auch nicht zu fressen; die Wärme der Sonne allein war ihre Nahrung, und wenn dies nicht reichte, so flogen sie in den Krater und fischten sich glühende Lava. Oft aber auch brauchten sie Abkühlung; dann schwammen sie weit ins Meer hinaus und tauchten bis zu den tiefsten Stellen hinab.

Wie aber sahen die Inseln zu jener Zeit aus? Karge, zerklüftete Felsen bildeten sie, viele von ihnen bedeckte Lava, und sie suchten noch ihre endgültige Form. Die Erde war jung, sie atmete, hob und senkte sich, brach auseinander und formte sich neu. Auch waren die Vulkane viel heißer als heute. Viele spien Feuer und bliesen Rauchsäulen weit in den Himmel hinein.

Zu dieser Zeit gab es noch keine Menschen, es gab keine Bäume und so gut wie überhaupt keine Pflanzen, die als Nahrung hätten dienen können. Der Mensch erst hat die Ordnung geschaffen, Terrassen angelegt und die Felder bewässert, denn dies entspricht seinem Wesen. Vorher aber war die Erde ein wüstes Gebilde, wild und wenig zur Ernte geeignet.

In dieser Wildnis, die ständig anders aussah, weil sie von Tag zu Tag sich vernichtete und neu zusammensetzte, hausten die Drachen als alleinige Herrscher und Besitzer der Inseln. Sie dachten nicht nach und mussten sich wenig sorgen, denn die Zeit war günstig für sie, und sie waren ein Teil der Zeit. Sie saßen einfach da und träumten, mehr brauchten sie nicht zu tun. Wenn sie Hunger verspürten, flogen sie hoch, wenn sie Durst bekamen, tauchten sie unter, und wenn sie müde wurden, blieben sie zum Ausruhen auf dem Grund des Meeres.

Da dies alles sehr einfach und wenig abwechslungsreich schien, schufen die Stammeltern die ersten Menschen, Tiere und Pflanzen. Die kamen nun, füllten die Inseln mit buntem Leben und begannen, sich überall auszubreiten. Das war möglich geworden, weil viele Vulkane inzwischen erloschen waren und die Lava langsam zu fruchtbarer Erde wurde. Nur zu den Kratern, die noch Rauch sandten und Feuer spien, wagte sich niemand. So geschah es, dass die trägen Drachen in ihren Nestern lange nicht merkten, dass sie nicht mehr allein waren. Als sie es gewahr wurden, flogen sie staunend auf und betrachteten das Gewimmel unter sich, das kaum rasten und ruhen wollte.

Einige von ihnen landeten auf der Erde, um sich die Menschen und Tiere von nahem anzusehen. Die Drachen waren jedoch sehr groß, wirkten plump und sahen sonderbar aus – zu einem Drittel Fisch, zu einem Drittel Landtier und zu einem Drittel Vogel –, so dass niemand in ihrer Nähe bleiben wollte. Die Menschen fürchteten sich, die Tiere flohen, und selbst die Pflanzen verdorrten, wenn ihr heißer Atem sie traf.

Da flogen die Drachen zu ihren Nestern zurück und wollten von den Inseln nichts mehr wissen. Aber wo sollten sie hin? Zwei, Azara und Atlaza, erhoben sich endlich und stiegen hoch in den Himmel, um weiter zu fliegen als jemals zuvor. Sie verschwanden irgendwo in der Ferne, und niemand hat sie je wieder gesehen.

Zwei andere, Gorgas und Gondro, glitten ins Wasser und

schwammen weit in die See hinaus, um sich tiefe Gründe zum Ausruhen zu suchen. Fremde Seefahrer begegneten ihnen zuweilen und wussten davon zu berichten.

So blieben noch drei Drachen; die aber mochten sich nicht von ihren Inseln trennen. Da beschloss Atla, männliches Geschlecht anzunehmen, und Azla weibliches, denn sie wollten Nachkommen haben wie die Menschen und Tiere. Auf alle Inseln flogen sie und vereinigten sich in Liebe; auf den Berggipfeln bauten sie Nester, legten Eier hinein und brüteten sie aus. Da es aber so viele Inseln gab und noch mehr Berggipfel darauf, konnten sie nicht überall gleichzeitig ihre Nachkommenschaft bewachen. Raben, Krähen und Falken fielen über die Nester her und plünderten sie aus, und Atla und Azla hetzten herum, um die frechen Vögel zu vertreiben.

So kam es, dass sie bald erschöpft waren und ebenfalls in den Tiefen des Meeres Zuflucht suchten wie Gorgas und Gondro zuvor; niemals kehrten sie von dort zurück. Ihre Nachkommen aber, die wenigen, die das gierige Nachstellen durch die Vögel überlebt hatten, mussten sich ganz klein machen, damit sie von den Räubern übersehen wurden. Das sind die Eltern der kleinen Drachen, die heute überall auf den Inseln leben. Auf Schritt und Tritt findet man sie: fischartig geschuppt mit Fischschwänzen und Fischmäulern und dazu mit vier Beinen, um schnell über die Erde laufen zu können, denn noch immer suchen die Vögel nach ihnen und betrachten sie als wohlschmeckende Beute. Nur fliegen können die kleinen Drachen nicht mehr.

Als nun Atla und Azla verschwunden waren, gab es noch einen einzigen Drachen auf den Inseln: Azranda, den schönsten von allen. Flammend rot wie ein Strauch blühender *Bougainvilleen* war er und dunkelblau wie wolkenloser Himmel, mit leuchtend grünen Schuppen in seinem Panzer. Er fühlte sich unglücklich und einsam, so allein. Wehmütig flog er dahin und sah, dass auf Hierro und den anderen Inseln keine Bleibe mehr für ihn war. Da weinte Azranda, schüttelte sich schluchzend in der Luft und verlor Schuppe um Schuppe aus seinem Panzer. Als er völlig nackt und wehrlos war, flog er zum *Teide u*nd stürzte sich kopfüber in den glühenden Krater, um in der großen Hitze zu zerschmelzen.

Die schönen grünen Schuppen aber, die aus seinem Panzer zur Erde gefallen waren, senkten sich in den Boden und schlugen dort Wurzeln. Überall, wo dies geschehen war, keimte im Jahr darauf ein kleiner Baum. Das sind die *Drachenbäume;* sie wachsen auf allen Inseln, hauptsächlich jedoch auf Hierro, La Palma und Gomera, wo Azranda die meisten Schuppen verloren hat.

Unendlich langsam wuchsen die Bäumchen. Als die ersten die Größe von *Opuntien* hatten, waren die Menschen, die sie noch als Keimlinge kannten, schon Greise. Hundert Jahre vergingen, schließlich tausend – da waren die Drachenbäume erst richtig groß. Gewaltige Stämme besitzen sie und dichte Kronen wie die Schuppenpanzer von Drachen. Das Holz ihrer Stämme ist so hart und fest, dass die Menschen Boote daraus bauten, die niemals zerbrachen und niemals sanken. Viele Boote bauten sie und waren dankbar für Azrandas Geschenk. Wo Azrandas Schuppen jedoch dichter gefallen waren und die Drachenbäume daher im Hain zusammenstehen, da trafen sich die Menschen in Andacht, und die *Menceys* hielten dort ihre Versammlungen ab und saßen zu Gericht.

Es gibt auch Drachenbäume, die stehen im dichten Kreis, so dass außen Sonne und innen Schatten ist. Diese Drachenbaumringe galten als heilig. Weise Leute, die sich hier niederließen, um nachzudenken, spürten die Macht eines solchen Ortes, und manche von ihnen behaupteten gar, dass die Drachenbäume mit ihnen sprächen. Als nämlich die Schuppen aus dem Drachenpanzer zur Erde glitten, da hat der Wind sie berührt und ihnen Botschaften aus der alten Zeit mitgegeben. Wer also richtig hinhört und der Sprache von damals lauscht, der kann noch heute verstehen, was die Drachenbäume zu sagen haben.

Claudia Mielke

Die Rettung der Nanodrachen

Erdele, ein kleiner Planet in der 26. Dimension.

Ein eisiger Wind entlockte dem Wald mehr Geräusche, als die kleine Reisegruppe hören wollte.

»Das ist doch Wahnsinn, mitten in der Nacht durch den Wandernden Wald zu marschieren«, schnaubte Knolch Fibistus ungehalten. »Wie konnte ich mich nur auf dieses aussichtslose Abenteuer einlassen? Wir kommen niemals rechtzeitig an. Es ist doch längst entschieden: Wir werden alle sterben!«

Ein leises Fauchen ertönte aus dem Weidenkörbchen, das die Zauberin Daiwee in den Händen hielt.

»Hör endlich auf zu zetern!«, sagte die Zauberin so beherrscht wie irgend möglich. »Wir drei sind die Einzigen, die das grausame Spiel der Götter kennen. Und wenn du, Fibistus, nicht zufällig die Spielregeln gefunden hättest, wäre die Vernichtung von Erdele besiegelt.«

Sie blieb stehen und sah auf den Knolch herab. Er ging ihr gerade bis zur Hüfte. »Wir müssen durch diesen Wald zur ranzigen Endstation«, fuhr sie fort. »Der Overbringer ist der Einzige, der uns noch helfen kann.«

»Trotzdem ist das eine verrückte Mission«, murrte der Knolch. »Wie sollen wir den Weg aus dem Wald finden, wenn die Bäume sich ständig umstellen. Und wer sagt uns, dass uns der ... Sensenmann überhaupt hilft?«

Knolch Fibistus schlug sich erschrocken die knubbelige Hand vor den Mund. Er hatte das Wort gar nicht sagen wollen.

»Du kannst seinen Namen ruhig aussprechen«, meinte Daiwee mit milder Stimme. »Der Overbringer ist nicht gut und nicht böse. Er ist einfach der Letzte auf Erdele, mit dem wir einen Termin haben.«

Ein Lächeln umspielte ihr glattes junges Gesicht. Ihr langes weißes Haar schimmerte im Schein der Fackel, die der Knolch Fibistus hoch über seinen Kopf hielt.

Erst jetzt mischte sich der dritte im Bunde ein. Halbelf Schwebender Blüterich hatte die ganze Zeit den Boden abgesucht, Pflanzen berührt und an ihren Blättern gerochen. Jetzt tänzelte er nervös auf Daiwee und Fibistus zu.

»Wir müssen weiter! Die Kleinen im Korb halten das Klima nicht mehr lange durch. Noch kann ich die Zeichen lesen, die uns den Weg aus dem Wald weisen. Doch etwas verändert sich bereits ...«

»Auf geht's!«, sagte Fibistus mit fester Stimme. Er hielt die Fackel noch höher und schritt – nun wieder mutig – voran.

»Auch wenn ich ein alter Stänkerer bin, weiß ich doch, wie wichtig unser Auftrag ist. Ich bin ein furchtloser Krieger, und ich werde Erdele retten!«

Fibistus ahnte nicht, welch lächerliches Bild er abgab. Schweigend schritten die drei auf dem schmalen von allerlei Kraut überwucherten Waldweg voran. Der Wind brachte die Blätter in den dunklen Baumkronen zum Raunen, und hin und wieder klang es wie gehässiges Kichern.

Doch dann kreischte der Knolch plötzlich schrill auf. Er blieb so abrupt stehen, dass Schwebender Blüterich auf ihn prallte.

»Etwas hat mich angesprochen«, flüsterte Fibistus. »Ganz leise ...«

»Und was hat es gesagt?«, fragte Daiwee erstaunt. Der Knolch zitterte am ganzen Leib.

»Ich weiß nicht ...«

Schwebender Blüterich schlich vorsichtig um das Gebüsch herum. Dann ließ er ein leises, glockenhelles Lachen vernehmen.

»Wispernde Meilensteine!«, rief er aus.

»Wispernde was?«, fragte Fibistus verwundert.

»Kommt her und seht es euch an«, sagte der Halbelf immer noch lachend. Hinter dem Gebüsch gruppierten sich drei kegelförmige hellgraue Steine. Ein Paar große, runde Augen, die im Schein der Fackel orange aufleuchteten, gaben den Steinen einen unschuldigen Ausdruck.

»Nach links, nach links und dann zwei Meilen noch ... nach links, nach links ...«, wisperten die Meilensteine im Chor.

»Na, das ist doch mal eine Auskunft!«, freute sich Fibistus und schickte sich an, den empfohlenen Weg zu gehen.

»Ja, beeilt euch!«, rief Schwebender Blüterich. »Wir haben kaum noch Zeit.«

»Irgendwie kommt mir diese Gegend bekannt vor«, bemerkte Fibistus eine Stunde später.

Auch Schwebender Blüterich sah nachdenklich aus.

»Ich fürchte, die Meilensteine haben uns reingelegt«, sagte er verschämt.

»Aber warum? Sie haben doch gesagt ...« Fibistus war verwirrt.

»Sie lügen!«

»Woher weißt du das?«, fragte nun auch Daiwee.

Schwebender Blüterich hob fast verlegen die Schultern. »Das weiß jeder gute Wegfinder«, bekannte der Halbelf betreten. »Nur ich hatte es vergessen!«

»Und wozu nehmen wir dann den besten aller Wegfinder mit auf diese Reise?«, rief Fibistus zornig.

»Wispernde Meilensteine machen sich einen Spaß daraus, Reisende in die Irre zu führen«, entschuldigte sich Schwebender Blüterich. »Aber sie können bei Elfen auch das Gedächtnis durcheinander bringen. Ich verlasse mich ab sofort nur noch auf meinen Instinkt. Kommt hier entlang!«

Sie bogen dicht hintereinander in einen von Leuchtblumen gesäumten Weg ein. Bereits nach wenigen Schritten schossen die

Blumen explodierenden Samen ab, die schmerzhafte Wunden verursachten.

»Warum tun sie so etwas Scheußliches?«, fragte Daiwee empört. Schnell sprach sie einen Bann aus, der die Samen von ihnen fern hielt.

»Ich vermute, sie sollten uns aufhalten«, sagte der Halbelf.

»Du hast wahrscheinlich Recht«, sagte Daiwee. »Aber wir wussten von Anfang an, dass die Götter es uns nicht leicht machen würden, die beiden Kleinen zu retten.«

»Sind sie wohlauf?«, fragte Schwebender Blüterich und kam näher an Daiwee heran. Die Zauberin hob vorsichtig ein Tuch, das über das Weidenkörbchen gebreitet war.

»Sie schlafen«, flüsterte sie und lächelte sanft. »Noch hält mein Wärmezauber.«

Am Horizont öffnete der Morgen ein schmales, lang gezogenes Augenlid und blinzelte die drei Reisenden an, als sie endlich aus dem Wandernden Wald traten. Vor ihnen lag eine Ebene. Der Boden war steinig und von krabbelnden, langbeinigen Lebewesen besiedelt.

Fibistus entschied sich für eine hüpfende Gangart.

»Widerlich!«, schimpfte er immer dann, wenn ihm die Spinnentiere zu nah kamen.

»Keine Sorge!«, versuchte Schwebender Blüterich den Knolch zu beruhigen. »Sie zwicken zwar ein wenig, aber gefährlich wird es nur, wenn sie deine Halsschlagader erwischen ...«

»Witzbold!«, schrie Fibistus. »Dir ist doch wohl klar, dass mein Hals für die Viecher bestens zu erreichen ist.«

Schwebender Blüterich und Daiwee schauten verlegen auf den Knolch herab. Daiwee war erschöpft und besaß kaum noch Kraft zum Zaubern. Trotzdem ließ sie sich überreden, Fibistus mit einem Stinkzauber zu umgeben. Sofort wichen die Krabbeltiere zurück.

»Danke Daiwee«, sagte Fibistus und grinste über das ganze

knollige Gesicht. »Mir ist zwar jetzt übel von dem Gestank. Aber das ist besser als die Krabbler ...«

»Der Giftzwerg hat aber auch an allem etwas auszusetzen!«, beschwerte sich der Halbelf wütend. »Wird Zeit, dass wir ankommen. Denn lange halte ich es mit diesem zänkischen Winzling nicht mehr aus!«

»Ihr eingebildeten Elfen hattet schon immer etwas gegen das Bodenvolk!«, keifte der Knolch aufgebracht zurück.

»Hört sofort auf damit!« Daiwee trat zwischen die beiden. »Denkt an unser gemeinsames Ziel. Wenn wir nicht zusammenhalten, wird es schon bald weder Elfen noch Knolche geben. Dann wird Erdele dem grausigen Spiel geopfert!«

Die beiden anderen widersprachen nicht. Von den Strapazen der langen Reise erschöpft und schon fast entmutigt setzte die Gruppe ihren Weg fort.

Die Sonne spendete keine Wärme, und der Wind trieb ihnen Tränen in die Augen. Hin und wieder hielt Daiwee an, um in das Körbchen zu schauen. Mit jedem Mal wurde ihr Blick besorgter. Der Wärmezauber hatte kaum noch etwas von seiner lebenserhaltenden Kraft.

Es dämmerte bereits, als sie endlich ihr Ziel erreichten.

»Die Endstation!«, flüsterte Schwebender Blüterich ehrfürchtig. »Der letzte Ort, an dem ein Lebewesen sein möchte ...«

»... und der letzte Ort, an dem garantiert jeder irgendwann ankommt!«, ergänzte Daiwee genauso leise.

»Und wirklich ranzig«, bemerkte Fibistus und rümpfte die Nase. Hinter dem baufälligen, flach gestreckten Gebäude erhob sich sehr groß und mächtig das Schwarze Tor. Daiwee, Schwebender Blüterich und Fibistus betraten das Gebäude und gelangten in einen großen Wartesaal.

Ein bepelztes Wesen in schmutziger Uniform stellte sich ihnen in den Weg

»Wohin?«, fragte der Wächter abweisend.

»Wir möchten mit dem Vorsteher sprechen«, sagte Daiwee höflich.

»Ihr habt keinen Termin. Verschwindet!«

»Herr, woher wisst Ihr, dass wir keinen Termin haben?«, fragte Schwebender Blüterich mit einschmeichelnder Stimme.

»Ganz einfach: Der Overbringer hat noch nie – ich sage: noch nie – seit Anbeginn aller Zeiten einen Termin vor der Zeit vergeben.«

Nun reckte sich Fibistus in einem Anfall von Mut zu seiner vollen unbedeutenden Größe.

»Dann wird er jetzt damit anfangen, sonst ...«, begann er in strengem Ton.

»Sonst?«, donnerte eine gewaltige Stimme hinter ihnen. Langsam, mit gesenkten Köpfen, wie in Erwartung einer fürchterlichen Strafe, drehten sich die drei um.

Daiwee wagte es als Erste, den Blick zu heben. Der Overbringer war sehr groß und hager. Er war schwarz gekleidet und von vollkommener, eiskalter Schönheit.

»Ich kann nicht glauben, dass jemand so dumm ist, mich freiwillig zu besuchen«, sagte der Overbringer voller Verachtung. »Doch jetzt will ich wissen, warum ihr so etwas tut. Kommt mit!«

Er schritt voran in einen Raum mit einer hohen, gewölbten Decke, der nur von rußenden Kerzen erhellt wurde. Es roch nach verdorbenem Talg. Der Overbringer setzte sich an einen leeren Tisch. Dann wies er den anderen Plätze gegenüber zu.

»Sprecht jetzt – ich höre!«, sagte er knapp.

»Wir drei sind die LRMK«, hauchte Fibistus beeindruckt. »Die Liga zur Rettung magischer Kulturen. Das hier ist Schwebender Blüterich, der Halbelf.« Er deutete auf den Elfen, der kurz nickte. »Die Zauberin hier neben mir heißt Daiwee, und ich, Fibistus, bekleide das Amt des Protokollführers.«

Er erhob sich von seinem Sitz und verneigte sich leicht.

»Und was wollt ihr ausgerechnet von mir?«, fragte der Overbringer scharf.

»Ihr seid der Einzige, der uns helfen kann, Herr«, sagte Schwebender Blüterich.

»Auf die Idee, dass ich helfen könnte, ist noch nie jemand gekommen. Seid ihr sicher, dass ihr mich meint?«

»Ganz sicher«, strahlte Daiwee ihn zuversichtlich an. Sie hatte das Körbchen vor sich auf den Tisch gestellt. Etwas regte sich unter dem Tuch.

»Ihr seid der Herr, und nur Ihr könnt zwei Lebewesen vor dem sicheren Tod retten.«

»Nein!«, sagte der Overbringer heftig. »Genau das kann ich nicht! Im Gegenteil – ich bringe Wesen hinüber. Das ist mein Beruf. Und ich kann niemanden vor mir selbst retten.« Er erhob sich wütend, dann brüllte er: »Das ist ... das ist eine Beleidigung meiner Arbeit!«

»Herr Overbringer, Ihr habt uns falsch verstanden!«, rief Schwebender Blüterich aufgeregt. »Bitte, hört uns an. Es geht um die Rettung unserer Welt. Und es gibt keine andere Möglichkeit!«

Er brach ab und schlug die Hände vor das Gesicht.

»Also gut. Erzählt mir eure Geschichte«, sagte der Overbringer und setzte sich wieder. »Aber macht schnell. Ich habe Klienten.«

»Ich beeile mich schon«, stieß Fibistus mit ängstlicher Stimme hervor. »Es ist nämlich so ... Seit vielen Jahren veranstalten die Götter einen Wettbewerb zwischen den Welten. Diejenige Welt, in der die meisten ihrer Arten überleben, erhält ihre Unabhängigkeit.«

»Warum tun die Götter das?«, unterbrach der Overbringer.

»Es ist ein spannendes Spiel für sie. Es gibt schließlich auch etwas zu verlieren«, sagte Daiwee.

»Genau«, fuhr Fibistus fort. »Die Welt, die zu viele Ihrer Arten verliert, wird vernichtet.«

»Das ist ja ungeheuerlich!«, schnaubte der Overbringer. »Und woher wisst ihr das?«

»Fibistus hat zufällig die Spielregeln entdeckt«, sagte Daiwee.

»Gerade noch rechtzeitig«, sagte Fibistus mit bebender Stimme. »Glücklicherweise konnte ich eine Zauberin und einen Wegfinder für meine gute Sache gewinnen. Erdele ... unsere Heimat ... ist in höchster Gefahr. Wenn noch eine Gattung ausstirbt, haben wir verloren.«

»Und was ist hier vom Aussterben bedroht?«, fragte der Overbringer. Daiwee lüftete das Tuch. Die Wesen im Körbchen gähnten und schüttelten ihre Köpfchen.

»Nanodrachen!« Der Overbringer staunte.

»Die beiden hier sind die Letzten ihrer Art«, sagte Schwebender Blüterich traurig.

»Aber Nanodrachen gab es doch schon immer auf Erdele. Soweit ich weiß, haben sie keine Feinde!«, rief der Overbringer sichtlich erschüttert. »Was ist passiert?«

»Erst vor wenigen Jahren wurde entdeckt, wie nützlich diese harmlosen Tierchen sind«, erzählte Fibistus.

»Ich denke, sie spucken Feuer«, sagte der Overbringer. »Deswegen hat sie doch nie jemand angerührt.«

»Die Nanos sind völlig ungefährlich«, entgegnete Daiwee. »Zwischen Ihren Lungen befindet sich eine winzige Feuerdrüse. Normalerweise können sie nur heiße Luft ausatmen. Die Drachen brauchen sie zum Wärmen ihrer Brut.«

»Lasst mich doch einfach weitererzählen«, unterbrach Fibistus ungeduldig. »Vor kurzem ist es dann in unseren nördlichen Königreichen große Mode geworden, die kleinen Drachen als Pfeifenanzünder zu verwenden.«

»Sie sterben aus wegen einer Mode-Erscheinung?«, fragte der Overbringer ungläubig.

»Die mutigen Herren nehmen die Drachen zwischen Daumen und Zeigefinger und drücken sie so lange, bis die Tierchen Feuer erbrechen«, sagte Fibistus, und tiefe Trauer schwang in seinen Worten mit. »Diese sinnlose Folter halten selbst die stärksten von ihnen nicht lange aus. Die Nanodrachen ersticken bereits nach wenigen Anwendungen.«

Die beiden Nanodrachen in ihrem Körbchen drängten sich ängstlich aneinander – ganz so, als würden sie verstehen.

»Grausam!«, stieß der Overbringer angewidert aus. »Trotzdem kann ich euch nicht helfen. Es tut mir Leid!«

»Aber Ihr sollt doch nur das tun, was Ihr immer tut«, regte Schwebender Blüterich an. »Ihr sollt sie hinüberbringen. Nur nicht dorthin ... nicht in die Ewigkeit.«

»Nein. Und das ist mein letztes Wort!«, sagte der Overbringer entschieden.

»Der Halbelf wollte Euch nur erklären, dass Ihr die Nanodrachen woanders hinbringen sollt«, bettelte Fibistus.

»... in eine andere Welt. Ihr seid der Einzige, der zwischen den Welten reisen kann«, ergänzte Daiwee.

»Das stimmt wohl. Aber dann gibt es doch trotzdem keine Nanodrachen mehr auf Erdele«, sagte der Overbringer zögernd.

Fibistus kramte in einem Beutel und zog ein fleckiges und vom Alter vergilbtes Pergament heraus.

»Hier ist die Anleitung. In diesem Spiel der Götter schreibt keine Regel vor, an welchem Ort die Arten überleben müssen«, sagte Fibistus und grinste breit.

»Ihr wollt die Götter austricksen?« Der Overbringer schmunzelte. »Ich kann trotzdem nicht mitmachen. Der Overbringer kann keine Leben retten!«

»Und wenn überhaupt kein Leben mehr da ist?«, fragte Daiwee heftig. »Wenn Erdele ausgelöscht wird? Wozu braucht man dann den Tod?«

Der Overbringer war schon von Natur aus sehr bleich. Doch nun entwich noch die letzte Farbe aus seinem Gesicht.

»Himmel!«, rief er entsetzt. »Dann verliere ich meinen Job!« Er nahm vorsichtig das Weidenkörbchen an sich. »Ich habe also keine Wahl. Lasst mich mal nachdenken! Ja, ich glaube, ich habe da eine Idee, wohin ich die Nanodrachen bringen kann.«

Er sah sie schweigend an. Lange zurückgehaltene Tränen zeichneten viele kleine Straßen in die vom Reisestaub verschmutzten Gesichter seiner Besucher.

Erde – viele Jahre später

Eines Abends bekam Dek in seinem Büro unangemeldeten Besuch von seinem Assistenten.

»Dek, wenn du das siehst ...« Er stellte eine kleine Schachtel auf den Schreibtisch. »Wahnsinn, Dek. Das wird ein Bombengeschäft. Wir schaffen einen neuen Trend!«

»Na, dann lass mal sehen«, sagte Dek.

»Soeben direkt aus Südamerika angekommen«, berichtete der Assistent aufgekratzt. »Man hat davon Tausende in einem abgeschiedenen Tal entdeckt.«

Er nahm den Deckel der Schachtel und hob vorsichtig ein kleines, kaum handtellergroßes Tier mit bunt schillernden Schuppen heraus. Die kleine Kreatur wand sich ängstlich in der fetten Hand des Assistenten. Die kleinen Flügel flatterten wild, und die Zacken, die sich vom Kopf bis zum Schwanz zogen, färbten sich dunkelrot.

»Das sieht ja aus wie ein Drache«, lachte Dek. Ungläubig berührte er das Wesen mit dem Finger.

»Verschluck dich bloß nicht – es ist tatsächlich ein Drache! Sieh her, was er kann!«

Der Assistent drückte auf den Brustkorb des verängstigten Wesens. Der Drache hustete mehrmals leise, und nach einem kläglichen Keuchen presste er die kleinen Lippen fest aufeinander. Er wollte kein Feuer fauchen! Doch dann begannen die glänzenden Schuppen des Nanodrachen in allen Farben des Regenbogens zu leuchten. Ein unwirkliches und wunderschönes Licht strahlte von seinem winzigen Körper aus.

Dek bekam leuchtende Augen. Verträumt kratzte er sich am Kinn. Dann schlug er mit der flachen Hand auf seinen Schreibtisch.

»Einfangen! Allesamt einfangen! Die leuchtenden Gimmicks müssen noch diesen Monat in unsere Dek-Monalds-Junior-Tüten! Das bringt echt Leben ins Geschäft!«

Irgendwo im Universum begann ein Gott dreckig zu lachen.

Helmuth W. Mommers

Loris Wunderland

Die Boten des Unheils manifestierten sich innerhalb von weniger als drei Dutzend Herzschlägen: Fast gleichzeitig waren sie vor mir und hinter mir, über mir in der Luft – wer weiß, vielleicht sogar unter mir im Erdinnern. Nur wusste ich sie nicht zu deuten.

Dabei hatte ich allen Grund, gut gelaunt zu sein. Eben war mir ein schöner Abschluss gelungen, der sich in klingender Münze umsetzen würde; außerdem spielten gerade die *Beach Boys* meine Lieblingsmelodie, es war ein wunderschöner Sommernachmittag, erst gegen fünfzehn Uhr, der mich im offenen Cabrio nach Hause ins frühe Wochenende eilen ließ.

Tatsächlich war es eher ein Kriechen. Nur noch ein paar Hundert Meter, dann würde ich aus dem Verkehrsstrom ausscheren und in die Auffahrt zur Siedlung abbiegen.

Ein beißender Geruch lag plötzlich in der Luft, nach etwas Verbranntem, überlagerte selbst die Abgase und den Gestank von Gummiabrieb und heißem Asphalt. Schnell ließ ich das Verdeck zuklappen, fuhr die Seitenfenster hoch. Dann bemerkte ich die Rauchschlieren, orange untermalt, die rechter Hand über den Dächern aufstiegen. Das war ganz in der Nähe – in meiner Siedlung!

Jetzt ertönten auch Sirenen von Feuerwehr und Ambulanz. Ich äugte nach vorne und rechts hinaus, als der Verkehr komplett zum Erliegen kam. Irgendwo brannte es, es war nicht auszumachen, wo genau. In meiner unmittelbaren Nachbarschaft bestimmt. Womöglich bei mir? Plötzlich wurde mir ganz heiß. *Lori*, dachte ich. Lori war allein mit dem Kindermädchen.

Ich hupte sinnloserweise. Was, wenn Lori ...? Panik erfasste mich. Hinter mir, vor mir entbrannte, wie auf Kommando, ein Hupkonzert. Dazu spielte mein Handy *Rhapsody in Blue*. Ich rutschte zum Beifahrersitz rüber, kurbelte das Fenster runter, steckte den Kopf raus.

Also doch! Meine Siedlung. Die Einfahrt abgesperrt. Polizei überall. Mein Puls beschleunigte sich. Ich musste hier raus, musste nach Haus. *Lori!*

Ich schwang mich zurück auf meinen Sitz, riss das Lenkrad herum und gab Gas. Mit brachialer Gewalt rumpelte der Wagen auf den Gehsteig. Den Zündschlüssel abgezogen, die Tür zugeschlagen, lief ich ums Auto herum, scherte mich weder um das laufende Radio, das quengelnde Handy, die unverschlossenen Türen, quetschte mich an den Stoßstangen vorbei und rannte los.

Über meinem Kopf ratterten Rotoren. Flüchtig erhaschte ich einen Blick auf einen Hubschrauber von CNN. Natürlich, die Presse, die ließ nie was anbrennen.

Als ich die Absperrung erreicht hatte, wollte man mir den Zugang verwehren. »Nichts da, Mann! Hier wird alles evakuiert. – Bitte zurücktreten. Ja, ja, Sie auch ...«

Erst auf meine Beteuerungen, dass ich hier wohne und meine Tochter allein zurückgelassen habe, ließ man mich durch. Ich keuchte, ich war es nicht mehr gewohnt zu laufen.

Was für ein schreckliches Unglück musste hier passiert sein! Vielleicht war eine Gasleitung explodiert. Wir heizten zwar mit Öl, kochten mit Strom, aber vielleicht einer der Nachbarn ...?

Der Gestank war jetzt viel schlimmer, nicht nur nach Verbranntem – Holz? Pflanzen? Autolack? Gummi? –, es war ein schwefeliger Geruch dabei. Und die Rauchfahnen hatten sich in einen dicken, schwarzen Qualm verwandelt. Rußflocken wirbelten in der Sommerluft. Dazu zitterte der Boden wie von einem schwachen Erdbeben.

Die Sirenen erstarben, noch konnte ich die Feuerwehren nicht sehen. Bis ich dann am nächsten Polizeikordon anlangte. Und erbleichte.

Das Bild, das sich mir bot, war eins der Verwüstung. Vor mir brennende, übereinander getürmte Autowracks. Die mächtige Linde, die noch meine Großeltern gepflanzt hatten, ein verkohltes Gerippe, das sich quer über das legte, was einmal ein sorgsam gepflegter Vorgarten gewesen war, mitsamt Rasen, Blumenbeet, Sträuchern und Hecke, ihre qualmenden dürren Arme über die asphaltierte Straße gebreitet, unter sich einige Autos begrabend.

Hinter einem Vorhang aus Flammen und Rauch – ein Schemen, ein riesiges Ungetüm, fast so hoch wie das Haus, das sich wand und aufbäumte und hin und her schlingerte. Jetzt schnellte ein reptilartiger Kopf hoch, bleckte hundert dolchscharfe Zähne wie ein überdimensionierter Raptor aus der Kreidezeit und brüllte seine urzeitliche Wut in die moderne Welt, begleitet von einer Feuerzunge, die wie aus einem Flammenwerfer geschossen kam und die Gärten auf der gegenüberliegenden Straßenseite in ein Aschemeer verwandelte. Untermalt vom Getöse schreiender, wild gestikulierender Polizisten, Feuerwehrleuten, Sanitätern, Anwohnern, das Rauschen armdicker Wasserstrahlen, das Knattern der Rotoren, bellender Kommandos – und eines unirdischen Brüllens aus dem Rachen des Monsters, dazu das Stampfen mächtiger Beine, dass die Erde zitterte.

Ich hustete, meine Augen tränten beim Bemühen, Lori zu entdecken. Wo war sie? Noch im Haus? Es schien unbeschädigt. Im Freien? In Sicherheit vielleicht? – Ich schrie »Lori, Lori!«, sprang auf und ab, mit der Rechten winkend, während die Linke versuchte, sich durch die Absperrung zu zwängen.

Ein Schlagen von etwas wie monströsen Flügeln, schemenhaft nur erkennbar, mit Klauen an den Spitzen, drückte den Rauch erst zu Boden, ließ ihn dann hochwallen. Und entblößte Lori.

Da stand sie, mein kleiner Schatz, halb verdeckt zwischen den gewaltigen Hinterbeinen; jeden Moment könnte sie von dem Koloss zermalmt werden. Ihr Gesichtchen war rußgeschwärzt, umrahmt von einer engelsgleichen blonden, jetzt zerzausten

Lockenpracht, die blauen Augen weit geöffnet vor Angst, die Lippen zusammengekniffen, dem Heulen ganz, ganz nahe.

Sie hatte mich nicht gesehen – und gewiss auch nicht gehört. Denn jetzt gesellte sich zum Knattern der Rotorenblätter des einen Helikopters das dumpfe Wup-wup-wup weiterer Maschinen, die näher kamen; aufblickend erkannte ich Militärhubschrauber, große, Angst einflößende, waffenstarrende Apachees. Und von Ferne kam ein Rumpeln, ein Grollen wie von Panzern auf ihrem Weg in eine unirdische Schlacht, als hieße es, die letzte von Armageddon zu schlagen.

Jetzt bekam ich es mit der Angst zu tun. Angst nicht um mein Kleines, meinen Herzensliebling. Angst um die anderen. Für einen Moment schloss ich die Augen, atmete tief durch. *Gütiger Gott,* dachte ich, *stehe ihnen bei!* Stehe *uns allen* bei!

Dabei hatte alles so harmlos angefangen. Kleinigkeiten waren es, winzige Hinweise, die wir damals nicht deuten konnten. Wir, Kati und ich, Loris Eltern. Eigentlich wollte ich sie Lore nennen, das assoziierte Kati sofort mit Lorelei, Brentanos Rheinnixe; es klang lieblicher, vielleicht wollte sie ihr auch unbewusst die verführerischen Eigenschaften zusprechen, gewiss nicht die verheerenden.

Was war sie doch für ein süßes Baby gewesen! Unser einziges – und Wunschkind dazu. Unser blauäugiger, blonder Engel, immer frohgemut, lachend, glucksend erst, dann gurrend, später kichernd und schließlich hell klingend wie aus silbernen Glöckchen. Wer könnte ihr da etwas abschlagen? Wir bestimmt nicht. Die Welt wohl auch nicht.

Aber damals wussten wir das noch nicht.

Eigentlich hätten wir es früher merken müssen.

Da war die Sache mit dem täglichen Baden; anfangs ging alles gut, nach einer Weile entwickelte Lori eine Aversion gegen Wasser. Wie der Zufall es so wollte, kam, kaum hatte Kati das Wasser einlaufen lassen, nur noch Luft aus dem Hahn. Zum Stottern der

Installation gesellte sich ihr Lachen – aus Schadenfreude? Kati griff dann notgedrungen zum Waschlappen.

Oder das mit den Kleidern. Sie liebte ihre Spitzenkleidchen, speziell das weiße für den Sonntag. Und hasste Hosen. Sie würde den Rock mit spitzen Fingern an den Seiten hochheben und sich im Kreise drehen: »Ich bin eine Ballerina!«, würde sie rufen. »Ich tanze in den Himmel hinein ...« Mein Engelchen.

Stets passierte etwas mit den Hosen, entweder verbrannten sie unter dem Bügeleisen, oder sie waren nach dem Waschen geschrumpft, oder der Reißverschluss klemmte gerade. Lori kicherte dann überglücklich und lief in ihrem blütenweißen Kleidchen in den Garten, um mit den Blumen zu sprechen.

Jaja, die Blumen, auch so eine Sache. Bei uns blühten sie bereits im Februar: Gänseblümchen, Schlüsselblumen, was immer erst im April gedeihen sollte. Das ganze Jahr hindurch lachten sie uns fröhlich an, sehr zum Neid der Nachbarn. Ihre bunten Köpfchen neigten sich mehr Lori als der Sonne zu.

»Weil ich mit ihnen spreche«, lautete ihre kindliche Erklärung.

Einen ebenso eigenartigen Einfluss schien sie auf Tiere zu haben. Keine Scheu zeigte sie vor knurrenden, bellenden, selbst die Zähne fletschenden Hunden; sobald sie an ihnen vorbeiging, zum Beispiel am Sonntag auf dem Weg in die nahe Kapelle, wurden sie lammfromm, rieben ihren Schädel an Loris Brust und winselten glücklich. »Ich mag Hundi, Hundi mag mich ...«

Unser Stubentiger, ein rot gestreifter Kater von gemeiner Herkunft, versagte ihr nie seine Zuneigung. Sie brauchte ihn nur liebevoll anzusehen – und schon ließ er das Krallen an der Polstergruppe sein. Er folgte ihr wie ein Hund. Später machte er sogar Männchen. Und nie, absolut nie, sahen wir ihn Jagd auf Mäuse oder Vögel machen. Nicht mal auf Fliegen. – Komische Katze!

Unter uns nannten wir sie dann scherzhaft »unsere Heilige Lori von Assisi«.

Einmal regnete es ununterbrochen tagelang; wir mussten die Heizung einschalten und konnten den Regen schon nicht mehr sehen. Lori wohl auch nicht. Plötzlich hatte sie genug von Comics und Kinderfilmen, legte das Bilderbuch zur Seite, das sie schon auswendig kannte, und verkündete: »Jetzt geh ich Ball spielen ...!« Sagte es und ging, den Ball vor ihrer Brust hochwerfend und wieder auffangend, hinaus in plötzlichen Sonnenschein. *Was für ein schöner Zufall!*, dachten wir. Vielleicht sprach sie ja auch mit Petrus ...

Dann war da die Sache mit den Pralinen. Ein Geburtstagsmitbringsel, ein trojanisches Pferd sozusagen von einer Freundin, die meinte, Kati müsse etwas mehr Pfunde auf die Rippen kriegen – wie sie selbst. Nicht, dass wir Schleckereien abhold gewesen wären, aber bitte in Maßen! Also verteilte Kati je eine an uns drei, und legte eine weitere für Susanne, das Kindermädchen, das gelegentlich aushalf, beiseite. Dann legte sie die Schachtel vorsorglich ins oberste Fach der Küchenkredenz. Als sie diese am nächsten Tag öffnete, um eine neue Runde zu spendieren, fehlten zwei Pralinen. Das Spielchen wiederholte sich tags darauf, und dann noch mal. Das Kindermädchen musste sich wohl heimlich bedient haben. Zum Glück sagten wir aber nichts. Heute wissen wir es besser ...

Dann der Vorfall mit den Stimmen. Erst dachten wir, der Fernseher liefe noch unten im Wohnzimmer; ganz deutlich vernahmen wir Stimmen in verschiedenen Tonlagen. Als wir aus dem Schlafzimmer kamen und an Loris Tür vorbei, die wir vor einer Weile zu Bett gebracht hatten, erkannten wir den Irrtum. Die Stimmen kamen aus ihrem Zimmer. Kurz lauschten wir, dann drückte ich vorsichtig die Klinke nieder. Als ich durch den Spalt lugte, war da nichts – kein Geräusch, keine Puppen auf Loris Bett, mit denen sie hätte Selbstgespräche führen können. Lori hatte die Augen fest geschlossen, lag still da, als schlafe sie. Ihre Puppen lagen ums Bett herum verstreut am Boden. Als habe man sie fallen lassen. Dabei war ich sicher, und Kati teilte meine Ansicht, dass Lori mit ihnen gesprochen hatte. Sie schien ein ausgesprochenes Talent für die Imitation von Stimmen zu haben ...

Wenn wir, Kati und ich und nicht zuletzt auch Susanne, das Kindermädchen, bis dahin nur verwundert den Kopf geschüttelt und alles auf Zufall zurückgeführt hatten oder auf eine natürliche Gabe, mit den Dingen umzugehen, ein Ereignis, erst wenige Monate her, öffnete uns schließlich die Augen.

Kati war am Staubwischen, ich – wie häufig – früh von meiner Reisetour als Vertreter zurückgekehrt, als wir Lori von oben herab rufen hörten:

»Mami, Papi – Mami, Papi!« – Und als wir hochblickten zum Geländer im ersten Stock, Lori auf einer Truhe stehen sahen, gerade mal zwei Handbreit unter dem Rand der Brüstung: »... guckt mal, ich kann fliegen!«

Und damit stieg sie, noch ehe wir ein Wort des Protests hervorstoßen konnten, auf das Geländer und stürzte sich in die Tiefe.

Ich kann nicht beschreiben, was ich in diesem Moment dachte: vermutlich gar nichts, war wohl wie gelähmt, mein Schädel ein Vakuum, das implodieren wollte. Aus Katis Mund kam immerhin ein Gieksen, abgehackt, gefolgt von einem neuerlichen spitzen Laut – mehr brachte sie nicht heraus. Dafür setzten sich gleichzeitig ihre Beine in Bewegung, ihre Arme breiteten sich aus, um unseren Liebling aufzufangen, der meinte, er sei ein Engel mit Flügeln. Ich selbst blieb wie angewurzelt stehen. Ich sah sie schon mit gebrochenem Rückgrat in einer Blutlache vor mir liegen.

Jede Hilfe wäre auch zu spät gekommen ...

Lori segelte in einer eleganten Schleife herab, ruderte kurz mit den Armen und setzte vor meinen Füßen auf. Sie strahlte.

Ich würgte den Angstbrocken hinab, der mir in der Kehle saß. Dann sagte ich, wie in Trance: »Das hast du aber schön gemacht – mein Engelchen!« Und umarmte sie, drückte ihren Kopf an meinen Bauch. »Ich bin ja so stolz auf dich ...«

Von nun an kannten wir keine Geheimnisse mehr voreinander. Nur Susanne durfte nichts erfahren.

»Das darfst du aber nur zu Hause machen«, mahnte Kati unter Tränen. »Wenn Papi und Mami und du allein sind ...«

Wenn Lori mit ihren Puppen sprach und einer von uns beiden, Kati oder ich, ihr Zimmer betraten, ließ sie sich nicht weiter dabei stören. Brumm, der Bär, würde mit sonorer Stimme fortfahren, über seine Abenteuer zu berichten; Babs, die Barbiepuppe, ihre neuen Kleider vorführen; dazu würde Dumbo, der weiße Elefant, gelegentlich einen Kommentar trompeten. Manchmal redeten sie alle und die ganze Rasselbande gleichzeitig und stritten darum, wer im Mittelpunkt der Aufmerksamkeit stehen dürfe. Ich sagte dann »Hallo«, und »Wie geht's?« und »Seid auch schön artig – vergesst nicht, spätestens um acht ist Schlafenszeit für alle kleinen Mädchen ... und auch für die Spielfreunde ...«

Meist beendeten sie frühzeitig ihre Versammlung, Lori rief mich dann und wollte ihre Gutenachtgeschichte hören. Sie hatte eine rege Fantasie. Zu rege. Ich musste höllisch aufpassen, was ich ihr erzählte.

Ich hatte ihr von »Engeln im Himmel« erzählt, die »fliegen« können – und was tat sie? Fliegen natürlich! Nannten wir sie nicht unseren Engel ...?

Ein andermal rutschte mir etwas heraus über Kobolde, die in Höhlen unter der Erde wohnten – und was war die Folge? Lori erhielt Besuch von einer Schar finsterer Gesellen, die aus dem Kellerboden hervorbrachen und eine Spur aus Schmutz und Schlamm durch die Diele und die Treppe hinaufzogen. Erst nachdem wir ihr gütlich zugeredet hatten, schickte sie die Gnome wieder dorthin, woher sie gekommen waren. Den Kellerboden musste ich neu zementieren.

Da blieb ich lieber bei Märchen wie *Tischlein deck dich*. Warum? – War einmal der Zucker alle oder die Limonade leer getrunken, füllte Lori einfach nach. Sie ließ dann die letzten verbliebenen Krümel beziehungsweise Tropfen *»wachsen«*, wie sie sich ausdrückte. Ebenso wie einmal den Gugelhupf, als er gar klein für unseren großen Appetit ausgefallen war. Lori mutierte ihn zur Größe eines Medizinballs. Dabei quietschte sie vor Vergnügen und klatschte in die Hände. Wir mussten sie stoppen, um Schlimmeres zu verhindern.

Nun kontrollierten wir ganz streng das Fernsehprogramm, überhaupt alles, womit sie von außen Kontakt bekam. Wir brachten eigens ausgewählte Videos mit. Jedes Kinderbuch – ja, sie liebte diese Bilderbücher über alles – wurde Seite für Seite auf Eignung geprüft. Und von alledem durfte Lori nichts merken. Sie sollte unbeschwert, glücklich aufwachsen.

Später, wenn sie dann älter wäre und zur Schule gehen müsste, würde man weitersehen. Bis dahin hätten wir Zeit, sie darauf vorzubereiten.

Das hatten wir aus ihrem ersten – und einzigen – Kindergartenbesuch gelernt. Damals, vor der Geschichte mit dem Fliegen. Als wir noch glaubten, alles in unserer Welt habe seine Ordnung.

Eine aufgeregte Erzieherin bat Kati am Telefon, die Kleine abzuholen. In einem unbemerkten Augenblick sei sie aus dem Ringelreih-Tanz ausgebrochen und hinaus zum nahe gelegenen Schwimmbecken gelaufen. Dort habe sie »Fischlein« gespielt. Nein, es sei ihr nichts passiert, nur nass geworden sei sie halt, aber Gott sei Dank habe sie ja schwimmen können ... Was, wenn ihr die anderen gefolgt wären ...?!

Nein, Kindergarten war nichts für unser Engelchen.

Wir mussten aufpassen, dass es sich nicht zu einem *Bengelchen* entwickelte.

Wie jetzt. Woher, zum Teufel, hatte sie diese Idee von einem Drachen? – Eine Kreuzung zwischen Dinoparkmonster und Lindwurm. Allmächtiger Gott, hätte er nicht ein bisschen kleiner ausfallen können?!

Das war kein Spielzeug mehr!

»Lori, Lori!«, schrie ich wieder und ruderte wie wild mit den Armen; vergebens, sie hörte mich nicht, sah mich nicht. »He, Sie!«, brüllte ich zu dem Polizisten gewandt, der mich zurückdrängte. »Ich muss hier durch – das ist meine Tochter!« – »So hören Sie doch!« Ich packte ihn an den Schultern, rüttelte daran. »Ich bin der Vater – bin der Vater von der Kleinen! Sie müssen mich sofort durchlassen ... sonst passiert ein Unglück!«

Ich musste zu Lori. Sofort, keine Sekunde war zu verlieren! Musste sie von dem Biest weglotsen. Musste ihr neue Sicherheit bieten, Schutz bei mir, ihrem Papi. Nicht bei dem Ding da, dessen Bein sie – jetzt sah man es ganz deutlich – mit ihren kurzen Ärmchen zu umklammern suchte. Das nicht *sie* bedrohte, nur alle anderen, wenn sie versuchen sollten, ihm oder seinem Schützling etwas anzutun.

Etwas wie späte Erkenntnis glomm in den Augen des Uniformierten. »Der Vater?«, rief er. »He!« Zu jemandem hinter mir gewandt. »He, das ist der Vater – von dem Mädchen ...!«

Was tun, wenn sie erst mal in meinen Armen lag? Sie bitten, den Drachen verschwinden zu lassen? »Engelchen«, hörte ich mich sagen, »du musst deinen kleinen Gefährten wieder nach Hause schicken. Weißt du, er hat hier keine Freunde – niemanden außer dir. Sicher hat er Heimweh!«

Oder: »So, jetzt sag ihm, er soll sich schön niederlegen wie ein braves Hündchen, damit alle sehen, dass er keinem was tun will ... Dann reden wir mit den Leuten und fragen sie, ob man ihn nicht in einen Zoo bringen könnte ... Dann könntest du ihn immer wieder besuchen ...« Nicht gut. Wer würde ein solches Biest schon in seinem Zoo aufnehmen wollen? Das womöglich fliegen konnte ...

Oder aber: »Jetzt setzen wir uns beide auf seinen Rücken – und fliegen ganz, ganz weit weg in ein Land, wo uns alle gern haben ...« Was das wohl für ein Land sein würde? Loris Wunderland vermutlich. Eins, geschaffen aus der naiven Fantasie einer Dreijährigen. Würde ich dort leben wollen?

Aber was war die Alternative?

Der Polizist schrie etwas.

Über mir donnerten die Kampfhelikopter. Kein Wort konnte ich verstehen. Krachend kam jetzt die Spitze einer Panzerkolonne vom freien Feld her über die Wiesen, Wege und die Vorgärten auf uns zugewalzt.

»Nicht schießen!«, schrie ich entgeistert. *»Nicht schießen!«*

Hörte mich jemand? Hörte überhaupt noch irgendjemand zu?

Was, wenn sie erst das Feuer eröffneten? Auf den Drachen, auf mein Kind ... von Panik ergriffen, lieber feuerten, als, vermeintlich, Schlimmeres zu riskieren. Was zählte da schon ein Menschenleben gegen das vieler, was das eines kleinen Mädchens, wenn es um die Sicherheit der menschlichen Rasse ging, bedroht von einem Ungeheuer aus, wer weiß, einer anderen Dimension, aus der Hölle womöglich, ein Alien, das sich anschickte, seine Brut über die Erde zu verteilen, um alles menschliche Leben auszulöschen, oder sich die Menschheit untertan zu machen, als Sklaven, armselige Handlanger, erbärmliche kleine zweibeinige Kriechtiere, die einem das Erdreich zwischen den Klauen schrubben, das Ungeziefer und Moos zwischen den Schuppen herauspicken können ...

In einer übermenschlichen Anstrengung sprengte ich den Polizeikordon und spurtete über die freie Fläche, hüpfte über qualmendes Geäst und verbeultes Blech. »Lori! Lori!«, brüllte ich aus Leibeskräften. Und: »Nicht schießen – um Gottes willen, *nicht schießen!«*

Jetzt sah sie mich, trat zwischen den mächtigen Hinterbeinen des geflügelten Ungetüms hervor, das – in einer Drohgebärde, als gelte es, sein eigenes Junges zu verteidigen – den gewaltigen Rachen aufsperrte, Feuer aus dem Maul und Dampf aus den Nüstern spie und sich höher als das Haus aufbäumte.

Jetzt oder nie, dachte ich und warf mich auf mein kleines Mädchen, drückte seinen Lockenkopf an meine Brust.

»Papi, Papi«, schluchzte sie mit erstickter Stimme, »warum sind alle so bös?«

Ich kam nicht mehr dazu, etwas zu antworten. »Lori«, wollte ich noch sagen, »weil sie schreckliche Angst haben. Schaff es fort! Schnell, lass es verschwinden!« Aber dafür war es schon zu spät. In Anbetracht der Verwüstungen und eingedenk ihrer Natur hatte die menschlichen Rasse ihr Schicksal selbst besiegelt.

Es krachten die ersten Schüsse aus schweren Kalibern. Danach würde diese Welt nicht mehr die gleiche sein.

Laura Resnick

Flaff, der tragische Drache

»Esther, meine Liebe, da ist ein Drache im Keller«, sagte Mrs. Pearl.

Ich stieg gerade die regennasse Treppe vor dem Mietshaus in der West 93rd Street hinauf, während ich die Casting-Anzeigen im *Backstage* durchstöberte. »Hmmm?«

»Ich sagte, da ist ein Drache im Keller«, wiederholte Mrs. Pearl.

»Schau an.« Das *Backstage* stellte sich als genauso deprimierend heraus, wie ich befürchtet hatte. Da ich nicht tippen konnte und auch beim Telefonmarketing jämmerlich versagt hatte, würde ich jetzt wohl wieder mit Kellnern anfangen müssen.

»Ich bin mit einer Ladung Wäsche in den Keller gegangen«, sagte Mrs. Pearl aufgeregt, »und als ich meine Quarter in die Maschine steckte, ist mir einer davongerollt. Nun, meine Liebe, Sie wissen doch, was ich immer sage: Wer den Pfennig nicht ehrt, ist den Taler nicht wert.«

Ich blickte auf und sah sie im Türrahmen stehen. Ihr kleiner Einkaufswagen war randvoll mit Lebensmitteln und nahm den Teil vom Eingang ein, den nicht schon ihre beträchtliche Leibesfülle blockierte.

»Ja, das sagen sie immer«, erwiderte ich leise. »Dürfte ich wohl vorbei?«

»Als mein Quarter davonrollte, bin ich natürlich sofort hinterhergestürzt.«

»Wie schön, Mrs. Pearl. Freut mich, dass Sie ihn wiederbekommen haben. Würden Sie mich jetzt bitte vorbeilassen? Ich kann kaum noch stehen, und –«

»Aber ich *habe* ihn ja gar nicht wiederbekommen, Esther. Das ist es doch gerade.«

»Ich bin sicher, Sie finden ihn morgen.«

»Nein.« Sie baute sich im Eingang auf, als habe sie vor, dort Wurzeln zu schlagen. »Ich fürchte, ich werde ihn nie mehr wiederbekommen.«

»Also, das wäre ein Jammer, aber Sie wissen ja, was die Mieter alle über den gierigen Kellertroll sagen«, erwiderte ich leichthin und versuchte mich vergebens an ihr vorbeizudrücken. Ständig verschwanden Gegenstände aus unserem Keller – Münzen, Kaffeetassen, Kleidungsstücke. Vor zwei Monaten hatte die Waschmaschine anscheinend mein Lieblings-T-Shirt gefressen.

»Es ist kein Troll, der da unten lebt«, rief sie und verstellte mir mit der Geschicklichkeit eines Basketballspielers erneut den Weg. »Es ist ein Drache!«

»Mrs. Pearl«, sagte ich und bemühte mich um einen ruhigen Tonfall, »ich bin in aller Herrgottsfrühe aufgestanden und seitdem unterwegs. Ich habe den Tag damit verbracht, in feuchten, stickigen Probenräumen zu warten, Regisseuren vorzusprechen, deren Mienen so steinern waren, dass man den Mount Rushmore hätte hineinmeißeln können, und mich zu fragen, wie ich nicht bloß die Miete für diesen Monat, sondern auch noch für den letzten berappen soll. Nun bin ich klatschnass von diesem entzückenden Sommergewitter, das gerade niedergeprasselt ist, und wünsche mir nur noch eines im Leben: hoch in meine Wohnung zu gelangen, mir die Schuhe auszuziehen und in Frieden auf meiner Couch zu sterben. Und wenn sie jetzt einfach reingehen oder rauskommen würden, damit ich diese Großtat bewerkstelligen kann, dann *schenke* ich Ihnen gern einen Quarter für den, den Sie verloren haben. Ist das ein Angebot?«

Mrs. Pearls teigiges Gesicht blickte unter dem blauen Haar missbilligend drein. »Kein Wunder, dass Sie ständig in finanziellen Schwierigkeiten stecken. Sie werden nie zu Geld kommen, wenn Sie es so verprassen.«

»Ich stecke nicht *ständig* in finanziellen Schwierigkeiten«, gab ich schroff zurück. Zum Kuckuck mit dem ruhigen Tonfall! »Erst neuerdings.« Nach einer sechsmonatigen Tournee auf dem Land und Schwindel erregenden Erwartungen an unsere Eröffnung in New York hatte die Show, an der ich mitwirkte – ein Musical, das auf *Ayla und der Clan des Bären* beruhte – nach nur vier Monaten am Broadway dichtgemacht.

Wie alle anderen in der Truppe hatte ich erwartet, dass es ein großer Erfolg werden würde und dass ich der Abwechslung halber einmal auf regelmäßiges Einkommen zählen dürfe. Leider hatte *Clan des Bären* sich stattdessen als größtes Broadway-Debakel seit *Shogun* herausgestellt. Angesichts dessen, dass die New Yorker Theatergemeinde den Tony Award im Jahr zuvor einer Show mit singenden Kühen verliehen hatte, war ich davon ausgegangen, dass sie singende Neandertaler mit offenen Armen begrüßen würde, doch das war nicht der Fall gewesen.

So war ich jetzt, nach drei Monaten, immer noch arbeitslos und völlig pleite. Da ich erwartet hatte, wenigstens für eine Weile ein festes Beschäftigungsverhältnis zu haben, hatte ich mir endlich ein paar Möbel für mein Einzimmer-Apartment geleistet, einige Klamotten für mich und sogar ein Motorrad für meinen Herzallerliebsten, nachdem seines den Löffel abgegeben hatte. Er benutzte es, um sich eine Neue anzulachen. Wenn ich das nächste Mal meine letzten 1500 Dollar für einen Mann verplempere, soll mich jemand gegen eine Wand stumpen und mit einem Bleirohr verprügeln.

»Tut mir Leid, Mrs. Pearl«, entschuldigte ich mich matt und versuchte einer Tirade zuvorzukommen, wie ich mein Leben zu führen hatte. »Ich wollte nicht grob zu Ihnen sein. Es ist nur so, dass es bei mir in letzter Zeit nicht sonderlich gut lief. Der Sommer ist ohnehin eine lausige Zeit in der Stadt, aber er ist geradezu entsetzlich, wenn man als Schauspielerin Arbeit sucht. Und als ich bei *Clan des Bären* unterkam, dachte ich wirklich, dass meine Zeit als Kellnerin endlich der Vergangenheit angehört.«

»Ja, und dass sie Lloyd an eine jüngere Frau verloren haben, war sicher auch nicht gerade hilfreich«, sagte Mrs. Pearl, deren Mitleid eher ein zweischneidiges Schwert war.

Ich seufzte. »Vielen Dank für diese tröstenden Worte, Mrs. Pearl. Dürfte ich jetzt wohl nach oben gehen?«

»Aber beunruhigt Sie der Drache im Keller denn gar nicht?«

»Der Drache im Keller?«, wiederholte ich. »Meinen Sie ein Mitglied von einer dieser Gangs, wie der Pell Street Dragons oder so?«

»Nein, nein, keiner dieser Strolche. Eine riesige, Feuer speiende Echse mit Schwingen. Sie wissen schon.« Sie unternahm den bizarren Versuch, ein solches Wesen nachzuahmen. »Ein *Drache* eben.«

»Im Keller«, sagte ich.

»Er lebt da, unter dem Waschraum, in Höhlen von urzeitlicher Dunkelheit und Finsternis.«

»Ein Drache? Und er lebt unter dem Waschraum? Wie kommen Sie darauf?«, fragte ich, als könnte es dafür einen vernünftigen Grund geben.

»Er hat mit mir gesprochen.«

»Tatsächlich?«

»Ja. Mein Quarter rollte unter die Treppe. Als ich ihm folgte, stieß ich auf eine alte, verrostete, staubige Tür, die in die Wand eingebaut ist. Ich dachte, mein Quarter müsse durch die Ritze unter der Tür gerollt sein, also zog ich sie natürlich einen Spalt weit auf.«

»Natürlich.« Für Mrs. Pearl war es schon immer natürlich gewesen, ihrer Neugier freien Lauf zu lassen.

»Hinter der Tür befanden sich ein paar steile Eisenstufen.« Sie dämpfte ihre Stimme, die eine dramatische Intensität annahm, was ich unter anderen Umständen bewundert hätte. »Ich ging die Treppe hinunter, und dann ...«

He, ich bin Schauspielerin, ich erkenne ein Stichwort, wenn ich eines höre. »Was geschah dann?«

»Ich vernahm von weit unter mir eine Stimme, aus dem tiefsten Inneren der Erde, wie mir schien.«

»Aha.« Ein U-Bahn-Tunnel, keine Frage.

»Ich sagte: ›Wer da?‹«

»Und schon erklang eine Stimme.«

»Ja!«

»Wirklich?« Vielleicht ein Obdachloser? »Was sagte sie?«

»Ich bin mir nicht sicher. Sie klang irgendwie gedämpft.«

»Ich verstehe.«

»Also ging ich noch eine Stufe hinab.«

»Augenblick! Sind Sie denn wahnsinnig, Mrs. Pearl? In dieser Stadt treibt man sich doch nicht in alten Tunnels herum. Sie hätten verletzt werden können.«

»Und als ich weiter hinabstieg, Stufe für Stufe, und die Dunkelheit mich einhüllte –«

»Großer Gott!«

»Vernahm ich plötzlich ein lautes Würgegeräusch, und dann schoss ein Feuerstrahl unter der Decke der Höhle quer durch den Raum –«

»Ich rufe die Polizei«, sagte ich entschlossen und wollte mich an ihr vorbeidrängen. »Wir könnten alle ermordet werden, während wir unsere Buntwäsche sortieren.«

Sie nahm mich fest in den Würgegriff und sprach weiter. »Und ich sah diesen Umriss in der Dunkelheit, hervorgehoben durch das Feuer, das aus seinen Nüstern stob.«

»Was?«

»Er hatte einen riesigen, echsenartigen Schädel mit viereckigen Nasenlöchern und kleinen, spitzen Ohren, einen langen Schlangenkörper, einen gewaltigen Schwanz, Reste von Schwingen, Klauen ...« Sie schauderte und ließ mich los. Nach einem Moment völligen Schweigens setzte sie versonnen hinzu: »Und doch haftete ihm eine gewisse eigentümliche und schreckliche Schönheit an ...«

Die arme Mrs. Pearl. Sie war eindeutig das Opfer zu vieler

Folgen von *Die Schöne und das Biest* geworden. Ich nahm eine ihrer zitternden, klammen Hände in meine und fragte: »Was haben Sie dann getan?«

»Ich bin in den Lebensmittelladen gegangen.«

»Sie sind *was?*« Das klang mir nicht gerade nach einem dramatischen Höhepunkt.

»Nun ja, uns waren doch ein paar Sachen ausgegangen«, erklärte sie nüchtern.

»Aber ... was war denn mit diesem Feuer speienden Drachen, den Sie gerade gesehen hatten?«

Sie legte eine Hand auf ihren Busen, der sich erschreckend schnell hob und senkte. Auf einmal wünschte ich, ich verstünde etwas von Herz-Lungen-Massage. »Ach Esther, was sollen wir jetzt nur tun?«

»Ich finde, Sie sollten diese ganze Geschichte am besten Mr. Pearl erzählen. Er wird sicher wissen, was zu tun ist.« Wenn er auch nur einen Funken Verstand besaß, würde er sie sofort in die Klapse einweisen lassen.

Ich machte einen Schritt an ihr vorbei und eilte, da ich endlich meiner Wege ziehen konnte, die vier Treppenfluchten zu meiner Wohnung hinauf, streifte mir die Schuhe ab und legte mich zum Sterben nieder. Ein Klopfen an meiner Tür unterbrach ein paar Stunden später meinen Schönheitsschlaf. »Wer da?«, rief ich angeschlagen.

Es war mein Nachbar Arnaud. Sein richtiger Name ist Arnold, doch als er seinen Frisörsalon eröffnete, fand er, dass *Arnaud!* in roten Neonlettern eine gewisse Ausstrahlung besaß, die *Arnold!* ganz einfach fehlte. Arnaud trainiert täglich und ist ein verdammt gut aussehender Typ. Sein Liebhaber Scott, ein Model, das ständig irgendwo unterwegs war, sieht sogar noch besser aus.

Ich ließ Arnaud in meine Wohnung und sagte: »Bist du wieder Strohwitwer?« Wenn Scott weg ist, wohnt Arnaud praktisch bei mir. Er hat anscheinend eine Art Phobie, die es ihm unmöglich macht, sich allein in geschlossenen Räumen aufzuhalten. Ein Therapeut stellt gerade einen Zusammenhang mit einer Erfahrung in einem früheren Leben her.

Arnaud nickte mit bemerkenswerter Heftigkeit, bevor er rasch hinzufügte: »Wusstest du, dass wir einen Drachen im Keller haben?«

»Du hast mit Mrs. Pearl gesprochen, nicht wahr?«

»Nein, ich habe keiner Seele ein Sterbenswörtchen erzählt!«

Ich starrte ihn an. »Du meinst, du hast ihn auch gesehen?«

Er starrte zurück. »Du meinst, du hast gewusst, dass er da ist, und hast es mir nicht gesagt? Esther, ich hätte getötet werden können!«

»Augenblick, Augenblick. Willst du mir weismachen, dass da *wirklich* ein Drache im Keller ist?« Ich hatte schon gehört, dass unter Manhattan einige ziemlich unheimliche Dinge herumstreunen, aber mal *im Ernst!* »Hast du auch einen Quarter verloren?«

»Einen Quarter?« Er stieß mich grob in einen Sessel. »Was faselst du da?«

»*Ich* fasele? Arnaud, wer ist hier hochgekommen und jammert über einen Drachen im Keller?«

»Da *ist* einer, wenn ich's doch sage!« Er begann auf und ab zu gehen. »Ich habe einen Korb mit Wäsche nach unten gebracht, und mir fielen einige seltsame Geräusche auf, die unter der Treppe hervorkamen. Natürlich bin ich der Sache sofort nachgegangen –«

»Natürlich?«, fuhr ich ihn an. »In einem Gebäude ohne Pförtner und einem Türschloss, das nicht einmal einen entschlossenen Dreijährigen fern halten könnte? In einem feuchten Keller, in dem dich niemand hören könnte, wenn du um Hilfe schriest? Was ist nur in euch Typen gefahren, dass ihr ständig seltsamen Geräuschen nachgeht? Ihr habt es *verdient,* von einem Drachen gefressen zu werden!«

»Mein Gott, bist du rachsüchtig«, sagte er kritisch. »Seit wann weißt du schon, dass er da unten ist?«

»Ich weiß doch gar nicht ...« Ich hielt inne. »Sag mir, was du gesehen hast, wie du auf den Gedanken kommst, da unten wäre ein Drache?«

Ich werde Ihnen das dramatische Beiwerk ersparen. Er lugte unter die Treppe und sah die rostige Eisentür, die Mrs. Pearl nach ihrem kleinen Tête-à-Tête mit dem alten Gegner des heiligen Georg achtlos offen gelassen hatte. Leider entsprach seine Beschreibung des Drachen, der hinter dieser Tür lebte, haargenau ihrer.

»Natürlich weiß jeder, wie Drachen aussehen«, sagte ich, um Vernunft bemüht, »dein Verstand hat also alle Details ausgefüllt, die er wahrzunehmen glaubte.«

»Komm mit runter und schau selbst«, forderte er mich auf.

»Ach ... meine Füße tun mir so weh.«

»Aha! Du hast Angst!«

Ich und Angst? Wovor sollte ich Angst haben?

»Ein Irrer mit einem schrägen Sinn für Humor könnte uns ermorden. Ein Alligator könnte uns fressen – wie ich hörte, soll es in der Kanalisation nur so von ihnen wimmeln. Ein unterirdisches Fahrzeug könnte uns überrollen, das im Auftrag der Stadt durch die Tunnel walzt. Wir könnten über ein geheimes Crack-Labor stolpern.« Ich zählte noch immer all die Dinge auf, vor denen ich Angst hatte, als wir die Tür zum Keller erreichten.

Ms. Pearl und all die anderen Mieter standen dort und spähten ängstlich die Wendeltreppe hinab.

»Ey Mann«, sagte Ricardo, der Bongo-Spieler aus dem obersten Stock. »Wisst ihr, dass da unten im Keller so 'n verstunkener, fetter, behaarter Drache hausen soll?«

»Ich dachte, er hätte Schuppen«, sagte ich schroff.

»Sie haben ihn schon gesehen?«, erkundigte sich Mr. Rivman. »Seit wann wissen Sie, dass er sich im Keller aufhält, junge Dame?«

»Heilige Mutter Gottes!«, schrie Mrs. Castrucci auf und bekreuzigte sich fieberhaft. »Die Bestie, sie hätte uns jederzeit fressen können. Und Sie sagen uns nichts?«

»Ich wusste doch gar nicht ... warum hätte ich leugnen sollen, dass sich im Keller ein Drache aufhält?«, gab ich mich geschlagen. »Das ist verrückt.«

»Ey Mann«, sagte Ricardo. »Das hier ist New York. Da unten könnte alles Mögliche lauern.«

»Rufen wir die Polizei«, sagte Fumiko, der Soziologie-Student, der in der Atelierwohnung im Erdgeschoss wohnte. Er fröstelte. »Ich kriege schon eine Gänsehaut, wenn ich nur an diese Bestie da unten denke.«

»Wir sollten einen Kammerjäger rufen«, sagte Mrs. Pearl.

»Wir sollten den verstunkenen, fetten, behaarten Vermieter rufen«, sagte Ricardo.

»Wenn wir den bitten, sich darum zu kümmern, können wir bis zum Sankt-Nimmerleins-Tag warten«, meinte Arnaud ätzend.

»Ich sage, wir rufen die Polizei!«, wiederholte Mr. Rivman.

»Wir müssen einen Priester rufen!«, schrie Mrs. Castrucci.

»Ey Mann, das hier ist kein Exorzismus.«

»Ich finde, wir sollen uns an die Presse wenden«, sagte Arnaud mit einer Miene, die vermuten ließ, dass er nach einer Möglichkeit suchte, diese Sensationsgeschichte in Werbung für *Arnaud!* umzumünzen.

»Ich finde, wir sollten etwas gesunden Menschenverstand beweisen«, erklärte ich barsch. »Wir können doch nicht die Bullen, die Kakerlaken-Killer und die *New York Times* anrufen und denen erzählen, dass wir einen Drachen im Keller haben, um Himmels willen.«

»Nein, aber der *National Enquirer* würde drauf anspringen«, sagte Arnaud.

»Vielleicht sogar die verstunkene *New York Post*«, ergänzte Ricardo.

»Na schön, Miss Gesunder Menschenverstand«, sagte nun Mrs. Pearl ein klein bisschen verschnupft. »Wenn Sie so gescheit sind, gehen Sie doch runter und sehen Sie nach, was dort im Keller haust.«

Alle richteten ihren Blick auf mich. Um Zeit zu schinden, schlug ich vor: »Warum warten wir nicht einfach ab und bringen das Thema beim nächsten Mietertreffen zur Sprache?«

»Schätzchen, niemand geht jemals zu diesen Mietertreffen. Man merkt, dass du aus dem mittleren Westen kommst«, tadelte Arnaud.

»Schau, Arnaud, der Vermieter mag ja langsam sein, aber das unterliegt wirklich seiner Verantwortung«, sagte ich und klang weise und wohl durchdacht.

»Du bist ja so naiv«, erwiderte er abfällig.

»Außerdem«, sagte Mrs. Castrucci und fingerte mit einer Hand an ihrem Rosenkranz herum, während sie mit der anderen das Zeichen gegen den Bösen Blick machte, »wie kommen Se denn überhaupt drauf, dass er uns eher glauben würd als Ihnen, wenn er's nicht mit eignen Aug'n gesehen hat?« Ihre Aussprache, gewöhnlich recht gut, litt furchtbar, wenn Sie unter Stress geriet.

»Fein«, sagte ich und verlor die Geduld mit der ganzen Meute. »Fein! Dann gehe ich eben und guck mir diesen Drachen an und mach einen vernünftigen Vorschlag. Danach könnt ihr tun und lassen, was ihr wollt. Ich sollte jetzt eigentlich auf meiner Couch liegen und in Frieden und Anstand vor mich hin sterben.«

Fumiko verneigte sich, und Ricardo machte eine Art Voodoo-Geste. Im freundlichsten Tonfall, den ich jemals bei ihm gehört habe, fügte er hinzu: »Ey Mann, die werden sich hier im Gebäude noch jahrelang an dich erinnern. Du wirst zu 'ner Art Heiligen der West 93rd Street.«

»Okay, okay«, sagte ich und stieg die Treppe hinab.

»Die dem Tod Geweihten grüßen dich!«, brüllte Arnaud.

»Sehen Sie zu, ob Sie nicht meinen Quarter finden, wenn Sie schon da unten sind!«, rief Mrs. Pearl.

»Sobald die Miete steigt, ziehe ich aus«, raunte ich.

Ich erreichte den unteren Treppenabsatz und bog um die Ecke zum Waschraum. Hier unten herrschte das helle Chaos. Die hastig fallen gelassenen Wäschekörbe von einem Dutzend Mieter waren überall verstreut. Ich fragte mich gerade, wer blöd genug war, eine Seidenjacke in einer Industriemaschine zu waschen, als ich die Geräusche vernahm.

Beim ersten schweren, widerhallenden Seufzer erstarrte ich. Als ein tiefes, urtümliches Grollen und der Geruch nach Rauch folgten, tat ich alles, was eine gute Heldin viktorianischer Schauerromane tut – ich keuchte auf, presste eine zitternde Hand an meine sich hebende und senkende Brust, das Haar in meinem Nacken richtete sich auf, und ein eisiger Schauer raste meine Wirbelsäule hinab. Glauben Sie mir, so etwas möchte ein Mädchen aus gutem Haus wirklich nicht jeden Tag erleben.

»Wer da?«, verlangte ich zu wissen, und meine Stimme krächzte so sehr, dass es meinen Gesangslehrer entsetzt, meinen Lehrer in Method Acting aber vermutlich entzückt hätte.

Ein leises, klagendes, dumpfes Stöhnen antwortete mir. Es kam natürlich aus der alten, bis dato unbemerkt gebliebenen Tür unter der Treppe. Ich näherte mich ihr schleppend und auf steifen Beinen, ängstlich, aber zu fasziniert, um den Rückzug anzutreten, denn nun folgten auf das Stöhnen ein sanftes Leuchten und eine weitere Rauchwolke.

Endlich erreichte ich die Tür und spähte in die abgründige Finsternis dahinter. Als meine Augen sich an die Dunkelheit gewöhnt hatten, glaubte ich, ungefähr zehn Meter entfernt einen gewaltigen, massigen Umriss wahrzunehmen.

»Wer da?«, wiederholte ich und beugte mich vor, während ich den flüchtigen Schemen deutlicher zu erkennen versuchte.

»Flaff!«, erklang die Antwort, bevor die Hölle losbrach. Flammen schossen vor, Rauch vernebelte meinen Blick, und das massige Gebilde bewegte sich und nahm die Gestalt des Albtraums meiner Kindheit an, einer grässlichen, wilden, Feuer speienden, geflügelten Echse von wenigstens fünf Meter Größe. Ich war in *Clan des Bären* nicht gerade einer der geschicktesten Neandertaler gewesen, stolperte in meiner Panik wieder tollpatschig und schlug der Länge nach auf den Boden der unterirdischen Höhle.

Für einen Moment verlor ich fast das Bewusstsein und war so sehr durch den Wind, dass ich trotz des Adrenalins, das durch mich hindurchschoss, eine ganze Minute lang auf dem kalten, feuchten Boden liegen blieb, zu benommen, um mich zu rühren. Ich war sicher, mein letztes Stündlein hätte geschlagen.

»He, ist alles in Ordnung?«

Das machte das Maß voll. Ich sprang hoch. »Wer hat das gesagt?«

»Ich. Flaff.« Beim Sprechen glühten seine Nüstern auf.

»Du kannst sprechen?«

»Natürlich. Ich bin ein Drache.«

Er sprach mit leichtem chinesischen Akzent und klang ein wenig gekränkt. »Ja, das sehe ich.« Ich schluckte. »Aber ich ... ich hätte nicht gedacht, dass du sprechen *kannst.*«

»Alle Drachen können sprechen.« Er seufzte jäh, und ein sanftes blaues Feuer entströmte seinen Nüstern. »Das heißt, wenn es jemanden gibt, mit dem sie sprechen können.«

»Unglaublich.« Ich setzte mich wieder auf den Allerwertesten, recht plötzlich und nicht gerade anmutig.

»Vorsicht. Der Boden ist sehr klamm. Ich habe schon seit dreißig Jahren Rheuma.«

»So lange bist du schon hier unten?«, fragte ich erstaunt.

»Mehr oder weniger. Manchmal gehe ich nach Chinatown rüber, um dort ein bisschen abzuhängen und einen Happen zu essen. Da gibt's die besten Gerichte, und es erinnert mich an die alten Zeiten. Aber ... ach, es ist einfach nicht mehr so, wie es mal war.« Abermals seufzte er und blickte mich diesmal frei heraus an.

»He, pass auf!« Ich duckte mich, bevor ich eingeäschert werden konnte.

Er hob eine mächtige Klaue. »Tschuldigung, hab ich vergessen. Es ist schon so lange her.«

»Seit du zuletzt jemanden gegrillt hast?«, erkundigte ich mich vorsichtig.

»Nein!« Er klang wieder gekränkt. »Seit jemand hier war, mit dem ich plaudern konnte.«

»Plaudern?« Ich biss die Zähne zusammen, damit sie nicht mehr so laut klapperten.

»Ich kriege nie jemanden zu Gesicht«, sagte er verzagt. »Ich lebe hier unten im Dunkeln ganz für mich allein und habe niemanden, mit dem ich sprechen kann. Als ich hier einzog, freundete ich mich ein wenig mit dem Vermieter an. Er las mir immer die Zeitung vor, spielte mit mir Schach, bewunderte meine Schätze und bat mich, ihm Wünsche zu erfüllen.« Flaffs Furcht erregende Züge nahmen einen nostalgischen Ausdruck an. »Doch dann starb er, und seitdem hat mich hier unten niemand mehr besucht.«

»Dann warst du also die ganze Zeit allein?« Ich begann langsam Mitleid für ihn zu empfinden. Als er nickte, fragte ich. »Wie vertreibst du dir denn die Zeit?«

Er zuckte mit den Schultern, so dass seine Schwingen bebten. »Manchmal stapfe ich durch die Tunnel und schau, ob nicht was Interessantes passiert.« Wieder seufzte er. »Aber es gibt selten etwas Neues zu sehen, und selbst wenn, wem sollte ich davon erzählen? Also befasse ich mich dieser Tage meist mit dem Horten meiner Schätze, das ist ohnehin so eine Art biologischer Zwang, und ich sitze hier herum und denke an die alten Zeiten.«

Jetzt kam die Million-Dollar-Frage. »Wovon ernährst du dich eigentlich?«

»Von Bok Choy, Zwiebeln, Äpfeln, Marshmallows –«

»Nicht von Menschen?«, fragte ich hoffnungsvoll.

»Nein, natürlich nicht!« Seine strahlend gelben Augen weiteten sich schockiert. »Oh, dieser heilige Georg!«, knurrte er plötzlich. »Er hat eine Menge verbockt. Da beschließt er einfach, einen armen unschuldigen Drachen anzugreifen, der keiner Seele etwas zu Leide getan hat. Und dann, nur um als Held dazustehen, zieht er los und erzählt aller Welt, wir wären böse, gefräßige Bestien, die Kinder verschlingen und ganze Dörfer abfackeln. Und Jahrhunderte später haben wir immer noch unter diesem Grobian zu leiden! Das ist so *ungerecht.*«

Ich hatte fast den Eindruck, er könnte jeden Moment in Tränen zerfließen. »He, tut mir Leid. Ich wollte deine Gefühle nicht verletzen.«

Er schlug die Klaue vor seine Augen. »Du ahnst ja nicht, was es bedeutet, ein Außenseiter zu sein. Manchmal wünschte ich, ich hätte China nie verlassen. Dort kannten alle den wahren Wert eines Drachen.«

»Von daher kommst du also? Aus China?«

Er blickte wieder auf. »Ja, natürlich. Alle Drachen kommen aus China. Das weiß doch jeder.«

»Tut mir Leid, dass ich so unwissend bin.« Ich runzelte die Stirn. »Was hatte dieser Drache dann in England zu suchen?«

»Er war Tourist. Klar, als wir erfuhren, was geschehen war, ist natürlich kein Drache mehr dorthin gegangen.«

»Kann ich mir vorstellen. Sag mal, wieso hast du China überhaupt verlassen? Hört sich an, als fehlte es dir.«

Er kratzte sich hinter einem spitzen Ohr und verlagerte den mächtigen Leib, um eine behaglichere Stellung einzunehmen. »Nach 1949 war es dort einfach nicht mehr wie früher. Die Kulturrevolution ließ den Drachen keinen Platz mehr, jedenfalls nicht den echten. Also beschloss ich, nach Amerika zu gehen. Aber in San Francisco gab es so viele Drachen, dass alle guten Tunnel schon bewohnt waren. Außerdem sind Erdbeben mir ein Gräuel. Deshalb machte ich mich gleich wieder ab ins Wasser und schwamm den ganzen Weg bis nach New York. Euer Panamakanal ist wirklich enorm praktisch.«

»Gibt's in New York denn keine anderen Drachen, mit denen

du plaudern könntest?« Andere Drachen? O Esther, Esther, es war wohl an der Zeit, nach Iowa zurückzukehren.

»Es gibt einen in Queens und noch einen in Brooklyn. Aber um die Wahrheit zu sagen, Drachen sind sehr auf Menschen fixiert. Wir sehen uns nicht gern öfter als, sagen wir, einmal alle hundert Jahre.«

»Dann hast du also einfach die ganze Zeit hier abgehangen, bis heute Nachmittag, als Mrs. Pearl dich fand?«, folgerte ich.

»Ist das die dicke Dame mit den blauen Haaren? Ich war ja so aufgeregt. Die erste Person, mit der ich seit über zwanzig Jahren Gelegenheit habe zu reden, und sie brüllt bloß wie am Spieß und läuft davon. Dann hat ein Dutzend andere Leute das Gleiche getan.«

»Sie haben sich nichts dabei gedacht«, sagte ich hastig, als ich wieder den gekränkten Unterton in seiner Stimme vernahm. »Es erwartet eben nur niemand, im Keller einen Drachen vorzufinden, nicht mal in dieser Gegend.«

»Ich bin ja so froh, dass du beschlossen hast, mit mir zu reden«, sagte er von Herzen.

»Tja ... es ist mir ein Vergnügen.«

»Du kommst doch wieder und plauderst ab und zu mit mir?«

»Klar. Natürlich mach ich das.« Was hätte ich auch anderes sagen können? Das arme Ding war so einsam, so dankbar für ein wenig Gesellschaft. Und ehrlich gesagt war es eine angenehme Erfahrung, mit Flaff zusammen zu sein. Sehr viel angenehmer als mit Lloyd. »Ich muss dir allerdings gestehen, dass ich nicht sonderlich gut Schach spiele –«

»Oh, das geht schon in Ordnung. Ich hab noch viele andere Spiele«, versicherte er mir und walzte in den hinteren Bereich seiner Höhle. »Dame, Monopoly, Mensch ärgere dich nicht, Die Siedler ...« Seine Stimme verklang, und zuvorkommenderweise stieß er einen Feuerstrahl aus, so dass ich seinen Hort sehen konnte – ein riesiger Haufen Spiele, alte Sportgeräte, Kleidungsstücke, Vasen, Töpfe, Bücher, Zeitschriften, Kunsthandwerk und mehr Arten bunt zusammengewürfelter Trödel, als sich in jedem beliebigen Ramschladen auf der Eleventh Avenue hätten finden lassen, selbst kurz nach Weihnachten.

»Mein Gott, was ist denn das alles?« Ich stieß den Atem aus, verblüfft darüber, dass sich das ohne unser Wissen hier unten befunden hatte.

»Mein Schatz«, sagte er stolz. »Drachen sind die Wächter alles Großartigen.«

Obwohl einiges von dem Krempel eindeutig sehr alt war, fielen mir ein paar Gegenstände auf, die er erst kürzlich aufgestöbert haben konnte. »He, das gehört mir!« Ich schnappte mir das T-Shirt, von dem ich geglaubt hatte, die Waschmaschine hätte es gefressen, und fuchtelte damit vor seinem schuppigen Antlitz herum. »Woher hast du das?«

»Darf ich nicht sagen. Geschäftsgeheimnis.« Er klang ein wenig pikiert.

»Und dieser ganze andere Kram«, murmelte ich. »Du hast ziemlich klebrige Klauen.«

»Ich sagte doch, ich bin Sammler. Das ist meine Aufgabe. Drachen horten nun mal. Aber der Schatz ist tatsächlich ziemlich groß, weil ich schon so lange allein hier lebe und ihn mit niemandem teilen kann.« Er bleckte grinsend die Fänge, und wider besseres Wissen wich ich einen Schritt zurück. »Aber jetzt gehört das alles dir.«

»Mir? Warum?«

»Weil ich beschlossen habe, es dir zu schenken. Wir horten Schätze und schenken sie dann den Sterblichen, die uns einen Gefallen getan oder uns glücklich gemacht haben. Oder manchmal auch Sterblichen, die etwas brauchen und einfach nur höflich fragen.« Mit einem spöttischen Schnauben stieß er etwas Rauch aus. »Aber diesen Brauch scheint niemand mehr zu kennen.«

Da ich ihn nicht kränken wollte, sagte ich behutsam: »Danke, Flaff, aber das ist so viel Zeug, und meine Wohnung ist so klein.«

»Oh, ich will ihn gern weiter für dich bewachen«, bot er mir eifrig an. »Das ist oft Teil der Abmachung.«

»Dann behalte ich nur dieses T-Shirt, und um den Rest darfst du dich weiter kümmern. Ach, und hast du zufällig auch einen Quarter in deiner Sammlung?« Es würde viel einfacher werden, Mrs. Pearl alles zu erklären, wenn sie ihren Quarter wiederbekam.

»Natürlich! Davon habe ich Hunderttausende!« Er eilte noch ein wenig tiefer in die Dunkelheit und schleppte eine riesige, alte Holztruhe an. »Diese Truhe habe ich eines Nachts gefunden, wie sie im East River trieb, vor rund fünfundzwanzig Jahren. Ist es nicht erstaunlich, was die Leute alles wegwerfen?«

»Erstaunlich.« Als er sie öffnete, verlor ich jedoch meinen Gleichmut und meine Miene höflichen Interesses. Der Inhalt der Truhe funkelte unter Flaffs feurigem Atem. Nickel, Quarter, Dimes, Pennys, Goldringe, glitzernde Ohrringe und Perlenketten füllten sie bis zum Rand. »Ich glaub's nicht«, wisperte ich.

»Hinten habe ich noch jede Menge davon«, sagte er, und seine schuppige Brust weitete sich vor Stolz.

»Das ist ja fantastisch!« Ich blickte ihn fragend an. »Die Leute werfen auch Dollarscheine weg.«

Er schnaubte wieder, so dass ich ein wenig zurücksprang. »Dollars sind doch nicht schön«, sagte er verächtlich.

Obwohl ein Teil des Schmucks sicher gefälscht war, machten einige Stücke einen sehr echten Eindruck auf mich. Ich würde sie schätzen lassen müssen. »Ähem, und das gehört auch alles mir, Flaff?«, fragte ich zögernd.

»Selbstverständlich«, sagte er.

Ob Sie es glauben oder nicht, ich umarmte ihn. »Jetzt kann ich meine Miete bezahlen, einen Notgroschen auf die hohe Kante legen, meiner Mutter ein Geburtstagsgeschenk kaufen ...« Ich sah mich um. »Weißt du, Flaff, hier unten hast du es gar nicht mal so schlecht, man müsste es nur etwas herrichten. Du brauchst Sachen, die nicht durch Risse im Pflaster fallen oder im East River treiben.«

»Und die wären?«, fragte er aufgeregt.

»Einen Farbfernseher zum Beispiel. Ricardo weiß alles darüber, wie man sich ans Kabelnetz hängt, ohne dafür berappen zu müssen. Und wir besorgen dir hübsche Decken und ein paar frische Blumen und lassen dir ein paar feine Leckereien liefern, damit du dir den ständigen Weg in die City sparen kannst. Und du brauchst unbedingt ein paar Lampen, damit du nicht immer Feuer speien musst, um überhaupt was zu sehen.« Ich tätschelte seine Schwinge. »Von jetzt an wird es dir viel besser gehen.«

»Aber die anderen«, sagte er zögernd, »glaubst du, sie werden mich mögen?«

»Klar werden sie das«, versicherte ich ihm. »Aber lass sie diesen Teil des Schatzes nicht sehen, ja? Und es ist auch nicht nötig, ihn den anderen gegenüber zu erwähnen, hast du verstanden?«

»Wenn du meinst, ähem ...?«

»Esther«, half ich ihm aus.

Wir spielten noch eine Partie Dame, dann schlug er mich in Monopoly. Drachen horten nun mal Schätze, und ich verpulverte mein Papiergeld so unbekümmert wie mein echtes Geld. Es war schon spät, als ich Arnauds Stimme auf der Treppe hörte. »Esther? Esther, bist du da?«

»Ach herrje!« Ich sprang auf. »Sie haben ja die ganze Zeit auf mich gewartet. Vermutlich halten sie mich für tot oder so.« Ich rief durch die offene Tür: »Ich komme gleich, Arnaud!«

Ich hörte ihn schreien: »Sie lebt noch!« Leiser Jubel schien aus dem ersten Stock zu mir herabzudringen.

»Ich muss gehen, Flaff. Ich werde auf der Stelle mit Ricardo reden, damit er dir hier einen Fernseher hinstellt«, versprach ich.

»Und du kommst auch bald wieder?«, fragte er und gab sich viel Mühe, nicht allzu kläglich zu klingen.

»Ich bin zurück, bevor du überhaupt bemerkt hast, dass ich weg war.«

»Esther.« Seine Stimme holte mich ein, als ich schon fast den oberen Treppenabsatz erreicht hatte.

»Ja?«

»Bevor du gehst, gibt es nicht einen Wunsch, den ich dir erfüllen kann?«

»Ach richtig, das hatte ich ganz vergessen. Du sagst ja, du könntest Wünsche erfüllen.«

»Also?«

Ich zuckte mit den Achseln. »Morgen habe ich ein Vorsprechen. Glaubst du, du kannst mir die Rolle besorgen?« Das Schweigen hielt so lange an, dass ich herausplatzte: »Flaff? Stimmt etwas nicht?«

»Es ist bloß ... nun ja, könntest du mich nicht um etwas Schweres bitten?«

Visionen internationaler Berühmtheit tanzten durch meinen Kopf, doch meine Mutter hatte mir beigebracht, nicht zu gierig zu sein. Jedenfalls nicht auf Anhieb. »Ach, fangen wir doch erst mal klein an. Für die wirklich ehrgeizigen Ziele ist immer noch Zeit.«

»Wie du meinst. Gute Nacht, Esther.«

»Gute Nacht, Flaff.«

»Esther?«, rief er erneut, kurz bevor ich außer Hörweite war.

Ich kehrte noch einmal zu der Tür unter der Treppe zurück. »Ja?«

»Es ist so schön, wieder jemanden zu haben, mit dem man reden kann.«

Ich spürte, wie sich ein Kloß in meinem Hals bildete. Der arme Flaff, all die Einsamkeit muss für so ein geselliges Wesen einfach grauenhaft gewesen sein. »Es ist wirklich schön, einen Drachen wie dich zu kennen, Flaff«, sagte ich schließlich.

»Vielen Dank, Esther.« Er klang so erfreut, dass es schon fast an Verlegenheit grenzte.

Ich wandte mich ab und ging die Treppe in den ersten Stock hinauf.

»Nun?«, sagte Arnaud, während er und die anderen einen Kreis um mich bildeten.

»Da ist ein Drache im Keller«, sagte ich. »Seid alle nett zu ihm, er war lange Zeit sehr einsam. Ricardo, ich besorge ihm morgen einen Fernseher. Kannst du ihm bitte einen Kabelanschluss legen?«

»Haben Sie meinen Quarter?«, wollte Mrs. Pearl wissen.

»Hast du den Verstand verloren?«, fragte Arnaud.

»Ich muss unbedingt meinen Mietvertrag verlängern«, sagte ich. »Gute Nacht, alle miteinander. Morgen steht mir ein großer Tag bevor.«

Als ich die Treppe zum zweiten Stock hinaufging, sagte Ricardo: »Ey Mann, das hier is New York. Man muss es einfach lieben.«

Jacqueline Carey

Der Schwanz des Drachen

Im Bad schaltet sie die grelle Leuchtstoffröhre über dem Arzneikasten an und starrt in den Spiegel.

(Keine Illusionen. Herzlichen Glückwunsch zum Geburtstag.)

Heute wirst du fünfunddreißig. Heute ist für dich ein ganz besonderer Tag. Heute ist der erste Tag vom Rest deines Lebens.

Dein Ehemann ist ein erfolgreicher Rechnungsprüfer. Dein Sohn spielt in der Little League. Errungenschaften in diesem Jahr? Fortgesetztes Glück und Stabilität in häuslicher Umgebung. Fortgesetzte Treue gegenüber dem Ehemann. Fortgesetzte Aufzucht eines gesunden, normalen elfjährigen Knaben. Endlich den Umgang mit dem Wok erlernt ...

(?)

(So etwas zählt.)

Persönliche Erfüllung gefunden durch die Mitarbeit in Gouverneur Haskins' Wahlkampf voriges Jahr. An vorderster Front die Werbetrommel gerührt, um Spenden für das neue Spielfeld der Little League zu ergattern. Nach dem Besuch eines Kurses im Blumenbinden den Ersten Preis bei der Ausstellung des Garden Club gewonnen.

Nicht übel.

(Und bist du denn glücklich, Frau ohne Illusionen?)

Ja. Ja. Ja.

Ich bin zufrieden, vergnügt und empfinde persönliche Erfüllung. Ich lebe in vollen Zügen mein Potenzial als Ehefrau, Mutter und menschliches Wesen. Wir führen ein gutes Leben, und Howard wird eines Tages als Partner in die Firma aufgenommen werden. Bald. Unsere Freunde sind intelligent und interessant. Ich bin jung und attraktiv.

Nicht mehr so, wie du mit Dreiundzwanzig warst. (Keine Illusionen, hast du das schon vergessen?) Oh, es ist alles noch vorhanden und mehr oder weniger auch an der richtigen Stelle, aber fehlt da nicht etwas? Ein gewisser Glanz im Haar, die Cremigkeit der Haut, ein Hauch von Verlockung in den Augen?

Mag sein. Und wenn es so wäre? Gegen die Zeit und die Natur kommt man nicht an, egal was die Werbung sagt. Deine Haut verliert im Laufe der Jahre einfach ein wenig von ihrer Taufrische. Und seit damals bin ich zwölf Jahre älter geworden.

(Seit wann?)

Sie blickte in Augen, die ihren verführerischen Ausdruck verloren hatten. Du weißt schon. Damals. Der Sommer, als du dreiundzwanzig warst.

(Der Drache.)

Sie war dreiundzwanzig und ein wenig gelangweilt und ein wenig zu hübsch, als dass es ihr etwas ausgemacht hätte. Sie war Sekretärin bei einer Firma namens Harris and Holburn, durch eine Zeitarbeitsfirma vermittelt, und traf sich mit einem jungen Rechnungsprüfer namens Howard Torrence; so viel zu der Goldenen Regel, dass man Job und Affäre getrennt halten sollte. Er war fünfundzwanzig und ein wenig zu nett, ein wenig zu ernsthaft, als dass es eine Rolle gespielt hätte. An dem Tag, als es geschah, ging sie allein nach Hause; sie hatten sich gestritten. Jedenfalls sie sich mit ihm. Sie hatte einen Streit provoziert. Es war nur ein Weg von zwanzig Minuten. Er war zu ernst gewesen, um sich auf einen Streit einzulassen, zu stur. Vielleicht hatte sie es deshalb wissen wollen. Im Grunde war es um nichts Besonderes gegangen. Vielleicht hatte es an der Hitze gelegen.

Das Motorrad dröhnte vorbei. Blicke musterten sie hinter dem verspiegelten Visier; sie spürte es. Sie war gelangweilt genug, um ihr Haar nach hinten zu werfen, herausfordernd. Das Motorrad blieb an der Ecke stehen und wartete.

»Hey, Babe. Komm, sattel auf.«

(Warum hast du ...?)

Er war eine Wucht. Schlank, in schwarzes Leder gekleidet. Unter dem undurchdringlichen Visier verzog sich sein Mund sardonisch (provozierend). Abermals warf sie ihr Haar nach hinten, sie war dreiundzwanzig, und es fiel ihr bis zur Taille, goldene Lichter, die walnussbraun funkelten. Vielleicht die Hitze. »Warum nicht?«

Sie klammerte sich an ihn, als sie vom Gehweg lospreschten. Unter seiner schwarzen Haut war er geschmeidig wie ein Panter. Ihr Haar breitete sich wie ein Fächer im Wind aus; ihr weißer Baumwollrock schlang sich um ihre Beine, flatterte und bauschte sich. Wie Segel, die den Wind einfingen, so dass sie immer schneller dahinbrausten. Die Wange an seinen schmalen Rücken gepresst, roch sie Leder, Schmieröl und Auspuffdämpfe. Von diesem Platz aus sah sie sein Bein, eng von schwarzem Leder umschlossen, ein schwerer Stiefel mit Stahlkappe; Chromwindungen und Auspuffrohre, die Wölkchen ausstießen, und die flirrenden grauen Schlieren der Fahrbahn.

Die unter den Rädern dahinsauste.

Während sie aus der Stadt hinausfuhren (du wusstest wozu), in die Berge.

Wenn sie sich in die Kurven legten, hatte sie das Gefühl umzukippen. Vielleicht wollte er ihr Angst einjagen. Oder Eindruck schinden. Vielleicht war das auf Motorrädern auch einfach so. In dem gleißenden Spiegelbild auf seinem Helm sah sie ihre Augen, verzerrt und aufgeregt.

(Sag's doch. Erregt.)

Er bog auf einen schmalen Lehmpfad ab, fuhr schlingernd und holpernd bis zu einem Feld. Dort wuchsen Blumen, und es lag sehr grün und schön in der Sonne dieses frühen Sommerabends. Er nahm seinen Helm ab.

»Großartig hier, was?« Sein Haar war dunkel, gewellt, zu lang und durch den Helm verfilzt. Er blickte sie an, und seine Augen funkelten hell und spöttisch. Er wusste, was für eine Art Mädchen sie war. Ein braves Mädchen, mit dem es (böse) durchging. Er wusste Bescheid. »Wirst du schreien? Bist du noch Jungfrau?«

»Nein.« Und blickte ihn (provozierend) trotzig an.

Er hob sie vom Motorrad und legte sie in das Gras und auf die Gänseblümchen.

Sie fühlte sich sehr lebendig. Er küsste sie; es war weder zärtlich noch brutal. Es war ein Nehmen und der Beginn von etwas, was sie verstand. Seine Finger knöpften ihr Baumwolljäckchen auf, ein Experte im Abschrauben von Dichtungen und Vergasern. Er streichelte sie, schob ihr den Rock hoch, zog ihr das Höschen aus, spreizte ihr die Beine und drang ein, ein Experte im Schmieren.

(Bitte, hast du gesagt, bitte mehr, bitte fick mich, bitte.)

Dann erhob er sich und ließ sie im sonnigen Gras liegen, der Rock unter die Hüften geknüllt, das Haar um ihren Kopf gefächert. Er zog den Reißverschluss seiner schwarzen Lederjacke nach unten und streifte sie ab, achtete auf ihre Reaktion. Kein Hemd darunter. Zwei große Klauen wanden sich asymmetrisch über seine Schultern. Seine Haut war blasser als ihre, sein Rumpf schlank und muskulös. Die Klauen zeichneten sich deutlich ab. Er wandte sich zur Seite, um seine Jacke auf den Motorradsitz zu legen, und ihr stockte der Atem.

(Ja. Ja. Ja.)

Grün, Schwarz und Rot; ein schillernder Drache sprang ungestüm über seinen Rücken, seine Klauen nach den Schultern ausgestreckt. Sein schlangenartiger Körper krümmte sich, eingehüllt in vielfarbige Schuppen. Der Kopf bog sich mit offenem Schlund am Ende seines geschmeidigen Halses und spie orangefarbene Flammen wie Gift und Galle über sein linkes Schulterblatt. Die verdrehten Augen blickten tückisch lebendig. Rot geäderte Fledermausschwingen ragten mitten aus seinem Rücken, und die hinteren Klauen scharrten an seinen Hüften, an denen zaghaft (sexy) seine schwarze Lederhose haftete ...

Sein Schwanz ... der Schwanz des Drachen schlängelte sich

feist das Rückgrat hinab und verschwand in seiner schwarzen Lederhose …

Und er zog sie nicht aus, er zog lediglich den Reißverschluss nach unten und besorgte es ihr, wie sie es besorgt haben wollte. Die Sonne noch immer hoch oben am Himmel, umgab sie der grüne, trächtige Duft zerdrückten Grases. Die Klauen des Drachen packten ihre Schultern, und sie spürte, wie er auf den sich kräuselnden Muskeln unter ihren Händen seine Schwingen ausbreitete.

Offen und aufmerksam verspotteten seine hellen Augen sie. Ihre (klammernden) Arme.

Der Schwanz des Drachen … er streifte seine Hose nicht ab, weil der Schwanz des Drachen sich um seine Pobacken wand und zwischen seinen Beinen hervorragte, und nun war er in ihr, brannte (pfählte sie) … und sie kam in einer Woge rot glühender Magma, die noch das Mark ihrer Knochen in Lava verwandelte …

Sie schrie, und die Welt erweiterte sich zu einem lodernden Flammenmeer, dehnte sich vom tiefsten Kern ihres Wesens aus. Ihr Gesichtssinn zerbarst zu einer kaleidoskopartigen Unendlichkeit roter, grüner und schwarzer Schuppen. Die gewaltigen Schwingen arbeiteten über ihr, unter ihr Gras und Blumen, darüber der drachenblaue Himmel und die hoch stehende Sonne, die sie nicht beachtete.

Später fuhr er sie nach Hause. Er setzte sie vor dem Haus ihrer Eltern ab. Es war keine Vergewaltigung gewesen. Er hielt sie auf dem Gehweg fest, ihr zugewandt, eine Hand um ihr Handgelenk geschlossen.

»Ich fahre nach New Mexico. Begleite mich.«

»Ich …« Es sangen Vögel. Die Nachbarskinder schaukelten nebenan … (ihre Schultern brannten, wo seine Klauen sie zerfurcht hatten) … die Katzen mussten gefüttert werden, Howard würde anrufen, um sich dafür zu entschuldigen, dass er so grob zu ihr gewesen war ... (noch immer durchloderten sie feurige Schauer) ... hier, vor ihrem Zuhause, dem Ort ihrer Kindheit, war der Sog des Weltlichen zu stark, die überwältigende Strömung des Vertrauten, die sie ihm entriss und den Drachen schwächte. Das Intermezzo verblasste. Es sangen Vögel. »... kann nicht.«

Er hatte sie bisher nicht verspottet. Doch nun tat er es, sein Mund verzog sich zu einem ironischen Lächeln, dann fuhr er davon.

Das Motorrad verschwand um eine Ecke, und an seine Stelle trat ihr eigenes fünfunddreißig Jahre altes Gesicht im Spiegel.

»Er war nur ein schmieriger Biker mit einem Tattoo«, sagte sie sich laut und beobachtete verbittert, wie sich abscheuliche Linien um ihre Mundwinkel bildeten. »Ich war ein verwöhntes Balg mit einer überdrehten Fantasie.«

(Warst du das? Der Schwanz des Drachen schlängelte sich feist das Rückgrat hinab ...)

Ich hatte nicht zu schätzen gewusst, was ich besaß. Jetzt ist das anders. Ich bin dankbar für mein Leben, mein Zuhause, meine Familie.

(Trautes Heim, Glück allein.)

Sei nicht zynisch.

(Was meinst du wohl, was ihn in New Mexico erwartete?)

Wahrscheinlich der Rest seiner Gang, dachte sie mürrisch.

(Hast du dich jemals wieder so lebendig gefühlt? Hast du dich jemals wieder so gefühlt wie an diesem Tag?)

Wie hätte ich mich denn sonst fühlen sollen?, entgegnete sie stumm dem Gesicht im Spiegel. Ich hatte vorher noch nie einen Orgasmus. Ich wusste es nicht besser, als ihn in eine perverse Fantasie zu kleiden.

(Warst du an jenem Tag glücklich? Keine Illusionen, hast du das schon vergessen?)

Glücklich? Sie dachte darüber nach (weigerte sich, darüber nachzudenken). Gelangweilt, frustriert, aufgeregt, rebellisch, wollüstig, verdorben. Aber glücklich? Nein. Jetzt bin ich glücklich.

(Na schön, Frau ohne Illusionen.) Und obwohl sie ihren Mund nicht bewegte, schenkte das Gesicht in dem Spiegel ihr das spöttische Lächeln eines anderen. (Na schön.)

Sie schaltete die Leuchtstoffröhre aus. Als sie sich zum Gehen wenden wollte, flackerte die Spitze des Drachenschwanzes rötlich auf und verschwand in einem Winkel des Spiegels in unendlichen Tiefen.

(Herzlichen Glückwunsch zum Geburtstag. Bis zum nächsten Jahr.)

Uschi Zietsch

Der wahre Schatz

Habt ihr jemals so einen Sturm erlebt?«, fragte der grauhaarige Harbo, während er seine tropfnasse Jacke über die Stuhllehne hängte. Schwer atmend ließ er sich auf den Sitz fallen, aus seinen herabhängenden Haarsträhnen tropfte Regenwasser auf den Tisch. »In meinem ganzen Leben habe ich so etwas noch nicht gesehen«, fuhr der alte Mann fort. »Am helllichten Tag wird es stockdunkel, und dann erscheint plötzlich dieser leuchtende Wirbel und rast auf mich zu, und dabei reißt er alles mit sich ...«

»Im allerletzten Moment konnte ich mich retten«, bestätigte sein Freund und Nachbar Garm. »Es ist ein Wunder, dass ich nicht vom Blitz getroffen wurde.«

»Ich wäre beinahe taub geworden, so laut donnerte es«, versuchte der dritte Bauer die anderen mit seinem Schreckenserlebnis zu übertrumpfen.

Das Gasthaus war voll mit Schutzsuchenden; es schien der einzige sichere Ort in diesem wüsten Sturm zu sein. Dicht auf dicht drängten sich nasse Menschen aneinander und suchten Trost in Bier, Met und Wein. Die ohnehin schlechte Luft dampfte und wurde zusätzlich von dem großen, hochlodernden und prasselnden Kamin aufgeheizt.

Draußen tobte und brüllte der Sturm und rüttelte an den Mauern des Gebäudes, aber es hielt seinen Angriffen stand. Man munkelte, dass dieses Gasthaus älter als die Menschheit war und schon fast seit Anbeginn der Welt den Reisenden Obdach und Nahrung bot. Es war groß und verwinkelt und litt nie unter Gästemangel, denn es lag genau an der Wegkreuzung der großen vier Reichsstraßen Waldsees, die ebenfalls vor sehr langer Zeit gebaut worden waren, als die vier Königreiche noch existierten.

Das war die Goldene Zeit gewesen, doch heute erinnerten nur noch Geschichtenerzähler und in der Wildnis verborgene Ruinen an die einstigen Hochkulturen.

Noch niemand, nicht einmal die Stammgäste, hatte je den Wirt erblickt, nur seine Schankmaiden und Gehilfen eilten geschäftig herum und sorgten für nie versiegende Ströme von Bier und Wein und nie endende saftige Braten und frisches dunkles Brot. Man munkelte viel über den Wirt; und dass er unsterblich sei, wurde wohl schon seit Jahrhunderten behauptet.

Erstaunlicherweise besaß das Gasthaus keinen Namen; man nannte es meistens nur »das Haus«, oder als Erklärung für Unwissende »das Haus an der Kreuzung«.

Harbo kippte einen halben Krug Steinbier hinunter und beugte sich dann mit verschwörerischer Miene über den Tisch. »Es geht nicht mit rechten Dingen zu, das sage ich euch.«

»Was meinst du?«, fragte Garm.

»Harbo, du bist unverbesserlich abergläubisch, das interessiert mich nicht«, brummte der dritte Bauer, rückte leicht ab und wandte ihnen den Rücken zu, um sich mit einem anderen zu unterhalten.

Der alte Mann ließ sich nicht beirren. »Dieser Sturm ... und dass er dem Haus nichts anhaben kann.«

»Das Haus ist unzerstörbar, das wissen wir doch alle.« Garm seufzte. »Harbo, so langsam übertreibst du wirklich.«

»Aber dieser Sturm ist nicht natürlich, das ist gewiss. Er kündigt etwas an, etwas ... Großes. Du wirst es sehen!«

In diesem Moment gab es einen lauten Knall im Kamin, und ein glimmendes Kohlestück sprang Funken sprühend heraus, rollte über den ausgetretenen, dunklen Boden und verglühte zischend. Sämtliche Gespräche waren verstummt, und alle starrten erschrocken auf den Kamin.

Als jedoch nichts weiter geschah, wandten sich die Gäste wieder ihrem Getränk oder ihrer Mahlzeit zu, auch Harbo und Garm, und da sahen sie den Fremden. Er musste in dem Moment hereingekommen sein, als sich aller Aufmerksamkeit auf den Kamin gerichtet hatte.

Er war weit gereist, das sah man deutlich an seinem bodenlangen, weiten, triefenden Kapuzenmantel und den kniehohen Stiefeln. Seine kräftige Statur und seine Bewaffnung zeigten, dass er ein Krieger war – möglicherweise ein Soldat, oder ein Söldner. Die vielen neugierigen Augenpaare, die auf ihn gerichtet waren, störten ihn nicht; vermutlich war er schon lange daran gewöhnt. Er steuerte auf den Tisch zu, an dem Harbo und Garm saßen und der noch einen Platz frei hatte.

Die beiden Bauern rückten unwillkürlich zusammen, aber sie wagten es nicht, den Bewaffneten abzuweisen. Eine Schankmaid kam auf den Fremden zu und fragte ihn nach seinen Wünschen.

»Bring mir einen Becher heißen Met und einen Teller Eintopf«, bestellte der Mann langsam mit rauer Stimme; offensichtlich war er nicht daran gewöhnt, viel zu reden. Er nestelte aus den Falten seines Mantels eine Kupfermünze und gab sie dem Mädchen. »Ist das genug?«

»Das ist der Preis, Herr. Ich bringe Euch sofort das Gewünschte.«

Der Mann schlug die Kapuze zurück und öffnete den Mantel. Die beiden Bauern entspannten sich etwas, als sie sahen, dass er nicht jünger war als sie beide; sein langes, an den Schläfen aus jeweils einer Strähne zu einem Zopf geflochtenes Haar war fast weiß, sein wuchernder Vollbart vollständig grau. Unter den buschigen Augenbrauen musterten blaugraue, wie von einem Nebel verhangene Augen kurz die beiden Bauern, dann setzte der Fremde sich hin.

Eine Weile starrte jeder schweigend vor sich hin, bis es Garm zu viel wurde. »Ihr seid wohl auch vor dem Sturm geflüchtet?«

»Mhmm«, machte der Fremde.

»So einen hatten wir noch nie«, fuhr Harbo fort. »Und Euer Auftritt ist ... ungewöhnlich.«

Der Fremde holte eine langstielige, schmale Pfeife hervor,

stopfte sie mit Tabak und zündete sie an. »Ich öffnete die Tür, trat ein und schloss sie wieder. Was ist daran ungewöhnlich?«

Garm stieß seinen Freund in die Seite. »Ihr müsst verzeihen, Fremder, aber Harbo ist ... nun, er achtet sehr auf Zeichen. Und just in dem Moment, als Ihr hereinkamt, explodierte etwas im Kamin ...«

»Ein Zufall, weiter nichts.« Der Fremde schaute auf, als sein Becher Met und der Eintopf kamen, und widmete sich einige Zeit schweigend seiner Mahlzeit.

Die beiden Bauern gafften ihn die ganze Zeit über an, ohne sich der Unhöflichkeit ihres Benehmens bewusst zu sein. Die übrigen Gäste unterhielten sich inzwischen wieder, doch der eine oder andere warf manchmal einen verstohlenen Blick auf den geheimnisvollen Mann. So jemanden wie ihn hatten sie schon lange nicht mehr gesehen.

Als er mit dem Essen fertig war und den letzten Schluck getrunken hatte, schob der Mann Teller und Becher von sich, lehnte sich zurück und zündete die Pfeife erneut an. »Nun«, sagte er, »ich bin Bror, und ich komme von weit her. Ich bin ein Drachentöter. Man könnte auch sagen: *der* Drachentöter.«

Schlagartig verstummten erneut alle Gespräche ringsum; nur diejenigen, die nicht mithören konnten, unterhielten sich ahnungslos weiter.

»Aber ... hier gibt es keine Drachen, mein Herr«, stammelte Harbo. »Schon sehr lange nicht mehr. Ich meine ... sie sind ausgestorben. Wenn es irgendwo noch Drachen gibt, dann sehr weit fort.«

»Es gibt noch einen«, widersprach Bror. »Den Großen Alten.«

»Er ist doch nur noch eine Legende!«, warf Garm ein.

Der Drachentöter schüttelte langsam den Kopf. »Jetzt nicht mehr.« Er deutete mit dem Pfeifenstiel zu einem dick verglasten Fenster, vor dem draußen der Sturm tobte. »Der Große Alte lebt noch, aber nicht mehr lange. Er wird sterben, und dieser Sturm ist der Ausdruck seines Schmerzes, seines Todeskampfes. Jahrzehntelang habe ich nach ihm gesucht, und nun bin ich zum rechten Moment hier eingetroffen.«

»Aber warum tut Ihr das?«, fragte Harbo leise. »Ich meine, das Drachentöten?«

»Es ist ein Beruf wie jeder andere«, antwortete Bror. »Ich habe als Held gelebt und Dörfer, manchmal ganze Städte von der Geißel eines Drachen befreit. Ich habe nicht wahllos alle getötet, viele von ihnen sind harmlos und hausen tief verborgen in der Wildnis. Aber die Großen Drachen sind es, die uns immer wieder zu schaffen machen. Viele von ihnen herrschen als Tyrannen, unterdrücken und versklaven die Menschen, und ihnen habe ich den Krieg erklärt. Man kennt meinen Namen überall dort, wo es Drachen zu jagen galt. Ihr braven Leute habt keine Ahnung von dem, was auf Waldsee vorgeht – und dass der Große Alte sich bei euch versteckt hält. Er ist der Letzte der Großen Drachen, denn die anderen habe ich alle getötet.«

»Aber wenn er sowieso stirbt, was wollt Ihr dann noch hier?«, flüsterte Harbo.

Brors Augen wurden für einen Moment klar und kalt, und die beiden Bauern mussten zur Seite sehen, weil sie diesen Blick nicht ertragen konnten. »Weil er den Schatz besitzt«, antwortete er. »Den wahren und einzigen Schatz der Drachen, das Kostbarste dieser Welt. Und diesen werde ich ihm rauben, doch das muss geschehen, solange er noch lebt. Er ist ein überaus mächtiges, magisches Geschöpf, wie ihr an dem Sturm sehen könnt.«

»Der Sturm flaut ab!«, rief jemand wie aufs Stichwort von der Galerie oben. »Bald können wir wieder nach Hause gehen!«

»Dann wird es Zeit für mich.« Der Drachentöter erhob sich. »Lebt wohl.« Er hüllte sich in seinen tropfnassen Mantel und verschwand.

Garm und Harbo starrten noch eine Weile auf die geschlossene Tür. »Alles, was recht ist ...«, sagte Garm schließlich. »Aber glaubst du, was der da von sich gegeben hat?«

Harbo prustete in seinen Bierkrug. »Ich mag zwar abergläubisch sein, Garm, aber verrückt bin ich nicht. Jedenfalls nicht so wie dieser Kerl. Drachen! Der Große Alte! Ein Schatz, so kostbar wie die Welt! Ich sag dir was, Freund: Der Verstand dieses armen Burschen wurde durch irgendetwas geschädigt. Er ist alt und nutzlos geworden und klammert sich verzweifelt an seine Vergangenheit, weil er nicht damit fertig wird, dass ihn niemand mehr braucht. Vielleicht war er auch nur sein Leben lang Soldat und wurde entlassen, und jetzt irrt er umher, eingesponnen in seine Träume.«

»Er ist verloren«, murmelte Garm. »Aber vielleicht glücklich damit? So kann er noch einige gute Jahre verbringen und in Frieden sterben, solange ihn niemand aus seinen Träumen reißt.«

Bror wusste, dass man ihm keinen Glauben schenkte. Die Zeit der Drachen war insofern vorbei, weil die Menschen sich weigerten, noch an sie zu glauben. Doch sie existierten, sie waren keineswegs alle ausgestorben. Viele hielten einen langen Schlaf, um auf die nächste Goldene Ära zu warten.

Solange der Große Alte noch existierte, hatten sie eine Zukunft. Denn er besaß *den Schatz,* den Schlüssel zum Leben, zu Macht und Reichtum, zum Glück ... was man sich nur vorstellen konnte. Seit er zum ersten Mal davon gehört hatte, wusste Bror, dass weder der Große Alte noch der Schatz eine Legende waren und dass beides über die Zukunft der Drachen entschied.

Und jetzt hatte er den Beweis – dieser Sturm, der den Todeskampf des ältesten Drachen anzeigte. Drachen konnten viele Jahrtausende überdauern, aber eines Tages war es dennoch mit ihrer Lebenskraft vorbei. Allerdings traten sie nicht sang- und klanglos ab. Das Land um Bror herum war verwüstet, kein Stein stand mehr auf dem anderen. Zum Glück wussten die braven Bauern in dem Gasthaus noch nichts von ihrem Unglück. Die meisten von ihnen würden fortgehen müssen.

Das Gasthaus war das Einzige, das alles überstehen konnte; auch das wusste Bror durch seine Forschungen. Was heutzutage so gut wie niemand mehr wusste: Es war aus den Schuppen und der Haut eines Großen Drachen erbaut worden, und zwar des Großen Alten, der der Vater desjenigen Drachen gewesen war, der heute im Sterben lag. Der Alte heute war der letzte Überlebende der Brut, auch seine Mutter war längst dahingeschieden. Es hieß übrigens auch, dass der Wirt des Gasthauses der Drachentöter des damaligen Großen Alten gewesen war, aber das war unbewiesen und interessierte Bror nicht weiter.

Er konnte es kaum fassen, dass er nun endlich am Ziel seiner Wünsche war. Fast sein ganzes Leben hatte er mit dieser Jagd verbracht, und nun, da er selbst alt und verbraucht war, würde er seinem erkorenen Feind endlich gegenübertreten. Aber der Schatz würde ihn für alles entschädigen, ihm vielleicht sogar die Jugend wiedergeben.

Er brauchte sich keine Sorgen zu machen, dass sich noch andere auf die Suche machen würden. Die einfachen Leute wussten nichts von den alten Geschichten und hielten ihn für einen Narren.

Früher hatte es noch andere Jäger wie ihn gegeben. Doch heute war er der letzte. Wie der Große Alte.

Der Drachentöter folgte dem wirbelnden Zentrum des Sturms. Das Ende war nicht mehr fern; sobald das Zentrum zum Drachen zurückgekehrt war, würde er sterben. Und für einen Moment würde die Zeit stillstehen, für den einzigen, letzten Herzschlag des Großen Alten. Die Menschen würden davon natürlich nichts merken.

Aber Bror musste sich beeilen. Er mochte zwar nicht mehr jung sein, doch er war ausdauernd und geübt, er würde eine ganze Weile durchhalten und war deshalb zuversichtlich, rechtzeitig anzukommen.

Die Jagd führte in einen Wald hinein, am Hang eines Felsmassivs. Hier lebten keine Menschen, und es gab nur wenige Tierpfade, die Bror das Durchkommen erleichterten. Das Unterholz war dicht bewachsen und zumeist stachelbewehrt. Es war still, modrig-feucht und kalt.

Bror lief weiter. Irgendwann bemerkte er eine leichte Veränderung; die Luft wurde diffuser, von winzigen, seltsam leuchtenden Schwebeteilchen durchsetzt. Das Unterholz wich, und die Baumstämme zeigten eine kahle, schwarzgraue Rinde. Der braune Boden wurde seltsam schwammig und behinderte das Vorankommen. Und dann erreichte er die Felsen. Bror zweifelte nicht daran, dass sich hierher weder Tier noch Mensch verirrten; er spürte deutlich den magischen Wall zur Abschreckung. Ohne Zweifel war der Drache *hier*, und er konnte nicht verhindern, dass der Drachentöter bis zu seinem Nest vordrang. Keine Drachenmagie konnte Bror mehr beeinflussen oder bannen. Er kannte alle Sprüche, alle Formeln, er war von Drachen verletzt und vergiftet worden; manchmal, so kam es ihm vor, war er selbst schon ein Drache, weil er sein ganzes Leben auf die Jagd ausgerichtet hatte und notgedrungen lernen musste, sich in die Drachen hineinzuversetzen, um sie zu überwinden. Um ein Drachentöter zu werden, brauchte es mehr als nur ein gutes Schwert und Geschicklichkeit. Nun würde sich zeigen, ob Brors *Ausbildung* erfolgreich gewesen war, wenn er seiner größten Herausforderung entgegentrat. Denn auch sterbend war der Große Alte immer noch das gefährlichste Wesen Waldsees.

Er musste eine ganze Weile in den Felsen herumklettern, bis er endlich den Zugang zur Höhle fand. Wenige Schritte nach dem Eingang wurde es bereits fast dunkel, man konnte gerade ein paar Mannslängen weit sehen. Das schummrige Licht wurde von winzigen Glimmerlichtern gespendet, die überall an den Felswänden und Decken funkelten. Bror entdeckte auch noch andere Lichter, kleine runde Leuchtaugen, die kurz aufblitzten und dann hastig davonhuschten, wenn er näher kam.

Die Höhle war sehr groß, und Bror konnte sich auf einen Drachen gewaltigen Ausmaßes einstellen. Sie wuchsen bis an ihr Lebensende, und das bedeutete, dass dieser hier ... inzwischen selbst so groß wie ein halbes Felsmassiv sein musste. Ob er die Höhle überhaupt noch verlassen konnte?

Er kam an einem glasklaren See vorbei, ein Uferrand war umsäumt von einem Stalaktiten- und Stalagmitenwald. Halb versteinerte, braun verfärbte Knochen lagen massenweise herum. Die Luft wurde stickig, und Bror musste sich zusammennehmen, um nicht laut zu husten. Der Schweiß brach ihm aus, aber nicht vor Furcht, sondern vor der zunehmenden Hitze. Vor sich konnte er ein rötliches Glühen ausmachen ... und er hörte ein röchelndes, pfeifendes Schnaufen. Ohne Zweifel hatte er sein Ziel bald erreicht.

Bror tastete nach dem Kurzschwert an seinem Gürtel und ging langsam weiter, stets nach allen Seiten sichernd und auf der Hut. Möglicherweise hatte der Große Alte Gehilfen, die ihn verteidigten, weil er selbst nicht mehr dazu in der Lage war.

Und wie immer behielt er Recht. Von allen Seiten kamen sie auf ihn zu; gedrungene Geschöpfe aus vergessener Zeit, fast ein wenig wie Trolle, aber doch den Felsen noch ähnlicher, in denen sie lebten. Sie trugen teils verrostete alte Waffen, die sie einst Kriegern oder Soldaten abgenommen hatten oder die einem zusammengehorteten Schatz entstammten. Bror schleuderte den Mantel von sich und zog sein Langschwert, das er in einer Scheide auf dem Rücken trug. Seine Muskeln spannten sich kraftvoll an, und er stellte sich in Position. Auch wenn sie in der Überzahl waren, fürchtete er sie nicht. Er hatte schon viel Schlimmeres, Aussichtsloseres überstanden.

Doch die Geschöpfe griffen nicht an. Im Gegenteil, sie wichen vor ihm zurück. Und einer von ihnen ... winkte Bror.

Das pfeifende Atmen wurde lauter, ein singender Ton lag jetzt darin. Der Drachentöter zögerte. Die Diener des Großen Alten blieben stehen und drehten sich zu ihm um.

Er war so weit gekommen, nun würde er um keinen Preis der Welt mehr umkehren. Bror ging weiter. Das rötliche Glühen wurde heller und breitete sich über die ganze Höhle aus, erhellte sie mit einem weichen Schimmer. Die Hitze wurde fast unerträglich. Bror entledigte sich Stück um Stück seiner inzwischen fast trockenen Kleidung.

Der letzte Teil der Höhle tat sich vor ihm auf; eine riesige, fast kreisrunde Halle mit einem Feuersee in der Mitte. Bror raubte es fast den Atem, und er schloss geblendet die Augen.

Er zwinkerte, als sich ein Schatten vor die Flammen schob. Der Kopf eines Drachen, und dieser Kopf war bereits so groß wie ein einfaches Stadthaus. Aus den weit geblähten Nüstern am Ende der langen Schnauze schlugen kleine Flammen; überall am Kopf entsprangen lange, wie bärtige Auswüchse, der Stirn entsprang zweifach ein weit nach hinten gezogenes, an den Enden nach oben gebogenes Doppelhorn. Die Halsschuppen waren auf der Oberseite blutrot und goldgerändert und überlappten sich, auf der Unterseite waren sie kleiner und fast schwarz.

Zwei riesige, schwarz geschlitzte, gelb leuchtende Augen richteten sich auf den gealterten Krieger. Sie hatten nichts von ihrer magischen Kraft verloren.

»Du bist gekommen«, sagte der alte Drache.

Bror sah, wie sich die Diener des Großen Alten ehrerbietig rückwärts zurückzogen. »Du hast mich erwartet?«, fragte er langsam.

»Natürlich«, antwortete der Drache. »Schon sehr lange. Mindestens ebenso lange, wie du brauchtest, um nach mir zu suchen.«

»Ich bin gekommen, um dich zu töten«, versetzte Bror.

»Das ist nicht notwendig, mein Freund. Ich habe ohnehin nur noch wenige Atemzüge. Du bist gerade noch im richtigen Moment eingetroffen.«

»Aber ... was willst du von mir?«

»Ist das nicht offensichtlich? Du sollst meinen Schatz übernehmen, denn ich kann ihn nicht mehr bewachen und beschützen.«

Bror hob eine Braue. »Was ist das für eine Drachenlist?«

»Keine List mehr, keine Kraft mehr«, hauchte der Drache. Er öffnete kurz den Rachen, um nach Atem zu ringen, und der Mann konnte deutlich sehen, dass die meisten seiner einst grausam tödlichen Zähne stumpf und verfault waren. Sein Kopf sank langsam herab, und allmählich konnte Bror die Konturen seines riesigen Leibes erkennen, der sich um den Feuersee wand, und nicht nur einmal, und dann ringelte sich noch mehrfach der Schwanz darum herum; der Alte füllte fast die gesamte Höhle aus. »Denkst du, dein Treiben wäre mir verborgen geblieben, Bror?«, fuhr der Drache flüsternd fort. »Von Anfang an wusste ich von dir, und von den anderen. Ich habe jede eurer Bewegungen beobachtet, jeden eurer Kämpfe miterlebt. Ich bin der Große Alte, und es verletzt mich in der Tat, dass du mir das nicht zugetraut hast, obwohl du schon lange weißt, wer ich bin.«

»Hättest du dann nicht längst etwas gegen mich unternehmen müssen?«, erwiderte Bror. »Um zu verhindern, dass ich eines Tages hierher komme und dich töte?«

»Aber ich sagte doch bereits, dass ich dich erwartete. In jeder Generation werden Drachentöter geboren, sie sind etwas ganz Besonderes, denn sie allein können den magischen Kräften eines Drachen widerstehen. Doch es müssen Tausende von Generationen vergehen, bis der Eine geboren wird, der würdig ist, das Erbe zu erhalten – *den Schatz*. Und du bist es, Bror, denn du bist der Letzte deiner Generation, der noch lebt, und der Einzige, der hierher gefunden hat. Obwohl auch du inzwischen alt geworden bist, so wie ich, hast du nie gezweifelt. Ich war deine Queste.«

»Und du ... willst mir den Schatz geben? Einfach so?«

»Mein Freund, es ist kein leichtes Erbe, das ich dir übergeben will. Aber du bist der Einzige, der dessen würdig ist, und mein Ende ist nah ... sehr nahe.« Das stimmte wohl, denn die Augen des uralten Drachen trübten sich plötzlich ein. »Verstehst du, der Schatz darf nicht verloren gehen, auch wenn wir Drachen nicht mehr sind. Er ist zu kostbar. Nimm ihn dir jetzt, Bror, und gehe dann schnell, denn meinen Todeskampf will ich allein austragen, und er wäre womöglich noch gefährlich für dich.«

Der Große Alte zeigte mit der Schnauze auf ein Nest am Rand des Feuersees. Bror ging dorthin, getrieben von seiner Neugier, und blickte verwundert ... auf ein schlafendes Mädchen. Eine wunderschöne junge Frau mit einem drachenähnlichen Mal auf dem rechten Oberschenkel.

»Was ...«, begann der Drachentöter, aber der Drache unterbrach ihn.

»Nimm sie und geh ... schnell. Stell keine Fragen mehr. Du wirst alles erfahren. Aber jetzt ...« Der Drache hob den Kopf und stieß ein markerschütterndes Gebrüll aus, das Bror fast die Besinnung raubte. Halb betäubt warf er sich das schlafende Mädchen über die Schultern und spurtete los. Unterwegs nahm er sich allerdings noch die Zeit, den Mantel aufzusammeln, dann rannte er, so schnell er konnte, weiter. Das Gewicht des Mädchens spürte er kaum, sie war leicht wie eine Feder.

Er taumelte, als der Boden unter ihm in einem Beben schwankte, als der Drache seinen zweiten Todesschrei ausstieß. Bror stürmte aus der Höhle und stolperte die Felsen hinab; wie durch ein Wunder stürzte er nicht, anscheinend beflügelte ihn der Wille zur Flucht. Die gesamte Felsenregion erzitterte in einem tiefen Grollen, und der Krieger rannte weiter durch den Wald, bis er sich einigermaßen sicher fühlte.

Am Abend hatte er ein notdürftiges Lager errichtet, ein Waldtier erlegt und gebraten; und nun saß Bror ganz still und betrachtete die schlafende Schönheit auf der anderen Seite des Feuers. Was sollte er nun mit ihr anfangen? Weshalb hatte er sie überhaupt mitgenommen? War sie wirklich der größte Schatz?

Als hätte sie seine Blicke oder auch seine Gedanken gespürt, schlug die junge Frau plötzlich ihre Augen auf und schaute ihn an. Ihre Augen waren smaragdgrün, ihre Haut alabasterfarben, ihre Haare schwarz wie die Nacht. Ganz gewiss hatte Bror noch nie jemanden wie sie erblickt.

Sie richtete sich auf und blickte ihn erstaunt an. »Was ist geschehen?«

Bror erzählte es ihr. Es war eine lange Geschichte, und die Nacht war fast vorüber und das Feuer erloschen, als er schließlich endete. In seinem ganzen Leben hatte er noch nicht so viel auf einmal geredet, aber es schien fast, als löste das Mädchen seine Zunge. Seltsam, wie er sich zu ihr hingezogen fühlte und wie vertraut sie ihm schien. Als würde er sie schon sein ganzes Leben kennen. Sie war die Frau seiner Träume, erkannte er plötzlich.

»Ist es das?«, sprach er seine Unsicherheit laut aus. »Erfüllt der Schatz die innersten Träume?«

»So etwas wird es wohl sein«, antwortete das Mädchen mit leise gurrender Stimme. »Ich kann dir nur sagen, dass ich wirklich der Schatz bin und lange geruht habe, ja fast zu lange, denn du bist beinahe zu spät gekommen. Doch nun fühle ich das Leben stark und mächtig wie nie, es pulst und rauscht durch meine Adern und macht mich trunken. Ich möchte dir danken, Bror, und mein Lager mit dir teilen und deine Sehnsüchte stillen.«

»Ich bin ein alter Mann ...«, sagte er erschrocken. »Ich habe ... kaum Erfahrung mit Frauen, weil ich nie die Zeit dafür fand ... meine Queste war mir wichtiger ...«

»Eben darum ist jetzt der Moment gekommen, zur Ruhe zu finden, denn der letzte der Großen Drachen ist tot und deine Aufgabe erfüllt. *Diese* Aufgabe, denn es wird eine andere für dich geben, doch bis dahin sollst du einmal in deinem Leben etwas nur genießen und frei sein ...«

Während es sprach, rückte das Mädchen dem Drachentöter langsam näher. Sie war schön und jung und verströmte einen betörenden Duft, und Bror war ausgehungert, wie er jetzt merkte, und doch nicht so alt, um sich ihren Reizen widersetzen zu können; und warum in aller Welt sollte er das auch tun? So ein Angebot hatte er noch nie erhalten, und wenn dies nun der kostbarste aller Schätze war, so machte er ihn gewiss in diesem Moment zum glücklichsten Mann.

Irgendwann kam Bror wieder zu sich und wunderte sich, dass er in Dunkelheit lag. Er fühlte sich weich gebettet und bequem, doch über ihm war kein nächtlicher Sternenhimmel, und die Luft roch nicht nach freiem Land. »Wo bin ich?«, flüsterte Bror und wollte sich aufrichten, aber er war zu schwach.

»Nur ruhig, mein Liebster, du musst dich noch erholen nach diesen Strapazen«, antwortete eine seidenweiche Stimme, und zwei warme kleine Hände drückten ihn sanft wieder aufs Lager. Das Mädchen kicherte leise. »Du hast ein ordentliches Stehvermögen, mein wundervoller Liebhaber, und du hast mich sehr glücklich gemacht. Ich werde dich nie mehr hergeben ...«

Allmählich gewöhnten sich seine Augen an das Dämmerlicht, von irgendwoher kam wenigstens ein matter Schein, der einigermaßen Konturen sichtbar werden ließ. »Du bist so schön«, flüsterte Bror, als er die Geliebte erblickte. »Was ist mir widerfahren? Wo hast du mich hingebracht?«

»In Sicherheit«, flüsterte sie. »In ein Nest der Geborgenheit tief in den Felsen, damit uns niemand findet und uns trennt oder Schlimmeres, denn wir wollen zusammen sein und uns lieben, für immer und ewig.«

Brors Blick fiel auf ihre Hände, als sie zärtlich seine Brust streichelte. »Was ... was hast du da?«

Sie strich über die zarten, weißgrünen Schuppen und lächelte stolz. »Hübsch, nicht wahr? Sie wachsen jeden Tag ein bisschen länger, am ganzen Körper. Fühl mal!« Sie nahm seine Hand und führte sie von ihrer Brust hinab zu ihren Lenden. »Und weißt du was? Ich bin schwanger!«

In Bror keimte plötzlich ein furchtbarer Verdacht auf. Er hob eine Hand, und als er sie ansah, kam sie ihm sehr viel glatter, sehniger ... *jünger* vor. Als er den Kopf drehen wollte, spürte er einen stechenden Schmerz am Hals. Seine Fingerkuppen ertasteten eine kaum verheilte Wunde. »Was geht hier vor?«, krächzte er entsetzt.

»Nur die Ruhe, mein Liebling, erschrecke doch nicht. Du wirst dich schnell daran gewöhnen«, wisperte das Mädchen. »Du bist ja schon so lange infiziert, aber erst mein Kuss verhilft dir zur endgültigen Verwandlung, so wie du mich erwecktest und unsere Verbindung meine Verwandlung einleitete. Ich werde schnell wachsen und dich behüten, und ich werde unsere Brut aufziehen, und damit geht es wieder weiter, bis ich eines Tages die Große Alte bin und schließlich dereinst vor meinem Tod jemand kommen wird, um dich zu finden, mein lieber *wahrer Schatz,* du kostbarstes aller Dinge der Drachen von Waldsee.«

Joanne Bertin

Die Gerechtigkeit des Drachenlords

Ein Schatten strich über Otter hinweg, als er sein Pferd sattelte. Der Wallach bäumte sich auf; Otter griff nach dem Haltestrick und blickte hoch.

Weit oben schwebte ein Drache von der tiefroten Färbung unverdünnten Weins am frühmorgendlichen Himmel. Seine Schuppen gleißten in der Sonne.

»Ihr Götter – seht euch das an!«, rief Otter und vergaß zu atmen. So etwas Schönes hatte er noch nicht gesehen.

Der Drache segelte einen Moment lang dahin, die gewaltigen Schwingen reglos, dann flog er nach Westen weiter.

»Echtdrache oder Drachenlord, mein Junge – was meinst du wohl?« Otter sah das zitternde Pferd an. Es verdrehte die Augen. »Ich vergaß, Erbsenhirn. Du kannst ja nicht denken. Warum musste ich mir für meine Walz auch ausgerechnet den dümmsten Gaul im Stall aussuchen, und warum musste meine Walz mich mitten ins Nirgendwo führen ...«

Otter rückte den Harfenkasten auf seinem Rücken zurecht und nahm Otters Zügel. »Er wird dich schon nicht fressen, du Dummbolzen, also reg dich ab. Bis zum Ende der Berge liegt noch ein langer Weg vor uns.«

Otter seufzte über die Ungerechtigkeit von alledem. Bei seinen Fähigkeiten – mit neunzehn war er einer der jüngsten Barden, die jemals auf die Walz gegangen waren – sollte er eigentlich vor Lords und Ladys in ihren Stadthäusern spielen. Oder wenn er schon aufs Land geschickt werden musste, dann wenigstens zu einem Herrscherhaus.

»Ich sollte nicht vor Bauerntrampeln spielen müssen«, knurrte er, während er sich auf den Gaul schwang. »Ich wünschte, ich wäre schon wieder in Bylith. Die Stadt ist mir allemal lieber als dieses *Nichts*.«

Im Laufe des Tages vergaß Otter den Drachen wieder. Er legte Meile um Meile zurück. Er machte so wenig Rast wie möglich, um schnellstens das Gebirge hinter sich zu lassen. Trotzdem brach schon allmählich die Dunkelheit herein, als er die letzten Ausläufer der Berge hinabritt.

Der schmale Pfad wand sich durch ein Kieferngehölz. Als er daraus zum Vorschein kam, fiel Otters Blick auf das perfekte Lager: ebenerdig, mit einem Bach und Gras, das ein weicheres Bett verhieß als das steinige Gebirge.

Perfekt – nur, dass es schon besetzt war. Otter hoffte, dass der andere Reisende nichts dagegen hatte, es mit ihm zu teilen.

Ein Mann kniete vor einem kleinen Feuer und speiste es mit Reisig, neben ihm stand ein Rappe. Otter meinte einen dünnen Clanzopf erkennen zu können, der dem Mann auf den Rücken hinabhing.

Otter lächelte. *Nicht nur Gesellschaft, auch noch ein anderer Yerrin. Aber eigenartig – das Pferd ist anscheinend gar nicht angebunden.*

Der Mann blickte auf. Er griff nach etwas in seinen Bündeln. Der Feuerschein brach sich in der Klinge eines Großschwerts, als er es aus der Scheide zog.

Otter schob den Kragen seines Mantels nach hinten und zog den Halsring des Barden unter seinem Umhang hervor. Er wollte den Fremden gerade besänftigen. Nicht aus Furcht um sich. Seine Berufung schützte ihn.

Zu Otters Erstaunen steckte der Mann sein Schwert weg und verstaute es wieder in seinem Gepäck. Er legte die Hände wie einen Trichter an den Mund und rief: »Ho, Barde – seid mir willkommen! Hier wartet Wein auf Euch, wenn Euch danach ist!«

Otter klappte der Unterkiefer hinunter. *Teufel auch; er konnte das Halsband doch unmöglich gesehen haben – nicht bei diesem Licht.* Dann zuckte er mit den Achseln. Umso besser; dann waren wenigstens keine Erklärungen nötig, während ihm jemand mit einem Schwert vor dem Gesicht herumfuchtelte. Er trieb sein erschöpftes Pferd an.

Als er das Lager erreichte, zügelte Otter es vor dem Mann. »Habt Ihr gewusst, dass Euer Pferd nicht angekoppelt ist?«, fragte er beim Absteigen.

Das Pferd – ein Hengst – schnaubte. Der Mann schob die letzten Zweige ins Feuer. Gelbe und rote Flammen loderten auf.

Der Feuerschein huschte über das Gesicht des Mannes. Ein Auge schien tief im Schatten zu liegen, es wirkte fast eingefallen; im nächsten Moment erkannte Otter, dass der »Schatten« ein Muttermal auf dem Lid war.

»Shan ist auch morgen noch da«, sagte der Mann. Er lächelte.

Otter verdrehte die Augen. *Ihr Götter; ein Bergakzent, so stark wie eine Elle – der kommt ja schnurstracks aus dem Hinterland. Und eigenartig ist er obendrein.* Dennoch drückte das Verhalten des anderen eine offenherzige Freundlichkeit aus, die ihm gefiel.

Der Fremde erhob sich und schlug sich den Staub von den Knien. Zottiges Blondhaar, schulterlang, leuchtete im Feuerschein auf.

Otter schluckte. Es war lange her, seit er aufschauen und jemandem in die Augen hatte blicken müssen. Er war froh, dass der Bursche sein Schwert weggesteckt hatte.

Er sagte: »Ich heiße Otter Heronson. Ich bin unterwegs nach Bylith. Und Ihr?«

Der Mann stockte. »Ich heiße Linden ... Adlerson.«

Nickend dachte Otter: *O ihr Götter – benennen immer noch alle Mütter in den Bergen ihre Sprösslinge nach diesem Drachenlord? Nur, weil er im Gebirge aufwuchs ...*

Dieser Linden fuhr fort: »Und wie die Götter es wollen, bin ich ebenfalls nach Bylith unterwegs. Vielleicht können wir einander

Gesellschaft leisten, so viele Yerrins gibt es hier in Kelnith ja nicht.«

»Hört sich gut an«, sagte Otter. Aber innerlich zuckte er zusammen und fragte sich, worüber er mit diesem Bauerntölpel reden sollte. *Trotzdem, jedermanns Gesellschaft ist besser als gar keine, und wenn er mich anödet, kann ich mich immer noch von ihm absetzen.*

Er legte Sattel, Satteltaschen und Harfenkasten in einem unordentlichen Haufen neben dem Feuer ab. Nachdem er dem Wallach die Vorderbeine gefesselt hatte, striegelte Otter ihn rasch und untersuchte noch rascher die Hufe nach Steinen. Dann streifte er dem Gaul einen Futtersack voll Korn über die Schnauze. Mit einem dankbaren Seufzer ließ er von dem Wallach ab und konnte sich nun endlich um seine eigenen Bedürfnisse kümmern.

Sein Magen knurrte, und Otter kramte Lebensmittel aus seinen Taschen hervor: hartes Brot, Dörrfleisch und Obst. Dann rollte er seine Decken aus und nahm Platz.

Er lächelte. Heute Abend würde er ein Publikum haben. Zwar nur einen Bauernlackel, aber immerhin ein Publikum. Und für einen Barden war so etwas mehr wert als Fleisch oder Getränke – erst recht für einen, der diesen Rang erst seit einem knappen Jahr bekleidete.

Er kaute auf dem zähen Fleisch herum, während er darüber nachsann, was er singen sollte.

Otter knetete seine Finger, legte die Harfe in den Kasten zurück und räusperte sich. »So! Das war's für heute, fürchte ich; ich bin ausgedörrt«, sagte er.

»Dann nehmt den Rest von meinem Wein und meinen Dank für Euren Gesang. Ihr seid sehr gut«, sagte Linden. Er füllte den Becher neben Otter. »Nun erzählt mir Eure Neuigkeiten; Barden haben ihre Ohren doch immer überall.«

Otter lachte kläglich. »Ich bin in den letzten paar Wochen nur durch zwei oder drei Dörfer gekommen. Wenn Euch nicht gerade interessiert, wessen Kuh sich in wessen Garten verirrte, habe ich nicht viel zu berichten.«

Linden nickte und scharrte im Feuer.

Otter runzelte die Stirn. Dabei konnte er es nicht bewenden lassen; ein Barde sollte immer auf dem Laufenden sein. Es musste doch etwas geben ... »Ah! Wenn Ihr Euch jedoch für Drachen interessiert, damit könnte ich dienen.«

Bei diesen Worten hob Linden den Kopf. »Drachen?«

»Ja.« Otter hielt die kostbare Erinnerung noch eine Weile zurück. »Heute Früh habe ich einen Drachen gesehen. Riesig und dunkel zeichnete er sich vor dem hellen Morgenhimmel ab. Ihr Götter, er war wunderschön.« Er starrte ins Leere, während ihm sein Staunen wieder in den Sinn kam.

Linden grunzte, dann sagte er: »Echtdrache oder Drachenlord?«

Otter blinzelte. Woher sollte er den Unterschied zwischen einem Echtdrachen und einem der großen Werdrachen kennen? »Keine Ahnung. Warum?« Er trank.

Linden reagierte darauf nicht. »Könnt Ihr mir nicht sagen, ob er größer oder kleiner als andere Drachen war, die Ihr gesehen habt?«

Otter richtete sich auf. »Ich habe noch nie einen anderen Drachen gesehen.«

Linden klang erheitert, als er sagte: »Dann seid Ihr in der Stadt aufgewachsen, nicht wahr? Die meisten Landbewohner haben schon wenigstens *einen* Drachen gesehen. Aber Echtdrachen fliegen nicht über Städte und Drachenlords selten. Welche Farbe hatte der Drache?«

Verärgert, dass dieser Bauerntrottel etwas wusste, wovon er noch nie gehört hatte, entgegnete Otter knapp: »Rot – wie dieser Wein.«

»Ah.« Lindens Finger zuckten hoch und berührten das Muttermal auf seinem Lid. Er ließ die Hand wieder sinken. Beim Aufstehen sagte er: »Ich dämpfe das Feuer.« Sein Atem bildete in der kalten Nacht Schlieren.

Auch Otter stand auf. Der Wein war ihm zu Kopf gestiegen. Vermutlich hatte er mehr getrunken als Linden; der Mann wirkte stocknüchtern. »Darf ich Euch etwas fragen?«

Linden nickte. Er legte eine Sode Torf aufs Feuer.

Otter sagte: »Was habt Ihr in Bylith vor?« Linden zuckte mit den Achseln. »Keine Ahnung. Ich werde mich wohl einfach etwas umsehen.« Er legte behutsam ein zweites Stück Torf neben das erste.

Otter schloss für einen Moment die Augen und schüttelte den Kopf. *Umsehen? Du Lackel, in der holden Stadt Bylith verspeisen sie Bauernlümmel wie dich zum Frühstück.*

Er sagte: »Seht – ich will Euch nicht kränken, aber – Ihr wart noch nicht oft außerhalb der Berge, stimmt's, Partner?«

Bei dem Wort »Partner« hob sich Lindens Braue.

Otter fand, dass er es ihm nicht verdenken konnte; es klang schon seltsam, wenn man einen Unbekannten von achtundzwanzig oder neunundzwanzig Jahren, dem man gerade erst begegnet war, »Partner« nannte. Doch Otter vermutete noch immer, dass er an Erfahrung um viele Jahre älter war als dieses Unschuldslamm.

Der Wein versetze ihn in huldvolle Stimmung. Er schob seinen Groll über Lindens frühere Erheiterung zur Seite. Mit der ganzen Weisheit seiner neunzehn Jahre fuhr Otter fort: »Ihr solltet in meiner Nähe bleiben, wenn wir erst dort sind. Ich habe die letzten sieben Jahre in der Bardenschule von Bylith verbracht, und es gibt nicht viel, was ich über diese Stadt nicht weiß.«

Lindens Mundwinkel zuckten. Nach einer Weile sagte er: »Das weiß ich zu schätzen, Otter. Es ist lange her, seit ich die Berge verlassen habe.«

Otter nickte, erfreut über seinen eigenen Großmut. Er bekam Schluckauf und zog seinen Mantel gegen die Kälte der Herbstnacht enger um die Schultern. Dann legte er sich ans Feuer, rollte sich in seine Decken ein und stützte den Kopf auf die Satteltaschen. »Wir sehen uns morgen, Partner.«

»Das Dorf Kelan? Warum? Das ist doch ein Umweg nach Bylith«, sagte Otter und schnaufte Wölkchen in die Kühle des Morgendämmers. Er schnürte seine Bündel auf dem Sattel des Wallachs fest. »Wenn wir uns südöstlich halten, stoßen wir erst viel weiter unten wieder auf die Straße.«

Linden wuchtete seinen Sattel auf Shans Rücken. »Ich hatte eine Eingebung. Man sagte mir, das Wirtshaus sei den Tagesritt wert, den man dorthin braucht.« Er zog den Packgurt straff.

Lindens Stimme hatte einen seltsamen Unterton, so leise, dass Otter sich fragte, ob er sich das nicht nur einbildete. Seufzend versuchte er Linden noch einmal umzustimmen. Otter wollte den letzten Abschnitt seiner Walz so schnell wie möglich hinter sich bringen.

»Es dürfte den Aufwand kaum wert sein – jedenfalls nicht im Vergleich zu den Tavernen von Bylith, Partner. Das hält uns nur –«

Linden wandte sich um. »Ich hatte eine Eingebung«, wiederholte er.

Der große blonde Yerrin wirkte so unnachgiebig wie die Berge in seiner Heimat. Otter dachte: *Zum Teufel mit dir, Partner. Was hast du vor – und will ich es wirklich wissen?*

Aber wie jeder Barde war Otter neugieriger als zehn Katzen. Er hätte sich den Rest seines Lebens gefragt, welche Geschichte er wohl verpasst hatte, als er einfach ging. Außerdem begeisterte ihn die Aussicht nicht gerade, wieder allein zu reisen.

Und doch, womit konnte das Dorf Kelan schon aufwarten?

Ein letzter Versuch ... Laut sagte er: »In Kelan gibt es nichts und niemanden, was einen Abstecher wert wäre. Ich muss es wissen; ich bin auf dem Weg nach Norden dort durchgekommen.«

Linden drehte sich im Sattel leicht um; er lachte. »Wirklich?

Vielleicht erinnert Ihr Euch daran, dass man nie wissen kann, wer einem über den Weg läuft – nicht einmal mitten im Nirgendwo.« Er trieb Shan zu leichter Gangart an.

Otter schwang sich in den Sattel. Als er aufgeholt hatte, sagte er: »Ihr seid ganz schön hartnäckig, stimmt's, Partner?«

Linden lächelte nur.

Das Auffälligste an Kelan war das Wirtshaus. An Otters städtischen Maßstäben gemessen war es zwar recht klein, aber es handelte sich um das einzige Gebäude aus Stein und Holz unter Häusern aus mit Lehm beworfenem Flechtwerk und um das einzige Gebäude mit einem zweiten Stockwerk. Das Wirtshaus war der Stolz von Kelan, und in drei Tagesritten Umkreis wurde von nichts anderem gesprochen. Bauern und Förster, Jäger und Schäfer fanden sich dort ein, nur um sagen zu können, dass sie an so einem großartigen Ort ihr Bier getrunken hatten – auch wenn der Schankraum in kalten Nächten leicht verräucherte. Die Landbevölkerung war der Überzeugung, dass der Wirt Derin Einarm die richtige Wahl getroffen hatte, als er die Armee von Kelnethi verließ – wie Otter während der kurzen Aufenthalte auf seinem Weg nach Norden immer wieder gehört hatte.

»Ist das Bier dort gut?«, fragte Linden, als sie am späten Nachmittag des zweiten Tages in Kelan einritten.

»Ja.« Otter leckte sich vor Vorfreude die Lippen. »Ihr Götter, habe ich einen Durst.«

»Seltsam«, sagte Linden gelassen, fast zu sich selbst. »Hier rührt sich keiner.«

Ganz von seinen Erinnerungen an das Wirtshaus eingenommen, war Otter die ungewöhnliche Stille gar nicht aufgefallen, bis Linden sich zu Wort meldete. Er schaute sich um. Nicht einmal die allgegenwärtigen Hühner scharrten im Dreck nach Insekten. Bis auf den Rauch aus dem Kamin des Wirtshauses wirkte Kelan verlassen. Otter schauderte.

Sie ritten in den kleinen Hof des Wirtshauses und warteten. Als nach einigen Minuten immer noch niemand kam, stiegen sie ab.

»Eigenartig«, sagte Otter, dem mit jedem Augenblick unbehaglicher zu Mute wurde. »Der Stallbursche war letztes Mal flinker.«

Linden zuckte mit den Achseln. »Ich versorge die Pferde. Geht hinein und schickt den Burschen heraus, damit er mir hilft. Und bestellt mir einen Krug, ja?«

Otter schüttelte seine böse Vorahnung ab und sagte: »Mach ich.« Er warf Linden seine Zügel zu, zerrte die Satteltaschen herunter und ging zum Wirtshaus.

Otter duckte sich unter der Tür hindurch. Er war noch keine drei Schritte weit gekommen, als eine kleine Gestalt sich auf ihn stürzte. Er stellte seine Last gerade noch rechtzeitig ab, um den Angreifer an den Armen abfangen zu können. »Was zum –«, begann er, dann erkannte er, wer ihn durch die Tür wieder nach draußen zu drängen versuchte. Verdutzt sagte Otter: »Jaida, was machst *du* denn hier? Und was *soll* das?« Er ließ ihre Hände los.

Jaida strich sich das braune Haar aus dem Gesicht. »Otter, verschwinde. Schnell, solange es noch geht; *er* hat noch nicht gemerkt, dass du hier bist.«

»Wer?«, fragte Otter, verwirrter denn je. Und warum war Jaida so heiser? Sie klang, als hätte sie ihre Stimmbänder zu sehr belastet – aber sie war eine ausgebildete Bardin. Sie würde sich hüten, sie falsch einzusetzen.

»Du sturer Idiot – stell keine Fragen, lauf einfach.«

Otter verschränkte die Arme. »Erst, wenn du mir erklärt hast, was hier vorgeht.« Er hielt ihren Versuchen stand, ihn durch die Tür zu stoßen.

Jaida stampfte auf. »Otter, sei doch kein Esel. Na schön, ich erklär's dir. Es geht ja um deinen Kopf, wenn er dich jetzt bemerkt ...« Sie holte tief Luft.

»Es ist einfach schrecklich. Unser ganzes Leben lang haben

wir gehört, wie wunderbar diese Drachenlords sind, wir haben Gesänge und Geschichten über sie gelernt. Da drin ist ein Drachenlord – Linden Rathan! –, und mögen die Götter mir beistehen, er ist ein elendes Scheusal.« Jaida wischte sich die Augen.

Der Anblick ihrer Tränen erschütterte Otter. Er hatte noch nie erlebt, dass Jaida wegen etwas weinte.

»Er ist jetzt seit drei Tagen hier und tut nichts anderes, als ständig Forderungen zu stellen, die ihm auf Grund seines Ranges angeblich zustehen. Er lässt niemanden seiner Arbeit nachgehen – alle müssen für seine Anordnungen parat stehen –, und er säuft und frisst Derin Einarm die Haare vom Kopf. Er hat schon zwei Mann getötet, die sich ihm entgegenstellten. Und jede Nacht zwingt er Corrie, mit ihm das Bett zu teilen.«

»Corrie? Aber sie ist doch kaum alt genug, dass man um sie freien könnte!« Otter umklammerte Jaidas Arme. Ihm wurde übel angesichts dieses gemeinen Verrats. »Bist du sicher, dass es Linden Rathan ist?«

»Ja; es ist ein Yerrin, ein großer Mann mit einem weinroten Mal auf dem Gesicht, und er trägt ein Großschwert – Tsan Rhilin –, genau wie in den Erzählungen. Was er Corrie antut ... das kann so nicht weitergehen.«

Otter kam ein Gedanke. Er spürte, wie das Blut aus seinem Gesicht wich. »Hat – hat er auch dich ...«

Jaida lachte rau auf. »Nein, ich bin zu mager für Ihro Gnaden Geschmack.«

Er schüttelte den Kopf. »Wir müssen der Sache ein Ende bereiten. Barden hört er doch sicher zu.«

Sie schlug nach ihm. »Du Trottel! Verstehst du denn nicht? Er schert sich einen Dreck um Barden. Er hat mir die ganze Zeit nicht zugehört – wie kommst du darauf, dass er dir zuhören wird, du eingebildeter Laffe? Verschwinde, solange du noch kannst!«

Eine betrunkene Stimme grölte: »Komm zurück, du kleine Krähe! Glaub bloß nicht, ich hätte nicht gesehen, wie du dich davonmachst. Wenn ich dich holen muss, wird es für dich nur noch schlimmer.«

Beim Klang der Stimme zögerte Otter; er dachte an Jaidas Rat, sich aus dem Staub zu machen. Aber er konnte einen anderen Barden nicht in der Gefahr zurücklassen. Dicht gefolgt von Jaida ging er in den Schankraum, wobei er bei jedem Schritt laut fluchte. Er blieb stehen, entsetzt über den Anblick, der sich ihm bot.

Anscheinend drängten sich alle Dorfbewohner in den hintersten Ecken des Schankraums. Sie wirkten benommen, schon jenseits der Furcht. Einige der Kinder weinten leise vor sich hin, die Gesichter an der Brust der Eltern vergraben.

Die Tische in der Mitte des Raums waren leer – bis auf jenen, der den Bierfässern am nächsten stand. Dort saß der Drachenlord in seiner ganzen volltrunkenen Pracht. Er hatte Corrie an sich gezogen und achtete nicht auf ihr Winseln, während er sie mit seinen Pranken begrapschte. Corries Vater Derin Einarm sah hilflos von der Seite zu, sein Gesicht eine Maske der Trauer und des Zorns.

Der Drachenlord war ein großer Mann, breiter an Brust und Schultern als jeder Bauerntölpel namens Linden. Er sah genauso aus wie in den alten Geschichten beschrieben. Aber kein Lied hatte jemals die groben Züge, den lüsternen Blick und gierigen Schlund besungen.

Otter brach es das Herz. Er hatte die Geschichten über Drachenlords immer geliebt – besonders die Geschichten über Linden Rathan –, und dies war die traurige Wirklichkeit.

Der Drachenlord stieß Corrie von seinem Schoß. Sie stürzte schwer zu Boden.

»Bring mir mehr Bier«, sagte er und warf den Krug nach ihr.

Corrie huschte gehorsam davon. Tränen glänzten auf ihren Wangen.

Otter wollte nach ihr rufen, doch seine Zunge klebte am Gaumen. Als er vor wenigen Monaten hier durchgekommen war, hatte sie sich noch an seinen Liedern und Erzählungen über Drachenlords erfreut. Er fühlte sich, als hätte er Verrat an ihr begangen.

Jaida schluchzte neben ihm.

Das Geräusch erregte die Aufmerksamkeit des Drachenlords; sein Blick richtete sich auf Otter. »Gut«, grunzte er, »noch ein Barde. Die hagere Bohnenstange hinter dir klingt wie eine Krähe.«

Otter schluckte seinen Ärger hinunter. Mit einer Geste zu den Dorfbewohnern sagte er: »Das könnt Ihr nicht tun, Euer Gnaden; bitte –«

Seine Fürsprache wurde mit rauem Gelächter aufgenommen. »Und wer will mich aufhalten, mein Junge? Du? Sing, bevor ich –«

Die Tür schwang auf, und eine tiefe, fröhliche Stimme verkündete: »Die Pferde sind versorgt, Otter. Hoffentlich steht der Krug schon für mich bereit.«

Linden betrat den Schankraum, Satteltaschen und Großschwert über eine Schulter gelegt. Als er die Dorfbewohner an den Seiten kauern sah, ließ er alles zu Boden gleiten. Mit großen Augen schaute er sich im Raum um. Sein Blick fiel auf den Drachenlord. Er machte einen Schritt nach vorn; eine Hand zuckte zum Dolch. Dann kehrte die Hand wieder an seine Körperseite zurück.

Jaida wisperte: »Wer ist das?«

»Jemand, dem ich auf der Straße begegnet bin«, erwiderte Otter mit leiser Stimme. »Ein verdammter Idiot; hoffentlich lässt er sich nicht umbringen. Irgendwie habe ich Gefallen an ihm gefunden.«

Linden sagte ruhig: »Was zum Teufel ist hier los?«

»Ich bin los, du Narr! Nun verneige dich vor deinem Herrn«, röhrte der Drachenlord.

Linden lupfte eine Braue. Er fragte: »Wer seid Ihr?«

Der Drachenlord wurde knallrot vor Zorn. »Drachenlord Linden Rathan, du Abschaum. Erkennst du ein Mal nicht, wenn du es siehst?« Er strich über das weinrote Geburtsmal auf seiner Wange.

»Wirklich?« Linden deutete auf sein Lid. »Was Euer so genanntes ›Mal‹ angeht, ich habe auch eines. Sie sind gar nicht so selten, und nicht jeder Makel ist gleich ein ›Mal‹. Wenn Ihr ein Drachenlord seid, wo ist dann Euer Rangabzeichen, das Halsband?«

Über das Aufkeuchen der Menge hinweg sagte der Drachenlord: »Ich reise natürlich inkognito. Hüte deine Zunge, sonst erfährst du für deine Unverschämtheit die Gerechtigkeit des Drachenlords.«

Linden zuckte mit den Achseln. »Inkognito? Darin seid Ihr aber nicht sehr begabt, stimmt's? Und Ihr würdet die Gerechtigkeit eines Drachenlords nicht erkennen, wenn sie aufstünde und Euch in den Hintern träte – genau das habt Ihr nämlich verdient. Wenn Ihr mich jetzt bitte entschuldigt; ich möchte ein Bier.«

Otter stöhnte auf. »Partner – seht Euch vor! Ich will Euch nicht begraben müssen.«

Doch der Drachenlord saß nur da, ganz benommen von diesem Hochmut. Lediglich sein zorniger Blick folgte Linden.

Linden durchquerte den Raum und nahm einen Krug von einem Pflock an der Wand. Er begab sich zu Corrie, die neben dem Bierfass stand. Sie presste den Krug des Drachenlords an sich und sah zu Linden hoch. Lächelnd sagte Linden: »Soll ich ihn dir füllen, mein Kind?« Er strich ihr eine lose Haarsträhne sanft hinters Ohr, während er ihr den Krug abnahm.

Sie nickte.

»Lass die Finger von der Schlampe, sonst muss ich Satisfaktion verlangen – sie gehört mir«, sagte der Drachenlord.

Die Veränderung, die mit Linden vorging, erstaunte Otter.

»Mögen die Götter uns beistehen«, flüsterte er Jaida zu. »Ich hätte nicht gedacht, dass mein Bauernlümmel die Fassung verlieren könnte. Nun sieh ihn dir an.«

Linden beugte sich vor, bis sein Gesicht auf einer Höhe mit

Corries war. »Mein Kind«, sagte er, und seine sanfte Stimme stand im Widerspruch zu dem Lodern in seinen Augen, »hat dieser ... *Drachenlord* ... dir Gewalt angetan?«

Corries Miene entgleiste unter einer Flut von Tränen.

Bevor Otter sie aufhalten konnte, sprang Jaida hinter ihm hervor und rief: »Seit drei Nächten vergewaltigt er sie! Seht sie Euch an, sie ist noch ein Kind!«

Sie eilte an Corries Seite, Otter nur einen halben Schritt hinter ihr.

Der Drachenlord knurrte: »Kümmere dich um deine eigenen Angelegenheiten, du Krähe«, und griff nach Jaida.

Otter sprang zwischen sie. Der Drachenlord packte ihn wie ein Wolfshund eine Ratte und schleuderte ihn quer durch den Raum. Er prallte gegen einen Tisch, der Unterarm zwischen seinem Körper und der Tischkante. Knochen knackten. Otter sackte würgend zu Boden.

Durch einen grauen Schleier der Übelkeit hörte er Jaidas Aufschrei und spürte, wie sie die Arme um ihn schlang. Dann war Linden neben ihnen.

»Otter, verlange Satisfaktion«, sagte Linden.

Mit Müh und Not brachte Otter hervor: »Seid Ihr wahnsinnig? Wie soll ich mit einem gebrochenen Arm kämpfen? Verlangt doch selber Satisfaktion.« Er schloss die Augen, weil sich der ganze Raum um ihn drehte.

Linden knirschte mit den Zähnen. »Ich – ich habe ein Gelübde getan; ich darf keine Satisfaktion verlangen. Aber ich kann Euch als Kämpfer dienen.«

Jaida sagte: »Ihr würdet gegen ihn kämpfen?«

»Ja!«

Otter schloss die Augen. »Jaida – nein! Er bringt ihn um.«

Doch es war schon zu spät. Jaida sprang auf und baute sich vor dem Drachenlord auf. Sie bebte vor Wut. Mit krächzender Stimme sagte sie: »Ich, Bardin Jaida, verlange Satisfaktion von Euch, Drachenlord. Ich verlange Satisfaktion für die Gewalt, die

Ihr den Bewohnern des Dorfes Kelan angetan habt; für den Mord an Lel Kerzenmacher und Damath Brauer; für Corries Vergewaltigung; für den Ruin ihres Vaters Derin Einarm; für den Angriff auf einen Barden.«

Der Drachenlord lachte. »Stimmt alles, du kleines Luder. Was willst du dagegen tun?«

Jaida holte tief Luft. »Ich ernenne diesen Mann zu meinem Kämpfer.« Sie deutete auf Linden.

»Möge sein Tod auf deinem Gewissen lasten, du Miststück«, sagte der Drachenlord. »Und dann bist *du* fällig.«

Otter schrie auf, als die weise Frau des Dorfes seinen gebrochenen Arm richtete und schiente. Kaum klärte sein Blick sich wieder, sah er Jaida und den Stallburschen vor sich. Alle anderen waren fort.

»Kannst du gehen?«, fragte Jaida. »Sie warten auf dich.«

Otters Magen rebellierte, und er musste schlucken. »Ich denke schon.«

Den geschienten Arm in einer Schlinge, flankiert von Jaida und dem Burschen, wankte er zu dem Feld, auf dem das Duell stattfinden sollte. Er staunte über die große Fläche, die von den Widersachern markiert worden war.

Jaida sagte: »Der Drachenlord wollte es so. Meinte, er benötige Platz, falls er sich verwandeln wolle. Dein Freund ist entweder sehr tapfer oder sehr dumm; es hat ihm nicht die geringste Angst gemacht. Er hat nur gelacht und gesagt, das sei ihm schon recht.«

Mit grimmiger Miene säumten die Dorfbewohner das annähernde Rechteck. Der Stallbursche stahl sich davon und stellte sich neben ein älteres Paar, das Otter für seine Eltern hielt. Jaida führte Otter zu einer freien Stelle. Er stützte sich auf sie, ganz krank vor Sorge.

Der Drachenlord hob sein Großschwert zu einem höhnischen Gruß. »Fein; nun, da ihr da seid, ihr Barden, kann eure Memme von Kämpfer den Beginn nicht länger hinauszögern.«

Linden sagte sanft: »Es ist ihr Recht, dass Gerechtigkeit widerfährt; sie gehören zu denen, die Ihr verletzt habt. Wenn es Euch beliebt – *Drachenlord*.«

Otter hielt den Atem an, als die beiden Männer ihre Positionen einnahmen. Ihre Großschwerter hoben sich zum traditionellen Gruß. Tsan Rhilin und Lindens namenlose Klinge funkelten im Licht der untergehenden Sonne.

Der Drachenlord sprang vor, wobei er das Schwert schräg nach unten zog. Er war schnell – schneller als jeder Mann, den Otter bisher gesehen hatte.

Doch er war nicht schnell genug. Linden parierte den Schlag und konterte, so dass der Drachenlord zurückweichen musste. Sie tauschten weiter Hiebe aus, ohne dass einer einen Vorteil über den anderen davontrug.

Doch etwas war seltsam an dem Kampf, etwas, was in Otters Hinterkopf nagte und einfach nicht deutlich werden wollte. Er ging dieser Frage nach.

Erst der Ausdruck von Angst, der über die Miene des Drachenlords huschte, gab Otter die Antwort.

Er wisperte: »Jaida, bilde ich es mir ein, oder kämpft Linden nur mit halbem Einsatz?«

Als hätte er es vernommen, sagte Linden: »Schluss mit dieser Posse!« Sein Schwert sauste verschwommen durch die Luft, traf klirrend auf die Klinge des Drachenlords – und zerschmetterte sie.

Jaida keuchte auf: »Aber Tsan Rhilin kann nicht zerstört werden! Der Zauber –«

Linden trat einen Schritt zurück, steckte sein Schwert wieder in die Scheide und legte es im Gras ab. »Vielleicht solltet Ihr Euch besser verwandeln, Drachenlord.«

Der Drachenlord warf die Überreste seines Schwerts beiseite. »Du bist es nicht wert, Abschaum von einem Echtmenschen«, sagte er und bereitete sich erneut zum Angriff vor.

»Ach«, murmelte Linden. »Aber vielleicht ist diese Gestalt es wert.« Er neigte den Kopf.

Roter Nebel umwaberte ihn.

Die Dorfbewohner schrien auf. Viele sanken auf die Knie – auch der angebliche Drachenlord.

Otter spürte kaum, wie Jaidas Fingernägel sich in seinen Arm gruben. Sein Mund arbeitete; kein Laut drang heraus. Schließlich brüllte er empört: »Linden Adlerson, Donnerkeil! *Er* war die ganze Zeit Linden Rathan!«

Otter kam sich wie ein Trottel vor. Wie hatte er nur so dumm sein können? Er hätte es doch ahnen müssen – alle Anzeichen waren da gewesen. Der Drache, den er erblickt hatte, Lindens unglaubliches Sehvermögen bei ihrer ersten Begegnung, das Geburtsmal auf dem Lid ...

Und das Pferd, das nicht angebunden war – »Natürlich! Das ist der Llysanyin eines Drachenlords, so klug wie jeder Echtmensch!«

Noch etwas dämmerte ihm. Seine Stimme brach, als sie eine oder drei Oktaven höher stieg. »Bei der Gnade der Götter – und ich habe ihn ›Partner‹ genannt!«

Der rote Nebel dehnte sich aus und nahm die Form eines gespenstischen Drachens an. Keinen Herzschlag später verfestigte er sich.

Ein riesiger weinroter Drache stand auf dem Gras, die Flügel eng auf dem Rücken gefaltet. Otter wusste, dass er Rathan vor sich sah, die Drachenhälfte von Linden Rathans Seele.

Eine Stimme wie der Wind ferner Berge klang in Otters Bewusstsein wider. Die Gesichter derer um ihn herum verrieten ihm, dass sie es ebenfalls hörten.

Du Narr. Hättest du dich mit einem oder zwei Krügen Bier und einer Mahlzeit begnügt, als ich zum ersten Mal von deinem Schwindel erfuhr, hätte ich dich bei unserer Begegnung nur windelweich geprügelt. Doch du hast im Namen der Drachenlords – in meinem *Namen – getötet, vergewaltigt und geplündert, und dafür muss die Gerechtigkeit des Drachenlords über dich gesprochen werden – die Gerechtigkeit des* wahren *Drachenlords.*

Der Drache streckte einen klauenbewehrten Fuß aus. Er packte den Hochstapler um die Hüften, ließ sich aufs Gesäß nieder und hob den Mann vom Boden.

Der Mann schrie. Otter hatte noch nie einen so tödlich entsetzten Menschen gesehen.

Die Stimme in Otters Bewusstsein kehrte zurück. *Auf Vergewaltigung oder Mord steht der Tod. Deine eigenen Worte haben das Urteil gefällt. Doch wenn hier jemand ist, der für dich sprechen will, so werde ich ihn anhören.*

Der Drache krümmte seinen langen Hals und blickte die Dorfbewohner der Reihe nach an.

Niemand sprach.

So sei es. Ein Anflug von Traurigkeit lag in seiner Stimme. *Es ist das Recht derer, die verletzt wurden, dass Gerechtigkeit geschieht. Ist das der Wunsch der Familien der beiden Männer und dein Wunsch, Corrie?*

Einige der Dorfbewohner wandten den Blick ab; andere bedeckten die Augen oder schüttelten den Kopf. Nur Corrie machte einen Schritt nach vorn.

Sie starrte zu dem Drachen hoch, der vor ihr aufragte, die Augen geweitet. Otter sah, dass sie von Staunen, nicht von Angst erfüllt waren. *Willst du, dass ich dein Recht über ihn spreche, Corrie?*

Corrie schüttelte den Kopf und streckte die Hand aus.

Der Drache ließ seinen Kopf auf ihre Höhe sinken.

»Wunderschön«, flüsterte sie und streichelte sein schuppiges Maul. Dann: »Bitte – schaff ihn fort. Schaff ihn weit fort.« Sie drehte sich um und lief weinend zurück in die einarmige Umklammerung ihres Vaters, die ihr Schutz bot.

Wie du willst. Die Erleichterung war deutlich zu hören. Der feurige Blick des Drachen richtete sich auf den falschen Drachenlord.

Der Mann wehrte sich nicht gegen die Klauen, die ihn hielten. Sein Gesicht verriet, dass er über jedes Entsetzen hinaus war; es war deutlich, dass er sich schon mit seinem Tod abgefunden hatte.

Die Stimme in Otters Kopf wurde irgendwie leiser, persönlicher. *Otter, ich möchte, dass du etwas für mich tust.*

»Natürlich, Euer Gnaden«, sagte Otter und neigte den Kopf. Er glaubte ein schwaches Echo zu vernehmen: *Ach, verdammt ...* Er empfand Bedauern – und noch etwas –, was ihn verwirrte. »Mylord?«

In meinen Satteltaschen befindet sich ein kleiner grauer Beutel mit Münzen aus Gold und Silber. Gib sie Derin für seine Verluste und Corrie als Aussteuer. Mehr kann ich nicht für sie tun. Ich kann ihr keine Heilung für das bieten, was ihr angetan wurde.

Otter stockte der Atem angesichts des Schmerzes in der Gedankenstimme. »Tut mir Leid«, wisperte er.

Die Gedankenstimme seufzte. *Und nun muss ich eine noch viel unangenehmere Pflicht erfüllen ...*

Linden Rathan breitete seine Schwingen aus.

Otter lief zurück und zog Jaida mit sich. Die Dorfbewohner verteilten sich in alle Richtungen. Dennoch warf der Wind, den die abwärts schlagenden mächtigen Schwingen verursachten, noch etliche um. Sie saßen im hohen Gras und lachten erstaunt.

Corrie erhob sich als Erste wieder. »Leb wohl«, rief sie leise. »Leb wohl, mein Freund.«

»Seid Ihr sicher, dass Euer Gnaden Euch das auftrug?«, fragte der Gastwirt wohl zum hundertsten Mal, während er und Jaida ihm über die Schultern sahen.

»Wenn ich's Euch doch sage!«, erwiderte Otter schroff, dann gähnte er. »Nun lasst mich weitermachen, bevor ich einschlafe – der Schlaftrunk beginnt allmählich zu wirken.«

Er stöberte mit der Hand in Linden Rathans Satteltasche herum. Seine Finger schlossen sich um einen Lederbeutel; dem Gefühl nach enthielt er Münzen. Als er ihn ergriff, strichen seine

Finger noch über eine andere Form. Er zog auch sie heraus und ließ sie auf seinen Schoß fallen.

Otter wog den kleinen grauen Beutel auf der Handfläche, dann reichte er ihn Derin. »Hier – er sagte, das sei für Corries Aussteuer und Eure Verluste.«

Derin starrte auf den schweren Beutel in seiner Hand. Seine Lippen bebten.

Mit der gesunden Hand stupste Otter den Gegenstand in seinem Schoß an. Er war in weiches Leder gehüllt. Erstaunt über seinen eigenen Wagemut wickelte er ihn mit zitternden Fingern aus und hielt ihn hoch. Er war so schön, dass ihm der Atem stockte; Jaida und Derin ging es genauso.

Ein schweres silbernes Halsband lag schimmernd im Fackelschein. Die beiden Enden hatten die Form von Drachenköpfen, ihre Rubinaugen funkelten.

»Seht doch, wie winzig die Schuppen sind – und wie perfekt«, wisperte Jaida.

»›Wo ist Euer Rangabzeichen, das Halsband?‹«, zitierte Otter leise.

»›Ich reise inkognito‹«, steuerte Jaida die Antwort bei und lachte. »Diese elende Ratte; nicht ein einziges Wort hat der Wahrheit entsprochen.«

Otter gähnte erneut; die Augen klappten ihm zu. »Ich wickle das wieder ein, dann lege ich mich hin«, murmelte er. Mit Jaidas Hilfe verstaute er das Halsband an seinem alten Platz in den Satteltaschen.

Taumelnd kam er hoch und steuerte das Bett an.

Die Sonne hatte schon fast ihren höchsten Stand erreicht, als Otter und Jaida sich anschickten, das Wirtshaus von Kelan zu verlassen.

»Ich wünschte, Linden Rathan wäre nicht so bald aufgebrochen«, sagte sie. »Ich hätte mich gerne noch bei ihm bedankt.«

Derin half Otter in den Sattel und nickte. »Er kam kurz vor

Morgengrauen zurück. Wirkte ein wenig bedrückt. Ich glaube nicht, dass ihm so etwas Freude macht.

Jetzt, da ich einem echten Drachenlord begegnet bin, werde ich so einen Irrtum wohl kein zweites Mal begehen. Höflich war Seine Gnaden, als wäre ich ihm gleichgestellt. Bestand darauf, für sein Getränk und seine Speise zu bezahlen, und verriet mir etwas für den Fall, dass jemand diesen Trick noch einmal versuchen sollte: Drachenlords bekommen keinen Rausch. Das Pferd des falschen Drachenlords und jegliche Habe überließ er den Familien der Ermordeten als Entschädigung. Dann machte er sich davon, bevor noch jemand anders aufstand.«

Otter sagte nichts, sondern lagerte seinen geschienten Arm so bequem wie möglich. Er vermisste seinen neuen Freund bereits. Er wünschte, die wahre Person wäre Linden Adlerson gewesen, nicht Linden Rathan; dann hätte es wenigstens die Chance gegeben, Linden irgendwann einmal wieder zu sehen. Aber so ...

»Auf geht's«, sagte er knapp, wendete sein Pferd und führte es aus dem Hof des Wirtshauses hinaus.

Jaida musste seine Stimmung gespürt haben, denn sie schwieg, als sie auf der Straße dahintrotteten. Für den Herbst schien die Sonne ungewöhnlich stark vom Himmel, und die Luft roch frisch, doch Otter achtete nicht darauf. Er fragte sich wieder, was er eigentlich empfunden hatte, als Linden Rathan allein zu ihm sprach. Wenn er es doch nur verstünde ...

Sie ritten um eine Biegung. Vor ihnen verzweigte sich der Weg: links in das südlich gelegene Bylith, rechts zum nördlich gelegenen Grenzgebirge.

Ein großer roter Drache kauerte vor ihnen auf der Straße. Shan graste auf einem nahen Feld.

Ihre Pferde wollten davonstieben, verharrten dann jedoch wie unter einem Bann und schritten langsam weiter.

Stell dich vor mich, Barde Otter Heronson.

Die Stimme hallte in seinem Geist wider, und Otter bekam – trotz Jaidas Hilfe – gar nicht mit, wie er abstieg und wie seine zitternden Beine ihn vor den Drachen trugen. Er fühlte sich nicht größer als ein Floh.

»E-Euer Gnaden«, stammelte er. Er war entsetzt, da er sich daran erinnerte, wie er den »Bauernlaffe« unterwegs verhöhnt hatte. Otter begann eine Entschuldigung zu stottern.

Seit sechshundert Jahren hat mich niemand mehr »Partner« genannt.

Otter starrte in den offenen Schlund, der mit Fängen gespickt war, so lang und spitz wie Kriegsdolche. Grüne und blaue Flammen brachen daraus hervor. Als er den gesunden Arm in einem vergeblichen Versuch, das Feuer abzuwehren, hochriss, lautete sein letzter Gedanke: *Das ist hart für einen ehrlich bedauerten Irrtum!*

Doch das Fleisch schmolz nicht von seinen Knochen. Vielmehr schloss ihn lindernde Kühle ein. Er trieb darin frei von Schmerzen und fühlte sich stark genug, von Stern zu Stern zu springen. Es währte ewig und keine Zeit.

Otters gebrochener Arm schmerzte nicht mehr. Er brauchte nur wenige Momente, um die unbequeme Schiene zu entfernen. Er spannte die Finger und blickte zu Linden Rathan auf.

Abermals waren die großen Fänge gebleckt. Irgendwie wusste Otter, dass der Drache grinste.

Du hast wohl die Heilkraft des Drachenfeuers vergessen, was – Partner? Die Gedankenstimme klang erheitert – und ein wenig überheblich. *So sind die Barden von heute – scheren sich nicht mehr um die alten Geschichten.*

Der Drache zerschmolz zu rotem Nebel. Bevor Otter blinzeln konnte, stand ein Mann vor ihm.

Linden Rathan sagte erfreut: »Schön, dass Ihr Euch endlich entschlossen habt aufzuwachen, Otter. Ich dachte schon, ich müsste den ganzen Tag hier sitzen.«

Nun trat Jaida vor und kniete nieder. Sie stammelte: »Euer ... Euer Gnaden!«

Otter sank neben ihr auf die Knie.

Linden Rathan schloss für einen Moment die Augen; er wirkte müde. »Das ist nicht nötig«, sagte er. »Ich wollte Euch nur Auf Wiedersehen sagen.« Er pfiff; Shan trottete herbei, und er stieg auf. Er lenkte den Hengst fort.

Zur Nordabzweigung der Straße.

Und plötzlich begriff Otter. Er kletterte auf seinen Sattel und stellte sich in den Steigbügeln auf.

»Was zum Teufel glaubt Ihr eigentlich, wohin Ihr reitet, Partner?«, brüllte er.

Als Linden Rathan zurückschaute, den Mund vor Staunen geöffnet, fuhr Otter fort: »Bylith liegt in *der* Richtung, verdammter Narr!«, und deutete gen Süden.

Jaida keuchte entsetzt auf und erhob sich. »Otter!«

Ohne sich um ihre Einwände zu kümmern, beugte Otter sich im Sattel vor und hob sie auf sein Pferd. Während der ganzen Zeit beobachtete er Linden Rathan.

In rascher Folge huschten Gefühle über das Gesicht des Drachenlords, doch Otter entging nicht, welches sich dort einnistete: Freude.

Aber es war eine Freude mit einer Spur von Traurigkeit. Der Drachenlord kam zurückgeritten und blieb vor ihnen stehen.

Otter musterte ihn. »Wolltet Ihr wirklich nach Bylith – oder nur den falschen Drachenlord jagen?«, erkundigte er sich.

»Den Hochstapler jagen. Ich würde Euch auch gern begleiten, aber ... außerhalb der Berge verändert sich alles so schnell – manchmal zu schnell. Das Bylith, an das ich mich erinnere, gibt es nicht mehr. Eines Tages werde ich dorthin zurückkehren – aber nicht heute. Meine Drachenfeste wartet auf mich.« Linden Rathan wandte den Blick ab; leise sagte er: »Ich hätte nicht gedacht, dass ich einmal den Scharfrichter spielen muss.«

Otter zuckte bei dem Schmerz in der Stimme des Drachenlords zusammen. »Ich verstehe. Und doch – hoffentlich werden wir Euch eines Tages wieder sehen ... Linden.«

Linden Rathan lächelte ein wenig. »Vielleicht werdet Ihr das.«

Diesmal erhob Otter keine Einwände, als Linden Rathan davonritt. Er sah ihm nach, bis der Drachenlord hinter einer Anhöhe verschwand. Jaida saß schweigend neben ihm.

Schließlich fragte er: »Habe ich richtig gehandelt?«

»Ihm so hinterher zu rufen? Als wäre er ein Freund? Ja, ich denke, es hat ihm gefallen«, sagte Jaida. »Nach allem, was ich hörte, ist man als König oder Königin sehr einsam; für einen Drachenlord wird es noch schlimmer sein.«

Otter ließ das Pferd traben und dachte nach, während sie Meile um Meile zurücklegten. Die Worte des Gastwirts hallten in seinem Bewusstsein wider: »Höflich war Seine Gnaden, als wäre ich ihm gleichgestellt.« Er verglich das mit der überheblichen Art des falschen Drachenlords.

Und was habe ich getan? Ich war so sehr damit beschäftigt, auf einen angeblichen Bauerntölpel herabzublicken, dass ich den Drachenlord, der vor mir stand, nicht sah. Wem will ich gleichen – Linden Rathan oder diesem Hochstapler?

»Ein Silberstück für deine Gedanken, Otter«, sagte Jaida. »So lange habe ich dich ja noch nie schweigen sehen.«

Otter spähte zum Himmel hoch. »Ich dachte nur gerade, was für ein Narr ich doch war.«

Nach einer oder zwei weiteren Meilen schlossen sie zu einem Ochsenkarren auf. Eine alte Frau döste auf dem Kutschbock; drei Kinder spielten zwischen den Weißen Rüben und dem Feuerholz im Karren.

Beim Klappern der Hufe drehte die alte Frau sich um. Sie schaute besorgt drein; dann spaltete sich ihr Gesicht zu einem zahnlosen Lächeln. »Barden!«, rief sie entzückt.

Die Kinder verstummten und musterten Otter und Jaida, als die Barden neben ihnen vorbeiritten. Das jüngste Kind, ein Mädchen, hatte sich einen schmuddeligen Daumen fest in den Mund gesteckt. Otter hatte den Eindruck, als gingen ihm ihre ernsten Blicke durch und durch.

»Einen schönen Tag euch beiden«, sagte die Alte. »Wollt ihr

nicht mit uns reiten und heute Abend bei meiner Familie Obdach beziehen? Ihr hättet nur meinen Sohn, seine Frau, diese Kleinen und mich als Publikum, aber wir teilen gern alles mit euch, was wir haben. Es kommt nicht oft vor, dass Barden diese Strecke wählen.«

Otter betrachtete den klapprigen Karren, den knochigen Ochsen, die Lumpen der alten Frau und ihrer Enkelkinder. Ein armseliger Haushalt war das; vermutlich Jäger oder Köhler, die nicht viel zu bieten hatten.

Er fing Jaidas Blick auf; sie gab ihm kein Zeichen. Das musste er entscheiden.

Otter holte tief Luft und sagte: »Gute Frau, es wäre uns eine Freude, den heutigen Abend mit euch zu verbringen« – und zu seinem eigenen Erstaunen meinte er das auch von ganzem Herzen.

Er dachte: *Selbst wenn ich Euch nie mehr wieder sehe, Drachenlord, vielen Dank für diese Lehre. Ich werde sie nicht vergessen.*

Hans Bemmann

Als der Drache krank wurde

Es ist nicht zu glauben, was für zarte Geschöpfe Drachen sind. Nicht, was ihren Körperbau betrifft, aber von Gemüt. Zart und empfindsam, dies vor allem. Gestern lief mir einer über den Weg, so lang wie eine Dampflokomotive samt Tender und vier Güterwagen, tapste daher mit seinem typischen zögerlichen Gang, als müsse er sich genieren, dass er den Straßenverkehr so lange aufhielt. Es dauerte tatsächlich einige Zeit, bis er seinen nahezu am Boden schleifenden Leib samt Schwanz hinübergeschoben hatte, exakt im rechten Winkel quer darüber, wie es die Verkehrsordnung bestimmt, damit der Belag der Straße möglichst wenig beschädigt wird. Beschädigt wird er allerdings trotzdem.

Anfangs, als er in unserer Gegend eben erst aufgetaucht war, hatte der Drache, weil es ihm bequem erschien, die Bundesstraße benutzt, die mitten durch unsere Kleinstadt führt, doch seine ungeheuren Klauen hatten dermaßen tiefe Schlaglöcher hinterlassen, dass der gesamte Straßenverkehr gefährdet war und – von ein paar Traktoren abgesehen – praktisch zum Erliegen kam. Außerdem entflammte das ungefüge Wesen mit seinem Glutatem den Asphalt, so dass die Feuerwehr seiner Spur folgen musste, um die entstehenden Brandherde zu löschen, insoweit ihr Spritzenwagen wegen der Schlaglöcher überhaupt mit dem Riesenvieh Schritt halten konnte. Seither hat das Straßenverkehrsamt also an geeigneten Stellen für den Drachen betonierte Übergänge anlegen lassen, die er benutzt, wobei er, um nichts anzuzünden, sein zahnbewehrtes Maul in die Höhe reckt, einer Dampflokomotive gleich, die ihre Rauchwolken in die Höhe pufft.

All das erklärte ich meinem Enkel Stani, der mich nach der Herkunft dieses gewaltigen Viehzeugs gefragt hatte. Er ist neun Jahre alt und war nach dem Mittagessen herübergekommen, um unter meiner milden Aufsicht Klavier zu üben (seine Eltern, die in der Nähe wohnen, besitzen wegen Platzmangels kein Instrument, dafür aber zahllose Bücherregale). Die Noten, die seine Lehrerin ihm zu üben anempfohlen hatte, standen auf dem Pult, er hatte sie auch schon einmal, wenn auch stockend, durchgespielt, sich aber danach zurückgelehnt und mir diese Frage gestellt (er ist ein Meister im Ablenken von seinen primären Pflichten).

»Aber woher der eigentlich kommt, weißt du nicht«, stellte er fest.

»Wer weiß das schon«, sagte ich. »Unserer hier war eines Tages einfach da, und die Leute mussten schauen, wie sie damit zurechtkamen.«

Ich muss gestehen, dass Stani mich unversehens zum Nachdenken gebracht hatte. An die Tatsache, dass hier am Rande der Stadt ein gewaltiger Drache sein Unwesen treibt, haben sich die meisten Anwohner dermaßen gewöhnt, dass es ihnen nicht besonders auffällt, wenn er von den Wäldern her gekrochen kommt, um sich an der städtischen Fütterungskrippe den Bauch voll zu schlagen.

»Früher sind die Drachen wenigstens geflogen«, sagte ich.

Stani interessierte das. »Wie lange früher? Wann soll das gewesen sein?«

Da saß ich schon wieder da und wusste nichts. »Irgendwann eben«, sagte ich. »Wer weiß das schon genau. Sicher vor längerer Zeit. Drachen werden unglaublich alt.«

»Und warum fliegt er nicht mehr?« Stani weiß seine Ablenkungsmanöver auszudehnen.

»Vielleicht war es ihm zu anstrengend. Oder er ist so alt, dass seine Flügel ihn nicht mehr tragen. Schau sie dir doch einmal an: Sie hängen so schlaff an seinen Seiten herunter, dass er sie kaum bewegen kann.«

»Er ist ganz einfach aus dem Training«, sagte Stani.

»Und du hältst dich sicher für den geeigneten Trainer«, sagte ich. »Bist ja beim Sportverein.« Stani ist im Vergleich zu seinen Altersgenossen eher klein und schmächtig, aber ziemlich zäh und flink. »Lass mich nur machen«, sagte er. »Ich kann das schon.«

Ich nahm diesen Disput eher als ein Spiel zwischen uns beiden; denn zu solchen verbalen Spielereien ließ sich Stani gern verlocken. Er hat durchaus eine Begabung zur Fantasie, wenn auch zuweilen für deren makabre Version, die ihn dazu treibt, seine peniblen Zeichnungen etwa von Hubschraubern oder kompliziert ausgetüftelten Maschinen auszuschmücken mit am Faden herabhängenden übergroßen schwarzen Spinnen oder zähnefletschenden Totenköpfen.

Besonders gern zeichnet er Drachen. Im Augenblick trieb er unser Spielchen gleich weiter, blickte auf seine Armbanduhr und sagte: »In einer Viertelstunde kommt unser langer Drache zur Fütterung. Wollen wir zuschauen gehen, wie er über die Straße kriecht?«

»Du lässt nichts anbrennen!«, sagte ich. »Willst wohl gleich mit dem Training anfangen?« Aber auch ich hatte Lust zu einem Spaziergang, zumal über dem Giebel des Nachbarhauses eben die Sonne durch die abziehenden Wolken brach und die Blätter der hohen Birke hinter dem Haus zu hell schimmerndem Geflirre verwandelte. Da nahm ich die Noten vom Pult, klappte sie zu und sagte: »Glaube ja nicht, dass ich deine Ablenkungsmanöver nicht durchschaue!«

Stani grinste nur. Ein Gewinner, der großmütig genug ist, auf eine Bestätigung seines Sieges zu verzichten.

Wir kamen eben noch zur rechten Zeit, um dem spektakulären Straßenübergang des Drachen beizuwohnen. Allerdings schienen die meisten Leute dieses alltägliche Ereignis allenfalls nur noch als Behinderung ihrer geschäftlichen Gänge zu betrachten und verhielten sich nicht anders als vor einer geschlossenen Bahnschranke. Bis zu einer solchen Konsequenz war das städtische Verkehrsamt allerdings noch nicht fortgeschritten; man hatte nur jeweils zwei Polizisten abgeordnet, von denen auf beiden Seiten der Drachenspur einer stand, um die Fahrzeuge aufzuhalten, bis der lästige Spuk vorübergezogen war. Vielleicht gab man bei der Stadtverwaltung diesem Störenfried nicht mehr allzu lange Lebenserwartung, dass sich ein solcher Aufwand gelohnt hätte.

Der Polizist auf unserer Seite versuchte eben, einen Mann daran zu hindern, die Spur noch rasch zu überqueren, als man das Schnaufen des Drachen schon hören konnte, obgleich er noch nicht zu sehen war. Der eilige Fußgänger riss sich aus den Händen des Polizisten, rannte auf die Spur und lief dem Drachen, der eben hinter einem Haus hervorkam, beinahe in die Fänge. Er erreichte mit Mühe die andere Seite, wo ihn der drüben zuständige Beamte festhielt und seine Personalien aufnahm.

Mehr war nicht zu beobachten, da sich der riesige Drache mit hoch erhobenem Haupt dazwischenschob. Trotz dieser fast arrogant wirkenden Haltung war ihm anzumerken, dass er keineswegs mehr auf der Höhe seiner Kraft war: An seinem Hals schlug die geschuppte Haut schlappige Falten, und die früher sicher stämmigeren Beine waren abgemagert und schienen den schweren Körper kaum noch tragen zu können.

»Völlig aus der Form geraten«, bemerkte Stani sachkundig. »Der kann ja kaum noch laufen, geschweige denn fliegen.«

Das war offensichtlich, denn die langen ledrigen Flügel schleifte er auf beiden Seiten nach wie eine staubige Schleppe. »Könnte man das Vieh nicht zur Straßenreinigung einsetzen?«, murrte ein älterer Herr. »Da wäre es wenigstens von Nutzen.«

Ich hatte mich zu ihm umgedreht, um einer solchen Entwürdigung dieses immerhin als mythisch bekannt gewordenen

Wesens entgegenzutreten, da verstummte plötzlich jedes Geraune, als würde im nächsten Augenblick etwas Entsetzliches geschehen. Zugleich stellte ich fest, dass Stani nicht mehr an meiner Seite stand, und dann sah ich auch schon, dass er, ehe der Polizist ihn hatte hindern können, dem Drachen in den Weg getreten war.

Eine Zeit lang standen alle wie erstarrt, die Leute zu beiden Seiten des Übergangs, zumal die beiden Polizisten angesichts einer solch bodenlosen Ignorierung ihrer Anweisungen. Auf besondere Weise still stand jedoch der kleine Stani vor dem sich hoch über ihm herabneigenden Haupt des Drachen. Während alle anderen zutiefst erschrocken aussahen, betrachteten die beiden einander offenkundig voller Neugier.

»Du bist ziemlich groß«, sagte Stani ohne Furcht, wenn auch mit einem leisen Beben in seiner Stimme, »aber es geht dir nicht gut.«

Da neigte der Drache, nachdem er noch einmal seinen Rauch nach oben abgeblasen hatte, seinen überlangen schmalen Schädel noch tiefer hinab zu dem Jungen und sagte mit einer aus den Tiefen seines schlaksigen Halses knarzend herauskollernden Stimme: »Du bist zwar klein, aber zeigst mehr Verstand als alle diese Leute hier.«

Der Drache konnte sprechen! Das verschlug nicht nur mir, sondern auch allen anderen, die hier am Übergang warteten, vollends die Rede, allen außer diesem Kind, das eben begonnen hatte, sich auf ein mythisches Wesen einzulassen, das für andere Leute nichts als ein lästiges Verkehrshindernis oder allenfalls ein bösartiges Ungeheuer darstellte, das aus der Welt zu schaffen seit je als eine gute Tat gepriesen worden war, deren sich jeder fromme Rittersmann rühmen durfte.

Ritter war hier keiner zur Hand, nur ein kleiner Junge, dem es nicht ums Totschlagen, sondern ums Miteinander-Reden ging. »Du enttäuschst mich«, sagte der, »wenn du hier so müde über die staubige Straße schleichst. Unter einem Drachen hab ich mir immer etwas anderes vorgestellt, etwas ungeheuer Starkes, etwas Gefährliches, aber auch etwas Schönes.«

Soweit das Mienenspiel eines Drachen überhaupt interpretiert werden kann, schienen ihn diese Worte des kleinen Burschen zu beschämen. Feuchteten sich gar seine apfelgroßen Augen? Es schien mir so. Jedenfalls waberte unverkennbare Trauer in seiner Stimme, als er sagte: »Ja, das alles war ich einmal, ehe ich versucht habe, mich auf die Gewohnheiten der Menschen einzustellen.«

Inzwischen hatte sich zu beiden Seiten schon eine beträchtlich lange Schlange von Leuten oder Fahrzeugen gebildet, die es eilig hatten weiterzukommen. Die beiden Polizisten hatten alle Mühe, vor allem die später Dazugestoßenen daran zu hindern, sich vorzudrängeln oder ihr anhebendes Hupkonzert zu mäßigen. Der Polizist von unserer Seite kehrte nun wieder zurück zu seinem früheren Standort und versuchte, dieses Verkehrshindernis endlich zu beseitigen, wenn auch mit einiger Sanftmut; denn er wollte es wohl nicht darauf ankommen lassen, mit einem Drachen in Streit zu geraten. »Gut und schön«, sagte er und streifte dessen vulkanhaft rauchendes Haupt mit einem Blick, der seine Unsicherheit angesichts einer solchen Situation deutlich verriet. »Gut und schön, aber ihr könnt euch hier an dieser Stelle nicht länger unterhalten. Ich muss dafür sorgen, dass der Verkehr fließen kann und nicht unnötig durch solche Redereien gestört wird. Vielleicht könnt ihr eure Unterhaltung anderswo weiterführen?«

»Siehst du«, sagte der Drache zu meinem Enkel (war dies wirklich mein Enkel, der dort stand und mit dem riesigen Untier diskutierte?), »siehst du, so geht das hier bei euch immer. Ständig gibt es Regeln oder Verordnungen, die einem nicht zu tun erlauben, was man gerade tun möchte. Ich will mit dir reden; denn so wie du hat noch keiner mit mir gesprochen.«

Stani zuckte mit den Schultern. »So ist das nun mal bei uns. Manchmal finde auch ich das blöd. Vorschlag: Ich gehe jetzt mit dir zu deinem Fressnapf. Vielleicht können wir dort noch ein bisschen plaudern.«

Da hob der Drache wieder sein Haupt, nachdem er dem Polizisten eine Rauchwolke ins Gesicht geblasen hatte, wartete noch, bis Stani zur Seite getreten war, und setzte seinen Weg fort.

Es war ein seltsamer Anblick, wie das schmale Bürschlein neben dem Drachen dahinschritt. Notgedrungen schloss ich mich den beiden an, da ich meinen Enkel nicht aus den Augen verlieren wollte, obwohl es kaum vorstellbar war, ob und wie ich ihn notfalls vor dem Ungeheuer hätte schützen können. Da wir nun der gebahnten Trasse des Drachen folgten, ließen wir den Menschenauflauf und den Stau zahlloser Fahrzeuge bald hinter uns und strebten jenem Ort zu, den Stani etwas flapsig als »Fressnapf« zu benennen liebte.

Diese Einrichtung ähnelte auf keinerlei Weise den in Sagen überlieferten Fütterungsstätten dieser Art von Monstern, die man damals als »Lindwürmer« zu bezeichnen pflegte. Weder die an einen Baum gefesselten Jungfrauen noch irgendwelches Opfergetier wie Stiere oder Lämmer warteten hier auf ihre grässliche Schlachtung; was Stani als Fressnapf bezeichnet hatte, bestand vielmehr aus einem Kessel von beträchtlichem Umfang, der mit den Ingredienzien einer kräftigen Gemüsesuppe gefüllt war, die noch ungesotten im Wasser schwammen. Das Kochen hatte die sparsame Stadtverwaltung dem zu verpflegenden Gast selbst überlassen: Mit einem kurzen Feuerstoß aus seinen Nüstern entzündete der Drache die in dem offenen Herd unter dem Kessel aufgeschichteten Holzscheite und ließ sie durch wiederholtes Blasen hell aufflammen, prüfte dann zeitweise mit der Spitze seiner feuergestählten Zunge die Temperatur des Gebräus und machte sich, sobald die Suppe ihm hinreichend durchgekocht erschien, schmatzend ans Ausschlecken des Kessels.

Bis dahin gab es für ihn kaum eine Möglichkeit zum Sprechen, doch sobald er das Gefäß bis zum Grund geleert hatte, legte er sich in genüsslicher Verdauungsposition zurecht und nahm das Gespräch mit Stani wieder auf. »Was willst du eigentlich von mir?«, fragte er.

»Genau weiß ich das noch nicht«, sagte Stani ehrlich. »Aber wenn du so weitermachst, gehst du drauf.«

»Drauf?«, fragte der Drache irritiert. »Worauf? Was soll das heißen?«

»Ist doch klar«, sagte Stani. »Du stellst die Patschen auf. Gibst den Löffel ab.«

»Den Löffel? Ich besitze keinen Löffel!« Das klang schon ärgerlich.

Ehe es zu einem Zornausbruch kommen konnte, schaute Stani das Untier fast schon mitleidig an und erklärte geduldig: »Ich will sagen: Du lebst nicht mehr lange, wenn du dich weiterhin an diese blödsinnigen Regulierungen deines Alltags hältst. Du verlierst dabei jede Bedeutung, die du für mich und andere einmal gehabt hast. Ich kenne Geschichten, die über Drachen erzählt werden. Kannst auch du dich erinnern, was ihr Drachen einmal dargestellt habt?«

Der Drache seufzte. »Was soll ich denn tun? Die Leute, die hier wohnen, haben mich auf ihre engstirnige Art sozusagen gezwungen, alles so zu machen, wie sie es sich ausgedacht haben.«

Stani schüttelte empört den Kopf. »Das glaub ich nicht. Kann man einen Drachen zwingen, sich an Verkehrsregeln und dergleichen Verordnungen zu halten?« Nach einer Überlegungspause setzte er hinzu: »Ich würde gern mit dir zu deiner Höhle gehen, um weiter mit dir zu reden. Was ich dir sagen möchte, braucht keiner von den Leuten hier zu hören.« Dann fragte er mich, ob ich Zeit genug hätte, an diesem Ausflug teilzunehmen.

»Das werde ich wohl müssen«, sagte ich. »Kannst du dir nicht vorstellen, was deine Mutter mir erzählen wird, wenn sie hört, dass ich dich allein mit einem Drachen zu seiner Höhle habe gehen lassen? Sie wird auch so schon zetern, wenn sie erfährt, was wir hier treiben. Muss das überhaupt sein?«

Stani nickte ernsthaft. »Ja«, sagte er dann, »das muss sein.«

Wir machten uns also wieder auf den Weg, kamen zu der Straßenkreuzung und mussten den Polizisten, der inzwischen auf einer Bank sein Mittagsschläfchen hielt, erst einmal wecken, damit er den Verkehr auf der Bundesstraße anhielt.

»Ihr seid zu früh dran«, sagte er ärgerlich.

»Drachen müssen sich nicht an eure Dienstzeiten und Vorschriften halten«, sagte ich. »Jetzt stehen Sie schon auf und stoppen Sie den Verkehr, sonst gibt es einen Unfall.«

Wir kamen bald danach mit heiler Haut hinüber, und ich meinte, so etwas wie ein heimliches Grinsen in den Rachenwinkeln des Drachen zu erkennen, als er sah, wie manche Leute bestürzt oder irritiert auf ihre Uhr schauten. »Heute geht der Drache aber vor!«, sagte einer vorwurfsvoll zu mir.

»Gibt's dafür einen Fahrplan?«, fragte ich ihn.

Der Mann stutzte. »Nicht dass ich wüsste«, sagte er. »Aber das müsste man einmal beim Straßenverkehrsamt beantragen.«

Da ließ ich ihn stehen und überquerte mit meinem Drachen die Straße, weil der Verkehr inzwischen zum Stillstand gekommen war.

Während wir auf der anderen Seite weitergingen, fragte Stani mich, ob ich wisse, warum man es so eingerichtet hatte, dass der Drache nicht draußen bei seiner Höhle gefüttert werde, sondern täglich zur Mahlzeit quer über die Bundesstraße in die Stadt laufen müsse, um seinen Fressnapf zu leeren.

»Ich weiß das nicht genau«, sagte ich, »aber denken kann ich es mir schon. Die Beamten in der Stadtverwaltung gehen wahrscheinlich davon aus, dass ein Drache normalerweise ein höchst gefährliches Wesen sei und weiß der Teufel was alles anstellen könne, wenn man ihn draußen bei seiner Höhle seinen eigenen Gewohnheiten und Absichten überlassen würde. Deshalb wollen sie ihm wohl Tag für Tag ins Bewusstsein rufen, dass er hierzulande den Bestimmungen der städtischen Verwaltung unterworfen ist und sein tägliches Futter nur dort erhält, wo es die

Bestimmungen für tunlich erachten. Vegetarisches Futter, versteht sich, damit er nicht auf dumme Gedanken kommt.«

»Das ist ja der Jammer«, mischte sich da der Drache in unser Gespräch ein. »Ich kann dieses Grünzeug nicht vertragen, und es schmeckt mir auch nicht. Ich bekomme davon Sodbrennen und Blähungen.«

Stani grinste. »Dann blas ihnen doch was! Was hast du eigentlich früher gefressen, als du noch nicht unter die Fuchtel der Stadtverwaltung geraten warst?«

»Darüber hab ich auch schon nachgedacht«, sagte der Drache. Er blieb auf dem Weg stehen und schien nachzudenken. Dann schüttelte er sein mächtiges Haupt und sagte: »Wenn ich mich recht entsinne, gab es eine Zeit, in der ich überhaupt nichts gefressen habe. Damals fühlte ich mich am wohlsten, war kräftig und konnte wunderbar fliegen, ohne mich besonders anzustrengen.«

Wir gingen noch etwa eine halbe Stunde anfangs durch den Buschwald, der am Fuß der Hügel beginnt, später, als es schon bergauf ging, durch einen alten Mischwald mit verknorzten Rotbuchen und dazwischen einzelnen, gewaltig hohen Fichtenstämmen, von deren Ästen graue Flechten herabhingen wie zerzauste Bärte alter Zwerge. Dann kroch der Drache durch eine Rinne zwischen Felsblöcken steil hinauf, und als wir diese Kletterei bewältigt hatten, standen wir auf einem freien Platz, an dessen gegenüberliegender Seite die Höhle unter einem breiten Felsspalt sich auftat.

Die Nachmittagssonne ließ die brennend roten Beeren einer Eberesche aufleuchten, die neben dem dunklen Schlund stand, und warf ihr Licht auf diesen Vorplatz, auf dem, wie zum Sitzen aufgestellt, einzelne Felsbrocken lagen. Der Drache streckte sich vor der Höhle aus und wartete, bis wir beide uns in der Nähe seiner Ohren niedergelassen hatten. Dann seufzte er aufs Neue und sagte: »Das alles ist eine völlig verfahrene Angelegenheit, und ich weiß nicht, wie ich etwas daran ändern könnte.«

Da hob Stani, der bisher zu Boden geblickt und mit dem rechten Fuß Kieselsteine hin und her geschoben hatte, den Kopf und sagte: »Das Essen, das man dir hier gegeben hat, bekommt dir nicht, und du sagst, dass du, als du noch bei Kräften warst, überhaupt nichts gefressen hast. Hör also auf zu fressen.«

»Meinst du?«, sagte der Drache voller Zweifel. »Wird man in der Stadt nicht vermissen, dass ich zum Fressnapf, wie du es nennst, komme?«

»Ach was«, sagte Stani. »Die Polizisten werden zufrieden sein, dass sie den Verkehr nicht mehr aufhalten müssen.«

»Aber die Stadtverwaltung?« Der Drache wendete sich jetzt an mich. »Du hast doch behauptet, dass diese Leute mich mit Absicht täglich diesen Weg haben gehen lassen. Bald werden sie Polizisten schicken, um mich zu diesem ekelhaften Fressnapf zu holen.«

»Dieses Risiko müssen wir eingehen«, sagte ich. »Ich kenne dort ein paar Leute und kann so etwas vielleicht verhindern.« (Sehr vielleicht, das wusste ich nur zu gut!) »Das größere Risiko scheint mir zu sein, dass du aufhören sollst, irgendwelche Nahrung zu dir zu nehmen.«

Stani schüttelte den Kopf und war offenbar anderer Meinung. »Bei Drachen darfst du nicht von deinen eigenen Bedürfnissen ausgehen. Drachen sind keine Menschen und auch keine Tiere. Ich glaube, sie sind etwas ganz anderes.«

Da blies der Drache eine feurig schimmernde Rauchwolke gen Himmel, blickte ihr nach, wie sie langsam zerflatterte, und sagte dann zu mir: »Dein Enkel Stani ist ein kluges Kind.«

Ehe wir nach Hause gingen, bat uns der Drache, ihn nach Möglichkeit täglich vor seiner Höhle zu besuchen. Er brauche unseren Beistand und wisse nicht, wie er die kommende Zeit durchhalten solle. Stani versprach ihm das ohne Zögern, versicherte sich jedoch auf dem Heimweg sofort meiner Hilfe, falls – was zu erwarten war – seine Eltern sich nicht einsichtig zeigen würden (so drückte er sich aus!). Da hatte ich mir was Schönes eingebrockt! Nicht nur musste ich meine im Umgang mit mythischen Wesen völlig ungeübte Gattin von der Notwendigkeit überzeugen, dass ich einem auf Hungerkur gesetzten Drachen tröstenden Beistand leisten wolle; ich sah überdies eine äußerst heftige Diskussion mit meiner Tochter, der Mutter jenes Knaben, voraus, die sich schwer von der Notwendigkeit würde überzeugen lassen, dass ihr mageres Söhnlein einem veritablen Drachen helfen müsse, wieder in Form zu kommen. Ob sie meine Anwesenheit bei diesem Training für hilfreich halten würde, bezweifelte ich. Wenn sie mich nach meiner Erfahrung im Umgang mit solchen Wesen fragen würde, könnte ich allenfalls auf ein paar Geschichten hinweisen, die ich gelesen oder selbst geschrieben hatte. Ob das reichte?

Als es dann zu der erwarteten Konfrontation kam, lief alles ganz anders, und zwar so, als ob der Drache selbst seine mythischen Kräfte insoweit schon zurückgewonnen hätte, dass er Stanis Mutter und Großmutter auf telepathische Weise seinem Vorhaben hatte geneigt machen können. »Der arme Heiter!«, sagte meine Frau, als ich stockend von unserem Plan zu berichten begann. »Ihr müsst ihm natürlich helfen, das ist doch selbstverständlich.«

Ich dachte, ich höre nicht recht. Und als dann Stani zum Klavierüben kam (das musste vor dem Drachenbesuch natürlich noch absolviert werden) und ich ihn fragte, ob er seiner Mutter von unseren Plänen erzählt hätte, erfuhr ich, dass sie nur gefragt habe, ob ich immer dabei sein würde. Als ob ich ein erfahrener Drachenbändiger wäre! Du lieber Himmel! Ich habe nie im Leben geahnt, dass sie mir so was zutraut. »Sagst du's Vater?«, hatte Stani sie noch gefragt, und sie hatte versprochen, es ihm schonend beizubringen. Wenigstens war ich jetzt beruhigt im Hinblick auf den familiären Frieden. Nun musste ich nur noch mit dem Drachen selbst zurechtkommen. Was würde geschehen, wenn er wieder voll zu Kräften kam? Viehraub? Jungfrauenmord? Alles war möglich.

Unsere Tageseinteilung spielte sich danach fast reibungslos ein: Vormittags saß Stani in der Schule, deren Unterricht er eher lässig, aber nicht ohne Erfolg hinter sich brachte. Er nahm diese tägliche Pflicht als eine mehr oder minder angenehme Unterhaltung hin. Dann kam er zum Mittagessen nach Hause, fetzte seine Hausaufgaben aufs Papier und machte sich meist per Stahlroller auf den Weg zu uns Großeltern, um sein Exercitium auf dem Klavier zu absolvieren. Zwischen den Übungsstücken brach er gelegentlich aus zu einem misstönenden atonalen Tastengepauke, das dennoch gelegentlich einer erkennbaren Struktur folgte. Oder er improvisierte eine seiner raffinierten Ablenkungen, wenn er nicht mehr spielen wollte. Danach machten wir uns auf den Weg zur Höhle unseres Drachen. *Unseres*, schreibe ich hier, und das ist wohl zutreffend; denn so familiär hatten wir ihn inzwischen unserem Alltagsleben einverleibt.

So lief das einige Zeit ganz gut. In der Administratur unserer Kleinstadt nahm man wohl an, dass der Drache, der sich schon längere Zeit nur noch mühsam hatte dahinschleppen können, nun so entkräftet sei, dass er den Weg zum Fressnapf nicht mehr bewältigen könne. Die Leute hatten ihn ohnehin nicht so ins Herz geschlossen, dass sie sich nach seinem Befinden erkundigt hätten.

Wir beide, mein Enkel und ich, wussten jedoch, dass dies keineswegs der Fall war: Unser Drache hatte zwar während der ersten Tage geklagt, dass er Hunger habe, aber das legte sich sehr rasch, und alsbald wuchsen seine Kräfte erstaunlich schnell von Tag zu Tag. Nach drei Wochen unternahm er zu unserer Überraschung auf dem Vorplatz seiner Höhle erste Flugversuche. Mehr als ein paar Hopser brachte er dabei zwar nicht zu Stande, aber immerhin: Es ging bergauf.

Dann kam der Tag, an dem Stani und ich beinahe die Hoffnung verloren, dass unser Drachenfreund noch zu retten sei. Schon am späten Vormittag hörten wir die Feuerwehr mit schrillem Getöne ausfahren und dachten uns zunächst nichts dabei. Als wir dann aber hinauskamen vor die Stadt, sahen wir oben in den Wäldern am Berghang eine rauchende Schneise, auf der stellenweise noch immer einzelne Feuer aufflackerten. Ich ahnte Schlimmes, obwohl diese Brandspur seitab von der Drachenhöhle sich schnurgerade hinauf durch den Fichtenbestand zog.

Als wir zur Höhle hinaufstiegen, trafen wir zwei Männer von der städtischen Feuerwehr, die wegen einiger Brandwunden eben abgelöst worden waren. »Geht bloß nicht dort hinauf!«, sagte einer von ihnen und zeigte in Richtung Höhle. »Das Feuer hat dieser verdammte Drache gelegt. Der ist ja gar nicht so schwach, wie alle meinen, sondern tobt durch die Wälder und zündet mit seinem Feueratem die Bäume an. Wir sollen unten in der Stadt das Militär alarmieren, damit er uns nicht den ganzen Wald abbrennt. Die Soldaten müssen dieses Riesenvieh endlich totschlagen, ehe es über unsere Stadt herfällt.«

Wir ließen die Männer gehen und warteten, bis sie uns nicht mehr sehen konnten. Dann stiegen wir schneller als sonst hinauf zur Höhle und sahen schon von weitem, dass auch dort Rauch aufstieg, und als wir zum Vorplatz kamen, lag da unser Drache und ließ vergnügt Feuerbälle in die Höhe steigen.

Wir fanden das gar nicht so lustig, und ich fragte ihn, warum er hier oben im Wald so wüst gehaust hätte. Leute von der Feuerwehr seien schon unterwegs, um Soldaten zu holen, und gegen deren Waffen könne selbst er nichts weiter ausrichten, denn sie würden notfalls mit Kanonen schießen.

Da ließ der Drache seine Feuerspiele endlich sein. »Ihr Menschen« sagte er, »versteht wirklich keinen Spaß. Das war doch nur mein letzter Fehlstart vor der Abreise. Ich fühle mich heute so sauwohl, dass ich etwas Verrücktes unternehmen musste. Wollen diese Soldaten wirklich auf mich schießen? Womöglich mit Haubitzen?«

»Sicher«, sagte ich. »Wenn der Vorgesetzte es ihnen befiehlt, dann tun sie es auch. Dazu sind sie da.«

»Ohne Gnade?«

»Ohne Gnade. Und da wirst du nichts dagegen unternehmen können.«

»Meinst du?« Dieser Drache schaute mich tatsächlich mit einer Miene in seinem lang gezogenen Gesicht an wie ein Kartenspieler, der noch einen Trumpf in der Hand hat, von dem die Mitspieler nichts wissen. »Setzt euch endlich mal her zu mir«, sagte er ohne jede Aufregung und legte seinen langen, nun schon wieder gut durchtrainierten Leib quer über den Vorplatz. Wir beide suchten uns einen Sitzstein und warteten dann darauf, was der Drache uns zu sagen hätte.

»Es ist ziemlich kompliziert zu erklären, was ich jetzt vorhabe«, sagte er. »Vielleicht sogar ein bisschen peinlich für mich. Deshalb verrate ich euch einstweilen gar nichts und ziehe mich in meine alte Höhle zurück, die ich seit Urzeiten immer wieder bewohnt habe. Nur noch eins: Wann können die Soldaten hier sein?«

Ich zuckte mit den Schultern. »Weiß ich nicht genau. Wenn der Hauptmann ihnen Beine macht, schon in etwa einer Stunde.«

»Das reicht mir«, sagte der Drache und zog sich zurück in seine Höhle.

Da saßen wir nun und hatten keine Ahnung, wie es mit unserem Freund weitergehen sollte. Jedenfalls machten die Feuerwehrmänner ernst; denn von unten her aus der Richtung, in der am Stadtrand die Kaserne liegt, konnte man das Heulen einer Sirene hören. Alarm für die ganze Besatzung, ohne Zweifel. Zwar liegt an diesem Standort nur eine Schützenkompanie, aber die war durchaus im Stande, mit ihren Sturmgewehren und leichten Geschützen unserem Drachen den Garaus zu machen. Gern hätte ich mit ihm nach weiteren Möglichkeiten einer Rettung gesucht, aber er blieb in seiner Höhle und hatte uns nicht eingeladen, ihm zu folgen.

Das war eine lange Stunde, in der ich mit Stani dort oben vor dem dunklen Loch saß und grübelte. Nichts war zu hören aus diesem uralten Schlund und lange Zeit auch nicht von der Stadt her, drunten unter dem Wald. Als ich schon anfing zu hoffen, dass der standortälteste Offizier, ein Hauptmann von ländlichem Adel, sich weigern würde, seine Soldaten gegen ein mythisches Wesen anrücken zu lassen, hörte ich von unten herauf den Marschtritt einer Truppe, gleich danach scharf hervorgestoßene Kommandos, die darauf hinausliefen, dass die Soldaten in lockerer Kette durch den Wald heraufsteigen sollten, um den bösen Feind einzukreisen.

Jetzt wurde es höchste Zeit, dass etwas geschah, und dieser Meinung war wohl auch der Drache; denn im Mundloch der Höhle tauchte unversehens sein Kopf auf. Er äugte für wenige Sekunden heraus und zog sich, als die ersten Soldaten am Rand des Vorplatzes erschienen, wieder zurück ins Dunkel. Dafür brach in wilder Flucht dort eine Horde von Stieren hervor, vor denen wir uns neben dem Höhleneingang in Sicherheit brachten. Sie beruhigten sich jedoch gleich und begannen am Rand des Platzes Grasbüschel zu rupfen. Gleich darauf rannte wie aus einem Krug gegossen eine Herde von Lämmern aus der Höhle hervor und füllte rasch den gesamten Vorplatz mit ihrem Geblöke, aber auch diese suchten am Waldrand alsbald nach Grünfutter, als hätten sie seit undenklichen Zeiten keins mehr bekommen.

All dieses Gedränge und Gerangel verwirrte die Soldaten, von denen die meisten den Vorplatz erreicht hatten, ganz außerordentlich. Doch nun kam das Ganze erst zum Höhepunkt: Aus der Düsternis der Höhle erschienen nacheinander etwa zwei Dutzend junge, erstaunlich hübsche Mädchen, angetan mit bunten Kleidern, wie ich sie bisher nur auf Gemälden aus dem Mittelalter oder noch früherer Zeit gesehen hatte. Sie schwätzten vergnügt miteinander, und als sie bemerkten, wie die Soldaten mit gezückter Handwaffe heranschlichen, begannen sie zu lachen und zu tuscheln und versuchten, das Vieh völlig vom Platz zu treiben. Bald hatte sich jede von ihnen einen etwas verwirrt dreinblickenden Krieger ausgesucht und mit aller erdenklichen Liebenswürdigkeit zum gemeinsamen Tanze eingeladen.

Der Hauptmann, der, wie es für einen Kommandeur gute Sitte ist, als Letzter auf dem Platz erschien, fand sich alsbald umkreist von einem Wirbel tanzender Paare, während am Waldrand die Waffen herumlagen wie nutzloses Kleinholz. Er wirkte ziemlich hilflos.

Erst zu diesem Zeitpunkt warf der Drache vorsichtig einen Blick aus der Höhle und schien dort im Halbdunkel auf uns zu warten. Also nahm ich Stani bei der Hand, wich dem Gedränge der Tanzenden aus und folgte dem Drachen auf seine Bitte drei oder vier Schritte tiefer in den kühlen Schlund. Dort saßen wir dann im Schatten auf einer steinernen Stufe, sahen draußen die lachenden Paare vorüberdrehen, und ich fragte unseren Freund ernstlich, was dies für ein ungeheurer Zauber sei, den er hier sozusagen aus dem Nichts auf die Bühne geworfen habe.

»Kein Zauber«, antwortete er. »Wenigstens nicht, was die Wirklichkeit des Viehzeugs und der viel betrauerten Jungfrauen betrifft. Diese sind allesamt durchaus wirklich und werden es auch bleiben.«

»Und woher kommen sie?«, fragte Stani, der offensichtlich fasziniert war von diesem grandiosen Trick.

»Nun ja«, sagte der Drache. »Das zu erklären ist mir ein bisschen peinlich. Ihr wisst ja aus euren von alters her überkommenen Geschichten über Drachen, dass man ihnen alles mögliche Zuchtvieh zum Fressen zugetrieben hat, schließlich als Feinkost sogar hübsche Jungfrauen, die irgendwo festgebunden wurden und heulend ihrem grässlichen Ende entgegenblickten. Zumindest was mich betrifft, stimmt das alles nicht, obwohl es so ausgesehen haben mag. Ich habe jene Stiere und Lämmer und schließlich auch diese Jungfrauen zwar in meine Höhle getrieben oder mit aller Vorsicht geschleppt, aber dort haben sie während all dieser Jahre und Jahrhunderte geschlafen, ohne auch nur einmal aufzuwachen. Sie sind während dieser Zeit auch um keinen Tag älter geworden und wissen nicht, was mit ihnen geschehen ist. Die Mädchen werdet ihr in eure Gebräuche einführen müssen, obwohl ihre Gewohnheiten auch nicht schlechter waren. Mit dem Viehbestand ließe sich eine solide Bauernschaft einrichten. Euch beiden danke ich nun für eure Liebe und euren Beistand. Und dir, Stani, gebe ich einen ganz besonderen Rat: Behalte immer deinen Löffel und lass dich nie füttern!«

Noch einmal schreckte der gewaltige, nun voll zu Kräften gekommene Drache die Leute auf, die Mädchen wie auch die Soldaten, als er mit wuchtigen, die Erde zum Erzittern bringenden Schritten aus dem Dunkel hervortrat und auf einen Schlag mit seinen bierzeltgroßen Flügeln alle vom Platz scheuchte. Dann stieß er sich vom Boden ab und fuhr, getragen von seinen flappenden Flügeln, wie ein riesiger geschwänzter Truthahn rauschend in die Höhe, umkreiste, vom Licht der Sonne golden verbrämt, noch einmal den Platz und bot einen Anblick von ungeheurer Kraft und erschreckender Schönheit. »Auf nach Osten!«, brüllte er. »Auf nach Osten zu meinen geliebten Brüdern!« Dann stieg er höher und höher, flog hinweg über die Stadt, und wir blickten ihm nach, bis eine Wolke ihn verschluckte.

Neben mir stand Stani und starrte noch immer ihm nach. »Ich hab gewusst«, sagte er, »dass er ein Glücksdrache ist.«

Barbara Slawig

Das Verschwinden der Wangs

So hoch hinauf waren sie noch nie geflogen. Unter ihnen lag blaues Glitzern, eine Ebene bis zum Horizont – »Das Meer«, sagte der Drache, und Dschennia wusste, dass damit Wasser gemeint war, Millionen, Trilliarden Kubikmeter Wasser. »Siehst du die weißen Dreiecke dort? Das sind Segel, auf Booten, so fahren Leute wie du übers Meer. Ihr wart schon immer auf die Oberfläche beschränkt, ihr armen Würmer …«

Als wollte er das gleich widerlegen, jagten sie jetzt zum Meer hinunter, so schnell, dass Dschennia es im Magen spürte und als Kribbeln in ihren Händen und Füßen – »Nicht so schnell«, sagte sie und wollte sich an seinen Schuppen festhalten, aber sie waren zu glatt; und dann sah Dschennia die Küste und darüber die Sonne, sie stand tief über den Dächern der Häuser, eine riesige rotgoldene Sonne, nicht nur ein bleicher Fleck hinter Wolken. Der Drache flog genau darauf zu. Gelbe Farbe strömte von der Küste ins Meer, und dann flogen sie tief über gelbem Wasser, das schnell zwischen grünen Deichen dahinfloss; darüber hing eine einzelne Wolke, nicht grau, sondern weiß wie feiner Zucker. »Mein Fluss, mein Zuhause«, sagte der Drache; und dann schoss er wieder nach oben, in die Wolke hinein. Es blitzte und donnerte. Dschennia erwachte.

»Und wenn du damit fertig bist«, sagte Ellin vom Zelteingang her, »dann steig *bitte* in den Brunnen und putz diese …«

Wusch. Der Vorhang fiel hinter ihr zu, bevor sie ausgesprochen hatte, aber Dschennia wusste auch so, wie der Satz enden sollte. Putz diese Filter. Diese Scheißfilter.

»Scheißfilter«, sagte Dschennia noch einmal laut. Dann rannte sie in den Vorraum und riss den Vorhang wieder auf. »Jawohl, meine *Dame!*«

Ellin drehte sich nicht um. Mit langen Schritten ging sie zum Wagen – selbstsicher, unerschütterlich schritt sie dem Wind entgegen, der kalt über die leere Ebene fegte. Sie gesellte sich zu den vier anderen Prospektoren, die schon die Ladung auf dem Wagen überprüften, die Messgeräte und Grabgeräte. In den dicken Kapuzenjacken, den Staubbrillen und schweren Stiefeln waren sie kaum auseinander zu halten: Li-An und Doron, Ohomairangi und Marko. Sie schienen nicht viel miteinander zu reden.

Zu kalt zum Reden, dachte Dschennia und ließ den Vorhang schnell wieder zufallen. Da hatte sie es hier drinnen besser. Windstill und staubfrei, einigermaßen. Aber sie war *nicht* zu den Prospektoren gegangen, um abzuwaschen und Filter zu putzen. Das hatte sie Ellin auch erklärt, als sie sie auf dem Jahresfest der Prospektoren ansprach. »Du bist zu jung«, hatte Ellin gesagt und sich gleichgültig abwenden wollen, aber Dschennia hatte sie am Arm festgehalten: »Meine Eltern sind da draußen verschollen. Vor fünfzehn Jahren. Genau in der Gegend, in der ihr grabt. Sie wollten zum Ursprungsort unserer Familie ... unseren Ahnen Ehrfurcht erweisen ... Ich möchte sie suchen. Das geht nur mit euch.«

Ja, ja, dachte Dschennia jetzt, während sie in die Küche des Wohnzelts ging und lustlos den Stapel schmutziger Teller besah; und weißt du noch, was du dann gesagt hast? *Ich mach alle Arbeit, die ihr mir zuteilt.* Genau das. Also: selbst schuld.

Widerwillig schloss sie den Putzschwamm am Wasserhahn an, hielt den obersten Teller schräg und fuhr mit dem Schwamm darüber, langsam und mit stetigem Druck von oben nach unten. Und außerdem, dachte sie, während sie zusah, wie das Wasser den Teller herabrann und Krümel und gelben Staub mitspülte, außerdem weißt du ganz genau, dass Ellin nicht deshalb zugestimmt hat, weil du überzeugend argumentiert hast, sondern weil ihr noch eine Frau fehlte. Dschennia fiel ein, was die Leute im Gasthaus gesagt hatten, als sie stolz von Ellins Zusage erzählt hatte: Richtig, von ihrer Gruppe ist jemand gestorben. Die Partnerin von ... wie heißt er noch?

Marko.

Wie immer, wenn sie zu diesem Punkt kam, schob sie den Gedanken schnell beiseite und suchte sich ein schöneres Thema. Den Traum von letzter Nacht zum Beispiel. Sie hatte wieder den Fluss gesehen, diesmal von einer Brücke herab, einer weißen Steinbrücke mit vielen Bögen, die zu einem Pavillon führte, mit einem breiten Kegeldach auf roten Säulen. Die Brüstung der Brücke war mit Drachenköpfen verziert, und sie stand an dieser Brüstung und schaute aufs gelbe Wasser, während hinter ihr schwarzhaarige Menschen vorbeigingen und in einer Sprache redeten, die sie nicht verstand. Im Traum war das ganz in Ordnung gewesen. Die Sprache meiner Vorfahren, dachte sie jetzt; sie hatten schwarze Haare wie ich!

Dann hatte sie den Drachen gesehen. Er tollte zwischen den Wolken umher, gleich links von einem hohen Glasturm, den Dschennia vorher nie bemerkt hatte. Es blitzte und donnerte zwischen den Wolken, und darunter hingen Regenschleier, aber wo Dschennia stand, blieb es trocken; und dann kam der Drache zu ihr herunter, tauchte in den Fluss und schwamm auf sie zu; aus den Nüstern quoll Dampf.

»Zhin ya«, sagte der Drache. Er sprach ihren Namen anders aus: als wären es zwei getrennte Wörter. »Zhin ya. Wie heißt deine Familie?«

»Wang«, sagte sie.

Der Drache sah sie weiter an, aus riesigen, rot glühenden Augen. Irgendwo musizierte jemand, und sein Schwanz zuckte leicht im Takt der Musik.

»Wang. Soso. Ich habe viele Wangs in meiner Obhut.«

»Wirklich? *Wirklich?* Wohnen sie *hier?*«

Und dann hatte die Aufregung sie geweckt; sie hatte aufrecht im Schlafsack gesessen, am Bauch hatte sie noch die Kälte der

Brüstung gespürt, so wie jetzt ... »Scheiße!«, sagte Dschennia. Das Wasser lief über den Rand der Waschwanne und tropfte ihr in den Hosenbund, und sie stand da und träumte im Wachen, in der Hand den einen perfekt sauberen Teller.

Dschennia stellte den Teller weg, löste den Schwamm vom Wasserhahn, hob den Stapel triefender dreckiger Teller aus der Wanne und goss das Wasser in den Aufbereiter für Waschwasser. So geht das nicht, dachte sie, während sie die Pfützen aufwischte. So kannst du dich auf nichts konzentrieren. Du musst endlich mal aufmalen, was du träumst.

Sie ging durch den Wohnraum in Ellins Büro und suchte, bis sie einen Block Papier fand. Er hatte einen grünen Deckel und war leer. Mit dem Block und einem Schreibstift ging sie in ihre Kammer, legte sich bäuchlings auf die Matte und fing an zu zeichnen. Turm. Brücke. Deiche. Und der Drache.

Dschennia stand wieder auf der Brücke, zwischen vielen anderen Menschen. Fackeln brannten, es war Nacht. Die Menschen schauten alle in eine Richtung, zu dem Pavillon am Ufer.

Dschennia drängte sich weiter nach vorn. Unter dem Kegeldach, zwischen den Säulen, tanzten drei Männer in bunten Gewändern, und zwischen ihnen hüpfte und wand sich ein grüner, dicker, vielbeiniger Wurm. Zacken auf dem Rücken und ein riesiges Maul. Ein Drache aus Stoff.

Die Männer schienen ihn zu ärgern. Sie hatten Fackeln in den Händen und stachen damit auf ihn ein, sie hockten sich vor sein Maul und schnitten ihm Fratzen. Dschennia wurde unbehaglich: Das darf man nicht machen, dachte sie, aber die Menschen fanden es lustig, sie johlten und klatschten immer lauter.

Dschennia wandte sich zum Wasser. Sie wusste, was gleich passieren würde – und da hinten kam er auch schon, er schoss herab und flog tief übers Wasser, während es am dunklen Himmel noch blitzte. Ein Schlag mit dem Schwanz, und der Pavillon brach zusammen. Noch ein Schlag, und der Deich stürzte ein.

Dunkles Wasser floss durch die Bresche. Es strömte über die zertrümmerten Säulen und um die Fundamente der Türme – denn dort standen jetzt viele Türme, in allen brannten unzählige Lichter. Der Drache flog zwischen den Türmen umher, in engen und wütenden Kreisen, Dschennia hörte Menschen schreien; dann sah sie zwei Männer ein Boot beladen, mit vielen kleinen grauen Kästen. Die Männer blickten ängstlich zum Himmel; und da schoss der Drache auch schon herab. Dschennia erwachte.

So viel Wasser, dachte sie, als sie etwas ruhiger war. Und heute muss man es mühsam aus dem Boden rausfiltern. Sie tastete unter der Schlafmatte nach Block und Stift und zeichnete im Schein ihrer Lampe die Türme, die Lücke im Deich und die Stelle, an der das Boot unterging.

Sie müssen ihn sehr beleidigt haben, dachte sie, als sie sich wieder ausstreckte. Sonst wäre er nicht so wütend geworden. Hoffentlich waren das keine von meinen Vorfahren. Aber dann würde er nicht so nett mit mir reden.

»Nein heißt Nein«, sagte Ellin. Sie zog ihre dicke Jacke über und schloss sie. »Du hast gestern Abend nicht abgewaschen. Und seit wann ist hier drinnen nicht sauber gemacht worden?« Sie ging in den Vorraum, stieg in die Stiefel. »Wenn wir draußen was finden, erfährst du es schon.« Sie nahm die Handschuhe vom Bord, zog sie an und war weg.

Ja, ja, dachte Dschennia und räumte scheppernd Teller zusammen. Falls ihr jemals etwas findet. Mit meiner Hilfe hättet ihr längst was gefunden! Während sie den Putzschwamm ans Wasser anschloss, sah sie im Geist die elektronische Karte, die Ellin jeden Abend entrollte, um Grabungspunkte einzutragen.

So eine Karte müsste man zeichnen. Die Küste, der Fluss zwischen Deichen, der Pavillon, die Brücke, die Türme. Aber da, während sie in Gedanken schon malte und gleichzeitig zusah, wie Wasser über den Teller rann, Krümel mitspülte, sich unten in viele Rinnsale teilte – da schob sich ein anderes Bild darüber. Ein

Fluss teilte sich in viele Arme. Viele schwarze Fäden liefen durch Schwemmland und schoben eine Landzunge ins Meer. *Fruchtbares Land*, sagte jemand in ihren Gedanken – ihr Vater? Er hatte ihr immer alles erklärt, damals, als sie fünf Jahre alt war. Er hatte ihr dieses Bild gezeigt und gesagt: Siehst du? Wie die Adern in einem Blatt. Und da, genau da, Dschennia: Von da stammen wir Wangs.

Sie stellte den nassen Teller weg, klemmte den Putzschwamm ab und ging zeichnen.

»Seht euch diese Schmiere an!«, brüllte Doron.

Dschennia, die gerade das Abendessen auftragen wollte, blieb vorsichtig am Durchgang zur Küche stehen. Abends waren die Prospektoren häufig gereizt, aber Doron war von allen der Schlimmste, er brachte es fertig, sie zu beschimpfen, wenn er sich an der Suppe die Zunge verbrannte. Jetzt stand Doron mitten im Wohnraum und hielt den anderen seine offene Hand hin. Plötzlich fuhr er zu ihr herum, ballte die Hand zur Faust und schob sie ihr praktisch ins Gesicht. Gelber Matsch quoll zwischen den Fingern hervor.

»Soll das vielleicht unser Waschwasser sein?«

Dschennia flüchtete in die Küche. Nebenan hörte sie Ellin sprechen; es klang ruhig, besänftigend; sie hörte nicht hin. Sie wühlte im Werkzeugkasten nach Zange, Bürste und Nadeln und stieß den Vorhang zum Maschinenraum auf. Die Filter. Diese Scheißfilter. Sie zerrte die Abdeckung vom Brunnenschacht und stieg die Strickleiter hinunter.

Jemand kletterte hinter ihr her.

»Ich mach ja schon!« Dschennia hockte sich auf die steinige Erde und tastete hinter dem Filterkasten nach den Stutzen für die Schläuche. Marko blieb zwei Sprossen über ihr stehen.

»Du nimmst mir das Licht!«, behauptete sie. Sie hatte den ersten Stutzen gefunden und versuchte, die Zangenbacken um die Mutter zu legen. Die Zange rutschte ab und fiel ihr aus der Hand. Marko rührte sich nicht von der Stelle.

»Ich soll dir erklären, was Prioritäten sind«, sagte er bei ihrem vierten Versuch.

Die Zange rutschte wieder ab. Dschennia warf sie hin, lehnte sich an die kalte Schachtwand und fluchte. »Ich weiß, was Prioritäten sind. Alles, was *ihr* wichtig findet! Datenträger – alte Maschinen – das, wofür Prospektoren bezahlt werden. Und du sollst mir beibringen, dass mir das auch wichtig sein muss, ja? Aber ich hab meine eigenen Ziele – und es ist mir scheißegal, ob ihr das versteht oder nicht!«

Nanu – du plärrst ja wie ein Kleinkind, sagte jemand verwundert in ihr. Dschennia schluckte und atmete tief ein. »Wer hat dich hinter mir hergeschickt, Ellin?«

Marko antwortete nicht. Stattdessen sagte er nach längerer Pause: »Daten finden, Geld verdienen – das sind *Wünsche*. Prioritäten sind die Sachen, die man unbedingt braucht. Wasser. Warme Kleidung. Ein heizbares Zelt.« Er zögerte und ergänzte dann fast verlegen: »Leute, auf die man sich verlassen kann.«

Dschennia spürte, wie ihr heiß wurde, bis ihr Gesicht trotz Kälte glühte. Sie suchte nach einer Antwort. Es fiel ihr nichts ein.

Marko kam ganz herunter und sprang von der Leiter. »Rück mal zur Seite, dann kann ich dir helfen.«

Der Fluss war fast ausgetrocknet, eine Wüste aus Schlamm, durch die nur an der tiefsten Stelle noch Wasser kroch, stockend und mühsam. Darüber ein grauer, öder Himmel. Es war kalt.

Dschennia stand wieder auf der Brücke. Es roch nach Moder. Sie sah zu den vielen Türmen hinüber. Sie waren schwarz und zerbrochen, nur noch Ruinen. Der Wind trieb ihr Schneeflocken ins Gesicht.

»Zhin ya«, sagte der Drache.

Dschennia sah zu ihm hinunter. Er kam im Flussbett auf sie zu – Schwimmen konnte man das nicht mehr nennen, seine

Tatzen wühlten im Schlamm. »Zhin ya. Hier wirst du keine Wangs mehr finden.«

»Wo sind sie denn hin?« Sie sah wieder zu den Ruinen. Nirgendwo war ein Mensch zu entdecken.

»Das solltest du am besten wissen.« Sein Tonfall war unverändert, voll Würde. Auch seine Augen glühten noch rot. Er schlug mit dem Schwanz, gelber Matsch spritzte auf. »Schnee«, sagte er unzufrieden. »Immer nur Schnee. Es hat seit Jahren nicht mehr geregnet.«

»Das tut mir Leid«, sagte Dschennia.

Er schnaubte: zwei Dampfwolken, die der Wind sofort wegriss. Dann war es still.

»Ich frag mich, ob ich sie vertrieben habe«, sagte er nach langer Pause. »Ob ich zu streng mit ihnen war.«

Dschennia suchte nach einer Antwort. Sie hatte das Gefühl, dass sie das wusste – man hatte ihr doch erzählt, was mit der Welt passiert war! –, doch in ihrer Brust war nichts als Kälte, ihr Blickfeld wurde immer enger, bis sie nur noch die Augen sah, rot glühend ... Dann lag sie in ihrer Kammer und starrte ins Dunkel und roch den feinen, trockenen Staub, der hier durch alle Ritzen geweht wurde. Sie war allein, der Drache war weg, und es war einfach schrecklich kalt hier ...

Dschennia zog sich den Schlafsack fest um die Schultern und rollte sich zum Ball zusammen. Ellin fror nicht in ihrer Kammer. Sie ließ sich von Ohomairangi wärmen. Und Li-An von Doron. Nur sie hatte niemanden, sie nicht und Marko.

Nein. Das ist mir völlig egal! Sie setzte sich auf, schaltete Licht an und tastete unter der Matte nach Block und Stift. Der Block war verschwunden.

Kein Tag war je so langsam vergangen. Dschennia wusch das Geschirr ab und räumte auf, putzte die verbliebenen Filter und wischte in Küche, Bad, Wohnraum den gelben Staub von allen Flächen, bis sie das Gefühl hatte, in der Schmiere zu ersticken, die aus ihrem Lappen quoll; dann lag sie in ihrer Kammer und starrte zum Zeltdach. Und als wollten die anderen ihr demonstrieren, dass sie mit ihrer grauen Stimmung allein war, kamen sie laut und redselig wieder. Doron hatte Li-An im Arm und zog sie sofort in seine Kammer, und Ohomairangi zeigte Dschennia drei Kästen voll viereckiger Scheiben. »Datenträger. Endlich mal was.« Er und Marko gingen zu dem Tisch im Wohnraum, auf dem ihre Untersuchungsgeräte standen. Dschennia hätte ihnen gern geholfen. Sie wusste nicht, wie.

»Komm mit ins Büro«, sagte Ellin.

Dort setzte sie sich hinter den Tisch. Mit geröteten Augen, die Haare gelb überpudert, und trotzdem wirkte sie so wach, dass Dschennia sich am liebsten verkrochen hätte. In ihrer Kammer. Unter der Matte.

Sie bückte sich nach der Tasche, die neben dem Tisch stand, nahm etwas heraus und legte es vor Dschennia hin. Es war ein Block mit grünem Deckel.

Nach einem kurzen Blick auf Dschennias Gesicht drehte Ellin den Block um. Jetzt war er rot. »Man kann ihn von beiden Seiten verwenden. Und auf *der* Seite ...« Sie schlug ihn auf, Dschennia sah Zahlenkolonnen und wünschte, sie *hätte* sich unter der Matte verkrochen »... trage ich die Werte aus der Geländevermessung ein. Für den Fall, dass der Kompass ausfällt. Was bei dem Staub da draußen jeden Tag einmal passiert.« Sie klappte den Block wieder zu und beobachtete ohne jedes Mitleid, wie Dschennia ihrem Blick zu entkommen versuchte. »Verstehst du, was ich dir hier erzähle?«

Dschennia schluckte. »Ja, Ellin.«

Ellin drehte den Block wieder um, schlug ihn auf und schob ihn ihr hin. »Dann erklär mir mal, was das ist.«

Dschennia starrte auf ihre eigenen Bilder. Was jetzt? Antwort verweigern, ein Märchen erzählen? Sie hatte Ellin noch nie belogen. Das wurde ihr jetzt erst richtig bewusst. Sollte sie doch über sie lachen. Irgendwie war das nicht mehr so wichtig.

»Das hab ich geträumt. Ich träume jede Nacht solche Sachen. Davon, wie es früher hier aussah. Darum bin ich so sicher, dass meine Vorfahren hier lebten – ich meine, woher sollte ich sonst davon wissen?«

Sie hörte, wie Ellin zum Sprechen ansetzte und die Worte dann lieber verschluckte. Stattdessen zeigte sie auf das oberste Blatt. »Das ist das Meer?«

»Ja«, sagte Dschennia erleichtert und blätterte weiter. »Das ist ein Fluss zwischen hohen Deichen ... eine Brücke mit vielen Bögen ... ein Pavillon ... ein Turm aus Glas ...« Sie verstummte und wurde rot. »Ein Drache«, sagte sie schließlich. »Er lebt da. – In meinem Traum.« Sie sah auf, aber Ellin lächelte nur ganz wenig.

»Und dann hast du eine Karte gezeichnet.« Sie blätterte weiter.

»Ja. – Zwei«, verbesserte Dschennia. »Die hier haben mir meine Eltern gezeigt, vor fünfzehn Jahren. Das ist der Ort, zu dem sie wollten.« Sie zögerte. »Sie passen nicht richtig zusammen, oder?«

»Vielleicht ein früherer Zustand.« Es klang zerstreut. Ellin blätterte zur ersten Karte zurück. »Was hast du da markiert?«

»Da an dem Turm ist ein Boot untergegangen. Mit zwei Männern und vielen grauen Kästen. Eigentlich sahen die genauso aus wie ...«

Dschennia verstummte. Ellin schaute sie an, mit einem Ausdruck, den Dschennia noch nie bei jemandem gesehen hatte. Dann, nach Minuten, stand sie auf. »Am besten kommst du morgen Früh mit, ich glaube, ich sollte dir was zeigen. Und nun geh, mach uns was zu essen.«

Dschennia rührte sich nicht von der Stelle. »Ich darf mit nach *draußen?*«

Ellin grinste und ging hinaus.

Der Fluss war ganz im Schlamm erstickt. Der Boden war ausgedorrt, von Rissen durchzogen und flach bis auf einzelne niedrige Buckel. Vor Dschennias Füßen ragte weißer Stein aus der Erde, vom endlosen Wind abgeschliffen. An einer Stelle hatten die Prospektoren am Stein entlang in die Tiefe gegraben, bis man den Anfang eines Gewölbes erkannte.

»Da drüben haben wir die Datenträger gefunden«, sagte Ellin und zeigte nach rechts.

Dschennia drehte sich mit dem Rücken zum Wind und sah dorthin, wo einmal der Pavillon stand. Und die Türme. Eine Stelle war mit etwas Neongrünem markiert.

»Und da ...« Ellin zeigte noch weiter nach rechts, und der Wind blies Dschennia Haarsträhnen ins Gesicht – »... ist das, was du dir ansehen sollst.«

Sie ging los, mit großen Schritten über die Reste der Brücke hinweg und weiter das alte Flussbett entlang. Auf einen weiteren Hügel zu. Einen lang gestreckten Hügel, der sich grünlich vom gelben Boden abhob. Sich über viele Meter dahinwand. Die hintere Spitze stach steil nach oben. Sie war gezackt, und Zacken liefen den Rücken hinauf bis zum Kopf. Die Hörner bogen sich nach hinten, die Augen waren geschlossen, die Nüstern ragten kaum aus der Erde.

Dschennia blieb neben Ellin stehen. Dann ging sie langsam in die Hocke, zog den rechten Handschuh aus und fasste dem Drachen auf die Stirn.

»Ich würde ihn gern weiter ausgraben«, sagte sie nach langem Schweigen.

Ellins Gesicht lag im Schatten der Kapuze; ob sie grinste oder sich ärgerte, war nicht zu erkennen. Sie hob kurz die Schultern. »Werkzeug ist auf dem Wagen. Solange du uns nicht behinderst ...«

Sie drehte sich um und ging zurück zu der Stelle, wo die anderen ihre Geräte abluden. »Danke!«, rief Dschennia ihr nach.

Dann ging sie einmal um den Drachen herum, bückte sich hin und wieder und fasste ihn an. Er fühlte sich kalt an, und er sah aus, als wäre er aus dunklem Glas. Einem Glas, dem der Staub nichts anhaben konnte: Die Zacken waren scharf, die Hörner spitz, die Schuppen glänzten, als wären sie nass. Wären nicht die Nüstern voll Schlamm gewesen, man hätte glauben können, dass er lebte.

Als sie ihn einmal umrundet hatte, blickte sie sich nach den anderen um. Sie waren alle beschäftigt, drüben bei den Ruinen. Mit raschen Schritten ging Dschennia zum Wagen, kramte zwischen dem verbliebenen Werkzeug, bis sie einen kräftigen Spachtel fand, füllte ihre Wasserflasche auf und ging zum Drachen zurück. Sie hockte sich hin, kratzte vorsichtig das ganze Maul frei und spülte mit der hohlen Hand Schlammkrümel und Staubkrusten weg.

Der Drache öffnete die Augen.

Sie waren rot, und sie glühten so intensiv, dass Dschennia die Wärme in ihrem Bauch spürte. Der Schlamm unter ihr schien weich zu werden.

Du hast lange gebraucht, sagte der Drache in ihren Gedanken.

Fünfzehn Jahre, antwortete Dschennia.

Fünfzehn? Mehr nicht? Er hob den Kopf aus dem Schlamm und schüttelte ihn. Dschennia hörte Knirschen und Knacken. Er schien die Hinterbacken bewegen zu wollen, vergeblich. *Kannst du mir raushelfen?*

Kannst du mir sagen, wo meine Eltern sind?

Er seufzte, genauso, wie Ellin geseufzt hätte. *Meinetwegen. Wenn du mir sagst, wo sie hinwollten ...*

Sofort hatte Dschennia das Bild vor Augen: Der Fluss, der sich in viele Fäden aufteilt. Im gleichen Moment schoss der Drache mit ihr in die Höhe, durchstieß unter Donnern die Wolken und jagte im Sonnenlicht nach Süden. Die Wolken waren eine blendende Decke, nur weit, weit im Westen türmten sie sich übereinander. *Da sind die Berge,* sagte der Drache. Sie stürzten abwärts – es donnerte leise – und flogen durch dichtes Schneegestöber.

Tut mir Leid, sagte der Drache, *das war nicht eingeplant.* Und dann: *Schnee. Regnet es eigentlich nirgendwo mehr?*

Weiter im Süden, sagte Dschennia.

Der Drache drehte den Kopf zu ihr um; plötzlich flogen sie enge Kreise. *Weiter im Süden? Noch weiter?*

Noch viel weiter. Da gibt es Bäche und Seen.

Und warum gibt's das hier nicht mehr?

Dschennia zuckte mit den Schultern und wünschte, er würde wieder geradeaus fliegen. *Die Leute nennen das Klimaverschiebung. Mehr weiß ich auch nicht.*

Klimaverschiebung. Der Drache schüttelte Schnee von der Schnauze. *Das erklärt überhaupt nichts.*

Dschennia stimmte bereitwillig zu. *Bringst du mich jetzt zu meinen Eltern?*

Der Drache landete so plötzlich, dass Dschennia sich fast an seinen Hörnern aufspießte. Dann war er eine ganze Zeit still. *Tut mir Leid,* sagte er schließlich. *Ich weiß gar nicht genau, wo sie sind. Nur dass sie dir den Fluss hier gezeigt haben.*

Dschennia blickte im Schneegestöber um sich. Eine weite, ausgetrocknete Ebene. Ein paar flache Hügel. Eine Vertiefung, die vielleicht einmal ein Fluss war. *Das ist nicht der Fluss, an dem wir waren?*

Nein. Das Bild in deinem Kopf gehört zu diesem. Also werden sie wohl irgendwo hier sein. Hier hat es bestimmt auch mal Wangs gegeben.

Irgendwo hier. Dschennia atmete tief ein. *Heißt das, ich rede die ganze Zeit mit dem falschen Drachen?*

Ich glaube nicht, dass es hier außer mir viele gibt, sagte der Drache mit Würde.

Es wurde still.

Ich könnte dir noch so ein paar Kästen zeigen, sagte er schließlich fast bittend. Sofort blitzten Bilder in ihrem Kopf auf. Menschen auf den Spitzen der Türme, Menschen in seltsamen Fluggeräten ...

»Das – interessiert – mich – nicht!« Sie schlug ihm mit den Fäusten auf die Hörner. Und dann packte sie jemand an den Schultern und schüttelte sie, dass ihr das Haar ins Gesicht flog.

»Dschennia! Dschennia! Wo bist du gewesen?«

Sie öffnete die Augen. Sie saß auf der Erde. Vor ihr lag der steinerne Drache in Schlamm.

Neben ihr hockte Marko. Er hielt sie so fest, dass er sie fast erdrückte. »Wir haben dich überall gesucht!«

Dschennia hob den Kopf. Hinter Marko stand Ellin. Die anderen waren nicht zu sehen. Das Licht war noch etwas trüber geworden.

Dschennia stand auf, und Marko folgte, er hielt sie weiter fest.

»Hier. Ich war doch die ganze Zeit hier ...«

»Dann hätten wir dich wohl kaum gesucht!«

»Brüll mir nicht ins Ohr!« Sie schob Marko ein Stück weg, aber nicht ganz. Dann wandte sie sich Ellin zu. *Du schreist sie besser nicht an,* sagte der Drache.

Dschennia atmete tief ein und wieder aus. »Ich hab noch mehr Datenträger gefunden. Ich male es dir auf, wenn du willst.«

»Nachher«, sagte Ellin und streckte die Hand aus. »Jetzt fahren wir erst mal zum Lager.«

Zu ihrer eigenen Verblüffung nahm Dschennia die Hand und ließ sich zum Wagen ziehen. Dort blieb sie stehen. Langsam drehte sie sich einmal ganz um. Der Himmel war leer, die Erde kalt, der Wind trieb trockenen Staub vor sich her. Bis auf ein leises Rascheln war es ganz still.

»Ich würde gern was ausprobieren«, sagte Dschennia, »aber dazu bräuchte ich alles Wasser im Tank.«

Ellin und Marko sahen sich an. Dann sagte Ellin: »Ist ja nur Wasser.«

Ellin lenkte den Wagen zum Drachen. Dschennia stieg vorsichtig auf seinen Rücken, ließ sich von Marko volle Flaschen zureichen und spülte den Drachen mit Wasser sauber. Sorgsam, damit jede Schuppe nass wurde, von den Nüstern über den Schädel und den langen Rücken entlang. Als sie auf dem Schwanz balancierte, spürte sie unter den Fußsohlen ein Zucken.

»Weg! Weg!« Sie sprang herunter und stieß so kräftig gegen

Marko, dass sie beide zu Boden gingen. Dreck flog ihr in den Nacken, die Erde bebte, immer mehr Lehmbrocken prasselten auf sie nieder ... Dann, mit einem Schlag, war es still.

Dschennia drehte sich auf den Rücken. Hoch über ihr kreiste ein zierlicher Schatten, schwenkte den Schwanz und warf die Tatzen, als wären sie vom langen Stillhalten steif.

»Heilige Maria«, sagte Ellin.

Dschennia setzte sich auf und sah zu ihr hin. Sie stand neben Marko, ihre Jacke war ganz mit Lehm bespritzt.

Sie blickten wieder zum grauen Himmel. Der Schatten war so klein geworden, dass ein Daumen ihn verdeckte. Dann verschwand er auch schon in den Wolken. Es blitzte, Donner krachte, und er war fort.

Es fing an zu schneien.

Andreas Gößling

Von Drachengöttern und Drachentötern

Ein Nachwort

Noch die barocke Naturforschung hielt Drachen für eine zoologische Spezies; inzwischen dürfte sich allerdings herumgesprochen haben, dass diese gewaltigen Wesenheiten einer anderen als unserer physisch greifbaren Wirklichkeit angehören: Drachen repräsentieren gerade jene Qualitäten, die unser ordnender Verstand nicht zu klassifizieren und zu kontrollieren vermag. Gleichwohl wurde immer wieder versucht, Drachen anhand ihres Aussehens, ihrer Eigenschaften oder gar ihrer »Brutgewohnheiten« zu unterscheiden. Derlei pseudo-dracologische Systeme können indessen die Verwirrung nur steigern, die ohnehin alle Sterblichen beim Anblick dieser (Ehr-)Furcht gebietenden Geschöpfe befällt: Drachen sind *Kreaturen des Chaos*, so launisch wie Wind und Wetter, so gestaltwandlerisch wie die Wolken am Himmel oder die Wellen der stürmischen See. Urgewaltig und unberechenbar, unergründlich in ihrem Zorn wie in ihrer Weisheit verkörpern sie all jene Kräfte, die sich der Verfügung durch das bewusste Ich der Menschen entziehen.

Sonnengott und Erddrache

Der in vielerlei Mythen beschworene Kampf gegen den Drachen reflektiert gerade dieses Spannungsverhältnis zwischen dem »männlich«-heroischen Ich-Prinzip und all jenen Kräften der inneren und äußeren Natur, denen der göttliche oder menschliche Held zu unterliegen droht. In mythologischen Zeichensystemen wird dieses vernunftbestimmte Ich meist durch einen herrischen Ober- oder Eingott symbolisiert: Ob der Olympier Zeus oder der nordische Thor, der babylonische Marduk oder der biblische Jahwe – sie alle müssen zunächst den großen (meist als weiblich oder hermaphroditisch gekennzeichneten) Urdrachen besiegen, um ihre Herrschaft über Himmel und Erde zu begründen.

Himmel und Erde – Sonnengott und Erddrache – symbolisieren also vor allem anderen das Verhältnis zwischen dem bewussten, verstandbestimmten Ich des Menschen und den unbewussten Erfahrungs- und Wirklichkeitsdimensionen. Ebenso wenig wie Drachen unserer physischen Welt angehören, lassen sie sich demnach als bloße Einbildungen abergläubischer oder kindischer Fantasie abtun, als welche der »aufgeklärte« Rationalismus sie verunglimpft: Die ältesten Mythen aller Kulturen berichten vom Wirken der Drachen, ihrer maßgeblichen Rolle bei der Entstehung unserer Welt; Drachen sind *archetypische Wesenheiten* aus der Tiefendimension des kollektiven Unbewussten, dessen gespeicherte Erinnerung und Weisheit weit hinter jedes individuelle Wissen zurückreicht. Aus diesen atavistischen Tiefen kann der rationale Verstand, unser Ich- und Wachbewusstsein sie so wenig verjagen, wie die mittelalterlichen Drachentöter diese mythologische Spezies »tatsächlich« auszurotten vermochten.

So lässt sich auch verstehen, warum Drachen in den Schöpfungsmythen aller Kulturen und Epochen eine so wesentliche Rolle spielen: In bildhafter, traumlogischer Sprache erzählen diese uralten Überlieferungen nicht vom Werden unserer physischen Welt, sondern von der Entstehung des *Weltbildes* der jeweiligen Kultur. Nicht zuletzt lässt sich aus ihnen herauslesen, wie es innerhalb einer Kultur um das Verhältnis zwischen dem rationalistischen Ich-Prinzip – dem heroischen Sonnen- oder Eingott – und den dunklen, »irrationalen« Drachenseiten bestellt ist. Die Spannweite reicht hier bekanntermaßen von der Vergöttlichung dieser Drachenaspekte in den großen Schöpfungsmythen Chinas oder Indiens bis zur fanatischen Verteufelung der Drachen in der alttestamentarischen Genesis oder ihres babylonischen Vorbilds, der »alles gebärenden« Urdrachin Tiamat.

Kleine Drachen-Typologie

Die *Drachen des Westens* können alle Farben aufweisen und gelten als die größten ihrer Spezies. Sie sind von plumper Gestalt, haben fledermausähnliche Flügel und einen langen Schwanz; ihre Haut ist dick und ledrig, der Rücken oft bis zur Schwanzspitze mit Stacheln gespickt. Ihr Maul speit Gift oder Feuer, ihr Blick ist lähmend. – Die Drachen des Westens gelten als boshaft, grausam und Verderben bringend.

Die *Drachen des Ostens* sind von schlangenartiger Gestalt, mit wilden bärtigen Gesichtern. Die chinesische Dracologie schreibt ihnen unter anderem ein kamelartiges Haupt, Hörner wie ein Hirschgeweih und Klauen wie ein Adler zu. Ihre Haut ist mit Schuppen bedeckt, und obwohl sie keine Flügel besitzen, können sie fliegen. Allerdings vermögen sie ohnehin jede beliebige Gestalt anzunehmen, was den Sinn derartiger Drachen-Steckbriefe erheblich relativiert. – Die Drachen des Ostens gelten als weise, hilfreich, zuweilen launisch, im Ganzen jedoch als den Menschen wohlgesonnen.

Zu den *Schlangendrachen,* die weder Gliedmaßen noch Flügel besitzen, zählen so unterschiedliche Wesenheiten wie die indischen *Nagas,* der europäische *Lindwurm* oder die vielhäuptige *Hydra,* die in alter Zeit vor allem in Griechenland und Ägypten beobachtet wurde.

Asiatische Drachengötter und abendländische Drachentöter

Bezeichnerweise kennt weder die Mythologie Chinas noch der Sagenschatz Japans den Typus des heroischen Drachentöters, der uns in der Überlieferung des jüdisch-christlichen Kulturkreises tausendfach begegnet. Auch im indischen Mythos bleibt der Kampf des vedischen Sonnengottes Indra gegen die hermaphroditische Urdrachin Vritra eine wenig folgenreiche Episode – ebenso wie die vedischen Invasoren bald schon in der matriarchalen Üppigkeit der uralten Hinduskultur untergehen.

Dagegen wird in den (meist christlichen) Sagen vom Sieg des männlichen Heroen über grausame, listige oder lüsterne Drachen und von der Abschlachtung dieser vermeintlichen Bestien ein Prozess nachgebildet, der unsere abendländische Zivilisation bis heute prägt: Wir leben noch immer in einer *Drachentöterkultur,* die alle Drachenaspekte unserer Welt und unserer selbst tendenziell unterdrückt und zu töten oder abzutöten trachtet – Triebe und Emotionen, innere und äußere Natur; all jene Kräfte und Gewalten, die den verfemten und gefürchteten Wirklichkeitsdimensionen jenseits unserer eng begrenzten Ratio angehören.

Wenn Drachen in asiatischen Kulturen als gottgleiche Wesenheiten verehrt werden, während das Abendland sie als teuflische Bestien fürchtet, so sagt dies sehr viel über die betreffenden Menschen und deren Verhältnis zu den Drachenseiten ihrer Welt aus – sehr wenig jedoch über »die Drachen selbst«. Gleichwohl kann es höchst ergiebig sein, Drachenschilderungen verschiedener Kulturen anhand überlieferter Merkmale miteinander zu vergleichen: weil in den Drachengestalten und Drachengeschichten Chinas oder Griechenlands, Indiens oder Babylons, der vorchristlichen »Edda« oder der mittelalterlichen Heldensagen vor allem die *Welt- und Menschenbilder* der jeweiligen Zeit und Epoche reflektiert werden. Mit der bemerkenswerten Übereinstimmung, dass das christliche Abendland ebenso wie der asiatische Kulturraum in den Drachen hauptsächlich die *weibliche Seite* der (inneren wie der äußeren) Welt verbildlicht sieht – und mit dem ebenso bemerkenswerten Unterschied, dass dieser weibliche (beziehungsweise hermaphroditische) Urdrache, der hier wie dort maßgeblich an der Weltschöpfung beteiligt ist, im einen Fall als furchtbarer Widerpart des (männlichen) Schöpfergottes verteufelt, im anderen als fruchtbare Urmütterlichkeit glorifiziert wird.

Als Faustregel für Drachenforscher lässt sich demnach formulieren: Je dominanter die patriarchale Komponente einer Kultur – je gebieterischer zugleich das Ich-Prinzip, der kulturelle Zwang zur Triebbeherrschung –, desto stärker werden in dieser Kultur Drachen verteufelt und Drachentöter verherrlicht. Und umgekehrt: Je ausgeprägter die matriarchale Komponente – je geringer zugleich der Individuations-Zwang –, desto stärker werden in dieser Kultur Drachen verehrt und in Drachenkulten glorifiziert.

Hierzu nun im Folgenden einige Beispiele – wobei naturgemäß keine Vollständigkeit angestrebt werden kann.

Indien: Heilige Wasserdrachen und ein vedischer Drachentöter

Seit Anbeginn der Zeiten lagert der oberste Gott Vischnu auf der tausendhäuptigen *Urdrachin Ananta* (»die Endlose«), die ihm gleichsam als kosmische Ruhematte dient. Kein emsiges Schöpfungswerk ist erforderlich, damit diese Welt entsteht: Sie ist nur ein Traum des göttlichen Schläfers. Von der Drachin strömt ihm die Energie zu, die der Träumende mithilfe des demiurgischen Brahma in vielgestaltige Erscheinungsformen verwandelt; aus seinem Nabel sprießt als goldene Lotosblume die Schöpfungswelt, sich verzweigend, wachsend, blühend – aber alles nur zum

Schein. In diesem Traum, in diesem Bann der kosmischen Urdrachin sind alle Geschöpfe gefangen – und solange Vischnu ihn träumt, ist es ein einziger, üppiger Taumel der Drachenlüste: Bis heute werden in Indien die heiligen Schlangendrachen oder *Nagas* verehrt – androgyne Gottheiten der Fruchtbarkeit, phallische Symbole ebenso wie Verkörperung des weiblichen Schoßes, aus dem das Neugeborene schlüpft, wie sich die Schlange durch Häutung scheinbar immer wieder erneuert.

Kein anderes Tier verkörpert die indischen Grundvorstellungen der Weltillusion und Verwandlung so vollkommen wie die biegsam sich ringelnde und häutende Schlange. Wellenartig über die Erde gleitend, gleicht sie einer sanften Wasserwoge, die nur durch traumhafte Spiegelung den Eindruck eines individuierten Geschöpfes erzeugt. Vollends die mythische Spezies der schlangengestaltigen Drachen wird so zum Inbegriff der kosmischen Urflut und des rätselhaften Illusionstheaters unserer Welt.

Schlangendrachen treten in Indien auf ähnliche Weise als Schutzdämonen von Herrschern, Städten oder Reichen auf, wie wir dies in unserem Kulturkreis von Engeln verschiedener Klassen kennen. Wie die Gottheiten im Himmel und auf Erden herrschen unterirdisch die Schlangengötter in der Dämonenwelt Nagaloka. In finsterer Tiefe residiert der Schlangenkönig – der *Nagaraja* – in seiner Drachenstadt, in der es prächtige Paläste und fruchtbare Gärten gibt. Noch tiefer unten in der Erde schwimmt die gewaltige *Drachin Vasuki* und trägt auf ihrem vielhäuptigen Hals die Erde, auf dass diese in der Urflut nicht untergehe. Wenn Vasuki ermüdet, wechselt sie ihre Last von einem Haupt zum anderen – was die Menschen oben auf der Erde so schaudernd wie ehrfürchtig als Erdbeben zu spüren bekommen.

Über diesen ganzen Taumel der Fruchtbarkeit und Verwesung, der sinnlichen Illusion und träumerischen Verwandlung herrschen wie seit unvordenklichen Zeiten *schwarze Drachengöttinnen* wie Durga oder Kali. Ausgehend von dem Mythos um den schlangengestaltigen Sohn und Geliebten, den die Urdrachin gebar, im Geschlechtsakt umfing, dann tötete und verscharrte, auf dass aus dem verwesenden Leichnam ein neuer Buhle entstehe, wurden der Schwarzen Göttin jahrtausendelang unvorstellbar grausame Menschenopfer gebracht – ein blutiger Brauch, der in Indien erst im 19. Jahrhundert gesetzlich unterbunden wurde.

In der zyklischen Üppigkeit dieser matriarchalen Welt fand das männlich-heroische Individuationsprinzip jahrtausendelang keinerlei Widerhall. Nur ein einziges Mal, im 15. Jahrhundert v.u.Z., verirrten sich einige vedische Streiter in den Dschungel des Hindustals – und unverzüglich forderte ihr Sonnengott Indra, ein heldischer Donnerer vom Schlage Thors oder Marduks, den heimischen *Drachen-Hermaphroditen Vritra*, Verkörperung der großen Urflut, zum Kampf:

»Der Fußlose und Handlose stritt gegen Indra, / der schlug ihm seine Keule auf den Rücken; / … / vielfach zerstückelt lag nun Vritra da. // Da wie geknicktes Rohr er kläglich liegt, / gehn die Gewässer, frei ansteigend, über ihn hinweg; / die Vritra mit seiner Macht umgeben hatte, / zu deren Füßen lag der Drache jetzt.«

Aber dieser Sieg des Sonnengottes über den Urdrachen, der in Babylon oder Israel eine scharfe Zäsur markiert, den Übergang zur patriarchalen Sonnen- oder Eingottkultur, hat in der Drachenwelt Indiens ein unerwartetes Nachspiel: Bald schon kehrt der Urdrache Atman-Vritra in die Götterwelt zurück, als heilige Wesenheit und Verkörperung der kosmischen Energien: In der Kultur des kosmischen Drachentraumes bleiben Individuation und männlicher Heroismus bloße Illusion.

China: Von Drachenkaisern und höfischen Dracologen

Noch weniger als im Land der heiligen Nagas könnte der Typus des heroischen Drachentöters im chinesischen Kulturraum auf Verständnis, gar auf Verehrung hoffen. Die schwüle Sinnlichkeit und matriarchale Üppigkeit Indiens weicht in den Weiten Chinas zwar dem trockenen Nützlichkeitsdenken des Taoismus; aber das Ich-Prinzip, die Idee des selbstbestimmten, unsterblichen Individuums, findet hier ebenso wenig Widerhall. Entsprechend hoch fällt die Wertschätzung alles Drachenhaften aus:

Im Goldenen Zeitalter Chinas begründeten zehn mythische Gottkaiser Ruhm und Wohlstand des Reiches – beginnend mit Fu Hi und endend mit dem berühmten Yü, der die Sintflut besiegte. Sie leiten sich in direkter Linie von mächtigen Drachengöttern her, wie beispielsweise Huang Ti, der vierte Gottkaiser, auch genannt der *»Gelbe Kaiser«*, da er höchstselbst ein leibhaftiger Drache von gelber Schuppenfärbung war. Sofern er geruhte, in Menschengestalt auf Erden zu weilen, reiste Huan Ti in einem Wagen aus Elfenbein. Dieser Wagen wurde von sechs Drachen geringeren Ranges gezogen, die ihm ebenso wie alle anderen Dämonen dienstbar waren. Auf dem heiligen Berg T'ai San pflegte der Gelbe Drachenkaiser die Ratsversammlung der Geister einzuberufen. Wenn er sich dorthin begab, so jagte er in seinem schimmernden Drachenwagen übers Land, und der Winddrache flog voraus, um für sichere Wege zu sorgen, während der Regendrache die Straße benetzte, damit kein aufwirbelnder Staub die kaiserliche Nase belästigen konnte.

Der legendäre *Drachenkaiser Yü* wird bis heute als Besieger der Sintflut besungen: Obwohl seinerseits von Drachengeblüt, schwang er sich auf den Rücken seines smaragdenen Drachen und eilte vom Himmel zur Erde hernieder, um sich der notleidenden Menschen zu erbarmen. Begleitet von einer heiligen Schildkröte, die Wasser aufsaugende Zaubererde verstreute, reiste er immerhin dreißig Jahre lang umher, wobei er seinen Smaragddrachen so tief über die Erde steuerte, dass dieser mit seinem Schweif den Boden pflügen konnte. So entstanden die Flussbetten, in die sich die verheerende Flut schließlich zurückzog. Seit damals, heißt es hierzu in den Sagen, verehren die Menschen das Geschlecht der Drachen noch inniger, und jedes Kind lernt von seinen Eltern: Von den Drachen stammen wir ab, ein Drache hat die Menschheit gerettet, solange es Drachen gibt, wird es den Menschen wohl ergehen.

In der Folgezeit wurden die göttlichen Drachen zwar weiterhin verehrt, aber das Wissen um Eigenarten und Vorlieben der Drachen wurde immer lücken- und fehlerhafter, je weiter man sich von der Ära der Drachenkaiser entfernte. Daher ging man bei Hofe dazu über, *kaiserliche Drachenforscher* zu bestallen, deren Aufgabe es war, Lebenswandel und Charakter der Drachen systematisch zu erkunden. Denn gerade unter dem Gesichtspunkt der Nützlichkeit war es unbedingt erforderlich, die Eigenschaften dieser mächtigen Wesenheiten zu erforschen. So also entstanden die ersten dracologischen Systeme, denen wir unter anderem folgende Steckbriefe entnehmen:

Der Gelbe Drache: Er wird auch Himmels- oder Sonnendrache genannt und verkörpert die mächtigste Drachenspezies. Goldgelb wie die Sonne, bewacht er den Himmel, und von seiner Geneigtheit hängt es ab, ob der Sonnenschein ausbleibt, das rechte Maß erreicht oder die Ernte verdorren lässt.

Der Schwarze Drache: Er ist der Regent des Wolkenbruchs, der dunklen Unwetterwolken und ebenso vielgestaltig wie diese. Da er Überschwemmungen bringt, ist er gefürchtet. Nach der Überlieferung empfing die Mutter des Konfuzius diesen großen Weisen, indem sie sich im Traum mit dem Schwarzen Kaiser vereinigte, dem Schwarzen Drachen in Menschengestalt.

Der Blaue Drache: Vom Schwarzen oder Unwetterdrachen ist der Blaue Drache durch die erfreuliche Nuance unterschieden, dass er statt Wolkenbrüchen und Hagelsturm milde, ergiebige Regenfälle bringt. Er ist der Drache der Lüfte und kann in allen Azurfarben changieren. Wichtige Ereignisse werden häufig durch das Erscheinen von Blauen Drachen angekündigt.

Der Grüne Drache: Gelehrte Torheit streitet seit Jahrtausenden über die Frage, ob der Grüne Drache eine Erscheinungsform des Blauen Drachen oder eine eigenständige Gattung sei. Regiert der Blaue Drache die Wasser des Himmels – die Wolken und den Regen –, so beherrscht der Grüne oder Schlangendrache die Gewässer, deren Lauf er reguliert, und die Erde, für deren Fruchtbarkeit er sorgt. Er leitet die Fluten zum Meer, bringt oder verhindert Überschwemmungen und steigt nebelgestaltig aus Teichen, Seen und Flüssen auf. Unter jedem Gewässer lebt ein Grüner Drache in seinem Palast, umgeben von einem Hofstaat aus Schlangen.

Der Rote Drache: Mit dieser wilden Spezies sich gut zu stellen ist ein Gebot der Vernunft, aber nicht immer leicht. Als Feuer bringender Blitzdrache tobt er in roter Wolkengestalt am Himmel; als Feuersbrunst jagt er durch die Wälder; rot lodert er aus Vulkanen und Erdhöhlen hervor. Aus einer alten Chronik geht hervor, dass es unbedingt ratsam ist, den Roten Feuerdrachen jederzeit angemessene Opfer zu bringen. Dass der Rote Drache, in seiner Verkörperung als mythischer Kaiser Fu Hi, den Menschen das Herdfeuer brachte, zeigt immerhin, dass er auch im Stande ist, seine Glut zu bezähmen.

Der Diamantene Drache: Dieser Hüter der Bodenschätze lebt tief unter der Erde in einer Höhle, wo er die kostbarsten Güter bewacht, die es auf der Erde gibt. Selbst seine Schuppen am ganzen Leib und an den Flügeln bestehen aus Diamanten und Juwelen. Sein wertvollster Schatz aber ist die Drachenperle, durch die alles vermehrt wird, was mit ihr in Berührung kommt.

Der Regenbogendrache: Natürlich stellt sich auch hier die Frage, wie zuverlässig oder willkürlich all diese Einteilungen nach Formen und Farben, Vorlieben und Charakterzügen der dämonischen Spezies sind. Solche Zweifel haben immer wieder auch chinesische Dracologen beschlichen. So lesen wir beispielsweise in einer alten Enzyklopädie die folgende Darstellung, die unsere ganze nützliche Aufteilung in Untergattungen mit geradezu monotheistischer Souveränität in einem Großen Drachengeist zusammenfasst: »Drachenhaut ist fünffarbig; der Drache bewegt sich wie ein Geist; wenn er sich zu verkleinern wünscht, wird er winzig wie ein Wurm; will er sich vergrößern, füllt er sogleich den ganzen Himmel aus. Will er aufsteigen, berührt er schon den Äther; will er sinken, erreicht er sogleich den tiefsten Grund der Gewässer. Er kann sich jederzeit verwandeln, jederzeit aufsteigen oder sinken; er wird Gott genannt.«

Griechenland: Von Olympiern und Drachengöttern

Eine mittlere Stellung zwischen den Drachengötter-Welten Asiens und den Drachentöter-Kulturen des Abendlandes nimmt die griechische Antike ein. Dort begegnen uns Gottheiten mit eindeutig drachenhaften Zügen – wie *Urmutter Gaia* und ihre Titanenbrut –, die sich teilweise noch göttlicher Verehrung erfreuen, auch wenn mit dem Olympier Zeus und seiner heiteren Heldenrunde längst eine neue Göttergeneration vom Typus der männlichen Sonnengötter die Macht ergriffen hat. Andere Drachenwesen – wie der *hundertköpfige Typhon* oder die zauberkräftige *Riesendrachin Python* – werden zwar zu Opfern klassischer Drachentöter-Heroen, aber im Großen und Ganzen erscheinen die Drachen von Hellas nicht als boshafte Monstren, sondern als archaische Wesen, die urgewaltige Kräfte mit menschlichen Zügen verbinden. In der durch Eros erwärmten olympischen Götterdiplomatie verzerrt sich die Gestalt selbst der urtümlichsten Gewalten erst dann ins Bestialische, wenn keinerlei Übereinkunft mit ihnen mehr möglich scheint.

Gaia – die Erde – war die Urgöttin der Griechen, eine »Chaosmutter« und in vielem der babylonischen Urdrachin Tiamat (s.u.) ähnlich. Wie diese gebar auch Gaia in den Urzeiten der Schöpfung monströse Kreaturen: die legendären Titanen. Auch im griechischen Götterhimmel kam schließlich die Zeit, da ein ehrgeiziger Heißsporn die Macht des urtümlichen Herrschergeschlechts zu brechen versuchte: Bis zu einem gewissen Punkt ein Geistesverwandter Marduks oder Jahwes, rang Zeus, der Sohn des Titanenpaars Kronos und Rhea, in einem langwierigen Kampf und mithilfe zahlreicher verbündeter Götter die Titanen nieder. Aber Gaia gab sich nicht geschlagen, sondern vermählte sich mit dem Unterweltgott Tartaros und gebar den schauerlichen *Drachen Typhon*, ein Ungeheuer mit hundert Schlangenköpfen, Feueraugen und der schrecklichsten Stimme, die den Olympiern jemals entgegengeschallt war. Halb Riesenmensch, halb Drache, war Typhon von so gewaltiger Gestalt, dass er mit dem Kopf an den Himmel stieß und mit den Armen Tag und Nacht umfassen konnte.

Wohl oder übel stellte sich Zeus gegen dieses Monster zum Kampf, der aber zunächst für den Olympier übel ausging: Typhon entriss ihm die Himmelssichel und schnitt ihm sämtliche Sehnen aus dem Leib, worauf Zeus lahm am Berge Kasios darniederlag. Gemeinsam mit seiner Buhlin Delphyne, einer Mischung aus Drachin und Riesenfrau, schaffte Typhon den gelähmten Gott in seine Drachenhöhle, wo jedoch Hermes seinen Götterfreund aufspürte. Flugs setzte er Zeus alle Sehnen wieder ein, und die Götter jagten im Flügelwagen zurück zum Olymp. Zwischenzeitlich war Typhon den Schicksalsgöttinnen auf den Leim gegangen: Sie hatten ihm, der unsterblich war, Nahrung der Sterblichen eingeflößt, was das Ungeheuer so kurz vor der Schlacht entscheidend schwächte. Mittels seiner Donnerkeile jagte ihn Zeus bis zum Meer vor sich her, trieb ihn hinein, warf ihm gar noch eine Insel auf den Kopf, aus der später Sizilien wurde, und pferchte den Drachen in einen hohlen Inselberg – den Ätna, aus dem Typhon noch immer aus zweihundert Nasenlöchern seinen Glutatem faucht.

Auch die Geschichte vom siegreichen Kampf gegen die *Drachin Python* zeigt, dass die Olympier zumindest vor der Verteufelung der urgewaltigen Vorzeitwesen zurückschreckten: Die bis heute weltberühmte Tempelstadt Delphi trug in vorolympischer Zeit den Namen Pytho. Dort hauste die Riesendrachin Python, die das uralte Orakel der Gaia bewachte. Als Apollon am selben Ort sein eigenes Orakel zu errichten beschloss, kam es zum Kampf zwischen der Drachin der Urmutter und Zeus' strahlendstem Sohn. Die Drachin unterlag – sie unterliegen alle in den heroischen Göttersagen –, doch die noch immer mächtige Gaia forderte Sühne für den Mord. Daraufhin ordnete Apollon an, die urtümliche Kreatur in allen Ehren zu bestatten – eine postume Genugtuung, die außerhalb Griechenlands nie einem erschlagenen Drachen widerfuhr. Die Tempelstätte hieß zwar fortan Delphi statt Pytho, doch zur Besänftigung Gaias und zur Erinnerung an die Drachin ordnete der Olympier an, dass künftig nur Frauen als Orakel-Propheten erwählt werden durften und sie alle den Namen Pythia tragen sollten. Die seherische Pythia aber, auf einem dreibeinigen Stuhl über einer Erdspalte hockend, übernahm von der alten Drachin offenbar nicht nur den Namen, sondern hatte in der Tat an deren Drachenkraft teil. Denn in der Tiefe der Erdspalte lag der verwesende Leichnam der Python, und die emporwabernden Faulgase verliehen den Seherinnen die Gabe, im Bann dieser unterirdischen Macht stammelnd die Zukunft zu weissagen. So erbte die Pythia eine Zauberkraft, die vorher von Python selbst verkörpert worden war und die die Drachin noch im Tod ausstrahlte.

Die düstere Herrschaft der Drachin – also Gaias, die ja die Python eingesetzt hatte – wurde mit dem Sieg des Apollon zwar gebrochen; doch obwohl die olympische Moral, Philosophie und – vor allem – Ästhetik der Heldenverherrlichung mit solcherart urtümlich-erdiger Weiblichkeit sonst wenig anzufangen wusste, wurden die Kreaturen und Mächte der Urmutter Gaia auch in Delphi nicht (wie in Babylon oder Israel) als Kräfte des Bösen dämonisiert. Vielmehr stellte apollinische Weisheit auch diese archaische Drachenkraft in den Dienst der lichten männlichen Götter- und Menschenwelt: Zu Ehren der Python stiftete Apollon die Pythischen Spiele, mit denen nicht der Sieg des Drachentöters, sondern Weisheit und Zauberkraft der Drachin gefeiert wurden.

Zu den faszinierendsten Mythen des vorchristlichen Europa zählt die altisländische Überlieferung von den göttlichen Asen, deren Zwietracht zur berühmten »Götterdämmerung« führt und auch die Menschenwelt Midgard mit ins Verderben reißt. Ähnlich wie die Olympier Griechenlands präsentieren sich auch die nordischen Götter – ob Asenvater Odin, Donnergott Thor, sein Sohn, oder der mephistophelische Loki – als Wesenheiten mit allzu menschlichen Schwächen, deren Abenteuer und Schliche Götter- wie Menschenwelt in Atem halten. Anders als im indischen oder chinesischen Kulturraum ist man im alten Island weit davon entfernt, die Drachen als Götter anzubeten; doch ähnlich wie bei den alten Griechen hat man sich auch hier mit diesen Geschöpfen der titanischen Vorzeit arrangiert. Allerdings schwebt über der mythischen Welt der »Edda« von vornherein ein Hauch von Untergang: Über kurz oder lang wird sie dem Zerstörungswerk erliegen, zu dem auch die Drachen kräftig beitragen.

Wie in vielen vorchristlichen Kulturen bildet ein immergrüner Lebensbaum die Achse dieser Welt. Doch so, wie sich der Himmel Asgard über die Menschenwelt Midgard wölbt, so erstreckt sich unter dieser die Unterwelt Niflheim, das Reich der Schatten. Dort liegt der *Unterweltdrache Nidhöggr* und nagt bei Tag und Nacht an den Wurzeln der Weltesche Yggdrasil. Nidhöggr und die ihm untergebenen *Schlangendrachen* verkörpern hier keineswegs (in einem christlichen oder zoroastrischen Sinn) »das Böse«, sondern – durchaus neutral – den Tod, der unleugbar an den Lebenswurzeln nagt und im zyklischen Weltbild zugleich die Voraussetzung für neues Leben schafft.

Das beharrliche Zerrüttungswerk dieses Unterweltdrachen wird aber in der Welt der Asen unheilvoll verstärkt durch das Wirken des dämonischen Feuergottes Loki, der von den vorzeitlichen Titanen abstammt und in einer glutheißen Affäre mit der Riesin Angurboda – der »Angsteinflößenden« – zwei Furcht erregende Drachen zeugt: den *Fenriswolf* und die *Midgardschlange* Jörmungandr, eine Schlangendrachin von erdumspannender Größe.

Den riesenhaften Wolfsdrachen legen die Asen in Fesseln, und die Midgardschlange wird durch göttlichen Ratschluss in die Meere verbannt. Doch diese beiden Drachen zu töten steht nicht in der Macht der Götter – so wenig wie etwa der olympische Zeus die Drachenwelt Gaias gänzlich auszulöschen vermochte. Am vorherbestimmten Tag des Untergangs wird sich der Fenriswolf von seinen Fesseln losreißen, um Odin zu töten, wie es seit langem geweissagt ist, während die Midgardschlange aus dem Meer hervorschnellt und die Welt der Asen und Menschen unter einer Flutwelle begräbt.

Einige berühmte Drachen und Drachentöter

Fafnir: Der germanische Bauernsohn wurde von Feuergott Loki in eine Familienkatastrophe verwickelt und machte das Beste daraus, indem er sich in einen Drachen verwandelte, das Familienerbe – einen Albengoldschatz – an sich raffte und in der Gnitaheide verbarg. Aber sein Zwergenbruder Regin bildete den Recken Sigurd zum Drachentöter aus; Sigurd meuchelte den Drachen und verstand, kaum hatte er Drachenblut geleckt, die Sprache der Adler, die ihm rieten, auch den Zwerg zu töten und mit dem fluchbelegten Schatz die nächste Katastrophe anzuzetteln: den Untergang der Nibelungen.
Grendel: Der mörderische Moordrache saugte das Mark dänischer Recken aus, bis Heros Beowulf ihm erst einen Arm, dann auch den Kopf abschlug. Zwischen diesen beiden Hieben versuchte Grendels Drachenmutter ihren Sohn zu rächen, aber Beowulf verfolgte sie »auf gurgelndem Pfad« bis in ihre unterseeische Drachenhalle, wo er mit einem Titanenschwert auch ihr den Kopf vom Rumpf trennte.

Lindwurm von Lambton: Er hauste im englischen Wear-Fluss, wo er sich um einen vom Wasser umbrausten Felsen wand, doch Lord Lambton hielt ihn für den Teufel. Im ersten Anlauf gelang es dem Landedelmann, den Wurm in einen Brunnen zu werfen, aber während der Sieger auf Kreuzzug ging, kam der Drache wieder zu Kräften. Kaum zurückgekehrt, erfuhr der Lord vom neuerlichen Wüten des Drachen, ließ sich eine mit Klingen bestückte Rüstung schmieden und zerschnitt den Wurm, indem dieser ihn wütend umringelte.

Paradiesschlange: Nach christlicher Auffassung verführte sie Eva zum Raub der verbotenen Frucht vom Paradiesbaum und ist niemand anderes als der Satan; nach zahlreichen älteren Mythen ist Eva allerdings die Göttin des Gartens und die Schlange ihr Gemahl. Auch die buddhistische Paradiesschlange Mucalinda ist frei von Sünde, ebenso Ladon, der drachengestaltige Wächter im griechischen Garten der Hesperiden. Nach gnostischer Anschauung ist die Paradiesschlange ein vom wahren Himmelsgott gesandter Lichtdrache; er soll die Menschen bereden, das Gesetz des Demiurgen Jahwe zu brechen, der nach dieser Lesart mit Satan identisch ist, während sich in Jesus die wiedergekehrte Paradiesschlange verkörpert.

Tristan: Er wollte Isolde und bekam einen Drachen vors Schwert, dem er Leben und Zunge raubte. Dann jedoch unterschlug der feige Truchsess das Drachenhaupt, während der Recke, vom Drachenhauch matt, im Tümpel saß. Als Preis für die Drachentötung war Isolde ausgesetzt; bei der Endausscheidung hielt der Truchsess den Schädel, Tristan die Zunge hoch – und die Prinzessin wählte die Zunge. Eine seltsame Drachensage, deren Held zwar den Drachen – Inbegriff des Wassers – bekämpft, aber seinerseits häufiger im Wasser sitzt, als in trockenen Kleidern steht.

Dass die alttestamentarischen Propheten gerade gegen die »Götzengräuel Babylons« so lebhaft zu wettern pflegten, hat einen einleuchtenden Grund: Der Kultus um ihren Gott Jahwe und die von ihm beanspruchte Weltschöpfung ist bis in Einzelheiten hinein dem babylonischen Mythos um die Götter Ea und Marduk nachgeformt.

Nach babylonischer Überlieferung ging der Erschaffung dieser Welt eine gewaltige Schlacht voraus: Die jüngere Generation männlicher Götter um Ea zog in den Kampf gegen die *Urdrachin Tiamat,* die Göttin der Urflut, die sich flugs durch eine Monsterbrut wappnete, erzeugt mit dem Unterweltgott Kingu:

»Die Chaosmutter, die alles erschaffen, / Sie hatte sich treffliche Heerschar gebildet: / Riesenschlangen gebar sie aus ihrem Leibe / Mit spitzen Zähnen, voll Gier und Lust. / Statt Blut kreist' ihnen Gift im Leibe. / Wütende Drachen, furchtbar zu schaun, / Strotzend und speiend vor Zorn gebar sie.«

Trotz dieser beeindruckenden Streitmacht unterliegt Tiamat nach langem Hin und Her gegen die aufständischen Götterheroen um Ea. Dessen Sohn Marduk fordert schließlich die Urdrachin selbst zum entscheidenden Zweikampf heraus – allerdings erst, nachdem ihm die anderen Götter zugesichert haben, ihn nach seinem Sieg zum alleinigen Herrscher zu erheben. Tatsächlich gelingt es Marduk, mithilfe der Winde die Urahnin Tiamat zu besiegen, die Herrin über Finsternis und Fluten – und aus dem Leichnam der besiegten Riesendrachin erschafft er sodann die babylonische Welt:

»Und Marduk ruhte, den Leichnam betrachtend: // Den Klumpen des Rumpfes betrachtet' er lange, / Erwog, wie er weise ihn teilen könnte. / In zwei gleiche Hälften teilte er ihn: / Zum Himmelsdach macht' er die eine Hälfte, / Zur Erde macht' er die andere.«

Auf den ersten Blick scheint diese aus Leichenteilen eines

riesigen Drachen gebildete Welt mit der alttestamentarischen Weltschöpfung wenig gemein zu haben. Vergegenwärtigt man sich jedoch, dass die Urdrachin Tiamat die *Urflut vor der Schöpfung* verkörpert, so wird klar, dass die biblische Schöpfungsszene unmittelbar *nach* der Tötung der Urdrachin durch den männlichen Eingott (hier Jahwe, dort Marduk) einsetzt - mit dem Unterschied allerdings, dass im Alten Testament der vorangegangene Kampf gegen die Drachengöttin komplett unterschlagen wird.

Der biblische Drachengott

»Im Anfang schuf Gott Himmel und Erde. Die Erde war wüst und leer, Finsternis lag über der Urflut, und der Geist Gottes schwebte über den Wassern.« (Gen 1, 1-4) Kein Wort verlieren die biblischen Erzähler über den heiklen Umstand, dass es sich bei besagter »Urflut« um nichts Geringeres als die riesenhafte Urdrachin handelt, die im babylonischen Mythos Tiamat heißt und im Alten Testament unter einem sehr ähnlichen Namen aufs Neue auftauchen wird: als *Urdrache Tehom.*

So bereitwillig sich Juden- wie Christenheit seit Jahrtausenden von der Vorstellung faszinieren lassen, dass unsere Welt allein durch die magische Kraft der Sprache geschaffen worden sei – »Am Anfang war das Wort« –, so wenig Anlass haben wir zu der Vermutung, dass sich die Urdrachin, Verkörperung aller unbändigen Gewalten innerer wie äußerer Natur, durch bloßes Sprechen und Schweben unterwerfen ließ. Tatsächlich ist uns vom Propheten Jesaja eine erheblich kriegerische Version dieser Urszene überliefert: »Wach auf wie in den Tagen der Vorzeit, der uralten Geschlechter! Warst nicht du es, der Rahab zerhieb, den Drachen durchbohrte? Warst du es nicht, der das Meer trockenlegte, die Wasser der gewaltigen Urflut?« (Jesaja –51, 9f)

»Rahab« und »Leviathan« sind weitere mythische Synonyme für den Meeresurdrachen. Wie auch die biblischen Erzähler an verschiedenen Stellen durchblicken lassen, ging der eigentlichen Schöpfung wohlgestalter Kreaturen ein erbitterter Kampf zwischen dem Schöpfergott und dem Ungeheuer der Urfluten voraus. Dieses wird in den fraglichen Passagen von dem Gewässer selbst, dem »Meer«, der »Urflut«, überhaupt nicht unterschieden, wie auch die babylonische Tiamat mit der »Urflut« identisch schien.

Fraglich ist nun keineswegs die Drachenfeindlichkeit des Bibelgottes, sondern die verborgene Ursache dieser allerhöchsten Dracophobie: Wie der Vergleich mit dem babylonischen Vorbild zeigt, dient der Urdrache (ob Tiamat oder Tehom-Rahab) als *Stoff,* aus dem der männliche Schöpfergott seine Schöpfung formt, nachdem er »auf den Fluten die Köpfe der Drachen zerschmettert« hat. Denn der Drache und die »Urflut«, über der »Gottes Geist schwebte«, sind ein und dasselbe – und hier wie dort durchaus nicht damit einverstanden, als bloße Knetmasse für Jahwes oder Marduks Schöpfung verwendet zu werden.

Der zweite große Drachenmythos der Bibel, die Geschichte vom *Sturz des Satansdrachens,* deutet allerdings darauf hin, dass es dem Bibelgott lediglich gelungen ist, den Urdrachen zu *unterwerfen,* seinem Schaffensdrang gefügig zu machen, nicht jedoch, ihn zu töten. Denn vieles spricht dafür, dass der Kampf Gottes gegen Satan – analog zum Geschehen in der babylonischen Götterwelt – *vor* dem eigentlichen Schöpfungswerk stattgefunden hat und in der mythischen Chronologie lediglich verschoben wurde. Das aber würde bedeuten, dass auch die gesamte biblische Schöpfung und all ihre Kreaturen aus einem *lebendigen kosmischen Urdrachen* hervorgegangen sind – nicht anders als die mythischen Welten Griechenlands (Urdrachin Gaia) oder Indiens (Urdrachin Vritra).

Bekräftigt nicht auch die biblische Bezeichnung Satans als »alte Schlange« diese Vermutung, dass die Legende vom Himmelssturz Luzifers ein sehr viel *älteres* Ereignis mystifiziert? Was wäre aber, wenn dieser Drache in der Tat älter wäre als alle anderen Kreaturen – älter sogar als der biblische Schöpfergott selbst? Und was wäre, wenn diese hermaphroditische Urdrachin (Gaia, Vritra, Tiamat, Tehom oder wie auch immer) vom männlichen Eingott weder getötet noch gar erschaffen, sondern immer nur vorläufig, in prekärer Machtbalance, gebändigt und unterworfen worden wäre?

Dann würde sich der Mythos, der unsere abendländische Kultur bis heute prägt und beherrscht, von anderen, weiseren und sanfteren Schöpfungsmythen vor allem durch die rabiate Verstocktheit des selbstherrlichen Bibelgottes unterscheiden, der auf Teufel komm raus leugnet, dass er ohne seinen weiblichen Widerpart, die kosmische Urdrachin, nichts zu erschaffen, nichts zu beleben vermag.

Biografien

Hans Bemmann, geboren 1922 in Groitzsch bei Leipzig, verbrachte seine Jugend in Grimma/Sachsen, Wiesbaden und Wien. Nach seinem Kriegseinsatz in Russland als Operationsgehilfe auf Hauptverbandplätzen, was ihm das Studium der Medizin vergällte, schrieb er sich in Innsbruck für Musikwissenschaft und Germanistik ein und arbeitete dort nach der Promotion als Hilfsbibliothekar im Jesuitenkolleg. Ab 1954 Aufbau eines Lektorats beim Österreichischen Borromäuswerk, Salzburg, dessen Leiter in Bonn er bis zu seiner Pensionierung war. 1971 bis 1987 Lehrauftrag an der Pädagogischen Hochschule Bonn im Fach Deutsch für den Spezialbereich Kinder- und Jugendliteratur. Seit 1950 verheiratet, zwei erwachsene Kinder, seit 1987 hauptberuflich im Unruhestand.

Bücher: *Jäger im Park* (1961), *Lästiger Besuch* (1963, beide als Hans Martinson); *Der Klerikale Witz* (1970), *Das große Hausbuch deutscher Dichtung* (1982, beide als Herausgeber); *Stein und Flöte* (1983), *Edwins Badezimmer* (1984), *Stern der Brüder* (1986), *Die beschädigte Göttin* (1990), *Die Gärten der Löwin* (1993), *Massimo Battisti* (1998).

Ferner Aufsätze zur Kinder- und Jugendliteratur, Arbeiten zur provinzial-römischen Keramik und Herausgabe von Cembalomusik des Barock und der Frühklassik.

»Als der Drache krank wurde« ist ein Originalbeitrag, den der Autor seinem Enkel gewidmet hat.

Joanne Bertin ist Bibliothekarin, hält jede Menge Wiesel als Haustiere und renoviert mit ihrem Mann Sam, den sie 2001 heiratete – der charakterlichen, nicht gestaltlichen Vorlage von Linden –, ein Gehöft. Die Drachenlord-Saga gärte zwanzig Jahre lang in ihrem Kopf, dann arbeitete sie fünf Jahre lang an ihrem Erstling, der als *The Last Dragonlord* (1998) erschien, gefolgt von *Dragon and Phoenix* (1999). Ihr dritter Roman, *Bard's Oath*, ist in Vorbereitung.

»Was ein Drachenlord ist? In meinem Universum ist das jemand, dessen

menschliche Seele vor der Geburt mit einem Drachen verschmilzt. Irgendwann in ihrem Leben wird den Drachenlords dann plötzlich klar, was sie sind: Werdrachen, die zwischen Mensch und Drache wechseln können.«
Ihre ersten beiden Romane erschienen 1999/2000 in drei Bänden in der Reihe Excalibur als großformatige Paperbacks: *Der letzte Drachenlord, Drachenherz* und *Das Lied des Phoenix.*
»Dragonlord's Justice« (dt. »Die Gerechtigkeit des Drachenlords«) ist die erste Kurzgeschichte der Autorin und erschien ursprünglich in der amerikanischen Anthologie *Ultimate Dragon.* Sie erzählt die erste Begegnung ihrer beiden Hauptpersonen rund vierzig Jahre vor Einsetzen der Romanhandlung und wurde für die vorliegende deutsche Anthologie gründlich überarbeitet.
Internet: www.weredragon.com

Harald Braem, 1944 in Berlin geboren, hat flämische, masurische und russische Vorfahren und verlebte die Kindheit in einem kleinen Westerwälder Dorf sowie in Norddeutschland. Er studierte an der Fachhochschule Hildesheim visuelle Kommunikation mit Abschluss als Diplom-Designer, später an der Werbeakademie Hannover und in Frankfurt am Main. Es folgten berufliche Tätigkeiten als Werbeassistent (u.a. im Verlag Bärmeier + Nikel, »Pardon«), Grafiker, Texter und Creative Designer bei internationalen Werbeagenturen sowie als freischaffender Künstler, Galerist und Journalist. Seit 1981 ist er Professor für Kommunikation und Design an der Fachhochschule Wiesbaden. Als Farbpsychologe ist er Mitglied des Expertenstabes im Bundesverband Deutscher Psychologinnen und Psychologen, außerdem leitet er als geschäftsführender Direktor das KULT-UR-Institut für interdisziplinäre Kulturforschung in Bettendorf, Rheinland-Pfalz.
Neben rund vierhundert Einzelveröffentlichungen entstanden bisher dreißig Bücher: historische und fantastische Romane, Erzählungen, Märchen, Gedichte und Sachbücher. Hinzu kommen mehrere Fernsehfilme und Funksendungen. Viele seiner Bücher wurden in andere Sprachen übersetzt, etwa ins Spanische, Türkische, Hebräische und Chinesische.

Historische Romane: *Der Löwe von Uruk* (1988), *Hem-On, der Ägypter* (1990), *Tanausu, der letzte König der Kanaren* (1992), *Der Herr des Feuers* (1994), *Der Vulkanteufel* (1994), *Der König von Tara* (1997).
»Drachenbäume« ist ein Originalbeitrag.
Internet: home.t-online.de/home/kult-ur-institut/

Barbara Büchner wurde 1950 in Wien geboren und ist seit 1972 als freie Journalistin und Schriftstellerin tätig. Sie veröffentlicht regelmäßig Beiträge zu den verschiedensten Themen in Zeitungen und Zeitschriften, darunter auch Kurzgeschichten, bisher etwa in der Beilage *AZ-Journal* der *Arbeiter-Zeitung*, in den Illustrierten *hallo*, *Extrablatt* und *neue frau* sowie im *Zeit-Magazin* und in *Madame*. 1977 erhielt sie die erste von mehreren Auszeichnungen, den österreichischen Staatspreis für journalistische Leistungen im Interesse der Jugend durch das Bundesministerium für Unterricht und Kunst. Nach mehreren Auslandsaufenthalten arbeitet sie jetzt auch als Übersetzerin (Englisch) und Ghostwriterin. 1985 ließ sie sich zur Dokumentarin ausbilden und ist seit 1990 hauptberuflich als freie Schriftstellerin tätig.
Veröffentlichungen in zahlreichen in- und ausländischen Verlagen (Ueberreuter, St. Gabriel, Herder, Ensslin, Dachs u.a.). In letzter Zeit zunehmend auch Literatur für Erwachsene (in der Fantasy-Reihe *Das Schwarze Auge*, Horror, Kriminalstories, Spukgeschichten).
Top-Veröffentlichungen der letzten Jahre: *Blaubarts Schloss* (Fantasy), *Liebhaber des Todes* (Horror), *Die toten Weiber von Wien* (Groteske).
»Die Feuersalamander von Terminal« ist ein Originalbeitrag und bildet den Auftakt zu mehreren geplanten Erzählungen über diese Welt.
Internet: members.teleweb.at/barbara.buechner

Jacqueline Carey, geboren 1964 in Highland Park, Illinois, studierte Psychologie und Englische Literatur. Bevor sie begann, die Welt zu bereisen, lebte sie ein Jahr lang in London und arbeitete dort als Buchhändlerin. Heute ist sie im Westen von Michigan beheimatet. Sie schrieb Kurzgeschichten, Essays und ein Sachbuch. Der internationale Durchbruch gelang ihr 2001 mit der Roman-Trilogie um »Die Auserwählte«,

deren erster Band – *Die Geheimnisse des Nachtpalais* – gerade in der Reihe Excalibur erschienen ist.
»The Dragon's Tail« (dt. »Der Schwanz des Drachen«) ist ein Originalbeitrag.

Andreas Eschbach, 1959 in Ulm geboren, ist in zweiter Ehe verheiratet und Vater eines Sohnes. Er studierte Luft- und Raumfahrttechnik in Stuttgart, war danach zunächst als Softwareentwickler und Systemanalytiker tätig und gründete 1993 mit einem Partner eine EDV-Beratungsfirma, aus der er inzwischen aus Zeitgründen ausgeschieden ist. Schon als Jugendlicher veröffentlichte er Kurzprosa, u.a. in Literaturzeitschriften. 1994 wurde ihm das Stipendiat der Arno-Schmidt-Stiftung »für schriftstellerisch hochbegabten Nachwuchs« zuerkannt, seitdem erhielt er für seine Romane und Erzählungen, die regelmäßig ins Französische und Italienische übersetzt werden, zahlreiche Preise, darunter den belgischen SF-Preis Prix Bob Morane und den französischen Grand Prix de l'Imaginaire.
2000 brachte das französische SF-Magazin *Galaxies* ein »Dossier Andreas Eschbach« mit Porträt, Interview, Bibliografie und einer längeren Kurzgeschichte. 2001 erschien die Titelerzählung seines ersten Romans als »The Carpetmaker's Son« in der renommierten US-Zeitschrift *The Magazine of Fantasy & Science Fiction.*
Bücher: *Die Haarteppichknüpfer* (1995), *Solarstation* (1996), *Jesus Video* (1998), *Kelwitts Stern* (1999), *Das Marsprojekt* (2001), *Quest* (2001), *Eine Billion Dollar* (2001), *Perfect Copy – Die zweite Schöpfung* (2002).
»Der Drache im Hindukusch« ist ein Originalbeitrag.
Internet: www.AndreasEschbach.de

Andreas Gößling, Jahrgang 1958, lebt und arbeitet als Autor, Verleger und Literaturagent in München. Er studierte Neuere deutsche Literaturwissenschaft, Politikwissenschaft und Publizistik und promovierte 1986 über Thomas Bernhards Romane, dem sich ein dreijähriges Forschungsprojekt anschloss. Außer über Bernhard veröffentlichte er Bücher über

Robert Walser und Jean Paul. 1993 erschien sein erster Roman *Irrlauf*, dem 1996 das Kinderbuch *Timmy im Finsterwald* folgte. Seit vielen Jahren beschäftigt er sich auch mit mythen- und kulturgeschichtlichen Themen, besonders der alten Maya-Kultur. Über diesen Bereich publizierte er vorwiegend unter dem Pseudonym Pietro Bandini. Er unternahm Forschungsreisen zu Ruinenstädten in Yucatán und Guatemala, Honduras und Belize.
Sachbücher (unter Bandini): *Die Rückkehr der Engel* (1995), *Die vierzehn Wiedergeburten des Dalai Lama* (1997; mit Karlheinz Golzio), *Der heilige Kalender der Maya* (1998), *Voodoo* (1999).
Aktuelle Buchpublikationen (unter Gößling): *Die Maya-Priesterin* (Roman, Eichborn 2001, Heyne-Tb 2002), *Im Tempel des Regengottes* (Roman, Eichborn 2003), *Drachenwelten* (Sachbuch, Piper 2003).
»Von Drachengöttern und Drachentötern« ist ein Originalbeitrag, der zentrale Thesen des Sachbuchs *Drachenwelten* zusammenfasst.
Internet: www.mayamedia.de

Gisbert Haefs, geboren 1950 in Wachtendonk/Niederrhein, lebt und schreibt in Godesberg. Er übersetzte u.a. Rudyard Kipling, Jorge Luis Borges, Georges Brassens, schrieb Chansons, Funkfeatures und Hörspiele und ist haftbar für Erzählungen und Romane. »Seelenkot« ist nach »Wanderlust«, »Mundwerk« (beide in *Freudige Ereignisse*) und »Heimweh« (in *Liebe, Tod und Münstereifel*) der vierte Fall für Mungo Carteret (dem Hanns Kneifel in seinem Beitrag freundschaftliche Referenz erweist); weitere SF-Titel mit ähnlichem Hintergrund sind die *Barakuda*-Serie (zuerst 1986 als Tetralogie, später als Trilogie) und *Traumzeit für Agenten*.
Erzählsammlungen: *Das Triumvirat* (1987), *Freudige Ereignisse* (1990), *Auf der Grenze* (1996), *Liebe, Tod und Münstereifel* (1997).
Krimis: *Mord am Millionenhügel* (1981), *Und oben sitzt ein Rabe* (1983), *Das Doppelgrab in der Provence* (1984), *Mörder & Marder* (1985), *Die Schattenschneise* (1989), *Matzbachs Nabel* (1993), *Kein Freibier für Matzbach* (1996), *Das Kichern des Generals* (1996), *Schmusemord* (1999), *Andalusischer Abgang* (2000), *Ein Feuerwerk für Matzbach* (2003).

Historische Romane: *Hannibal* (1989), *Alexander der Große* (1992), *Alexander in Asien* (1993), *Troja* (1997), *Hamilkars Garten* (1999), *Raja* (2000), *Roma* (2002).
»Seelenkot« ist ein Originalbeitrag.

Jörg Kastner wurde 1962 in Minden geboren und wuchs im Weserbergland auf. Nach dem Studium der Rechtswissenschaften und der Ausbildung zum Volljuristen mit der Befähigung zum Richteramt schlug er die Laufbahn des freien Schriftstellers ein und lebt heute in Hannover. Er verfasste zahlreiche Spannungsromane und historische Romane. Seine inzwischen auf fünf Bände angewachsene Romansaga um die Auseinandersetzungen zwischen Römern und Germanen hat eine große Fangemeinde gewonnen. In Besprechungen immer wieder hervorgehoben wird die Verbindung exakter Recherche mit der Kunst, unwiderstehlich spannend zu erzählen. Viele seiner Romane, wie *Im Schatten von Notre-Dame*, *Der Engelspapst* oder *Mozartzauber*, haben oft einen Flügelschlag ins Fantastische. Direkt der Fantasy zuzuordnen sind der »Nibelungen«-Roman *Das Runenschwert*, *Die Nebelkinder* und das zusammen mit seiner Frau Corinna geschriebene Buch *Die Steinprinzessin*.
»Der Drachentöter« ist ein Originalbeitrag und soll später Bestandteil eines Siegfried-Romans werden.

Bernhard Kegel, geboren 1953 in Berlin, studierte an der Freien Universität Berlin Chemie und Biologie, war fünf Jahre lang wissenschaftlicher Mitarbeiter am Institut für Biologie der Technischen Universität Berlin und promovierte 1991 mit einer agrarökologischen Arbeit über Nebenwirkungen von Pflanzenschutzmitteln auf Bodentiere. Er war vier Jahre lang Koordinator und Bearbeiter einer zoologischen Bestandsaufnahme (»Monitoring«) aller Naturschutzgebiete von (West-)Berlin im Auftrag der Senatsverwaltung für Stadtentwicklung und Umweltschutz. Neben seiner Forschungstätigkeit, die zu zahlreichen wissenschaftlichen Veröffentlichungen führte, arbeitete er auch als ökologischer Gutachter und Lehrbeauftragter.
Seit Mitte der Siebzigerjahre ist er Gitarrist in diversen Berliner Jazz-

bands. Er studierte Sitar bei Ustad Imrath Khan und produzierte fünf LPs/CDs. Seine Romane und das bisher einzige Sachbuch, die alle im Züricher Ammann-Verlag vorliegen, wurden mit zahlreichen Preisen ausgezeichnet (u.a. Erwin Strittmatter-Preis für Umwelt, Grüter-Preis für Wissenschaftspublizistik). Seit 1996 ist er hauptberuflich als freier Autor und Wissenschaftspublizist tätig. Er lebt in Berlin und Brandenburg.
Buchveröffentlichungen: *Wenzels Pilz* (Roman 1993; bearb. 1997), *Das Ölschieferskelett* (Roman 1996), *Die Ameise als Tramp* (Sachbuch 1999), *Sexy Sons* (Roman 2001).
»Im Muldenland« ist ein Originalbeitrag.
Internet: www.bernhardkegel.de

Tanja Kinkel, geboren 1969 in Bamberg, gewann schon mit achtzehn Jahren ihre ersten Literaturpreise, denen zahlreiche weitere sowie Stipendien und Förderaufenthalte folgten. Sie begann 1988 in München das Studium der Germanistik, Theater- und Kommunikationswissenschaft und machte ein Praktikum beim Süddeutschen Verlag. Anschließend entstanden in den Semesterferien ihre ersten Romane, die alle zu Bestsellern wurden. Sie promovierte über das Werk Lion Feuchtwangers und entspannte sich nach dem Studium mit der Übersetzung des Romans »A Famine of Horses« von P.F. Chisholm (dem ersten einer Reihe elisabethanischer Detektivromane mit Sir Robert Carey) sowie dem Schreiben eines Jugendbuchs über einen Drachen.
1997 wurde sie in das Kuratorium des »Internationalen Künstlerhauses Villa Concordia« berufen, und seit 2001 ist sie Beirätin des Bertelsmann Buchclubs, wo sie helfen will, die Freude am Lesen zu erhalten und zu fördern. Ihre Bücher wurden in mehr als ein Dutzend Sprachen übersetzt, darunter ins Lettische, Kroatische und Japanische. Sie umfassen die Zeitspanne von der Gründung Roms im siebten bis zum zwanzigsten Jahrhundert.
Romane: *Wahnsinn, der das Herz zerfrißt* (1990), *Die Löwin von Aquitanien* (1991), *Die Puppenspieler* (1993), *Mondlaub* (1995), *Die Schatten von La Rochelle* (1996), *Die Prinzen und der Drache* (1997), *Unter dem Zwillingsstern* (1998), *Die Söhne der Wölfin* (2000).

Neben einem Dutzend Erzählungen in Anthologien schrieb sie außerdem zahlreiche Essays, etwa über Harry Potter und Beowulf. Aus Lust und Laune verfasst sie gelegentlich auch so genannte »Fan-Fiction«, zu der man über Suchmaschine und Name oder über ihre Website gelangt. »Feueratem« ist ein Originalbeitrag.
Internet: www.tanja-kinkel.de

Hanns Kneifel, geboren 1936 im oberschlesischen Gleiwitz, flüchtete als Neunjähriger ins oberbayerische Alpenvorland und übersiedelte 1948 nach München. Er beendete eine Konditorlehre mit der Meisterprüfung und machte 1960 das Begabtenabitur. Unter dem Eindruck einschlägiger Autoren wie Hans Dominik und Kurd Laßwitz verfasste er mit achtzehn Jahren seinen ersten SF-Roman *Uns riefen die Sterne*, gefolgt von *Oasis – Tor zu den Sternen* und *Ferner als du ahnst*, die als Hardcover erschienen. Während des Studiums der Pädagogik, das er 1965 abschloss, verfasste er neunzehn Romanhefte, um danach hauptberuflich als Schriftsteller zu arbeiten. In der Reihe *Terra* erschienen die Taschenbücher *Der Traum der Maschine*, *Lichter des Grauens*, *Die Männer der Raumstation*, *Die metallenen Herrscher* (1965-68) und *Sohn der Unendlichkeit*, *Krieger des Imperiums*, *Planet am Scheideweg*, *Apokalypse auf Cythera* (1972-75), begleitet von abermals neunzehn Romanheften und dem Heyne-Taschenbuch *Das brennende Labyrinth* (1967). Einige davon erschienen in Neubearbeitung als Hardcover bei Haffmans und Schneekluth. Für die Serie *Raumschiff Orion* schrieb er siebzig Romanhefte und Taschenbücher, darunter die sieben TV-Adaptionen (zuletzt bei Haffmans), und für den *Perry Rhodan*-Kosmos sogar mehr als dreihundert, darunter 54 so genannte »Zeitabenteuer« über den unsterblichen Arkoniden Atlan, der lenkend in die Geschichte der Menschheit eingreift. Sie liegen mittlerweile in dreizehn dickleibigen Hardcovern vor.
Er war Mitautor der Enzyklopädien *Die Großen der Welt* und *Die Großen des 20. Jahrhunderts* und schrieb die Sachbücher *Menschen zum Mond* (1969) und *Die Erde* (1973), verfasste Hörspiele und bearbeitete populärwissenschaftliche Stoffe für den Rundfunk. Von allen deutschen SF-Autoren der Nachkriegszeit legte er die größte Anzahl von Titeln vor.

Historische Romane: *Babylon, das Siegel des Hammurabi* (1994), *Der Bronzehändler* (1994), *Hatschepsut die Pharaonin* (1995), *Die Spur des Widders* (1996), *Der letzte Traum des Pharao* (1996), *Telegonos, Sohn der Liebe* (1997), *Darius der Große, König der Perser* (1998), *Die Ritter von Avalon* (2000), *Katharina die Große* (2001), *Der Gesandte des Kalifen* (2002).
»Sanddrachen kommen zur Tränke« ist ein Originalbeitrag.

Kari Köster-Lösche, verheiratet, zwei Kinder, wurde 1946 in Lübeck geboren. Die ersten sieben Lebensjahre, darunter die Grundschulzeit, verbrachte sie in Schweden. Sie studierte Veterinärmedizin in Gießen, promovierte in Bakteriologie und arbeitete zehn Jahre lang als Wissenschaftlerin eines internationalen Forschungsinstituts (Battelle) in Frankfurt am Main. 1980 nach Nordfriesland gezogen, ist sie seit 1985 freie Schriftstellerin. Seitdem entstanden Sachbücher zur Kulturgeschichte der Nordfriesen und zur Medizingeschichte, medizinische Ratgeber sowie historische Romane u.a. über Wikinger, Walfang und Deichbau sowie nordfriesische Sturmfluten, Hexenverfolgung, Kelten in der Bretagne und das römisch-griechische Altertum. Ihre Bücher wurden ins Spanische, Polnische, Französische, Englische, Japanische und Finnische übersetzt.
Romane: *Die Pesthexe* (1987), *Das Herz der Wale* (1988), *Mutter Griebsch* (1991; bearb. *Hexenmilch*, 1998), *Die Reeder* (1991), *Der Thorshammer* (1992), *Sanft wie Tauben im Käfig* (1992), *Das Drachenboot* (1992), *Die Bronzefibel* (1993), *Das Deichopfer* (1993), *Die Hakima* (1994), *Die Erbin der Gaukler* (1996), *Die letzten Tage von Rungholt* (1997), *Die Hexe von Tondern* (1999), *Die Heilerin von Alexandria* (1999), *Die Wagenlenkerin* (2000), *Die Raubritterin* (2000), *Tod allen Reichen!* (2000), *Die Tochter der Raubritterin* (2001), *Die Rückkehr der Hakima* (2002).
Ihr Medizinthriller *Das Sylt-Virus* erschien 2002 unter dem Pseudonym Silke Jensen. Als Fachfrau für BSE hält sie Vorträge und Seminare und tritt in Funk und Fernsehen auf.
»Das Orchester der Drachen« ist ein Originalbeitrag.
Internet: home.t-online.de/~koeloe

Dennis L. McKiernan, geboren 1932 in Moberly, Missouri, verbrachte die vier Jahre des Koreakriegs in der US-Air Force und begann 1958 an der University of Missouri ein Studium als Elektroingenieur, das er 1963 an der Duke University mit einem Magistergrad abschloss. Er arbeitete einunddreißig Jahre bei den Bell Telephone Laboratories im Bereich anti-ballistische Verteidigungssysteme sowie in »Thinktanks«. Seit 45 Jahren ist er mit Martha Lee McKiernan verheiratet, inzwischen Vater von zwei Söhnen und seit 1989 hauptberuflicher Autor. Er schrieb bisher vierzehn Romane und eine Kurzgeschichtensammlung, die alle derselben Welt angehören, nämlich Mithgar. Darüber hinaus erschienen verstreut vierzehn Fantasy-Erzählungen, vorwiegend in Anthologien von Martin H. Greenberg.
In der Reihe Excalibur liegt »Die Legende vom Eisernen Turm« vor. Die einzelnen Bände der Trigolgie tragen die Titel *Die schwarze Flut*, *Die kalten Schatten* und *Der Schwärzeste Tag*.
Innere Chronologie und Leseabfolge der Mitghar-Bücher: *The Dragonstone* (1996), *Voyage of the Fox Rider* (1993), *Hel's Crucible* (zwei Bände; 1998/99), *Dragondoom* (1990; dt. *Drachenkampf*, Bergisch Gladbach 1992), *Tales of Mithgar* (1994; Storysammlung), *The Iron Tower* (1985; Excalibur-Trilogie), *The Silver Call* (zwei Bände; 1986), *The Eye of the Hunter* (1992), *Silver Wolf, Black Falcon* (2000), *Caverns of Socrates* (1995), *Once Upon a Winter's Night* (2001).
»The Broken Sword« (dt. »Das zerbrochene Schwert«) ist eine Erzählung über Mithgar, die der Autor eigens für diese Anthologie verfasste.
Internet: home.att.net/~dlmck

Kai Meyer wurde 1969 in Lübeck geboren und ist im Rheinland aufgewachsen. Er studierte in Bochum einige Semester Theater-, Film- und Fernsehwissenschaften und arbeitete danach Jahre lang als Journalist. Seit 1995 ist er freier Schriftsteller. Er lebt mit seiner Frau Steffi, seinem Sohn Alexander und zwei Hunden in einer Kleinstadt am Rande der Eifel. Seine Bücher wurden bereits ins Französische, Serbische und Russische übersetzt, weitere Auslandserscheinungen folgen.
Im Alter von vierundzwanzig Jahren veröffentlichte er sein erstes Buch,

einen True Crime-Roman, gefolgt von einem Thriller. Anschließend verlegte er sich vollständig auf fantastische und historische Stoffe. Es folgten Bücher über die Brüder Grimm und Doktor Faustus. 1997 konzipierte er die »Nibelungen«-Reihe, für die er vier Romanfolgen schrieb. Eine weitere von ihm konzipierte Buchreihe ist »Mythenwelt«, geschrieben von US-Autor James Owen, die ab Ende 2002 im Festa-Verlag erscheint. 1999 startete er seine Jugendbuchreihe »Sieben Siegel«, die mittlerweile auf zehn Bände angewachsen ist. 2000 bis 2002 erschien die überaus erfolgreiche Trilogie um »Die Fließende Königin«, für Jugendliche und Erwachsene. Außerdem verfasste er zwei Drehbücher für Horrorfilme, die fürs Fernsehen verfilmt wurden und nach der Erstausstrahlung 1999/2001 inzwischen auch als DVD vorliegen. Das Rollenspiel »Die Chroniken der Engel« basiert in Teilen auf seinen Konzepten.
Einzelwerke: *Die Geisterseher* (1995), *Der Rattenzauber* (1995), *Der Engelspakt* (1996), *Der Schattenesser* (1996), *Der Traumvater* (1996), *Hex* (1997), *Die Winterprinzessin* (1997), *Das Gelübde* (1998), *Loreley* (1998), *Die Alchimistin* (1999), *Göttin der Wüste* (1999), *Die Engelskrieger* (2000), *Das Haus des Daedalus* (2000), *Die Unsterbliche* (2001), *Die Fließende Königin* (2001), *Das Steinerne Licht* (2002), *Das Gläserne Wort* (2002), *Das zweite Gesicht* (2002).
»Komm, schweb mit mir, mein Amethyst« ist ein Originalbeitrag.
Internet: www.kaimeyer.com

Claudia Mielke, geboren 1963, ist Inhaberin und Geschäftsführerin der Atlantis Video KG. Sie produzierte rund einhundert TV-Spots, die sie größtenteils auch selbst schrieb, mehrere Fernseh-Features und arbeitet für die Schwarzschweiß-Dokumentationen von Chronos-Film. Außerdem stellte sie den ersten, weltweit erfolgreichen Film über Geschichte und Ende der Berliner Mauer her. Ihr erster Roman *Die Kaiserin* entstand in Zusammenarbeit mit ihrem Vater Thomas R. P. Mielke und erschien 2000 bei Wunderlich.
»Die Rettung der Nanodrachen« ist ein Originalbeitrag und ihre erste veröffentlichte Erzählung.
Internet: www.atlantis-mulitmedia.de

Thomas R. P. Mielke, Sohn eines Pastors, gehört zu den erfolgreichsten Autoren historischer Romane in Deutschland. Während seiner Zeit als Fluglotse bei der Luftwaffe begann er Spionageromane zu schreiben und wurde daraufhin zum Texter in der »Psychologischen Kampfführung« umgeschult, die beste Voraussetzung für seinen künftigen Job als »Lob-Schreiber« in internationalen Werbeagenturen. Zum Auftakt der 68er Zeit erfolgte der Umzug mit Frau und drei Kleinkindern ins »damals viel spannendere Italien«, wo er »Direttore creativo« in der zentralen Produktplanungsgruppe von Ferrero und extrem belastbarer Pralinenvorkoster wurde. Auf den grünen Hügeln über Turin wurde er zum Miterfinder von TicTac, Yoghurette und – vor dreiunddreißig Jahren – dem Wahnsinnserfolg der Kinder-Überraschungseier.
Die Achtzigerjahre sahen ihn als einen der wichtigsten deutschen SF-Autoren. Er schrieb *Grand Orientale 3301* (1980), *Der Pflanzen Heiland* (1981), *Das Sakriversum* (1983), *Der Tag, an dem die Mauer brach* (1985) und *Die Entführung des Serails* (1986). Seine damaligen Romane und Kurzgeschichten gewannen den Kurd Laßwitz-Preis, den Literaturpreis des Science Fiction Club Deutschland, den Robert-Sheckley-Preis, den Penthouse Creative Cup und den Goldenen Mordor aus der Schweiz. Mitte der Achtzigerjahre entdeckte er den historischen Roman für sich. Seine Epen *Gilgamesch* (1988) und *Inanna, Odyssee einer Göttin* (1990) standen viele Wochen auf allen Bestsellerlisten. Es folgten *Karl der Große* (1991), *Attila* (1998) und *Karl Martell* (2000). Zuletzt veröffentlichte er *Coelln* (2000) sowie *Die Kaiserin* (2000; mit Claudia Mielke), dem in diesem Jahr sein Meisterwerk *Orlando Furioso* folgte. Seine Werke wurden ins Niederländische, Polnische und Türkische übersetzt. Er lebt heute mit seiner Familie in Berlin.
»Drachenzähne« ist ein Originalbeitrag.
Internet: www.orlando-furioso.net

Helmuth W. Mommers, geboren 1943 in Wien, war in den Sechzigerjahren als Autor, Zeichner, Übersetzer, Literaturagent und Herausgeber von Anthologien einer der ersten Allrounder der deutschen Science Fiction & Fantasy-Szene. Nach einer Karriere als EDV-Fachmann und

Juwelier feierte er 2002 ein fulminantes Comeback mit dem Erzählband *Sex, Love, Cyberspace* sowie einem weiteren halben Dutzend Geschichten, die verstreut in Anthologien und Zeitschriften erschienen. Gemeinsam mit Ernst Vlcek verfasste er den Heftromanzyklus *Das Galaktikum*, der 1999 in überarbeiterer Form als Buch neu herauskam, und die Kurzgeschichtensammlung *Traumwelten* (2002). Ein neuer Roman ist in Vorbereitung, desgleichen die Herausgabe von *Nova*, einem deutschen SF-Magazin.
»Loris Wunderland« ist ein Originalbeitrag.

Michael Morgental wurde 1943 in Nissa geboren (eigentlich Neisse, doch zieht der Autor den keltischen Namen vor). Er studierte an den Universitäten Erlangen und Würzburg Philosophie, Sprachwissenschaft, Englisch und Deutsch, arbeitete danach als Lehrer und als Informatiker in verschiedenen Firmen und unternahm seit 1974 sechs Reisen nach Japan, wo er 1982 – zwei Jahre nach Gründung seiner Literaturzeitschrift *Das Senfkorn* – als erster deutschsprachiger Autor in den japanischen P.E.N. Club aufgenommen wurde. Seit 1993 arbeitet er als freier Autor und literarischer Übersetzer aus dem Englischen und Japanischen und übertrug mehr als dreißig Werke u.a. von Lois McMaster Bujold, Gordon R. Dickson, Shinichi Hoshi, Yasushi Inoue, Katherine Kurtz, George Lucas, Taku Mayumura, Christopher Priest und Paula Volsky.
Eigene Bücher: *Die Erzählungen des alten Gorfud* (Märchen 1980), *Die Bibliothek des Wendelin Bramlitzer* (Erzählungen 1980), *Auch im dunklen Raum* (Haiku-Anthologie 1982), *Garten zwischen Lebensbäumen* (Erzählungen 1983), *Späte La-Tène-Zeit* (Erzählung, Tokio 1986) sowie der umfangreiche, bei Thienemann erschienene Fantasy-Roman *Yashor, der Hirte aus Harkin* (2000).
»Das Geheimnis Targans des Seefahrers« ist ein Originalbeitrag und bildet einen Mosaikstein aus einem geplanten Werk über die Inselwelt von Caniya.

Catherine O'Donell, geboren 1964 in Irland, begann schon in ihrer Jugend Kurzgeschichten zu schreiben. Sie lebt heute mit ihrem Mann

Brian und ihren beiden Töchtern in einem kleinen Cottage, umgeben von mehreren Katzen und Hunden. Ihr erster Roman bildete auch gleich den Auftakt zur »Trilogie der Streitenden Reiche«. Er erschien in der Reihe Excalibur als *Der verbotene See.* Nächstes Jahr folgen *Das Land der zwei Könige* und *Die Sümpfe der Verlorenen.*
»Sternschnuppe nach Haus« ist ein Originalbeitrag.

Laura Resnick, 1962 in Chicago, Illinois, geboren, Tochter des vielfach preisgekrönten SF-Autors Mike Resnick, hatte sich geschworen, ihren Lebensunterhalt nie durch Schreiben zu verdienen. Sie studierte Französisch und Italienisch sowie Linguistik und machte 1983 ihren Abschluss an der Georgetown University, trampte durch die Alte Welt, jobbte in Frankreich, lebte in einem Kibbutz in Israel, verbrachte ein Jahr in New York und studierte in London an der Webber Douglas Academy of Music and Dramatic Arts, ohne einen Job als Schauspielerin zu bekommen. Sie zog nach Italien und unterrichtete an der Universität von Palermo Englisch. Im sonnigen Sizilien verfasste sie ihren ersten Liebesroman, um das überzogene Bankkonto auszugleichen.
Mit Dreißig hatte sie neben einigen SF-Erzählungen schon ein Dutzend Liebesromane verfasst, fast alle unter dem Pseudonym Laura Leone, und war zur besten neuen Autorin in diesem Genre gekürt worden. Frustriert wollte sie das Schreiben an den Nagel hängen. Als sie, um auf andere Gedanken zu kommen, den schwarzen Kontinent bereiste, gewann sie den John W. Campbell Award als bester neuer SF-Autor des Jahres. Mit den preisgekrönten Anfängen erschienen bis heute rund vierzig fantastische Erzählungen, fast ausnahmslos in Anthologien.
Nach der Rückkehr aus Afrika verfasste sie einen weiteren Liebesroman und *A Blonde In Africa* (1997), den Bericht ihrer siebenmonatigen Reise, um sich anschließend an ihr ehrgeizigstes Projekt zu machen, ihren ersten Fantasyroman. *In Legend Born, in Fire Forged* erschien in der Reihe Excalibur wegen des großen Umfangs in zwei Bänden als *Feuerbringer* (2000) und *Flammenherz* (2001), ein weiterer Fantasyroman namens *Arena* aus der »Chronik von Sirkara« ist in den USA in Vorbereitung.
»Fluff, the Tragic Dragon« (dt. »Flaff, der tragische Drache«) erschien

1992 in der Anthologie *Dragon Fantastic* und wird hier erstmals auf Deutsch vorgelegt.
Internet: www.sff.net/people/laresnick

Kristine Kathryn Rusch, Jahrgang 1960, ist mit dem Autor Dean Wesley Smith verheiratet und lebt auf einem Berg in den Ausläufern des Küstengebirges von Oregon mit Blick auf den Pazifik, umgeben von reichlich Wald und sieben Katzen. Sie schreibt SF, Fantasy, Krimi, Horror und Liebesromane. Ihre erste Erzählung erschien 1987, der bis heute mehr als einhundertfünfzig weitere folgten. Sie veröffentlichte in allen einschlägigen SF-Magazinen der USA, in *Ellery Queen's* und *Alfred Hitchcock's Mystery Magazine* sowie in zahlreichen Anthologien. Von Juli 1991 bis Mai 1997 war sie Chefredakteurin des traditionsreichen *Magazine of Fantasy and Science Fiction* und erhielt für diese Tätigkeit 1994 den Hugo Award.
Ihr SF-Kurzroman *The Gallery of His Dreams*, ebenfalls im Juli 1991 erschienen, gewann den Locus Award und wurde für den Nebula, Hugo und World Fantasy Award nominiert. Im Folgejahr erschien *Afterimage*, ein gemeinsam mit Kevin J. Anderson entstandener historischer Horrorroman. Danach verfasste sie vier SF-Bücher, gefolgt von drei Horror-Thrillern, an die sich ein Star Wars-Roman anschloss. Ab 1995 entstand der fünfbändige Fantasy-Zyklus »Die Bücher von Fey«, der auf Deutsch in der Reihe Excalibur erschien. In den USA folgte inzwischen ein Zweiteiler über den »Schwarzen Thron«, der in derselben Welt spielt.
1998 veröffentlichte sie unter Kris Rusch den Mainstream-Roman *Hitler's Angel*, zwei Jahre später folgten der historische Krimi *A Dangerous Road* und unter Kristine Grayson der erste von bisher vier »paranormalen Liebesromanen«. 2001 entstand ihr erster Krimi als Kris Nelscott sowie der erste von zwei SF-Romanen über einen Entfesselungskünstler, der schon in einigen ihrer Kurzgeschichten auftauchte.
Gemeinsam mit ihrem Mann schrieb sie auch zahlreiche Medien-Tie-Ins, angefangen 1993 mit einem Star-Trek-Roman unter dem Pseudonym Sandy Schofield, dem mittlerweile zwölf weitere unter ihrer beider Namen folgten. Ihr gemeinsames Werk umfasst u.a. Romane zu

»Roswell«, »X-Men«, »Aliens« und »Predator«, als Kathryn Wesley auch Bücher zu Kinofilmen wie Disneys »Aladdin« sowie einen Star-Trek-Comic und ein erfolgreiches Computerspiel über Klingonen. Es gibt kaum einen Bereich der populären Literatur, in dem sie nicht Preise oder Nominierungen davongetragen hat.
»Dragon Slayer« (dt. »Ein Fall für Rumaad«) entstand eigens für diese Anthologie.
Internet: kristinekathrynrusch.homestead.com/ mainpage. html

Ulrike Schweikert, geboren 1966 in Schwäbisch Hall, auch dort aufgewachsen und bis zum Abitur zur Schule gegangen, machte eine Banklehre in Stuttgart und arbeitete als Wertpapierhändlerin. »Nach sechs Jahren den Job geschmissen und in Stuttgart Geologie studiert«, schreibt sie. »Während des Studiums die ersten Fantasygeschichten und Bücher verfasst (damals noch nicht veröffentlicht). Diplomarbeit in Kiel. Nach der Geologie dann Aufbaustudiengang Journalistik in Hohenheim. In dieser Zeit schrieb ich auch meinen ersten historischen Roman, *Die Tochter des Salzsieders*, der 2000 bei Knaur erschien. Dann entstand *Die Hexe und die Heilige* (2001), gefolgt von *Die Herrin der Burg*, das im Frühjahr 2003 herauskommen wird.«
Während des Journalistikstudiums, das sie inzwischen mit Diplom abgeschlossen hat, war sie kurze Zeit bei der *Ludwigsburger Zeitung* und eineinhalb Jahre bei der Evangelischen Rundfunk Agentur Württemberg tätig. Bis November 2001 moderierte sie außerdem eine sonntägliche Radiomagazinsendung für den Heilbronner Privatsender *Radio Ton*, seitdem ist sie freie Autorin.
»Der Drache Covalin« ist ein Originalbeitrag.
Internet: www.ulrike-schweikert.de

Barbara Slawig, Jahrgang 1956, lebt in Berlin. Sie ist promovierte Biologin und arbeitete bis 1986 in der Grundlagenforschung, danach u.a. als Lehrerin für Taijiquan. Seit 1990 ist sie freie Autorin und Übersetzerin. Ihr Roman *Die Lebenden Steine von Jargus* erschien 2000 im Haffmans Verlag. Mehrere Erzählungen in Anthologien und Zeitschrif-

ten, zuletzt »Abends am Fluß« in dem Magazin *Der Rabe*.
»Das Verschwinden der Wangs« ist ein Originalbeitrag.
Internet: home.snafu.de/jargus

Jane Welch wurde 1954 in englischen Derbyshire geboren. Bevor sie ihre Laufbahn als Fantasy-Schriftstellerin begann, war sie Skilehrerin in den Bergen von Andorra. Nun lebt sie mit ihrem Mann und zwei Kindern in Somerset, England, und beendet gerade ihren neunten Roman, der letzte in einer Reihe von drei Trilogien (*The Runespell Trilogy*, *The Book of Ond* und *The Book of Man*).
Ihre ersten beiden Trilogien liegen als »Runenzauber«-Serie in der Reihe Excalibur vor: *Die Drachenfestung*, *Das Auge des Druiden*, *Die Nebel von Farona*, *Drachenstein*, *Das Schwert des Morrigwen*, *Der See der Tränen*, *Der Kreis von Abalone*, *Das Jenseitstor*, *Das Blut der Wölfe*, *Der Bann des Barden*, *Im Land des Greifs*, *Der Herr der Schatten*.
Ihre neueste Trilogie setzt diese Bände fort, schildert jedoch die Abenteuer einer jüngeren Generation, die gegen schier unüberwindliche Probleme antreten muss. Und: Drachen spielen eine Rolle!
»George and the Dragon« (dt. »George und der Drache«) ist ein Originalbeitrag.

Uschi Zietsch, geboren 1961 in München, studierte nach dem Abitur zuerst Rechtswissenschaften, Theaterwissenschaft, Geschichte, Politik und anschließend das Leben. Die erste längere Geschichte entstand mit elf Jahren, fünf Jahre später veröffentlichte sie in Schüler-Zeitschriften, und 1986 erschien – nach dem kaufmännischen Abschluss – ihr erster Fantasy-Roman bei Heyne. Im Jahr darauf gründete sie mit ihrem Ehemann Gerald Jambor den Fabylon-Verlag, der sich auf herausragende deutschsprachige Fantastik spezialisierte, besonders die Förderung von Jung-AutorInnen.
Neben bisher sechzig Romanheften und zwei Taschenbüchern für die deutsche SF-Serie *Perry Rhodan*, an der sie seit 1993 als Susan Schwartz mitwirkt, schrieb sie für die Buchserien *Das Schwarze Auge*, *Raumschiff*

Promet, *Ren Dhark*, *Das Volk der Nacht* und *Coco Zamis*. Unter mehreren Pseudonymen verfasste sie Romane zu den TV-Serien »Gute Zeiten, Schlechte Zeiten«, »Verwirrung des Herzens«, »Verbotene Liebe« und »Hinter Gittern«. 2000 bis 2002 entstand für Dino Entertainment die elfbändige Kinderbuchreihe *Tiere – Freunde fürs Leben*, begleitet von zehn Erzählungen im gleichnamigen Magazin. Ein weiteres Dutzend fantastischer Erzählungen, darunter mit Spider-Man und Hulk, erschienen verstreut in Anthologien und Comic-Alben. Bisher nicht realisierte Fernsehprojekte umfassen das Spektrum erotischer Thriller, Fantasy und Cyberpunk.

Serienunabhängige Bücher: *Sternwolke und Eiszauber* (1986), *Der Traum der Wintersonne* (1988), *Hades* (1989), *Der Stern der Götter* (1990), *Der Alp* (1993), *Schneeflöckchen und der Major* (1997).

»Der wahre Schatz« ist ein Originalbeitrag.